rororo

Tania Douglas, geboren 1969 in der Vulkaneifel, ist in Frankreich aufgewachsen. Heute lebt sie mit ihrem Mann und ihrem Sohn in Paris und an der Weinstraße. «Die Ballonfahrerin des Königs» ist ihr dritter Roman.

Tania Douglas

DIE BALLONFAHRERIN DES KÖNIGS

Historischer Roman

Rowohlt Taschenbuch Verlag

Originalausgabe
Veröffentlicht im Rowohlt Taschenbuch Verlag,
Reinbek bei Hamburg, November 2009

Umschlaggestaltung any.way, Cathrin Günther
(Umschlagabbildung: Maurice Leloir 1889, Foto: Deutsches Museum)
Satz Adobe Garamond PostScript (InDesign)
bei Pinkuin Satz und Datentechnik, Berlin
Druck und Bindung CPI – Clausen & Bosse, Leck
Printed in Germany
ISBN 978 3 499 25252 5

Für meine Mutter

Temple
Hôtel du Grand Prieur

N
Maison de la couche
Haus der Serdaine
Conciergerie

Dramatis Personae

ROMANFIGUREN

Die Serdaines:

Marie-Provence
Guy, Vater von Marie-Provence
Angèle, Mutter von Marie-Provence
Dorette, eine frühere Dienerin

Die Levallois:

André
Angus, Vater von André
Elinor, Mutter von André
Mars, Bruder von André

Cédric Croutignac, Republikaner,
Vertrauter von Robespierre

Die heimlichen Bewohner des Schlosses von Maisons:

Tante Bérénice, Tante von Marie-Provence
Oncle Constantin, Onkel von Marie-Provence
Honoré de Vezon, Adeliger
Hélène de Vezon, Frau von Honoré de Vezon
Ernestine, Dienerin der Vezons,
Cousine von Dorette
Abbé d'If, Geistlicher
Clément, Händler

Die Bonardins:

Georges, Restaurantbesitzer
Rosanne, seine Frau, Tochter von Ernestine

Die Angestellten des Waisenhauses:

Jomart, Arzt
Madame Mousnier, Oberaufseherin
Théroigne, Amme

HISTORISCHE FIGUREN

Das Königshaus:

Louis-Charles, auch Louis XVII.,
Sohn von Louis XVI. und Marie-Antoinette
Provence, jüngerer Bruder von Louis XVI.
Artois, jüngster Bruder von Louis XVI.

Die Republikaner:

Robespierre, Diktator
Tallien, Politiker
Thérésia, Bankierstochter und Salonlöwin
Laurent, Gefängniswächter
Barras, Politiker
Napoléon Bonaparte, ambitionierter Brigade-General

Die Royalisten:

Cortey, Krämer
Batz, Baron
Puisaye und Hervilly, zwei konkurrierende Heerführer
Cadoudal, Anführer der bretonischen Aufständischen

PROLOG

Herbst 1793

Es war früh am Morgen. Noch stand die Herbstsonne nicht über dem Himmel der Stadt, doch im Osten hoben sich bereits die Umrisse der alten Türme von Notre-Dame gegen den klaren Horizont ab.

Die Luft war prickelnd frisch und feucht und geschwängert von den Gerüchen des Flusses. Die Räder des verankerten Mühlenschiffs gruben sich rhythmisch in das Wasser. Auf den flachen Kähnen erschienen die ersten Wäscherinnen, um Schaum in das Wasser zu wringen. Ein berittener Soldat führte drei Pferde den quai hinunter, um die Tiere flussabwärts, an einer seichteren Stelle, zu waschen.

Nichts von dem aufkommenden Treiben war im Haus zu spüren. Nur wenige, gedämpfte Geräusche drangen bis zum ersten Stock hoch, in das Zimmer mit den zugeklappten Fensterläden, in dem der Mann lag.

Doch dann, auf einmal: ein lauter Schlag.

Der Mann im Bett schreckte hoch, strengte seine Augen an, starrte auf den Türflügel, der mit Wucht gegen die Wand geprallt war, auf die Gestalt, die sich undeutlich im Türrahmen abzeichnete.

Eine Frau?

Der Mann warf die Decken von sich. «Wer bist du? Was hast du in meinem Schlafzimmer zu suchen?»

Mehrere Male riss er heftig an der Klingelschnur und sprang auf, zu der Kommode, auf der seine Brille lag. Doch seine vor Hast ungeschickten Finger gaben der Brille einen Schubs, und die Augengläser rutschten hinter das schwere Möbel. Der Mann fluchte.

«*Ihr* Schlafzimmer?», wiederholte die Unbekannte schrill.

Eine weitere Gestalt drängte sich an ihr vorbei in das dämmrige Zimmer.

«Sie haben geklingelt?»

«Ah, Gustave! Mein Morgenmantel, schnell! Wie um alles in der Welt kommt diese Frau in mein Zimmer?», zürnte der Mann. «Wer ist sie?»

«Ich habe keine Ahnung, Monsieur!», antwortete der Diener verblüfft. «Ich habe sie noch nie zuvor …»

Der Mann war gerade dabei, sich den kühlen schweren Stoff um den Körper zu wickeln, als die Einbrecherin sich auf ihn stürzte. Dunkles Haar wirbelte um ihn, Nägel zerrten am Stoff, bohrten sich schmerzhaft in seinen Arm. Überrumpelt schlug er um sich.

Einen Augenblick später hatten Gustave und ein weiterer heranstürmender Diener die Angreiferin überwältigt.

«Eine Verrückte!», rief der Mann. «Bringt sie nach unten! Und dann ruft die Gendarmen!»

Als es ihm endlich gelungen war, seiner Brille habhaft zu werden, rannte er zur Treppe und beugte sich über die Brüstung, um in die Halle hinunterzuspähen. Er stockte. Die Haustür war offen, und seine Dienerschaft stand mit leeren Händen im Flur.

«Wo ist sie?», herrschte der Mann sie an.

«Sie ist uns entwischt, Monsieur.»

«Das glaube ich einfach nicht!» Der Mann warf die Arme hoch. «Wollt ihr mir sagen, dass hier jeder herein- und hinausspazieren kann, wie es ihm beliebt?» Drohend fragte er: «Wer hat gestern Abend vergessen, die Tür abzuschließen?»

«Ich hatte sie verschlossen», versicherte Gustave nachdrücklich. Er hielt seinem Herrn einen kleinen Gegenstand hin. «Das hier lag unter dem Spiegel. Sie hat ihn mitgebracht und dort hingelegt.»

«Sollen wir jetzt zur Polizei gehen oder nicht?», fragte der zweite Diener.

Der Herr starrte auf den Schlüssel in Gustaves Hand. Seine Finger umklammerten das Geländer. «Nein», antwortete er schließlich ruhig. «Das regle ich alleine.»

Maisons

DAS VERGESSENE SCHLOSS

1. KAPITEL

Floréal, Jahr II
Mai 1794

Marie-Provence' Schritte hallten durch die prächtig getäfelten Räume des Schlosses. Sie hatte sich umgezogen, und die hohe Perücke drückte auf ihren Scheitel. Es war schon dunkel; das flackernde Licht der Öllampe in ihrer Hand spiegelte sich in der glatten Seide ihrer Schuhe.

Während sie an den Zimmern vorbeilief, nahm sie das Rascheln von Kleidern und gedämpfte Stimmen hinter den Türen wahr. Irgendjemand pfiff, eine Frau rief mit hochmütiger Stimme einen Befehl.

Vor einem der Räume blieb Marie-Provence stehen. Sie zögerte anzuklopfen und begnügte sich dann damit, leise an der Tür zu kratzen. Als niemand antwortete, drückte sie die Türklinke hinunter. Sie steckte den Kopf durch den Türspalt und trat ein, vorsichtig darauf bedacht, das Parkett nicht knarren zu lassen. Der Raum war zwar nur von mittlerer Größe, doch die Decke aufwendig mit Stuckelementen verziert. Nach ein paar Schritten erreichte der Lichtkreis ihrer Lampe eine Matratze auf dem Boden. Daneben befanden sich ein Becher, ein Krug, der Stummel einer Kerze auf einem Teller, eine zusammengeknüllte Decke und eine Bibel.

Die Gestalt auf der Matratze hatte ihr den Rücken zugedreht und rührte sich nicht. Marie-Provence beugte sich über sie, bis sie die unregelmäßigen Atemzüge des Mannes vernahm. Sie stellte ihre Lampe ab und griff nach der Decke, um sie über den Schlafenden zu legen.

Erst da entdeckte sie das Seil, das sich eng um die Knöchel des Ruhenden wand. Sie zog scharf die Luft ein. Hastig griff sie zu ihrer Lampe und hielt sie hoch – tatsächlich: auch die Hände waren gefesselt. Der Schlafende gab einen erstickten

Laut von sich, warf sich von einer Seite auf die andere, ohne die Augen zu öffnen, und die Decke glitt erneut zu Boden.

«Geknebelt und gefesselt wie ein Schwerverbrecher», flüsterte Marie-Provence ungläubig. Erneut griff sie zur Decke und breitete sie liebevoll über den Schlafenden aus. Dann entzündete sie noch den Docht des Kerzenstummels und stellte den Teller etwas abseits, ehe sie den Raum verließ.

Über eine kleine spiralförmige Treppe, die eigentlich den Dienstboten reserviert war, erreichte sie das Erdgeschoss. Hier waberten bereits die schwachen Düfte, die verrieten, dass ein Stockwerk tiefer das Abendessen vorbereitet wurde.

In Gedanken lief Marie-Provence den Weg zurück, den sie gerade gegangen war, hinab in das Kellergeschoss, in den Raum mit den gebrannten Fliesen, zu der kleinen Tür. Sie überprüfte jedes Detail in ihrer Erinnerung, jeden Riegel und jeden ihrer Schritte, bis sie wusste, dass ihr kein Fehler unterlaufen war. Nein, sie hatte alles getan, um sich und die anderen davor zu bewahren, entdeckt zu werden. Wenn das Schicksal es weiterhin gut mit ihnen meinte, würde das Schloss von Maisons, geplündert und vergessen von den revolutionären Horden, auch heute wieder die Menschen schützen, die dem nahen Paris und der Guillotine entflohen waren und in ihm verborgen lebten. Beruhigt verließ sie das Treppenhaus.

Kurz darauf betrat sie die Kapelle.

Der Raum war von einem einzigen Öllämpchen erhellt. Die feingliedrige Gestalt des abbé d'If wartete bereits auf der einen Seite des improvisierten Beichtstuhls auf sie. Selbst bei der dürftigen Beleuchtung wirkte die Soutane des Geistlichen abgeschabt. Marie-Provence bedeckte den Ausschnitt ihres schimmernden Seidenkleides mit einem Spitzentuch. Sie kniete auf der anderen Seite des groben Holzgitters auf einer Kiste nieder.

«Gott, der unser Herz erleuchtet, schenke dir wahre Erkenntnis deiner Sünden und Seiner Barmherzigkeit», empfing sie der Priester.

«Amen», murmelte Marie-Provence.

«Schön, dass du gekommen bist, ma fille. Liegt dir etwas auf dem Herzen, Tochter?»

«Vater, ich habe gesündigt, denn mein Herz findet keine Ruhe.»

Der Pfarrer atmete hörbar ein und aus. «Du warst wieder dort?», fragte er.

«Ja, mon père. Ich habe am Tor gestanden, und kaum fuhr er an mir vorbei, fühlte ich mich erfüllt von Stärke und Entschlossenheit.»

Der abbé d'If schüttelte den Kopf. «Gib acht, ma fille. Du bist auf dem besten Wege, dich selber zu täuschen. Rache gebärt weder Stärke noch Entschlossenheit, sondern Missgunst und Gewalt.»

«Und das Kind?», fragte Marie-Provence. «Zeugt es etwa von christlicher Menschenliebe, es einfach zu vergessen?»

Ein Geräusch draußen im Park ließ sie kurz innehalten und lauschen. Auch der abbé d'If drehte den Kopf in dieselbe Richtung. Sie schwiegen angespannt. Nach ein paar Sekunden nahm der Priester das Gespräch wieder auf.

«Der Junge ist nicht vergessen. Ich bete täglich für ihn.»

«Mir genügt Beten nicht», entgegnete Marie-Provence.

«Ich möchte, dass du in dich gehst. Bist du dir im tiefsten Grunde deines Selbst ganz sicher, dass es nicht Stolz und Vermessenheit sind, die dich lenken? Würdest du dem Jungen auch helfen wollen, wenn seine Eltern Bauern gewesen wären?»

Marie-Provence schloss die Augen und legte die gefalteten Hände an die Stirn.

Blondes Haar, das immer etwas unordentlich war. Blaue Augen und eine klebrige kleine Hand, die sich vertrauensvoll in die ihre schob. Eine klare hohe Jungenstimme. *Marie, ich habe Maman gesagt, dass ich dich später zum Kommandanten meiner Leibgarde machen werde!*

Ihr Lachen, das ihr sofort eine Zurechtweisung eingebracht hatte.

Lach nicht! Knie dich hin!

Aber warum denn?

Ich muss dir mein Schwert umbinden.

Sie hatte sich um ein ernstes Gesicht bemüht und war auf dem feuchten Kies der Parkallee in die Knie gegangen. Sofort hatte der Vierjährige sich an ihrem Seidenkleid zu schaffen gemacht.

So! Ein zufriedenes Kindergesicht. *Jetzt bist du verpflichtet, mich zu beschützen, dein Leben lang. Und du darfst mich nie, nie mehr allein lassen!* Zwei kleine Arme, die sich um ihren Hals legten und sie drückten, bis sie lachend um Gnade flehte.

«Ich sah ihn aufwachsen, mon père», sagte Marie-Provence sanft. «Er ist der kleine Bruder, den ich nie hatte. Und das letzte bisschen Familie, das mir bleibt.»

«Du hast noch deine Tante und deinen Onkel.»

«Das ist richtig. Doch sie sind versorgt. Keiner von ihnen braucht mich so wie er.»

«Bist du dir da so sicher, ma fille? Ist dir eigentlich bewusst, wie krank dein Onkel ist?»

Marie-Provence senkte den Kopf. «Ihm zu helfen, steht nicht in meiner Macht.»

«Dem Jungen aber schon?»

Marie-Provence legte eine Hand auf die Tasche ihres Kleides. Der Ausschnitt aus dem *Journal de Paris* knisterte leise als Antwort. Erregung und Hoffnung veränderten ihre Stimme: «Dem Jungen vielleicht schon. So Gott mir hilft.»

⚜

«He, citoyenne, wie wär's mit einem Pfirsich?»

Marie-Provence sah sich nach der Stimme um. Ob sie sich jemals daran gewöhnen würde, als Bürgerin angesprochen zu werden? Die von der Revolution aufgenötigte Anrede stieß ihr noch immer auf. Hinter ihr stand eine verhüllte Gestalt, die ihr verstohlen eine samtige Frucht hinhielt. Marie-Provence dachte an den gestrigen Abend und ihren am Boden gefesselten Onkel. Wie gerne sie dem Kranken eine dieser Köstlichkeiten aus Paris mitgebracht hätte!

«Süß und saftig, citoyenne! Wenn du nicht mit Papier zahlst, sondern mit Kupfermünzen, gehört er dir», murmelte die Schwarzmarkthändlerin. «Nimm gleich zwei, dann kannst du einen deinem Liebsten schenken. Der schaut aus, als würde er süße Früchte nicht verachten!»

«Wem?», fragte Marie-Provence verwundert.

«Na, dem Kerl da, der dich keinen Moment aus den Augen lässt!», meinte die Obstverkäuferin mit einem Nicken.

Marie-Provence drehte sich zur Seite und entdeckte einen hochgewachsenen Mann, der ein paar Schritte abseits im Schatten einer Toreinfahrt stand. Markante Züge, gelockte Haare, die die Ohren einen Daumenbreit bedeckten. Er hielt etwas in der Hand – ein Schreibheft oder ein Buch, in dem er eifrig herumkritzelte. Der Mann bewegte sich nicht, auch nicht, als ihre Blicke sich trafen. Ein Kribbeln überzog ihre Haut. Ein Blick zur Kirchturmuhr sagte ihr, dass sie gerade noch fünf Minuten Zeit hatte.

«Na, was ist nun mit meinen Pfirsichen?», fragte die Obstverkäuferin.

«Ein anderes Mal vielleicht», antwortete Marie-Provence, schob sich an der Frau vorbei und überquerte ohne auffällige Hast den kleinen Platz.

Als sie an der nächsten Straßenecke zurückblickte, war der Mann verschwunden. Erleichtert bog Marie-Provence in eine belebte Gasse ein. Noch zwei Straßen, und sie würde ihr Ziel erreicht haben. Es gab keinen Grund anzunehmen, dass man ihr auf die Spur gekommen war, mahnte sie sich, während sie sich einen Weg durch den trägen Fluss der Menschen bahnte. Dennoch war sie beunruhigt, und ihr Blick suchte immer wieder die Umgebung ab.

Als sie den Mann zum zweiten Mal erblickte, schoss ihr Angst durch die Glieder. Triumph blitzte im Gesicht des Mannes auf, als sie sich über die Köpfe der Menschen hinweg ansahen. Marie-Provence wechselte abrupt die Richtung und beschleunigte ihren Schritt.

Die île de la Cité war ein im Laufe der Jahrhunderte gewachsenes Durcheinander von engen, verwinkelten Gassen und in die Höhe geschossenen Häusern. In den Sträßchen taten sich immer wieder Öffnungen und Durchlässe auf, sie stanken nach Moder und Fäkalien. Eine Veilchenverkäuferin keifte verärgert, als Marie-Provence sie anrempelte, und im letzten Augenblick wich Marie-Provence dem ausscherenden Wagen eines Lumpensammlers aus. Sie hastete weiter, fiel in einen schnellen Trab, während Beschimpfungen auf sie niederprasselten.

Sie verbot es sich, ihrer Angst nachzugeben und einfach draufloszurennen. Sie musste einen kühlen Kopf bewahren. Der Termin in der maison de la couche war zu wichtig, die Gelegenheit, die sich ihr heute bot, zu einmalig, um sie durch unüberlegtes Handeln zu verspielen.

An einer Kreuzung hielt sie außer Atem an. Es schlug Viertel nach zehn – sie kam zu spät!

Als sie aufsah und den Mann erblickte, vergaß sie ihre Vorsätze und lief los.

Kurze Zeit später stand sie auf einem großen, sonnendurchfluteten Platz. Links vor ihr schoss jäh der ehrfurchtgebietende Bau von Notre-Dame in den Himmel. Sie hatte es fast geschafft. Doch im nächsten Augenblick schreckte sie entsetzt zurück und starrte ungläubig aufs Pflaster.

Dutzende von abgetrennten Köpfen lagen zu ihren Füßen.

Da ertönte ein Warnruf von oben. Ein steinerner Kopf schoss an Marie-Provence vorbei und schlug neben ihr auf dem Pflaster auf, wo er in tausend Splitter zerbarst.

«He, pass doch auf, citoyenne! Deiner ist zu hübsch, um abgeschlagen zu werden!» Der Mann, der sich in halsbrecherischer Höhe an der Kathedrale angeseilt hatte, um die Heiligen an der Fassade zu enthaupten, lachte schallend.

Marie-Provence zitterte am ganzen Leib. In dem Moment erkannte sie ihre Chance: die Gerüste! Sie hastete über Bauschutt und Steinsplitter und huschte hinter eine der mit Tuch bespannten Wände, die die Bauarbeiter aufgestellt hatten. Vorsichtig lugte sie dahinter hervor.

Triumph stieg in ihr auf, als sie eine dunkle Gestalt in die entgegengesetzte Richtung laufen sah. Sie verließ ihr Versteck und eilte zu dem Haus gegenüber der Kathedrale. Mehrere Frauen standen davor. Als sich die Tür des Gebäudes öffnete, traten die Frauen ein.

«Wartet auf mich! Lasst mich rein!»

Mit Erleichterung vernahm Marie-Provence das Geräusch der schweren Eichentür, die hinter ihr ins Schloss fiel.

«Na, du hast es aber eilig!»

Marie-Provence befand sich in einer Art Vorraum, der bis auf ein paar Bänke nackt war. Sie brauchte einige Sekunden, sowohl um wieder zu Atem zu kommen, wie auch um die Frau vor sich in ihrer ganzen imposanten Größe und Breite zu erfassen.

«Kannst du mir mal sagen, was du hier willst?» Die mächtige Frau sprach mit einem rollenden Akzent, den Marie-Provence noch nie zuvor gehört hatte. «Du willst uns doch wohl nicht Konkurrenz machen?»

Die anderen Frauen brachen in ein brüllendes Gelächter aus. «Die? Die ist ja selber noch nicht entwöhnt, Théroigne!»

«Ihr seid nur zu acht?» Die Tür im Hintergrund hatte sich geöffnet, und eine ältere Frau mit Haube, Schultertuch und schlichtem Kleid trat ein.

«Sei gegrüßt, citoyenne Mousnier. Ja, nur zu acht», erwiderte Théroigne angriffslustig. «Bei uns in Auray haben die Leute selbst kaum was zu essen. Wie sollen wir Kinder aufnehmen, wenn wir unsere eigenen nicht durchkriegen?» Die anderen nickten bestätigend.

«Ihr kommt aus der Bretagne?» Die Frau runzelte die Stirn. «Ah, Théroigne Longpré! Ich erkenne dich! Hast du nicht vor gerade drei Monaten einen Buben mit nach Hause genommen? Wo ist das Kind?»

Théroignes Zorn legte sich genauso schnell, wie er aufgeflammt war. Sie wiegte bedauernd den Kopf hin und her. «Ist mir eingegangen. Letzte Woche hab ich ihn begraben lassen. War Pech – hier ist die Bestattungsbestätigung vom Bürgermeister.»

«Und wer bist du?», fragte Madame Mousnier und winkte Marie-Provence herbei. «Du warst noch nie hier im Waisenhaus, stimmt's? Wo ist dein Zertifikat?», fragte sie streng. «Du weißt, dass du eine Bescheinigung aus deinem Dorf über einen untadeligen Lebenswandel brauchst?»

«Ich bin nicht gekommen, um mich als Amme zu bewerben.» Marie-Provence zog die Zeitung aus ihrem Rock. «Sondern aufgrund dieser Anzeige hier.»

Madame Mousnier presste die Lippen zusammen. «Die Stelle als Gehilfe des Arztes? Das hat man dir falsch vorgelesen. Da drin steht ausdrücklich, dass ein Mann gesucht wird.»

«Ich möchte es trotzdem versuchen. Wo kann ich docteur Jomart finden?»

«Du bist zu spät. Er hat sich schon für einen Kandidaten entschieden und zeigt ihm gerade das Haus.»

Marie-Provence schluckte. «Wie schade», sagte sie leichthin. «Da kann man wohl nichts machen. Nun ja, ich fand die Anzeige ohnehin etwas seltsam. Hast du darauf bestanden, citoyenne, dass ein Mann die Stelle haben soll?»

«Nein, das war der docteur. Er ist da eigen.»

Marie-Provence schwenkte das Blatt hin und her. «Mal unter uns: Hast du da keine Bedenken? Dass ein Arzt sich zwischen den Ammen, den Pflegerinnen und den Schwangeren aufhält ist ja selbstverständlich, aber ein gänzlich Außenstehender …»

«Also, mir wär's nicht recht», kam ihr unerwartet Théroigne zu Hilfe.

«Ich hab mir natürlich auch schon meine Gedanken gemacht», gab die Mousnier widerstrebend zu. «Aber was soll ich machen?»

Marie-Provence strahlte sie an. «Mich zu dem docteur bringen!»

«Soll das ein Scherz sein?», fuhr der docteur Madame Mousnier an. Seine Stimme hallte im dunklen Flur wider. «Das Auswahlverfahren ist beendet!»

Marie-Provence betrachtete den blassen, dunkelhaarigen Mann mit dem dichten Schnurrbart. Ihr Herz klopfte schnell in ihrer Brust. Wie oft hatte sie vor dem riesigen, bewachten Tor gestanden, durch das man ihr keinen Zutritt gewährte und das sie von dem Jungen trennte? Und wie oft hatte sie gesehen, wie sich das Tor für einen Einspänner öffnete, in dem dieser Mann saß? Der docteur war einer der ganz wenigen Auserwählten, die Kontakt zu dem Jungen hatten. Unzählige Male hatte sie sich bereits ihr Gehirn zermartert, auf der Suche nach einem Vorwand, sich dem Arzt zu nähern. Als sie gestern die Anzeige gelesen hatte, war sie ihr wie ein Fingerzeig Gottes vorgekommen. Kurz dachte sie an den abbé d'If. Sie tastete verstohlen nach dem Kreuz, das sie unter ihrem Kleid verborgen trug.

«Das Mädchen macht einen guten Eindruck. Ich will, dass du sie dir wenigstens einmal ansiehst», brummte die ältere Frau.

«Aber …»

«Ich bin für den Ablauf hier verantwortlich. Zwar ist die Einstellung des Gehilfen alleine deine Sache, aber du solltest dir überlegen, ob es klug ist, einen jungen Burschen unter all diese Frauen zu bringen. Der Anblick eines nackten Busens oder einer Geburt ist nicht für jedes Auge bestimmt. Sprich mit dem Mädchen, citoyen. Ich muss jetzt los, die neuen Ammen warten auf mich.»

Jomart sah ihr stirnrunzelnd nach und wandte sich dann Marie-Provence zu.

«Darf ich fragen, was Sie bewogen hat, sich für eine Stelle zu bewerben, für die ausdrücklich ein Mann gesucht wurde?», fragte er kurz angebunden. Er hatte vorstehende Zähne, die wie ein ausgebreiteter Fächer auf seiner Unterlippe lagen, wenn er den Mund schloss. Sowohl die förmliche Ansprache, die er verwendete, wie auch seine eher altmodische Kleidung ließen Marie-Provence hoffen, dass der Arzt kein eifriger Verfechter der revolutionären Ideologie war.

«Ich finde, man sollte den Frauen nicht die paar wenigen Gebiete streitig machen, in denen sie privilegiert sind. Schließlich dominieren fast überall die Männer», entgegnete Marie-Provence.

«Gütiger Gott, wollen Sie damit andeuten, Sie seien eine dieser Frauen, die gleiche Rechte für beide Geschlechter fordern?»

«Es ist doch nicht einzusehen, weshalb uns von vornherein manche Berufe verwehrt bleiben. Warum, zum Beispiel, durfte ich nicht Soldat werden, wie mein Vater? Eine Zeitlang habe ich mir nichts sehnlicher gewünscht.»

«Oh, Ihr Vater ist einer der Helden, die im Ausland gerade gegen ihre eigenen Landsmänner antreten? Vive la nation? Vorwärts, Patrioten, mit euren nackten Fäusten gegen die royalistischen Truppen? Félicitations – herzlichen Glückwunsch!», rief Jomart aus.

Marie-Provence schwieg. Schließlich gab es nichts, wobei sie sich ihren Vater weniger hätte vorstellen können, als unter der Trikolore kämpfend. Ein kleiner, lauernder Schmerz durchzuckte sie, doch sie verdrängte ihn sofort – dies war nicht der Augenblick, an ihre Eltern zu denken.

Der Arzt stemmte die Hände in die Hüften. «Erläutern Sie mir mal die von Ihnen so gerühmten weiblichen Fähigkeiten. Haben Sie schon einmal in einer vergleichbaren Einrichtung gearbeitet? Mit einem Arzt, in einem Krankenhaus? Oder bringen Sie sonstige Erfahrungen mit, die Ihnen bei dieser Arbeit behilflich sein könnten?»

Marie-Provence suchte verzweifelt nach einer schlagfertigen Antwort, doch ihr wollte partout nichts einfallen. Vielleicht lag es an dem üblen Geruch, der im Flur waberte und ihre Sinne überbeanspruchte. Offensichtlich standen sie vor dem Zimmer, in dem die Schmutzwäsche aufbewahrt wurde.

Der Arzt fragte weiter: «Haben Sie eigene Kinder?»

Marie-Provence schüttelte den Kopf. «Noch nicht.»

«Geschwister, eine große Familie?»

«Ich bin das einzige Kind meiner Eltern», antwortete sie. «Aber ich habe eine alte Tante und einen Onkel, um die ich mich kümmere.»

Docteur Jomart verzog das Gesicht. «Wie nett.»

Marie-Provence wollte etwas erwidern, doch der Arzt unterbrach sie mit einer Geste. «Hören Sie, es tut mir leid. Ich sagte ja, ich habe mich bereits entschieden. Es war nicht recht von Madame Mousnier, Ihnen Hoffnung zu machen. Da drüben in meinem Büro steht ein junger Mann, der meinen Anforderungen bestens entspricht. Und jetzt bitte ich Sie …»

«Docteur Jomart!», unterbrach ihn eine Frau, deren Tracht sie als Pflegerin auswies. Sie eilte näher, ein Bündel in den Armen. «Kommen Sie bitte, mit César ist etwas nicht in Ordnung!»

«Ist das der Junge, der heute morgen vor Saint-Jean le Rond abgelegt wurde?», fragte der Arzt und beugte sich über das Bündel, in dem ein schrumpeliges, hässliches Etwas von dunkelroter Farbe lag. Es sah aus wie ein aus dem Nest gefallenes nacktes Vogeljunges.

«Ja, der Name César stand auf einem Zettel in seiner Windel.»

«Ich werde ihn nochmal untersuchen.» Jomart nahm der Pflegerin geschickt das Bündel ab. Zu Marie-Provence sagte er: «Sie finden doch alleine raus?» Ohne sich weiter um sie zu kümmern, wandte er sich von ihr ab und eilte den Gang hinunter, die Pflegerin in seinem Schlepptau. «César, hm?», hörte Marie-Provence den Arzt noch sagen. «Da hat wohl jemand große Stücke auf dich gesetzt, was, kleiner Mann?»

Dann verschwanden die drei um eine Flurecke.

Marie-Provence blieb mit klopfendem Herzen alleine im dunklen Flur zurück, den herben Geschmack der Enttäuschung auf der Zunge. Sie holte tief Luft. Nein. Noch gab sie sich nicht geschlagen!

Marie-Provence sah in die Richtung, in der Jomart sein Büro angedeutet hatte. Mit leisen Schritten eilte sie zu dem Raum. Die Tür war nur angelehnt, und sie spähte hinein. Das Zimmer war dunkel und vollgestopft mit Papierbergen und fremdartigen Instrumenten. Mittendrin stand ein junger Mann mit breiten Schultern und pickligem Gesicht, der die Hände tief in den Hosentaschen vergraben hatte und gelangweilt auf seine Fußspitzen starrte.

Marie-Provence zog sich lautlos wieder zurück. Sie überlegte kurz, dann ging sie zu dem Raum, vor dem sie und Jomart zuvor gestanden hatten. Sie hatte sich nicht geirrt: Auf dem gefliesten Boden des Abstellraums standen große, streng riechende Körbe, die mit sortierter Schmutzwäsche gefüllt waren. Marie-Provence suchte, bis sie die Tracht einer Pflegerin in Händen hatte, und streifte sie schnell über. Zufrieden stellte sie fest, dass sich ein grünbrauner, nach Magensäure riechender Fleck über Oberteil und Schürze zog. Darauf ging sie zu dem Korb, der den übelsten Geruch verströmte. Sie verzog das Gesicht, griff aber beherzt nach den geflochtenen Griffen. Der Gestank der vollen Windeln unter ihrer Nase war kaum zu ertragen. Mit dem Korb im Arm verließ sie den Raum. Nach einem hastigen Blick, ob die Luft rein war, schleppte sie ihre Last zu Jomarts Schreibraum. Dort stieß sie mit einem Fußtritt die Tür auf.

«Ach, hier bist du ja!», rief sie aus. Sie warf die Tür hinter sich zu und baute sich vor dem Jüngling auf, der sie aus großen Augen anstarrte. «Du bist der Neue, nicht wahr?»

Der Jüngling rümpfte die Nase. Er warf ihrem Korb einen Blick zu und wich einen halben Schritt zurück. «Ja, warum?»

«Weil wir alle hier schon sehnsüchtig auf dich gewartet haben! Docteur Jomart hat gerade keine Zeit, aber er hat gesagt, dass ich dich einweisen soll. Also am besten, du fängst gleich an», sagte sie und schob ihm den Korb vor die Füße.

«Was soll ich damit?», fragte der Junge ahnungsvoll.

«Na, waschen, bien sûr!» Marie-Provence lächelte ihn aufmunternd an. «Du findest alles, was du brauchst, im Keller.»

«Aber …»

«Es ist eine solche Erleichterung, dass endlich wieder jemand da ist, der die Arbeit macht! Unter uns gesagt: Dein Vorgänger war ein bisschen zimperlich. Der hat es nicht lange hier ausgehalten. Aber du siehst aus wie ein kräftiger Bursche! Die paar hundert Windeln wirst du im Nu schaffen!»

«Die paar hundert?», fragte der junge Mann und warf einen flehenden Blick zu den geschlossenen Fenstern. Inzwischen stank der Raum unerträglich.

«Nun ja, in einer Woche sammelt sich natürlich etliches an … Aber keine Sorge, du schaffst das schon!» Sie machte ein paar Schritte zurück. «Die anderen Körbe stehen im Wäscheraum, die holst du dir dann selber.»

«Halt, so warte doch!», rief der junge Mann. Hastig folgte er ihr zur Tür und streckte eine Hand aus, um sie aufzuhalten, änderte aber plötzlich seine Meinung, als er ihr verunstaltetes Kleid wahrnahm. «In der Anzeige steht nichts von Windelwaschen!»

«Nein, natürlich nicht. Das schreiben wir nicht mehr rein, da haben wir schlechte Erfahrungen mit gemacht.» Sie zitierte: «‹Leichte Hilfsarbeiten und Reinigung medizinischer Gerätschaften, für die keine spezielle Fertigkeiten erforderlich sind.› Das klingt eindeutig besser, nicht wahr? Ich gebe ja zu, eine Windel als medizinische Gerätschaft zu bezeichnen, ist vielleicht ein wenig an den Haaren herbeigezogen, aber …» Sie trat dicht an den jungen Mann heran. «Was ist mit dir? Ist dir nicht gut?»

Der Jüngling presste die Hand auf den Mund. Dann riss er die Tür auf und verschwand im Laufschritt.

Ein Lächeln breitete sich auf Marie-Provences Lippen aus.

Kurz darauf hatte Marie-Provence den Korb und ihr ausgeliehenes Kleid wieder zurückgebracht und die Fenster zum Lüften aufgemacht. Sie sah sich um. Das mittelgroße Zimmer hätte hell sein können ohne die Papierberge, die sich überall türmten, oder wenn man eine andere Farbe als dieses abscheuliche Grünbraun für die Wände gewählt hätte.

Sie fuhr mit ihrem Zeigefinger über das kleine Stück der Tischplatte, das nicht von Papieren, Gläsern oder eigenartigen Instrumenten bedeckt war, und pustete auf ihre Fingerspitze, um sie von der aufgesammelten Staubschicht zu befreien. Nach einem genaueren Blick auf die Schriftstücke erkannte sie, dass die meisten Krankenberichte waren. Dazwischen eingeklemmt lagen Anweisungen der Behörden, Briefe, ausgeschnittene Zeitungsartikel und wissenschaftliche Reporte. Das Durcheinander war vollkommen. Kaum vorstellbar, dass der Arzt hier noch einen Überblick hatte. Voller Tatendrang beugte sie sich über den Tisch.

«Was machen Sie da?»

Marie-Provence sah ruhig zu dem Arzt auf, der entgeistert in der Tür stand. «Aufräumen.»

Der Arzt trat näher. Er fuhr sich durch die Haare. «Ich denke, Sie sind längst wieder zu Hause! Und wo ist der junge Mann, der hier auf mich warten sollte?»

«Ich weiß es nicht. Ich sah ihn nur weglaufen», antwortete Marie-Provence wahrheitsgetreu. «Und da er nicht aussah, als wolle er jemals wiederkommen, habe ich gedacht, ich bleibe noch ein wenig. Wie geht es César?»

«Gut. Besser.» Der Arzt hob beschwörend die Hände. «Nein, lassen Sie die Papiere liegen, um Himmels willen!», rief er. «Noch mehr Durcheinander kann ich wirklich nicht gebrauchen!»

«Aber docteur», sagte Marie-Provence begütigend, «jeder, der diesen Raum betritt, erkennt doch gleich, dass Sie eher jemanden brauchen, der hier Ordnung schafft, als jemanden, der Ihre Tasche packt oder Ihre Instrumente säubert.» Sie betrachtete stirnrunzelnd einen Brief. «Möchten Sie Ihre Korrespondenz eigentlich nach Datum oder nach Absender geordnet haben? Diese Stapel hier habe ich inhaltlich sortiert. Es ist erst ein Anfang, aber in einer Woche müsste ich einen Überblick gewonnen haben.»

Der Arzt warf einen Blick auf die Stapel. «Sie können lesen?», fragte er verblüfft. Er kratzte sich den Schädel. «Wie heißen Sie eigentlich?»

«Marie-Provence», antwortete Marie-Provence unüberlegt. Sie biss sich gerade noch rechtzeitig auf die Lippen, um nicht auch noch ihren Familiennamen preiszugeben. «Duchesne. Marie-Provence Duchesne», wiederholte sie.

«Ein ungewöhnlicher Vorname. Stammen Sie aus der Provence?»

«Meine Mutter», nickte Marie-Provence. Sie bemühte sich um eine feste Stimme, als sie antwortete: «Sie sagte mir einmal, sie habe mich so genannt, um sich täglich vor Augen zu führen, was für ein kostbares Geschenk sie im Tausch für ihre Heimat bekommen habe.»

«Und Sie sind bereit, zusätzlich zur Arbeit einer Assistentin die eines Sekretärs zu machen, für denselben Lohn?», fragte der Arzt.

Triumph wallte in ihr auf. «O ja, das bin ich.»

«Mein Gott, du warst den ganzen Tag fort! Ich habe mir schreckliche Sorgen gemacht!» Wenige Stunden später winkte Rosanne Marie-Provence in die Küche des Restaurants, das sie und ihr Mann Georges in dem alten Gotteshaus von Sartrouville eingerichtet hatten. «Komm rein und setz dich einen Augenblick.»

«Was ist mit deinem Mann?», fragte Marie-Provence und spähte über die Schulter ihrer Freundin.

«Georges ist nicht da. Er ist bei einem Schildermacher, ein neues Aushängeschild abholen.»

«Ein neues? Schon wieder? Was ist denn mit dem jetzigen nicht in Ordnung?»

Rosanne verzog das Gesicht. «Er will das Restaurant von *Marat, Freund des Volkes*, in *Robespierre, Licht der Nation* umbenennen.»

Marie-Provence schüttelte lächelnd den Kopf. Letztes Jahr

noch hatte das Restaurant den Namen ‹Zum großen Voltaire› getragen. «Armer Georges, er glaubt immer noch, mit den Wölfen heulen zu müssen! Jedes Mal, wenn ich diese überdimensionale Kokarde sehe, die er tagein, tagaus an seiner Brust trägt, muss ich lachen.»

«Sei nicht zu hart zu ihm. Er glaubt an die Revolution!», verteidigte Rosanne ihren Mann halbherzig.

«Ja, weil er durch sie zu Wohlstand gekommen ist!» Marie-Provence machte eine ausholende Geste. «Nur durch die Revolution konnte er sich zum Wirt dieses seltsamen Gasthauses aufschwingen. *Robespierre, Licht der Nation* – pah! Ich hätte einen viel besseren Namen: Wie wär's mit ‹Zur Gotteslästerung›?»

«Pscht!», mahnte Rosanne. «Sei vorsichtig, ich habe Gäste! Du weißt, dass das Kirchengewölbe die Stimmen weit trägt.»

Marie-Provence sah ergeben zu den verblichenen, fünfhundert Jahre alten Fresken hoch, die die Küchendecke zierten. Ihre Freundin hatte recht. Doch es fiel ihr nach wie vor schwer zu akzeptieren, dass die Regierung die Güter der heiligen Kirche – uralte Gotteshäuser wie dieses – an sich gerissen hatte, nur um sie anschließend für einen lächerlichen Preis an Menschen zu verkaufen, die sie für profane Zwecke entweihten. Georges hatte die Gelegenheit genutzt. Er war früher Koch einer Gräfin gewesen. Als diese sich schon in den ersten Tagen der Revolution nach Koblenz absetzte, hatte Georges sich geweigert, ihr zu folgen, und war sein eigener Herr geworden.

Marie-Provence stand auf. «Ich muss weiter. Die anderen warten schon seit Stunden auf mich.»

«Du hattest einen anstrengenden Tag?», fragte Rosanne einfühlsam.

«Ich habe eine Stelle angenommen. Ich werde ab morgen jeden Tag nach Paris fahren.»

«Jeden Tag? Aber Marie-Provence, das ist doch Irrsinn! Ist dir klar, in was für eine Gefahr du dich damit begibst?»

«Ja, das ist mir klar!», antwortete Marie-Provence schärfer

als beabsichtigt. «Ich bin nicht wie die anderen, die nichts tun, als drüben im Schloss ihren Träumen nachzuhängen! Ich weiß sehr wohl, auf was ich mich einlasse, ich bin schließlich heute um mein Leben gerannt!»

Rosanne wurde auf einen Schlag bleich. «Um Himmels willen!»

Marie-Provence bereute augenblicklich ihren Ausbruch. «Entschuldige. Ich wollte dich nicht beunruhigen. Es ist vorbei, ich habe den Mann abgehängt.» Sie drückte die Schulter der Freundin. «Hab keine Angst, Rosanne. Deine Mutter ist sicher. Du weißt, ich würde sie nie verraten. Auch alle anderen im Schloss nicht.»

«Aber jeden Tag nach Paris!»

«Ich habe keine Wahl. Und wir werden das Geld gut gebrauchen können.» Marie-Provence hatte nicht vor, ihre wahren Gründe zu erläutern. Sie richtete sich auf. «Wo sind die Körbe mit den Vorräten?»

Rosanne zog sie hinter einem Vorhang hervor. «Hier. Ich habe zwei Blumenkohlköpfe für euch beiseitelegen können. Die weißen Rüben sind etwas wurmstichig, aber dafür waren sie preiswert. Die Möhren sind aus dem eigenen Garten.»

Marie-Provence wusste, dass Rosanne ihr Gemüse zwischen den verwitterten Gräbern neben der Kirche zog, und beäugte die kräftigen Wurzeln. «Kein Fleisch?», fragte sie, während sie die zwei Brotlaibe, die sie mitgebracht hatte, in die Körbe legte.

«Nein. Die Rationierung erlaubt uns nur, so kleine Portionen zu kaufen, dass es Georges unweigerlich auffallen würde, wenn etwas fehlte. Es wird immer schwieriger, etwas aufzutreiben.»

«Ich weiß. In Paris stehen die Frauen bis zu drei Stunden für ein Brot an.» Marie-Provence lächelte. «Vielleicht haben wir ja Glück, und ein Wild hat sich im Wald in einer der Schlingen verfangen.» Sie packte einen der schweren Körbe. «Danke, Rosanne. Soll ich deiner Mutter noch etwas ausrichten?»

«Nein.» Rosanne schüttelte den Kopf und hievte den

zweiten Korb hoch. «Es reicht, wenn ich weiß, dass es ihr gutgeht.»

«Es geht ihr gut. Willst du sie nicht einmal besuchen?»

«Unmöglich. Georges wird sofort hellhörig, wenn ich auch nur eine Minute weg bin.»

Marie-Provence runzelte die Stirn. «Du lässt dich von ihm unterdrücken.»

«Er ist vielleicht ein bisschen dickköpfig und eifersüchtig. Aber zeigt das nicht, dass ihm etwas an mir liegt?»

«Er ist nicht dumm, er weiß, dass du alles am Laufen hältst. Und ich weiß es auch.» Sie umarmte Rosanne. «Vielen Dank für alles.»

Sie verließen die Kirche durch eine Seitentür im Querhaus. Draußen vergewisserten sie sich erst, dass sie alleine waren, bevor sie zielstrebig einen bestimmten Punkt im Garten ansteuerten.

Wie immer, wenn sie sich zu der Falltür begab, nahm Marie-Provence überdeutlich den Gesang der Amseln wahr, das Wehen der frühsommerlichen Brise, das Rascheln der Lindenblätter, den Duft der alten Rosen. Wegen der Furcht, entdeckt zu werden, waren ihre Sinne so gespannt und ließen sie ihre Umgebung besonders intensiv wahrnehmen.

Seit vier Jahren überließ man den Garten, der die Kirche umgab, sich selbst. Nur der Weg zum Hauptschiff wurde regelmäßig instand gehalten, und so hatte sich der hübsche kleine Park in eine zügellos wuchernde Wildnis verwandelt. Während Marie-Provence und Rosanne sich einen Weg bahnten, gaben sie acht, keine Zweige zu brechen und alle Spuren zu vermeiden, die einen zufällig Vorbeikommenden auf den Gedanken hätten bringen können, dass sich ein regelmäßig benutzter Weg durch das Grün schlängelte. Auch hatten sie es sich zur Regel gemacht, stets schweigend die Falltür aufzusuchen, die den geheimen Durchgang zum Schloss verbarg. Das Pflanzenreich bot zwar Schutz, doch das Gelände war klein und gerahmt von den Straßen von Sartrouville. Kein Dorfbewohner sollte durch unvermutete Frauenstimmen neugierig gemacht werden.

Sie umrundeten die kleine Kapelle, deren Marienbild geraubt worden war, und knieten schweigend hinter ihr nieder, um die blühenden Ranken eines Geißblattes beiseitezuschieben. Für einen Moment summten aufgebrachte Bienen um sie herum. Rosanne packte den rostigen Ring und zog an der schweren Holztür. Diese öffnete sich ohne einen Laut, denn die Scharniere waren sorgfältig geölt. Ein Schwall kalter Luft vertrieb den betäubenden Duft der Geißblattblüten.

Marie-Provence ergriff eine bereitliegende Fackel und entzündete sie. Die beiden Frauen lächelten sich zum Abschied zu. Marie-Provence packte beide Körbe und ächzte leise unter der Last. Unten, am Fuß der Treppe, wartete der Handwagen auf sie, doch bis dahin musste sie es ohne Hilfe schaffen.

Sie schauderte, als sie in den tiefen, feuchtkühlen Gang hinabstieg, der unter der Seine hindurch die Kirche von Sartrouville mit dem Schloss von Maisons verband.

⚜

Das Schloss von Maisons war etwa einhundertfünfzig Jahre alt und gehörte dem jüngsten Bruder des geköpften Louis XVI. Der Pferdenarr hatte sich vor knapp zwanzig Jahren in die herrliche Lage des Schlosses, zwischen der Seine und dem Wald von Saint Germain, verliebt. Die Stallungen boten seinen achtzig Pferden bequem Platz, und die riesigen Park- und Waldstücke eigneten sich vorzüglich für die Jagd, für Wettrennen und lange Ausritte.

Die politischen Wirren hatten dem regen gesellschaftlichen Leben auf dem Schloss ein abruptes Ende gesetzt. Drei Tage nach der Einnahme der Bastille gehorchten die Brüder des Königs dessen Befehl und flüchteten ins Ausland. Was zurückblieb, war den plündernden Horden zum Opfer gefallen. Nachdem so gut wie alles aus dem Schloss gestohlen worden war, was nicht niet- und nagelfest war, hatten die revolutionären Behörden das Gebäude versiegelt – und vergessen.

Für Marie-Provence, ihre Tante, ihren Onkel und die fünf Mitbewohner hatte sich das verlassene Schloss als ideales Versteck und ein Geschenk des Himmels entpuppt.

Marie-Provence schob sich die Haube von der feuchten Stirn. Der Karren lief schwer auf dem unbefestigten Boden, und wie immer war sie froh, als sie das Ende des Ganges erreichte. Die Fackel, die ihren Schatten monströs verzerrt auf die steinerne Decke des Tunnels warf, ließ sie die kleine Tür erkennen, die den Tunnel verschloss. Sie öffnete sie, hievte beide Körbe aus dem Wagen und ließ diesen stehen. Gemüse und Brot stellte sie vor die Tür, die sie sorgfältig wieder hinter sich schloss.

Zwei Treppen musste Marie-Provence noch im Dunkeln hochsteigen, bevor sie sich auf der Höhe des Trockengrabens befand, der das Gebäude und die ihm vorgelagerte Terrasse umschloss. Wegen des Gewichts der Körbe musste sie zweimal gehen. Mit einem Seufzer der Erleichterung setzte sie die Last schließlich in der kleineren der beiden Küchen ab. Ernestine konnte sich noch Zeit lassen mit der Zubereitung des Essens. Es war Juni, die Tage waren lang, und sie warteten mit dem Anzünden des Kamins stets bis zum Anbruch der Nacht, damit der aufsteigende Rauch nicht auffiel.

Marie-Provence streckte den schmerzenden Rücken.

Es war schön, wieder zu Hause zu sein.

⚜

«Wie geht es oncle Constantin?», fragte Marie-Provence, während sie ihre Tante zur Begrüßung behutsam umarmte.

Tante Bérénice legte kurz die Stirn an die Schulter ihrer Nichte. Sie stieß einen Seufzer aus, und die Bewegung ihres Brustkorbes ließ Marie-Provence deutlich die Rippen der älteren Frau unter der dunkelgrauen Moiré-Seide spüren. Ich muss unbedingt bald wieder ein Stück fettes Schweinefleisch auftreiben, dachte Marie-Provence besorgt.

«Constantin hatte heute wieder eine Krise. Aber er erholt

sich rasch, Gott sei Dank.» Tante Bérénice lächelte dünn. «Er spricht sogar davon, zum Diner zu erscheinen.»

Marie-Provence hielt den Blick gesenkt, während sie sich ihre Kopfbedeckung von den Haaren zog. Der Anblick, den ihr Onkel gestern Abend geboten hatte, gefesselt und geknebelt auf seiner dünnen Matratze, steckte ihr noch immer in den Knochen.

«Wir wussten uns nicht mehr zu helfen, meine Liebe», sagte Tante Bérénice und nestelte an den winzigen Perlmuttknöpfen ihres Kleides.

«Je sais, ma tante», sagte Marie-Provence sanft. «Ich weiß. Bitte glauben Sie nicht, ich würde Ihnen insgeheim Vorwürfe machen.»

«Der liebe abbé hat sich auch dieses Mal neben ihn gesetzt und ihm aus der Bibel vorgelesen, bis es vorüber war und Constantin wieder Macht über seinen Verstand hatte. Fünf Stunden lang. Damit er sich nicht verlassen fühlte. Aber ich – ich habe es nicht ertragen. Diesen Anblick …» Tante Bérénice schlug die Hände vor das geschminkte Gesicht.

Marie-Provence wandte sich ihr zu. «Ma tante!»

«Ich schäme mich so. Zum ersten Mal in meinem ganzen Leben muss ich mich für etwas schämen!»

Marie-Provence strich über den Arm der Tante. Ihr Hals war wie zugeschnürt, während sie vergeblich nach Worten suchte, um sie zu trösten.

Seit fast zwei Jahren schon lebte sie mit tante Bérénice und oncle Constantin zusammen. Die beiden waren die einzige Familie, die Marie-Provence noch hatte.

Dabei war die erste Zeit der Revolution für sie und ihre Eltern glimpflich verlaufen. Marie-Provence' Vater Guy, der sich im Unabhängigkeitskrieg der Vereinigten Staaten von Amerika ausgezeichnet hatte, war durchaus aufgeschlossen für die sich dort verbreitenden demokratischen Ideen. Auch hatte er die in Frankreich laut werdenden Forderungen des Volkes nach Steuersenkungen, Wegfall überholter feudaler Strukturen und gerechter Aufteilung der Ländereien unterstützt. Nichtsdestotrotz war er stets königstreu geblieben:

Seiner Meinung nach gehörte ein Bourbone an die Spitze des neugeordneten Staates.

Die Verhaftung von Louis XVI. hatte Guy de Serdaine von einem Tag auf den anderen in das Lager der Oppositionellen katapultiert. Als Soldat verbot er es sich jedoch, seine Heimat zu verlassen, wie so viele tausend andere, die sich mit dem neuen Regime nicht anfreunden konnten. Er schloss sich einer Untergrundbewegung an, die für den König kämpfte – allerdings nicht ohne zuvor sein einziges Kind nach Marseille zu schicken, zu der Schwester seiner Frau und deren Mann, in die vermeintliche Sicherheit.

Doch nach einem ruhigen Jahr holten sie die Ereignisse im Süden ein. Marseille erhob sich gegen die Potentaten der Revolution, wurde belagert und unterworfen. Marie-Provence' Tante und Onkel wurden gezwungen, ihr Heim Hals über Kopf zu verlassen. In ihrer Not beschlossen sie, nach Paris zu ziehen, um bei Marie-Provence' Eltern Zuflucht zu suchen. Eine folgenschwere Entscheidung, wie sich im Nachhinein herausstellen sollte.

Marie-Provence betrachtete ihre weinende Tante mit schwerem Herzen. So viel hatten sie schon miteinander durchlebt! Tante Bérénice und oncle Constantin waren durch Sorgen, Verfolgung und Entwurzelung jäh gealtert und längst nicht mehr in der Lage, die Beschützerrolle zu erfüllen, die Marie-Provence' Vater ihnen einst zugedacht hatte. Dennoch empfand Marie-Provence große Zuneigung für die beiden.

Tante Bérénice hatte ein Taschentuch gezogen. «Was macht diese Revolution bloß aus uns, ma nièce? Wird es damit enden, dass wir allesamt verrohen und mit den Horden da draußen Brüderschaft trinken?» Kaum hörbar murmelte sie: «Lieber bringe ich mich um, Gott verzeih mir.»

Marie-Provence starrte ihre Tante erschrocken an. Doch bevor sie etwas sagen konnte, erschien eine dunkle Gestalt an der Tür des Zimmers.

«Hörte ich gerade den Namen unseres Herrn?», fragte der abbé d'If. «Das lässt mich hoffen, nicht unwillkommen zu sein!» Der für gewöhnlich eher schweigsame Geistliche schwenkte übermütig ein graubraunes Fellbündel hin und her. «Schauen Sie, was ich heute im Wald gefunden habe!»

«Kaninchen!», rief Marie-Provence erfreut.

«Zwei Stück», nickte der Geistliche stolz. «Und einen Marder.» Er kratzte sich den blonden Schopf. «Wobei mir nicht bekannt ist, ob das Fleisch dieser kleinen Jäger zum Verzehr geeignet ist. Was meinen Sie?»

«Wir werden es herausfinden, Monsieur», lachte Marie-Provence. «Sie verdienen auf jeden Fall die Auszeichnung für den geschicktesten Fallensteller!»

«Um ehrlich zu sein, gebührt mir nur das halbe Lob. Das andere Langohr habe ich einem Konkurrenten entwendet.»

«Aber Monsieur l'abbé!», stieß tante Bérénice aus. Sie betrachtete den zartgebauten Mann mit einer Mischung aus Betroffenheit und Verwirrung.

Marie-Provence streichelte die blaugeäderte Hand ihrer Tante. Sie konnte es der Vierundsechzigjährigen nicht verübeln, wenn sie mit den Veränderungen ihrer Umwelt nicht mehr mitkam.

Der abbé machte eine vollendete höfische Verbeugung. «Verzeihung, Madame la comtesse. Ich bin untröstlich. Ich benehme mich wie ein Flegel.»

Die Verunsicherung schwand aus tante Bérénices Blick. Sie neigte gnädig den Kopf. «Schon gut, Monsieur, wir wissen, was wir diesen Zeiten zu verdanken haben – reden wir nicht mehr darüber.» Sie wandte sich zur Tür und sagte zu Marie-Provence: «Ich gehe jetzt zu Constantin. Wir sehen uns zum Abendessen, meine Liebe.»

Der abbé sah ihr nach, bis sie den Raum verlassen hatte. «So gut die Jagd heute war, so schwierig könnte das Geschäft in Zukunft werden, Mademoiselle», sagte er. «Täglich kommen neue Wilderer in unseren Wald. Nicht nur, dass die Tiere immer scheuer werden – es wächst auch die Gefahr, dass wir entdeckt werden.»

Marie-Provence nickte besorgt. «Wir müssen noch vorsichtiger sein. Nehmen Sie am besten ab jetzt Monsieur Clément oder Monsieur de Vezon zur Begleitung mit, wenn Sie sich im Freien aufhalten. Und die geladene Pistole.»

Der abbé erbleichte. «Ich würde niemals …»

«Das können Sie ja Ihrem Begleiter überlassen.» Marie-Provence sah den Geistlichen ernst an. «Glauben Sie mir, Monsieur l'abbé, ein Leben ist nichts mehr wert, da draußen. Ich möchte Ihnen den Bericht von dem ersparen, was sich in Paris abspielt. Doch ich will Ihnen nichts vormachen: Die Soutane eines Geistlichen ist heute kaum etwas anderes als eine wandelnde Zielscheibe.»

«Das weiß ich doch, Mademoiselle.» Der abbé zuckte die Schultern und sagte müde: «Was, glauben Sie, ist damals passiert, als der Unfall mit dem Wagen den Vezons, Clément und mir plötzlich die Flucht ermöglichte? Wir waren alle bereits verhaftet und auf dem Weg zum Tribunal! Wir waren der Guillotine geweiht! Denken Sie vielleicht, die Garden hätten uns da unter Segenswünschen unsere Haut retten lassen?» Er befühlte unwillkürlich eine Narbe an seinem Kinn.

Marie-Provence schwieg. Sei es aus Aberglaube, die Aufmerksamkeit eines launischen Schicksals auf ihr fragiles Versteck zu lenken, sei es, um keine schmerzhaften Erinnerungen zu wecken – die Gemeinschaft mied es üblicherweise, über die Ereignisse kurz vor ihrem Zusammentreffen in Maisons zu sprechen.

Sie selber war mit ihrer Tante und ihrem Onkel nach der Flucht aus Marseille und den dramatischen Ereignissen bei ihrer Rückkehr nach Paris zu den fünf Menschen gestoßen, die der Zufall zusammengebracht hatte. Eine alte Dienerin von Marie-Provence' Eltern, die zugleich eine Kusine von Ernestine war, hatte Marie-Provence, ihrer Tante und ihrem Onkel das Versteck gezeigt. Der abbé, das Ehepaar Vezon samt ihrer alten Dienerin Ernestine und der Händler Clément lebten damals schon seit einem ganzen Jahr in Maisons und hatten sich dort zu einer Gesellschaft zusammengeschlossen, die mit aller Kraft die politischen Umwälzungen ignorierte. Es war, als sei die Zeit innerhalb des Schlosses angehalten worden. Die drei Neuankömmlinge waren verblüfft gewesen, eine Welt vorzufinden, die sie schmerzlich vermissten, und hatten sich in ihr sofort heimisch gefühlt.

«Ich werde das Wild in die Küche bringen», meinte der abbé. «Für heute wird es zu spät kommen, aber wenigstens können wir uns dann morgen auf ein gutes Essen freuen.» Er versuchte zu lächeln. «Sie haben mir noch nichts von Ihrem Ausflug nach Paris erzählt. Wir sind alle gespannt, was Sie uns berichten werden. Doch nun will ich Sie nicht länger stören, Sie wollen sich gewiss noch umziehen.»

Marie-Provence hatte sich gerade ihres einfachen blauen Kleides entledigt, als Ernestine nach einem Anklopfen hereinschlurfte.

«Ah, du kommst wie gerufen, um mich zu schnüren!», empfing Marie-Provence Rosannes Mutter. Sie deutete auf ein Schälchen. «Weißt du, ob wir noch mehr Puder haben?»

«Ich habe heute welchen von der Küchenwand abgeschabt», nuschelte die Siebzigjährige. Echter Puder war teuer und ein Luxus, den sich die heimlichen Bewohner von Maisons nicht leisten konnten.

Marie-Provence bepuderte sich großzügig Gesicht und Dekolleté. Das Schönheitspflästerchen klebte sie mit Eiweiß an, um es morgen Abend wieder benutzen zu können.

«Très bien. Und jetzt, das Korsett!» Ernestine trat von hinten an Marie-Provence heran und packte die Bänder, die von dem steifen Kleidungsstück herabhingen.

Marie-Provence war dankbar, dass die alte Dienerin, die einst im Gefolge der Vezons ins Schloss gekommen war, aber inzwischen allen Bewohnern zur Hand ging, längst nicht mehr die Kraft besaß, ihr die Luft gänzlich abzuschnüren. Sie drehte sich, während Ernestine das Korbgeflecht befestigte, das ihren Hüften eine eckige, weitausladende Form verleihen würde. «Rosanne lässt dir schöne Grüße ausrichten, Ernestine.»

«Geht es ihr gut? Ist sie wohlauf?»

«Ja, das ist sie.» Marie-Provence glitt in ein seidenes Unterkleid, das mit gerüschten Taftbändern verziert war. Der untere Rand des Stoffes war inzwischen arg abgenutzt und auch mehr grau als perlweiß, doch das war nicht zu ändern. Über das Unterkleid legte sich der in blassem Rosa gehaltene Rock. Er sah noch recht ordentlich aus, versicherte sich Marie-Provence, den schlechtgeflickten Riss an der Seite sah man kaum.

«Und jetzt Ihr Haar.»

Marie-Provence zuckte zusammen, als ihr die alte Dienerin mit steifen Fingern eine Haarnadel in die Kopfhaut bohrte. Die weiße Perücke ließ Marie-Provence um einen ganzen Kopf größer erscheinen. Das Haarteil war etwas zerzaust, doch in der spärlichen Beleuchtung des Abendessens würde das nicht auffallen.

Marie-Provence betrachtete sich in einer großen Spiegelscherbe. «Weshalb lebst du eigentlich nicht bei deiner Tochter?», fragte sie, während Ernestine ihren Hals mit einem Samtband schmückte. «Warum tust du dir das alles hier an? Du hast doch jemanden, bei dem du wohnen kannst!»

Ernestine verzog den Mund. «O non, Mademoiselle. Das würde nicht gutgehen! Die Rosanne und ich, wir haben da ein paar grundsätzlich verschiedene Ansichten. Darüber, was unter Würde zu verstehen ist, zum Beispiel.»

Marie-Provence war überrascht. «Würde? Willst du damit sagen, Rosanne wirft dir vor, dich zu entwürdigen, weil du weiterhin bei den Vezons bleibst? Weil du deine Herrschaften während der Unruhen nicht verlassen hast und ihr Schicksal teilst?»

«O nein, das ist es nicht.» Ernestine sah sie ruhig aus ihren alten, wässrigen Augen an. «Warum sollte ich mir so etwas vorwerfen lassen? Ich lebe mit den Vezons seit über fünfzig Jahren. Sie sind meine Familie. Daran werden auch ein paar Schreihälse nichts ändern, die sich nicht schämen, ihre Freunde zur Guillotine zu schicken.»

«Das heißt, du meinst…»

«Ganz genau.» Ernestine schob trotzig ihre faltigen Lippen vor, hinter denen schon lange keine Zähne mehr waren. «Rosanne ist es, die ihre Würde tagtäglich mit Füßen treten lässt. Und so lange sich das so verhält, werde ich keinen Schritt mehr in ihr Haus tun.»

⚜

Nach und nach trudelten die Bewohner des Schlosses ein, um das Abendessen einzunehmen. Die noch intakten Spiegel des Raumes warfen Bilder von üppigen Stoffen und kunstvoll aufgetürmten Perücken zurück, während die spärliche Beleuchtung zweier Öllämpchen gnädig darüber hinwegzusehen half, dass die Stoffe fleckig, die Strümpfe geflickt und die Frisuren lange nicht mehr richtig gepudert worden waren.

«Meine Liebe, ich hörte, Sie seien den ganzen Tag unterwegs gewesen. Bitte erzählen Sie uns doch von Ihren Erlebnissen. Wie geht es zu, in der Hauptstadt? Laufen die Menschen dort inzwischen alle mit ihren Köpfen unter dem Arm herum?», fragte der weiß und rot geschminkte Monsieur de Vezon Marie-Provence spöttisch. Er nahm gegenüber von Marie-Provence neben seiner Frau Platz, auf einer der Holzkisten, die ihnen als Sitzgelegenheiten dienten.

Tante Bérénice setzte sich zur Rechten ihrer Nichte und begann augenblicklich, das Besteck nach einer nur ihr bekannten Regel herumzuschieben. Sie war eine Frau, die Perfektion liebte, doch die Beschränkung auf die wenigen Einrichtungsgegenstände des Schlosses hatte ihren Ordnungssinn zur Manie werden lassen. Marie-Provence hatte versucht, dem beizukommen, und tante Bérénice ein Patience-Spiel mitgebracht. Die Tante hatte daraufhin zwar keine einzige Patience gelegt, doch sie verbrachte ihre Nachmittage damit, mit den kleinen Karten bunte, phantasievolle Muster zu entwerfen. Seitdem wirkte sie etwas ausgeglichener.

Der Händler Clément nahm seinen Platz zu Marie-Provence' Linken ein. «Sie haben noch nicht geantwortet, ma chère. Allons, erzählen Sie schon. Sie wissen, wie sehr wir nach Neuigkeiten lechzen.»

Marie-Provence rückte ein wenig von ihm ab. «Nun, demnächst werde ich Ihnen allen öfters etwas erzählen können.» Sie sah in die Runde. «Ich habe nämlich eine Stelle im Waisenhaus angenommen.»

Sofort prasselten Fragen auf sie ein.

«Warum denn, um alles in der Welt?»

«Ist das nicht viel zu gefährlich?»

«Mein Gott, Sie wollen den ganzen Tag unter diesen schrecklichen Menschen verbringen?»

«Ich habe mich dazu entschlossen, weil unsere finanziellen Mittel allmählich zur Neige gehen. Wir haben vorige Woche die letzte Perlenkette verkauft, es ist kaum noch Schmuck da. Und der Lohn in der maison de la couche ist überraschend gut», erklärte Marie-Provence.

«Und wenn Sie gefasst werden?», entrüstete sich der Händler Clément. «Sie gefährden uns alle!»

Marie-Provence antwortete kühl. «Monsieur, es ist an erster Stelle mein Leben, das ich in Gefahr bringe. Ich bin gerne bereit, auf dieses Abenteuer zu verzichten, wenn Sie finanziell für unser aller Unterhalt sorgen möchten.»

Clément warf ihr einen giftigen Blick zu, antwortete aber nicht. Er war der Einzige der Gruppe, der gänzlich ohne Geld in Maisons angekommen war. Sein Unterhalt wurde von der Gemeinschaft getragen. Jeder am Tisch wusste es, doch das Taktgefühl verbot es üblicherweise, diesen Umstand zu erwähnen.

Ihre Tante zuckte zusammen. «Ma nièce, allons!»

«Lassen Sie nur, ma chère, lassen Sie!», winkte Clément ab. «Es ist erschütternd, doch unausweichlich, dass der Kontakt zur Außenwelt seine Spuren hinterlässt. Sie können sich anhand der Reaktion von Mademoiselle Ihrer Nichte vorstellen, wie es da draußen hergehen mag!»

«Die Verrohung der Sitten, die Barbarei! Schrecklich …», hauchte Madame de Vezon.

«Kind, eine Serdaine arbeitet doch nicht! Was würden Ihre Eltern dazu sagen?», fiel tante Bérénice ein.

Marie-Provence lächelte und schwieg. Sie schluckte die Frage hinunter, wie ihre Tante das wohl nennen würde, was sie tagein, tagaus trieb, um die kleine Gemeinschaft zu versorgen: die Einkäufe auf dem Markt, das Holzsammeln im Wald, das ewige Schleppen durch die unterirdischen Gänge.

«Und hier kommt die Suppe!» Ernestine schlurfte bedächtig herbei, einen Teller in jeder Hand balancierend.

Clément verzog das Gesicht. «Schon wieder lauwarme Brühe!»

Marie-Provence musste eingestehen, dass die abendlichen Mahlzeiten wenig appetitfördernd waren. Ernestine machte stets Suppe, denn die weichgekochten Einlagen waren das Einzige, was ihr zahnloser Mund noch beißen konnte, und sie war zu alt und müde, um für sich eine zusätzliche Mahlzeit zu bereiten.

«Vielleicht sollten wir es in Erwägung ziehen, in der Küche zu essen», überlegte Marie-Provence laut. «Dann hätte Ernestine nicht so viel zu laufen, und das Essen bliebe wärmer.»

«Im Keller? Bei den Dienstboten?» Madame de Vezon stieß einen kleinen Schrei der Entrüstung aus. «Aber meine Liebe, vous n'y pensez pas, das ist absolut undenkbar!»

Marie-Provence bestand nicht auf ihren Vorschlag. Schließlich hatte die Aufteilung der vielen Räume des Schlosses bisher zu einem Ergebnis geführt, das alle zufriedenstellte. Ernestine hatte ihre Kammer unter dem riesigen Dach, alle anderen schliefen in der ersten Etage. Das Erdgeschoss hielt für Spiel, Essen, Lesen und Beten her – bis auf den Samstag, an dem ihr wöchentlicher Ball im Festsaal des ersten Stockes stattfand. Das Eckzimmer, in dem sie zu essen pflegten, lag rechts von der prächtigen Eingangshalle. Es war nicht so groß, als dass sich acht Menschen darin verloren vorgekommen wären, und strahlte eine kultivierte Freundlichkeit aus. Ein Architekt hatte es mit Nischen,

Stuckarbeiten und den klassisch gestalteten Statuen der vier Jahreszeiten dekoriert.

Ernestine stellte die beiden Teller ab. Wie immer bediente sie tante Bérénice und Madame de Vezon zuerst, und wie immer schwappte die Suppe über den Tellerrand, als sie sie abstellte. Dann schlurfte sie davon, um zwei weitere Teller zu holen.

Marie-Provence tätschelte die magere Hand ihrer Tante. «Morgen können wir uns auf Kaninchen freuen, tante Bérénice. Dank des lieben abbé werden wir ein Festessen genießen!»

Bis alle Tafelnden ihr Mahl gebracht bekommen hatten, war die lauwarme Suppe kalt und die ausgehängte Tür, die ihnen aufgebockt als Tisch diente, mit breiigen Pfützen übersät.

«Na dann, Mahlzeit!», schnaubte Clément und griff zu seinem Löffel.

«Sagen Sie, ma chère», sprach Madame de Vezon Marie-Provence an, während ihre schlanken weißen Finger das Silberbesteck balancierten, «haben Sie an die kleine Besorgung gedacht, um die ich Sie bat? Das Moschus- und Rosenparfüm?»

Marie-Provence war einen Augenblick sprachlos. «Ich glaube, es liegt ein Missverständnis vor», antwortete sie schließlich vorsichtig. «Ich war der Meinung, Ihnen erklärt zu haben, wie schwierig der Kauf solcher Güter derzeit ist.»

Madame de Vezon lächelte mit hochgezogenen Brauen. «Es wird heute nicht anders sein als früher, meine Liebe. Zahlen Sie den verlangten Preis, und Sie werden fündig werden. Auf dem Schwarzmarkt …»

«Werden Pfirsiche feilgeboten. Früchte gehören im Moment zu den Kostbarkeiten, die sich nur gut Betuchte leisten können – zu denen wir im Übrigen nicht zählen. Alle anderen essen Brot, und auch das nur in rationierten Mengen. Vielleicht können Sie sich vorstellen, wer sich in solchen Zeiten den Kopf über Parfüm zerbricht.»

«Hören Sie, die Sorgen des Volkes interessieren mich

nicht und haben mich auch noch nie interessiert», antwortete Madame de Vezon schneidend. Ihr schönes Gesicht verzerrte sich. «Keiner kann von mir verlangen, dass ich für diese blutrünstigen, abscheulichen Massen auch nur einen Hauch …»

Ihr Mann unterbrach sie sanft. «Lassen Sie es gut sein, ma chère. Unter uns: Der Ihnen eigene Duft kann von keinem Wasser der Welt versüßt werden. Sie wissen, wie sehr ich ihn liebe.»

Madame de Vezon stieß einen zischenden Laut aus, griff dann aber wortlos zu ihrem Löffel. Sie gönnte Marie-Provence keinen Blick mehr und machte sich daran, mit graziösen und exakten Bewegungen ihre Mahlzeit einzunehmen.

Clément hatte seinen Teller bereits geleert. «Wir hätten da noch das Porzellan und das Silber, das wir letzte Woche fanden.» Er hielt seinen hauchdünnen Teller auf Armlänge gegen das Licht. «Porcelaine de Sèvres. Einmalige Qualität. Ich hatte einst ein ähnliches Service. Da könnte eine hübsche Stange Geld bei rausspringen, wenn wir es verkaufen.» Er schenkte Madame de Vezon ein strahlendes Lächeln, das senkrechte Falten in seine runden Wangen schlug. «Genug Geld, um uns endlich mal wieder ein paar Wünsche zu erfüllen.»

«Keine schlechte Idee, Monsieur. Allerdings hat sie einen Haken: Nichts von alledem gehört uns», wandte der abbé d'If freundlich ein. «Dass das Porzellan und das Besteck unter einer gusseisernen Kaminplatte versteckt lagen, lässt darauf schließen, dass der Bruder Seiner verstorbenen Majestät Louis XVI., Graf d'Artois, fest darauf vertraut, es nach seiner Wiederkehr wiederzufinden.»

«Monsieur l'abbé hat recht», wies Madame de Vezon den Händler hochmütig zurecht. «Ich werde auf keinen Fall auf das Porzellan verzichten. Wir haben monatelang wie Bauern diniert, ich bin nicht bereit, mir das erneut zuzumuten.»

«Ich fürchte außerdem, wir würden nicht annähernd die Preise erzielen, die wir uns vorstellen.» Marie-Provence schüttelte den Kopf. «Silber, Möbel und Einrichtungsgegenstände überschwemmen derzeit den Markt. Alles, was beschlagnahmt wurde, stapelt sich in Lagern und sucht Abnehmer.»

«Tatsächlich? Ganze Einrichtungen?» Clément stellte den Teller wieder ab. «Ja, das glaube ich. Ich wüsste zu gerne, ob mein Bett dort irgendwo steht.»

«Ihr Bett, Monsieur?», fragte tante Bérénice.

Marie-Provence atmete ergeben aus. Sie beneidete die Tante um ihre altersbedingte Vergesslichkeit.

Clément indes plusterte sich auf, als sein Lieblingsthema zur Sprache kam. «Aber ja doch. Habe ich Ihnen nie davon erzählt?» Sein Blick bekam etwas Träumerisches. «Kissen aus feinsten Daunen, ein Himmel aus fliederfarbener Seide, und Federn aus Madagaskar über den Bettpfosten! Ich kenne mich aus mit Federn, ich war schließlich Hoflieferant, und glauben Sie mir: Das waren die feinsten weißen Straußenfedern, die es gibt.» Er hieb auf den Tisch. «Ich werde mir alles zurückholen, wenn dieser Irrsinn endlich vorbei sein wird. Und wenn ich zehn Jahre dafür prozessieren muss!»

«Sie sind ein Optimist, mon cher.» Marie-Provence freute sich, dass es oncle Constantin besserging. Das lange, hagere Gesicht ihres Onkels war bleich, seine Augen von tiefen Schatten umringt, doch der Blick, den er Clément zuwarf, war klar. «Ich hörte Sie schon oft ankündigen, Ihr Vermögen zurückfordern zu wollen. Stets aber blieben Sie eine Antwort schuldig: nämlich, von wem Sie dieses zu fordern gedenken.»

«Sie stellen nichts weniger als die Frage, wer in Zukunft die Macht in diesem Land haben wird, mon cher», antwortete Monsieur de Vezon mit einem kleinen Lächeln.

«Aber das versteht sich doch wohl von selbst!», mischte tante Bérénice sich lebhaft ein. Sie stellte das Glas, an dem sie gerade genippt hatte, exakt in den Winkel, den ihre Gabel und ihr Dessertlöffel bildeten. «Der König natürlich!»

«Und welcher?» Monsieur de Vezon zeigte seine Zähne. Sie waren spitz wie die eines Fuchses.

«Louis XVII., wer sonst! Der Sohn Seiner Majestät, unseres ermordeten Herrschers Louis XVI., Gott sei seiner Seele gnädig!» Tante Bérénice schlug ein Kreuz.

«Er ist im Gefängnis», antwortete Monsieur de Vezon beklommen und spielte mit einem Stück Brot.

«Richtig», bekräftigte oncle Constantin. «Und was ist mit den Mitgliedern seiner Familie passiert, die ebenfalls eingesperrt worden waren? Seinem Vater, seiner Mutter und seiner Tante?»

«Mon Dieu, Sie glauben doch nicht im Ernst, dass sie den kleinen König köpfen lassen werden?», rief tante Bérénice erschrocken.

«Wie können Sie nur so reden?», platzte es aus Marie-Provence heraus. «Selbst Robespierre kann es sich nicht leisten, ein Kind zu ermorden!» Sie fing den Blick des abbé d'If auf und senkte schnell den Kopf.

«Es ist nicht irgendein Kind, meine Liebe. Der Kleine ist der König der Franzosen. Und wie viel Respekt unsere Mitbürger vor dem Königtum haben, haben sie überdeutlich bewiesen», meinte Monsieur de Vezon.

«Aber er ist doch keine Gefahr für Robespierre!», empörte sich tante Bérénice.

«Robespierre ist ein Allesfresser. Hat er nicht die Girondins verschluckt? Und was ist mit seinen Freunden Danton und Desmoulins? Gehen Sie auf die place de la Révolution, Sie werden sehen, ihr Blut ist noch nicht trocken!» Monsieur de Vezon kaute nachdenklich auf seiner Brotkruste herum. «Aus jedem Gefängnis kann man fliehen. Was wäre, wenn der junge König freikäme?» Er schüttelte den Kopf. «Nein. Ich sage Ihnen: Robespierre will die Macht, und er wird keine Ruhe haben, solange das Kind am Leben ist.»

Oncle Constantin nickte. «Es gibt viele Arten, jemanden umzubringen», sagte er düster. «Die Guillotine ist nur eine der besonders aufsehenerregenden davon.»

Marie-Provence schüttelte entschieden den Kopf. «Das wird nicht passieren», sagte sie. «Solange es in diesem Land noch mutige Herzen gibt, werden sich Menschen finden, die bereit sind, für eine gerechte Sache zu kämpfen. Keiner, der noch etwas Mitgefühl besitzt, wird tatenlos dabei zusehen, wie ein unschuldiges Kind misshandelt wird!»

Monsieur de Vezon schnippte einen Krümel über die Tischplatte.

«Ihr Optimismus ist beneidenswert, mein Kind», sagte er trocken.

2. KAPITEL

Prairial, Jahr II
Mai 1794

Sprich, Corbeau, was hast du herausgefunden?», drängte Cédric den Mann, der soeben zu ihm durchgelassen worden war.

Corbeau sah ihn überrascht an, und Cédric konnte sich vorstellen, warum: Ungeduld oder Temperamentsausbrüche passten nicht zu dem Bild, das er sonst abgab. Doch diese Angelegenheit berührte ihn zu sehr, um nicht ein wenig von seiner Selbstbeherrschung zu verlieren.

Corbeau schnalzte mit der Zunge. «Dieser Capitaine war ein raffinierter Hund, citoyen. Hat alles gemacht, um die Spur des Mädchens zu verwischen. Sie ist von einem Tag auf den anderen von der Bildfläche verschwunden. Erst hieß es, sie sei krank, dann, sie sei in ein kleines Bad nach Deutschland geschickt worden, um sich auszukurieren. Dort allerdings, so verbreiteten es ihre Eltern, hätte sie einen Rückfall gehabt, der ihr das Leben kostete, und sie sei vor Ort begraben worden.»

«Das ist nichts Neues! Ich hoffe, du hast noch mehr als das zu bieten, sonst kannst du ab morgen wieder als Wache vor dem Gefängnis des Temple stehen!», knurrte Cédric. «Ich habe dich nicht vom Dienst entbunden und so lange auf meine Kosten nachforschen lassen, damit du mir alte Geschichten erzählst!» Seine Faust prallte auf seine Handfläche. «Die Frage ist: Ist das Ganze wahr, oder lebt das Mädchen noch?»

Corbeau schüttelte sein pechschwarzes, glattes Haar. Er war derjenige von Cédrics Spitzeln, der seinem Decknamen am meisten Ehre machte: Mit seiner langen Nase und den dürren Beinen hatte er tatsächlich etwas von einem Raben.

«Es ist bisher unmöglich gewesen, Beweise dafür zu bekommen, dass die Geschichte stimmt. Bad Bertrich, so heißt der Ort, befindet sich auf verfeindetem Gebiet. Ich fragte bei den Poststationen nach, ob das Mädchen die Reise tatsächlich antrat, doch so viel später konnte sich niemand mehr erinnern, eine junge Frau zu besagter Zeit über die Grenze gefahren zu haben.»

Cédric nickte. «Wenn wir wenigstens ein Porträt von ihr hätten, um es rumzuzeigen», murmelte er. Doch das einzige Konterfei, das er von dem Mädchen hatte, war ein stümperhaft ausgeführtes und zerkratztes Ölbild, das sie zusammen mit ihren Eltern zeigte und offensichtlich von der Hand eines Kindes stammte.

Nein, es gab kein Porträt. Im ganzen Haus hatte er bereits danach gesucht. Nichts. Eine Tatsache, die ihn von vornherein irritiert hatte. Konnte der Schmerz, ein geliebtes Kind zu verlieren, so groß sein, dass man sämtliche Bilder vernichtete? Selbst Cédric, der mit allem gebrochen hatte, was ihn einst umgab, hatte es nicht fertiggebracht, das zerknitterte Blatt zu zerstören, das er heute mitsamt dem versiegelten Kristallbehälter im untersten Winkel einer Kiste seiner *chambre fermée* aufbewahrte.

Wenn er damals doch nur nicht seine Brille hinter den Schrank geschubst hätte! Dann hätte er wenigstens bei einem Zeichner ein Porträt von ihr in Auftrag geben können, das dieser nach seiner Beschreibung angefertigt hätte. So aber war sein verdammtes Ungeschick daran schuld, dass das einzige Bild, das er von seiner Angreiferin hatte, eine schemenhafte Gestalt mit aufgelöstem dunklem Haar war. Und auch seine zwei Diener waren zu keiner präziseren Aussage zu bewegen, als dass die Frau eine aparte Erscheinung in altmodischen Kleidern gewesen sei. Was für nichtsnutzige Narren!

Cédrics Haut spannte sich unter dem altbekannten Juckreiz. Seine stumpfgefeilten Fingernägel gruben sich in seinen Handrücken, und noch bevor er sich zur Ordnung rufen konnte, hatte er sich verletzt. Irritiert starrte er auf die kleine Wunde.

«Das Mädchen lebt, dessen bin ich mir sicher», sagte er. «Die Tatsache, dass es kein Bild gibt, ist für mich ein Beweis dafür: Ihre Eltern haben geahnt, dass man auf sie aufmerksam geworden war. Und sie haben alles getan, um ihre Tochter vor einer etwaigen Verfolgung durch die revolutionären Behörden zu schützen.»

«Das glaub ich auch», sagte Corbeau.

Cédric horchte auf. «Warum dieser Tonfall? Hast du etwa noch mehr herausgefunden?»

Corbeau grinste. «Na klar. Bin doch nicht auf den Kopf gefallen!» Ernst fuhr er fort: «Unsere Armeen haben, wie du weißt, ihre früheren Verluste nicht nur wettgemacht, sondern sind inzwischen an vielen Fronten siegreich. Besonders an der nordöstlichen Grenze schreitet die Trikolore unaufhaltsam voran.»

Cédric starrte ihn an. «Willst du damit andeuten, dass dieser deutsche Kurort, wie heißt er noch gleich …»

Corbeau nickte. «Bad Bertrich wird seit kurzem von unseren glorreichen Truppen besetzt. Ich bin dorthin gereist. Ein reizender kleiner Ort, in einem tiefen waldigen Tal. Recht abgelegen allerdings.»

«Und …?», fragte Cédric atemlos.

«Das Mädchen ist nie dort gewesen.»

Ein heißes Gefühl des Triumphs durchfuhr Cédric. «Wenn es so ist, werden wir sie finden.»

⚜

Es war bereits elf Uhr, als Marie-Provence an diesem Morgen das Zimmer von docteur Jomart betrat. Bei ihrer Ankunft hatte sie den Glockenschlag gehört, der die Visite des Arztes, des Chirurgen und eines Lehrlings in der Krankenstation ankündete, und so war sie nicht überrascht, das Büro verlassen vorzufinden. Sie setzte ihren Korb ab.

Jetzt, da sie sich ihren Platz bei Jomart erkämpft hatte, musste sie warten, bis sich eine günstige Gelegenheit ergab, um ihre Pläne voranzutreiben. Derweil würde es klug sein, alles zu tun, um ihre Einstellung zu rechtfertigen; und sie war in der Tat fleißig gewesen während der letzten Woche.

Durch die lange Anreise, die sie jeden Tag zu bewältigen hatte, blieb sie höchstens vier oder fünf Stunden im Heim, bevor sie sich wieder auf den Rückweg nach Maisons machen musste. Dennoch war sie gut vorangekommen. Auf dem Schreibtisch lagen nur noch die Schriftstücke, die mit der medizinischen Versorgung der Kinder oder der Ammen des Heimes zu tun hatten: Dossiers der Patienten, noch nicht beschriftete Beurteilungs-Formulare für Neuankömmlinge, die Ergebnisse der Syphilis-Untersuchungen der Ammen. Alles andere war auf die Fensterbretter verbannt worden: Korrespondenz, eine Anweisung an das Personal, den Ammen mehr Gemüse zu essen zu geben, verschiedene Veröffentlichungen der medizinischen Fakultät, Zeitungen, neue Erlasse der Convention, Anordnungen der Verwalterkommission des Waisenheims sowie Jomarts Notizen über Versuche und Beobachtungen bei seinen kleinen Patienten.

Marie-Provence betrachtete mit gerümpfter Nase die dunklen, grünbraunen Wände, die das Licht zu schlucken schienen. «Ihr bräuchtet dringend einen neuen Anstrich», sagte sie laut. «Oder, noch besser, ein hübsches Kleid. Tapeten.»

«Was sagten Sie, ma chère?» Docteur Jomart warf einen Stapel Krankenberichte auf den Tisch.

«Guten Morgen, docteur! Ich sagte, dass diese Wände so abstoßend sind, dass ich bei ihrem Anblick jeden Tag aufs Neue versucht bin, schreiend davonzulaufen.»

«Nun, wenn das so ist, müssen wir das ändern!» Jomart rieb sich die Hände. «Lassen Sie einen Tapetenhändler kommen.»

«So gut gelaunt, docteur?», fragte Marie-Provence, während sie die achtlos hingeworfenen Krankenberichte zusammenschob.

«Allerdings», lächelte Jomart. «Ich glaube, der kleine César ist über den Berg. Bougre, der Kleine, hat es uns aber auch nicht leichtgemacht.» Jomart strich über seinen Schnurrbart.

«Ich habe noch nie ein so mageres Kind sechs Tage Fieber überleben sehen. Das müssen wir feiern: Also, suchen Sie uns etwas Schönes für diese abscheulichen Wände aus, ich spendiere es!»

Madame Mousnier erschien an der Tür. «Docteur, der citoyen Croutignac möchte Sie sprechen.»

Marie-Provence hob ruckartig den Kopf.

Jomarts Gesicht verfinsterte sich. «Ich komme. Sie entschuldigen mich einen Augenblick?», fragte er.

Marie-Provence hatte Mühe, die Lippen zu bewegen. «Natürlich.» Sie merkte, wie heiser ihre Stimme klang, und räusperte sich.

Der Arzt verließ den Raum. Alsbald hörte Marie-Provence ihn im Nebenzimmer mit seinem Besucher diskutieren. Ihr Herz pochte heftig in der Brust. Croutignac! Sie konnte es kaum fassen. Er war im Nachbarraum. Mit einem Mal schien ihr Ziel zum Greifen nahe gerückt.

Wie gerne sie das Gespräch belauscht hätte! Doch die Oberaufseherin Mousnier war geblieben. Und sie machte kein Anzeichen zu gehen. Innerlich Verwünschungen ausstoßend, machte Marie-Provence sich daran, die von Jomart mitgebrachten Krankenberichte alphabetisch zu ordnen.

«Ich muss mit dir reden», sagte Madame Mousnier barsch. Sie trat näher, baute sich vor Marie-Provence auf. «Wer bist du eigentlich, und was willst du hier?»

Marie-Provence starrte sie an und antwortete dann so kühl wie möglich: «Citoyenne Mousnier, deine Frage ist mehr als seltsam. Nach einer Woche dürfte dir sowohl mein Name wie auch meine Beschäftigung in der maison de la couche hinreichend bekannt sein.»

«Ja, ich weiß, was du erzählt hast. Doch hat irgendjemand Papiere von dir gesehen?» Die Mousnier streckte eine Hand aus. «Zeig mal dein certificat de civisme her!»

Marie-Provence fuhr die Alte in tiefster Entrüstung an: «Seit wann ist es üblich, dass eine Bürgerin die andere kontrolliert? Die Nation hat die alten Privilegien abgeschafft, und heute hat auch eine einfache Frau aus dem Volk wie ich ihre Rechte! Wenn ich jemandem in diesem Haus etwas schuldig bin, dann nur citoyen Jomart, denn er hat mich angestellt!»

Die Mousnier gab nicht auf. «Hat *er* denn wenigstens dein certificat zu Gesicht bekommen?»

«Wenn du glaubst, er sei dir in irgendeiner Weise Rechenschaft schuldig, so frag ihn doch!», trumpfte Marie-Provence auf.

«Schnippisch und kaltschnäuzig, ja, das bist du. Willst mich einschüchtern. Ganz wie den armen Kerl, den du aus dem Haus getrieben hast.» Die Alte musterte sie argwöhnisch. «Der Junge, den du vergrault hast, ist der Sohn meiner Nachbarin. Sie kam empört zu mir und hat mich gefragt, seit wann es üblich sei, Arztgehilfen Windeln schrubben zu lassen.» Sie schnaubte. «Jemand, der so darauf versessen ist wie du, eine Stelle zu bekommen, führt nichts Gutes im Schilde!»

«Ich verstehe deine Sorge nicht», gab Marie-Provence zurück. «Du und die Ammen wolltet lieber eine Frau. Hier bin ich. Wie du siehst, mache ich meine Arbeit gut. Und auch wenn ich diese Stelle dringend brauche, wenn ich alles getan habe, um sie zu bekommen, habe ich es nicht nötig, mich zu rechtfertigen!» Marie-Provence funkelte die andere an. «Dieser Bursche wohnt bei seiner Mutter, sagst du? So wird es ihm an nichts fehlen. Ich muss selbst für mich sorgen. Und ich brauche mich meiner Not nicht zu schämen.»

Die Mousnier verengte die Augen. «Gib acht, citoyenne! Ich beaufsichtige dieses Heim voller Weiber seit einer Ewigkeit und weiß genau, wenn mich eine von ihnen hinters Licht führen will. Bei dir ist was faul, das spüre ich! Pass nur auf: Ich werde dich beobachten, jede Minute, jeden Augenblick! Und sobald du auch nur einen Schritt in die falsche Richtung machst, zeig ich dich an!» Sie riss die Tür auf und rauschte davon.

Marie-Provence starrte ihr nach, erleichtert und alarmiert zugleich. Die Stimmen von docteur Jomart und seinem

Gast klangen zu ihr herüber – die Oberaufseherin hatte die Tür offen gelassen. Durch Marie-Provences Körper ging ein Ruck. Croutignac! Sie huschte zur Tür und warf einen glühenden Blick in den Nebenraum. Da stand er! Blonde, stumpfe Haare. Fleckige Haut. Nach dem Hinweis, dass der Mann im Temple ein- und ausging, hatte sie diesen Winter immer wieder dort ausgeharrt. Und Croutignac war, genau wie Jomart, etliche Male an ihr vorbeigefahren, während sie ihn zitternd und aus der Geborgenheit einer Toreinfahrt heraus beobachtet hatte. Doch es war das erste Mal, dass sie ihm so nahe kam seit jenem Vorfall, der sie um ein Haar Kopf und Kragen gekostet hätte.

«Er lebt. Mehr kann ich nicht sagen.»

Marie-Provence drückte sich gegen den Türrahmen. Sie hatte nicht gewusst, dass Jomarts Stimme so abweisend klingen konnte.

«Mehr wird auch nicht von dir verlangt», antwortete Croutignac kühl. «Wann findet dein nächster Besuch statt?»

«Wann soll ich denn hingehen?»

«Nun, die Fête de l'Être Suprême, das Fest des Obersten Wesens, ist in zwei Wochen. Es wäre gut für das Ansehen der Republik, wenn du vorher noch einmal da wärest.»

«Meinetwegen.» Jomart atmete hörbar ein und aus. Nach einer kurzen Pause fragte er: «Sag, was treibt dich eigentlich an?»

«Ich weiß nicht, worauf du hinauswillst.»

«Hast du persönlich etwas gegen den Jungen?»

«Humbug!»

«Ist es diese alte Geschichte?» Jomart hörte sich müde an. «Himmel, glaubst du nicht, dass es Zeit ist, die Sache auf sich beruhen zu lassen und weiterzuleben?»

«Versuch nicht, mich verstehen zu wollen, docteur. Nur einer einzigen Person ist das jemals gelungen.»

«Dann sag mir, wie lange du diese Tortur noch fortsetzen willst.»

Stille. Als Croutignac schließlich antwortete, war es in einem Tonfall, der Marie-Provence frösteln ließ.

«Gib acht auf deine Worte, Alexandre. Nicht jeder ist dir so wohlgesinnt wie ich.»

«Es ist nur eine Frage der Zeit, bis er zusammenbricht. Das wisst ihr, du und dein Herr, genauso gut wie ich!»

«Nun, wir sind nicht allmächtig, docteur. Gegen das Schicksal können wir nichts. Wir können nur den besten Arzt hinschicken, um ihn zu betreuen. Die Welt wird bezeugen können, dass wir nichts unversucht gelassen haben.» Eine Tür wurde geöffnet, und schneidend sagte Croutignac zum Abschied: «Sein Leben ist in deinen Händen, docteur!»

⚜

«Hier, mein Lieber.» Rosanne setzte vor ihrem Mann einen Teller ab.

«Was soll das?»

«Der Rinderbraten ist übrig, und du hast seit heute Morgen nichts gegessen.» Rosanne schob ihm Besteck hin. Dann nahm sie das siedende Wasser vom Feuer, um es neben dem Spülbecken abzustellen. Sie schob die Ärmel hoch, um mit dem Abwasch zu beginnen.

«Verflixt, was soll ich damit?» Georges schob den Teller so brüsk von sich, dass dieser über die Tischplatte holperte. Ein paar Bohnen, die Rosanne so hübsch angeordnet hatte, fielen auf den Boden. Georges fluchte und leckte sich Bratensoße vom Daumen. «Ich will das nicht essen. Ich will es verkaufen!»

Er sprang auf, und Rosanne eilte hinzu, um die Bohnen aufzulesen, ehe er sie beim Hin- und Herlaufen auf den breiten Steinfliesen zertrat.

«Wie viele Gäste hatten wir heute? Na, wie viele, sag schon!», fauchte Georges.

Rosanne hob die letzte Bohne auf. «Fünf.»

«Fünf, großartig!»

«Aber das ist doch gar nicht schlecht, Georges! Gestern hatten wir nur drei, und es gab Tage, wo der Gastraum ganz leer blieb.»

«Sag mal, begreifst du das nicht, oder willst du es nicht verstehen?» Georges stellte sich vor Rosanne. Er war ein großer, kräftiger Mann. Früher, in den Anfängen ihrer Ehe, vor acht Jahren, hatte sie es geliebt, wenn er sich so vor ihr aufbaute, da war sie sich zart und beschützt vorgekommen. «Begreifst du nicht, dass wir so nicht mehr lange durchhalten werden? Wie sollen wir von fünf verkauften Essen am Tag leben?»

Rosanne drehte sich weg und warf die Bohnen in einen Eimer. Sie würde sie nachher ihrem Schwein zum Fressen geben, das hinter der Kirche in einem Verschlag hauste. «Georges, die Zeiten sind schlecht. Wir haben zu einer ungünstigen Zeit eröffnet. Die Menschen …»

«Ungünstig? Dieses Restaurant hier ist eine einmalige Gelegenheit gewesen! Wir haben unsere Chance ergriffen, und wir haben gut daran getan. Hast du die Gräfin de Luth vergessen, und wie oft wir davon geträumt haben, sie zum Kuckuck zu wünschen und etwas Eigenes aufzubauen? Dass du dich ständig bei mir ausgeweint hast, wenn die boshafte Ziege dich wieder einmal aus heiterem Himmel geohrfeigt hat? Und dass du mich mehr als einmal davor bewahrt hast, ihr die Suppe ins Gesicht zu schütten, weil sie wie so oft daran herumgemeckert hat?»

Rosanne lächelte schwach. Nein, nichts davon hatte sie vergessen. Damals hatte sie nicht die nötige Souveränität besessen, um über die Schikanen ihrer Herrin hinwegzusehen, und hatte über ihr Unglück geschluchzt. Aber damals hatte es auch die langen Stunden gegeben, in denen sie und Georges in der Geborgenheit ihrer Decken Zukunftspläne geschmiedet hatten. Sie hatte mit Georges gelacht und geweint, hatte sich tagsüber nach ihm gesehnt, obwohl sie nur durch ein Stockwerk voneinander getrennt waren, und während ihrer wenigen freien Stunden hatten sie das kleine Theater um die Ecke besucht oder waren in einer schäbigen guinguette tanzen gegangen. Seltsam, dachte Rosanne. Ob das Glück deshalb so unfassbar ist, weil es einem stets erst bewusst wird, wenn es vergangen ist? Ob sie in zehn Jahren auf die heutige Zeit zurückblicken und sie als glücklich einschätzen würde?

Ein bitterer Geschmack lag Rosanne auf der Zunge. Sie griff nach dem verschmähten Teller und schleuderte das Essen den Bohnen hinterher in den Eimer. Nein. Nein, das würde sie ganz bestimmt nicht tun.

«Warum wirfst du das weg? Bist du denn von allen guten Geistern verlassen?»

Rosanne griff sich an den Kopf. Erst jetzt wurde ihr bewusst, was sie getan hatte. «Es tut mir leid, ich habe nicht nachgedacht …»

«Sag mal, weißt du überhaupt, wie teuer so ein Braten ist? Wie viele Assignate wir für ein Stück Fleisch hinblättern müssen?»

Rosanne presste die Lippen aufeinander. Natürlich wusste sie das. Sie erinnerte sich noch gut an das dicke Bündel, das sie gestern dem Fleischer in die blutverschmierte Hand gedrückt hatte. Sie stellte den Teller zurück. Sie war müde. Diese Assignate …! Irgendwann hatte Rosanne angefangen, das Papiergeld zu hassen, das für sie immer mehr zum Symbol ihres geplatzten Traumes wurde.

Als zu Beginn der Revolution die Güter der Kirche zugunsten der Nation beschlagnahmt worden waren, hatte der Staat die Assignate ins Leben gerufen. Das Papiergeld war ein Pfand auf den Wert der riesigen Ländereien, Klöster und Kirchen, die dem Staat jetzt gehörten. Es sollte dazu dienen, die hohen Schulden des Landes zu begleichen. Doch schon bald wurden die Assignate nicht nur verwendet, um die ehemaligen Güter der Kirche zu verkaufen, sondern auch für andere Zwecke missbraucht, wie die Bezahlung der Beamten oder den Ausgleich des Haushaltes. Und so wurde immer mehr Papiergeld gedruckt, weit mehr als im Gegenwert der beschlagnahmten Güter. Seitdem hatten die Assignate zwei Drittel ihres Wertes verloren. Auf dem Land, wie in der aufrührerischen Vendée oder der Bretagne, weigerten sich inzwischen die Bauern, Assignate anzunehmen, und auf dem Schwarzmarkt zirkulierten ausschließlich Münzen. Auch hier, bei Paris, wurde das, was Rosanne für ihre Scheine bekam, immer weniger, und die Preise waren in irrwitzige Höhen gestiegen.

Um der Inflation ein Ende zu bereiten, beschloss der Staat, für ein Jahr das sogenannte Maximum einzuführen, eine Festlegung der Preise sämtlicher Güter und Gehälter auf eine maximale Höhe. Mit wenig Erfolg. Denn die Bauern und Fabrikherren hielten daraufhin ihre Waren zurück und spekulierten auf einen höheren Gewinn nach Beendigung der Maßnahme. Und obwohl Soldaten im ganzen Land Fabriken, Scheunen und Speicher durchkämmten, um die Waren mit der Spitze ihrer Bajonette auf den Markt zu stoßen, wurden die Güter knapp. Seither kam es beim Volk immer wieder zu Vorratskäufen, und es wurde für Rosanne täglich schwieriger, genug für ihre wenigen Gäste zu besorgen.

Georges griff in den Eimer und holte das Stück Fleisch wieder heraus. «Da!», sagte er und hielt es ihr hin. «Wasch es, morgen gibt es Fleischpastete für die Gäste!»

Rosannes Magen krampfte sich zusammen. Sie sah auf das mit Unrat beschmierte Bratenstück in Georges Hand. Ein Beben durchlief sie. «Nein!»

«Was?»

«Das kannst du nicht machen, Georges!»

«Ich habe gesagt, wasch das!»

«Georges, du bist ein guter Koch – das darfst du nicht tun! Es ist unter deiner Würde!»

«Ich zähle bis drei! Eins …»

«Alles, was du mir beigebracht hast, Georges! Dein ganzer Stolz! Die besten Zutaten waren dir kaum gut genug!»

«Zwei …»

Georges zitterte vor Wut. Doch etwas in Rosanne trieb sie, zu widerstehen, dieses eine Mal ihrem Mann die Stirn zu bieten. Nicht für sich, nein. Um Georges willen. Um des Georges willen, den sie geheiratet und geliebt hatte.

«Das Perlhuhn mit Trüffelragout, die Aniscreme à la reine … Alles deine Schöpfungen! Georges, komm zu dir! Verrate dich doch nicht selbst!»

«Verdammt, Weib, du sollst mir gehorchen!»

Rosanne schrie leise auf, als Georges derb ihre Hand packte. Er zwang ihr das Fleisch zwischen die Finger. «Nimm es!»

«Nein!»

Mit einem Laut der Wut wirbelte Georges sie herum. Sie schluchzte auf. Er schleuderte sie in Richtung Spülbecken. «Wasch das jetzt!»

Sie stieß sich schmerzhaft die Hüfte am groben Steinbecken. Antwortete nicht mehr, als er sie anbrüllte. Wartete nur noch. Weinte in Schüben, die ihren Körper durchschüttelten. Er kam ihr nach, drängte sie gegen das Becken. Sie war blind vor Tränen. Die Hand mit dem Fleisch hielt sie weit von sich gestreckt. Sie war ihr fremd, diese Hand, als gehöre sie nicht zu ihr. Aus irgendeinem obskuren Grund weigerte sie sich noch immer, das vermaledeite Stück Fleisch zu waschen. Dennoch fühlte sie, was diese Hand fühlte, das große Stück Fleisch, das unbeteiligt und weich zwischen ihren Fingern hing, einem toten Tier gleich, und das Gefühl ließ sie würgen. Georges griff zu der Kelle, die aus dem Topf mit dem siedenden Spülwasser ragte.

«Georges, nein!»

«Du hast es nicht anders gewollt!»

«Georges!»

Ihr Schrei hallte gellend unter dem Kirchengewölbe wider, als der Schmerz auf ihrer Hand barst.

⚜

Es war spät, wie immer, wenn Marie-Provence aus der Stadt heimkehrte. Ihre Beine waren den ganzen endlos langen Weg gelaufen, über Le Roule und Courbevoye und Besons, über das silbrige Band der Seine, die sie dreimal überquert hatte, auf klapprigen Heuwagen und leeren Karren – irgendjemand nahm einen immer mit, die Menschen freuten sich stets auf ein Schwätzchen. Heute allerdings hatte sie die Erwartungen ihrer Mitfahrer enttäuscht. Sie hatte, in sich versunken, die sommerlich grünen Hügel an sich vorbeiziehen lassen, hatte das Spiel der Sonne auf den glitzernden Fluten und das feurige Strahlen des Klatschmohns nicht beachtet. Die Vergangenheit, die durch die Begegnung mit Croutignac auf einmal wieder lebendig geworden war, hatte sie in ihren Bann gezogen.

Erst als Marie-Provence in Sartrouville ankam, als sie die bescheidenen Häuser, den gedrungenen Kirchturm und das im Hintergrund, auf dem anderen Seineufer, erhaben aufragende Dach des Schlosses erblickte, atmete sie auf. Sie sehnte sich nach der kühlen Dunkelheit des unterirdischen Ganges, und sie beschleunigte ihren Schritt, als sie an dem frisch umgetauften Restaurant vorbeiging. Sie wollte Rosanne jetzt nicht sehen. Heute Abend würden sie eben Reste essen müssen.

Und dann sah sie sie doch. An der Pumpe, zwischen dem Schweine- und dem Hühnerstall.

Marie-Provence blieb stehen. «Rosanne? Rosanne, was ist los?»

Die junge Frau antwortete nicht, sondern verharrte in ihrer sonderbar gekrümmten Stellung, eine Hand am Schlegel der Pumpe, die Rechte im gefüllten Eimer. Marie-Provence trat näher. Rosannes Haut war tränenverschmiert, doch das hübsche Gesicht mit den Sommersprossen war ausdruckslos, die grünen Augen wie erloschen. Die Haube hatte sie verloren, und ihre Locken, die die helle Farbe von Löß hatten, klebten an ihrer feuchten Stirn. Erst jetzt fiel Marie-Provence auf, dass auch ihre Röcke und Ärmel vollkommen durchnässt waren.

«Komm her, Rosanne.» Marie-Provence löste behutsam die Finger der Freundin vom Pumpenschlegel, zog ihren anderen Arm aus dem Holzeimer – und schrie auf.

«Mon Dieu, Rosanne, wie ist das passiert?» Marie-Provence starrte ungläubig auf die verunstaltete feuerrote Hand: die Glieder waren geschwollen, Blasen überzogen die Haut bis auf den Unterarm. «Was hast du gemacht? Rosanne, hörst du mich?»

Marie-Provence ergriff das Gesicht ihrer Freundin und drehte es zu sich. «Ma chérie, antworte mir bitte! Du hattest einen Unfall! Du musst zum Arzt! Wo ist Georges?»

«Georges?», fragte Rosanne heiser. Auf einmal sank ihr Kopf auf Marie-Provence' Schulter, und ein herzzerreißender Ton drang aus ihrer Kehle.

Marie-Provence kam ein furchtbarer Verdacht. «Hat dein Mann etwas damit zu tun? Nun antworte doch!»

«Wir waren so glücklich! Ich ... Ich habe ihn so geliebt ...»

Fassungslos starrte Marie-Provence die verbrannte Haut ihrer Freundin an.

«Er hat es nicht mit Absicht gemacht. Bestimmt nicht! Er war wütend. Ich habe ihn provoziert.»

Marie-Provence erinnerte sich an Ernestines Worte. Rosanne lässt ihre Würde täglich mit Füßen treten, hatte sie gesagt. «Hat Georges dich schon öfter verletzt, Rosanne?»

Rosanne schluchzte so laut, dass keins ihrer Worte zu verstehen war. Marie-Provence sagte eindringlich: «Das darfst du unmöglich länger zulassen, Rosanne! Du musst dich wehren. Ihn verlassen!»

«Nein! Das kann ich nicht!»

Marie-Provence betrachtete forschend das verweinte Gesicht. «Liebst du ihn etwa noch?»

«Ihn lieben?» Rosanne zögerte, schüttelte den Kopf. «O Gott, Marie-Provence», sagte sie leise, «es ist tot!» Sie legte die unverletzte Hand auf die Brust. «Nichts mehr! Ich bin tot!» Angstvoll starrte sie Marie-Provence an. «Ich will das nicht!»

«Wenn es tot ist, musst du von ihm weg, Rosanne.» Die Trauer, die Rosannes Blick beschwerte, schnitt Marie-Provence ins Herz.

«Kannst du mir sagen, wie ich das machen soll? Wo soll ich denn hin?» Rosanne machte eine Geste in Richtung Falltreppe. «Und wo soll meine Mutter hin? Wenn ich nicht hierbleibe, müsst ihr alle aus dem Schloss raus!»

Sie sahen sich an. Rosanne hatte recht. In der Kirche

musste ein Vertrauter wohnen, damit die Falltür weiterhin benutzbar blieb. Ohne Komplizen würde ihr Kommen und Gehen bald entdeckt werden.

Auf der anderen Seite stellten Georges Ausbrüche ein kaum einzuschätzendes Risiko dar.

⚜

«Suchen Sie etwas, docteur?»

«Oui!» Jomart durchwühlte seine nussbraunen Haare, wie immer, wenn er ratlos war. «Die Arbeit über die Versuche der künstlichen Ernährung an Syphilis erkrankter Säuglinge. Wenn ich bloß wüsste, wo ich sie hin ...»

«Meinen Sie diese Tabelle hier?», fragte Marie-Provence lächelnd.

«Mademoiselle, Sie sind der Ariadne-Faden im Labyrinth meines Daseins!», rief der Arzt erfreut. Er griff nach dem Blatt und vertiefte sich sofort in die Lektüre.

Marie-Provence beobachtete ihn schmunzelnd. Ihre Bewerbung für diese Stelle war rein zweckmäßig gewesen und gebunden an Jomarts Zugangsberechtigung zum Temple. Umso überraschender war die Erfahrung gewesen, dass sie gerne in die maison de la couche kam. Das lag zum einen an Jomart: Obwohl sie Vorurteile gegen den Arzt gehabt hatte, weil er auf eine ihr nicht bekannte Art mit Croutignac in Verbindung stand, hatte Marie-Provence inzwischen erkannt, dass der Mann ein guter Arzt war, ein Menschenfreund, der sich nach Kräften für die Schwächsten einsetzte.

Zum anderen lag es an den Kindern, deren Schicksale Marie-Provence immer wieder berührten. Die Säuglinge wurden gefunden und abgegeben, im Geburtenhaus auf die Welt gebracht – oder bereits dem Tode nahe heimlich abgelegt von Eltern, die es sich nicht leisten konnten, sie beerdigen zu lassen. Täglich starben etliche, und täglich kamen neue zur Welt. Wenn sie kräftig genug geworden waren, wurden sie von bezahlten Ammen abgeholt, die sie für mehrere Jahre zu sich aufs Dorf nahmen. Zu dem kleinen

César, der am selben Tag wie sie hier angekommen war, hatte Marie-Provence ein besonderes Verhältnis. Wann immer sie es einrichten konnte, hatte sie den hässlichen Säugling besucht und ihn auf die Arme genommen.

Alles in allem hätte Marie-Provence sich hier wohl fühlen können – wären da nicht ihre nagende Sorge um das Schicksal des Kindes gewesen sowie Madame Mousniers misstrauische Blicke, die ihr überallhin folgten.

Ein Klopfen an der Tür riss Marie-Provence aus ihren Gedanken. Eine Hebamme meldete einen gewissen André Levallois.

«Ah, très bien!» Jomart warf das Blatt auf den Tisch und rieb sich die Hände. «Schicken Sie ihn am besten zu uns ins Zimmer, dann kann er sich hier gleich umschauen.» Er lächelte breit. «Mademoiselle Duchesne, ich habe heute eine Überraschung für Sie. Sie sprachen doch davon, das Zimmer hier verschönern zu wollen. Der Mann, der gleich kommt, ist der Vertreter einer der größten Tapetenfabriken in der Stadt, dessen Besitzer ich zufällig kenne. Bald werden Sie sich hier rundum wohl fühlen. Ich habe ihn gebeten, Muster mitzubringen. So können Sie …» Er unterbrach sich. «Mademoiselle? Mademoiselle Duchesne, ist etwas nicht in Ordnung?»

Marie-Provence hörte ihn nicht. Sie war wie erstarrt. Selbst ihr Herz, so schien es ihr, hörte ein paar Sekunden lang auf, in ihrer Brust zu schlagen. Ihr Blick haftete an dem Mann, den die Hebamme eingelassen hatte und der jetzt näher trat. Dunkle lockige Haare. Markante Züge. Diesmal kein Heft, sondern eine Mappe unter dem Arm. Wie hatte er sie wiedergefunden? Der Schweiß brach ihr aus allen Poren, wusste sie doch, dass sie hätte fliehen sollen, rennen, laufen, sich in Luft auflösen – irgendetwas anderes tun jedenfalls, als hier zu stehen und ihrem Schicksal in die grausamen Augen zu starren.

Jomart bedachte Marie-Provence mit einem beunruhigten Blick, ging dann aber mit ausgestreckter Hand auf seinen Besucher zu. «Monsieur Levallois? Très heureux! Sind Sie mit dem Besitzer der Fabrik, Monsieur Angus Levallois, verwandt?»

Er war zwischen Marie-Provence und dem Besucher zum Stehen gekommen, sodass ihr der Blick auf den Mann verstellt war.

«Er ist mein Vater, Monsieur. Als er hörte, dass Sie um ein paar Muster geschickt hatten, bat er mich, selbst zu kommen. Mein Vater erwähnte, Sie seien ein alter Freund von ihm.»

«Also hat er sich noch an meinen Namen erinnert.» Jomart schien erfreut. «Es ist schon so lange her. Ihr Vater und ich haben zusammen studiert.»

«Medizin ist immer noch eine seiner Leidenschaften. Ich glaube, er bedauert noch heute, dass er die Papierfabrik meines Großvaters weiterführen musste, damals, nach dem Unfall meines Onkels.»

«Das sollte er nicht. Wir haben uns aus den Augen verloren, doch ich verfolge mit Interesse, dass er die ererbte Fabrik höchst erfolgreich geleitet und zu einer der größten ihrer Art gemacht hat.»

«Er hat die Gunst der Stunde zu nutzen gewusst. Als es vor dreißig Jahren möglich wurde, Papierstücke aneinanderzureihen, um daraus Rollen herzustellen, begann er bereits, sich für die Herstellung von Tapeten zu interessieren. Und als das Velinpapier eingeführt wurde, stellte er fast die gesamte Produktion um.»

Marie-Provence wohnte dem Gespräch mit einem Gefühl der Unwirklichkeit bei. Wieso unterhielten sich die beiden Männer über so etwas Nichtiges wie Tapeten? Spielten sie ihr etwas vor? Versuchten sie, sie einzulullen und in Sicherheit zu wiegen? War Jomart letzten Endes eingeweiht? Himmel, ja! Wie hätte es anders sein können? Sie spürte, wie ihre Finger zu beben begannen. Diese kleine, kaum wahrnehmbare Bewegung war es, die ihre Starre löste. Sie warf hastig einen Blick um sich. Das Fenster? Nein. Es würde zu lange dauern, es zu öffnen. Also die Tür! Sie machte einen kleinen, gleitenden Schritt zur Seite. Wenn es ihr gelänge, sich an

Jomart vorbei – doch in dem Augenblick drehte der Arzt sich um und fasste sie an die Schulter.

«Aber bevor wir weiterreden, müssen Sie meine Assistentin kennenlernen. Sie ist der Grund, weshalb Sie heute hier sind.»

Marie-Provence schloss die Fäuste, als sie ihre Schlussfolgerungen bestätigt hörte. *Verräter!*

«Darf ich vorstellen? Mademoiselle Duchesne, dies ist Monsieur André Levallois. Monsieur Levallois, meine Assistentin, Mademoiselle Duchesne.»

Marie-Provence wartete darauf, dass der Mann sie nun packen würde. Es dauerte einen Augenblick, bis ihr auffiel, dass etwas nicht stimmte. *Warum griff dieser Levallois nicht zu?* Warum führte er sie nicht ab? Warum stand er da mit diesem seltsamen Ausdruck im Gesicht, diesem … Leuchten in den Augen?

«Ich finde keine Worte, um auszudrücken, wie glücklich mich unser Wiedersehen macht, citoyenne!» Er ergriff ihre Hand, und sie zuckte heftig zusammen. Doch er verbeugte sich nur, und hielt sie nicht zurück, als Marie-Provence sie ihm entriss.

«Sie kennen sich bereits?», fragte Jomart überrascht.

«Kennen? Nein. Oder besser ja, doch! Ich sah die citoyenne vor ein paar Wochen, einige Straßen von hier entfernt. Ich war im Auftrag meines Vaters unterwegs, der Wohlfahrtsausschuss hat einen Fries bei uns bestellt – eine Darstellung des französischen Volkes und der Revolution.» Er lächelte. «Ich entwerfe oft die Muster und Motive unserer Tapeten, mein Vater lässt mir darin freie Hand. Nicht selten spüre ich diese neuen Motive auf der Straße auf. Und an jenem Tag, nun, die citoyenne kaufte gerade ein, und ich suchte nach einer Marktszene – doch schauen Sie selbst!»

Der Mann zog die Schnüre seiner großen Mappe auf, öffnete sie und entnahm ihr ein in Leder gebundenes Buch, das Marie-Provence wohlbekannt war. Die Seiten teilten sich ohne sein Zutun. Jomart nahm das Buch entgegen, beugte sich drüber, blätterte um, eine Seite, dann die nächste, immer weiter. Ein wissendes Lächeln erhellte sein Gesicht. Er murmelte: «Sie sind begabt, junger Mann. Darf ich?», fragte er mit einem Blick auf Marie-Provence.

Der Mann zögerte kaum merklich. «Bitte, ja», antwortete er schließlich.

Marie-Provence hatte keine Ahnung, was das alles sollte, und ihr Verstand weigerte sich hartnäckig, dem Geschehen einen Sinn abzuringen. Folgsam schlug sie den Einband auf und begann, mit ungeschickten Fingern das Buch durchzublättern. Es waren Skizzen: Gruppen von Menschen; ein frisch einberufener Soldat, der von seiner Familie verabschiedet wurde; ein sans-culotte, die typische rote Mütze auf dem Kopf, einen Säbel in der Hand, den Mund geöffnet zum Schrei; eine Menschenmenge, darin ein Bürgermeister, erkennbar an seiner Schärpe, beim Pflanzen eines arbre de la liberté, eines Freiheitsbaumes; ein Sänger an einer Straßenkreuzung, vor einem Plakat mit der Abschrift der Marseillaise; Marktszenen. Und da … eine junge Frau aus dem Volk, die mit einer Obstverkäuferin feilscht. Marie-Provence schluckte. Ihre Finger glitten über die weiblichen Gestalten. *Mein Gott, das bin ja ich!*

Sie blätterte um. Und begegnete sich erneut, diesmal allein. Ihr Gesicht nur, aufmerksam, fragend. Auf der nächsten Skizze umspielte ein Lächeln ihre Lippen. Dann wieder ein ernstes Bild … Marie-Provence blätterte hastig weiter. Sie, immer nur sie … Die Skizzen wurden einfacher, es fehlten Schraffuren, die Striche wurden kühner, wilder – als wenn jemand die letzten Bilder in fliegender Hast, ja, in einer Art Fieber auf das Papier geworfen hätte. Und dann, plötzlich, nur noch leere Seiten. Marie-Provence klappte das Buch zu. Sie sah hoch und begegnete Levallois' Blick.

«Du bist damals plötzlich verschwunden», sagte der junge Mann. «Ich bin losgerannt und habe dich gesucht. Ich fürchte, ich habe dir Angst gemacht, aber …» Er nahm ihr das Buch sachte aus der Hand. Er lächelte. «Ich hätte das Buch so gerne gefüllt.»

Ihr Kopf war noch immer leer. Nur so viel verstand sie:

Dieser Mann war nicht hier, um sie zu verhaften. Sie hatte sich von ihrer eigenen Angst täuschen lassen. Sie konnte sich also beruhigen – aber weshalb tat sie es dann nicht? Weshalb schlug ihr Herz noch immer so schnell in ihrer Brust?

«Also, es handelt sich um diesen Raum hier», erklärte Jomart. Als Levallois sich nicht rührte, grinste Jomart. «Monsieur Levallois, ich gebe zu, dass die Farbe dieser Mauern abstoßend ist. Dennoch wäre ich Ihnen sehr verbunden, wenn es Ihnen gelänge, sich ein paar Sekunden loszureißen von dem sehr viel reizenderen Anblick, der Ihnen gerade geboten wird.»

⚜

Als André die île de la Cité verließ und den Weg nach Hause antrat, war die Welt eine andere. Die Bäume waren grüner als noch vor einer Stunde, die Luft war erfüllt von köstlichen Düften, die Menschen lächelten ihm zu. Was für eine herrliche Stadt – was für ein wundervolles Land! Er wollte die Leute umarmen, die Kinder beschenken. Aus lauter Übermut lief er ein paar Schritte, und als ein bellender Hund sich ihm an die Fersen heftete, warf er ihm lachend einen Stock zu, den dieser mit drolligen Sprüngen apportierte. Er strahlte eine Limonadenverkäuferin an, die über ihren mit Amberwasser gefüllten Bechern errötete, warf einem runzeligen Mütterchen seine sämtlichen Münzen in den Bettelbecher. Mit ausladenden Bewegungen schwang er das schwere Musterbuch hin und her. Er hatte sie wiedergefunden! Tagelang hatte er nach ihr gesucht, immer wieder gehofft und es schließlich aufgegeben – und jetzt hatte sie plötzlich vor ihm gestanden!

Im Geiste vergegenwärtigte er sich die Einzelheiten ihres Treffens. Er erinnerte sich an jede ihrer Gesten. Und an ihre geweiteten Augen, als sie sich selbst auf dem Papier erkannte. Grüngraue Augen! Die Farbe des Meeres nach dem Sturm, wenn das aufgewühlte Wasser den Blick auf seinen hellen

Grund verwehrt. Nächtelang hatte er versucht, sich die Farbe dieser Augen auszumalen. Er war damals nicht nahe genug gekommen, um sie zu erkennen. Er hatte sich mit Vorwürfen überschüttet, sie in die Flucht geschlagen zu haben. Warum auch hatte er sich damals nicht besser beherrschen können? Und als sie plötzlich losgelaufen war, hatte ihn eine solche Angst überfallen, er könne sie verlieren, ohne sich ihr vorgestellt zu haben, dass ihm nichts anders übriggeblieben war, als ihr hinterherzujagen.

André wirbelte seine Mappe herum. Egal! Gott oder das Schicksal oder das Oberste Wesen, wie Robespierre es nannte, oder wer auch immer ihr Leben hier ordnete, hatte ihm eine zweite Chance gegeben. Und die würde er nutzen! Er würde sie wiedersehen, morgen schon! Er würde mit ihr reden und sie beraten, Tag für Tag! Für sie würde er dieses düstere Loch von einem Zimmer in ein Paradies verwandeln! Und ausnahmsweise würde sein Vater zufrieden sein mit seiner Arbeit! André lachte. Ja, weder Vater noch sein Bruder Arthur würden diesmal behaupten können, er hätte kein Interesse für die Fabrik und denke nur an seine Spielereien, wie die beiden seine Experimente zu nennen pflegten.

Mit schnellen Schritten bog er in die rue des Feuillades ein. Als er die Ladentür aufriss, über der der Name Levallois in goldener Schrift prangte, bimmelte energisch das Glöckchen, das an der Decke baumelte.

Angus Levallois, der gerade mit drei Tapetenrollen im Arm auf einer hohen Leiter vor dem Regal balancierte, spähte hinunter. «Ah, te voilà, mein Junge!», rief er, nachdem er seine Brille zurechtgerückt hatte. «Wie war's im Waisenheim? Was hat Jomart gesagt?»

«Er lässt dir seine Hochachtung aussprechen, Vater. Es hat ihn gefreut, dass du dich an ihn erinnert hast.»

«Hast du den Auftrag bekommen?»

«Ja, Vater. Er hat die Muster sehr gelobt.»

«Um wie viele Räume handelt es sich denn?»

«Nur um einen einzigen», antwortete André. «Aber er hat sich für die beste Qualität entschieden: Die Allegorie der fünf Sinne. Dazwischen das Marmor-Papier und über und um die Fenster Säulen in trompe-l'œil.»

«Das hast du gut gemacht!», lächelte seine Mutter, die gerade Rollen auf der Stirnseite mit Nummern versah, damit ihr Mann sie anschließend in dem riesigen, bis an die hohe Decke reichenden Regal verstauen konnte.

Während er sich gefährlich tief hinunterbeugte, um die Rollen in Empfang zu nehmen, fragte Angus mit gerunzelter Stirn: «Ein Raum nur? Hättest du nicht noch mehr verkaufen können? Die maison de la couche ist doch riesig!»

André bugsierte die Mappe hinter den Tresen. «Docteur Jomart trägt selber die Kosten. Es handelt sich um sein Arbeitszimmer. Für die anderen Räume müsste das Heim aufkommen.»

Seine Mutter tätschelte seinen Arm. «Er meint es nicht so, André. Dein Vater ist nur etwas in Sorge, weil die Zahlen schlecht sind.»

«Schlecht, Vater?»

«Wenn du dich etwas mehr für das Geschäft interessieren würdest, wäre es dir selber aufgefallen. Oder wimmelt es hier vielleicht von Kunden?», grummelte sein Vater und stieg wieder von der Leiter. Als er dem Blick seiner Frau begegnete, hob er eine Hand. «Schon gut, schon gut, Elinor, ich weiß, was du denkst. Ich bin ein alter Mann, der seine Familie tyrannisiert.»

«Ich würde dich nie als alt bezeichnen, mein Lieber», lenkte Elinor lächelnd ab. «Schließlich sind wir beide im selben Jahr geboren. Wie würde ich dann dastehen?»

«Nie anders als heute, ma colombe.» Angus drückte ihr zärtlich die Schulter. «Als die schönste und liebenswerteste Frau auf Erden.» Er strich über seine Stirnglatze und wurde wieder ernst. «Ich wünschte mir nur, André, du würdest etwas mehr Interesse an der Arbeit in der Fabrik zeigen und weniger Zeit für deine Spielereien opfern. Schließlich wirst du das alles einmal erben. Und um dieses Erbe gut zu verwalten, musst du wissen, wie man das Beste aus neuen Kunden herausholt.»

«Ich dachte, Jomart sei nicht irgendein Kunde, sondern ein alter Freund von dir. Außerdem spiele ich nicht, Vater. Meine Arbeit am künstlichen Ultramarin, zum Beispiel, macht Fortschritte.» Eifrig ergänzte André: «Du weißt, was für eine Sensation es wäre, wenn wir das Blau selbst herstellen könnten! Ich habe mit Kaolin experimentiert, und …»

«Das sind doch alles Träumereien, die eine Menge Geld schlucken! Wenn ich nur an dieses Ungetüm denke!»

André ließ sich nicht beirren. «Dieses Ungetüm bringt uns auch Geld ein. Ich habe einen bezahlten Auftrag für die Fête de l'Être Suprême in zehn Tagen.»

«Den dein Bruder dir besorgt hat!»

«Was macht das für einen Unterschied? Ganz Paris wird auf den Beinen sein, um Robespierre zu sehen und zu hören, und dank meiner Konstruktion werden Tausende von Menschen das Haus Levallois mit diesem Ereignis verknüpfen!», gab André zurück. «Herrje, Vater, in dem, was ich mache, geht es um den größten Traum der Menschheit! Ich hätte gedacht …» Er unterbrach sich, als seine Mutter warnend den Kopf schüttelte. Mehr mit sich als mit seinem Vater unzufrieden, strich er eine mit Rosenranken verzierte Tapetenbahn glatt, die als Muster locker vor der Wand hing. Zum Teufel! Warum nur ließ er sich immer wieder auf diese unfruchtbaren Diskussionen mit seinem Vater ein? Er holte tief Luft und fuhr begütigend fort: «Was macht dir denn solche Sorgen, Vater? Dass unsere besten Kunden von Adel waren und jetzt ihre Wohnungen in Koblenz, Trier, Turin oder London frisch tapezieren lassen statt in Paris, ist leider nicht zu ändern. Dafür haben wir aber neue gewonnen. Diejenigen zum Beispiel, die durch die Revolution zu Geld und Ansehen gekommen sind und sich die schönen verlassenen hôtels unter die Nägel gerissen haben.»

«So solltest du nicht sprechen», mahnte Elinor. «Schon gar nicht vor Mars.»

Wie immer, wenn es um seinen Bruder ging, reagierte André gereizt. «Hör auf, ihn Mars zu nennen, Mutter! Das ist doch lächerlich.»

«Wenn dein Bruder es wünscht, statt Arthur einen neuen Namen zu tragen, sollten wir diesen Wunsch respektieren», sagte Elinor fest. «Während der Taufe konnte er schließlich seine Meinung nicht kundtun.»

«Aber Mutter, der Name eines Kriegsgottes! Was will er damit beweisen?»

«Es wird alles Mögliche umgetauft. Straßen, Gebäude, Menschen – selbst die Monate und Jahre auf unserem Kalender haben sie geändert. Ich finde Mars nicht den schlimmsten Namen, den einer meiner Söhne tragen könnte. Und ich möchte, dass auch du ihm den Gefallen tust. Vielleicht streitet ihr euch dann etwas weniger.»

«Ich werde meinem Bruder meine Meinung sagen, wann immer ich es für richtig halte. Ganz sicher werde ich nicht jedes meiner Worte überprüfen, nur weil er plötzlich glaubt, als Politiker auf die Welt gekommen zu sein, und Freunde im Sicherheitsausschuss hat. Wenigstens im Familienkreis wird es ja wohl erlaubt sein, frei zu reden! Wo ist mein kleiner Bruder überhaupt?»

«Im club des Jacobins. Offenbar kursieren wieder einmal Gerüchte darüber, dass der kleine Louis im Gefängnis gestorben ist. Sie wollen überlegen, wie gegen diese Gerüchte vorzugehen ist.»

«Ich habe heute Morgen auf der Straße davon gehört. Ich verstehe nicht, warum die Jakobiner den Jungen nicht ins Ausland abschieben. Dann hätten die Österreicher das Problem am Hals», meinte André. «Solange den Jungen niemand zu Gesicht bekommt, werden sich die Franzosen Gedanken um sein Schicksal machen und ausschmücken, was sie nicht wissen.»

«Freiheit hin oder her – ich mag es nicht, wenn ihr hier so sorglos über Politik redet», wandte Elinor ein. «Irgendwann wird es nochmal vor einem Kunden geschehen. Man kann nicht vorsichtig genug sein in diesen Tagen. Schlimm genug, dass Mars immer wieder damit anfängt. Wartet, bis wir zu Hause unter uns sind.»

«Ich muss sowieso in die rue des Capucines», antwortete

sein Vater. «Es gibt Schwierigkeiten in der Fabrik. Das letzte Papier war von minderer Qualität und hat die Farbe nicht gut angenommen. Kommst du mit, André?»

«Gleich. Ich will noch ein paar Skizzen aussuchen, um sie mitzunehmen. Ich komme später nach.»

Als Angus gegangen war, sah André ihm hinterher, die Hände in den Hosentaschen versenkt.

«Er meint es nicht so», sagte Elinor beschwichtigend. Sie stellte zwei Paravents auf, die ebenso wie Register, Hefte, Schreibzubehör und Notenblätter zum Sortiment des Ladens gehörten.

André schüttelte den Kopf und holte sein Skizzenbuch aus der Mustermappe hervor. «Ich weiß nicht, Mutter. Ich glaube immer, gerade er müsste mich doch verstehen. Er wollte doch selbst als junger Mann etwas anderes machen, als Großvaters Fabrik zu übernehmen. Warum kann er dann nicht akzeptieren ...»

«Es war schlimm für ihn, damals. Angus und sein Vater verstanden sich nicht besonders gut, und das Medizinstudium bedeutete ihm viel. Er hat sich nur mit Mühe dazu durchringen können, für seinen älteren verunglückten Bruder einzuspringen.» Elinor machte zwei Schritte zurück, um ihr Arrangement zu begutachten. «Du hast seine Leidenschaft für die Wissenschaften geerbt.»

«Du meinst, Vater gönnt mir meine Passion nicht, weil es ihm verwehrt wurde, seiner zu folgen?» André runzelte die Stirn, während er in seinem Skizzenbuch blätterte. «Das kann ich nicht glauben. Neid gehört nicht zu seinen Eigenschaften.»

«Nein, da hast du recht. Angus ist einer der großzügigsten Menschen, die ich kenne.» Seine Mutter trat von hinten zu ihm und sah über seine Schulter. «Ich glaube vielmehr, dass er so heftig reagiert, weil du ihn an sich selbst erinnerst – und an seinen Verzicht. Das tut ihm weh.» Sie deutete auf die Skizze des Soldaten. «Oh, das ist gut!»

«Ich will Vater nicht verletzen, Mutter. Aber ich will mich auch nicht bevormunden lassen.» Er war jetzt beim ersten

Bild angelangt, das Marie-Provence zeigte. Ein warmes, wunderbares Gefühl machte sich in ihm breit. Ein Gefühl, das Stärke verlieh. Und Entschlusskraft. Er sagte: «Ich habe es Vater noch nicht erzählt, aber ich habe in letzter Zeit viel über die Zukunft nachgedacht. Ich bin mir nicht sicher, ob ich mein ganzes Leben lang Tapeten herstellen möchte. Vielleicht verkaufe ich die Fabrik, wenn es so weit ist.»

«Oh.» Elinor holte tief Luft, legte dann die Hände auf Andrés Schultern. «Vielleicht wartest du noch ein wenig, bis du Angus von dieser Idee erzählst. Bis die Zeiten besser sind und er etwas entspannter ist.»

«Hm.» André blätterte um. Sein Herz klopfte etwas schneller, als er die nächste Zeichnung erblickte. Er lächelte flüchtig.

«Wo hast du denn das gezeichnet?»

«Auf der île de la Cité, beim Tempel der Vernunft.»

«Ein hinreißender Ausdruck! Beachtlich, für eine so junge Frau. Bei Notre-Dame, sagst du?», murmelte Elinor. Sie war immer eine eifrige Kirchengängerin gewesen und weigerte sich stur, die Umbenennung der Kathedrale hinzunehmen. «Wie passend – sie erinnert mich an eine Madonnen-Skulptur.»

«Ja. Aber die Augen sind anders. Sie hat grüne Augen. Nicht von einem klaren Smaragdgrün, sondern rauchiger. Eher Jadegrün.»

«Du hast sie dir aber genau angesehen», bemerkte Elinor. «Darf ich?» Sie entzog André das Büchlein und blätterte weiter. Ein Lächeln breitete sich auf ihren Lippen aus. «Wann siehst du sie wieder?»

«Morgen!», rief André. Und er umarmte seine Mutter und wirbelte sie herum, während er in ihr Lachen einfiel.

3. KAPITEL

Prairial, Jahr II
Juni 1794

Marie-Provence spähte in die lederne Tasche von docteur Jomart. Angesichts der Anzahl ihr unbekannter Gerätschaften stutzte sie. Auf welche würde der Arzt wohl während seiner Visite nicht verzichten können? Sie griff hinein und holte ein handlanges röhrenförmiges Gerät heraus, an dessen beiden Enden Linsen eingebaut waren. Es war mit drei Beinen an einem Sockel befestigt, an den es dank eines Gewindes mehr oder weniger nah herangeschraubt werden konnte. Sie wog das schwere Gerät in ihrer Hand. Nun gut, es sah imposant genug aus, um als Ausrede herzuhalten. Kurz entschlossen klappte sie die Tasche des Arztes wieder zu und stellte sie an ihren Platz zurück.

«Oh, ein Mikroskop.»

Marie-Provence drehte sich um. André Levallois lächelte ihr aus einigen Schritten Entfernung zu. Sie fühlte, dass sie errötete wie ein Kind, das beim Naschen erwischt wurde, und ärgerte sich darüber. «Guten Morgen, citoyen», sagte sie frostig. «Verzeih, wenn ich dich nicht vorher begrüßt habe, dein Kommen habe ich nicht gehört.»

«Du warst ganz versunken.» André Levallois stellte einen gewichtig aussehenden Koffer ab und kam näher. Er deutete auf die metallene Röhre in ihren Händen. «Ein spannendes Gerät. Kennst du dich damit aus?»

Sie schüttelte den Kopf.

«Du gestattest?» Er nahm ihr das Mikroskop aus den Händen, und einen Herzschlag lang streifte sie seine warme Haut. Schnell zog sie ihre Finger zurück. André Levallois stellte das Gerät auf den Tisch und beugte sich darüber. «Diese Linsen hier vergrößern selbst kleinste Teile derart, dass du deren Strukturen erkennen kannst. Dazu brauchst du nur noch eine gute Lichtquelle wie einen kleinen Spiegel oder eine Öllampe – und natürlich ein Forschungsobjekt.»

Sie war ihm gefolgt, interessiert wider Willen. Als er sich aufrichtete, war er ihr plötzlich sehr nahe.

«Zum Beispiel eines deiner Haare. Oder ein Tropfen deines Blutes. Dann könnten wir eine Theorie von einem gewissen Gallini überprüfen. Dieser Mensch behauptet nämlich, dass unsere Körper nichts sind als eine Ansammlung von Zellen, die Membranen voneinander trennen.» Er lächelte. «Ich kann mir vorstellen, dass deine Zellen sehr reizvoll anzusehen wären.»

Marie-Provence' Haut prickelte. Gleichzeitig fragte sie sich, wie ein Tapetenhändler dazu kam, sich für die Zusammensetzung des menschlichen Körpers zu interessieren. Schnell rief sie sich zur Ordnung. «Ich fürchte, dafür haben weder du noch ich die Muße», erwiderte sie betont kühl und ergriff das Mikroskop. Jomart konnte jeden Augenblick kommen und seine Tasche abholen, es war höchste Zeit, das Gerät verschwinden zu lassen. Sie öffnete eine Schublade des Schreibtisches und legte das Mikroskop sorgfältig hinein.

Levallois hatte sich derweil über seinen Koffer gebeugt und ihn aufgeschlagen. Er trug die dunklen Haare im Nacken kurz, so wie es der Mode entsprach. Sein Deckhaar aber war dicht und lockig und verlieh seinem Gesicht etwas Feinsinniges. Die Fülle seines Schopfes bildete einen reizvollen Kontrast, fand Marie-Provence, zu den markanten Zügen und dem klaren, intelligenten Blick der dunklen Augen.

Er sah auf, und sie errötete, als hätte er ihre Gedanken erraten. «Ob du mir beim Ausmessen assistieren würdest?», fragte er. Er streckte ihr eine mit Markierungen versehene Latte hin.

Es machte sie nervös, wenn er sie so wie jetzt direkt ansah – gewiss die Nachwehen ihrer ersten Begegnung. Als sie daran dachte, wie er sie damals in Panik versetzt hatte, stieg noch immer Ärger in ihr hoch. Spitz fragte sie: «Spannst du für gewöhnlich deine Kunden als Gehilfen ein?»

«Nein, wir haben genug Angestellte.» Er lächelte sie an. «Aber hätte ich einen unserer Gehilfen mitgenommen, wäre ich nicht mit dir ins Gespräch gekommen.»

Ihre Wangen fingen Feuer. Brüsk hielt sie ihm die Latte hin. «Citoyen, ich glaube nicht …»

«Verzeih», unterbrach er sie schnell. «Ich wollte dir nicht zu nahetreten. Ich bin wohl nach wie vor recht ungeschickt in meiner Art, mich dir zu nähern.» Er sah sie offen an. «Ich habe nicht viel Übung in diesen Dingen.»

Sie verbarg ihre Verunsicherung, indem sie den Blick auf die Holzlatte senkte. Schließlich antwortete sie steif: «Du wirst mich unterweisen müssen, citoyen. Der Gebrauch dieses Objektes ist mir nicht bekannt.»

Er antwortete sachlich. «Was du hier in Händen hältst, citoyenne, ist eine der außergewöhnlichsten Errungenschaften unserer Zeit und ein Gewinn für die ganze Menschheit.»

Marie-Provence drehte das Holz ratlos in den Händen herum.

Er nahm es ihr behutsam ab. «Das, citoyenne, ist ein Meter.» Seine Finger liebkosten die Latte. «Du musst wissen, dass beschlossen wurde, in ganz Frankreich ein einheitliches Maß anzuwenden, dem ein bestimmter Bruchteil des Meridians der Erde zugrunde liegt. Die Messungen zur Bestimmung dieser Maßeinheit sind noch nicht ganz abgeschlossen, doch man hat dank früherer Arbeiten schon einen ungefähren, provisorischen Wert festlegen können. Und diese Maßeinheit hast du vor dir!»

Levallois' dunkle Augen strahlten. Sein ganzer Körper drückte eine Begeisterung aus, die ansteckend wirkte. Marie-Provence entspannte sich und lächelte.

Er fuhr eifrig fort: «Stell dir vor, citoyenne: Ob in Paris, Rennes, Bordeaux oder Lyon – ganz Frankreich wird in Zukunft über dasselbe sprechen, wenn von einem Meter Stoff die Rede ist! Was für eine Erleichterung für den Handel und die Wissenschaft! Wer weiß, vielleicht wird sogar einmal das Ausland dieses Maß übernehmen!»

Sie schüttelte lachend den Kopf. «Allons, citoyen, du bist

ein Träumer. Wir stehen im Krieg mit halb Europa, schon vergessen? Ich sehe schwarz, was die Begeisterung unserer Nachbarn für französische Erfindungen betrifft.»

«Du irrst dich», entgegnete er ernst. «Wir sind Zeugen einer aufregenden und wunderbaren Zeit. Und wir haben das Glück, in einem Land zu leben, das Europa erhellt auf seinem Weg zur Befreiung der Völker. Alle Augen sind auf Frankreich gerichtet! Wir haben eine Führungsrolle übernommen, und wir sollten uns ihrer würdig zeigen, indem wir keiner Herausforderung ausweichen. Und dieses Meter, citoyenne, ist eine solche Herausforderung!»

Marie-Provence' Lächeln erstarrte. Aufregende und wunderbare Zeiten! Levallois hatte eine Familie und lebte in geordneten Verhältnissen. Er brauchte sich weder zu verstecken noch zu befürchten, dass ihn jemand aufgrund seiner Geburt aus seinem Haus warf oder unter die Guillotine zerrte! Vielleicht hätte sie sich unter ähnlichen Umständen auch von einem Stück Holz begeistern lassen. Heute allerdings rief es nur Bitterkeit in ihr hervor.

Jomart, der mit großen Schritten den Raum betrat, holte sie aus ihren düsteren Gedanken. Der Arzt wirkte abgekämpft und winkte ihr nur im Vorübergehen zu. «Mademoiselle Duchesne, wir sehen uns heute Nachmittag wieder, ich habe außerhalb zu tun.» Er griff nach seiner ledernen Tasche und verschwand.

Marie-Provence atmete auf, erleichtert, dass ihm nicht das fehlende Gewicht des Mikroskops aufgefallen war. Sie sah auf die Uhr an der Wand. Fünf Minuten würde sie ihm Vorsprung geben. Während sich Levallois mit seinem Meter an den Wänden zu schaffen machte, kaute sie nervös auf ihrer Unterlippe. Irgendwann hielt sie es nicht mehr aus und entnahm das Mikroskop der Schublade. Sie wickelte es sorgfältig in ein sauberes, weiches Tuch.

«Ich muss jetzt auch weg», sagte sie zu dem Tapetenhändler. «Wirst du alleine zurechtkommen?»

Levallois' Enttäuschung war offenkundig. «Oh, ganz und gar nicht, fürchte ich.»

«Dann solltest du morgen doch besser jemanden mitbringen, der dir zur Hand geht.»

«Darf ich dich begleiten? Ich bin hier sowieso fast fertig.»

«Nein!», schoss es aus Marie-Provence. Ruhiger fügte sie hinzu: «Nicht heute. Es geht nicht, ich habe etwas zu erledigen. Etwas, bei dem ich alleine sein möchte.»

«Dann in vier Tagen.»

Es war mehr ein Entschluss denn eine Frage, und Marie-Provence fragte überrumpelt: «Was ist in vier Tagen?»

«In vier Tagen findet die Fête de l'Être Suprême statt. Und du wirst mich dorthin begleiten.»

«Das kommt überhaupt nicht in Frage!», wehrte Marie-Provence ab. «Ich hasse Menschenansammlungen.»

«Ich verspreche dir einen Logenplatz. Nur du und ich. Und eine Kulisse, wie du sie noch nie erlebt hast.»

«Nein, unmöglich», sagte Marie-Provence entschlossen. «Du verstehst das nicht. Ich würde mich sehr unwohl fühlen.»

Er ergriff ihre Hand. «Bitte, citoyenne. Ich schwöre dir, du wirst es nicht bereuen. Du wirst dem Fest weitab vom Volk beiwohnen. Und doch an allererster Stelle sein.»

Marie-Provence sah auf seine Hand, die die ihre umschloss. Sie wusste ganz genau, was sie jetzt tun musste. Er war der Feind. Sie wusste nichts von ihm. *Halte dich von ihm fern!* Sie zog an ihrer Hand, doch er ließ nicht locker.

Er sah sie eindringlich an. «Du kannst mir vertrauen. Das tust du doch, oder?»

Bist du verrückt?, versuchte sie sich zur Vernunft zu rufen. Es kann dich den Kopf kosten! Sie benetzte ihre Lippen.

«Ja», hörte sie sich sagen. Und verblüfft wiederholte sie: «Ja, das tue ich.»

⚜

Als Marie-Provence aus der Kutsche stieg, betrachtete sie stumm die schier endlose, zinnenbewehrte Mauer, die, hier und da von hervorspringenden Türmchen unterbrochen, das

Areal des Temple vom Rest der Stadt abschottete. Menschen, die im Temple wohnten oder in der rotonde einkaufen wollten, gingen durch das Tor ein und aus, allerdings nicht, ohne ihren Ausweis zu zücken, der stets einer gründlichen Prüfung unterzogen wurde. Der Anblick war Marie-Provence vertraut. Dennoch bekam sie feuchte Handflächen.

Denn heute, das spürte sie, war endlich der Tag, auf den sie so lange hingearbeitet hatte. Heute würde sie hineinkommen!

Dass Jomart zum Temple gefahren war, wusste sie. Sie hatte den Arzt in den letzten Tagen aufmerksam beobachtet und bemerkt, dass er immer einen besonderen Ausweis mitnahm, wenn er hierherfuhr. Als Jomart diesen heute Morgen eingesteckt hatte, war ihr die Idee gekommen, die Arzttasche zu plündern; so hatte sie einen Vorwand, ihm nachzufahren.

Ein Trupp Soldaten überholte sie im Gleichschritt, und sie duckte sich unwillkürlich beim martialischen Takt der Absätze auf dem Kopfsteinpflaster. Doch sofort rief sie sich zur Ordnung und packte den Henkel des schweren Korbes, in dem das eingewickelte Mikroskop lag. Mit festen Schritten näherte sie sich der kleinen Fallbrücke, die den Haupteingang des Temple bildete, und hielt auf zwei Garden zu. Die beiden Männer hatten die Piken weit von sich gestreckt und dösten in der Sonne.

«Klar kennen wir den citoyen docteur», beantwortete einer der Soldaten ihre Frage. «Kommt alle paar Tage hier vorbei. Was willst du von ihm?»

«Er hat etwas vergessen, das er unbedingt für seine Visite braucht. Mein Name ist Marie-Provence Duchesne, ich bin seine Gehilfin. Ich bin gekommen, um citoyen Jomart das fehlende Gerät zu bringen.»

Der Wachmann betrachtete sie mit Wohlgefallen, worauf Marie-Provence den Korb auf Brusthöhe hob. «Schau, citoyen», sagte sie mit einem Augenaufschlag. Als der Soldat in lobenswertem Gehorsam über den Korbrand schaute, ergriff Marie-Provence das eingewickelte Gerät.

«Das hat der citoyen docteur vergessen.» Ohne Hast schlug sie das weiche Tuch auf und ließ ihre Finger über das schimmernde gelbe Metall gleiten.

«Was ist das? Doch wohl keine Waffe?», fragte der Zweite misstrauisch.

«Aber nein, citoyen soldat. Es ist ein Mikroskop. Ein unentbehrliches Gerät, um verborgene Krankheiten aufzuspüren. Möchtest du einmal hindurchschauen? Aber vorsichtig, es ist sehr wertvoll.»

«Damit kann ich nichts anfangen.» Er verzog den Mund und gab ihr das Mikroskop nach eingehender Prüfung zurück. «Aber lass sie ruhig durch, Francjeu. Erreichen kann sie eh nichts, niemand wird zum kleinen Capet in den Turm hineingelassen.»

Marie-Provence schlug die Augen nieder. Capet ... Der Name war ein rotes Tuch für alle Königstreuen. Er bezog sich auf Hughes Capet, einen Vorfahren der Bourbonen. Die Revolutionäre hatten diesen Namen König Louis XVI. verpasst, als sie ihn vom Thron stürzten; anschließend hatten sie diese Bezeichnung an dessen neunjährigen Sohn Louis-Charles weitergegeben. Sie rieb sich die Augen.

«Allons, ma belle!», brummte Francjeu begütigend. «Warum denn plötzlich so traurig?»

Marie-Provence schüttelte entmutigt den Kopf und zog die Nase hoch. «Ich war diejenige, die das Mikroskop heute Morgen nicht in die Arzttasche gelegt hat, citoyen soldat. Der Doktor wird schon wütend genug sein, wenn er das entdeckt. Und jetzt sagst du, dass ich meinen Fehler nicht wiedergutmachen kann, weil ich nicht bis zu ihm durchgelassen werde!» Sie zog ihre Schürze und betupfte sich die Augenlider. «Er wird mich hinauswerfen! Ich werde meine Arbeit verlieren, und heute Abend wird mich mein Vater schlagen. Der sagt sowieso, ich sei zu nichts nütze, weil ich mich so gerne zum Tanzen einladen lasse!»

Der Köder verfehlte seine Wirkung nicht. Francjeu zog seinen Hut in den Nacken. «Tanzen, eh?» Ein Lächeln erhellte sein gutmütiges Gesicht. «Hör zu. Ich mach dir einen

Vorschlag. Ich bring dich zum donjon und lege ein gutes Wort für dich ein. Sie werden dich zwar nicht vorlassen, aber sie könnten vielleicht das Ding da dem citoyen docteur zukommen lassen. Und als kleines Dankeschön darf ich dich ausführen – in vier Tagen zum Beispiel, bei der Fête de l'Être Suprême. Und wir werden bis zum Umfallen tanzen. Was hältst du davon?»

«Das würdest du für mich tun?» Marie-Provence strahlte. «Ja, ich werde da sein, in vier Tagen, ganz bestimmt!», rief sie aus. Und das war, wie sie sich einzureden versuchte, während sie mit heißen Wangen dem Soldaten folgte, nicht wirklich eine Lüge.

Der Temple war ein großes Areal, das Mitglieder des Templerordens im Mittelalter auf trockengelegtem Sumpfland errichtet hatten. Als Dank für ihre gewaltige Arbeit hatte der damalige König den Templern die Herrschaft über das Gebiet überlassen und somit einen Brauch festgelegt, der zum Teil noch heute Gültigkeit hatte: So brauchte man im Temple keine Steuern zu bezahlen. Auch die Gilden waren dort machtlos, und Handwerker konnten sich niederlassen, ohne eine Lehre oder Meisterprüfung absolviert zu haben. Verschuldete und von der Justiz Gesuchte fanden ebenfalls Zuflucht im Temple, auch Rousseau hatte dort vor dreißig Jahren Schutz vor seinen Verfolgern gefunden.

Das Tor, dessen Flügel sich jeden Abend schlossen, befand sich im Norden. Als Marie-Provence es durchschritt, erblickte sie zu ihrer Linken einfache Behausungen, einen Ziehbrunnen und eine breite Viehtränke, hinter denen die Dächer enteigneter Adelshäuser hervorlugten. Gegenüber dem Tor, auf der südöstlichen Seite der Einfriedung, befand sich die rotonde, ein moderner, länglicher Rundbau, in dem reger Handel getrieben wurde. Dahinter breiteten sich Gärten und kleine Felder aus. Auf der rechten Hälfte des Temple lag der frühere Wohnsitz des Priors und seine Dependancen. Hier war in den letzten Jahrzehnten viel zerstört und neu gestaltet worden, sodass das Ganze heute ein eigentümliches

Gebilde war aus ineinander verschachtelten Küchen, Ställen, kunstvoll gestalteten Fassaden, Türmen, Kirchen und Kapellen, uralten Wohnanlagen, hôtels, verwilderten Gärten, Brunnen und Höfen.

Marie-Provence und ihr Führer arbeiteten sich durch diesen Wirrwarr. Man hätte leicht die Orientierung verlieren können, wenn der donjon nicht gewesen wäre, der einem die Richtung wies. Der trutzige Turm wuchs vor Marie-Provence zu einer beeindruckenden Höhe heran. Ihr Herz schlug wild: Sie hatte Angst vor dem, was sie gleich vorfinden würde.

Der donjon war ein Symbol für ganz Frankreich. Denn es war das Gefängnis, in dem vor zwei Jahren König Louis XVI. mitsamt seiner Familie eingesperrt worden war und in dem noch immer sein Sohn ausharrte, der kleine Louis XVII.

Marie-Provence dachte an den kleinen, blonden Jungen, den sie zum letzten Mal vor drei Jahren gesehen hatte, kurz bevor er und seine Familie die missglückte Flucht in Richtung Varennes unternommen hatten. Danach hatte Guy de Serdaine Marie-Provence nicht mehr erlaubt mitzukommen, wenn er die königliche Familie besuchte, und sie hatte ihrem Vater lediglich Briefe für den Dauphin mitgeben dürfen. Charles – denn bei seinem zweiten Vornamen nannten ihn alle, die zu seinem engeren Kreis gehörten – hatte jedoch seinen angestammten Platz in ihrem Herzen behalten, und noch immer fühlte sie sich für ihn auf eine dringende, unerklärliche Weise verantwortlich.

Endlich erreichten sie die Mauer, die nach dem Eintreffen der königlichen Gefangenen in aller Eile rings um den Turm errichtet worden war. Eine Wache ließ sie ein, und sie gelangten auf das schmale Wiesenstück zwischen Turm und Mauer. Es war, als betraten sie eine neue Welt. Kein plätschernder Brunnen war hier zu hören, nur noch Stille. Das ungepflegte Grün trug Narben von den jüngsten Umwälzungen. Harzende Baumstümpfe ragten heraus. Das einzige Lebenszeichen war eine Elster, die über die wuchernde Wiese stakste. Sie flüchtete mit einem Schrei.

Marie-Provence hielt beim Anblick des Gefängnisses die

Luft an. Ihr Blick arbeitete sich den zweiteiligen Bau hinauf. Der imposanteste Teil des donjon, die grande tour, war ein riesiger quadratischer, schmuckloser Bergfried mit groben Zinnen und bedeckt von einem tintenblauen Schieferdach. Aus allen vier Ecken ragten dünne runde, ebenfalls mit Schiefer bedachte Türme. Der zweite Teil des donjon, die petite tour, schloss an die östliche Fassade des Bergfrieds an und bestand aus zwei kürzeren runden Türmen, die durch ein lieblos hochgezogenes Stück Mauerwerk aneinandergefesselt waren. Was für eine trostlose Umgebung für ein Kind!

«Wir müssen zur grande tour», erklärte Francjeu.

Ein untersetzter Mann in Uniform trat aus der bewachten und mit vielen Eisenstreben verstärkten Tür, die in einem der vier Ecktürme eingelassen war und den Eingang zur grande tour bildete. Kaum wurde er der zwei Besucher gewahr, brüllte er los.

«Francjeu? Warum bist du nicht an deinem Platz? Und wer ist diese Person?»

«Mist, der capitaine», murmelte Francjeu, bevor er sich versteifte und salutierte. «Citoyen capitaine, diese Bürgerin ist hier, um dem citoyen docteur Jomart ein dringend benötigtes Gerät zu übergeben!»

«Ein was?»

«Ein Gerät für die Visite, capitaine Zeller. Ein Marko …»

«Ein Mikroskop», berichtigte Marie-Provence mit einem Lächeln. «Der docteur hat es vergessen. Er braucht es dringend, deshalb habe ich es ihm nachgebracht.»

Der Uniformierte betrachtete sie einen Atemzug lang verblüfft. Dann schwoll eine Ader an seinem Hals an, und er donnerte: «Soldat Francjeu, nimm auf der Stelle diese Frau fest!»

Marie-Provence presste den Korb an sich.

«Aber capitaine», stotterte Francjeu. «Warum …»

«Diese Frau lügt! Wie kannst du sie nur bis hierherbringen? Wie kannst du ihr diesen Unfug glauben?»

Marie-Provence' Herz klopfte wie verrückt. Damit hatte

sie nicht gerechnet. «Citoyen capitaine, bitte sag mir, was du mir vorwirfst!»

«Deine Hände!», befahl capitaine Zeller und zückte eine Fessel.

Marie-Provence zuckte zurück. Nein, nicht jetzt! Nicht so kurz vor dem Ziel! Zeller griff nach ihr. Sie wehrte sich, doch vergeblich. Der Korb fiel zu Boden, als die Hand des Soldaten sich um ihren Arm schloss.

«Was geht hier vor?»

Die Frage war nicht laut gewesen, doch es reichte aus, um den Offizier strammstehen zu lassen. Marie-Provence wand sich, worauf sich Zellers Finger tiefer in ihren Unterarm gruben. Sie warf sich herum, bereit, den Neuankömmling anzuflehen – doch dann erkannte sie, wer da auf sie zukam. Und jeder Laut erstarb auf ihren Lippen. Die Welt versank um sie herum, die Zeit drehte sich in einem Wirbel zurück, bis zu dem Augenblick, an dem ihr früheres Leben zerstört worden war …

Nachdem sie den endlosen Weg von Marseille nach Paris glücklich hinter sich gebracht hatten, hatte Marie-Provence Tante und Onkel in der Poststation zurückgelassen und war alleine zum quai des Augustins gefahren. Sie wollte Vater und Mutter überraschen. Sie benutzte den Schlüssel, den sie noch hatte, und trat ein. Warum auch nicht? Schließlich war sie hier zu Hause.

Doch etwas hatte sie gestört, von Anfang an. Etwas, das nicht greifbar war. Sie sah sich um. Das Vestibül, die Möbel, aufgeräumt und gepflegt. Frische Blumen auf dem Tisch. Was also stimmte nicht?

Es war noch früh am Tag. Ihr Vater war es als Offizier gewohnt, bei Sonnenaufgang aufzustehen und sich einen starken Kaffee bringen zu lassen. Doch es lag kein Geruch frischgemahlener Bohnen in der Luft. Es drangen auch keine Geräusche aus der Küche.

Also die Treppe zu den Schlafzimmern hinauf. Ein langvermisster Klang ließ sie lächeln: ihre Absätze im Treppenhaus, die zwei knarrenden Stufen. Das vertraute Gefühl des blank-

polierten Handlaufs unter ihren Fingern. Kurz hielt sie inne. Wieder empfand sie diese Befremdung, der sie weder Gesicht noch Namen geben konnte. Etwas war verändert, doch was?

Sie ging weiter. Das Zimmer ihrer Mutter. Marie-Provence klopfte an und schob die Tür auf. Da wurde die Befremdung übermächtig. Das Bett war leer, die Läden waren geschlossen. Das Zimmer kalt. Es roch wie eh und je nach Lavendel und Rosen. Aber auch verlassen.

Marie-Provence wich zurück und lief zum Zimmer ihres Vaters. Ihre Kehle war wie zugeschnürt, als sie anklopfte und eintrat, ohne auf eine Antwort zu warten. Erleichterung. Ein menschliches Wesen unter den Decken. Endlich. Vater!

Doch der freudige Ausruf war ihr im Halse steckengeblieben. Ein Mann schälte sich aus den Decken. Das buschige Haar unter der Nachtmütze von stumpfem Blond, die hellen Augen kurzsichtig. Er war stramm und nicht sehr groß, stellte Marie-Provence fest, als er aufsprang und nach seiner Brille tastete. Nicht größer als sie selbst. Die haarigen Beine, die aus dem Nachthemd ragten, waren fleckig, genau wie seine Hände, und die Haut seiner fleischigen Nase war grobporig wie die einer Orange. Laut rief er: «Wer bist du? Was machst du in meinem Schlafzimmer?»

«Ihr Schlafzimmer …?»

Was danach geschah, wusste Marie-Provence nicht mehr. Schreie und Stimmen, aufgeregt, laut, außer sich. Eine gebieterische Geste des Mannes. Man brachte ihm etwas. Einen Morgenmantel. Vaters Morgenmantel!

Der Anblick des grünseidenen Morgenmantels war es, der sie endgültig die Fassung verlieren und sich auf den Mann stürzen ließ. Wie konnte er es wagen, das Kleidungsstück mit seinem Körpergeruch zu besudeln? Seine schuppige Haut in die kühle Seide zu wickeln? Die Wut, die auf einmal in ihr aufflammte, war unermesslich. Sie versuchte, ihre Nägel in sein Gesicht zu krallen, erwischte aber nur seinen Arm.

Auf einmal griffen unzählige Hände nach ihr. Sie wehrte sich heftig. Die Kräfte der Verzweiflung ließen sie die Finger, die sie packten, abwehren und zur Tür hasten. Nur zwei Sekunden später war sie draußen, auf der Straße. Ihr Leben als Vertriebene und Gesetzlose hatte in diesem Augenblick begonnen. Und die bohrende Frage, was aus ihren Eltern geworden sei, haftete seither an ihr.

Capitaine Zeller, der an ihrem Arm zerrte, zwang Marie-Provence in die Gegenwart zurück. Er wandte sich an den Mann: «Mit Verlaub, citoyen, der Soldat Francjeu hat diese Frau unter einem fadenscheinigen Vorwand hier eingeschleust.»

«Dann ist er entweder ein Idiot oder ein Komplize. Auf jeden Fall muss er mit der Frau verhaftet werden», sagte Croutignac ruhig.

Francjeu stieß einen kehligen Laut aus, und Croutignac drehte sich zu ihm. «Oder hast du die Frau kontrolliert, Soldat? Hast du ihre Papiere gesehen?»

Der arme Francjeu schwitzte heftig. «Aber natürlich», krächzte er, ohne Marie-Provence anzusehen. «Sie heißt Duchesne. Ihre Papiere sind in Ordnung, bestens in Ordnung!»

«Wunderbar.» Croutignac lächelte. Marie-Provence richtete sich auf, als er sich zu ihr wandte. Er streckte eine Hand aus. «Nun denn, citoyenne Duchesne, deine Papiere!»

Der Griff von capitaine Zeller wurde noch fester, machte deutlich, dass Flucht ausgeschlossen war. Wohin auch hätte sie laufen sollen? Der Turm, vor dem sie stand, war der bestbewachte der ganzen Stadt. Marie-Provence versuchte verzweifelt, ihre Lage einzuschätzen. Anscheinend hatte Croutignac in ihr nicht die Frau erkannt, die ihn eines Morgens überfallen hatte. Er hatte damals keine Brille getragen, und das Zimmer war dunkel gewesen. Andererseits, war das angesichts der jetzigen Umstände überhaupt noch wichtig? Papiere hatte sie keine, und Croutignac würde sie gewiss festnehmen lassen, bis ihre wahre Identität festgestellt worden wäre. Und wenn der Name Serdaine erst einmal fiel …

«Nun, wird's bald?», fragte Croutignac und wedelte ungeduldig mit den Fingern. «Wie du willst. Dann wirst du eben durchsucht. Francjeu!»

Marie-Provence schloss die Fäuste. Wut flammte in ihr auf. «Nein!» Sie würde sich nicht noch einmal von Croutignac demütigen lassen! «Besinn dich, citoyen Croutignac!», fauchte sie. «Du kennst mich! Kannst du dich wirklich nicht an mich erinnern? Wir standen uns schon einmal gegenüber …»

«Sie hat recht.» Eine Gestalt löste sich aus dem dunklen Eingang. «Du hast sie gesehen, als du in der maison de la couche zu Besuch warst, Cédric.»

«Docteur!» Croutignac lächelte. «Bist du fertig mit deiner Visite?»

«Das bin ich.» Jomart erwiderte Croutignacs Lächeln nicht. «Darf ich fragen, weshalb du meine Assistentin festhalten lässt?»

«Ich wollte Ihnen das Mikroskop nachbringen, docteur!», rief Marie-Provence.

«Vielen Dank für Ihre Mühe, meine Liebe. Sehr freundlich. Erinnern Sie mich daran, Ihnen die Kosten für die Fahrt zu ersetzen.»

«Citoyen docteur», mischte capitaine Zeller sich ein, «du willst uns doch nicht glauben lassen, dass du dieses Gerät für deine Visite brauchst! Ich weiß zwar nicht, wozu es sonst gut ist, doch für die Untersuchung unseres Patienten hier ist es ganz bestimmt nicht nötig.»

«Natürlich nicht. Aber das Mikroskop nehme ich immer mit. Die citoyenne Duchesne kann nicht wissen, dass ich es hier nicht brauche, so fähig sie auch sonst ist.» Jomart nickte Croutignac zu. «Gewiss ist es in deinem Sinne, Cédric, wenn ich im Heim nicht lange erläutere, womit ich mich hier beschäftige.»

«Selbstverständlich.» Croutignac gab ein Zeichen. «Lass sie los, citoyen capitaine.» Er musterte Marie-Provence. «Deine Assistentin, sagst du? Es kommt mir tatsächlich so vor, als seien wir uns schon einmal begegnet.» Der Blick, mit dem er Marie-Provence nun bedachte, war so kalt und eindringlich, dass ihr der Schweiß aus den Poren trat. «Du bist hübsch», sagte er schließlich.

«Oh. Herzlichen Dank», brachte sie gequält heraus.

«Und du bist nicht auf den Mund gefallen. Bestimmt hören dir die Leute gerne zu, wenn du redest? Beim Einkaufen, zum Beispiel.» Croutignac verengte die Augen. Sein rechter Daumen strich über seine Unterlippe. «Ja, du hast ein Gesicht, dem man alles glaubt. Alles glauben möchte. So offen und … unschuldig.»

Marie-Provence fragte sich, seit wann es gebräuchlich war, Offenheit und Unschuld als Schimpfwörter zu benutzen. Wut und Enttäuschung übermannten sie. Sie war sich so sicher gewesen, dass ihr Plan funktionieren würde! So lange hatte sie auf diesen Tag gewartet … Als sie an den kleinen Charles dachte, der nur ein paar Schritte entfernt von ihr und dennoch so unerreichbar war, drohten ihr die Tränen zu kommen, und sie schluckte. Trotzig hob sie den Kopf und starrte Croutignac an. Was wollte dieser Mann noch von ihr? Seine Art, sie zu mustern, gefiel ihr nicht.

Jomart mochte Ähnliches denken. «Ich bin fertig. Können wir jetzt gehen?», fragte er barsch.

«Nein», meinte Croutignac entschieden. «Ich habe eine bessere Idee. Ich werde deine Assistentin in die zweite Etage führen.»

Marie-Provence' Herz setzte einen Schlag aus.

Jomart runzelte die Stirn. «In die zweite Etage? Was versprichst du dir davon?»

Doch Croutignac antwortete ihm nicht. «Citoyenne Duchesne, gewiss hast du von den Gerüchten gehört, die besagen, dass Capets Sohn krank sei oder gar schon im Sterben liege?»

«Diese Gerüchte sind allgegenwärtig, citoyen», antwortete sie gespannt.

«Diese Gerüchte sind falsch. Ich werde dir jetzt die einmalige Gelegenheit bieten, es zu überprüfen. Du wirst mir folgen, aber kein Wort wird über deine Lippen kommen, solange wir im Turm sind. Du wirst dich umsehen und wieder hinuntergehen. Und danach wirst du deiner Familie und deinen Freunden erzählen, dass es dem kleinen Capet gutgeht. Du wirst es bezeugen beim Einkaufen und in der maison de la couche. Du wirst davon reden, bis du heiser bist. Wirst du das für mich tun?»

Und ob sie das würde! Sie hielt seinem Blick stand. «Und was bekomme ich für meine Bemühungen?», fragte sie.

Croutignac verzog den Mund. «Wie wäre es mit dem Recht, hier frei wieder herauszuspazieren?» Er winkte. «Komm jetzt!»

Die Wendeltreppe innerhalb des Turms war anderthalb Schritt breit und ohne Handlauf. Zwei Luken, so schmal, dass noch nicht einmal ein Kopf hindurchgepasst hätte, tauchten an jedem Absatz das Treppenhaus in staubgraues Licht.

Im zweiten Stock verließen Croutignac, Marie-Provence und Jomart die Treppe, die sich schier endlos nach oben fortsetzte. Sie betraten einen quadratischen Raum, leer, bis auf ein paar Feldbetten, einen Stuhl und den auf ihm fläzenden Soldaten. Er war noch jung, doch die Schatten unter seinen Augen verliehen seinem Gesicht eine Schwere. Als er Marie-Provence erblickte, sprang er auf und richtete die Spitze seines Bajonetts auf sie.

«Die Frau gehört zu mir, Savatte.»

«Aber das widerspricht jeder Regel, citoyen!», stotterte der junge Soldat. «Außer den citoyens commissaires ist es niemandem erlaubt …»

«Niemandem außer mir, soldat. Und denjenigen, die ich nach eigenem Ermessen hierherführe.»

Croutignacs Stimme hatte nichts Drohendes an sich, dennoch hüpfte der Adamsapfel des Zurechtgewiesenen hoch und runter. «Ich … Ich werde Meldung erstatten müssen, citoyen.»

«Tu das», gab Croutignac ungerührt zurück. Dann winkte er Marie-Provence zu sich. «Da ist er. Geh hin und schau.»

Marie-Provence sah sich um. Der quadratische Raum, in dem sie stand, offensichtlich eine Art Vorzimmer, war mit Tapeten bezogen. Ein vergittertes Fenster spendete spärliches Licht. Es war so tief im Mauerwerk eingelassen, dass man sich auf den Bauch hätte legen müssen, um die Scheibe mit ausgestrecktem Arm berühren zu können. Außer dem Zugang zur Wendeltreppe hatte der Raum noch drei weitere Türen. Zwei davon hatten nichts Außergewöhnliches an sich. Die dritte hingegen …

Marie-Provence trat langsam näher.

Auf einmal war sie sich nicht mehr sicher, ob sie überhaupt sehen wollte, was sie nun erblickte.

Die dritte Tür war auf Hüfthöhe abgesägt worden. Den fehlenden oberen Teil ersetzten Eisenstäbe. Dort, wo diese auf das Holzpaneel trafen, waren sie auseinandergebogen worden, sodass eine Öffnung entstand. Diese Öffnung war gerade groß genug, um eine Schüssel hindurchzureichen, und mit einem kleinen Brett unterlegt, sodass man einen Teller abstellen konnte. Ein Eisengitter mit einem riesigen Vorhängeschloss versperrte die Öffnung, wenn sie nicht gebraucht wurde.

«Nun zier dich nicht so. Geh hin und sieh ihn dir an!», befahl Croutignac ungeduldig. Und zur Tür schrie er: «Capet! Capet, komm her und zeig dich!»

Als Marie-Provence sich den Gitterstäben näherte, merkte sie, dass die Laibung vor Nägeln und Schrauben nur so strotzte, und schlagartig wurde ihr klar: Das Öffnen war nicht vorgesehen. Es lief ihr eiskalt den Rücken hinunter.

«Capet!», donnerte es erneut.

Marie-Provence stand nun an der Öffnung. Ein Geruch sprang ihr entgegen, der sie würgen ließ. Sie griff nach ihrem Brusttuch, um es sich an die Nase zu halten, doch dann bewegte sich etwas im hinteren Eck des Zimmers. Eine Gestalt. Marie-Provence' Hand glitt zurück. Sollte sie Charles etwa signalisieren, dass er unerträglich stank?

Die Gestalt trat näher. Marie-Provence' Finger klammerten sich an das Gitterwerk der Tür.

Es herrschte Dämmerung im Raum, was daran lag, dass das einzige Fenster mit einer Jalousie abgedeckt war. Das Licht reichte nicht aus, um zu lesen oder Farben zu unterscheiden. Marie-Provence musste sich anstrengen, um Einzelheiten zu erkennen. Wobei nicht viel zu erkennen war: ein mittelgroßer Raum, darin eine Strohmatratze und ein paar Decken, ein Fayence-Teller mit undefinierbarem Inhalt, ein steinerner Krug.

Charles schien ihr kaum größer als in ihrer Erinnerung. Er trug eine dunkle, vielleicht rostbraune Hose, eine kurze ärmellose Jacke gleicher Farbe und ein ehemals weißes Hemd, das allerdings so schmuddelig war, dass es sich kaum von den Wänden abhob. Und was hatten sie mit seinen hellen Locken gemacht? Die kurzgeschorenen Haare lugten zottelig unter einer kegelförmigen phrygischen Mütze hervor, die ihre rote Farbe längst verloren hatte. Der Kleine war als Jakobiner verkleidet worden.

Man hätte das Kind noch immer als hübsch bezeichnen können, denn seine Züge waren regelmäßig, auch wenn seine Augen etwas weit auseinanderlagen – wäre seine Haut nicht so fahl und sein Gang nicht so schleppend gewesen. Er wirkte zart und zu klein für seine neun Jahre. Doch es waren vor allem die Augen des Kindes, die einen fesselten und erschreckten zugleich. Stumpf und leblos ruhten sie im grauen Jungengesicht.

«Nimm deine Finger von der Tür! Es ist verboten, sie zu berühren», bellte es hinter Marie-Provence. Doch sie war unfähig, zu gehorchen.

«Loslassen, hab ich gesagt!»

Da passierte etwas mit dem kleinen Gesicht. Eine leichte Bewegung der Brauen. Die schweren Lider hoben sich ein wenig.

Sie sahen sich an. Marie-Provence' Lippen formten stumm seinen Namen, *Charles*, und sie brauchte ihre ganze Selbstbeherrschung, um nicht an dem Gitter zu rütteln, um ihm nicht zuzurufen, um nicht zu versuchen, einen Funken Leben auf das graue Antlitz zu zaubern.

«Weg da!»

Jemand packte Marie-Provence grob an den Schultern und riss sie weg. Sie schnappte nach Luft.

«Es ist gut, Cédric», hörte sie Jomart sagen. «Du hast deinen Willen gehabt. Und jetzt lass uns gehen.» Sie spürte, wie ihre Schultern erneut umfasst wurden. «Reißen Sie sich zusammen», murmelte Jomart an ihrem Ohr. «Und seien Sie still. Kein Wort, hören Sie?»

⚜

«Wie lange lebt er schon so?»

Jomart, der während ihres langen Schweigens auf der Fahrt zurück zur maison de la couche aus dem Fenster der Kutsche geschaut hatte, hob die Schultern. «In Einzelhaft, meinen Sie? Ich weiß es nicht genau. Ich besuche ihn erst seit ein paar Wochen. Doch seinem Gesundheitszustand nach zu urteilen, schätze ich, seit vier oder fünf Monaten.»

Der Wagen hielt plötzlich an. Sie waren noch nicht weit gefahren und befanden sich in der rue des Fontaines du Temple, kurz vor dem ehemaligen Kloster der Madelonnettes. Früher ein Heim für geläuterte Freudenmädchen, diente der Bau seit einem Jahr als Gefängnis für politische Häftlinge. Marie-Provence versuchte auszumachen, was ihren Wagen behinderte. Sie entdeckte einen Leiterwagen, der direkt vor dem Gefängnis hielt.

«Aber wie untersuchen Sie ihn?», hakte sie nach.

Er lächelte bitter. «Ich untersuche ihn nicht. Ich gehe hin und bezeuge, dass er noch lebt, indem ich wie Sie heute durch das Gitter sehe. Das ist alles.»

«Aber er ist krank!», rief Marie-Provence aus.

«Was Sie gesehen haben, sind seelische Schäden.»

«Aber …»

Jomart drehte den Kopf und sah sie an. «Es ist nichts, was ich kurieren kann. Oder besser gesagt, nichts, was man mich kurieren ließe. Was der Junge braucht, sind menschliche Zuwendung, Sonnenlicht und frische Luft, Sauberkeit, gesundes Essen.»

«Ja, verflixt, dann tun Sie etwas, damit er das bekommt! Sie sind doch Arzt! Wie können Sie so etwas zulassen? Wie können Sie untätig einem Kind beim Sterben zuschauen?»

«Was soll ich denn Ihrer Meinung nach tun?», brauste Jomart auf. «Soll ich eine Säge in meiner Arzttasche schmuggeln und nächstes Mal vor den Augen der Messieurs der commune die Tür der Zelle in Stücke zerlegen?»

Draußen öffnete sich das Tor des ehemaligen Klosters. Soldaten erschienen und führten eine Handvoll gefesselter, verwahrloster Männer und Frauen ab.

Marie-Provence warf sich keuchend auf die Bank zurück. «Lassen Sie weiterfahren!», schnappte sie.

Jomart warf einen Blick nach draußen und wurde bleich. «Es geht nicht. Der Wagen vor uns blockiert den Weg.»

«Das interessiert mich nicht! Lassen Sie weiterfahren, habe ich gesagt!» Marie-Provence' Puls beschleunigte sich. Ein eiserner Ring zog sich um ihre Brust zusammen, zwang sie, schnell und flach zu atmen, schnell, immer schneller.

«Mademoiselle, beruhigen Sie sich. Sie sehen doch …»

Die Gefesselten bestiegen nun den Wagen. Die Uniformierten hatten rechts und links von ihnen eine Reihe gebildet und trieben sie an.

«Ich muss hier raus!», schrie Marie-Provence. Sie rüttelte am Griff und riss den Schlag auf.

«Sind Sie verrückt geworden? Bleiben Sie hier!» Jomart packte sie an den Hüften und zerrte sie in die Kutsche zurück.

«Was ist hier los?» Ein Kopf, gekrönt von einem schwarzen Zweispitz mit blauweißroter Kokarde erschien in der geöffneten Tür.

«Nichts, Soldat!», antwortete Jomart. «Alles in Ordnung. Der Bürgerin hier geht es nicht gut. Wenn du also deinen Männern befehlen könntest, den Weg freizumachen, wäre ich dir dankbar.»

Der Uniformierte verengte die Augen. Er sah sich eingehend in dem Wagen um. «Papiere!», blaffte er.

Marie-Provence starrte den Mann in den roten Hosen und der dunkelblauen Uniformjacke, auf dem das weiße Kreuz der breiten Waffengurte prangte, mit offenem Mund an. Sie hechelte. Ihr Geist war gefangen in einem grauen Nebel und versuchte verzweifelt, dem Grauen zu entkommen, das aus den Tiefen ihrer Erinnerung erwacht war.

«Du bist Arzt im Waisenheim?», fragte der Soldat nach einem Blick auf Jomarts Ausweis.

Der Arzt nickte, während er hastig einen seiner Lederhandschuhe hervorzog, dessen Öffnung er Marie-Provence um Mund und Nase drückte. «Atmen Sie hier hinein!», befahl er.

«Was hat sie denn?»

«Das weiß ich noch nicht», erklärte Jomart kurz angebunden. «Sie ist meine Assistentin. Hoffentlich hat sie sich bei einem Hausbesuch nicht diese Seuche geholt, die vor zwei Tagen eine ganze Familie dahingerafft hat. Hoch ansteckend, zerfrisst die Lungen innerhalb von ein paar Stunden.» Er fingerte ein Papier aus seiner Jacke. «Aber Sie wollten doch ihren Ausweis sehen …»

Der Uniformierte wich blitzartig zurück. «Nicht nötig. Schon gut.» Er sprang aus dem Wagen, warf den Schlag zu, zog ein Tuch hervor und presste es sich vors Gesicht. «Fahr weiter, Kutscher, schnell! Nun mach schon!» Die restlichen Soldaten machten Platz. Ein Peitschenschlag knallte, und die Kutsche setzte sich wieder in Bewegung.

Jomart beugte sich über Marie-Provence. «Wie geht es Ihnen?»

Kaum hatten sie den Leiterwagen überholt, lockerte sich der eiserne Ring um Marie-Provence' Brust. Sie atmete wieder ruhiger. Nach einer Weile ließ sie den Handschuh sinken. «Besser», sagte sie erschöpft.

«Wie schön», gab der Arzt unwirsch zurück. Er beugte sich ein letztes Mal aus dem Fenster, um zurückzuspähen, ließ sich dann wieder auf die Bank sinken. «Par tous les diables, Mademoiselle, Ihr Verhalten hätte uns Kopf und Kragen kosten können!», schimpfte er.

«Ich weiß. Es tut mir leid.» Marie-Provence wischte sich übers Gesicht und sagte leise: «Es war der Anblick von dem Kind vorhin. Dann der Leiterwagen …Es war einfach alles etwas viel.» Auch mit sich selbst haderte sie. Wie hatte sie sich nur so gehenlassen können? Jomart hatte recht: Sie hatte sie beide auf unverantwortliche Weise in Gefahr gebracht. Kaum hatte sie das Kind erblickt, brach sie auch schon zusammen. Nur die Geistesgegenwart des Arztes hatte sie gerettet. So war sie Charles wirklich keine große Hilfe! Sie gab dem Arzt seinen Handschuh zurück und fragte bemüht sachlich: «Warum wollte Croutignac eigentlich unbedingt, dass ich den König sehe?»

«Dieser Junge ist nicht der König, Mademoiselle! Dieses Land hat keinen König mehr! Vergessen Sie das nicht!», wies sie Jomart so scharf zurecht, dass Marie-Provence zusammenzuckte. Er schüttelte den Kopf. «Entschuldigen Sie, Marie-Provence. Mir scheint, meine Nerven liegen heute ebenso blank wie die Ihren ... Ihnen wurde heute der junge Capet gezeigt. Nennen Sie ihn nie König in der Öffentlichkeit! Sie tun weder sich noch ihm einen Gefallen damit.» Er trommelte mit den Fingern auf seinen Knien. Nach einer Weile fügte er hinzu: «Und noch ein Ratschlag: Gehorchen Sie, tun Sie, was Ihnen befohlen wurde: Reden Sie von Ihrem heutigen Besuch. Cédric Croutignac will es so, und er wird überprüfen, ob Sie um sich die Kunde verbreiten, dass der kleine Capet sich bester Gesundheit erfreut.»

Marie-Provence zischte verächtlich. «Wie will er das kontrollieren?»

«Was immer Cédric Croutignac erfahren will, das erfährt er, glauben Sie mir.» Jomart lächelte kalt. «Er hat einmal damit geprahlt, dass er Hunderte von Akten über alle möglichen Bewohner dieser Stadt besitzt. Er erfährt sogar, was noch gar nicht geschehen ist.»

«Wie meinen Sie das?»

«Er hat eine Gabe, Geheimnisse aufzudecken, Komplotte und Verschwörungen aufzuspüren. So hat er seinen Weg gemacht, so ist er sogar zu seinem Haus gekommen.»

«Zu seinem Haus?»

«Ein schmucker zweistöckiger Bau am quai des Augustins. Die Bewohner waren angeblich an einem Plan beteiligt, der Königin Marie-Antoinette zur Flucht zu verhelfen.

Man stellte einen Haftbefehl gegen die Besitzer aus und versprach Croutignac, dass er das Haus würde behalten können, wenn er Beweise liefere. Nach drei Tagen gehörte das Haus ihm.»

Marie-Provence wandte sich brüsk von ihm ab und versuchte, die Kontrolle über sich wiederzuerlangen. «Hat er die Beweise erfunden?», fragte sie tonlos.

«Das weiß ich nicht. Auszuschließen ist es nicht.»

Tausend Fragen drohten Marie-Provence zu erdrücken. Sie hätte sie herausschreien wollen, doch ihr Mund blieb versiegelt. Viel zu viele Fragen hatte sie schon gestellt, sie durfte sich keine weitere Blöße vor dem Arzt geben.

«Aber Sie wollten wissen, weshalb Sie heute das Kind sehen mussten», fuhr Jomart fort, während sich sein Blick irgendwo auf der Straße verlor. «Nun, um das zu erklären, muss ich etwas ausholen: Cédric dient einem ungeduldigen Herrn. Dieser würde am liebsten alle Bourbonen enthauptet sehen. Doch der junge Louis-Charles ist auch ein wichtiges Pfand, besonders wenn man wie die französische Republik im Krieg mit fast allen benachbarten Königshäusern steht. Im Moment sind unsere Armeen wieder erfolgreich, der Tod des Kindes würde unseren Gegnern jedoch Aufwind geben. Außerdem gibt es da noch die zwei Brüder des hingerichteten Königs. Es ist für die Regierung Frankreichs sehr viel einfacher, einen Neunjährigen unter Kontrolle zu halten als jemanden, der sich selbst zum Nachfolger von Louis XVI. krönt und in England und anderswo Armeen gegen die Republikaner rüstet.»

Jomart kratzte mit finsterer Miene an einem kleinen Schlammfleck auf seinem Hosenbein. «Das Leben des Kindes ist also wichtig. Die ständigen Gerüchte, die dessen Tod verkünden, schüren nur Unruhe im Volk. Das Volk hat Hunger, also ist es leicht zu erregen. Und sein Aberglaube lässt es den Tod eines Kindes fürchten, obwohl es sich jeden Tag am Blut der Geköpften berauscht.» Er gab das Kratzen auf und ließ seine Hand sinken. Er schien genauso erleichtert wie Marie-Provence, als sie endlich die nächste Straße erreichten. «Sie, meine Liebe, Sie waren heute die Repräsentantin des Volkes, das er zu beruhigen sucht.»

Repräsentantin des Volkes! Beinahe hätte sie schallend aufgelacht. «Aber ich bin alleine!»

«Unterschätzen Sie nicht die Klatschsucht unserer lieben Mitbürger, ma chère. In Paris wurde Politik schon immer auf der Straße gemacht. Das war auch so, als noch gekrönte Häupter dieses Land regierten.»

Auf den Gehsteigen standen einfache Frauen, die Girlanden aus Buchszweigen banden und sie mit blauweißroten Kokarden schmückten. Einige der Girlanden hingen bereits an den Fassaden. Die Bürgerinnen blickten zufrieden an ihnen hoch, die Arme in die Hüften gestemmt. Die Stadt bereitete sich auf die Fête de l'Être Suprême vor.

Marie-Provence drückte ihre Handfläche gegen die kühle Scheibe. «Wenn citoyen Croutignac so viel an der Gesundheit des Jungen liegt, weshalb behandelt er ihn dann so schlecht?»

Jomart öffnete den Mund, als wollte er etwas sagen, stieß dann aber nur geräuschvoll Luft aus. Offensichtlich war ihm das Thema unangenehm. «Croutignac ist nur zum Teil schuld an den Haftbedingungen des Jungen», wich er aus. «Sie sind auch ein Ergebnis der Rivalität zwischen der commune und der Regierung. Haben Sie die Herren in Zivil gesehen, die sich im Erdgeschoss aufhielten?»

«Nein.»

«Diese Herren gehörten der commune an, dem Gemeinderat von Paris. Wie Sie wissen, verfügen die Herren der commune seit Beginn der Revolution über sehr viel Macht, eine Macht, die sich bis weit über die Stadtmauern ausdehnt. Die commune war es, die Louis XVI. verhaften und einkerkern ließ, ihr obliegt auch die Aufsicht über die hohen Gefangenen. Deswegen wechseln sich täglich Mitglieder der commune im Gefängnis ab. Nachts schlafen sie vor der vergitterten Tür des Jungen.»

Marie-Provence erinnerte sich an die Feldbetten, die sie im Vorraum erblickt hatte, und nickte. «Citoyen Croutignac hat die Herren der commune nicht besonders beachtet. Heißt das, dass der Herr, dem er dient, ihr nicht angehört?»

«Doch, aber dieser glaubt, sie nicht besonders hofieren zu müssen.»

«Ist der Mann ein Mitglied der Regierung?»

«O ja. Man kann sogar sagen, dass er deren Kopf ist.»

«Robespierre», murmelte Marie-Provence.

Jomart lächelte leicht.

«Und weshalb glaubt Robespierre, die commune vernachlässigen zu können?», hakte Marie-Provence nach.

«Robespierre wollte noch nie einer unter vielen sein. Er hat die commune bereits geschwächt und sich gefügig gemacht, indem er Danton und alle anderen Rivalen aus ihr eliminiert hat. Er ist Mitglied im Wohlfahrtsausschuss, also in der Exekutive, und er beherrscht den Club der Jakobiner. Er arbeitet an seiner Macht, stärkt sie täglich. Und der junge Louis-Charles ist ein wunderbares Instrument dafür: so lässt Robespierre die Herren der commune von Croutignac bewachen. Sobald einer von ihnen Mitleid zeigt oder den Antrag stellt, die Haftbedingungen zu lindern, wird ihm der Prozess gemacht. Man erfindet einen Komplott, produziert ein paar Beweise – Croutignacs Spezialität –, und schon ist man einen oder mehrere Rivalen los, deren Platz mit einem Mann aus dem eigenen Lager besetzt werden kann. Sie können sich vorstellen, wie viele Menschen es gibt, die sich unter solchen Umständen für bessere Haftbedingungen des kleinen Capets einsetzen.»

Marie-Provence senkte den Kopf. Zwei Augen, aus denen jede Hoffnung vertrieben worden war. «Er ist doch nur ein kleiner Junge», flüsterte sie. Sie biss sich auf die Lippen, zwang sich, zu schweigen, und sprach dann doch die Frage aus, die ihr schon lange auf der Zunge lag: «Woher wissen Sie so viel über Cédric Croutignac?»

«Nun ja, für Familienmitglieder empfindet man immer eine besondere Neugier, nicht wahr? Gerade wenn sie angeheiratet sind, ist man natürlich erpicht darauf, mehr über ihr Wesen zu erfahren.»

«Croutignac ist …?»

«Mein Schwager. Der Mann meiner Schwester. Besser gesagt, er war es. Meine Schwester starb vor sieben Jahren zusammen mit ihrer Tochter an den Pocken.»

Marie-Provence sah auf. «Das tut mir leid.»

«Der Tod seiner Familie hat Cédric hart getroffen. Er hat mit seinem Schicksal gehadert und nach Schuldigen gesucht. Dann lernte er Robespierre kennen. Ich hoffe inständig, dass die Politik Cédrics Leben einen neuen Sinn geben kann.»

Ihre Blicke trafen sich.

«Sie sollten sich in acht vor ihm nehmen, Marie-Provence. Er war heute freundlich zu Ihnen, doch das ist er nie ohne Zweck. Cédric ist in den letzten Jahren ein verflucht kalter Intrigant geworden.»

Marie-Provence schluckte. Ein geliebtes, ausgezehrtes Gesicht, ein Gesicht aus der Vergangenheit reckte sich ihr von einem Karren entgegen. *Du musst dich vor ihm in acht nehmen, Marie-Provence!* Sie wandte ihr Gesicht ab und sah auf die Straße. «Keine Sorge, docteur», sagte sie bewegt. «Ich weiß genug über Cédric Croutignac, um ihm für alle Zeiten zu misstrauen.»

⚜

Marie-Provence saß auf einer der langen Bleiplatten, die das Schloss von Maisons bedeckten, und blickte auf die Welt hinab. Nur das mit Schiefer verkleidete Glockentürmchen, an das sie sich angelehnt hatte, überragte sie.

Der Mond war fast voll. Sein helles Licht tauchte die Bleiterrassen in einen silbrigen Schimmer. Das Geländer, das das Schloss wie ein eisernes Diadem krönte, umrankte Marie-Provence mit Schnörkeln aus Schatten.

Die Fledermäuse, die ihren Unterschlupf in den Kellern des Schlosses verlassen hatten, durchjagten lautlos den nächtlichen Himmel. Ein Kauz rief im nahen Wald. Der Wind rauschte in den Pappeln am Ufer des Flusses.

Marie-Provence nahm die kühle Luft tief in sich auf. Das

Abendessen war bereits vorbei, die anderen Bewohner des Schlosses hatten sich wie jeden Abend zu einer Partie Pharao zusammengesetzt. Keiner hatte sie zurückgehalten, als sie sich, Müdigkeit vortäuschend, entschuldigt hatte. Statt sich auf das Lager zu legen, das sie mit ihrer Tante teilte, hatte sie jedoch erneut die Kleider gewechselt und sich die Perücke von den Haaren gezogen. Korsetts und steife Kopfbedeckungen passten nicht zu Kletterpartien.

Sie kam gerne hierher. In den ersten Tagen ihrer Ankunft hatte sie das Schloss gründlich durchsucht. Sie hatte mit Spinnweben im Haar das untere Kellerniveau erkundet, sein kompliziertes Ganggeflecht, seine gewaltigen Weinreservoire und das Abwassersystem. Sie hatte die Wirtschaftsräume erforscht, die sich auf den Trockengraben öffneten, um direkt beliefert werden zu können, die dazugehörige Hauptküche mit ihrem riesigen Kamin im Süden, die gemütliche, mit Terrakotta beflieste Nebenküche im Norden, in der die alte Ernestine ihre Mahlzeiten zubereitete. Sie kannte die zwei repräsentativen Stockwerke in- und auswendig, samt der geplünderten Kapelle, dem schneeweißen Treppenhaus mit den musizierenden Stuckengeln unter der Kuppel, dem prächtigen Ballsaal und seiner Empore sowie dem kostbaren, kreisrunden Spiegelkabinett. Sie war durch die vier Etagen der Mansarden gezogen, hoch, immer höher, hatte aus den verlassenen Zimmern der Dienstboten ein paar alte Matratzen geborgen und sich Beulen an dem jahrhundertealten Eichengebälk gestoßen.

Ganz zum Schluss war nur noch eine letzte Tür zu öffnen übrig geblieben. Marie-Provence hatte sie gegen den Wind aufgestemmt – und geblendet nach Luft geschnappt, als sie sich plötzlich im Freien wiedergefunden hatte, in einer schwindelerregenden Höhe. Sie war nach vorne getorkelt, an die Voluten der Brüstung, und hatte sich von der überwältigenden Aussicht und der brausenden Luft berauschen lassen. Als Kind hatte sie öfters geträumt, sie könne einem Vogel gleich über Dächer und Bäume gleiten. Hier oben war dieser Traum zum Greifen nahe.

Seitdem trieb es sie häufig hierher. Es war leichter, die Einsamkeit zu ertragen, wenn man über allem schwebte, leichter, sich stark und unverletzbar zu fühlen. Die Sorgen und Ängste waren hier weniger erdrückend, Paris lag geschrumpft in der Ferne und verbarg das Grauen seiner Gassen in himmlischem Dunst, der Mont Valerien buckelte davor. Zu Marie-Provence' Rechten lag Versailles, der mächtige Wald von Saint Germain um sie herum, und vor ihr die Dörfer, die sie von ihren Fahrten in die Hauptstadt kannte, das schöne Courbevoye, das winzige Besons, Houilles, wo der alte König Louis XIV. so gerne zur Fuchsjagd gegangen war, und schließlich, jenseits der Seine, Sartrouville, in dessen Kirche Rosanne sich Gäste herbeisehnte.

Sie lehnte ihren Kopf gegen die Schieferschuppen hinter ihr. Heute fühlte sie sich mehr als sonst erschöpft vom Tag. Dennoch wusste sie, dass es keinen Zweck hatte, sich schlafen zu legen. Etwas gärte in ihr, etwas, das ihr keine Ruhe lassen würde.

Mit weitgeöffneten Augen betrachtete sie den Mond. In seinem fahlen Licht machte sie schemenhafte, gespenstische Gestalten aus. Ihr Herz krampfte sich zusammen, doch sie kämpfte nicht gegen ihre Gefühle an. Zunächst zeichnete sich Dorettes freundlicher Umriss ab. Marie-Provence lächelte bei der aufkommenden Erinnerung. Damals, als sie Hals über Kopf aus ihrem Elternhaus geflohen war, war die resolute, langjährige Dienerin ihrer Eltern ihr heimlich nachgeeilt und hatte ihr einen Zettel zugesteckt …

«Hier, Mademoiselle, ich habe Ihnen einen Namen und eine Adresse aufgeschrieben. Fahren Sie nach Sartrouville und fragen Sie dort in der alten Kirche nach Rosanne. Sagen Sie, dass ich Sie schicke, sie wird Ihnen vielleicht helfen können. Rosanne ist die Tochter meiner Kusine Ernestine. Sie hat ein Versteck gefunden für Ernestine und deren Herrschaften. Wo, weiß ich nicht. Aber vielleicht ist dort noch Platz für Sie!»

Marie-Provence war außerstande, den Wert dieses Geschenkes zu schätzen. Statt der alten Dienerin zu danken, packte sie Dorettes Hand. «Wer ist dieser Mann, der jetzt bei uns wohnt?»

«Croutignac?» Dorette zuckte teils ergeben, teils ratlos die Schultern. «Ich kann nicht viel über ihn sagen. Die meiste Zeit des Tages verbringt er im Temple – keine Ahnung, was er dort macht. Im Haus wohnt er alleine, von ein paar gelegentlichen Damenbesuchen abgesehen.» Sie rümpfte die Nase. «Er lässt sie sich aus dem Palais-Égalité kommen.»

«Aber wie kam er zu dem Haus?», bohrte Marie-Provence.

«Croutignac tauchte auf, um das Haus zu durchsuchen, kurz nachdem die Garden Ihre Eltern abgeholt hatten. Als er wegging, hatte er eine Mappe unterm Arm und grinste bis über beide Ohren. Einen Tag später war er wieder da. Möbel hatte er keine, aber Berge von Kisten voller Papiere und ein Dokument, das bezeugte, dass dieses Haus enteignet und ihm zugeschrieben worden war. Die Kisten hat er in Ihr altes Zimmer gesperrt. Seitdem dürfen wir da nicht mehr rein, auch nicht zum Saubermachen.» Dorette schüttelte den Kopf. «Mögen tut ihn hier keiner. Die meisten, die unter Ihren Eltern gedient haben, sind gegangen. Nur Marie-Jeanne und ich sind geblieben, aber nicht, weil es uns gefällt, das können Sie mir glauben!»

Erst dann gelang es Marie-Provence, ihren ganzen Mut zusammenzunehmen und mit zittriger Stimme die Frage zu stellen, die ihr auf der Seele lastete. «Und meine Eltern?»

Dorettes Blick war voller Mitleid. «Ihren Vater haben sie nach Saint-Lazare gebracht. Dort ist er…» Die alte Dienerin biss sich auf die Lippen und bekreuzigte sich. «Ihre Mutter – Ihre Mutter lebt noch.»

«Wo ist sie?»

«In der conciergerie.»

Marie-Provence' Nacken schmerzte, doch sie rührte sich nicht. Ihr Blick blieb starr auf den Mond gerichtet.

Marie-Provence war sofort zu dem imposanten Justizpalast am quai de l'horloge gerannt. Bei ihrer Ankunft hatten zwei Leiterwagen mit mannshohen Rädern im offenen Vorhof gewartet. Sie waren bereits halb gefüllt gewesen mit Gefesselten. Es war die erste Fuhre Gefangener für die Guillotine gewesen, die Marie-Provence erblickt hatte. Die erste von vielen, deren Weg sie im Laufe der nächsten Monate kreuzen sollte. Bis zu der letzten, heute morgen.

Marie-Provence hatte damals von einem der Verurteilten erfahren, dass ihre Mutter tatsächlich noch lebte und seit zwei Tagen vor Gericht stand. Angèle de Serdaine war eine Freundin der Königin gewesen. Sie hatte zum erlesenen Kreis des Trianon gehört, des Lustschlosses in den Gärten von Versailles, in dem sich die Österreicherin Marie-Antoinette mit ihren Freunden zurückzog, wenn ihr die französische Hofetikette allzu lästig wurde. Und dieser Umstand verschaffte Angèle die seltene Ehre eines ausführlichen Prozesses. Ein Prozess – in den Ohren einer naiven Achtzehnjährigen hatte das nach Gerechtigkeit und Hoffnung geklungen.

Marie-Provence hielt die Augen weit geöffnet. Sie biss die Zähne aufeinander. Sie war stark, war es unzählige Male zuvor gewesen. Noch nie hatte sie zugelassen, dass der Schmerz ihr Tränen in die Augen trieb.

Die Gefangenentransporte waren die einzige Möglichkeit, Neuigkeiten aus dem Gefängnis zu bekommen. Also mischte Marie-Provence sich von nun an täglich zwischen die Frauen, die die Treppe des Justizpalastes belagerten, um die Verurteilten zu verhöhnen und zu beschimpfen. Die Soldaten ließen die Vetteln gewähren. Dafür drückten sie auch meist ein Auge zu, wenn sich ein Angehöriger zwischen sie schob, auf Nachrichten hoffend oder um Abschied zu nehmen.

«Angèle de Serdaine! Kennt einer von Ihnen Angèle de Serdaine?»

Nicht immer erfuhr Marie-Provence etwas. Doch dann, eines Tages, als Marie-Provence sich wieder einmal an einen der Leiterwagen gedrängt hatte, hatte sich Marie-Provence eine Frau zugewandt, von der sie bisher nur den geschorenen Hinterkopf gesehen hatte …

Kostbare Sekunden lang starrten sich Marie-Provence und Angèle wortlos an, fassungslos vor Schrecken.

«Marie-Provence? Was tust du hier, um Gottes willen?»

«Maman?» Marie-Provence umklammerte die Streben des

Wagens. Ihr Blick schoss über das Gespann, den Wagen, die Menschen.

«Marie?»

Marie-Provence antwortete nicht. Sie drehte den Kopf hektisch in alle Richtungen. Hier geschah ein gewaltiger Irrtum! Warum merkten diese Menschen das nicht? Sie öffnete den Mund, um den Schrei herauszulassen, der ihre Brust zu zerreißen drohte.

«Ma fille, hör mir zu!» Angèle de Serdaine fiel auf die Knie, um ihrer Tochter näher zu sein.

Marie-Provence wisperte: «Ich … Die Garden …»

«Du sollst mir zuhören!»

Marie-Provence riss den Kopf hoch.

«Es gibt einen Mann, der uns Verderben geschworen hat. Du musst dich vor ihm in acht nehmen!»

«Was? Wer?»

«Er heißt Cédric Croutignac. Er wohnt jetzt in unserem Haus. Er will die Serdaines vernichten. Hüte dich vor ihm!»

Die Gefangenen waren nun komplett. Zehn pro Wagen.

Ein Befehl erschallte, der Wagenführer griff zu seiner Peitsche, und die Gendarmen bestiegen ihre Pferde.

«Aber warum will er das?», schrie Marie-Provence. «Was hat er gegen uns?»

Den Wagen durchfuhr ein Ruck, als er sich in Bewegung setzte.

Marie-Provence ließ nicht los.

Ein Soldat fuhr sie an: «Schluss jetzt!»

«Pass auf dich auf, Kind!», hatte Angèle geflüstert, das Gesicht entstellt vor Furcht und Liebe. «Gott schütze dich!»

Marie-Provence war von dem Soldaten beiseitegestoßen worden.

«Antworte mir doch! Maman!»

Doch da war der Leiterwagen schon durch das Tor verschwunden.

Der Schmerz in ihrem Schädel wurde unerträglich. Marie-Provence sprang auf und lief vor bis an die Balustrade, reckte das Gesicht in die Nacht. Der Wind zauste an ihren Haaren. Da war sie wieder, die alte Sehnsucht, das Verlangen, die

Flügel auszubreiten und sich fallen zu lassen, zu fliegen bis zur Krümmung des Horizonts.

Doch sie konnte nicht weg. Sie war verdammt dazubleiben, in das fahle Licht zu sehen und es zu ertragen. Sie spürte die kalten harten Verstrebungen des Geländers zwischen ihren Fingern. Bilder des Nachmittages überfielen sie. Ein junges Gesicht, von derselben grauen Hoffnungslosigkeit geprägt wie das ihrer Mutter damals. Marie-Provence rüttelte am Geländer. Warum nur lagen immer Gitter zwischen ihr und ihren Lieben? Warum zwang man sie ständig, sich ihr Elend anzusehen?

Sie öffnete den Mund, atmete ein paarmal tief ein und aus. Nein! Diesmal würde es anders sein.

Einen wenigstens würde sie retten aus Croutignacs Klauen.

Marie-Provence wusste, dass Croutignac Beweise für die Schuld ihrer Mutter an das Gericht geliefert hatte und zu jeder Minute des Prozesses anwesend war, bis das Todesurteil ausgesprochen wurde.

Etwas sagte ihr, dass Croutignac Charles mit demselben Hass verfolgte. Nur, dass Charles Identität den Mann zwang, weniger offensichtlich vorzugehen. Die Macht, die königliche Geisel köpfen zu lassen, hatte er nicht. Dafür ließ er den Jungen langsam sterben – unter den Augen eines Arztes. Eine Ungeheuerlichkeit, die kaum auszuhalten war.

Marie-Provence strich ihre flatternden Haare zurück. Sie musste einen Weg finden, docteur Jomart auch weiterhin bei seinen Visiten zu begleiten. Und sie brauchte Hilfe. Männer, die ihr bei der Umsetzung ihres Vorhabens zur Hand gehen würden.

Wie hatte ihr Vater immer gesagt, wenn sie Angst hatte, eine Aufgabe nicht bewältigen zu können? *Marie, lass dir von niemandem einreden, du seiest schwach und wehrlos. Ich habe im Krieg Folgendes gelernt: Wichtig ist nicht, ob man stark ist, sondern ob der andere es glaubt.*

Sie erinnerte sich noch genau an Croutignacs Gesichtsausdruck, als sie sich im Schlafzimmer ihres Vaters auf ihn gestürzt hatte. Er hatte damals an ihre Stärke geglaubt. Und er würde es wieder tun!

Ruhe und Entschlossenheit legten sich wie ein schützender Schild um sie, und sie drehte sich um, um schlafen zu gehen.

4. KAPITEL

Prairial, Jahr II
Juni 1794

«André? Was machst du hier? Da draußen warten schon alle auf dich! Zéphyr ist bereit, und alles strömt zum Versammlungsplatz!»

«Ich komme gleich», antwortete André seinem Bruder geistesabwesend und starrte dann wieder auf die Nachricht, die er gerade erhalten hatte. Seine Finger fuhren über die Schrift. Ihre Schrift. Er hatte die Nachricht ein halbes Dutzend Mal gelesen, um sicherzugehen. Doch leider waren die Worte unmissverständlich. Sie würde nicht kommen. Die Enttäuschung war grausam.

Mars betrat das Büro mit festen Schritten.

André sah ungeduldig auf. Natürlich. Mars ließ sich nicht abwimmeln. Das tat er nie.

Sein Bruder baute sich mit gekreuzten Armen vor André auf. «Was ist los mit dir? Du kannst es doch sonst nicht erwarten, dich aus dem Staub zu machen und die Fabrik im Stich zu lassen.»

André zerknüllte das Papier. «Hör zu, petit frère, ich habe hier noch etwas zu erledigen, dann komme ich. Je länger du mich hier aufhältst, desto länger wird es dauern.»

«Was lässt dich zögern? Dass ich den Auftrag besorgt habe? Dass du mir etwas schuldig bist?»

André betrachtete seinen Bruder gereizt. Manchmal schien es ihm, als habe er seinen jüngeren Bruder nie anders erlebt: herausfordernd, verlangend. Seit Mars greifen konnte, hatte er André das Spielzeug weggenommen, seit er sprechen konnte, ihn provoziert. Woran lag es wohl, dass der Jüngere sich ständig aufwerten musste? Dabei war er ein gutaussehender Mann, mit stämmiger Figur zwar, doch gestählt wie er selber durch das Wuchten schwerer Papierrollen, und mit einem Verstand für das Kaufmännische, der den des älteren Bruders um ein Vielfaches übertraf.

«Ist es, weil du diesmal nicht den Helden spielen kannst, das allem entschwebende Genie? Weil Vater dich dazu verdammt hat, einmal in deinem Leben Geld zu verdienen, statt es auszugeben?»

Es gelang André, seine Irritation in Zaum zu halten. «Ich arbeite genauso in der Fabrik wie du, und das weißt du. Nicht wenige der Muster habe ich entworfen, darunter ein paar der bestverkäuflichen.» Er wandte sich zur Tür. «Und jetzt entschuldige mich.»

«Was …?»

«Ich muss nochmal kurz weg. In einer halben Stunde bin ich zurück.» Damit schob er seinen Bruder beiseite und verließ den Raum.

⚜

«Mademoiselle Duchesne? Ich dachte, Sie wären in den Tuilerien?»

«Nein. Ich habe es mir anders überlegt.» Marie-Provence vermied es, zu dem Arzt aufzusehen.

«Waren Sie denn nicht mit Monsieur Levallois verabredet?»

«Ich habe ihm eine Nachricht zukommen lassen. Er weiß Bescheid.» Sie drehte dem Arzt den Rücken zu und beugte sich über die Instrumente, die für die Untersuchung der Schwangeren benötigt wurden. Sie ordnete sie mit peinlicher Genauigkeit auf einem weißen Linnen an. Nein, dachte sie zum vielleicht hundertsten Mal, ihre Entscheidung war richtig gewesen. Früh am Morgen hatte sie noch voller Zuversicht das Schloss verlassen, doch dann, in Paris, war sie den unzähligen Menschen begegnet, die allerorts aus ihren Häusern strömten. Zu Tausenden waren sie unterwegs zur Fête de l'Être Suprême, die Frauen in reinem Weiß, die Männer mit Eichenzweigen in der Hand, die Kinder Körbe voller

Blütenblätter schleppend. Es waren mehr und mehr geworden. Irgendwann begann man, sie argwöhnisch zu beäugen. In ihrem himmelblauen Kleid, sonst die beste Tarnung, war sie heute so auffällig wie ein Vergissmeinnicht inmitten von Wiesenschaumkraut.

Marie-Provence hatte keine Schwierigkeiten gehabt, sich gegen Madame Mousnier durchzusetzen, sich unter die Ammen zu mischen oder die Wache im Temple anzusprechen – Berührungsängste kannte sie nicht. Ihr Elternhaus hatte sich in einem einfachen Viertel befunden, und obwohl Marie-Provence durch die Nähe ihrer Mutter zur Königin viel Zeit in Versailles verbracht hatte, war ihre Kindheit beeinflusst vom bunten Treiben der Händler, Fuhrleute und Handwerker vor ihren Fenstern. Doch sie fürchtete sich vor den Menschenmassen, wenn der Einzelne sein Gesicht und seine Individualität verlor und zu einem Teil der namenlosen, blutrünstigen Kraft wurde, die in den letzten Jahren Schrecken und Grauen über das Land verbreitet hatte.

Nach einem ersten Anflug von Panik war Marie-Provence heute Morgen klargeworden, dass es Wahnsinn gewesen wäre, sich in diese Volksmassen zu zwängen und zu erwarten, heil wieder herauszukommen. Sie hatte die einzig mögliche Konsequenz gezogen und André Levallois eine Absage geschickt, sobald sie das sichere Refugium der maison de la couche erreicht hatte. Dabei hatte sie sich gewundert, wie schwer es ihr gefallen war, die paar Zeilen zu schreiben. Ihr war nicht bewusst gewesen, wie sehr sie sich auf die Verabredung gefreut hatte. Tant pis! Es war gut so, wie es war. Die Idee, dieses Fest zu besuchen, war sowieso Unfug gewesen. Noch hatte sie nichts im Temple erreicht, noch hatte sie kein Recht, ihre Tage auf Festen zu vergeuden.

«Mademoiselle Duchesne, der Vorfall im Temple hat mir zu denken gegeben.»

Marie-Provence hatte Mühe, sich aus ihrer Melancholie zu reißen, und sah den Arzt mit großen Augen an. «Vorfall? Was meinen Sie?»

«Der capitaine der Garde hatte Sie um Ihre Papiere gebeten, und Sie waren sehr zögerlich, seiner Aufforderung Folge zu leisten. Auch im Wagen musste ich mich einer List bedienen, um die Kontrolle zu umgehen.»

Marie-Provence richtete sich kerzengerade auf. «Ich …»

«Sie sollten in Zukunft Ihren Ausweis als Bürgerin immer zur Hand haben. Ich werde nicht immer an Ihrer Seite sein, um zu bezeugen, dass Sie sind, wer Sie behaupten zu sein.»

«Nein, natürlich nicht», sagte Marie-Provence tonlos. «Ich war Ihnen sehr dankbar für Ihr Eingreifen.»

«Ich habe Madame Mousnier gefragt, und diese beteuerte, nie einen Beweis Ihrer Identität bekommen zu haben. Offensichtlich ist dies ein Thema, das bereits zwischen Ihnen zur Sprache gekommen ist.»

Ein kleiner Fleck klopfte an Marie-Provence' Schläfe. Sie antwortete nicht, hielt aber dem Blick des Arztes stand.

Jomart griff in seinen Rock, zog etwas aus seiner Tasche und streckte es ihr hin. Zögerlich nahm sie es entgegen. «Ich hoffe, damit werden Sie ähnliche Vorfälle vermeiden können.»

Marie-Provence entfaltete das Blatt, auf dem der blauschwarze Stempelabdruck der commune von Paris prangte. Certificat de civisme, stand da gedruckt. Darunter waren handschriftlich ausgeführt ihr Name, Marie-Provence Duchesne, ihr Geschlecht sowie andere Details über ihre Person. Sie starrte den Arzt an.

«Wie Sie sehen, ist Ihr Wohnort als die Rue de Gaillon in Paris angegeben. Ich hoffe, Sie haben nichts dagegen, dass ich meine eigene Adresse habe eintragen lassen.»

«Darf ich fragen, was Sie als Gegenleistung für dieses Papier erwarten?»

«Ihren vollen Einsatz bei der Arbeit. Ich bin ein Gewohnheitsmensch, wissen Sie. Ich würde es hassen, eine neue Hilfskraft einarbeiten zu müssen. Und ich glaube zu wissen, dass ich keine finden würde, die Ihnen auch nur annähernd das Wasser reichen kann.» Er sah sie fest an. «Ich habe übrigens mit meiner Frau darüber gesprochen und ihr erklärt, wie viel mir an Ihren Fähigkeiten liegt. Sie hat mich unterstützt, wie sie es immer tut, und versprochen, ein Zimmer herzurichten, das im Dachgeschoss unseres Mietshauses liegt und unserer Wohnung zugeteilt ist. Wir haben dort früher das Kindermädchen untergebracht, doch meine beiden Jungen sind inzwischen groß, und das Zimmer steht leer. Es wäre günstig, wenn Sie in den nächsten Tagen vorbeikämen, um dort ein paar Habseligkeiten zu hinterlegen. Vielleicht können Sie sich dann ja auch den anderen Mietern des Hauses zeigen oder mal dort übernachten. Gewiss werden Sie keine Schwierigkeiten haben, einen bleibenden Eindruck zu hinterlassen. Zeugen, die bei eventuellen Nachfragen der Polizei dieses Papier bestätigen können, sind zweifelsohne von Nutzen.»

Vielleicht hätte Marie-Provence den Ausweis zurückgeben sollen, beteuern, sie brauche ihn nicht – aber er war zu kostbar, bedeutete eine viel zu große Erleichterung, um ihn abzuweisen. Auch hätte der Arzt eine solche Komödie nicht verdient. Also faltete sie das Papier sorgfältig zusammen und steckte es ein.

«Danke», sagte sie bewegt.

«Reiner Eigennutz.»

«Eigennutz?» Marie-Provence musste lächeln.

Der Arzt jedoch blieb ernst. «Mademoiselle Duchesne, wir leben in einer Zeit, in der Offenheit jederzeit als Waffe benutzt werden kann. Deshalb verlange ich keine Erklärungen von Ihnen, und auch ich werde Ihnen meine Beweggründe nicht näher erläutern. Eine Frage jedoch möchte ich Ihnen stellen. Bitte beantworten Sie sie ohne Rücksicht auf das, was Sie mir vielleicht zu schulden glauben. Ich bin ein Mensch ohne politische Ambitionen, wissen Sie. Sonst hätte ich meine Stellung als Arzt in der maison de la couche nach der Revolution nicht behalten können. Mich interessiert alleine mein Beruf – der Schutz und das Wohlergehen meiner Patienten.»

«Ich weiß, docteur.»

Der Arzt strich sich über das Gesicht. Er sah aus wie ein

Mann, der sich mehrere Nächte lang schlaflos in seinem Bett gewälzt hatte. «Vor vier Tagen haben Sie einen Jungen erblickt, der der Fürsorge bedarf. Wir unterhielten uns bereits darüber. Ich weiß daher, dass sein Anblick Sie nicht kaltgelassen hat.»

Sie sahen sich an. «Das haben Sie richtig beobachtet, docteur.»

«Ich sage erneut: Politik interessiert mich nicht.»

«Er ist ein Junge von neun Jahren, der sterben wird, wenn nicht etwas unternommen wird», sagte sie so sachlich wie möglich.

Jomart nickte kurz. Er begann, im Zimmer auf und ab zu gehen. «Ich habe einen Eid geleistet: ‹In wie viele Häuser ich auch kommen werde, zum Nutzen der Kranken will ich eintreten und mich von jedem vorsätzlichen Unrecht fernhalten.›» Er hielt inne. «Aber es gibt noch einen weiteren Teil des Eides, den ich als Arzt geleistet habe. Dieser besagt, dass ich über alles schweigen werde, was ich während der Behandlung sehe oder höre.» Er raufte sein Haar.

«Ich bin an diesen Eid nicht gebunden», sagte Marie-Provence. Sie trat zu Jomart. «Ich will mit. Lassen Sie mich Ihren Visiten weiterhin beiwohnen!»

Er betrachtete sie zweifelnd. «An mir soll es nicht liegen, Mademoiselle. Wir könnten es versuchen, schließlich sind Sie in den Temple von einer hohen Autorität eingeführt worden. Mit ein wenig Geschick könnten wir Ihr Beisein vielleicht auch weiterhin begründen. Allerdings … es wird Sie in Gefahr bringen. Der Ausweis kann Sie nicht vor allem schützen.»

Vor allem nicht, wenn Croutignac einfällt, wo er mich schon einmal gesehen hat, dachte Marie-Provence. Sie legte eine Hand auf die Stelle, wo ihr neuer Ausweis schützend über ihrem schnell klopfenden Herz lag. «Es könnte mich auch nichts vor den Selbstvorwürfen schützen, die mich verfolgen würden, wenn ich es nicht versuchen würde, Monsieur.»

«Ja, ich weiß. Mir geht es nicht anders.» Er seufzte. «Vor

ein paar Wochen ist mir etwas zugesteckt worden. Ich war hundertmal davor, es zu vernichten, aber nach unserer Auseinandersetzung in der Kutsche …»

Marie-Provence nahm das zerknüllte Etwas entgegen, das er ihr hinhielt. Es war ein schmuddeliges Stück Papier, die Schrift darauf kaum noch zu entziffern. *‹Eines Ihrer Waisenkinder hat zwei Onkel, die es beide gerne aufnehmen würden. Wenn Sie helfen möchten, fragen Sie nach den Kartoffeln der Tuileries beim Krämer Cortey, rue de la Loi.›* Tausend Fragen schossen ihr durch den Kopf. Sie steckte das Papier ohne ein weiteres Wort ein.

Ihnen war klar, dass sie nie mehr über dieses Thema sprechen würden.

«Bonjour!»

«Oh, citoyen Levallois! Guten Morgen.» Marie-Provence legte das frischgesäuberte Spekulum ab, bedauerte es aber sofort, weil sie plötzlich nicht mehr wusste, wohin mit ihren Händen.

André Levallois trat näher. «Wie geht es dir?» Sein Auftreten war selbstsicher wie immer, dennoch lag etwas Fragendes in seinem Blick.

«Gut, danke.»

«Du arbeitest? Hat docteur Jomart dich eingespannt? Hast du mir deshalb die Absage geschickt?»

«Aber nein, citoyen. Der docteur hat nichts damit zu tun. Meine Absage hat rein persönliche Gründe.»

«Oh, ich verstehe.» Sein Blick verdunkelte sich.

Als sie zu ihm aufsah, war sie überrascht, wie kühl sein gutgeschnittenes Gesicht wirken konnte. Sie reckte das Kinn. «Ich glaube nicht, dass du irgendetwas verstanden hast. Das kannst du gar nicht.»

«Ich verstehe, dass die Lust dich verlassen hat. Ob du jemand anderen beglücken wolltest oder ob dein Wankelmut an deiner Absage schuld ist, ist dabei wenig relevant.»

«Mein Wankelmut?» Sie antwortete gereizt: «Citoyen, wenn du eine so geringschätzige Meinung von mir hast, frage ich mich, weshalb du diese Einladung überhaupt aussprachst.»

«Ja, verflixt nochmal, was bleibt mir denn anderes übrig, als über deine Beweggründe zu spekulieren?» Er sah sie zornig an. «Das ist ja wohl die Höhe! Ich erhalte eine einzige kühle Zeile von dir, daraufhin lasse ich alles stehen und liegen, fahre den ganzen Weg bis hierher, um eine Erklärung von dir zu bekommen, und stattdessen versuchst du, mir ein schlechtes Gewissen einzureden! Was, glaubst du, citoyenne, werde ich für eine Meinung von dir haben?»

Sie fühlte, dass sie ihn verletzt hatte und dass sie ihm eine Erklärung schuldig war. «Ich habe nichts anzuziehen.»

André Levallois riss die Augen auf. «Du hast bitte schön was?»

«Nichts anzuziehen.» Sie merkte, wie närrisch sich diese Erklärung anhören musste. Doch was hätte sie sonst sagen sollen? Es stand außer Frage, ihm ihre Lebensumstände zu erläutern. Betreten wiederholte sie: «Als ich heute Morgen hierherkam, hatten alle Frauen weiße Kleider an, nur ich …» Sie hielt inne, als André Levallois in Gelächter ausbrach, und kreuzte die Arme über der Brust. «Schön, dass ich zu deiner Erheiterung beitrage!»

«Ach, bitte, du darfst mich nicht missverstehen. Ich bin so erleichtert! Ich war überzeugt, du fändest mich abstoßend oder jemand sei mir zuvorgekommen und hätte dir ein besseres Angebot gemacht.» Auf einmal hielt er ihre Hand. «Komm!»

Sie versteifte sich. «Aber nein, hast du mir nicht zugehört? Ich kann nicht!»

«Die maison de la couche wurde doch früher von Nonnen geleitet, oder? Ich bin sicher, in irgendeiner Schrankecke finden wir noch eine weiße Robe für dich.»

«Aber …»

«Wenn du jetzt nicht mitkommst, musst du mir eine bessere Erklärung als deine Eitelkeit liefern, um mich loszuwerden!» Er wurde wieder ernst. «Hast du eine bessere Erklärung?»

Ihre Finger glitten über ihr Kleid, drückten sachte auf die Stelle, die von ihrem certificat de civisme ausgebeult wurde. Mit diesem Stück Papier hatte sie noch ganz anderes vor, als ein paar amüsante Stunden in angenehmer Begleitung zu verbringen! Gab es eine bessere Gelegenheit, die Tauglichkeit des Ausweises auszuprobieren, als sich zwischen feiernde Revolutionäre zu begeben? Doch im nächsten Augenblick beschleunigte Furcht ihren Herzschlag. Sie bekämpfte sie mit dem Wahlspruch ihres Vaters. *Wichtig ist nicht, ob man stark ist, sondern ob der andere es glaubt.*

Schließlich gab sie dem Druck der Hand nach. «Nein», antwortete sie, als sie an André Levallois' Seite trat und zu ihm hochsah, «die habe ich nicht.»

«So, hier sind wir.» André sprang aus der Kutsche und bot seiner Begleiterin die Hand. «Komm, wir werden schon sehnsüchtig erwartet.»

Die Kutsche fuhr davon, und Marie-Provence sah sich um. Sie befanden sich in der rue des Capucines, und vor ihnen entfaltete sich die breite Front des gleichnamigen Klosters.

«Müssen wir nicht zu den Tuilerien?», fragte sie überrascht.

«Dahin kommen wir schon noch. Der Wind steht günstig.» Die junge Frau sah ihn verständnislos an, doch André wollte noch nichts preisgeben und schmunzelte nur. «Lass dich überraschen. Jetzt müssen wir erst einmal hier hinein.» Er öffnete die Tür zum Nebeneingang des ehemaligen Klosters und leitete Marie-Provence durch einen Flur, dann über zwei Höfe und durch einen kleinen, verlassenen Kräutergarten. Schließlich gelangten sie in einen Gang.

«Mein Vater hat vor zwei Jahren einen Teil der hinteren Gärten gemietet und dort eine neue Fabrik gebaut», erklärte André, während sie sich weiter vorarbeiteten. «Unsere alten Räumlichkeiten befanden sich am quai de Conti und waren zu klein geworden. Außerdem mussten wir immer den

Weg über die Seine nehmen, um unseren Laden in der rue des Feuillades zu beliefern. In den Capucines haben wir so viel Platz, wie wir brauchen, und könnten sogar noch anbauen, wenn wir das Geschäft erweitern wollten. Der einzige Nachteil ist der lange Weg durch das Kloster. Aber wir haben bei der commune schon beantragt, einen Durchlass in die Klostermauer schlagen zu dürfen, die den Garten von der Nebenstraße trennt.»

Endlich gelangten sie ins Freie, und er deutete nach rechts, auf das Gefüge mehrerer großer Hallen. «Das da sind die Werkräume. Doch die zeige ich dir ein andermal, falls es dich interessiert. Jetzt müssen wir nur noch durch den Polierraum, um in den hinteren Teil des Gartens zu gelangen.»

Die Halle, die sonst von Stimmen und dem sirrenden Geräusch der Poliersteine aus Kupfer oder Achat widerhallte, die das Papier gleichmäßig und samtig machten, war ganz ruhig, als würde die Zeit stillstehen. Marie-Provence warf einen Blick hinauf zur Decke, die in schwindelerregender Höhe über ihren Köpfen hing. Dort oben bildeten freischwebende Balken ein Gitter, um das sich lange Tapetenwellen wie bunte Papierschlangen wanden. Die langstieligen Holzgabeln, mit denen die Tapetenbahnen dort oben angebracht wurden, lagen unbenutzt auf dem Boden.

«Haben die Arbeiter heute frei?», fragte Marie-Provence.

«Aber ja. Sie sind alle zum Fest unterwegs, bis auf die paar, die uns nachher helfen werden. Wir haben einhundertvierundvierzig Angestellte, und mein Vater achtet sehr genau darauf, unsere Arbeiter gut zu bezahlen und ihnen genügend Freizeit zu lassen. Zwei Konkurrenten von uns sind in den Ruin getrieben worden, weil die eigenen Angestellten ihre Lagerhäuser angezündet haben. Das soll der Papierfabrik Levallois nicht passieren.»

Zielstrebig durchquerte er die menschenleere Halle, bis er am Ausgang ankam und die Tür aufriss. Die Sonne durchflutete den Raum, tauchte Marie-Provence in goldgelbes Licht. Sie blinzelte geblendet. Er fasste sie am Ellenbogen und führte sie hinaus.

Das Erste, was sie wahrnahmen, als sie in das gleißende Licht traten, waren Geräusche. Menschliche Stimmen, das Rauschen des Windes, Zischen und Knarren wechselten sich in Bruchteilen von Sekunden ab. Schließlich gewöhnten sich ihre Augen an die Helligkeit – André hielt die Luft an, gespannt auf die Reaktion seiner Begleiterin.

«Mon Dieu!», schrie diese auf und machte unwillkürlich einen Schritt zurück. Verblüffung, Faszination, Furcht und Begeisterung zugleich zeichneten sich auf ihren Zügen ab.

Er lächelte und legte den Kopf in den Nacken. Wie immer bewirkte Zéphyrs Anblick, dass sein Herzschlag sich beschleunigte. Stolz und zufrieden betrachtete André die gespannten Flanken des Ballons, die perfekte Wölbung des blauseidenen Leibes, auf dem ein Gott dargestellt war, der aus prallen Backen goldene Wolkengebirge wegblies. Die gigantische Konstruktion zerrte an ihren Seilen, und wie stets übertrug sich dieser offenbare Drang zu entkommen auf André. Der prickelnde Vorgeschmack der vollendeten Freiheit breitete sich auf seiner Zunge aus.

«Alors, wie findest du meinen Zéphyr?», fragte er. Als er in die blitzenden Augen seiner Begleiterin sah, strahlten diese heller denn je.

«Dein Zéphyr? Willst du etwa sagen, dass du ihn gebaut hast?»

«Entworfen und gebaut, ja.»

«Er ist wundervoll!», lachte die junge Frau. «Womit ist er gefüllt? Es ist doch kein Heißluftballon?»

«Nein», antwortete er überrascht. «Er fliegt mit Wasserstoff. Woher weißt du das?»

Marie-Provence stand da mit weitaufgerissenen Augen, konnte sich offenbar nicht sattsehen an dem Schauspiel. Ihre Begeisterung entzückte ihn. Und wie gut er sie verstand!

Gerade einmal zwölf Jahre war es her, dass Joseph de Montgolfier beobachtete, wie heiße Luft sein zum Trocknen aufgehängtes Hemd aufblies. Und noch nicht einmal elf, seit sich zum ersten Mal ein Mensch in einem Ballon in den Himmel erhoben hatte. Noch immer sanken Bauern auf die

Knie und bekreuzigten sich, wenn sie ein solches Gefährt erblickten, noch immer war man sich nicht sicher, ob die Menschen nicht mit Sicheln und Mistgabeln angelaufen kämen, wenn man neben einem Dorf landete, um den Ballon, das vom Himmel gefallene Tier der Apokalypse, zu erlegen. Fliegen war der größte Traum der Menschheit, seit vor vielen Hunderten von Jahren in China Drachen aufgestiegen waren, die ersten vom Menschen geschaffenen Fluggeräte überhaupt. Man hatte gerade erst begonnen, diesen Traum zur Wirklichkeit werden zu lassen. Es gab nichts, was André mehr beglückte, als zu wissen, dass er seinen Beitrag zu diesem Traum leistete – und es war wunderbar zu sehen, dass die Frau neben ihm seine Begeisterung teilte.

«Mein Vater hat einmal den Aufstieg eines Heißluftballons miterlebt», berichtete Marie-Provence angeregt. «Vor zehn Jahren, als mit den allerersten Flügen begonnen wurde. Was habe ich damals gebettelt, um mitzudürfen! Aber ich musste mich mit Vaters Bericht zufriedengeben. Pilâtre de Rozier und Proust waren die Fahrer. Der Ballon war unter einem Zelt versteckt und schoss plötzlich in den Himmel. Mein Vater hat mir eine Gravur mitgebracht, auf der das Luftschiff abgebildet war. Es sah ganz anders aus als dieses: Es hatte unten eine Öffnung und eine große Plattform. Mein Vater erzählte, dass die Fahrer ständig etwas verbrennen mussten, das sie mit Forken unter die Öffnung warfen.»

André konnte seine Überraschung kaum verbergen. Ein Zelt? Rozier und Proust? Vor zehn Jahren war ein einziger Flug gestartet, der dieser Beschreibung entsprach. Allerdings hatte er vor ausgewähltem adligem Publikum stattgefunden. Verwundert betrachtete er seine Begleiterin, doch ihr strahlendes Gesicht ließ ihn seine Fragen vergessen. «Du sagst, du wärst gerne mit dabei gewesen. Wärst du denn auch gerne einmal mitgefahren?»

«Mit so einem Ballon?» Ihre Augen glitten über den Giganten, der sich in seinen Seilen wiegte wie ein mächtiges Tier. «Oh, es wäre das Wundervollste und Aufregendste, das ich mir vorstellen kann!» Nach einer kurzen Pause fragte sie vorsichtig: «Glaubst du, der Fahrer dieses Ballons würde mich mitnehmen?» Ihre Erregung war fast greifbar.

«Ich würde dich überallhin mitnehmen!», gestand er. Noch nie, so spürte er, war er dem Glück so nahe gewesen.

Eine spöttische Stimme fuhr dazwischen. «Na, dass ich das noch erleben darf! Mein Bruder höchstpersönlich!»

«Mein Bruder Mars», stellte André vor. Mars hatte sich herausgeputzt: Sein Haupt trug das rote Kennzeichen der Republikaner, die phrygische Mütze, auf seiner Brust prangte die Kokarde, und um seinen rundlichen Oberkörper lief eine blauweißrote Schärpe. Zu seinem Bruder sagte André: «Wir können jetzt los. Wie steht der Wind?»

Mars deutete auf einen bunten Taftstreifen, der an einer Stange flatterte. «Er hat ein wenig gedreht. Nord, Nordost, würde ich sagen.»

André nickte zufrieden. «Habt ihr die Flugblätter an Bord gebracht?»

«Natürlich.» Mars hob die Brauen und betrachtete Marie-Provence argwöhnisch. «Und wer ist das? Sollte das etwa der Grund unserer Verspätung sein?»

Sofort nahm Marie-Provence' Gesicht wieder den wachsamen, zurückhaltenden Ausdruck an, von dem sie nur selten ließ, und André antwortete seinem Bruder kurz angebunden: «Das ist meine Begleiterin auf diesem Flug, Bruder.»

«Eine Begleitung? Es war nie die Rede …»

«Ich brauche jemanden, der die Flugblätter wirft, während ich auf den Ballon aufpasse.»

«Warum hast du davon früher nichts gesagt?»

«Warum sollte ich? Die Organisation des Fluges und der Ablauf stehen allein unter meiner Verantwortung.» André wusste, dass er seinen Bruder reizte. Doch ein Instinkt riet ihm, dessen Groll besser auf sich zu ziehen und von seiner Begleiterin abzulenken. Er, der den Anfeindungen seines Bruders sonst lieber aus dem Weg ging, war auf einmal entschlossen, Front zu machen.

Die dunklen Augen seines Bruders verengten sich. «Kann ich deine Papiere sehen, citoyenne?», fragte er knapp.

«Was soll das?», fuhr André ihn an.

«Du magst für den Flug verantwortlich sein, aber ich muss vor meinen Auftraggebern dafür geradestehen, dass nur treue Anhänger der Republik während dieser Veranstaltung öffentlich auftreten!»

André wollte gerade mit einer heftigen Antwort parieren, da antwortete seine Begleiterin kühl: «Das verstehe ich, citoyen», und überreichte Mars ihre Dokumente.

Mars studierte den Ausweis mit kränkender Genauigkeit, ehe er ihn zurückgab. «Also gut, meinetwegen», sagte er. Barsch fügte er hinzu: «Allerdings musst du noch etwas mit dir machen, citoyenne! Ganz Paris wird heute zu euch aufschauen. Dein Kleid erinnert mich viel zu sehr an eine Nonnentracht. Du wirst die Haube abnehmen und die Haare offen tragen. Vielleicht steckst du noch ein paar Blumen hinein, dann mag es durchgehen. Nein, warte!» Er griff an seine Taille, löste das blauweißrote Stoffband, das er sich umgebunden hatte, und streckte es ihr hin: «Leg das um. Und zieh meine Mütze an. Das dürfte reichen, um aus dir eine ordentliche Patriotin zu machen.»

Marie-Provence zögerte, nahm ihm dann aber Schärpe und Mütze ab. «Ganz wie du es wünschst, citoyen», antwortete sie.

Endlich ließ Mars von ihnen ab und stapfte davon.

«Es tut mir leid», stieß André aus.

Sie blieb reserviert und lächelte unverbindlich.

Er hätte alles gegeben, damit ihre Augen ihn erneut anstrahlten. Voller Groll sagte er: «Mein Bruder schimpft sich Republikaner und ist dennoch der schlimmste Tyrann auf Erden.»

«Was hat er gegen dich?»

«Seiner Auffassung nach schätze ich das, wonach er sich verzehrt, nicht genug.»

«Wonach verzehrt er sich denn?»

«Nach der Fabrik unseres Vaters», erklärte er, während er verfolgte, wie sie die Nadeln aus ihrer Frisur zog. Die Haare fielen ihr den Rücken hinunter. Sie waren glatt und schwer und so dunkel wie Ebenholz. André musste zugeben, dass Mars recht hatte. Mit den offenen Haaren, auf denen sie nun die rote phrygische Mütze platzierte, ihrer schneeweißen Robe und der Schärpe, die ihren Oberkörper umspannte, gab Marie-Provence das Fleisch gewordene Bild der republikanischen Tugend ab. Er starrte sie an, überwältigt, wie das allererste Mal, als er sie auf dem Marktplatz erblickt hatte.

«Und du? Was schätzt du?», fragte sie leise.

Er lächelte, obwohl sich etwas in ihm schmerzhaft zusammenzog. «Ich schätze … Ich schätze, wir sollten jetzt losfliegen!», sagte er schnell, bevor ihm etwas herausrutschte, das sie vielleicht verschreckt hätte.

Sie lächelte ihn an. «Auf was warten wir dann noch?»

Die Männer, die um den Korb versammelt waren und immer wieder die Halteseile überprüften, Fässer wegrollten und Schläuche zusammenlegten, die der Füllung der seidenen Hülle gedient hatten, wechselten ein paar Worte mit André Levallois. Während dieser den Ballon umrundete, die Festigkeit verschiedener Knoten testete und alles einer letzten, gründlichen Inspektion unterzog, betrachtete Marie-Provence das beeindruckende Gefährt aus der Nähe.

An dem Netz, das auf dem Scheitel des Ballons ruhte und ihn umspannte, waren auf halber Höhe Seile befestigt. Diese dienten der Verankerung; ihre Enden waren um Holzpflöcke im Boden geschlungen. Am Saum des Netzes hing der längliche, elegant geschwungene Korb, der einer venezianischen Barke ähnelte. Sein Inneres war mit Leinen ausgekleidet, blauweißrote Kokarden und buschige Eichenzweige schmückten ihn, und mehrere Säcke hingen an seinem Rand. Eine leichte Brise trieb gegen den Ballon und entlockte dem gefesselten Riesen ein kontinuierliches Seufzen und Ächzen.

«Also gut, Männer, alle zu den Seilen! Es geht gleich los!», rief André, bevor er Marie-Provence eine Hand bot. Seine Augen leuchteten. «Komm!»

Als es daran ging, in den Korb zu steigen, hatte Marie-Provence plötzlich weiche Knie. Der Ballon, der nun über ihrem Kopf schwang, erschien ihr unfassbar groß und mächtig, und wären nicht Levallois und seine feste Hand gewesen, hätte sie vielleicht auf der Stelle kehrtgemacht.

«Du brauchst nichts zu befürchten. Du hast doch keine Höhenangst?»

Marie-Provence schluckte. «Ich weiß nicht ... Nein, ich glaube nicht», stotterte sie, während sie den Korbrand überwand und sich einen Platz zwischen den verschnürten Papierstapeln, dem Anker und zwei Kisten suchte.

«Gut. Halte dich fest, alles andere kannst du mir überlassen.» Er drehte sich von ihr weg. «Löst die Halteseile!»

Ein Ruck ging durch den Korb. Marie-Provence schrie auf, im Glauben, es ginge nun los, doch dann wurde ihr klar, dass die Seile zwar von den Bodenankern gelöst worden waren, aber noch von den Männern gehalten wurden.

André sah sie erwartungsvoll an. Erregung ließ seine Augen funkeln. «Bist du bereit?», fragte er. Als sie nickte, beugte er sich vor. «Lâchez tout!», brüllte er. «Loslassen!»

Marie-Provence schnappte nach Luft. Der Ballon geriet erneut in Bewegung. Schon dachte sie, es sei so weit, als sich der Korb zur Seite neigte.

André beugte sich über den Korbrand und rief scharf: «Ich hab gesagt, alle Seile loslassen! Hört auf zu träumen, da unten!»

Das letzte Halteseil entspannte sich, und sofort richtete sich der Ballon nach dem Wind. Marie-Provence umklammerte den Korbrand, während sich der Garten mitsamt den Menschen immer weiter entfernte. Die Arbeiter johlten, winkten und riefen. Doch Marie-Provence brachte es nicht fertig, den Korbrand loszulassen, um zurückzuwinken, atemlos, wie sie war, überwältigt von fremdartigen Empfindungen und mit einem seltsamen Gefühl im Magen.

Die mächtige Polierhalle zog an ihnen vorbei, die verrußten Fassaden des Klosters, die Baumwipfel der höchsten Eichen. In gemächlichem Tempo stiegen Marie-Provence und André, bis die Brise sie erfasste und sanft seitwärts drückte.

Ihr Herzschlag beruhigte sich ein wenig. Sie sah sich um.

André Levallois hatte ein Instrument in der Hand, das er aufmerksam studierte.

«Ein Barometer. Es dient zur Höhenmessung», erklärte er.

Sie nickte ernsthaft, als sei es das Normalste der Welt, sich mit derlei Dingen zu befassen, und unterdrückte einen Ausruf, als sie über die ersten Häuserreihen hinwegzogen. Gebannt sah sie auf die Schieferdächer und den Wald aus Schornsteinen hinab. Zu ihrer Rechten erhaschte sie einen Blick auf die place des Piques, wie man die place Vendôme heute nannte, und auf den leeren Sockel in ihrer Mitte, den schon lange kein steinerner König mehr zierte. Als sie leicht wie eine Feder über die prächtige Häuserzeile glitten, die den Platz rahmte, legte Marie-Provence die Hände an die Wangen und lachte.

André, der gerade eine Banderole am Korb befestigte, drehte sich um. «Es gefällt dir?»

«Es ist das Wunderbarste, das ich jemals erlebt habe!» Sie lachte erneut, breitete die Arme aus und stellte sich in die Flugrichtung. «Ich habe immer davon geträumt!» Ihre Stimme überschlug sich. «Ich fliege! Mein Gott, ich fliege!»

Die Banderole entrollte sich, und die Worte «Vive la république!» erschienen, überdimensional groß.

Der Ballon flog über die rue Saint Honoré, geometrisch gezeichnete Gärten, kugelige Baumwipfel. Scharen von Menschen sahen zu ihnen hoch. Sie schrien, zeigten in Richtung Himmel. Etliche begannen mitzulaufen. Kinder kreischten und klatschten. Noch ein paar Dächer – und plötzlich lagen vor Marie-Provence und André die Tuileries mit ihren weitläufigen Alleen und Rasenflächen. Von diesen war allerdings nicht viel zu sehen, denn es wimmelte von herausgeputzten Menschen.

«Wie friedlich diese Menschen alle aussehen», entfuhr es Marie-Provence. «Kann man glauben, dass etliche von ihnen massakrierend durch die Gefängnisse gezogen sind? Dass sie Gräueltaten begangen haben, zu denen Tiere nicht fähig wären? Wie ist das möglich?» Sie staunte über das Spektakel:

die Fête de l'Être Suprême lag zu ihren Füßen – ganz, wie André Levallois es ihr versprochen hatte.

Das Être Suprême war eine Geburt der Philosophen, eine Gottheit ohne Persönlichkeit und ohne Gesicht, die Mutter des Universums. Zu Beginn der Umbrüche hatte sie kaum eine Rolle gespielt, doch ihr Einfluss hatte im gleichen Maße zugenommen wie die Spannungen zwischen den Revolutionären und den Katholiken. Vor einem Jahr noch hatten die Machthaber sich dem Kult der Vernunft verschrieben. Sie zelebrierten ihn in der zum «Tempel der Vernunft» umgetauften Kathedrale Notre-Dame. Danton war einer seiner überzeugtesten Anhänger gewesen, doch dann wurde Danton gestürzt, und Robespierre kam an die Macht. Letzterer förderte den Patriotismus und den Bürgersinn und rief dazu auf, den décadi zu feiern, jenen Tag der Zehn-Tage-Woche, der für den früheren Sonntag stand. Außerdem hielt Robespierre die völlige Zerschlagung des Christentums für falsch. Er war überzeugt, das Volk brauche eine Staatsreligion, und ersetzte den Kult der Vernunft durch den Kult des Être Suprême.

Marie-Provence konnte mit dieser aus dem Boden gestampften Gottheit jedoch wenig anfangen. Bisher hatte sie immer vermutet, dem Volk ginge es ähnlich wie ihr. Die Massen zu ihren Füßen allerdings schienen sie eines Besseren belehren zu wollen.

«Willst du mir helfen?» André Levallois drückte ihr einen Stapel Papiere in die Hände. «Es wäre wunderbar, wenn du die den Menschen dort unten hinunterwerfen würdest.»

«Die Erklärung der Menschenrechte?», fragte sie überrascht, nachdem sie einen Blick auf die flatternden Papiere geworfen hatte.

«Die Freunde meines Bruders im Sicherheitsausschuss hielten es für eine hervorragende Idee, sie anlässlich des Festes unters Volk zu bringen.» Dann deutete er auf den gut sichtbaren Stempel, der auf jedem Blatt prangte. «Und Mars erschien die Gelegenheit ideal, um den Parisern die rechte Gesinnung der Papeteries Levallois darzutun.»

Marie-Provence zog sich ihre geborgte Mütze tiefer über den Kopf und nickte anerkennend. «Die Idee ist wirklich gut. Dein Bruder ist ein fähiger Geschäftsmann.»

«O ja, das ist er!», rief ihr Begleiter und warf eine Handvoll Papiere aus dem Korb.

Die Menschen, die bereits auf sie aufmerksam geworden waren, kamen in Scharen angelaufen. Marie-Provence erblickte Kinder mit Veilchenkronen und rosengeschmückte Frauen mit ordentlich geflochtenen Haaren. Sie riefen etwas, das Marie-Provence nicht verstand. Nichtsdestotrotz warf sie die Blätter mit vollen Händen hinunter und sah amüsiert zu, wie sie, verwirbelten Faltern gleich, zu Boden segelten, wie die weißgekleideten Menschen hüpften und danach schnappten.

«Hörst du das?», fragte André Levallois.

«Ich verstehe die Leute nicht. Was rufen sie denn?»

«Marianne.»

«Marianne?»

Er ließ seine weißen Zähne aufblitzen. «Frankreichs Marianne, natürlich! Gratuliere! Du bist soeben zur Allegorie der Republik gekürt worden!» Als sie ihn nur sprachlos ansah, meinte er: «Ich muss sagen, es ist gut getroffen. So, wie du dastehst, mit deinen wehenden Haaren und der roten Mütze, bist du wirklich das Ebenbild unserer mutigen, strahlenden Marianne, der Kriegerin und Beschützerin des Volkes, das Symbol der Freiheit und unserer jungen Nation!»

Marie-Provence lachte auf. «Du bist verrückt!»

Die Rufe «Marianne!» und «Vive la république – es lebe die Republik!» drangen zu ihnen nach oben. Marie-Provence winkte und warf noch mehr Blätter. Sie fühlte sich wie in einem aberwitzigen Traum. Es konnte unmöglich sie sein, die Tochter des capitaine Guy de Serdaine, die hier, geschmückt mit einer blauweißroten Schärpe, im Flug revolutionäre Drucke austeilte und vom Volk bejubelt wurde! Die Absurdität der Situation ließ sie lachen, bis sie feuchte Augen bekam. Sie konnte sich nicht erinnern, wann sie sich das letzte Mal so gelöst gefühlt hatte. Es war, als sei plötzlich alles möglich.

«Marianne!» Sie winkte und warf eine Handvoll Flugblätter über Bord. Die Menschen tanzten, jubelten.

Wie schön wäre es, immer so weiterfliegen zu können!, dachte Marie-Provence. Alles hinter sich zu lassen – und den Menschen Freude zu schenken. Unwillkürlich suchte sie im fernen Gewirr der Kirchtürme und Schornsteine nach einem trutzigen Turm. Und da an diesem Tag irgendwie andere Gesetze zu gelten schienen als sonst, erlaubte sie es sich zu träumen, Charles wäre hier, an ihrer Seite, könnte die Freiheit schmecken und das Gesicht in die Sonne recken.

Diese Überlegung ließ sie erstarren. Auf einmal begann ihr Herz wie verrückt zu klopfen. Fiebrig suchten ihre Augen die Stadt ab. Sie legte eine Hand an die Stirn, als ließe sich auf ihr der verrückte Gedanke ertasten, der ihr gerade durch den Kopf geschossen war.

«Sieh mal!» André Levallois brachte den Korb leicht zum Schwanken, als er sich ihr näherte. Er deutete nach rechts.

Auf einem künstlichen Hügel entdeckte sie ein Podest, um das sich Tausende von Menschen drängten. Auf ihm stand ein qualmendes pyramidenförmiges Etwas. Levallois beugte sich zu ihr herüber.

«Das, was da brennt, ist die Darstellung der Gottlosigkeit, umringt von Ehrgeiz, Zwietracht, Egoismus und falscher Bescheidenheit. Das Ganze soll die Hoffnungen des Auslandes symbolisieren.» Er sprach laut, da der Ballon, die Seile und der Korb ständig knarrten und ächzten, und sie mochte den Klang seiner Stimme an ihrem Ohr.

«Es bricht auseinander!», rief sie. «Schau, es ist etwas drin!»

André reichte ihr ein Fernrohr. In dem bewegten Gefährt hatte sie Mühe, sich zu orientieren, doch schon bald erspähte sie einen Mann, der etwas abseits neben der brennenden Pyramide stand. Er hielt einen Strauß von Ähren und Strohblumen in der Hand. «Marianne! Marianne!», tönte es immer wieder herauf. Ihr Begleiter warf weitere Drucke hinunter, während Marie-Provence beobachtete, wie der Mann in die Richtung spähte, aus der die Rufe kamen. Er war schlank und stand sehr aufrecht, sein Gesicht war gut geschnitten, doch der Ausdruck seiner Augen, als er den Ballon erblickte, behagte Marie-Provence nicht. Er konnte sie unmöglich ohne eigenes Fernrohr erkennen, dennoch hatte sie den Eindruck, als blicke er sie eindringlich an. Als er sich umdrehte und einem anderen Mann Zeichen gab, stieß sie einen Laut der Überraschung aus: Croutignac. «Citoyen!», rief sie. «Wer ist dieser Mann mit dem Strauß, da bei der Pyramide?»

Ein kurzer Blick durch das Fernrohr genügte André. «Ah! Robespierre persönlich. Es ist sein großer Tag heute: Er hat vor der Convention die Verehrung des Être Suprême gegen den Kult der Reinen Vernunft durchgesetzt. Eigentlich sind alle nur hier, um ihm zu huldigen!» Er schüttelte den Kopf. «Das Volk trauert noch immer dem katholischen Glauben nach, und das beunruhigt Robespierre. Aber ich habe meine Zweifel, ob die Menschen diesen Ersatz annehmen. Das Être Suprême kommt mir doch allzu abgehoben vor, zu weit entfernt von den Nöten der einfachen Leute.»

Es freute Marie-Provence zu hören, dass André Levallois' Ansichten den ihren ähnelten. Sie hatte schon befürchtet, er könne ein ebenso leidenschaftlicher Revolutionär wie sein Bruder Mars sein. Sie hielt das Fernrohr noch immer auf den Politiker gerichtet.

«Die Herren hinter Robespierre sind übrigens die Mitglieder der Convention, der Nationalversammlung unseres Landes. Ich weiß allerdings nicht, wer dieser Mann mit den gelben Haaren ist, mit dem er sich gerade unterhält», fügte André hinzu.

«Aber ich», flüsterte Marie-Provence. Sie hatte Mühe, das Fernrohr von Robespierre und Croutignac abzuwenden, die sich in ein Gespräch vertieft hatten, während sich neben ihnen eine angerußte Göttin der Weisheit aus der Asche ihrer Rivalinnen erhob.

Im selben Augenblick zog der Ballon weiter, und die Männer glitten aus ihrem Blickfeld. Sie atmete befreit auf. «Wir steigen!» Inzwischen hatten sie alle Flugblätter abgeworfen, und das fehlende Gewicht machte sich bemerkbar.

Die winkenden, tanzenden Menschen, das gewaltige Gebäude der Tuileries und seine flatternde Fahne schrumpften unter ihnen davon.

Marie-Provence beobachtete, wie André Levallois erneut einen Blick auf das Barometer warf und diverse Knoten prüfte, wobei seine schlanken Finger geübt über die Seile glitten. Sie zog sich nachdenklich die Mütze vom Kopf. Es war seltsam, aber in diesem schwankenden Gefährt, das in halsbrecherischer Höhe über die Stadt hinwegflog, fühlte sie sich so geborgen wie schon lange nicht mehr. Es sah ihr nicht ähnlich, einem Fremden ihr Vertrauen zu schenken. Und doch war es so: In der Gegenwart dieses Mannes fühlte sie sich völlig sicher.

Sie erreichten die Seine. Entzückt betrachtete Marie-Provence die spielzeugähnlichen Lastkähne, die unter ihrer überdimensionalen Heulast verschwanden, die Barken der Wäscherinnen, die gutbesuchten Boote der Bäder. Auch hier winkten die Menschen ihnen zu, immer kleiner werdende Menschen mit winzigen Armen. Marie-Provence öffnete die Lippen, um die Gerüche des Flusses aufzunehmen, und schmeckte das Leben. Allmählich wurde es kühler. Ihr Begleiter holte eine Decke aus einer der Kisten, und sie legte sie sich um die Schultern.

«Seit wann bist du eigentlich Ballonfahrer?», fragte sie.

«Seit ich meinen Vater überzeugen konnte, mich ziehen zu lassen – und sobald ich es mir leisten konnte. Meinen ersten Flug machte ich mit achtzehn, allerdings noch nicht im eigenen Ballon, sondern als Lohn für drei Monate Arbeit.» Er lächelte. «Kanntest du die königliche Papierfabrik Réveillon, die am Anfang der Revolution zerstört wurde? Mein Vater ließ mich dort vor elf Jahren eine Lehre machen. Jean-Baptiste Réveillon war nicht nur ein begnadeter Handwerker, er war auch ein Kollege und Bekannter von Etienne de Montgolfier. Er stellte die allerersten Ballons aus seinem Papier her, zunächst unbemannt, dann mit tollkühnen Pionieren wie Pilâtre de Rozier an Bord. Ich war damals sechzehn. Als Lehrling war ich nur mittelmäßig – bis ich beim Bau eines

Ballons mitwirken durfte. Von da an begeisterte mich das Thema. In meiner Freizeit wohnte ich den Experimenten des berühmten Physikers Charles bei, der sich ebenfalls für das Fliegen interessierte. Von ihm lernte ich die Vorzüge des Wasserstoffs im Vergleich zur Heißluft schätzen. Während meiner Arbeitszeit belagerte ich den guten Réveillon regelrecht. Er war mir gewogen, weil sich herausstellte, dass ich eine Begabung fürs Zeichnen hatte und ich ein paar brauchbare Modelle für seine Tapeten-Kollektion entworfen hatte. Trotzdem dauerte es noch zwei Jahre, bis ich meinen ersten Flug machte.» Levallois' Lächeln wurde breiter. «Es übertraf alles, was ich mir erträumt hatte. Als meine Ausbildung beendet war und ich begann, in der Fabrik meines Vaters mitzuarbeiten, machte ich mich als Erstes daran, die Pläne für Zéphyr zu Papier zu bringen.»

Seine Augen strahlten, und die Leidenschaft, die ihn durchströmte, faszinierte Marie-Provence. Beinahe war sie versucht, ihm die Hand auf die Brust zu legen, um den schnellen Schlag seines Herzens zu spüren – um festzustellen, ob es mit dem ihren im Einklang schlug … Sie schreckte zurück. Was dachte sie da bloß?

Als sie Saint-Germain-des-Prés überflogen und Marie-Provence die hellen, bauschigen Wolken über dem früheren Kloster bewunderte, das seit ein paar Monaten als Salpeter-Fabrik diente, blickte André Levallois erneut auf das Barometer, zog an einem herabhängenden Seil und öffnete damit eine Klappe im Ballondach. Ein Zischen wurde laut, das Gefährt sank ein wenig, stabilisierte sich. Levallois brummte zufrieden und machte sich an einer der Kisten zu schaffen.

«Die Arbeit ist erledigt. Wir können jetzt bis über die Stadtgrenze fliegen, wenn das Wetter es zulässt. Oder möchtest du lieber zurück?»

Sie schüttelte heftig den Kopf. «Auf keinen Fall!»

«Wunderbar. Dann ist es jetzt höchste Zeit, eine kleine Formalität zu erledigen.» Er holte eine Flasche hervor.

«Champagner?» Sie machte große Augen. Der Schaumwein war im Moment genauso schwer aufzutreiben wie Kaffee und Zucker.

«Ich habe heute Morgen unserem Keller einen kleinen Besuch abgestattet.» Levallois lächelte und nestelte am Verschluss. «Der Verlust wird meinen Vater hart treffen, aber er wird es verstehen, wenn ich ihm erkläre, dass ich es für eine Taufe brauchte.»

«Eine Taufe? Aber wer soll denn …»

Der Stopfen schoss mit einem lauten Knall seitwärts davon. Es brodelte und zischte, der Champagner entwich der Flasche in goldschaumigen Wellen und bespritzte alles, was in seiner Umgebung war.

«Hiermit taufe ich dich zur Ballonfahrerin!» André Levallois reckte die Flasche gen Himmel, aus der noch immer der Wein floss. «Auf dass Wind und Götter dir immer zur Seite stehen und Sturm und Wolken vertreiben! Auf dass der Himmel für dich strahle! Auf sanfte Landungen und dass die erreichten Ziele dich nie enttäuschen!»

Sie wischte sich Champagner von der Wange, und ihre Blicke trafen sich. Auf einmal schlug ihr Herz schnell. Schlagartig wurde ihr klar, dass sie sich mit André Levallois allein in einem engen kleinen Korb befand, in schwindelerregender Höhe. Und dass sie keine Möglichkeit hatte, diese Situation innerhalb der nächsten Viertelstunde zu ändern. Plötzlich glühte ihre Haut. Der Ballon und ihre Freude waren vergessen. Was hatte sie sich bloß dabei gedacht?

Levallois streckte einen Zeigefinger aus und wischte Champagner von ihrem Kinn. Die Berührung war so leicht, dass sie es kaum spürte. Dennoch fuhr ihr ein Blitz bis in die Zehenspitzen.

Sie wich zurück. Kämpfte gegen eine unerklärliche Benommenheit an – eine Benommenheit, die bereit war, alles hinzunehmen, was dieser Mann von ihr verlangen würde. Sie fand nur eine Erklärung für ihr absonderliches Verhalten: Sie war krank. Natürlich! Sie holte tief Luft. Es musste der Flug sein. Schließlich hatte sie sich noch nie zuvor in solcher Höhe befunden.

«Ich habe meine Meinung geändert. Lass den Ballon hinunter.»

Seine Hand sank herab. «Habe ich etwas falsch gemacht?»

«Nein – doch.» Sie schüttelte den Kopf. «Ich fühle mich unwohl. Meine Hände zittern, und die Knie … Ich glaube, ich vertrage das Fliegen nicht.» Er sah sie auf eine Weise an, die sie nicht zu deuten vermochte. Aber der Ausdruck seiner Augen beunruhigte sie irgendwie.

«Ich kenne das», sagte er warm. «Mir geht es heute ganz ähnlich. Und weißt du, was am besten gegen das Zittern hilft? Ein Schluck aus der Flasche hier.» Er hielt ihr den Champagner und ein Glas hin.

«Du sollst runtergehen, habe ich gesagt.» Ihr war klar, dass sie wie ein verwöhntes kleines Mädchen klang. Zornig riss sie André Levallois die Flasche aus der Hand, setzte sie an und nahm zwei große Schlucke. Sofort fühlte sie sich besser. Das Zittern ihrer Hände verschwand, und ihre Stimmung stieg. Sie hob kampflustig den Kopf.

«Ich wusste, dass es dir guttun würde», lächelte André Levallois.

«Trotzdem möchte ich dich bitten, nun so schnell wie möglich …»

Sie konnte nicht weiterreden, denn auf einmal lagen Andrés Lippen auf den ihren. Und dann vergaß sie, was sie sagen wollte.

Er schmeckte nach Champagner.

Er schmeckte so gut, dass sie die Augen schloss.

Im selben Moment verpuffte die Illusion der Stärke. Ihre Beine drohten nachzugeben, und es kostete sie ihre ganze verbliebene Kraft, sich von ihm loszureißen. Sie wich zurück und stieß gegen den Korbrand. Aus weitaufgerissenen Augen starrte sie ihn an, während eine plötzliche Böe ihr Haar zerzauste und die ausgedehnten Gärten des Luxembourg unter ihr vorbeizogen.

«Wovor hast du Angst? Warum läufst du immer weg vor mir?», stieß André aus. Er wirkte verunsichert und verletzt. Sie wandte den Kopf ab.

«Hör auf, mich zu verfolgen! Dann höre ich vielleicht auf, vor dir zu fliehen!»

«Das glaube ich nicht! Ich glaube, du wirst mir nie erlauben, dich einzuholen, Marie!» Er schüttelte den Kopf. «Was macht dir denn solche Angst?»

«Ich kenne dich nicht!»

Er lachte auf. «Aber genau das ist doch der Punkt! Merkst du nicht, wie widersprüchlich dein Verhalten ist? Du wirfst mir vor, ein Fremder zu sein, erlaubst aber nicht, dass wir uns kennenlernen!» Er machte einen Schritt auf sie zu. «Rede mit mir, Marie! Erzähl mir von dir! Von deiner Kindheit, deinen Eltern!» Er hob die Hände. «Fang einfach mit irgendetwas an! Erzähl mir zum Beispiel, wie dein Vater dazu kam, einer Ballonfahrt beizuwohnen, die in Versailles vor dem französischen und dem schwedischen König stattfand!»

Sie drückte ihre Fingerspitzen gegen die Schläfen. «Hör auf damit! Du willst alles und zu schnell! Ich brauche Zeit! Du fragst nach meiner Familie, aber ich habe mehr als das: Ich habe eine Geschichte, André! Ich kann nicht so tun, als würde es sie nicht mehr geben, weil du dich plötzlich in mein Leben drängst!»

«Aber ich verlange doch nicht von dir, deine Vergangenheit aufzugeben!»

Sie schüttelte heftig den Kopf. «Du wirst mich und dich selbst ins Unglück stürzen, wenn du mich nicht gehen lässt!»

Er wandte sich von ihr ab und stützte sich auf den Korbrand. «Und du verlangst Unmögliches von mir.» Seine Augen suchten einen Punkt am Horizont. «Du hast die Zeichnungen gesehen, Marie. Mehr brauche ich dazu nicht zu sagen.» Ein Muskel zuckte auf seiner Wange.

Auf einmal wirkte er verschlossen, fast abweisend, und sie fröstelte. Er hatte recht. Sie zog die Decke enger um ihre Schultern. Er war genauso machtlos gegen seine Gefühle wie sie gegen die Kraft, die sie aus seinen Armen riss, obwohl sie sich nach nichts mehr sehnte, als von ihnen umschlungen zu werden. Warum war alles plötzlich so kompliziert? Noch vor kurzem hatte sie genau gewusst, was sie wollte und wohin ihr Weg sie führte. Und jetzt …

Jetzt wusste sie nur noch eines: dass sie nicht länger den Anblick von Andrés abweisendem Rücken aushielt. Sie näherte sich ihm und legte ihre Hand zwischen seine Schulterblätter.

Er richtete sich langsam auf, drehte sich ihr zu.

«Versprich es mir», flüsterte sie.

André sah sie fragend an.

Sie blinzelte heftig, brachte ein vorsichtiges Lächeln zustande. «Ich will versuchen, nicht mehr wegzulaufen. Aber dann darfst du mir auch keine Fragen mehr stellen, mir nachforschen oder mich verfolgen.»

Seine Hand zeichnete die Konturen ihres Gesichtes nach. Noch nie hatte sie jemand so angesehen. Er nahm sie in die Arme, so vorsichtig, als wäre sie zerbrechlich.

«Ich verspreche es dir», sagte er mit rauer Stimme.

5. KAPITEL

Messidor, Jahr II
Juni 1794

«Lass mal sehen, was du hast!»

«Na, Schätzchen, Lust auf ein paar angenehme Stunden?»

Die Rufe und Schreie schwirrten um Marie-Provence, doch sie achtete genauso wenig auf sie wie auf die winzigen Blütenblätter, die Regen und Wind unter die Arkaden trieben. Noch vor einem Jahr hätte sie es abscheulich gefunden, sich durch die überdachten Gänge des Palais Royal, das jetzt Palais-Egalité hieß, einen Weg bahnen zu müssen, vorbei an den leichten Mädchen, die es bevölkerten. Doch seit sie täglich die Gassen der Stadt durchpflügte, hatte sie viel gesehen – etliche der kleinen Bewohner der maison de la couche waren an diesem Ort gezeugt worden, und einige der Schicksale dieser Frauen waren ihr persönlich bekannt.

Abstoßender fand sie das Treiben der Spekulanten, die trotz des schlechten Wetters auf der nördlichen Seite der Gärten herumlungerten. Obwohl das Gesetz ihre Machenschaften bekämpfte, trafen sie sich hier, um assignats gegen Münzen zu verkaufen und zwielichtige Aktien anzupreisen, verhandelten, trumpften auf und betrogen, die Gier im Blick und die Hände tief in den Taschen. Etliche von ihnen belagerten auf der Flucht vor dem Regen die Cafés und Restaurants, die sich unter den Arkaden eingemietet hatten. Sie konnten sich die horrenden Preise noch leisten, die für eine anständige Mahlzeit verlangt wurden. Draußen bettelten dagegen die Mütter mit ihren Kindern, deren Männer an die Front geschickt worden waren und denen die Inflation nicht mehr genug zum Leben ließ.

Marie-Provence warf im Vorübergehen einen Blick in die

Lokale, auf die blankgeputzten Spiegelwände, die Lüster und die komfortablen Stühle. Die Restaurants mit ihren Menükarten waren eine Errungenschaft der Revolution und vielerorts bereits eine ernsthafte Konkurrenz für die alten Gasthöfe, die nur Tagesgerichte anzubieten hatten. Viele Köche, deren adelige Herrschaften außer Landes geflüchtet waren, hatten wie Rosannes Mann Georges die Gelegenheit ergriffen und boten nun dem Volk Genüsse an, die früher den höheren Schichten vorbehalten gewesen waren. Allerdings hatten auch sie unter dem Wertverlust der assignats zu leiden, und einige Lokale waren bereits wieder bankrottgegangen. Beim Gedanken an Rosanne und Georges regte sich Marie-Provence' schlechtes Gewissen. Eine Zeitlang hatte Georges seine Frau hofiert, ihre Lieblingsspeisen gekocht und ihr Blumen geschenkt. Aber gestern hatte Rosanne schon wieder erfolglos versucht, ein blaues Auge zu verbergen. Heute Abend würde sie sich für Rosanne Zeit nehmen und früher nach Hause zurückkehren.

André würde allerdings enttäuscht sein. Er umwarb sie seit ihrer Ballonfahrt auf stille, zurückhaltende Art und übte sich in Geduld. Sie selbst hatte sich dabei ertappt, wie sie nach ihm Ausschau hielt, wenn er nicht da war. Marie-Provence beschleunigte ihren Schritt. Allzu viele Gedanken drehten sich bereits um André. Sie durfte nicht zulassen, dass er noch mehr Raum in ihrem Leben einnahm. Sie, die Soldatentochter, würde sich von ihrem Ziel nicht ablenken lassen und den kleinen Jungen vergessen, dem ein Teil ihres Herzens gehörte und der sie bitter brauchte.

Auf dem Gehsteig vor ihr hatte sich eine Menschentraube gebildet, vorwiegend Kinder, die Freudenschreie ausstießen und klatschten. Neugierig warf Marie-Provence einen Blick auf das, was sie so begeisterte, und entdeckte einen Mann, den seine bunte Kleidung als Gaukler auswies. Auf einem kleinen hochbeinigen Tisch hatte er ein Gestell aufgebaut – ein naturgetreues Modell der Guillotine. Er griff in einen bereitstehenden Käfig. Aufgeregtes Tschilpen ertönte, dann präsentierte der Mann grinsend einen Spatzen, wie sie zu Tausenden unter den Dächern der Stadt flatterten. Eine schnelle, geübte Bewegung, ein gleitendes Geräusch, ein Ruck. Winzige Blutstropfen sprühten über den Tisch, als der Kopf des Vogels vom Fallbeil abgetrennt wurde und auf den Boden fiel. Die junge Horde johlte und klatschte. Marie-Provence drehte sich der Magen um. Sie wechselte die Straßenseite.

Als sie das Palais-Egalité und seine quirlige Bevölkerung hinter sich ließ, spannte sie den Regenschirm auf und lief die rue de la Loi hinunter. Auf der breiten Straße wechselten sich Geschäfte und mehrstöckige Wohnhäuser ab. Aufmerksam studierte Marie-Provence die Auslagen und die Namen, die darüberhingen, und schon bald erspähte sie auf der gegenüberliegenden Straßenseite eine tiefblaue Ladenfront. Die Worte ‹Epicerie Cortey› prangten in Zinnoberrot über einer angelaufenen Scheibe. Marie-Provence blieb kurz stehen und sah sich um. Als sie sicher war, dass sie weder verfolgt noch beobachtet wurde, steuerte sie entschlossen ihr Ziel an.

Der Krämerladen war nicht besonders breit, doch so lang, dass sich der Raum hinter der querstehenden Theke im Dunkeln verlor. Der dünne Klang des Glöckchens, das ihre Ankunft angekündigt hatte, ließ den Mann aufsehen, der an einem Pult stand und mit Feder und Tinte an einer Liste schrieb.

«Bonjour!», sagte er, ohne die Feder abzulegen. Er spähte sie über den Rand seiner runden Brillengläser an. «Was kann ich Gutes für dich tun, citoyenne?»

Marie-Provence stellte ihren tropfnassen Schirm an die Tür und sah sich um: eine kleine Kiste mit Kirschen, eine andere mit Erdbeeren. Ein paar schrumpelige Äpfel vom letzten Winter bildeten den Bodensatz eines Sackes. Getrocknete Feigen waren zu einer würzig duftenden Pyramide aufgebaut, grüne und schwarze Oliven lagerten in ölig riechenden Fässern. «Bist du der Eigentümer?», fragte sie schließlich.

«Raymond Cortey, pour te servir, citoyenne», sagte der

Mann. Er mochte vielleicht fünfzig Jahre alt sein und hatte ein faltiges Gesicht, das zugleich von Gutmütigkeit und Gewitztheit geprägt war.

«Dein Laden scheint einer der am besten bevorrateten der ganzen Stadt zu sein.»

Der Mann hob die Schultern. «Es freut mich, wenn du Gefallen an ihm findest.» Er steckte seine Feder in die Halterung und richtete sich auf.

Marie-Provence schlenderte an den Reihen entlang, beäugte die Gefäße. «Allerdings habe ich einen etwas ausgefallenen Wunsch.»

Cortey antwortete nicht.

«Ich suche Kartoffeln.»

«Kartoffeln?» Cortey nickte. Die Wurzeln wurden erst seit knapp zwanzig Jahren angebaut und waren in der Tat eine seltene Kost. «Wie schade. Letzte Woche hatte ich noch welche aus dem Elsass, aber die sind bereits alle verkauft. Vielleicht kommst du in ein paar Tagen nochmal wieder, dann könntest du mehr Glück haben.»

«Es sind aber keine Kartoffeln aus dem Elsass, die ich suche. Ich will Kartoffeln aus den Tuileries. Die Convention hat doch welche in den Beeten der Tuileries anpflanzen lassen, um den Hunger des Volkes zu mildern.»

Ein unvermuteter, scharfer Blick schoss über den Brillenrand. «Bedaure, citoyenne. Ich weiß nicht, wo diese Kartoffeln veräußert werden.»

«Wirklich nicht? Wie bedauerlich – dabei warst du mir ausdrücklich empfohlen worden! Von meinem guten Freund, docteur Jomart. Dem Arzt der maison de la couche.»

«Jomart?» Cortey klappte sein Buch zusammen. «Ich habe von ihm gehört. Soll ein fähiger Arzt sein.»

«Ich bin seine Assistentin. Ich helfe ihm im Waisenhaus und begleite ihn auch des Öfteren während seiner Visiten.»

«Oh, dann kommst du ja ziemlich viel rum», antwortete der Händler mit freundlicher Reserviertheit. «Eine interessante Arbeit. Man hört viel Gutes über das Heim. Gewiss macht es Freude, sich für die Kleinen einzusetzen.»

«Ja. Und es gibt auch immer wieder einzelne Schicksale, die einen besonders berühren.» Marie-Provence lugte über den Rand eines Fasses. Der scharfe Geruch gesalzener Heringe schlug ihr entgegen, und sie zog die Nase kraus. «Es gibt da zum Beispiel einen kleinen Jungen, acht oder neun Jahre alt. Ein hübsches, aufgewecktes Kerlchen. Wer weiß, was aus ihm werden könnte, wenn er unter anderen Bedingungen aufwachsen würde. Doch es geht ihm schlecht. Er kann sich nicht an die Umgebung gewöhnen, in der er lebt.» Da entdeckte sie ein pulvriges braunes Häuflein. Sie stippte hinein und leckte an ihrem Zeigefinger. «Zucker?», rief sie aus. «Du beherbergst wahre Schätze in diesem Laden!» Sie drehte sich zu Cortey. «Ist das Schicksal dieses Kindes nicht ergreifend? Dabei weiß ich genau, dass der Junge zwei Onkel hat, die ihn gerne empfangen würden. Zwar ist es ihnen nicht möglich, den Kleinen abzuholen, aber wenn ein paar engagierte Bürger sich starkmachen würden, um den Jungen seiner Familie zuzuführen …»

Jegliche Freundlichkeit war aus Corteys Gesicht verschwunden. Er schnaubte: «Geh nach Hause, Mädchen! Glaub mir, es ist besser für uns alle, wenn du dort weiterträumst.» Er warf sein Buch polternd in einen Schrank.

Marie-Provence schüttelte den Kopf. «Willst du denn gar nicht …»

Wütend funkelte Cortey sie an. «Sag Jomart, er soll seine Kartoffeln selber kaufen kommen, statt seine Pflicht auf naive kleine Dinger abzuwälzen, die glauben, ein gutes Herz reiche aus, um die Welt zu verbessern!»

Marie-Provence hob trotzig das Kinn, holte tief Luft und zitierte: «Einhundertvierundneunzig Männer der Nationalgarde und vierzehn Artilleriesoldaten bewachen das Areal des Temple. Höchstens die Hälfte dieser Männer erhalten jeweils einen Passierschein, der ihnen erlaubt, das Gelände zu verlassen. Das heißt, es befinden sich stets mindestens einhundertvier wachhabende Soldaten vor Ort. Zusätzlich kommen drei Mitglieder des Generalrates der commune, die sich im Abstand von vierundzwanzig Stunden abwechseln.

Sie bewohnen das Erdgeschoss, schlafen aber im zweiten Stock, direkt vor der Tür der Zelle, während die Soldaten, die zur Wache des Turmes abgestellt worden sind, die erste Etage bewohnen.»

Cortey runzelte die Stirn. Marie-Provence fuhr fort: «Die Schlüssel des Turmes werden in einem Schrank mit zwei verschiedenen Schlössern aufbewahrt. Die Schlüssel zu diesem Schrank werden ständig von zwei Männern getragen. Um die Zelle des Kindes zu öffnen, wird allerdings kein Schlüssel benötigt, sondern eher ein Schmied, denn diese Tür wurde mit dem Rahmen vernagelt. Das Kind lebt von seiner Umwelt völlig abgeschottet und befindet sich in einem schlechten Gesundheitszustand. Es antwortet nicht und zeigt kaum Anteilnahme. Sollte ein Fluchtversuch stattfinden, kann nicht mit Kooperation von Seiten des Kindes gerechnet werden.» Marie-Provence blies sich eine Strähne aus der Stirn und fragte ein wenig außer Atem: «Hast du vielleicht ein Glas Wasser, citoyen?»

Cortey wich nicht von der Stelle. Er starrte sie ein paar Sekunden lang an. Dann sagte er langsam, jedes Wort betonend: «Wer zum Teufel bist du?»

Marie-Provence zögerte. Ihr war bewusst, dass sie im Begriff war, sich diesem Unbekannten auszuliefern. Doch wenn sie ernst genommen werden wollte, hatte sie keine Wahl. «Marie-Provence de Serdaine. Tochter des Chevalier Guy de Serdaine, capitaine in der Armee Seiner verstorbenen Majestät Louis XVI.» Die Augen des Mannes verengten sich. Er trat näher, studierte ihr Gesicht. «Serdaine, eh?»

Er verschwand hinter seinem Tresen und kam mit einem Glas Wasser wieder. «Ich kannte mal einen Serdaine. Hat sich genauso aufgeplustert wie du, wenn man ihm auf den Fuß getreten war.»

«Du kanntest meinen Vater?» Marie-Provence trank das Wasser in einem Zug aus.

«Schade, dass du ein Mädchen bist. Hättest einen guten Offizier abgegeben. Den geeigneten Tonfall hättest du schon. Und einen kräftigen Zug, alle Achtung.»

Marie-Provence stellte das Glas lautstark ab. «Citoyen Cortey, es ist keine Zeit zum Scherzen. Ich bin gekommen …»

«Zeit zum Scherzen ist immer. Selbst im Angesicht der Guillotine.» Cortey rückte seine Brille zurecht. Er schmunzelte. «Ich danke dir für den Besuch, citoyenne. Du wirst verstehen, dass ich deine Identität überprüfen lassen muss, bevor wir unser Gespräch fortsetzen.»

«Überprüfen? Wie um alles in der Welt willst du das machen? Niemand in der Stadt kennt meinen wahren Namen!»

«Es ist gut, wenn du das glaubst.» Lächelnd griff er hinter sich und entnahm dem Regal einen faustgroßen Sack, den er Marie-Provence in die Hand drückte. «Ein kleines Abschiedsgeschenk: etwas Zucker, um dir das Warten zu versüßen.» Er schob sie sanft, aber bestimmt in Richtung Tür und reichte ihr den Schirm. «Wir melden uns.»

Noch ehe Marie-Provence wusste, wie ihr geschah, bimmelte das Türglöckchen, und sie stand wieder in der rue de la Loi.

⚜

Cédric musterte das runzelige Gesicht der Frau. Sie war ihm aus der Schar seiner Bediensteten bekannt, doch er hatte nie ein Wort mit ihr gewechselt. Bis auf seinen Leibdiener Gustave beachtete er das Personal kaum. Ihm überließ er alle Entscheidungen, die den Haushalt betrafen. Cédrics Wissensdurst beschränkte sich auf höhergestellte Mitmenschen. Es lohnte sich nicht, Akten über Köche oder Zimmermädchen anzulegen; allein Einfluss auf Mitglieder des Staatsapparates zu haben, verhieß Macht.

«Wie heißt du?», fragte er die Dienerin.

Diese wischte sorgfältig die schwieligen Hände an ihrer Schürze ab. «Dorette, citoyen.»

«Gustave sagte mir, du hättest schon unter den Serdaine hier gearbeitet?»

Die Frau warf ihm einen misstrauischen Blick zu. «Ja, das stimmt.»

«Du weißt viel über sie?»

«Ich bin in der Küche und komme kaum nach oben.»

«Man kennt doch die Menschen, für die man arbeitet.»

«Du und ich, wir kennen uns ja auch nicht, citoyen», gab die Alte ruhig zurück.

Cédric zupfte an seinem Kragen. Wenn er nicht gerade vor einem Soldaten stand, für den sich die Rangordnung von selbst verstand, irritierte ihn Selbstbewusstsein bei einem Untergebenen. Über ihm stehende Menschen unter Druck zu setzen oder zu verfolgen, machte ihm keine Schwierigkeiten. Leute wie Dorette jedoch ließen ihn an seiner Rolle zweifeln und gemahnten ihn, dass die Zeiten noch nicht lang zurücklagen, als er selbst den Kopf gesenkt hatte – und sich gewünscht hätte, ebenso viel Rückgrat zu besitzen wie diese Frau hier. «Aber die Tochter der Serdaines wirst du doch noch kennen. Du hast viele Jahre hier gearbeitet. Ein Kind geht oft in die Küche, um Süßigkeiten zu stibitzen oder mit dem Personal zu reden.»

«Ja, da war sie keine Ausnahme. Armes Ding. Als es hieß, Marie sei gestorben, krank und ganz allein in der Fremde, habe ich einen ganzen Tag lang geheult.»

«Da hast du ganz umsonst getrauert. Die Tochter der Serdaines ist nicht tot. Ich glaube, dass ihre Eltern sie versteckt haben, bei einem Freund oder bei Familienmitgliedern. Ich bin die Papiere und die Korrespondenz der Serdaines durchgegangen, die ich hier vorgefunden habe. Alle Menschen, mit denen die Familie engeren Kontakt hatte, waren bereits von den Behörden überprüft worden, als der Prozess gegen Angèle de Serdaine lief, und scheiden aus. Doch dann kam ich auf die Idee, mir den Stammbaum der Familie anzusehen.» Er rollte ein Dokument aus.

«Ah, das kenne ich», nickte Dorette. «Schön, nicht? Madame de Serdaine hat es eigenhändig geschrieben. Schau, wie prächtig und regelmäßig sie die Buchstaben zwischen die Zweige gesetzt hat!»

«Mir geht es um dieses Paar, hier. Constantin und Bérénice d'Urlard. Bérénice d'Urlard ist die ältere Schwester von Angèle de Serdaine.» Cédric machte eine kreisende Handbewegung über dem Papier. «Von allen lebenden Mitgliedern habe ich Korrespondenz gefunden. Nur zwischen den Urlards und den Serdaines scheint kein Briefwechsel stattgefunden zu haben. Seltsam, nicht?»

«Da hast du dir aber viel Mühe gegeben, citoyen. Warum interessiert dich das denn so?»

Cédric sah Dorette fest an. Es war nicht unwahrscheinlich, dass die Alte sich mit ihren früheren Herrschaften noch verbunden fühlte. Er musste vorsichtig vorgehen. «Nun, das Mädchen ist nicht erreichbar. Inzwischen ist es aber mehr als wahrscheinlich, dass ein Justizirrtum vorliegt und ihre Eltern unschuldig auf das Schafott gestiegen sind. Anscheinend hatte jemand falsche Beweise vorgelegt, um eine Verurteilung zu erzwingen. Die revolutionären Behörden möchten diese Angelegenheit bereinigen, und zwar schnell. Es gibt allerdings eine Frist für solche Verfahren. Wenn Marie-Provence de Serdaine sich nicht bald meldet, werden die Güter, die sie von ihren Eltern geerbt hat, an den Staat fallen.»

«Der Staat will was zurückgeben? Das hör ich zum ersten Mal. Ist wohl ein ganz neues Gesetz?», fragte die Alte in einem Tonfall, der in Cédric plötzlich den Verdacht aufkommen ließ, sie mache sich insgeheim über ihn lustig. «Außerdem würdest du ja dann das Haus hier verlieren!»

«Das Haus ist mir egal», gab Cédric zurück, und das stimmte. Er hatte sich gefreut, in den quai des Augustins zu ziehen, doch das Gebäude hatte für ihn nur symbolischen Wert. Er war genügsam, Geld und Besitz interessierten ihn nicht. «Aber du siehst, es wäre für die Tochter der Serdaines selbst von Vorteil, gefunden zu werden. Um auf die Urlards zurückzukommen: Es ließ sich auch keine Adresse finden.» Cédrics Kehle verengte sich, als er fragte: «Du weißt nicht zufällig, wo sie wohnen?»

Dorette sah ihn unverblümt an. «Aber doch!» Sie nickte eifrig. «Sie wohnen in Marseille, das weiß ich ganz genau!

Die Familie der Herrin stammt doch aus der Provence, daher auch der Namen der Kleinen!» Dorette strahlte. «Also, wenn ich es mir so überlege, kommt es mir gar nicht dumm vor! Ich würde meine Tochter auch so weit wie möglich in den Süden schicken, um sie zu verstecken, wenn ich dort Verwandte hätte!»

Ihre Antwort ließ Cédrics Argwohn verpuffen. Er nickte und kratzte sich heftig den Arm. «Marseille, ja», murmelte er, während er mit etwas Spucke über die blutigen Striemen auf seinem Arm wischte. «Das könnte es sein.»

⚜

Zufrieden wog Marie-Provence das Zucker-Säckchen, als sie sich im strömenden Regen auf den Weg zu Rosanne und Georges machte. Es war ein fürstliches Geschenk, das ihr da gemacht worden war. Den ganzen Weg nach Sartrouville über hatte sie sich ausgemalt, wie sich ihre Mitbewohner über diesen kleinen Luxus freuen würden – und sich gefragt, ob und wann Cortey oder seine Verbündeten sich melden würden. Sie hoffte es von Herzen. Nicht nur, weil sie heute ein hohes Risiko eingegangen war, indem sie ihre wahre Identität preisgegeben hatte, sondern auch, weil sie dringend Hilfe für ihr Vorhaben brauchte.

Ihr einziger, wenn auch riesiger Vorteil war, dass sie eine der ganz wenigen war, die Zugang zu Charles hatten. Wie sie Cortey vorhin klargemacht hatte, kannte sie inzwischen die Gewohnheiten und Vorschriften seiner Bewacher sehr genau.

Jomart hatte beantragt, seine Assistentin bei den Visiten stets dabeihaben zu dürfen, und seinem Antrag war stattgegeben worden. Nicht unerheblich war dabei gewesen, dass Marie-Provence inzwischen zu einer kleinen Berühmtheit geworden war. Nach ihrem Flug mit André war eine Zeitung erschienen mit einer Karikatur von Marianne, wie sie während der Fête de l'Être Suprême von einem Ballon aus dem versammelten Volk Mut zusprach. Im Hintergrund der

Karikatur rieselten Blätter mit den Menschenrechten herab. Und in einer Ecke stand Robespierre vor einer brennenden Gottheit.

Marie-Provence wusste nicht, wie es geschehen war, doch es hatte sich herumgesprochen, dass die Marianne auf dem Bild die Assistentin des Arztes der maison de la couche war. Auf einmal waren Ammen und Pflegerinnen erschienen, um ihr zu gratulieren, und Gebärende hatten von ihr berührt werden wollen. Sogar Madame Mousnier war auf sie zugekommen, hatte ihr die Hand geschüttelt und erklärt, dass sie stolz sei, mit Marianne zu arbeiten.

Im Gegensatz zu docteur Jomart, der die Aufregung um Marie-Provence nicht so amüsant fand. «Haben Sie gesehen, was da brennt?», hatte der Arzt gefragt und auf die Karikatur gedeutet.

«Wahrscheinlich eines dieser vier Übel – wie hießen sie gleich?», hatte Marie-Provence gefragt. «Ehrgeiz, Egoismus, Zwietracht?»

Jomart hatte den Kopf geschüttelt. «Nein, wenn man richtig hinschaut, ist das, was da brennt, die Vernunft, die Göttin, für deren Kult die alte Kathedrale von Notre-Dame herhalten muss. Also zerstört Robespierre hier das antireligiöse Ideal der ersten Revolutionäre, das, wofür Danton und Hébert standen. Auf dem Bild ist er aber nur scheinbar der Sieger. Sein Gesichtsausdruck ist ängstlich, seine Körperhaltung geduckt. Offenbar fürchtet er sich vor der strahlenden, übergroßen Marianne, die wie eine Rächerin daherschwebt und an die Menschenrechte erinnert.» Jomart hatte mit spitzem Finger auf das Bild gezeigt. «Dies hier ist eine subtile, aber scharfe Kritik an Robespierre, mon amie. Das Blatt ist dafür bekannt, dass es die Opposition innerhalb der Convention vertritt. Die Herren scheinen allmählich genug zu haben von Robespierres Gängelband.»

Jomart hatte sie besorgt angesehen. «Ich will Sie nicht beunruhigen, Marie-Provence, aber ich finde es wenig erfreulich, dass Sie in dieser Zeitung als Robespierres Opponentin auftreten. Der Mann ist schließlich zum Präsidenten der Convention gewählt worden, also praktisch allmächtig, und man munkelt, er könne der nächste Diktator der Republik werden.»

Marie-Provence hatte beschlossen, dass es müßig war, sich über diese Dinge den Kopf zu zerbrechen. Als ein paar Tage darauf Croutignac erschienen war, war sie allerdings vorgewarnt gewesen und hatte sich keine Blöße gegeben. Robespierres Untermann hatte ihr gratuliert und ihr deutlich gemacht, dass er von ihr erwarte, ihren bescheidenen Ruhm für die Unterstützung der Pläne seines Herren einzusetzen. Jomart, der bei dem Gespräch anwesend war, hatte die Gelegenheit geschickt genutzt und angedeutet, wie vorteilhaft es sich doch auswirken würde, wenn von nun an seine Assistentin bei jeder Visite dabei wäre. Und zu Marie-Provence' Freude hatte Croutignac den Köder geschluckt.

Seitdem sah Marie-Provence Charles wöchentlich. Bei jeder ihrer Visiten vollzog sich das gleiche Ritual: Jomart und sie traten an die vernagelte Tür und spähten durch das Gitter in das stinkende Halbdunkel der Zelle. Stets war es ihnen verboten, zu reden oder in irgendeiner Weise Kontakt zu dem Gefangenen aufzunehmen – das Einzige, was ihnen blieb, waren Blicke.

Marie-Provence legte ihre ganze Seele in die kostbaren Sekunden des Austausches, versuchte, dem Kind etwas von ihrer Kraft und Zuversicht zufließen zu lassen. Sie glaubte sogar, dass der Neunjährige inzwischen auf ihre Anwesenheit reagierte. Nicht, dass der Junge tatsächlich etwas ausgedrückt hätte. Er wartete stets auf den scharf gebellten Befehl der Wache, bevor er sich zur Tür schleppte, und sein fahles Gesicht blieb unbewegt, wenn er es zu ihnen hochreckte. Dennoch meinte Marie-Provence ab und zu, ein zaghaftes Leuchten im ausdruckslosen Blick wahrzunehmen.

Sie verfolgte Charles' erwachendes Interesse mit klopfendem Herzen. Einerseits schürte es ihre Hoffnung, dass das Kind noch nicht gänzlich verloren war und sich nach der Flucht erholen würde. Andererseits belastete sie die Befürchtung, Charles würde eines Tages laut ihren Namen rufen.

Doch Marie-Provence verscheuchte diese Ängste. Sie musste Charles vertrauen. Der Junge lebte seit Jahren eingesperrt, gewiss war es ihm zur zweiten Natur geworden, sich zu verstellen und seine Gedanken zu verheimlichen.

Mit entschlossenen Schritten teilte Marie-Provence den Regen, während sie auf das Restaurant zuging und in Gedanken resümierte: Sie war also inzwischen im Besitz eines Ausweises, der ihr den Zutritt zu der grande tour ermöglichte, und sie sah das Kind regelmäßig. Doch sie war nicht naiv genug, um sich einzubilden, dass sie es alleine befreien könnte. Sie brauchte Männer, die zupackten, sie brauchte Helfer, die nach einem Ausbruch die Flucht organisierten, und sie brauchte Geld. Das alles, so hoffte sie, könnte sie über Cortey und seine Freunde bekommen, die offensichtlich Mitglieder einer Untergrundorganisation waren und dasselbe Ziel verfolgten wie sie. Allerdings hatte sie keine Ahnung, wie der Krämer prüfen wollte, ob sie tatsächlich Marie-Provence de Serdaine war.

«Nein!»

Der Schrei, der aus dem Restaurant *Robespierre, Licht der Nation* drang, riss Marie-Provence aus ihren Grübeleien.

«Leg das hin! Leg das sofort wieder hin!»

Das Wasser unter ihren Füßen spritzte auf, als Marie-Provence zum Haupteingang der Kirche rannte.

Nur ein paar der Bänke waren im Mittelschiff belassen und um sechs Tische gruppiert worden. An diesen saßen eine Handvoll Gäste vor ihren Tellern. Die Düfte, die unter dem Kreuzgewölbe waberten, waren verlockend, doch die Anwesenden wirkten verstört. Sie blickten teils neugierig, teils verunsichert auf den Vorhang, der Querhaus und Chorhaupt vom Speiseraum trennte. Hinter ihm befanden sich Küche und Vorratsräume, und aus dieser Richtung schallte der heftige Streit, der den Versammelten den Appetit raubte.

«Leg den Schürhaken hin!»

Ein gellender Schrei und ein gewaltiges Scheppern waren die Antwort. Marie-Provence riss den Vorhang auf.

Ein Bild der Verwüstung empfing sie. Zerbrochene Geschirrteile übersäten die Steinfliesen. Ein Kupferkessel schlingerte wild an seinem Haken über der Asche, ein Regalbrett hing nur noch schief an der Wand. Die Tonkrüge, die auf ihm aufbewahrt wurden, bildeten einen braunen Scherbenhaufen auf dem Boden. Und inmitten von all dem stand Georges, einen Schürhaken in der Rechten.

«Rosanne!», rief Marie-Provence. Erst jetzt entdeckte sie die junge Frau, die sich hinter eine Anrichte duckte.

«Marie-Provence! Gott sei Dank, dass du da bist!»

«Wirf sofort diesen Schürhaken weg!», schrie Marie-Provence den Mann an.

Georges drehte ihr seine mächtige Statur zu. «Was mischst du dich hier ein? Wer bist du überhaupt?»

«Eine Freundin deiner Frau! Du hast ihr schon genug Schmerzen zugefügt! Leg das weg!»

«Ich lass mir von niemandem sagen …» Er unterbrach sich. Rosanne hatte ihre Chance genutzt, um ihre Deckung aufzugeben. Sie versuchte, an ihrem Mann vorbeizurennen, um zu Marie-Provence zu gelangen. Der drehte sich jedoch blitzschnell um. Ob mit Absicht oder zufällig – der Schürhaken traf Rosanne mit einem dumpfen Geräusch in den Magen. Marie-Provence schrie auf. Rosanne gab einen erstickten Laut von sich, sank auf die Knie und klappte zusammen.

«Hilfe! So helft uns doch!», schrie Marie-Provence. «Schützt uns vor diesem Mann!»

Drei der Gäste kamen angerannt. Sie zerrten an den Servietten, die sie um den Hals trugen, und sahen sich unentschlossen an. Marie-Provence, die zu Rosanne gelaufen war, schrie Georges an: «Raus hier! Auf der Stelle! Geh, und komm ja nie wieder!»

Georges, vom Lauf der Ereignisse überfordert, klappte den Mund auf und zu und betrachtete seine Hände, die noch immer den Eisenstab gepackt hielten. Unsicherheit ersetzte die Wut, die gerade eben noch seine Züge verzerrt hatte. Die am Boden kauernde Rosanne stieß zischende Atemgeräusche aus, während sie die Arme fest um den Leib presste.

«Citoyens!», rief Marie-Provence den drei unentschlossenen Männern zu. «Ihr seid unsere Zeugen!» Sie streckte einen anklagenden Zeigefinger aus. «Dieser Mann hier hat versucht, seine Frau umzubringen!»

Georges wurde kreidebleich. «Aber …»

Marie-Provence trat hart auf ihn zu. «Sieh zu, dass du verschwindest, citoyen! Wenn du noch einmal hier auftauchst oder wenn ich von Rosanne erfahre, dass du sie auch nur angesehen hast, schwöre ich, dass ich, Marie-Provence Duchesne, Assistentin von docteur Jomart, Arzt in der maison de la couche von Paris, vor Gericht Anklage gegen dich erheben werde! Und diese Männer hier, diese ehrbaren Bürger, werden alle ebenfalls gegen dich aussagen!»

Georges ließ das Schüreisen fallen. Schweißtropfen hingen an seinem Kinn. «Rosanne!», sagte er flehentlich. «Rosanne!»

Rosanne hob langsam den Kopf. Ihre Haut wirkte wächsern, ihre Augen glühten. «Verschwinde!», zischte sie. «Verschwinde aus meinem Leben!»

Georges stolperte rückwärts aus dem Restaurant, das einmal sein Lebenstraum gewesen war. Mit einem erstickten Laut drehte er sich um und hastete davon.

Marie-Provence legte eine Hand auf Rosannes feuchte Stirn. «Auf was wartet ihr? Holt sofort einen Arzt!», schrie sie die Gäste an.

⚜

«Was hältst du von diesem hier?»

Marie-Provence sah auf das Muster, das André ihr hinhielt, und nickte. «Sehr hübsch.»

André klappte das Buch wieder zusammen. «Wir haben jetzt mindestens zehn verschiedene Papiere gesehen. Und zu jedem hast du sehr hübsch gesagt.» Er schleuderte das Buch in eine Ecke. «Warum bist du mitgekommen, wenn du doch keinen Sinn für das hier hast?»

Marie-Provence senkte den Blick. André hatte recht. Die

Renovierungsarbeiten im Jomarts Büro waren nahezu abgeschlossen. Kurzfristig hatte Jomart sich aber entschlossen, auch noch einen Nebenraum tapezieren zu lassen. Sie war heute die Tapeten auswählen gekommen, und André hatte die Gelegenheit genutzt, um ihr die Fabrik seines Vaters zu zeigen.

Marie-Provence hatte das Atelier gesehen, in dem Andrés Zeichnungen mit Hilfe eines geölten Blattes auf einen Druckstock kopiert wurden. Sie war an den langen Reihen der Druckertische entlanggeschlendert, auf denen Holzpressen in mehreren Arbeitsschritten feinste Muster und Farbschattierungen auf eine Papierrolle übertrugen. Sie hatte die Werkstatt besichtigt, in der Farbe zu Pulver gemahlen und nach exakten Anweisungen vermischt wurde. Das alles waren neuartige Eindrücke und Erfahrungen gewesen. Doch wirklich interessiert hatte es sie nicht.

«Ich bin ein Esel», sagte André. Marie-Provence sah zu ihm auf. Gereizt fügte er hinzu: «Wie kann ich erwarten, dass dich etwas begeistert, was ich doch selbst nur tue, um meine Ballonfahrten zu bezahlen!» Versöhnlicher fügte er hinzu: «Sehen wir uns heute Abend? Wir könnten dem Regen entkommen und ins Theater gehen.»

Sie verbot es sich, sich einen solchen Abend in seiner ganzen Verlockung auszumalen, und schüttelte stattdessen den Kopf. «Es geht nicht.» André machte eine unwillige Geste, und sie ergänzte schnell: «Ich muss zu einer Freundin. Sie ist krank und braucht Hilfe.» In der Tat machte sie sich Sorgen um Rosanne. Seit dem Vorfall mit Georges lag die junge Frau stumm auf dem Bett und starrte an die Wand. Ihre Teilnahmslosigkeit fand Marie-Provence noch erschreckender als den hässlichen Bluterguss, der auf ihrem Unterleib prangte.

André hatte sich von Marie-Provence abgewandt.

«Ich muss jetzt gehen», sagte sie zu seinem Rücken. Er reagierte nicht.

Auf dem ganzen Weg nach Hause, während sie unter ihrem Regenschirm kauerte, versuchte Marie-Provence zu vergessen, dass sie André verletzt hatte. Mit dem Ergebnis, dass sie auch nicht ganz bei Rosanne war, als sie ihre Krankenwache hielt, und schließlich mit einem Gefühl der Unzufriedenheit und Unzulänglichkeit den Tunnel nach Maisons betrat.

Es regnete nun schon seit Tagen. Mit Sorge bemerkte sie, dass sich Pfützen auf dem unterirdischen Weg gebildet hatten. Sie wusste, starker Regen konnte dazu führen, dass ein Teil des komplizierten Ganggeflechts überflutet wurde. Bereits zwei Nebenschächte, die ihre Ausgänge in einem Steinbruch und im Wald hatten, lagen unter Wasser, und in verschiedenen anderen stieg der Pegel bedrohlich. Sie hoffte inständig, dass die Verbindung nach Sartrouville nicht beeinträchtigt würde, sonst wäre sie genötigt, größere Umwege in Kauf zu nehmen.

Das Abendessen verlief wie immer. Es musste an ihrem Seelenzustand liegen, dass sie sich in dem prächtigen, altmodischen Kleid beengt fühlte und keine Lust hatte, sich an den Gesprächen zu beteiligen. Es kam ihr vor, als habe sie alles schon einmal gehört, die Ansprüche von Monsieur Clément, die Klagen von Madame de Vezon und die zynischen Bemerkungen ihres Mannes. Vermutlich war es auch so, denn den Eingeschlossenen von Maisons gingen in den vielen Monaten, seit sie hier hausten, allmählich die Gesprächsthemen aus.

Einen Lichtblick bildete indes das Abendprogramm. Die Gruppe lebte ganz selbstverständlich nach dem alten Kalender und verpönte die Zehn-Tage-Woche der Revolutionäre. Für sie war heute Samstag, und am Samstagabend wurde musiziert und getanzt.

Die Bewohner von Maisons schnappten sich also die behelfsmäßigen Sitzgelegenheiten, die sonst um den Tisch standen, durchquerten die prächtige Empfangshalle und begaben sich in den ersten Stock, in den getäfelten Festsaal des Schlosses. Sie klappten die Läden zu und verhängten die Fenster zusätzlich mit alten Pferdedecken, die die Plünderer in einem der riesigen Stallgebäude zurückgelassen hatten. Ein gebrochenes Rad wurde verschwenderisch mit acht Kerzen bestückt und mit einer rostigen Kette an einem leeren Lüsterhaken an der gewölbten Decke befestigt. Nur in der Mitte tanzte so das Licht auf dem goldenen Parkett, während der Rest des Saales in geheimnisvolle Dunkelheit getaucht wurde.

Die zwei Eingangstüren, in Grau und Gold gehalten, rahmten auf der Stirnseite des Saales einen riesigen Spiegel. Über diesem schwebte in großer Höhe die kleine Empore, in die der abbé d'If nun mit seiner Geige stieg. Marie-Provence hatte dem abbé letztes Jahr das Instrument mitgebracht, denn er hatte erwähnt, dass er einst hatte Musiker werden wollen und nur auf Druck seiner Eltern das Priesteramt erwählt habe. Seitdem spielte er ihnen jede Woche etwas vor und zauberte ganze Bach-Suiten aus seiner Erinnerung herbei.

Als das Konzert beendet war, erklangen wie immer Tanzlieder. Die Auswahl an Tanzpartnern war nicht groß, und Marie-Provence hatte jedem schon einmal die Hand gereicht – auch Madame de Vezon und ihrer Tante. Es war eine Herausforderung, die männliche Rolle zu übernehmen in der komplizierten Schrittfolge einer Allemande, einer Gigue oder Sarabande, und bot eine willkommene Abwechslung.

Nach drei Tänzen machte Marie-Provence eine Pause und klappte ihren Fächer auf. Sie ließ ihren Blick über die Blumenkränze und Amphoren gleiten, mit denen ein begnadeter Maler den Raum dekoriert hatte, zu einer Zeit, in der es noch keine Tapeten gegeben hatte. Sofort musste sie an André denken, daran, dass sie jetzt mit ihm im Théâtre de l'Égalité sitzen könnte. Unvermutet verspürte sie Sehnsucht.

«Ihr Gesichtsausdruck ist dem Wetter durchaus angepasst, liebe Nichte.» Tante Bérénice war an sie herangetreten und betrachtete sie prüfend. «Sie sind so still in den letzten Tagen. Ist es Rosannes Schicksal, das Sie bedrückt?»

«Sie wird sich erholen. Es ist ihre Seele, die am meisten Schaden genommen hat.»

«Nun, wenigstens ist sie jetzt diesen brutalen Mann los», sagte tante Bérénice, während ihre Finger unablässig über die Glieder ihrer Goldkette liefen, eines der wenigen wertvollen Schmuckstücke, die noch in ihrem Besitz waren.

«Ja, das hoffe ich. Ich habe versucht, ihm tüchtig Angst einzujagen, und gedroht, ihn anzuzeigen.»

Tante Bérénice sah besorgt aus. «Hoffentlich lässt er seine Wut jetzt nicht an Ihnen aus.»

Marie-Provence verdrängte den Gedanken. «Wenn er klug ist, und ich weiß, dass er das ist, wird ihm der Vorfall zu denken geben. Ich hoffe, er beginnt irgendwo weit weg von seiner Frau ein neues Leben.»

Tante Bérénice schien nur mäßig besänftigt. Sie zog die Schultern hoch wie jemand, der fror. «Marie-Provence», sagte sie leise, «wann werden wir hier eigentlich wieder rauskönnen?»

Marie-Provence schluckte. «Oncle Constantin?»

«Es geht ihm wieder schlechter. Er nimmt sich zusammen, aber …» Bérénice verstummte und schüttelte den Kopf. Als sie sich wieder gefasst hatte, fuhr sie fort: «Ich glaube, er hat Angst, dass er nie mehr als freier Mann eine Straße überqueren wird, wenn wir hier noch allzu lange ausharren.»

«Er wird sich doch nicht zu einer Unvorsichtigkeit hinreißen lassen?», fragte Marie-Provence alarmiert.

«Nein, ganz bestimmt nicht. Es ist ihm bewusst, was das für ein Risiko darstellen würde. Aber er braucht Hoffnung – irgendetwas, auf das er sich freuen kann.»

Marie-Provence beobachtete ihren Onkel, der sich nach einem Tanz von Madame de Vezon verabschiedete. Er sah müde aus. Müde und traurig. Mit hängenden Schultern verließ er den Festsaal.

Marie-Provence strich ihrer Tante liebevoll über den Rücken. Sie hätte sie gerne aufmuntern wollen – doch es fiel ihr schwer. Wenn Marie-Provence während der gemeinsamen Essen schwieg, so tat sie das nicht ohne Grund.

Wohl keiner der Feiernden vor den Tuileries hätte gedacht, dass Robespierre nach seinem Triumph dermaßen hart durchgreifen würde. Ganz Paris zitterte vor dem ‹Unbestechlichen›. Die Convention wurde gebeutelt, Schauspieler und Journalisten verhaftet, das Gesetz umgebildet. Die Gerichtsverhandlungen waren extrem vereinfacht worden, weder Zeugen noch Verteidiger wurden mehr zugelassen. Die Gründe für eine Verhaftung waren empörend bis lächerlich. Für Fouquier-Tinville, den öffentlichen Ankläger, reichte ein Kreuz über dem Bett aus, um einen Mann als religiösen Fanatiker enthaupten zu lassen. Die Leiterwagen, gefüllt mit Gefangenen, waren allgegenwärtig und so zahlreich, dass man die Guillotine von der place de la Révolution auf die place du Trône Renversé versetzt hatte, um die Bewohner zu entlasten. Der berüchtigte rote, mit Blei verblendete Wagen, der einmal am Tag die verstümmelten Körper der Exekutierten zu ihrem Massengrab brachte, war nun immer gut gefüllt. Die Henker arbeiteten sechs Stunden am Tag. Man sagte, selbst in den schlimmsten Zeiten der letzten Jahre seien nicht so viele Menschen zum Tode verurteilt worden wie in den vergangenen Wochen.

Marie-Provence ignorierte diese neue Welle der Gewalt, so gut sie konnte. Es half schließlich nichts, sich verrückt machen zu lassen. Irgendwie musste sie weiterleben. Ihre Gedanken wurden plötzlich unterbrochen, als ihr Onkel zurückkehrte. Sein Anblick ließ sie zu ihm eilen. «Oncle Constantin? Was ist mit Ihnen? Geht es Ihnen nicht gut?»

Der alte Mann hatte die Augen weit aufgerissen. «Da! Dahinten!», rief er und zeigte mit zitternder Hand hinter sich.

Tante Bérénice trippelte eiligst herbei, auch die Tanzenden erstarrten, und schließlich verstummten sogar die Geigenklänge.

«Was ist los? Was hat er?»

«Ein Mann! Ich habe einen Mann gesehen!», stotterte Oncle Constantin. «Sie kommen! Wir müssen verschwinden!»

«O mein Gott!», hauchte Madame de Vezon.

Marie-Provence und ihre Tante wechselten einen Blick. Zu spät.

Schritte ertönten in der Stille. Eine Gestalt näherte sich. Trat in den Schein der Kerzen.

Marie-Provence schnappte nach Luft.

«Vater!», schrie sie.

⚜

«Ah, ist das herrlich!», stöhnte Guy de Serdaine. «Ich kann mich nicht erinnern, wann ich das letzte Mal ein warmes Bad genommen habe!»

Marie-Provence warf einen Blick über die halbhohe Mauer; dahinter befand sich eine im Boden eingelassene, wie ein vierblättriges Kleeblatt geformte Wanne, in der ihr Vater sich wohlig räkelte. Sie befanden sich in der kleineren der beiden Küchen, die zu den Wirtschaftsräumen gehörten. Diese war von dem Erbauer angelegt worden, damit der Schlossherr dort seiner Leidenschaft für physikalische Experimente nachgehen konnte. Sie verfügte nicht nur über einen mittelgroßen Kamin und ein langes Waschbecken, sondern auch über zwei kleine Öfen und die riesige formschöne Wanne, in der vier Menschen bequem Platz fanden. Die handgroßen, sechseckigen Terrakottafliesen und der warme, erdfarbene Anstrich verliehen dem Raum eine Gemütlichkeit, die man in den prunkvollen Räumen der oberen Etagen vermisste.

«Nach dem, was ich verstanden habe, bist du hier also Ernährungsoffizier, Erkundungstrupp und Außenposten in einer Person», sagte Guy de Serdaine staunend. «Nicht schlecht für einen neuen Rekruten.»

«Du weißt, ich brannte schon als Kind darauf, mit dir zu ziehen. Jetzt hast du endlich den Beweis, dass ich bestens geeignet wäre», antwortete Marie-Provence lächelnd und spähte erneut über die Mauer. Sie konnte ihr Glück noch immer nicht fassen. Alle paar Sekunden musste sie sich vergewissern, dass ihr Vater tatsächlich lebte, dass es wirklich er war, der dort im Schein der Kerze badete.

Ihrem Vater mochte es ähnlich ergehen. Seine grünen Augen blitzten, als ihre Blicke sich trafen. «Ich kann nicht glauben, dich endlich wiedergefunden zu haben», sagte er. «Ich hasse, es zugeben zu müssen, aber ich hatte die Suche schon aufgegeben.»

«Du hast nach mir gesucht? Auch ich habe dich für tot gehalten! Dorette erzählte mir, du seiest verhaftet worden. Bis zum Gefängnis von Saint-Lazare habe ich deine Spur verfolgt. Dort sagte man mir, du seist zum Tode verurteilt und exekutiert worden.»

Guy de Serdaine nickte. «Um ein Haar wäre es in der Tat um mich geschehen gewesen. Ohne die Hilfe von ein paar Freunden, die einen Wächter bestochen haben, würde ich heute nicht in dieser Wanne sitzen. Dann erfuhr ich, dass Angèle nicht mehr lebte, und …» Er hielt inne und schluckte. «Auf die Idee, dich hier zu suchen, kam ich nicht. Ich machte mich sofort auf den Weg nach Marseille. Dort habe ich die Stadt Straße für Straße durchkämmt. Wochenlang. Euer Haus stand verlassen da, und ihr wart wie vom Erdboden verschluckt. Keiner konnte mir etwas über euer Schicksal sagen.»

«Du bist nach Süden gefahren, und wir sind Hals über Kopf nach Norden geflohen.» Leise sagte Marie-Provence: «In Paris bin ich nach Hause, doch da war nur dieser schreckliche Mann.»

«Croutignac!», stieß ihr Vater aus.

«Er hasst uns, Vater. Kannst du mir sagen, warum?»

Das Gesicht ihres Vaters verschloss sich. «Er hasst uns, wie er alle hasst, die einmal zur Elite dieses Landes gehörten.»

«Er muss doch einen Grund haben! Er hat persönlich dafür gesorgt, dass Mama verurteilt wurde! Er hat …»

«Einen Grund?», unterbrach sie ihr Vater barsch. «Glaubst du tatsächlich, diese mordenden Banden haben alle einen persönlichen Grund, Wehrlose abzuschlachten?» Er lachte bitter auf. «Was für einen Grund hat der tollwütige Hund, sein Opfer zu zerfleischen?»

Marie-Provence senkte den Kopf. «Du warst also die ganzen Monate in Marseille?», lenkte sie ab.

«Nein», sagte ihr Vater ruhiger. «Nur bis zum Anbruch des

Winters. Dann war ich überzeugt, dass du entweder geflohen bist und ich dich nur durch Zufall wiederfinden würde oder dass du nicht mehr am Leben bist.» Sein Blick suchte das schmale, vergitterte Fenster. «Der König und die Königin waren tot, meine Familie höchstwahrscheinlich auch – ich bin ins Ausland. Hier hielt mich nichts mehr ... Hast du ein Handtuch?»

Sie reichte ihm das Verlangte. Er stieg aus dem Wasser und wickelte sich das breite Leinentuch um die Hüften. Er war ein gutgebauter Mann mit den muskulösen Oberschenkeln eines Kavalleristen. Dennoch fiel Marie-Provence auf, dass seine Schulterblätter hervorstachen und seine Wangen hohler waren als in ihrer Erinnerung. Offensichtlich hatte auch er seinen Hunger nicht immer stillen können in den letzten Monaten.

«Ich habe zu Condé aufgeschlossen.»

Marie-Provence sah auf. Der Prinz von Condé war vor der Revolution einer der ersten Edelmänner des Landes gewesen und verfügte über große Reichtümer. «Es wird in Paris viel über Condés Armee erzählt. Die Leute haben Angst vor ihm», sagte sie.

«Vor wem sollten sie auch sonst Angst haben? Condés Männer gehören der einzigen organisierten royalistischen Gegenbewegung an, die den Namen Armee verdient. Gerade einmal sechstausend Männer zählen dazu. Ich traf in Landau auf sie, während sie vor den revolutionären Truppen flohen. Die Winterwochen verbrachten wir in Rastatt, dann zogen wir in den Schwarzwald nach Lahr. Dort bekam ich die Nachricht, dass du lebst.» Guy de Serdaine schüttelte lächelnd den Kopf. «Der gute Cortey! Wäre er nicht gewesen, hätten wir uns vielleicht nie wiedergefunden!»

«Cortey? Cortey der Krämer?», fragte Marie-Provence verblüfft.

Guy de Serdaine nickte. «Wir waren in Kontakt geblieben seit der Zeit, als wir zusammen um das Leben der Königin gekämpft hatten. Er schrieb mir etwas von einem schneidigen jungen Ding, das behauptete, meine Tochter zu sein.

Ich bin sofort los. Ich habe es nie für möglich gehalten, dass du in diesen gefahrvollen Zeiten die ganze lange Reise nach Paris hättest machen können. Doch als ich davon erfuhr, bin ich natürlich als Erstes zu unserem Haus.» Er lächelte. «Die alte Dorette wäre fast in Ohnmacht gefallen, als ich plötzlich vor ihr stand.»

Seine Füße hinterließen feuchte Spuren auf den gebrannten Fliesen, als er zur anderen Ecke des Raumes ging. Sein Bündel hatte er auf dem alten Küchentisch abgelegt, eines der wenigen Möbelstücke, die von den Plünderern übrig gelassen worden waren, weil es zu vierschrötig war, um leicht zerstört oder mitgenommen zu werden. Er rollte das Päckchen aus und entnahm ihm ein zerknittertes Hemd, das kaum sauberer schien als das zerschlissene Etwas, mit dem er bei seiner Ankunft bekleidet gewesen war.

«Ich muss morgen nach Paris. Ich habe bei einem Freund ein paar Kleider hinterlegt, die ich abholen muss.»

Seine Haare waren lang und ungepflegt, wie Marie-Provence feststellte, und auf seinen Wangen wucherten Bartstoppeln. Er, der immer Wert auf sein Äußeres gelegt hatte und dessen Erscheinung ihre Kinderbrust vor Stolz hatte schwellen lassen, kam daher wie ein Strolch. Sie musste an Croutignac und den seidenen Morgenmantel denken, und auch an das in Lumpen gehüllte Kind mit dem stumpfen Blick, das im Turm vom Temple dahinsiechte. Alles war so ungerecht!

«Hast du mit Cortey schon gesprochen?», fragte sie.

Guy de Serdaine sah auf. «Ich konnte nicht glauben, was er mir erzählte. Wie kommst du dazu, dir so etwas vorzunehmen wie die Befreiung von Louis' Sohn?»

Sie hob das Kinn. «Du traust es mir nicht zu?»

Er ließ sich nicht aus der Ruhe bringen. «Natürlich traue ich es dir zu. Du kannst alles schaffen, was du dir vorgenommen hast.»

Auf einmal fiel alle Wut von ihr ab, und ihre Augen wurden feucht. Ja, das war es, weshalb sie ihn als Kind vergöttert hatte! Er hatte immer an sie geglaubt, an ihre Kraft, an die

Macht ihres Willens. Er war es gewesen, der sie mit fünf ermutigt hatte, ihr Pferd zum Galopp anzuspornen, er war jeden Morgen mit ihr auf die Insel Louviers gefahren, als sie Unterricht im Gebrauch von Waffen hatte haben wollen, und er hatte ihr das Selbstwertgefühl zurückgegeben, als sie sich im Alter von elf Jahren drei Tage lang in ihr Zimmer eingeschlossen hatte aus Verzweiflung darüber, dass sie als Mädchen nie Soldat werden konnte. Sie verbarg ihre Bewegtheit, indem sie Geschäftigkeit vortäuschte, legte Brot sowie ein Stück Speck auf den Tisch und füllte einen Tonkrug mit Wasser.

«Ich habe maman gesehen», entfuhr es ihr plötzlich. Ihr Vater wandte brüsk den Kopf, und sie erklärte: «Als sie in den Karren stieg.» Der Tonkrug, aus dem sie ihrem Vater Wasser einschenken wollte, schlug scheppernd gegen den Becher. «Croutignac hat sie auf dem Gewissen. Sie hatte große Angst vor diesem Mann. Aber den Jungen wird er mir nicht nehmen. Nicht den kleinen Charles. Das werde ich verhindern!»

Guy de Serdaine schlüpfte in sein Hemd. Es verbreitete einen würzigen Geruch nach Lagerfeuern und Bohnensuppe. Er nahm am Tisch Platz, und sie setzte sich ihm gegenüber.

«Erzähl», sagte er.

Also berichtete sie von den Umständen ihrer Einstellung im Heim, von Croutignacs Erscheinen dort und ihrer List, die sie bis vor das Gefängnis des Kindes gebracht hatte. Sie sprach vom Leben auf dem Schloss, von den Spannungen zwischen den Bewohnern, von Jomart und Madame Mousnier. Erst als sie geendet hatte, fiel ihr auf, dass sie nicht ein Wort über André verloren hatte, über ihren Flug über die Stadt, das Fest und die neuen, unbekannten Gefühle, die er in ihr hervorrief. Sie merkte, wie empfindlich sie in dieser Angelegenheit war, und verspürte den unbegreiflichen Drang, André und ihre Zuneigung zu ihm vor ihrem Vater zu schützen.

Guy de Serdaine hatte geduldig zugehört und nur ab und zu eine Frage gestellt, während er sein karges Mahl zu sich nahm. Als Marie-Provence aufstand und sich daranmachte, die Küche aufzuräumen, sagte er: «Ich kann dich gut verstehen, weißt du. Auch ich habe gekämpft, auch ich habe alles versucht.» Er stützte die Ellenbogen auf dem Tisch ab, und sein Blick verlor sich in der Glut des Kamins.

«Die Königin?», fragte Marie-Provence.

Ihr Vater hob eine Braue. «Du weißt davon? Wir waren so nah dran, damals, Marie-Antoinette zu retten. So unglaublich nah dran!»

Sie stellte einen Wasserkrug auf den Tisch und nahm wieder Platz. «Was ist schiefgegangen?»

«Mutterliebe. Die Umstände.» Er zuckte mit den Schultern. «Es war die Zeit nach der Enthauptung des Königs. Marie-Antoinette und ihr Sohn waren noch nicht getrennt worden. Ich wollte es lange nicht wahrhaben, doch ... Spätestens seit der Exekution des Königs war uns allen klar, in welcher Gefahr die königliche Familie schwebte.»

«Wer hat dir geholfen?»

«Wir waren eine Handvoll Verschwörer. Jeder hätte sein Leben für die Königsfamilie gegeben. Toulan der Republikaner, der chevalier de Jarjayes – ein Offizier und Freund von mir, dessen Frau eine der Hofdamen der Königin war –, der Baron de Batz, Ricard, Assmendi ... Unser Treffpunkt war der Krämerladen von Cortey in der rue de la Loi. Cortey war angesehen für seinen Bürgersinn und zum Kommandanten der Nationalgarde seines Viertels ernannt worden. Außerdem stand er in enger Verbindung zu einem Richter des revolutionären Tribunals, der Einfluss bei der commune hatte. Cortey war über jeden Zweifel erhaben. Er wurde sogar zu einem der Befehlshaber der Posten, die den Temple bewachen.»

Marie-Provence beugte sich gespannt vor. «Wie war euer Plan? Wie wolltet ihr in den Temple eindringen und die Gefangenen befreien?»

«Nun, die Königin herauszuschmuggeln, wäre nicht besonders schwierig gewesen. Sie sollte sich als Mann verkleiden, mit einer Uniform, die zuvor eingeschleust worden war, und dank eines falschen Ausweises auf die Straße gelangen. Das eigentliche Problem war der kleine Louis-Charles. Die meisten Mächte Europas hatten ihn nach dem Tod seines Vaters als König anerkannt, und auf einmal waren alle Augen auf ihn gerichtet. Zwar war es nicht schwer, zum Kind durchzudringen, es lebte ja damals noch mit seiner Mutter im Gefängnis zusammen. Doch es war zu groß, um es in irgendetwas zu verstecken, und zu klein, um als Erwachsener durchzugehen. Eines Tages aber kam uns die rettende Idee.»

Guy de Serdaine lächelte in sich hinein. Die kleine Flamme des Kerzenstumpfes spiegelte sich in seinen grünen Augen, die den ihren so ähnlich waren. «Es gab da einen Mann namens Jacques, der im Temple für die Beleuchtung zuständig war. Er war ein einsilbiger Mensch, der von außerhalb kam und den keiner näher kannte. Jeden Morgen musste er die Laternen und Lampen vom Ruß befreien, jeden Abend wieder anzünden. Er hatte überall im Temple Zutritt. Und was das Beste war: Stets begleitete ihn ein Kind, ein Lehrling, der ihm zur Hand ging und der in etwa Louis-Charles' Größe hatte.»

«Ihr wolltet die Kinder gegeneinander austauschen? Wie sollte das möglich sein?»

«Jacques konnte nicht eingeweiht werden, es hätte ein zu großes Risiko dargestellt. Doch der Mann hatte feste Gewohnheiten, die wir uns zunutze machen wollten. Er versah seinen Dienst zwischen fünf und sechs Uhr abends. Wenn um sieben die Wache abgelöst wurde, war er stets schon wieder draußen. Unser Plan sah so aus: Nach dem Wechsel der Wachen hätte man im Temple einen Mann eingeführt, der wie Jacques gekleidet und ausgerüstet war. Toulan, der Dienst bei der Königin hatte, hätte ihn herbeigerufen und ihn vor allen Soldaten ausgeschimpft, er hätte seinen Lehrling geschickt, um die Laternen anzumachen, statt seine Arbeit selbst zu erledigen. Unter lauten Vorhaltungen hätte er dem vermeintlichen Jacques seinen Lehrling in die Arme gedrückt und beide aus dem Temple werfen lassen, wo Jarjayes sie alsbald empfangen und in Sicherheit gebracht hätte.»

Marie-Provence lächelte. «Ein guter, einleuchtender Plan, wir mir scheint.»

Ihr Vater lachte auf, zum ersten Mal an diesem Abend, und der vertraute Laut löste ein Glücksgefühl in ihrer Magengrube aus. «Ja, im wahrsten Sinne des Wortes! Ich habe tagelang geübt, um mit dem Anzünder umgehen zu können und einigermaßen routiniert eine Straßenlaterne zu erleuchten!»

Ihr stockte der Atem. «Du? Du solltest den Part von Jacques übernehmen?»

«Hm.» Auf einmal war er wieder ernst. «Ich war so fest davon überzeugt, dass alles klappen würde! Für mich bestand nicht die Spur eines Zweifels. Doch dann brachen Unruhen aus, die alles zunichte machten. Die Convention erklärte England, Holland und Spanien den Krieg. Russland und Österreich zeigten die Zähne. Die Bretagne und die Vendée erhoben sich und erklärten Louis XVII. zu ihrem neuen König. Darauf rekrutierte der Staat zwangsweise dreihunderttausend Soldaten. Die ersten Kämpfe gegen die Österreicher waren ein Desaster. Das zuvor überfallene Belgien wurde offiziell annektiert, doch Frankreich verlor Aachen, Maastricht und Lüttich. Die Menschen in Paris bekamen Angst vor einer Invasion aus dem Ausland. Es gab Plünderungen aus Furcht vor einer Hungersnot.»

Guy de Serdaine schüttelte den Kopf. «Ich habe es immer als besondere Ironie empfunden, dass es die Siege der Alliierten der Bourbonen waren, die Marie-Antoinettes Schicksal besiegelten, dass gewissermaßen ihre eigene österreichische Familie ihre Flucht verhinderte. Die Unruhen führten dazu, dass die Regierung härter denn je durchgriff. Und den Temple akribischer als je zuvor bewachen ließ. Der kleine Louis-Charles war Frankreichs kostbarstes Pfand. Männer wurden ausgetauscht, Augen und Ohren lauerten überall. Uns waren die Hände gebunden. Wir mussten unsere Pläne zunächst verschieben, dann aufgeben.»

«Ihr habt es nie wieder versucht?»

«Die Königin hätten wir nach wie vor mit einer eingeschmuggelten Uniform retten können. Ich habe lange auf sie eingeredet, alles versucht, aber …» Er wischte sich über den Mund.

«Aber die Königin wollte nicht», schloss Marie-Provence sanft.

Ihr Vater griff in sein Bündel, hielt ihr ein schmutziges, abgegriffenes Papier hin.

Sie entfaltete es und las:

«Mon ami,

Sie werden es mir übelnehmen, aber ich habe mich entschieden. Hier lauert nur Gefahr, und der Tod ist schneller und gnädiger als ein Leben voller Schuldgefühle.

Wir hatten alle einen schönen Traum. Nicht mehr. Doch wir haben auch viel durch ihn gewonnen. Nämlich einen neuen Beweis Ihrer Ergebenheit für mich. Mein Vertrauen in Sie ist grenzenlos.

Welches Glück ich auch empfunden hätte, diesen Mauern zu entkommen, ich kann mich nicht dazu durchringen, meinen Sohn zu verlassen. Ohne mein Kind wäre das Leben für mich wertlos, und diese Erkenntnis lässt Bedauern gar nicht erst in mir aufkommen.

Ich wünschte, es ginge Ihnen ebenso. Ihnen und auch den Männern, die für mich gekämpft haben und an Ihrer Seite waren.

Gott schütze Sie alle.

M. A.»

Marie-Provence faltete den Brief wieder zusammen. «Sie hat ihren Sohn sehr geliebt», sagte sie leise.

«Ja. Ja, das hat sie.»

Der Tonfall ihres Vaters ließ Marie-Provence aufsehen. «Ich dachte immer, du magst die Königin nicht», gestand sie. «Ich erinnere mich an Streitgespräche zwischen dir und maman …»

Guy lächelte. «Diese Streitgespräche fanden hauptsächlich deinetwegen statt.»

«Meinetwegen?»

«Angèle nahm dich meiner Meinung nach zu oft mit. Sie ließ dich mit den Kindern spielen und setzte dich der lasterhaften Atmosphäre des Hofes aus. Das konnte ich nicht gutheißen.»

Lasterhaft? Marie-Provence erinnerte sich an fröhliche Ballpartien im verzauberten Park des Trianon, an Versteckspiele und Versuche, die königlichen Fische im künstlichen Bachlauf zu ködern. Ja, sie hatte viele Stunden im Park verbracht – wie viele, hätte sie unmöglich sagen können. Doch immer war sie von strahlend blauen Augen empfangen worden, und immer, so schien es ihr, hatte sich damals eine kleine, klebrige Hand in die ihre gelegt. *Marie, da bist du ja endlich! Komm, lass uns Soldaten spielen!*

«Deine Mutter war bereit, über Marie-Antoinettes Fehler hinwegzusehen», fuhr Guy de Serdaine fort. «Sie sah in ihr eine Freundin voller Liebreiz und Geist, die an einen schwerfälligen, unattraktiven Mann gefesselt war. Ich hingegen konnte die Augen nicht davor verschließen, dass Marie-Antoinette als Königin versagte, dass ihre Vergnügungssucht, ihr Egoismus und ihre Gleichgültigkeit gegenüber den Staatsgeschäften das Land in eine Katastrophe führten. Allerdings … Sie war sehr gereift, in der letzten Zeit. Der Brief bezeugt es. Sie hat nicht wie eine Königin gelebt. Aber sie ist wie eine Königin gestorben.» Er ballte die Faust. «Ich werde ihren Sohn verflucht nochmal aus diesem Turm rausholen, koste es, was es wolle!»

Marie-Provence nickte. Sie legte ihre beiden Hände auf die Faust ihres Vaters. «Ja, Vater. Das werden wir.»

6. KAPITEL

Messidor, Jahr II
Juli 1794

André hatte an diesem Morgen eigentlich nicht vorgehabt, in der maison de la couche vorzusprechen. Er hatte wieder einmal die Nacht im Labor verbracht, das er sich auf dem Gelände der Tapetenfabrik eingerichtet hatte. Drei Zimmer waren es, und in letzter Zeit nächtigte er dort öfter als im Haus seiner Eltern. Seit Wochen versuchte er, dem Geheimnis des Ultramarin-Farbstoffes auf die Spur zu kommen. Der Preis des Gesteins aus Persien war derart gestiegen, dass die Papierfabrik Levallois vorerst die Herstellung der Tapeten eingestellt hatte, die mit diesem Farbstoff bedruckt wurden.

Inzwischen war André sich sicher, dass er für das Blau außer dem Kaolin noch Natriumderivate brauchte – Glaubersalz oder Soda zum Beispiel. Und Schwefel. Er hatte sich in aller Frühe in eine ihm bekannte Apotheke auf der île de la Cité begeben, um diese Stoffe zu besorgen, und befand sich bereits auf dem Rückweg, als der Klang der Glocke von Notre-Dame in ihm die Sehnsucht nach Marie-Provence weckte.

«Citoyenne Mousnier, kannst du mir sagen, wo ich die citoyenne Duchesne finde?», fragte André, als er in das Waisenheim stürmte.

Die ältere Frau drehte sich um. «Um ehrlich zu sein, das wüsste ich auch gerne. Unten wartet ein halbes Dutzend schwangerer Frauen, die sich nichts sehnlicher wünschen, als einmal von Marianne berührt zu werden und ihren Segen für Frankreichs zukünftige Kinder zu bekommen.» Sie lächelte säuerlich. «Sag der Duchesne Bescheid, wenn du sie siehst. Schließlich hat man auch gewisse Verpflichtungen, wenn man berühmt ist.» Die Alte rauschte davon.

Schließlich entdeckte André Marie-Provence in der grande salle im zweiten Stock, ganz hinten vor einem Fenster sitzend. Er sah sich neugierig um: Der Saal war gefüllt mit unzähligen kleinen Betten, und in jedem dieser kleinen Betten lag ein Kind. Über hundert Säuglinge schätzte André, allesamt sauber gewickelt und mit einem hellen Leinentuch bedeckt. Zwischen den vier nach Seife und vollen Windeln riechenden Reihen liefen Frauen mit breiten Schürzen hin und her, die schlafende Kinder umdrehten oder schreiende Säuglinge beruhigten.

Marie-Provence hatte sich einen Hocker vor das Fenster gezogen. André trat näher und verharrte. Ein winziges Gesicht lugte aus einem Bündel in ihrem Arm. Dunkle, aufmerksame Knopfaugen unter dichten Brauen verfolgten jede Regung auf dem Frauengesicht. Marie-Provence lächelte. Das Kind bewegte die Lippen und stieß gurgelnde Geräusche aus.

André überfiel ein heftiges Gefühl der Sehnsucht. Er kam sich ausgeschlossen vor, gleichzeitig verspürte er einen Drang, auf beide zuzustürzen, sie in die Arme zu schließen und nie mehr loszulassen. Ich will sie haben!, rief er innerlich. Ich will genau das haben! Marie-Provence. Ein Kind. Ein Heim. Bilder des Glücks und der Geborgenheit. Wenn sie es nur zuließe!

Er dachte an Zéphyr, auf dessen Hülle er gestern besorgniserregende Alterungsspuren entdeckt hatte. Er hatte den Ballon immer sorgfältig gepflegt, und dieser hatte ihm gut gedient. Dennoch wurde es langsam Zeit, an Ersatz zu denken. Was bedeutete, dass er seinen Vater um mehrere Monatsgehälter im Voraus bitten müsste – und sich die Häme seines Bruders einhandeln würde. Marie-Provence und das Fliegen: die zwei Leidenschaften seines Lebens. Wann endlich würde er sie ohne Einschränkungen ausleben dürfen?

«André?» Marie-Provence sah zu ihm auf. «Entschuldige, ich habe dich nicht bemerkt.» Sie hob das Bündel. «Darf ich vorstellen: André, das ist César! César, das ist André, ein lieber Freund von mir.»

«Er steht dir», sagte André, und unter ihrem fragenden Blick fügte er hinzu: «Du bist die geborene Mutter. Du hast Modell gestanden für die Madonnen in den Kirchen, gib es zu.»

«Du meinst die, denen sie alle die Köpfe abgeschlagen haben?» Schnell stand sie auf. «César kommt morgen aufs Land. Théroigne nimmt ihn mit in die Bretagne. Ich wollte mich nur von ihm verabschieden.»

«Die Mousnier sucht nach dir», sagte er.

«Ja, ich weiß. Und neben ihr stehen Frauen, die Gott abgeschworen haben und jetzt hoffen, in mir so eine Art Ersatz zu finden! Wenn sie unbedingt Heilige brauchen, weshalb haben sie dann die alten verstoßen?» Sie schüttelte den Kopf, worauf der kleine César anfing zu weinen. Sofort entspannten sich ihre Züge. Sie nahm das Kind hoch und wiegte es mit einem Ausdruck der Zärtlichkeit, der André schlucken ließ. «Pscht, nicht weinen, mein Süßer. Ruhig. Ganz ruhig, petit trésor.»

André näherte sich den beiden. Nahm den Geruch nach Geißblatt, frischer Wäsche und Puder auf, den sie zusammen verströmten. César verstummte.

«Er mag dich», stellte Marie-Provence fest.

«Nein, er betrachtet mich wie ein Kuriosum», schmunzelte André. «Schließlich bekommt er hier nicht oft ein männliches Wesen zu sehen.»

«Ich wusste gar nicht, dass du Kinder magst.»

«Doch», antwortete er ernst. «Ich will mindestens zwei Dutzend davon. Mit dunklen Haaren und den Augen von Meerjungfrauen.»

Sie senkte den Blick und wiegte César, der kleine Laute von sich gab. «Ich möchte keine Kinder. Weißt du, wie viele unglückliche, verlassene Kinder es gibt in diesem Land? Sieh dich um, das hier ist nur ein Bruchteil davon!» Auf einmal sprühten ihre Augen vor Zorn. «Kinder haben keinen Wert in dieser Republik. Sie werden misshandelt und eingesperrt, sie verhungern vor aller Augen!»

César schrie auf, und Marie-Provence blinzelte. «Der

Kleine hat Hunger. Er muss zu seiner Amme», sagte sie und ließ André stehen.

Er sah ihr nach, dann wandte er sich mit gekreuzten Armen zum Fenster, starrte in den öden Innenhof hinaus, ohne ihn wahrzunehmen. Marie-Provence' Verhalten brachte ihn abwechselnd in Rage und zur Verzweiflung. Er hatte sich immer für souverän gehalten, für einen Mann des Verstandes. Er genoss es, über eine verbesserte Herstellungsweise von Wasserstoff zu grübeln und Pläne über die Lenkbarkeit eines Fesselballons zu machen. Er konnte Stunden in seinem Labor verbringen, um chemische Reaktionen zu studieren. Nichts hatte ihn auf diesen Sturm der Gefühle vorbereitet, den Marie-Provence in ihm auslöste. Er verpasste der Mauer neben sich einen Schlag. Verdammt! Er wollte nicht darüber nachdenken! Nicht darüber, ob er sie vielleicht schon verloren hatte – oder ob er für sie jemals irgendeine Bedeutung gehabt hatte. Er hatte keine Ahnung, wie er mit diesen Gefühlen umgehen sollte.

«André?»

Sie war zurückgekehrt. Ihre Stimme in seinem Rücken klang verunsichert.

«André, entschuldige! Ich benehme mich schrecklich, und ich weiß es.»

Er atmete tief durch. Wartete ein paar Sekunden, um seine Züge wieder unter Kontrolle zu bekommen. Dann drehte er sich langsam um.

Sie stand dicht vor ihm. So dicht, dass er ihre Wimpern zählen konnte. Und das Bedauern sah, das die graugrünen Seen ihrer Augen überschattete. Zumindest wollte er sich das einbilden. Er wollte, dass es ihr leidtat. – Nein, er hasste es, sie traurig zu sehen. Er riss den Kopf hoch, starrte an die hohe Decke. Herr im Himmel, hörte das denn nie auf?

«André, bitte!» Sie berührte seine Schulter.

Er nahm ihre Hand, und sie überließ sie ihm ohne Widerstand. Ihre Finger hatten kleine Schwielen an den Innenseiten und rochen leicht nach Talkum und Essig. Er konnte nicht widerstehen und drückte seine Lippen auf die weiße

Unterseite ihres Handgelenks. Aus ihrem Ärmel strömte ihm der Geruch ihrer Haut entgegen.

«Citoyenne Duchesne!»

Keuchend durchpflügte die Oberaufseherin die Reihen der Bettchen. Sie streckte Marie-Provence etwas hin. «Hier, das ist für dich abgegeben worden.»

Marie-Provence entfaltete die Nachricht. Las sie. Wurde bleich. «Danke.» Sie blickte zu André hoch und sagte distanziert: «Es tut mir leid. Ich muss los.»

Wie er diesen Gesichtsausdruck an ihr hasste! Er kam sich vor wie ein ausgehungerter Reisender, der auf ein Wirtshaus zuging. Die Fenster öffneten sich, Licht, Wärme und herrliche Gerüche fluteten heraus. Und dann beugte sich jemand aus dem Fensterrahmen, klappte die Holzläden zu. ‹Tut uns leid. Wir schließen.›

Die Mousnier ließ einen Laut der Missbilligung vernehmen, als Marie-Provence aus dem Raum huschte. «Na wunderbar. Und ich darf wieder mal dem armen docteur beibringen, dass er seine Arbeit heute alleine machen darf.» Sie drehte sich zu André und meinte spöttisch: «Und du? Du hast dir den Tag wohl auch anders vorgestellt, was?»

André ballte die Fäuste. «Ach, halt den Mund!», herrschte er die Frau an.

⚜

Er hatte ihr nicht nacheilen wollen, als er aus der maison de la couche rannte. Doch ihm leuchtete schon von weitem ihr blaues Kleid vom Platz der Kathedrale entgegen. Und dann sah er den Mann, auf den sie zuging. Sehnig und schlank. Seine Stiefel waren abgestoßen, die Krempe seines Hutes gebrochen. Und doch bewegte er sich mit einer Selbstsicherheit, als gehöre die Stadt ihm.

André sprang hinter einen Baum, schmiegte sich an die feuchte raue Rinde. Mit brennenden Augen beobachtete er, wie der Mann die Arme öffnete. Marie-Provence warf sich hinein, schüttelte den Kopf, barg ihr Gesicht an seiner Brust.

Er umschloss sie, redete auf sie ein. Drückte ihr einen Kuss auf den Scheitel.

André wandte sich ab. Verharrte einige Augenblicke, zwang sich, zu warten, bis seine Atmung sich beruhigt hatte. Dann sah er erneut hinüber und erspähte das Paar gerade noch, als es einen Leihwagen bestieg und davonfuhr. Zeit zum Nachdenken blieb da keine. Er rannte los, warf sich in eines der wartenden Gespanne.

Kurz hallte ihre Stimme in ihm nach: *Versprich es mir, André. Du darfst mir keine Fragen stellen, über mich nachforschen oder mich verfolgen!* Doch mit einem Faustschlag gegen das Verdeck brachte er die Stimme zum Schweigen.

«Folgen Sie dieser Kutsche!», schrie André.

Als er aus dem Wagen stieg, brummte André der Schädel. Die Fahrt hatte sich hingezogen, es war inzwischen nach Mittag. Er blinzelte in den Regen.

«Wo sind wir überhaupt?»

Der Kutscher sah ihn an, als mache er sich Sorgen über den geistigen Zustand seines Fahrgastes. «In Sartrouville, citoyen. Drüben steht der Wagen des Kollegen. Die Leute sind zur Kirche dahinten gelaufen.»

Sartrouville? André entlohnte den Kutscher und sah sich um. Hier war er noch nie gewesen. Er war Pariser durch und durch, und was er von Sartrouville sah, überzeugte ihn, dass er bisher nichts versäumt hatte. Inzwischen war seine Wut verraucht. Geblieben war ein unendlich scheußliches Gefühl; ganz gleich, was er hier auch entdecken mochte, nichts würde es verschlimmern können.

Wie André bald feststellte, war die Kirche keine mehr, sondern ein Restaurant, das den kriecherischen Namen *Robespierre, Licht der Nation* trug. Er blieb im Schutz eines wuchtigen moosbepolsterten Kreuzes stehen, die Hände in den Hosentaschen, unschlüssig, was er jetzt machen sollte. Wahrscheinlich tafelten Marie-Provence und ihr Begleiter gerade vergnügt, während er hier mit knurrendem Magen im Regen stand. Erneut stieg Zorn in ihm auf, auch Zorn auf sich selber, weil er sich wegen Marie-Provence zum Idioten machte.

Da quietschte es leise unter seinen Sohlen. Er sah zu Boden – Kohlköpfe und Erbsen. Er war dabei, ein Gemüsebeet zu zertrampeln, das jemand zwischen den Gräbern angelegt hatte. Er erwog gerade, eine Möhre als Mittagessen aus der Erde zu ziehen, als sich plötzlich eine Seitentür der Kirche auftat. Marie-Provence, der Mann und eine fremde Frau mit hellbraunen, lockigen Haaren traten heraus. Zu Andrés Überraschung schlugen sie einen Weg zur Rückseite des Gebäudes ein, nachdem sie sich aufmerksam umgesehen hatten. Ohne zu zögern, folgte er ihnen vorsichtig.

Je weiter sie vordrangen, desto unübersichtlicher wurde der Bewuchs. Hier hatte lange kein Gärtner mehr eingegriffen. Dornensträucher, immergrüne Büsche und Unkraut waren zu einem kaum durchdringbaren Dickicht verwachsen. Nichtsdestotrotz schienen die drei Menschen vor André genau zu wissen, wohin sie gingen. Sie sagten keinen Ton, bogen aber in stummer Übereinkunft tropfnasse Zweige beiseite, um zwischen ihnen hindurchzuschlüpfen. André tat es ihnen mit einigem Abstand nach. Bald schon waren seine Schuhe, seine Hose und die Ärmel seiner Jacke durchnässt. Sein Zorn war inzwischen reger Neugier gewichen. Was um alles in der Welt wollten die drei hier? Er erhaschte einen kurzen Blick auf Marie-Provence' Gesicht – ihre Augen waren gerötet, als hätte sie geweint.

Plötzlich tauchte eine kleine Kapelle in dem Urwald auf. Die zweite Frau war stehen geblieben, bückte sich und schob ein paar blühende Ranken weg. Der Mann mit der gebrochenen Krempe griff nach unten und zog – Andrés Augen weiteten sich, als sich vor den drei Menschen plötzlich eine Falltür auftat. Die beiden Frauen fassten sich kurz an den Händen, lächelten sich an. Dann stieg Marie-Provence in das Loch und entschwand seinen Blicken. Der Mann richtete sich noch einmal auf. Der Blick, mit dem er sich umsah und jeden Busch, jeden Halm einer genauen Untersuchung unterwarf, war so scharf, dass André sich beherrschen musste, sich nicht zu ducken; jede noch so kleine Bewegung hätte ihn vermutlich verraten. Dann stieg auch der Mann hinab. Zurück blieb die Frau mit den lockigen Haaren, die die Falltür wieder sorgfältig mit den Ranken bedeckte und schließlich zur Kirche zurückging.

André blieb ein paar Minuten im nassen Unkraut hocken. Sein Drang, mehr über Marie-Provence zu erfahren, seine neu aufkeimende Eifersucht und sein altes, vernünftiges Ich stritten erbittert miteinander. Bis der Regen erneut zunahm und ein Rhododendronblatt ihm einen Schwall kalten Wassers in den Nacken goss. Er war auf dem besten Wege, sich hier im Dauerregen zu erkälten. Es entsprach, versicherte er sich, nur dem gesunden Menschenverstand, einen Unterschlupf aufzusuchen. Vorsichtig verließ er sein Versteck. Er sah um sich, doch alles war ruhig.

Als er vor der Falltür niederkniete und die betörenden Ausdünstungen der blühenden Geißblattranken einatmete, hielt er inne. Nun wusste er, woher der Duft stammte, der immer von Marie-Provence ausging. Sie musste täglich hier vorbeikommen.

Er fegte die Ranken beiseite und packte den rostigen Eisenring.

Wie lange lief er wohl schon? Zehn Minuten? Eine Viertelstunde? André hätte es unmöglich sagen können. Das Einzige, was er ahnte, war, dass er ziemlich genau in Richtung Westen ging. Er hatte ein Gespür für Himmelsrichtungen, das ihm beim Ballonfahren öfters den Blick auf den Kompass ersparte.

Für Westen sprach außerdem, dass der Gang zunehmend feuchter wurde. An mehreren Stellen hatte er Pfützen ausweichen müssen. Der Geruch, den das Wasser verströmte, war für einen Pariser unverkennbar: Es war eindeutig die Seine, die die Ohrwürmer, Spinnen und Asseln, die an Wänden und Decke über seinem Kopf wuselten, aus ihren Schlupfwinkeln zwischen den Steinen getrieben hatte. Er versuchte, die Kriechtiere zu ignorieren, doch das fiel ihm schwer.

Ein plötzliches Hindernis ließ ihn stolpern. Als er die Fackel hob, merkte er, dass er sich am Fuß einer Treppe befand, die steil nach oben führte. Endlich! Zufrieden, dem Schlamm zu entkommen, machte er sich leichten Fußes an den Aufstieg.

Die Treppe mündete auf einen langen, ebenerdigen Vorraum, von dem vier bis fünf Türen abgingen. Keller, allesamt. Im ersten von ihnen hing eine nackte Seilwinde an der Decke, unter der sich eine mächtige Falltür befand. André schwenkte seine Fackel und beschloss, nicht weiter zu untersuchen, was sie verdeckte. Früher mochten diese Keller vielleicht mit Weinfässern und Vorräten gefüllt gewesen sein, heute fand sich hier jedoch nichts als Mäuseköttel. Er kehrte zu der Treppe zurück und folgte ihr weiter nach oben. Als sie schließlich auf einem Absatz an einer Tür endete, öffnete er diese vorsichtig.

Er betrat eine Küche. Staunend löschte er die Fackel und sah sich um. Größe und Ausstattung ließen auf ein stattliches Haus schließen, genau wie die große Anzahl der Keller vorhin. Wo um alles in der Welt war er gelandet? Und wo war Marie-Provence?

Seine schlammigen Schuhe knirschten auf den abgetretenen Terrakottafliesen, als er durch den Raum schlich. Ein paar Vorräte. Kurz entschlossen griff er nach einer Scheibe Brot und biss beherzt hinein, während er sich weiter umschaute. Der Kamin war gekehrt, keine Glut lag darin. Kalte Suppe hing in der Esse. Ein derber Tisch, sonst aber kaum Einrichtungsgegenstände. Auf der gegenüberliegenden Seite der Küche ging ein sehr breiter und heller Flur ab. Durch eine offene Tür an dessen Ende entdeckte er einen weiteren Kamin. In dem hätte man allerdings eine ganze Rinderherde auf einmal brutzeln können! Er stutzte. Noch eine Küche? Gab es hier denn keine Zimmer?

Hohe Flügeltüren zu seiner Linken sowie mehrere Fenster ließen Licht in den Flur. Er spähte kauend nach draußen – und runzelte die Stirn. Ein großes, nacktes Areal bedeckt mit Kies, eine hohe lange Wand aus hellen Steinquadern … Er sah nach oben, erblickte eine Brüstung und erkannte, dass er sich auf der Höhe eines künstlichen Grabens befinden musste. Der Gang hatte ihn in ein Schloss geführt. Fieberhaft überlegte er: ein Schloss westlich von Sartrouville? Das einzige, das ihm einfiel … Er sah sich ungläubig um.

Er musste nach oben!

Im Erdgeschoss angelangt, drehte er sich in der quadratischen Eingangshalle auf den schwarzweißen Bodenfliesen, sprachlos, überwältigt. Schneeweißer Stuck, wohin man auch schaute. Kunstvoll gemalte Szenen, die die vier Elemente darstellten. Adler, die ihn aus den vier Ecken beäugten und ihn in seiner Vermutung bestätigten: Die Raubvögel betrachteten André mit ihrem «long œil», ihrem scharfen Blick, und erinnerten damit an René de Longueil, der vor anderthalb Jahrhunderten das Schloss von Maisons bei dem Architekten Mansart in Auftrag gegeben hatte. Jetzt wusste André, wo er war.

Sein Blick glitt über sich verjüngende dorische Säulen. Fein geriffelt und mit delikaten Blütenranken verziert, waren sie ein Wunder an Anmut und Raffinesse. Sie schossen seitlich von zwei ziselierten Gittern hoch. Diese zierten die sich gegenüberliegenden Flügeltüren, die sich zu seiner Rechten auf den riesigen, bis zur Seine abfallenden Park hin öffneten, zu seiner Linken auf eine Abfolge von Terrassen und Höfen.

André hatte in den vergangenen Jahren viele herrschaftliche Häuser von innen gesehen. Architektur war nicht seine Leidenschaft, dennoch hatte die Tätigkeit im Geschäft seines Vaters ihm einen Sinn für Proportionen, Eleganz und Leichtigkeit verliehen. Und dieses war eindeutig das Schönste, was er jemals gesehen hatte. Es war so vollkommen, dass er sich von dem Anblick regelrecht losreißen musste.

Nun stand er vor der Wahl – rechts oder links?

Rechts befand sich der Zugang zum ersten Stockwerk. Eine schneeweiße, schwebende Treppe schraubte sich nach oben zu einer Gruppe balgender Putti hinauf. André stopfte sich das letzte Stück Brot in den Mund und entschied sich für links. Drei Räume und ein schmaler Gang, allesamt kahl.

Die einzigen Einrichtungsgegenstände waren ein paar Bücher und alte Zeitungen, die in einer Ecke lehnenden Queues eines Billardspieles, ein angeschlagener Geigenkasten, einige Kissen, Decken und Sitzgelegenheiten, die eher provisorisch als bequem anmuteten. Je weiter André vordrang, desto weniger konnte er sich einen Reim auf das Ganze machen.

Er betrat den letzten Raum des linken Flügels. Eine Kapelle, war sein erster Gedanke, als er durch die Tür trat und den kleinen Altar sah.

Dann sah er zu Boden und erblickte den Leichnam.

André näherte sich zögernd. Kein Zweifel, der Mann, der da auf einer Tür aufgebahrt lag, war tot. Jemand hatte seine Hände über seiner Brust gefaltet und ihn sorgfältig zurechtgemacht. Er war bekleidet mit einer Perücke, Seidenstrümpfen und hochhackigen Schnallenschuhen, einer Mode, die heute kein Mensch mehr trug – oder aber Menschen, die das Glück hatten, so alt zu werden wie dieser Mann hier, und sich um nichts auf der Welt mehr zu scheren brauchten. Der Ausdruck des wächsernen Gesichts war friedlich. Warum lag er hier, alleine, in diesem kahlen Raum?

Erst jetzt bemerkte André die Spielkarten. Kleine Patiencekarten mit blauen und roten Rücken, die verdeckt um die Tür herum lagen. Nein, nicht herumlagen, berichtigte André sich, sie waren angeordnet. Blau. Rot. Blau. Jede lag penibel eingereiht im exakt selben Abstand zur Nachbarin. Ein Trauerkranz aus Karten, dachte André fasziniert und hob eine der kleinen Papptafeln auf.

«Legen Sie das sofort wieder hin!», gellte eine Frauenstimme.

Andrés Herz machte einen Satz. Langsam drehte er sich um.

«Sie sollen das sofort hinlegen, habe ich gesagt!» Eine alte Frau trippelte aufgeregt in die Kapelle.

«Hände hoch!»

Die Karte flatterte zu Boden, als André gehorchte.

André erkannte den Mann sofort, der in einigen Schritten Entfernung eine Pistole auf ihn hielt. Er hatte seinen alten

Hut inzwischen gegen eine schneeweiße Perücke und eine schwarze Jacke mit Silberborten getauscht, und er war älter, als André es von weitem hatte feststellen können; die Kraft und Autorität, die der Mann ausstrahlte, widersprachen den feinen Linien, die über sein gebräuntes Gesicht liefen.

Mit einem kalten Lächeln blickte der Mann auf die hellen Bodenfliesen. «Mes chers amis», sagte er, «ich glaube, wir haben den Mann gefunden, der sich so gründlich in der Eingangshalle umgesehen hat.»

André starrte auf den Boden. Eine Reihe schlammiger Fußspuren führte direkt bis zu seinen Sohlen. Er biss die Zähne aufeinander. Spionieren gehörte eindeutig nicht zu seinen Talenten. Noch mehr Menschen drängten sich in den Raum. André wurde unruhig. Himmel, wo kamen die plötzlich alle her?

«André? André, um Gottes willen, was machst du denn hier?»

Marie-Provence drängte sich an dem Mann mit der Pistole vorbei – was keine geringe Leistung war in dem Kleid, das sie trug.

«Bonjour, Marie-Provence», sagte er – weniger, um sie zu begrüßen, als um sich zu vergewissern, dass es tatsächlich sie war, die ihm da gegenüberstand. Ungläubig glitten seine Augen über ihren Aufzug.

Sie, die er nur in dem einen selben, einfachen Kleid kannte, trug eine Kostbarkeit aus dunkelgrauer Seide und hellgrünem Brokat, deren Hüftpartien so stark ausgestopft waren, dass man bequem einen Teller darauf hätte abstellen können. Um ihre Schultern lag eine hauchdünne Stola aus schwarzer Spitze, ihr Dekolleté gewährte Einblicke, die er sich in seinen kühnsten Träumen noch nicht ausgemalt hatte. Und ihr Gesicht … Weißgepuderte Haut, geschminkte Lippen und ein Schönheitspflästerchen exakt am Übergang zwischen Wange und Schläfe hatten es in ein Antlitz aus Porzellan verwandelt, das vollkommen und herzzerreißend schön unter der weichen Wolke einer Perücke ruhte.

«Du kennst diesen Mann?» Die Pistole schwankte keinen

Augenblick, während Andrés hochgestreckte Arme längst schmerzten.

«Ja», nickte Marie-Provence. «Er ist ein Tapetenhändler. Er heißt André Levallois. Jomart hat ihn engagiert. Ich … Wir waren einmal bei einem Fest zusammen.»

«Warum hast du mir nichts von ihm erzählt?», fragte der Mann mit der Pistole barsch.

«Weil es mir nicht so wichtig erschien. Wir haben uns schließlich lange nicht gesehen. Es gibt einiges, das ich dir noch nicht erzählt habe.»

«Nun, mon cher chevalier», mischte sich ein Herr mittleren Alters ein, «Tatsache ist, dass Monsieur Levallois hier ist und dass wir ein Problem haben.» Er zeigte kurz seine spitzen Zähne. Auch er trug altmodische Kleider, wie alle diese Menschen, die André anstarrten.

Hätte André nicht die Arme hochhalten müssen, wäre er versucht gewesen, sich die Augen zu reiben. Langsam fragte er sich, ob er noch bei Verstand war oder ob die Durchquerung des Tunnels ihn wie durch einen Zauber zehn Jahre in der Zeit zurückversetzt hatte.

«Es gibt nur eine Lösung, das ist Ihnen ja wohl allen klar», plusterte sich ein korpulenter Mann in golddurchwirkter Weste auf.

«Was meinen Sie damit, mon cher Clément?», fragte eine schöne Frau mittleren Alters.

«Er meint, dass dieser Mann uns entdeckt hat und wir jetzt alle in Gefahr sind, Liebste», antwortete der Mann mit den spitzen Zähnen.

«Er darf natürlich keine Gelegenheit bekommen, etwas auszuplaudern.» Der Mann namens Clément verengte die Augen. «Ich optiere für Erhängen. Ein Schuss könnte Aufmerksamkeit auf sich ziehen. Was denken Sie, Monsieur de Serdaine? Sie sind schließlich der Soldat hier.»

André starrte den feisten Mann ungläubig an, während Marie-Provence einen Schrei ausstieß.

«Das könnt ihr doch nicht machen!» Sie stellte sich vor André. «Das werde ich nicht zulassen!»

«Als Christen sollten wir überlegen, ob es nicht eine andere Lösung gibt», wandte ein blonder Priester ein.

«Vielleicht könnten wir ihn einige Zeit einsperren?» Die Augen der schönen Frau hafteten an Andrés nassen Hosen. Sie lächelte. «Nachdem wir ihn gewaschen haben natürlich. Neben meinem Zimmer gibt es einen kleinen Raum ohne Fenster, ich glaube …»

«Das kommt gar nicht in Frage, ma chère!», brauste der Mann mit den spitzen Zähnen auf.

«Dieser Levallois wird zur Polizei gehen, und morgen schon liegen unsere Häupter hübsch beisammen im Massengrab von Picpus!», tönte Clément.

Langsam wurde es André zu bunt. «Warum um alles in der Welt sollte ich das tun?», rief er aus.

Die kleine alte Frau, die als Erste hereingestürmt war, durchbohrte ihn mit Blicken. «Sie haben meine Karten durcheinandergebracht!»

André schüttelte den Kopf. Unwillkürlich fiel er bei seiner Antwort in die altmodische förmliche Anrede ein: «Das tut mir sehr leid, Madame, aber …»

«Im Wald stehen Bäume genug. Wir müssen nur die Nacht abwarten», unterbrach ihn Clément.

«Das ist das erste vernünftige Wort, das ich höre», urteilte Serdaine.

Marie-Provence schrie auf. «Aber Vater!»

Serdaine sah sie an. «Wir warten die Nacht ab. Erst werden wir den armen Constantin beerdigen. Dann entscheiden wir, was zu tun ist.»

«Ich weiß einen guten Ort, wo er bleiben kann», nuschelte eine Alte, die bis dahin stumm geblieben war. Sie war die Einzige, die ein normales, einfaches Kleid trug. Ihre wässrigen Augen betrachteten ihn regungslos. «Ist ein bisschen schmutzig, aber das dürfte den Herrn kaum noch stören, so wie der aussieht. Hier macht er sowieso nur alles dreckig.»

«Gut. Zeig es mir, ich bring ihn hin», befahl Serdaine. Mit einem geübten Griff drehte er André die Arme auf den Rücken. Der verzog das Gesicht. «Lauf!», befahl Serdaine und schob ihn vorwärts.

«André!», rief Marie-Provence. Sie eilte hinter ihm her. «Ich hole dich da raus, mach dir keine Sorgen!»

André wandte sich ihr zu. «Er ist dein Vater?», fragte er nur.

«Ja, natürlich ist er mein Vater!», rief Marie-Provence. «Was hast du denn gedacht?» Ihre Augen wurden größer. «Bist du mir deshalb gefolgt? Weil du dachtest, dass …»

André strahlte sie an. «Ich liebe dich!», rief er noch, dann bugsierte ihn ein kräftiger Stoß von Serdaine aus dem Raum.

Als Serdaine die Leiter hochgezogen und die Falltür über André zugeklappt hatte, sah der sich ernüchtert um. Jetzt, da er von Marie-Provence getrennt war und das triumphale Gefühl der Erkenntnis verebbte, dass Serdaine ihr Vater war, wurde eine hässliche Stimme in ihm laut, die bisher vom Klopfen seines Herzens übertönt worden war – eine Stimme, die ihm sagte: Du steckst in ernsthaften Schwierigkeiten.

Er griff nach dem Öllämpchen, das ihm gnädigerweise überlassen worden war, und machte sich daran, sein Gefängnis zu erkunden. Ein Loch – anders konnte man diesen Raum wohl kaum bezeichnen. Er befand sich unter dem ersten der Keller, die er sich vorhin flüchtig angesehen hatte. Schwarzschimmernde Brocken übersäten den Boden. Anscheinend wurde hier früher einmal die Kohle aufbewahrt. Inzwischen aber diente der Raum wohl eher als Gerümpelkammer. Die ausladende Holzklappe, durch die André in sein Gefängnis gelangt war, lag in unerreichbarer Höhe über ihm. Zwar war sie morsch und löchrig, doch sie befand sich so hoch oben, dass Serdaine sich nicht einmal die Mühe gemacht hatte, die Klappe zu sichern.

André dachte an Marie-Provence und an ihr Versprechen, ihm zu helfen. Sie war eine mutige Person, doch die anderen waren André nicht wohlgesinnt. Sie würde keinen leichten

Stand haben. Wer waren diese Leute überhaupt, die Marie-Provence umringt hatten? Ihre Stimmen waren voller Angst gewesen. Ob sie hier wohnten? In diesem kahlen Schloss, in diesen lächerlichen alten Kleidern? War das die Möglichkeit? Und wenn ja, wie lange schon?

Und Marie-Provence? Das ihm so fremde, puppenhaft geschminkte Gesicht erschien vor seinen Augen. Die Tochter des chevalier de Serdaine!

Nachdenklich sackte er auf den Hosenboden. Was bedeutete die Entdeckung ihrer wahren Identität für ihn? Und was würde es zwischen ihr und ihm ändern? Sorge und Angst wallten in ihm auf. Sorge um sie, weil sie in einem gefährlichen Doppelleben gefangen war. Und Angst davor, dass plötzlich unüberwindbare Hindernisse zwischen Marie-Provence und ihm lagen. Ob dieser Serdaine einen Levallois als Schwiegersohn akzeptieren würde? Was seine Eltern dazu sagen würden, wenn er ihnen eine verfolgte Adelige vorstellte, konnte er sich denken – von seinem Bruder Mars ganz zu schweigen.

André raufte seine Haare. Er sprang auf. Genug. Er würde ein Problem nach dem anderen anpacken. Und das Erste, um das er sich zu kümmern hatte, war, aus seinem Gefängnis auszubrechen und möglichst schnell diesen Menschen zu entkommen, die nichts Gutes mit ihm im Schilde führten. Er griff erneut nach seinem Lämpchen und suchte sein Gefängnis ringsum ab. Leere. Nichts als nackte Steinquader, bezogen mit einer Salpeterschicht. Kurz durchwühlte er das Gerümpel. Vielleicht ließe sich eine Leiter aus diesen Trümmern herstellen, mit der er an die Klappe – nein. Es war nichts Brauchbares dabei.

André überlegte und rief sich die Örtlichkeiten in Erinnerung, durch die er vorhin gekommen war. Das Kellerloch musste sich in unmittelbarer Nähe der Treppe befinden, die ihn aus dem unterirdischen Gang geführt hatte. Aber in welcher Richtung? Langsam drehte er sich um die eigene Achse. Dann nahm er eine Latte, die herumlag, und klopfte an die Wand. Machte einen kleinen Schritt zur Seite, setzte erneut an. Nach drei Versuchen hatte er gefunden, was er suchte: Ein helles Geräusch bestätigte ihm, dass auf der anderen Seite der Steine ein Hohlraum war. Höchstwahrscheinlich die Treppe.

Er warf die Latte weg und kniete vor der Wand nieder. Gespannt begann er, die Quader und ihre Fugen einzeln zu untersuchen. Er war schließlich in einem Schloss, und in Schlössern gab es stets Geheimgänge und verborgene Türen. Maisons machte da keine Ausnahme – der Gang nach Sartrouville bewies es. Ob es hier einen Durchlass zu diesem Gang gab?

«Clément, Sie sind dran!» Monsieur de Vezon rieb sich das Kreuz und stöhnte. Blasser Dunst trat aus seinem Mund. Er streckte dem beleibten Händler seine verschmierte Schaufel hin.

Clément sah an sich hinab. «Verzeihen Sie, Monsieur, aber ich halte doch schon die Laterne. Außerdem kann ich unmöglich in dieser Jacke …»

«Dann ziehen Sie sie aus. Wenn Sie glauben, Sie können sich ebenso vor dieser Arbeit drücken wie vor Ihrem Beitrag zu den Essenskosten, haben Sie sich geirrt!»

Clément verschluckte etwas feuchte Luft. Er sah sich hilfesuchend im fensterlosen Raum um, einem der unzähligen Keller des Schlosses, und wandte sich dann an Marie-Provence' Vater. «Haben Sie das gehört, Monsieur le Chevalier? Muss ich mir diese Beleidigungen gefallen lassen?»

«Müssen Sie nicht», antwortete Guy de Serdaine trocken, während er eine große Schaufel voll nasser Erde hinter sich kippte. «Sie müssen nur die Laterne hinstellen und graben. Keiner der Männer ist vom Dienst enthoben.»

Marie-Provence, die den Geizkragen Clément schon lange unter Verdacht hatte, insgeheim Geld zu horten, sah mit einem Gefühl leisen Triumphes den Händler zur Schaufel greifen. Er verzog angewidert das Gesicht, während er halbherzig in einen Erdklumpen stieß. Marie-Provence trat näher. «Vater?»

Er sah sich zu ihr um. «Du brauchst hier nicht zu warten, Liebes. Wir rufen euch, wenn es so weit ist und das Grab breit genug, um Constantin hineinzulegen.» Er warf einen Blick auf die Seite, wo der Leichnam von Marie-Provence' Onkel lag, eingewickelt in ein Laken und auf die Tür geschnürt.

Erneut überkam Marie-Provence Trauer. Sie hätte es oncle Constantin von Herzen gegönnt, einmal noch als freier Mann durch Paris zu laufen. Jetzt würde er für immer hier unten bleiben, in diesem letzten Keller am Ende des Ganges, ohne Sarg. Wie schnell der Tod ihn doch geholt hatte! Sie hatten alle gewusst, wie krank er war, doch erst heute Morgen hatte er ihr noch von seinem Lager aus zugelächelt.

Guy de Serdaine wischte sich mit dem Unterarm den Schweiß von der Stirn. Wie Monsieur de Vezon und der abbé d'If hatte er Schlammspuren an den aufgekrempelten Hemdsärmeln und den Hosen. Ein gutes Stück Arbeit hatten die Männer schon hinter sich, denn die Steine hatten sie bereits aus der gemauerten Wand gelöst. Die mit Salpeter überzogenen Quader lagen abseits auf einem Stapel. Sie würden sie brauchen, um die Mauer wieder zu errichten, wenn der Tote dahinter seinen Platz gefunden hatte. Allerdings war es kaum weniger mühsam, die vom Wasser gesättigte, schwere Erde aus der Wand zu lösen. Doch Constantin hier zu begraben, war weitaus sicherer, als im Freien eine Grube auszuheben. Holzdiebe und Wilderer, die ab und zu im Wald auftauchten, hätten bei einer so langwierigen Arbeit eine Gefahrenquelle dargestellt, und auch später hätten die Grabspuren Aufmerksamkeit erregen können.

«Vater, ich muss dich sprechen!»

Er sah sie prüfend an. «Ist es wegen diesem Levallois?»

«Es gibt da etwas, das du noch nicht weißt!»

«Wir bereden das nachher alle zusammen.»

Marie-Provence sah ihn eindringlich an. «Ich will, dass du mir in Ruhe zuhörst!»

«Gehen Sie ruhig, Monsieur de Serdaine», lächelte der abbé d'If. «Sie haben mehr getan als alle anderen. Zeit für Sie, sich eine Pause zu gönnen.»

«Monsieur l'abbé hat recht», pflichtete ihm Vezon bei. «Ich werde Ihre Schaufel übernehmen, wenn es Ihnen genehm ist.»

Guy de Serdaine zögerte. «Ich weiß nicht. Um ehrlich zu sein, mir gefällt der Anblick dieser Erde nicht besonders.» Er spähte besorgt in das ausgehobene Loch, auf dessen Grund sich eine Pfütze gebildet hatte. «Ärgerlich, dass wir nicht über die Pläne dieser unterirdischen Gänge verfügen – ich möchte keine Wasserader anstechen. Vielleicht hätten wir besser an anderer Stelle graben sollen.»

«Keine Sorge, wir werden aufpassen», sagte Vezon. «Wir hören auf, wenn wir etwas Ungewöhnliches bemerken.»

Guy de Serdaine warf Marie-Provence einen Blick zu. «Also gut. Sehr freundlich von Ihnen, Messieurs.»

«Stets zu Ihren Diensten, Monsieur le Chevalier.» Die drei Männer nickten sich zu.

Auf einmal befiel Marie-Provence ein überwältigendes Glücksgefühl. Diese drei Männer und ihre Umgangsformen waren ein Teil ihrer Kindheit. Ihre vertraute alte Welt existierte also noch, würde wiederauferstehen! Wenn Charles erst einmal aus dem Turm des Temple befreit wäre, müssten sie sich nicht mehr in Kellern verstecken. Sie lächelte, als ihr Vater auf sie zuging.

⚜

André sprang auf und schmetterte die Latte fluchend gegen die Wand. Nichts! Kein Durchgang, kein Mechanismus, keine Verfärbung – die Steine rührten sich nicht vom Fleck. Er lief ein paarmal wütend hin und her. Wie lange brauchte es, einen Trauergottesdienst abzuhalten und einen alten Mann auf einer Tür zu beerdigen? Er ahnte, dass er nicht mehr viel Zeit hatte.

Das Laufen beruhigte ihn. Allons, André, mahnte er sich,

du hast dich immer auf deinen Kopf verlassen können. Also denk nach! Es gab eine Lösung. Es gab immer eine. Er griff in seine Jacke, um nach seiner Uhr zu sehen. Da stießen seine Finger auf die Einkäufe aus der Apotheke.

Ein Lächeln breitete sich auf seinem Gesicht aus.

Er richtete sich auf. Betrachtete noch einmal die ihn umgebenden Mauern. Bückte sich und hob eines der Kohlestückchen auf.

⚜

«Gehen wir nach oben in die Küche?», fragte Marie-Provence.

«Nein.» Guy de Serdaine schüttelte den Kopf. «Ich möchte in der Nähe bleiben.» Sie waren beide vor den Keller getreten; drinnen hörten sie die Männer vor Anstrengung ächzen. «Nun, ma petite, was ist?»

«Ich möchte, dass du ihn freilässt.»

Der Blick ihres Vaters verdunkelte sich. «Also doch. Ich habe dir doch gesagt, dass wir in der Gruppe darüber reden.»

«Die Gruppe bist du. Sie tun, was du sagst.»

Er schüttelte den Kopf. «Wir werden über Levallois richten, und dann …»

«Ihn richten?», rief Marie-Provence. «Er hat doch nichts getan!»

«Er hat uns aufgelauert. Und er bringt uns in Gefahr.»

«Vater, André Levallois ist ein aufrichtiger Mann, der nichts davon hat, uns zu verraten!»

«Was weißt du denn schon über ihn? Er ist ein Bürgerlicher, und es geht ihm finanziell gut, wie ich an der Qualität seiner Kleidung sehen konnte. Also haben er und seine Familie sich mit der Revolution und den neuen Machthabern arrangiert, unterstützen vielleicht sogar diese Mörder! Ist es nicht so?»

Marie-Provence konnte nicht umhin, an Andrés Bruder Mars zu denken – und an die Flugblätter, die sie im Auftrag des Sicherheitsausschusses verteilt hatte. Umso heftiger widersprach sie: «Vater, du hast selbst einmal an die neuen Ideen geglaubt! Du hast mir davon erzählt, weißt du noch? Als alles anfing!» Sie streckte ihm die Hände entgegen. «Du warst dafür, die Privilegien des Adels abzuschaffen, und du hast Mutter und mir begeistert die Erklärung der Menschenrechte vorgelesen! Ich habe dich mit einer Kokarde auf der Brust gesehen!»

«Ja, du hast recht. Alles, was du sagst, stimmt. Und dann haben sie den König auf dem Weg nach Varennes wie einen gemeinen Verbrecher verhaftet und zurück nach Paris gezerrt. Ihn und seine Familie haben sie im Gefängnis gedemütigt bis aufs Blut. Dann haben sie ihn geköpft. Und deine Mutter gleich dazu. Du hast den Brief der Königin gelesen, Marie-Provence! Du hast mir erzählt, was sie dem Kind antun! Wie kannst du da mit solchen Menschen verkehren?»

«Wir sind nicht besser als sie, wenn wir André töten! Unser Stand wird ausgerottet, weil er ein kleines ‹de› vor seine Namen schreibt, und du verurteilst André, weil er ein Bürgerlicher ist. Wo ist da der Unterschied?»

«Ich verurteile ihn nicht, weil er ein Bürgerlicher ist! Dieser Mann gefährdet unser aller Existenz hier!»

«Vater, ich weiß, du bist ein ehrlicher Mann, und du wirst auf meine Frage mit der Wahrheit antworten: Wenn André von Adel wäre und er dir bei seiner Ehre und seinem Namen schwören würde, uns nicht zu verraten – würdest du ihm dann nicht trauen? Ist es nicht nur seine Zugehörigkeit zu einem anderen Stand, die dich von vornherein an seiner Lauterkeit zweifeln lässt?»

«Weil man diesen Menschen nicht trauen kann!»

«Das ist ein Vorurteil!»

«Das ist Erfahrung!»

«Und Rache?», schrie Marie-Provence.

«Ja, und Rache!», brüllte ihr Vater. «Ich habe schon deine Mutter verloren. Ich werde nicht zulassen, dass irgendein dahergelaufener Kerl mir auch noch meine Tochter wegnimmt!» Er strich sich die verschwitzten Haare aus der Stirn. Dann ergriff er Marie-Provence' Arm und deutete in Richtung der anderen. «Hör zu, wenn du schon nicht an dich denkst: Ich werde dir erzählen, was mit diesen drei Männern geschieht, wenn sie verhaftet werden. Clément hat den Hof früher mit Federn beliefert. Er war einmal sehr reich und kein besonders nachsichtiger Vorgesetzter. Einer seiner früheren Angestellten ist Gerichtsschreiber beim tribunal révolutionnaire. Wie, glaubst du, wird Cléments Urteil lauten?»

Marie-Provence wand sich, doch ihr Vater fuhr unerbittlich fort: «Dann haben wir da Honoré de Vezon. Er hatte ein ruhiges, beschauliches Leben und überließ es seiner Frau, sein Geld auszugeben. Als dem König der Prozess gemacht wurde, spielte Vezon den Zyniker, doch im Grunde seines Herzens ist er ein Idealist und ein weichherziger Narr. Er schrieb an die convention und schlug vor, die Verteidigung des Königs zu übernehmen. Er ist nicht der Einzige in diesem Land, der sich als Verteidiger anbot. Aber einer der ganz wenigen, der sein Engagement für den König bis heute überlebt hat.» Guy de Serdaine lächelte gequält. «Barthélémy d'If ist ein Priester. Soll ich dir erzählen, was mit den Männern und Frauen passiert, die ihr Leben Gott verschrieben haben?»

«Nein!», schluchzte Marie-Provence auf. «Das brauchst du nicht! Ich habe die Guillotine gesehen! Ich kenne den Geruch, den der Rote Wagen verströmt, wenn er an einem vorbeizieht. Ich weiß das alles, ich erlebe es Tag für Tag!» Sie schlug die Hände vor ihr Gesicht.

Auf einmal war ihr Vater ganz ruhig. «Ja, ma chérie. Du kennst das alles. Du hast das alles gesehen. Du warst auf dich allein gestellt und hast Sachen erlebt, die du nie hättest erleben dürfen. Aber jetzt bin ich da.» Er drückte ihre Schulter, so fest, dass es schmerzte. «Ich werde dich zu schützen wissen. Zur Not auch gegen dich selbst.»

⚜

Kritisch betrachtete André das graue Häufchen, das auf der Porzellanscherbe in seiner Hand lag. Sehr viel war es nicht, was die Mauer hergegeben hatte. Er hatte keine Ahnung, wie viel er von der Mischung herstellen musste, damit sein Plan funktionierte. Gott sei Dank hatte er noch die Zusammensetzung und ihre Mengenverhältnisse im Kopf.

Er befeuchtete seinen kleinen Finger, tunkte ihn leicht in das unappetitlich aussehende Häufchen und leckte daran. Ein beißender, scharfer Geschmack durchfuhr seine Zunge, gefolgt allerdings von Bitterkeit. Akzeptable Qualität, aber auch Verunreinigungen, urteilte er. Er legte die Scherbe sorgfältig auf den Boden, um ja nichts zu verschütten. Nach kurzem Stöbern im Gerümpel fand er einen verbeulten Blechdeckel. Er las ein paar von den Kohlestückchen vom Boden auf, die ihm am saubersten erschienen, und griff nach einem abgerundeten Holz, das vielleicht einmal ein Kochlöffel gewesen sein mochte und jetzt einen brauchbaren Mörser abgeben würde. Nach einiger Zeit hatte er die Kohlestückchen zermalmt. Ein Voile-Fetzen diente ihm als Sieb, um das Kohlepulver von den gröberen Stückchen zu trennen.

André nickte zufrieden. Jetzt den Schwefel aus der Apotheke. Er hatte keine Waage, und so blieben die Mischungsverhältnisse letztendlich eine Frage des Augenmaßes. Aber er war geübt in dieser Art von Arbeit, und als er den Salpeter, den Holzkohlenstaub und den Schwefel auf der Scherbe zusammenschüttete, war er recht zuversichtlich, in etwa die richtige Menge getroffen zu haben.

Und jetzt, Vorsicht! Sanfte Bewegungen, keine Stöße!

Konzentriert und geduldig machte er sich daran, die drei Komponenten miteinander zu vermengen.

⚜

Marie-Provence presste die Hände auf ihre tränennassen Wangen. Also gut, dachte sie, und atmete tief ein. Sie hatte nicht so weit gehen wollen. Denn wenn das, was sie ihrem Vater jetzt sagen würde, André auch retten konnte, so würde es ihn gleichzeitig in eine Lage bringen, die ihn erst recht Kopf und Kragen kosten konnte. Und diesmal würde es nicht mehr in ihrer Macht stehen, sie von ihm abzuwenden.

«Wenn du André Levallois töten lässt, machst du die vielleicht einzige Chance zunichte, Louis-Charles zu befreien.»

Guy de Serdaine riss den Kopf herum. «Was sagst du da?»

«André Levallois ist Ballonfahrer. Er hat mich einmal mitgenommen. Er hat die Kenntnisse, das Material und die Möglichkeiten, einen Ballon zu bauen, zum Abheben zu bringen und weit außerhalb von Paris wieder abzusetzen. Wenn wir einen Weg finden, das Kind aus dem Turm zu schleusen, ist es so gut wie frei.»

Guy de Serdaine starrte sie ein paar Sekunden lang wortlos an.

Marie-Provence konnte förmlich spüren, wie er diese Information verarbeitete, ihren Wert abzuschätzen versuchte und nachdachte. Ein Klumpen ballte sich in ihrem Magen zusammen. Lange schon hatte sie über die Möglichkeit nachgedacht, Charles mit einem Ballon zu entführen. Seit dem Tag, an dem sie und André über die Dächer von Paris geschwebt waren und sich die Grenzen des Vorstellbaren verschoben hatten. Sie wusste, dass die Idee verrückt war. Aber vielleicht hatte sie gerade deshalb Aussicht auf Erfolg. Bisher hatte sie ihre Überlegungen tief im Herzen eingeschlossen. Sie wollte André nicht willkürlich in etwas hineinziehen, das ihn nicht berührte. Nicht, wenn es irgendwie anders ging. Er kämpfte nicht ihren Kampf, und es war ungerecht, ihn wegen seiner Zuneigung zu ihr in Gefahr zu bringen.

Doch die Umstände hatten sich geändert. Die Gefahr für Andrés Leben bestand hier und jetzt. Er selbst hatte sich in die Situation gebracht, indem er ihr trotz ihres gegenteiligen Wunsches folgte. Und vielleicht ergab sich ja doch noch eine andere Möglichkeit, das Kind auf schnellem Wege über die Stadtgrenzen zu bringen, und sie konnten auf Andrés Hilfe verzichten. Hauptsache, sie gewann Zeit.

Sie und ihr Vater sahen sich an.

Schließlich sagte er: «Der Vorschlag, einen Ballon zu nutzen, ist das Abwegigste, was ich je gehört habe. Die Umsetzung ist mehr als fragwürdig. Sie ist gefährlich und kaum planbar.»

Sie wartete, während ihr Vater sich das Kinn rieb.

«Du hast keine Ahnung, ob er uns helfen würde.»

«Nein», sagte sie.

«Aber er liebt dich.»

Sie nickte. «Ja. Das tut er.»

«Es gibt kaum etwas, das man aus Liebe nicht täte.»

Sie nickte erneut, stumm diesmal, und fühlte sich wie eine Verräterin.

«Liebst du ihn auch?»

Sie ließen sich nicht aus den Augen.

«Nein, Vater.»

«Du wirst ihn überzeugen müssen, ist dir das klar? Und du wirst äußerst behutsam vorgehen müssen, um uns nicht zu gefährden. Er ist kein Mann, der unserer Sache zugetan ist. Ein falsches Wort von ihm, und wir sind verloren. Ich hoffe, du weißt, was für eine Verantwortung du da übernimmst. Aber gut. Wir können es uns nicht leisten, zimperlich oder ängstlich zu sein. Jede noch so kleine Chance, das Kind glücklich aus seiner Zelle zu holen, muss ergriffen werden. Wir lassen Levallois schwören, kein Wort über das zu verlieren, was er hier im Schloss gesehen hat. Dann hast du zwei Wochen Zeit, ihn auf unsere Seite zu bringen. Wenn dir das nicht gelingt …»

Guy de Serdaine wurde leiser. Kalt und mit einem Ausdruck in den Augen, den Marie-Provence noch nie bei ihm gesehen hatte, sagte er: «Wenn dir das nicht gelingt, werde ich dafür sorgen müssen, dass er schweigt.»

⚜

André legte seinen Löffelstiel beiseite und musterte die entstandene Mischung. Auf einmal überkamen ihn Zweifel. Für einen Wissenschaftler war der Erfolg eines Unternehmens von einer Unmenge von Variablen abhängig. Der Salpeter war nicht gereinigt worden, die Kohle vielleicht feucht, die Mischungsverhältnisse waren unklar. Es konnte sein, dass gar nichts passierte und er seine Zeit vergeudet hatte – vielleicht war er aber auch dabei, sich sein eigenes Grab zu schaufeln.

Er stand auf. Diese Überlegungen waren überflüssig. In Lebensgefahr schwebte er ohnehin. Er begab sich zu dem Gerümpelhaufen, der sich für ihn bisher als so hilfreich erwiesen hatte, und zog einen Metalldorn hervor. Dann machte er sich erneut an dem Mauerstück zu schaffen. Er setzte das Metallstück wie einen Meißel an, während er mit einem Stein draufhieb. Schon flogen die ersten Mörtelbrocken davon.

⚜

«Chevalier, ob Sie sich das vielleicht einmal anschauen könnten?», rief Vezon.

Er klang dringlich. Mit ein paar Schritten waren Marie-Provence und ihr Vater zurück im Keller. Vezon, If und Clément starrten in das Loch, das sie inzwischen beträchtlich vergrößert hatten.

«Was ist los?», fragte Guy de Serdaine.

«Da kommt Wasser raus.» Clément hatte die Augen zu Schlitzen verengt. «Nicht mehr von unten, sondern aus der Seite.»

«Ja, und zwar nicht wenig.» Vezon beugte sich in das Loch, aus dem ein leises Plätschern drang.

Marie-Provence trat vor, um sich die Stelle genauer anzusehen.

Ihr Vater runzelte die Stirn. «Das gefällt mir ganz und gar nicht. Ich fürchte, wir müssen abbrechen.»

«Was?» Clément riss die Augen auf. «Nach der ganzen Mühe, die wir uns gemacht haben? Die Grube ist doch schon fast fertig!»

«Es ist zu gefährlich. Der Untergrund hier wimmelt von Gängen und Kellern. Es regnet seit Wochen, und der Fluss hat Hochwasser. Dieses Rinnsal zeigt, dass der Druck auf diese Wand erheblich ist, und wenn wir sie weiter schwächen, könnte …»

«Ah, foutaises!», unterbrach ihn Clément barsch. Er packte seine Schaufel und stieß sie tief in die Wand. «Das ist doch Unsinn! Noch ein oder zwei Minuten Arbeit, dann …» Er drückte und zog, das Erdreich um die Schaufel spaltete sich … «Zum Teufel, was ist denn das?», schrie er.

In dem Moment platzte die Wand auf. Machtvolle Fluten schlugen mit Getöse herein. Marie-Provence wurde umgerissen, noch bevor sie verstanden hatte, was passiert war. Im selben Augenblick erlosch das Licht. Sie schrie auf. Eine Hand griff nach ihr, sie klammerte sich an ihr fest, doch die Wucht des hereinbrausenden Wassers warf sie gegen eine Wand.

«Raus! Alle raus hier!», brüllte die Stimme ihres Vaters. «Halt dich fest, Marie! Wir müssen ans Ende des Flures zurück! Zur Treppe!»

⚜

Zum letzten Mal prüfte André seine Vorbereitungen. In das Ende des langen, schmalen Lochs, das er zwischen die Mauersteine gebohrt hatte, hatte er die Mischung gefüllt. Dann hatte er es mit der Apothekertüte verstöpselt und den Rest des Lochs mit vorsichtig festgestampfter Erde verschlossen. Aus dem Ganzen führte eine schmale Pulverspur bis zu ihm. Na dann, dachte er und griff zu dem Öllämpchen, um das Gemisch anzuzünden.

Im selben Augenblick vernahm er das Gurgeln.

Mehr überrascht als erschrocken sah er sich um. Er hob den Kopf. Wasserfäden drangen durch die morschen Fugen der Klappe über ihm. Er stellte das Lämpchen zurück. Was zum Teufel …? Die Wasserfäden schwollen zu Fontänen an, platschten auf den Boden. Als die Falltür laut ächzte, ergriff André die Angst.

Er kniete vor dem Loch nieder. Er hatte keine Ahnung, was da oben los war, aber das Geräusch in seinem Rücken machte ihm eines klar: Er musste hier raus! Und zwar schnell, bevor das Pulver nass wurde. Mit ungeschickter Hand senkte er die Flamme seines Öllämpchens. Das Pulver fing Feuer.

Das Wasser leckte schon an seinen Schuhsohlen. André schluckte. Wenn er an der Mauer blieb, um das Pulver vor Nässe zu schützen, konnte die Explosion ihn zerfetzen. Wenn er in Deckung ging, würde das Wasser das Flämmchen vielleicht löschen, und er würde ertrinken.

Das kostbare Lämpchen fest umklammert, sprang André von der Mauer zurück, um sich in Sicherheit zu bringen. Er hatte noch nicht die gegenüberliegende Wand erreicht, als ein gequälter Laut ihn entsetzt den Kopf nach oben reißen ließ.

Die Falltür brach. Wasserfluten brausten tosend in das Loch.

Zuerst klatschte Wasser auf seine Stirn. Dann erlosch das Lämpchen in seiner Hand. Sein Atem stockte, als die Finsternis ihn verschlang.

Nein, dort drüben war noch etwas zu sehen – ein kleiner roter Punkt. Das Pulver!

Das Wasser stieß schon an seine Knöchel, das Brausen und Spritzen war ohrenbetäubend. André sandte ein Stoßgebet zum Himmel, während seine weitaufgerissenen Augen aus der Ferne den glimmenden Punkt fixierten.

André stieß einen heiseren Schrei aus.

Die Flamme war verschwunden!

⚜

Marie-Provence brauchte all ihre Selbstbeherrschung, um nicht kopflos um sich zu schlagen. Sie wurde ein Stück abgetrieben, stieß an eine Kante. Die Türzarge. Hier war der Strom nicht so stark, und es gelang ihr, sich hinzuknien. Schon reichte ihr das Wasser bis an den Schoß. Sie rappelte sich auf, kam auf die Füße.

«Sind Sie alle noch da?», schrie Vezon irgendwo hinter ihr. Der abbé antwortete, Clément gurgelte fluchend.

«Versuchen Sie, sich an den Händen zu halten!», rief ihr Vater in die Finsternis. «Bilden Sie eine Kette, damit jeder den anderen unterstützen kann, falls er ausrutscht, und gehen Sie an der Wand entlang, um die Orientierung nicht zu verlieren! Ich halte meine Tochter fest!»

Der Strom drückte mit enormer Kraft gegen Marie-Provence' ausladenden Rock, wickelte ihr den nassen Stoff um die Beine und drohte immer wieder, sie zu Fall zu bringen. Sie robbte an der Wand entlang, geführt von der Hand ihres Vaters, riss sich die Haut an scharfen Kanten auf.

«Nur Mut, Marie! Du schaffst das!»

«Natürlich schaffe ich das!», keuchte sie verbissen. Das Wasser reichte ihr inzwischen zur Hüfte – wenigstens drückte es sie in die richtige Richtung! Verzweifelt versuchte sie, nicht daran zu denken, was passieren würde, wenn sie über einen Stein stolpern sollte. Schließlich konnte sie nicht schwimmen. Sie zählte die Türen bis zur Treppe. Noch zwei, noch eine …

Etwas traf mit Wucht ihr Schienbein. Sie schrie auf, ließ vor Schreck die Hand ihres Vaters fahren und fiel der Länge nach ins Wasser.

⚜

In der Dunkelheit hastete André unbeholfen in die Richtung der Stelle, wo gerade noch das Flämmchen gebrannt hatte. Was hatte er falsch gemacht? War das Wasser schneller gewesen? Seine Hände suchten das Mauerwerk ab. Das Wasser hatte bereits die Höhe der gesuchten Stelle. Nichts. Oder doch?

Er stieß einen heiseren Laut aus.

Ein Loch! Ein Loch war in der Wand, an der Stelle, wo er das Schwarzpulver angebracht hatte! Es war also explodiert, nur hatte das tosende Wasser das Geräusch der Detonation verschluckt. Er steckte die Hand in das Loch – und griff ins Leere.

Triumph stieg in ihm hoch. Tatsächlich befand sich ein

Gang auf der anderen Seite! Er fasste erneut in das Loch und tastete die Ränder ab …

Das Loch war zu klein, um einen Menschen durchzulassen.

⚜

Marie-Provence schluckte modrig schmeckendes Wasser. Ihre Arme ruderten unkontrolliert hin und her, bis ihre Hände etwas zu fassen bekamen. Die Treppe!

«Marie!»

Sie würgte, hustete, während sie panisch nach dem Geländer tastete – und sich festklammerte.

«Ich bin da, Vater!»

«Gott sei Dank!» Er griff nach ihr, packte sie an den Hüften. Sie kroch die Stufen hoch, bis sie auf halber Höhe war. Dort ließ sie sich fallen, erschrocken und zu erschöpft, um noch einen einzigen weiteren Schritt zu machen.

Ihr Vater stolperte nach oben und stieß die Tür zur Küche auf. Licht fiel von oben auf die Stufen herab. Vezon tauchte aus der Finsternis auf, dann der abbé, der bleich und mit blutunterlaufenen Augen zu ihnen hochstarrte, bevor er sich zu Marie-Provence' Füßen fallen ließ. Auch Clément war noch am Leben, wie man aus dem Würgen schließen konnte, das aus dem Dunkeln drang, ehe seine massige Gestalt ebenfalls auf den Stufen strandete.

Wortlos starrten sie in das Loch unter ihnen. Der Wasserspiegel stieg noch immer, langsam, Stufe für Stufe. Verwirbelungen an der schwarzen Oberfläche zeigten, dass der Strom das Ende des Flures erreicht hatte und nun zurückfloss. Der abbé d'If bekreuzigte sich schlotternd. Da ertönte ein dumpfes, heftiges Geräusch, der bewegte Wasserspiegel zu ihren Füßen schwappte hoch und runter.

«Was hat das denn schon wieder zu bedeuten?», fragte Clément heiser.

«Ich weiß es nicht. Aber besser ist, wir gehen nach weiter oben, in die Küche», sagte Guy de Serdaine.

«Das war's dann wohl für heute», stöhnte Clément. «Und die Schaufeln sind wir auch los.»

Marie-Provence richtete sich ruckartig auf. «Und oncle Constantin? Was ist mit oncle Constantin? Wir haben ihn da unten gelassen!» Sie sprang auf die Füße. «Wir können ihn doch nicht in diesem Loch …»

Ihr Vater fasste sie am Arm. «Wir können jetzt nichts machen, Liebes. Wir müssten tauchen. Der Flur ist sehr lang, mehrere Keller gehen von ihm ab, und der Rückfluss – der Rückfluss könnte ihn mitgenommen haben.»

Marie-Provence erstickte einen Schrei unter ihren Händen.

«Es tut mir sehr leid, ma chérie», sagte ihr Vater leise.

«Ihr Onkel ist an der Seite Unseres Herrn. Ich habe ihm die Letzte Ölung erteilt. Sein Körper ruht in Frieden, egal, wo er sich befindet», sagte der abbé d'If.

«Geht es Ihnen allen gut?» Es war Ernestines Stimme, die zu ihnen herunterdrang, begleitet von dem hellen Schein einer Laterne.

«Ja, alles in Ordnung!», rief Guy de Serdaine. «Wir sind hier!»

Die Alte hangelte sich ein paar Stufen herunter und riss die wässrigen Augen auf, als sie ihrer aller Zustand sah. Sie ließ den Schein der Laterne über jeden von ihnen gleiten.

«Und wo ist der junge Mann?», fragte sie.

Auf einmal war es totenstill. Alle sahen sich an.

«André?», fragte Marie-Provence dünn. Auf einmal flatterten ihre Hände unkontrolliert. «André? Ist er auch hier unten?»

«Verdammt!», fluchte ihr Vater.

⚜

Das Wasser leckte an Andrés Hals. Er keuchte. Noch war nicht alles verloren. Er konnte schwimmen. Die Decke war hoch. *Du hast Zeit. Bleib ruhig!* Der Sog, den das Wasser verursachte, das durch das gesprengte Loch in den Tunnel schoss, war beträchtlich. Ob der Druck es erweitern würde? André atmete tief ein und aus, füllte seine Lungen und tauchte unter, um es zu überprüfen.

Er hangelte sich im schwarzen Wasser an der Mauer nach unten. Da war die Öffnung. Er tastete ihre Ränder ab. War das Loch größer geworden? Er wollte es glauben, mit der Kraft der Verzweiflung. Er riss an den Steinen. Der Druck in seinen Ohren nahm zu. Einer der Steinquader bewegte sich. Er zog daran, bis sein Brustkorb zu platzen drohte. Dann tauchte er wieder auf.

Mit Schrecken bemerkte er, dass das Wasser inzwischen so hoch war, dass er nicht mehr stehen konnte. Schnaufend hielt er sich an den Unebenheiten der Kellermauer fest. *Lass dich nicht hängen! Mach weiter! Schnell!* Er atmete noch einmal tief ein und tauchte wieder hinunter.

Luftblasen strichen über seine Wangen. Der Sog war stärker geworden. Das Loch größer! Er tastete fieberhaft. Sein Kopf würde bereits durchpassen. Er packte einen Stein, zog mit aller Kraft an ihm, während der Sog, der an seinen Kleidern riss, wie ein wütender Hund nach seinen Füßen schnappte. Seine Luft wurde knapp.

Da wurde der Stein unter seiner Hand weggerissen. Dann noch einer. Ein dritter. Die Wand unter ihm bewegte sich. Er schlug mit den Beinen, ruderte, kämpfte sich in Richtung Oberfläche.

Seine Hand griff ins Leere. Luft!

Nur eine Sekunde später krachte etwas Großes gegen seinen Kopf. Seine Hände versuchten noch ein letztes Mal, Halt zu finden, bevor er im Nichts versank.

7. KAPITEL

Messidor, Jahr II
Juli 1794

«Hat's geschmeckt?», fragte Rosanne und stellte die Teller zusammen, auf denen die sauce Béchamel helle Schlieren hinterlassen hatte.

«War in Ordnung», nuschelte ihr Gast, ohne seinen Zahnstocher aus dem Mund zu nehmen. «Obwohl, dein Mann hat's noch besser hingekriegt. In die macédoine hat er mehr Erbsen reingetan.»

«Die Erbsen sind mir eingegangen im Garten.»

«Was ist eigentlich mit deinem Georges?», fragte ein weiterer Gast am selben Tisch spöttisch, während er genüsslich seinen vollen Bauch herausstreckte. «Ist er wieder aufgetaucht? Hat ja ziemlich viel Rummel im Dorf verursacht, euer kleiner Streit, damals!»

Rosanne warf das Besteck auf die Teller. «Ich weiß nicht, wo er ist. Und ich will es auch nicht wissen.»

«Immer noch böse auf ihn?» Der Mann lachte auf. «Mein Gott, sind die Weiber nachtragend!»

Rosanne würdigte ihn keines Blickes. «Ich hole das Wechselgeld.»

Als ihre zwei Gäste gegangen waren, brodelte es noch immer in ihr. Was für eingebildete Kerle! Zornig stellte sie die Teller in das Waschbecken. Sie wusste sehr wohl, dass ihre Kochkunst nicht an die ihres Mannes herankam. Aber sie hatte auch viel von ihm gelernt. Und sie war sich sicher, dass das, was sie ihnen heute vorgesetzt hatte, hervorragend gewesen war. Bis auf die fehlenden Erbsen.

Bei dem Gedanken an die Erbsen warf sie einen Blick auf den Topf, der über dem Feuer hing. Der Speiseraum war leer – jetzt konnte sie die Suppe nach oben bringen. Sie nahm eine saubere Schale und eine Kelle. Der feine Dunst, der aus dem Topf stieg, als sie den Deckel lüftete, ließ sie lächeln. Wie lecker es roch! Ihr bestes Gemüse und sogar ein wenig mageres Ochsenfleisch hatte sie hineingegeben. Sie füllte die Schale, legte den Deckel zurück, griff nach einem Löffel und schlug den Weg ins Krankenzimmer ein.

Der Dachraum, der unter den moosigen Ziegeln der Kirche lag, war winzig und bot gerade einmal Platz für zwei schmale Liegen, einen Hocker und eine Truhe. Er schmiegte sich an das Hauptschiff, von dem ihn nur die Gewölbewand trennte, war eisig im Winter und glühend heiß im Sommer. Jetzt allerdings, da der Regen auf die alten Ziegel und das handgroße Dachfenster klopfte, war er wohltemperiert und strahlte Behaglichkeit aus.

Rosanne trat behutsam ein. Als sie bemerkte, dass die Augen des Mannes geschlossen waren, stellte sie die dampfende Schale auf dem Boden ab und zog sich den Hocker herbei. Sie betrachtete den Kranken mit Genugtuung.

Als sie ihn zum ersten Mal erblickt hatte, hatte sie ihn für tot gehalten, und er hatte gestunken wie eine Kanalratte. Rosanne lächelte. Die Erbsen, ja … Die zertretenen Erbsen waren es, die Rosanne stutzig gemacht hatten. Sie war über ihr zerstörtes Gemüsebeet entsetzt gewesen. Erst hatte sie gedacht, ihr wollte einer übel mitspielen, doch dann fiel ihr auf, dass man vom Beet aus hervorragend den Seitenausgang der Kirche beobachten konnte, ohne selbst gesehen zu werden.

Natürlich war ihr erster Gedanke Georges gewesen. Sie hatte bereits einmal das Gefühl gehabt, beim Einkaufen seinen Schatten in einer Einfahrt gesehen zu haben. Ob er ihr hier auflauerte? Voller Sorge war sie zur Falltür gelaufen, wo sie die Geißblattranken verschoben gefunden hatte. Im festen Glauben, Marie-Provence, ihre Mutter und die Mitbewohner schwebten in Gefahr, hatte sie die Falltür aufgerissen und war die Stufen hinuntergeeilt. Weit war sie allerdings nicht gekommen. Der Gang war völlig überschwemmt gewesen.

Schwarzes Wasser reichte bis an die Stufen, allerlei Treibgut hatte sich darum versammelt: Hölzer, ein totes Tier, schmutziggelbe Strohfäden – und ein langes Brett. Nein, eine Tür. Zwei Körper hatten daraufgelegen.

Rosanne atmete tief ein. Noch immer hallte etwas von dem Grauen nach, das sie überfallen hatte, als sie einen leblosen Fuß unter dem Zipfel des verschnürten Tuchs entdeckt hatte. Wahrscheinlich würde sie der Anblick noch lange verfolgen. Sie hatte schon weglaufen wollen, ohne sich um den zweiten Körper zu kümmern, überzeugt, eine weitere Leiche vor sich zu haben. Aber gerade als sie einen Schritt zurückgewichen war, hatte sich die vermeintliche Leiche bewegt.

Rosannes Blick glitt über die Züge des Unbekannten. Er war ein gutaussehender Mann, das erahnte man, obwohl er so geschunden war. Inzwischen hatten seine Albträume nachgelassen. Sie berührte dessen Arm. «Citoyen? Ich habe dir etwas Suppe mitgebracht. Du musst etwas essen, um gesund zu werden.» Gespannt wartete sie auf eine Reaktion. Anfänglich war der Mann mehr tot als lebendig gewesen. Er hatte die Finger derart auf dem Holz verkrampft, an dem er hing, dass sie sie behutsam mit einem flachen Messer hatte lösen müssen. Ihn des Nachts aus dem Geheimgang und bis in die Kirche zu zerren, hatte unendlich viel Kraft gekostet. Aber sie hatte keinen zur Hilfe rufen wollen, bis der Fremde sicher in ihrer Küche gelegen hatte, um nicht auf den geheimen Zugang aufmerksam zu machen. Erst dann hatte sie den Arzt wecken lassen, dessen Verschwiegenheit sie schätzte, seit er ihre Wunden von Georges Schlägen behandelt hatte.

Es hatte sich herausgestellt, dass ihr Gast unter mehreren gebrochenen Fingern und einer ausgerenkten Schulter litt. Unter dem Schlamm, der seinen ganzen Körper bedeckte, kamen etliche Schrammen und Prellungen zum Vorschein. Seine Nase war angeschlagen, aber nicht gebrochen, wie docteur Veille versicherte. Über die eigroße Schwellung am Hinterkopf hatte der Arzt sich zunächst ausgeschwiegen.

Klar war, dass der Mann viel Ruhe benötigte. Wenn er aus seiner Ohnmacht erwachte, so versicherte der Arzt, würde er das Gröbste hinter sich haben.

Rosanne hatte genickt, sich aufgeschrieben, was der Arzt empfahl, und darauf gewartet, dass der Mann die Augen aufschlug. Im Laufe der Tage war sein Anblick ihr mehr und mehr vertraut geworden. Immer wieder hatte sie sich gefragt, wer er wohl sei und wie er in diesen Tunnel gekommen war. Natürlich war es gewagt von ihr, diesen Fremden mit in ihr Heim zu nehmen. Doch in ihr hatte sich unmerklich die Überzeugung festgesetzt, dass sie Vertrauen in ihn haben konnte. Als er sie dann endlich zum ersten Mal ansah, begrüßte sie ihn wie einen alten Bekannten.

«Citoyen? Hörst du mich?»

Der Mann schlug mit den Lidern. Seine dunklen Augen irrten ein paar Sekunden im kleinen Raum umher, blieben dann an Rosanne hängen.

Sie lächelte und wartete gespannt. Ob sie heute seinen Namen erfahren würde? Bisher war er noch zu schwach zum Reden gewesen. Vorsorglich griff sie die bereitstehende Schüssel. «Wie fühlst du dich?»

Ein zaghaftes Lächeln huschte über seine aufgeschlagenen Lippen. Er setzte zum Sprechen an, aber nur ein Krächzen drang aus seiner Kehle.

«Warte!» Rosanne setzte ein Glas Wasser an seine Lippen und stützte seinen Kopf, als er es in kleinen Zügen lehrte.

«Danke!», ertönte rau und leise seine Stimme. Er deutete mit seiner unverletzten Hand auf die Schüssel. «Ich glaube, die brauche ich heute nicht mehr. Ich habe … Hunger.»

Rosanne strahlte. Die ständige Übelkeit, unter der ihr Patient gelitten hatte, hatte nicht unwesentlich zu seiner Schwäche beigetragen. Niemand trank ungestraft vom Wasser der Seine, und dieser Mann hier hatte mit Sicherheit becherweise davon geschluckt. Voller Elan griff sie zur Suppe. «Das trifft sich gut! Ich habe nämlich etwas ganz besonders Leckeres für dich gekocht.»

Er lächelte sie wieder an. «Wie heißt du?»

«Rosanne.» Rosanne senkte den Blick. «Rosanne Bonardin.»

«Rosanne, du musst mein ganz persönlicher Engel sein.»

⚜

«Rosanne? Rosanne, bist du da?»

Marie-Provence sah sich in der Küche um, konnte ihre Freundin aber nirgendwo entdecken. Schmutziges Geschirr und Töpfe stapelten sich im Waschbecken, auf dem Tisch lagen ein Wiegemesser und ein zur Hälfte zerkleinertes Bündel glatter Petersilie. Schnell wandte sie ihren Blick von den Essensresten ab. Seit vier Tagen, seit der Überflutung der Keller und Andrés Tod, verursachte jegliche Nahrung bei ihr Übelkeit. Und sie war nicht die Einzige, der es so erging. Alle drei Männer, die wie sie Wasser geschluckt hatten, litten mehr oder weniger unter den Folgen ihres unfreiwilligen Bades. Selbst ihr Vater hatte sich einen Tag lang unter Krämpfen im Bett gewunden. Infolgedessen hatte sich in der letzten Zeit auch keiner gewundert, wenn sie sich unter einem Vorwand von der kleinen Gruppe zurückzog. Sie holte Luft und zwang sich, weiterzusuchen.

«Im Garten ist sie nicht.» Guy de Serdaine erschien in der Küche. «Hast du sie gefunden?»

Sie schüttelte den Kopf. «Ich werde oben nachsehen gehen. Obwohl ich mir kaum vorstellen kann, dass sie das Geschirr stehen lässt, um sich ins Bett zu legen.»

Ihr Vater nickte. «Gut. Ich gehe wieder raus. Ich brauche etwas frische Luft.»

Marie-Provence versuchte nicht, ihn zurückzuhalten, doch das, was sich in ihrem Hals festgesetzt hatte und ihr das Atmen schwermachte, verstärkte sich noch ein wenig. Sie ging in Richtung Treppe.

Seit der Katastrophe war dies ihr erster Besuch in Sartrouville. Die Überschwemmung hatte die Nabelschnur zwischen Maisons und der kleinen Kirche durchtrennt. Sie waren nun gezwungen, äußerste Vorsicht walten zu lassen, das Schloss über den Wald zu verlassen und die Fähre zu nehmen, um über den Fluss zu kommen. Allerdings war abzusehen, dass dies kein Dauerzustand bleiben würde. Heute fiel zwar erneut Regen, aber zuvor hatte er zwei Tage ausgesetzt, und die Seine hatte bereits begonnen, sich wieder zurückzuziehen.

Marie-Provence griff nach dem steinernen Geländer. Ja, dachte sie, bald wird alles wieder so sein wie früher. Doch der Schmerz, der sie durchzuckte, strafte sie Lügen. Sie krallte ihre Finger um das Geländer. Sie hatte keine Ahnung, wie sie es jemals wieder schaffen sollte, den Tunnel zu betreten. Der Gedanke, den langen, modrigen Gang zu durchqueren, in dem André den Tod gefunden hatte, war ihr unerträglich und trieb ihr den Schweiß aus den Poren.

«Rosanne!», schrie sie. «Rosanne!»

Die Gestalt ihrer Freundin erschien unvermutet am oberen Ende der Treppe. «Ach, Marie-Provence, du bist es! Wie schön, dich zu sehen! Ist etwas passiert? Warum schreist du so laut?»

«Entschuldige. Ich habe dich nur gesucht.»

In zwei Schritten war Rosanne bei ihr. «Was ist los?» Sie strich über Marie-Provence' Haar. «Es geht dir doch nicht gut – hast du Sorgen?» Rosanne nickte wissend. «Es ist bestimmt die Überschwemmung. Du brauchst Ablenkung. Es ist dir noch nie bekommen, wenn du tagelang im Schloss hocken musstest. Du bist nicht wie die anderen, ohne Trubel und Leben um dich herum kannst du nicht sein.»

Marie-Provence lächelte ein wenig und drückte ihre Freundin an sich. «Es tut auf jeden Fall gut, dich zu sehen, Rosanne. Du siehst wunderbar aus. Mir scheint, du hast Georges endlich vergessen.»

«Nun, ich hatte wenig Zeit, an ihn zu denken, weißt du. Ich war zu beschäftigt.»

«Oh, heißt das, dass das Restaurant besser läuft?»

«Nein», lachte Rosanne. «Das heißt es nicht. Ich habe einen Mann gefunden. Er ist krank, und ich pflege ihn.»

«Gefunden? Einfach so?», fragte Marie-Provence und hob die Brauen.

«Einfach würde ich es nicht nennen», lachte ihre Freundin auf. «Stell dir vor, er lag in unserem Gang! Er war in einem schrecklichen Zustand, und ich dachte, ich würde es nie schaffen, ihn bis in die Kirche zu schleppen.» Auf einmal stockte sie. «Marie-Provence? Ist dir nicht gut? Du bist plötzlich so bleich!»

Marie-Provence benetzte ihre Lippen. «Wo … Wo ist er?»

«In meinem Zimmer. Willst du ihn sehen? Kennst du ihn vielleicht? Er hat mir bisher noch nicht erzählen können, wie er in den Tunnel gekommen ist, und …»

«Führ mich hin», hauchte Marie-Provence. «Bitte!» Ihr Puls donnerte in ihren Ohren. Wie eine Schlafwandlerin schritt sie hinter der Freundin her, bis diese in ein Zimmer wies.

«Komm rein. Aber sei leise, vielleicht schläft er schon wieder!»

Marie-Provence trat an das Bett, fixierte den Mann. Sie beugte sich über sein Lager. Berührte seine Haut. Warme Haut. Warme, pulsierende Haut! Sie sank auf die Knie.

«Was ist?», fragte Rosanne beunruhigt. «Du kennst ihn?»

In dem Moment schlug der Kranke die Augen auf. Er blinzelte ein wenig, wie um seinen Blick zu schärfen. Dann erkannte er seine Besucherin.

Marie-Provence legte die Hände über die Augen und brach in Tränen aus.

⚜

«Erzähl! Seit wann bist du zurück?», fragte Cédric. Er zog Corbeau ein Stück von der Wand weg.

Zwar waren sie alleine im zweiten Stock des donjon, wenn man mal von der stumpfen Gegenwart des Gefangenen absah, doch aus einem unerklärlichen Gefühl heraus hielt Cédric lieber Abstand zu den mittelalterlichen Gemäuern.

Wenn es nach ihm gegangen wäre, hätte man die Capets keinesfalls in einem Turm untergebracht, in dem man sich nie ganz sicher sein konnte, ob nicht doch irgendwo eine Geheimtür oder ein versteckter Gang lauerte. Zwar hatte er sich persönlich davon überzeugt, dass nichts dergleichen existierte, und jeden Daumenbreit in der Etage abgesucht. Doch ein vager, unbesiegbarer Aberglaube ließ ihn den mächtigen Mauern misstrauen.

«Seit gestern», brummte Corbeau. Er krümmte die Schultern vor und versenkte die Hände tief in den Taschen seiner Wächter-Uniform.

«Gestern? Warum bist du nicht gleich zu mir gekommen?», zischte Cédric.

«Wenn man eine stundenlange Fahrt in einer überfüllten Postkutsche hinter sich hat, möchte man nur noch eins: sich aufs Ohr hauen!», gab der Spitzel missmutig zurück. «Es gab außerdem keinen Grund, gleich zum quai des Augustins zu rennen.» Er schleuderte seinen Dreispitz auf den Stuhl, an dem schon sein Bajonett lehnte.

Cédric befeuchtete seine Lippen. «Soll das heißen, dass du …»

Corbeau schüttelte den Kopf. «Der Hinweis war gut. Das Mädchen war da, das haben mir die Nachbarn eindeutig bestätigt. Doch die Kollegen haben in Marseille ziemlich gewütet – die Urlards und ihre Nichte sind geflohen. Des Nachts und so heimlich, dass keiner was gemerkt hat, und keiner weiß, wohin.» Er zuckte die Schultern und machte eine wegwerfende Handbewegung. «Disparus, ausgeflogen.» Mit einem müden Seufzer fügte er hinzu: «In der Stadt sind sie nicht mehr, so viel steht fest. Wenn sie Glück hatten und ein wenig Verstand, sind sie längst jenseits der Grenze.»

Cédric fühlte, wie seine Haut sich spannte. Er hieb mit der Faust auf seine offene Hand. «Das sind sie nicht! Das Mädchen war doch bei mir! Sie müssen irgendwo in Paris Zuflucht gefunden haben. Hast du denn gar keinen Hinweis darauf finden können, wo sie sein könnten?»

«Keine Chance. Selbst wenn es diesen Hinweis je gegeben hätte, wäre er längst verwischt. Das Haus der Urlards ist gründlich geplündert worden. Da steht nichts mehr an seinem Platz.»

Cédric kehrte ihm den Rücken zu und starrte auf die vergitterte Tür. Der Juckreiz, der sich im Nu über seinen Körper ausbreitete, peitschte ihn voran. Er begann, unruhig auf und ab zu wandern. So segensreich die Umwälzungen der letzten Jahre auch waren, es war ungeheuerlich, wie sie wichtige polizeiliche Ermittlungen immer wieder in eine Sackgasse laufen ließen!

«Verflucht, irgendwie muss dieses Mädchen doch auffindbar sein!», rief Cédric wütend. Er riss seine Ärmel hoch und blieb stehen. Einen Augenblick lang war nichts zu hören als das trockene Geräusch seiner Nägel, die über seine Haut schabten. Er erstarrte, gefangen in der Linderung seiner Qualen. Doch dann nahm er die Bewegung wahr, im Halbdunkel auf der anderen Seite des Gitters. Er sprang auf sie zu, und die Gestalt jenseits der Tür stolperte zurück. «Was denn, Capet, du belauschst uns? Dir geht es wohl besser?»

Nichts bewegte sich auf dem grauen Gesicht, das ihn aus der Dunkelheit heraus anstarrte.

Und dann, plötzlich, passierte es: Ohne Vorwarnung drang ein anderes Kindergesicht aus Cédrics Erinnerung vor und überlagerte das Antlitz des Jungen. Ebenso grau und mit einer Tiefe im Blick, die von abgründigem Leid sprach, einem Leid, das nicht für Kinder erschaffen worden war und am Sinn dieser Welt verzweifeln ließ.

Cédric prallte mit einem heiseren Laut zurück. «Was habt ihr mit dem Jungen gemacht? Hat er heimlich zu essen bekommen?»

Corbeau wurde bleich und schüttelte den Kopf. «Aber nein, citoyen, ich schwöre, dass …»

«Wenn nicht du, so war es ein anderer!», schrie Cédric. «Sieh ihn dir an! Er hat noch immer genug Kraft, um aufsässig zu sein!» Er zeigte der vergitterten Tür eine Faust. «Du wirst schon noch lernen, zu buckeln! Nie wieder wird einer deiner Sippe Macht über andere haben, hörst du? Nie wieder!» Er wirbelte zu Corbeau herum. «Kein Essen für ihn heute! Er hat genug.»

Corbeau schluckte und streckte die Hand aus. «Das …»

«Widersprich mir nicht!», herrschte Cédric ihn an.

«Das wollte ich auch nicht. Ich wollte dir nur ein Taschentuch reichen», sagte Corbeau. Er deutete flüchtig auf seinen Arm. «Du blutest.»

Cédric starrte auf die nassroten Striemen, die seine haarigen Unterarme überzogen. Alle Luft entwich auf einmal seinen Lungen, Erschöpfung machte sich breit. Das Tuch ignorierte er. Bevor er den Raum verließ, drehte er sich noch einmal um. «Es bleibt dabei. Er hungert heute», sagte er tonlos. Dann wandte er sich ab, um mit schweren Schritten den donjon zu verlassen.

⚜

Marie-Provence sah sich um und war zufrieden. Sie hatte nicht viel mitgebracht, doch die paar Kleidungsstücke und ihre Waschsachen reichten aus, um das Zimmer bewohnt aussehen zu lassen. Sie strich über die Bettdecke mit dem Blumenmuster. Madame Jomart hatte sich viel Mühe gegeben, um den Raum gemütlich einzurichten. Holzboden und Wände waren blitzsauber, ein Strauß Margeriten stand auf dem kleinen Tisch, und die kurzen Vorhänge, die das Mansardenfenster rahmten, sahen neu aus.

Sie setzte sich auf das Lager. Noch war viel Zeit bis zum Abendessen bei den Jomarts. Es würde ihre erste Nacht in dem kleinen Dachzimmer der rue de Gaillon sein, und es gefiel ihr, ein wenig für sich zu sein.

Die Ereignisse der letzten Wochen hatten an ihren Kräften gezehrt. Obwohl sie ihren Vater über alles liebte, fühlte sie sich zunehmend belastet durch den Druck, den er auf sie ausübte. Ihr lag mindestens genauso viel wie ihm daran, das Kind aus dem Temple zu befreien – schließlich fühlte sie sich dem kleinen König persönlich verbunden. Aber André erneut zu gefährden, widerstrebte ihr zutiefst. Und obwohl Marie-

Provence gehofft hatte, die Reue, beinahe Andrés Tod verschuldet zu haben, würde ihren Vater milde stimmen, schien der entschlossener denn je, André zur Mitarbeit zu zwingen. Sie unterdrückte einen Seufzer. Guy legte eine Härte an den Tag, die ihr neu war und mit der sie sich nur schwer abfand.

Ein Klopfen an der Tür riss Marie-Provence aus ihren Gedanken. Sie stand lächelnd auf. Madame Jomart war eine herzensgute Frau. Immer wieder fiel ihr etwas ein, womit sie ihren Gast erfreuen konnte.

Als Marie-Provence jedoch die Tür aufmachte, stand eine hochgewachsene Gestalt vor ihr.

«Oh.» Sie holte Luft.

«Bonjour», lächelte André. «Darf ich reinkommen?»

Sie errötete. «Aber natürlich.» Sie machte Platz, um ihn vorbeizulassen.

André trat ohne Hast ein, ruhig und selbstbewusst wie eh und je, wenn auch seine Bewegungen etwas steif ausfielen. Er sah sich interessiert um. «Schön hast du es hier.»

Marie-Provence antwortete nicht, aber ihr Herz raste, und sie musterte ihn forschend.

Sobald André dazu in der Lage gewesen war, hatte er Rosannes Unterschlupf verlassen und war nach Paris zurückgekehrt. Seitdem hatte er sich nicht mehr bei Marie-Provence gemeldet. Ob er sie verurteilte, weil sie ihm ihre wahre Identität verschwiegen hatte? Oder hasste er sie, weil er sie für die tragischen Ereignisse in den Kellern von Maisons verantwortlich machte? Diese Fragen verfolgten sie, seit sie wusste, dass er überlebt hatte.

Einerseits war Marie-Provence erleichtert über den Aufschub gewesen, ehe sie ihm die von ihrem Vater diktierte Frage stellen musste. Andererseits hatte sie eine unvermutete, quälende Sehnsucht überfallen, André zu sehen. In der maison de la couche hoffte sie ständig, den vertrauten Rhythmus seiner ausholenden Schritte zu hören. Auf der Straße ertappte sie sich dabei, wie sie jungen Männern ins Gesicht spähte. Und in Jomarts prachtvoll renoviertem Arbeitszimmer hatte sie verstohlen über die Tapeten gestrichen, als würden die Wände noch eine Spur der Wärme seiner Hände ausstrahlen. Sie war sich selbst ein Rätsel.

Ihr Blick lief über den Verband, der weiß unter seiner locker umgehängten Jacke leuchtete. «Wie geht es dir?», fragte sie, als sie die Stille nicht mehr aushielt.

«Bestens. Nur das Familienleben gestaltet sich etwas schwierig.» André lächelte sie offen an. «Mutter rennt wie eine Glucke um mich herum, und ich kann sie nur mit äußerster Mühe davon abhalten, mich zu füttern. Mein Vater runzelt die Stirn, jedes Mal, wenn er mir über den Weg läuft, und nimmt mir übel, dass ich nicht erzähle, was passiert ist. Und Mars, der sich offenbar schon Hoffnungen auf die Fabrik gemacht hatte, kommt kaum noch nach Hause.»

Sie wich seinem Blick aus. «Das tut mir leid.»

Er trat näher. Seine Stimme klang warm. «Und du? Wie ist es dir ergangen? Ich war überrascht, als Jomart mir erzählte, dass du hier wohnen willst.»

Sie schüttelte den Kopf. «Nur ein- oder zweimal in der Woche. Es ist ein weiter Weg von der maison de la couche bis Sartrouville.»

«Ja, das ist es.» Ein Lächeln umspielte seine Lippen. «Obwohl Jomarts Mansardenzimmer nicht mit dem mithalten kann, was du gewohnt bist.»

Zurückhaltend meinte sie: «Du hast viel erfahren über mich in der letzten Woche.»

«Ich habe deinen Vater kennengelernt. Deine Tante, das Schloss, in dem du wohnst.» Er sah sie auf diese ihm eigene Art an, die sie unruhig machte. «Marie-Provence de Serdaine», raunte er. «Ob ein Tapetenhändler wohl jemals Gnade in den Augen Ihres Vaters finden wird, Mademoiselle?»

Er empfindet noch etwas für mich!, dachte, nein, jubelte sie, und die Tränen stiegen ihr in die Augen. Sie wandte sich brüsk von ihm ab, überwältigt vor Erleichterung und Glück, und schwieg, bis sie sich wieder gefasst hatte. «Hasst du ihn?», fragte sie nach einer Weile leise.

«Hassen?» Er legte seine gesunde Hand auf ihre Schulter und drehte sie mit sanftem Druck wieder zu sich. Sie genoss das Gefühl seiner Wärme und wünschte sich, er würde seine Hand belassen, wo sie war, doch er zog sie zurück. «Warum sollte ich? Es war ein Unfall. Niemand hat gewusst, dass es so kommen würde.» Ernst fügte er hinzu: «Ich habe es fast vergessen, Marie. Und wenn die Verbände ab sind, werde ich es ganz vergessen haben.»

Marie-Provence schluckte. Sie wusste, dass das nicht stimmte. Niemand erlebte, was André durchlitten hatte, ohne davon verändert zu werden. Sie sah ihn an, erfüllt von der Sehnsucht, er möge sie an sich ziehen, wie damals, als sie über die Stadt trieben, als seine Lippen nach Champagner schmeckten und alles möglich schien.

André sah sich um. «Und was sagt dein Vater dazu?» Sein Mund zuckte spöttisch. «Mich wundert, dass er dich hier alleine wohnen lässt. Er machte auf mich nicht den Eindruck eines liberalen Mannes, der seine Tochter unbeaufsichtigt den Gefahren der Großstadt überlässt.»

Marie-Provence machte einen halben Schritt zurück. «Ich arbeite hier, und meine Arbeit ist wichtig.»

«Auch für ihn?»

«Auch für ihn, ja.»

«An seiner Stelle würde ich dir ans Herz legen, eine Arbeit zu finden, die näher an Maisons liegt.»

Sie sah ihn ernst an. «Wir werden gesucht, André. Der Name Serdaine steht ganz oben auf den Fahndungslisten der Polizei. Es gibt nicht viele Orte, an denen ich mich einigermaßen sicher fühlen kann. Die maison de la couche ist so ein Ort.»

Er betrachtete sie prüfend. «Letztes Jahr sind alle Mitglieder des Adels für gesetzlos erklärt worden.»

«Mein Vater und ich sind mehr als gesetzlos, André.» Sie lächelte spöttisch. «Wir sind … vogelfrei.»

Er schreckte nicht zurück. «Was habt ihr gemacht?»

«Nichts, dessen wir uns schämen müssten, glaub mir.»

«Ich glaube dir. Hingegen glaube ich nicht, dass du nur bei Jomart bleibst, um einer sicheren Arbeit nachzugehen.» Zwei senkrechte Falten bildeten sich an Andrés Nasenwurzel. «Du erzählst mir nicht alles. Du hast mir einmal klargemacht, dass ich mich damit abfinden muss, aber ich wünschte, es wäre anders.»

Marie-Provence war, als würde der Schatten ihres Vaters hinter ihr stehen und sie beobachten. Zwei Wochen, dachte sie. Ihre Schultern verspannten sich schmerzhaft. «Du hast recht», sagte sie. «Es gibt noch mehr, was mich im Waisenheim hält.» Sie ging ein paar Schritte auf und ab. «Jomart macht öfters Krankenbesuche außerhalb der maison de la couche, und ich begleite ihn dabei gelegentlich.» Sie schob eine der Margeriten tiefer in die Vase. «Einmal in der Woche gehen wir ein Kind besuchen.»

André versuchte, zu verstehen. «Ein Kind, zu dem du eine besondere Beziehung hast?»

Sie betrachtete ihn. Mit klopfendem Herzen sagte sie: «Ein Kind, das im Temple lebt. In der Grande Tour.»

«Was sagst du da?» Andrés Augen weiteten sich jäh. Er wurde bleich. «Der Sohn von Louis XVI. Der junge Louis-Charles!» Er fasste sich an die Stirn. «Jomart und du, ihr geht jede Woche den kleinen Capet besuchen? Wie um alles in der Welt kommt ihr dazu?»

Sie hielt sich kerzengerade. «Jomarts Schwager Croutignac ist mit der Aufsicht des Kindes betraut.»

«Und dein Vater weiß, dass du in den Temple gehst?»

«Mein Vater ist capitaine der Garde des Königs gewesen. Unsere Familie war seit jeher königstreu.»

André lief erregt hin und her. «Mein Gott, ich fasse es nicht! Du sagtest doch, ihr werdet gesucht! Der Temple ist von Soldaten und Spionen geradezu bepflastert! Wie können Jomart und dein Vater dich in eine solche Gefahr bringen?»

Brüsk erwiderte sie: «Jomart? Mein Vater? Glaubst du, ich kann nicht für mich entscheiden? Ich selbst habe dafür gesorgt, Einlass in den Turm zu bekommen.»

«Aber warum? Was willst du damit erreichen?»

«Es ist ein Kind. Ihm wird großes Unrecht angetan. Und ich will ihm helfen, so weit es in meiner Macht steht.»

«Ihm helfen?», fragte André. «Marie, sei mir nicht böse,

wenn ich jetzt ehrlich zu dir bin – aber glaubst du wirklich, dass es den Einsatz lohnt? Dass der Junge aus dem Lächeln, das du ihm einmal in der Woche schenkst, so viel Nutzen zieht, dass es gerechtfertigt wäre, jedes Mal dein Leben zu riskieren?»

Sie hielt seinem Blick stand. «Woher willst du wissen, dass es nur mein Lächeln ist, das ihm nutzt?»

Er schüttelte heftig den Kopf. «Nein, Marie-Provence. Dein Mitgefühl in Ehren, aber dieser Junge ist eine viel zu gefährliche Bekanntschaft. Du wirst mir wieder sagen, dass ich mich nicht in dein Leben einmischen soll, aber …» In einem Tonfall, der keine Widerrede duldete, fuhr er fort: «Ich finde, du solltest diese Besuche ab sofort unterlassen.»

Sie starrte ihn sekundenlang an. André strahlte eine Entschlossenheit und Unnachgiebigkeit aus, die ihr die Kehle zuschnürte. Sag es nicht!, warnte sie eine Stimme in ihrem Inneren, es ist zu früh. Morgen. Morgen werde ich ihn fragen. Sie hob eine Hand, strich ihm über die Wange. Sanft und mit bebender Stimme sagte sie: «Ich glaube, es ist besser, du gehst jetzt.»

⚜

«Wo sind die anderen?», fragte Marie-Provence ihren Vater neugierig, als sie durch einen Hintereingang den Nebenraum des Krämerladens betraten. Cortey selbst stand vorne an seiner Theke. Er würde den Laden beaufsichtigen, während das Treffen stattfand. Sie sah sich neugierig um. Im Zimmer befand sich nichts als eine alte Kommode mit drei Schubladen, die größte Waage, die Marie-Provence jemals gesehen hatte, und ein schmales Bett.

«Das wirst du gleich sehen.» Guy de Serdaine schloss sorgfältig die Tür hinter ihnen zu. Mit ein paar Schritten war er an der Waage. Sie hatte ein goldfarbenes Gehäuse, ein weißes emailliertes Zifferblatt und eine breite, beschmutzte Wiegefläche, vor der ihr Vater nun niederkniete. Er machte sich an einer Stelle hinter dem Sockel zu schaffen.

Marie-Provence riss die Augen auf, als die Waage plötzlich zur Seite rutschte. Geräuschlos gab sie eine Öffnung im Boden frei, die genau den Maßen des Sockels entsprach.

Ihr Vater lächelte angesichts ihrer Überraschung. «Komm, geh du zuerst. Gib acht, die Sprossen zu treffen, es ist steil.»

Die Leiter führte Marie-Provence und ihren Vater in einen Raum mittlerer Größe, der wohnlich mit einem Teppich und ein paar Möbeln eingerichtet war. Vier Männer hatten sich hier um einen kurzen Eichentisch versammelt. Wäre nicht das fehlende Tageslicht gewesen, hätte man sich in einem bürgerlichen Salon wähnen können.

Ein Mann mit Bart stand auf. «Serdaine! Ich dachte, Sie hätten sich Condé angeschlossen!», sagte er lächelnd und schüttelte Guy de Serdaine kräftig die Hand.

«Hatte ich auch, mein lieber Batz.»

«Oh, Sie sind in Begleitung!» Ein älterer Mann mit Holzbein verbeugte sich zackig. «Poura, Leutnant im Ruhestand. Enchanté.»

Marie-Provence trat vor. Ihr Blick lief über jeden der vier Männer, die im Kellerraum auf sie und ihren Vater gewartet hatten.

«Mein Name ist Marie-Provence de Serdaine. Ich freue mich, Ihre Bekanntschaft zu machen, Messieurs. Vielleicht werden einige von Ihnen sich fragen, weshalb ich hier bin. Um es kurz zu machen: Ich arbeite in der maison de la couche auf der île de la Cité, bei einem Arzt namens Jomart.»

«Alexandre Jomart», nickte ein rotgelockter, blasser Mann. «Der Arzt, der im Temple ein- und ausgeht. Ich habe bereits ein paarmal über ihn geschrieben.» Er errötete leicht und nickte ihr zu. «Verzeihen Sie, Mademoiselle, dass ich mich Ihnen noch nicht vorgestellt habe: Saison. Théophile Saison. Essayist beim *Journal de Paris.*»

«Enchanté, Monsieur», grüßte Marie-Provence. «Meine Mutter war eine treue Leserin Ihrer Zeitung.»

Als das *Journal de Paris* vor siebzehn Jahren zum ersten Mal erschien, war es die erste Tageszeitung Frankreichs gewesen.

Im Gegensatz zu den unzähligen neuen Publikationen, die seit der Revolution die Straßen überfluteten, hatte es keine politischen Ansprüche. Die Kolumnen waren der Literatur, der Theaterwelt und den Opernaufführungen sowie dem gesellschaftlichen Klatsch gewidmet. Gerade diese unpolitische Haltung aber machte das Blatt in den Augen der revolutionären Machthaber äußerst suspekt. Vor zwei Jahren waren die Räume der Zeitung verwüstet worden – erfolglos, denn kurze Zeit später wurde das *Journal de Paris* erneut an den Straßenecken verkauft.

Guy de Serdaine ergriff das Wort: «Cortey wird Sie bereits informiert haben: Meine Tochter darf docteur Jomart während seiner Visiten beim König begleiten. Ich brauche nicht zu betonen, von welch unschätzbarem Wert es ist, eine Person unseres Vertrauens so nah am Kind zu haben.»

Der vierte Anwesende hob die Hand. «Verzeihen Sie, wenn ich Sie unterbreche, Serdaine. Doch bevor wir fortfahren, möchte ich Ihre Aufmerksamkeit auf etwas lenken.» Er warf ein Papier auf den Tisch.

«Was ist das, Assmendi?», fragte Guy de Serdaine knapp.

Assmendi war ein Mann mit scharfen, intelligenten Gesichtszügen; er deutete auf den Journalisten. «Saison und ich wurden bereits vor einiger Zeit von Cortey darauf angesprochen, dass Ihre Tochter im Laden aufgetaucht sei. Cortey sagte, er würde nach Ihnen schicken lassen, Monsieur de Serdaine, er bat uns aber außerdem, Recherchen über Mademoiselle de Serdaine zu machen. Was wir daraufhin herausfanden, war, gelinde ausgedrückt, überraschend.» Er schob das Papier Marie-Provence' Vater hin. «Dies ist ein Zeitungsausschnitt, besser gesagt, eine Karikatur, die vor ein paar Wochen erschienen ist. Sie kennen sie bereits?»

«Nein.» Guy de Serdaine schüttelte den Kopf. Er war blass, als er sich zu Marie-Provence drehte. «Kannst du mir das erklären?»

Der wuchtige Holzflügel schlug krachend zu. Ungeschickt hantierte Rosanne mit dem schweren Schlüssel, ehe das alte Schloss endlich einrastete. Ängstlich sah sie sich im heißen Garten um. Beruhige dich!, redete sie sich zu, er ist nicht mehr hier. Du hast ihn gehen sehen. Sie packte die Griffe ihrer kleinen Tasche und eilte den Weg zur Straße hinunter. Bevor sie das niedrige Tor zuzog, das den Vorgarten abschloss, blieb sie noch einmal stehen. Ein letztes Mal drehte sie sich um und betrachtete die kleine Kirche. Das Herz wurde ihr schwer. Es war vorbei.

Rosanne zog ihr Strohhütchen tief über ihre Augen und gab dabei acht, ihre verletzte Wange nicht zu berühren. Dann hastete sie in Richtung Marktplatz. Du musst dich beeilen!, trieb sie sich an, du musst sie warnen! Sie presste ihre Tasche an die Brust und sandte ein Stoßgebet gen Himmel. Hoffentlich fand sie jemanden, der sie mitnahm!

«Non, nach Paris fahr ich heute nicht mehr.» Der Käsehändler schüttelte wenig später den Kopf, während er ächzend ein goldenes Käserad auf die aufgeklappte Ladefläche hievte. Die zwei Maultiere vor dem Wagen dösten ergeben unter der Sonne. «Ich muss heute nur noch nach Conflans, eine Lieferung machen, und dort schlafe ich dann.»

Rosannes Blick hetzte über den leeren Marktplatz, auf dem Kohlstümpfe, faulendes Obst und irisierende Fischschuppen das Strandgut des heutigen Vormittags bildeten. «Aber ich muss heute noch nach Paris!», flehte Rosanne und wischte sich den Schweiß von der Stirn.

Der Käsehändler sah sie mitleidig an. «Noch vor einer Stunde hätte der Léon dich mitnehmen können, doch der ist schon über alle Berge. Am besten gehst du zum Fluss. Heute in der Früh waren ein paar Fuhrleute bei mir, die leer in die Stadt zurückfahren. Vielleicht hast du Glück, und sie sind noch da.»

Die Seine? Auf dem Fluss stromaufwärts zu fahren, würde bedeuten, erst tief in der Nacht in Paris anzukommen. Dann würde es zu spät sein. Drei, höchstens vier Stunden – mehr hatte sie nicht. Mit zitternden Fingern öffnete sie ihre

Tasche, entnahm ihr die Geldbörse und streckte sie dem Händler hin.

«Gib mir eines deiner Maultiere!»

Marie-Provence sah von der Karikatur auf. Ein Kribbeln lief ihre Wirbelsäule entlang. Längst hatte sie die Zeichnung erkannt, die nach ihrem Flug mit André erschienen war. Äußerlich ruhig sagte sie: «Natürlich kann ich das erklären. Das in dem Korb bin ich. Und das da unten ist Robespierre. Es ist eine Darstellung der Fête de l'Être Suprême vor sechs Wochen.» Sie sah ihren Vater offen an. «Ich hatte dir doch bereits erzählt, dass André Levallois mich einmal bei einem Flug mitgenommen hat.»

«Aber nicht, dass du dabei als Marianne aufgetreten bist!» Ihr Vater hatte sichtlich Mühe, die Fassung zu wahren.

«Es hat sich so ergeben, Vater», erklärte Marie-Provence beherrscht.

«Du hast dich von diesem Levallois ausnutzen lassen!» Guy de Serdaine warf das Bild verächtlich auf den Tisch. «Meine Tochter ...»

«Ihre Tochter ist eine kleine Berühmtheit in Paris, Serdaine!», unterbrach ihn Assmendi mit einem leichten Lächeln.

«Die Frage ist, ob jemand, der von den populären Massen gefeiert wird, geeignet ist, um uns bei unseren Plänen zu helfen!», gab der alte Poura zu bedenken.

«Monsieur de Poura hat recht», sagte Batz ernst. «Wenn die Klatschspalten sich für Sie interessieren, Mademoiselle, wird es für Sie schwierig sein, vor den Augen der Öffentlichkeit etwas zu verbergen.»

«Messieurs, ich verstehe Ihre Vorbehalte nicht», widersprach Marie-Provence. «Schließlich wurde mir nur deshalb regelmäßiger Zugang zum Gefängnis gewährt, weil ich an besagtem Tag die Menschenrechte verteilt habe und gerade weil die Menschen Marianne aus mir gemacht haben. Croutignac nutzt meine Popularität für seine Zwecke, um die Menschen hinsichtlich des Gesundheitszustandes des Jungen zu beruhigen und den Gerüchten über dessen Tod entgegenzutreten. Ich schlage vor, wir drehen den Spieß einfach um und beuten unsererseits Croutignac aus, indem wir vor seiner Nase an der Befreiung des Kindes arbeiten.»

«Für mich hört sich das schlüssig an.» Batz sah in die Runde. «Gibt es noch Fragen an Mademoiselle de Serdaine?»

Der Journalist Saison schüttelte den Kopf.

«Nein», antwortete Poura.

«Mir gefällt der Gedanke, dass Marianne den König befreit», lächelte Assmendi und kratzte sich an der Wange.

«Très bien», schloss Batz. «Dann schlage ich vor, dass wir die Sache auf sich beruhen lassen. Unser Freund Serdaine hat in der Vergangenheit seine Ergebenheit ausreichend unter Beweis gestellt und unserer Sache bereits mehr als genug geopfert, als dass wir seine Tochter nicht mit offenen Armen aufnähmen. Machen wir uns also an die Arbeit.» Er nickte. «Sie sind dran, Poura.»

«Gerne. Sie müssen wissen, Serdaine, wir waren nicht untätig während Ihrer Abwesenheit.» Der ältere Mann griff zu einer großen Rolle. «Helfen Sie mir bitte?»

Mit vereinten Kräften entrollten sie das steife Blatt und hielten es fest.

«Dies, Messieurs und Mademoiselle», sagte Poura feierlich, während seine blaugeäderte Hand über die Linien auf dem dicken Papier lief, «ist der nordöstliche Teil von Paris. Und dort», er klopfte auf einen Punkt, und zum ersten Mal erhellte so etwas wie ein Lächeln sein ernstes Gesicht, «dort ist die Tür, durch die wir den König von Frankreich aus dem Temple bringen werden.»

⚜

«Nun mach schon! Lauf schon los, du störrisches Tier!», schimpfte Rosanne. «Ich weiß, dass du schneller laufen kannst!» Sie stieß die Hacken ihrer Schuhe in den fassrunden Bauch des Tieres. Das Maultier legte die Ohren an und stieß einen markerschütternden Schrei aus. Es machte drei schnellere Schritte, dann blieb es stehen.

Rosanne fluchte. Sie war in einer Stadt geboren und aufgewachsen. Tiere sah sie am liebsten zerteilt im Kochtopf, und sie hatte bis heute stets um alles einen Bogen gemacht, was größer als eine Katze war.

Das Maultier rupfte ein Büschel heißer Löwenzahnblätter vom Wegesrand. «Na warte!», schniefte Rosanne. Sie fasste an ihren Strohhut und zog eine lange Hutnadel aus ihrer Frisur. Dann packte sie mit der Linken die Mähne des Tieres fester, gab den Damensitz auf und setzte sich rittlings auf den knochigen Rücken. Schließlich überprüfte sie kurz, ob ihre Tasche auch gut befestigt war. Wilde Entschlossenheit fuhr durch ihre Glieder.

«Warte nur!», stieß sie mit zusammengebissenen Zähnen aus. Dann stach sie die fingerlange Nadel in den grauen Pelz.

⚜

Verblüfft betrachtete Marie-Provence die stark vergilbte Karte. Noch nie hatte sie etwas Ähnliches gesehen. «Das soll Paris sein?», fragte sie zweifelnd.

«Aber ja. Nur von einer anderen Perspektive, als Sie es vermutlich kennen», sagte der Baron de Batz. «Was Sie hier sehen, ist eine Karte des Untergrundes der Stadt.»

Marie-Provence runzelte die Stirn. «Das ist der Sockel der Bastille, nicht wahr? Und diese Linien hier, die von dem Sockel ausgehen …?»

«Sind die Geheimgänge, die aus und zu dem Gefängnis führten.»

«Wo haben Sie das her?», staunte Marie-Provence.

«Monsieur de Poura hier gehörte der Garde der Bastille an», erklärte ihr Vater. «Er war dort Offizier und hat unter dem Kommandanten de Launay gedient, als das Gefängnis gestürmt wurde. Wegen seiner Kriegsverletzung gehörte Monsieur de Poura nicht der aktiven Wache an. Ihm war die

Erhaltung und Pflege der dort untergebrachten Archive der Polizei anvertraut worden.»

Marie-Provence betrachtete den alten Soldaten mit neuem Interesse. Die zerstörte Bastille war eigentlich nicht mehr als ein schlechtgebautes Staatsgefängnis ohne großen strategischen Wert gewesen, das von Kriegsveteranen bewacht worden war. Bereits fünf Jahre vor Beginn der Revolution hatte der König geplant, die Bastille aus Kostengründen abreißen zu lassen. Der berühmte Sturm des Volkes vom vierzehnten Juli hatte statt der Opfer des Despotismus nur eine Handvoll Fälscher, Verrückte und Sittenstrolche aus den überwiegend leerstehenden Kerkern befreit.

«Die Polizei-Archive sind nach der Erstürmung systematisch geplündert worden», nickte Poura. «Zwar wurde etliches von den Behörden in Privathaushalten wieder eingesammelt, andere geheime Dokumente jedoch, wie diese Karte hier, blieben verschollen.» Die Männer in der Runde lächelten still.

«Noch verstehe ich nicht, was die Bastille mit der grande tour du Temple zu tun hat», meinte Marie-Provence.

«Nun, Mademoiselle, die grande tour wurde von den Tempelrittern im dreizehnten Jahrhundert erbaut», erklärte der Alte. «Die Bastille keine hundert Jahre später. Es schien damals naheliegend, die beiden Bauten, die Schatzkammer des Königreiches und die Trutzburg, mit einem unterirdischen Gang zu verbinden.»

«Ein Gang, durch den man den König von seinem Gefängnis aus direkt zu den Toren der Stadt führen könnte?», fragte Marie-Provence schnell. Das hieße, dass Andrés Hilfe gar nicht gebraucht würde!

«Das wäre eine saubere Lösung gewesen», sagte ihr Vater. «Wenn es so einfach gewesen wäre, hätten wir allerdings damals schon die Königsfamilie über diesen Weg befreien können. Doch die Bastille wurde bis auf den Sockel zerstört. Die Keller sind verschüttet, und was an ihrer Stelle steht, brauche ich niemandem zu erzählen.» Die Männer schnauften. Jeder kannte den Brunnen der Wiedergeburt. Das wenig geschmackvolle Monument, das die Nation in Form einer Frau mit ägyptischer Kopfbedeckung darstellte, die in hohem Bogen Wasser aus ihren Brüsten spritzen ließ, bot nicht nur Royalisten Anlass zum Spott. «Die Stadt hat sich im Laufe der Jahrhunderte ständig verändert. Es sind Paläste, Klöster und Adelshäuser errichtet worden und Abwasserkanäle entstanden. Die Gänge, die hier vermerkt wurden, sind längst nicht alle erhalten – oder derart verändert, dass sie uns nichts mehr nutzen. Dennoch könnte diese Karte viel wert sein: Wir hegen nämlich die Hoffnung, dass der letzte Abschnitt des Ganges, derjenige, der durch den Temple führt, noch existiert.»

Marie-Provence hob die Brauen. «Weshalb sollte gerade dieser Teil erhalten geblieben sein?»

Der Journalist Saison klopfte auf den Tisch. «Zwar wurde im Areal des Temple in den letzten Jahren etliches umgebaut, aber bis zur Ankunft der königlichen Familie sind die grande und die petite tour unberührt geblieben. Und selbst die baulichen Veränderungen, die aus den Türmen ein Gefängnis gemacht haben, waren nur oberflächlich.»

«Und wo befinden sich Eingang und Mündung dieses Ganges?», fragte Marie-Provence.

Baron de Batz verzog den Mund. «Das, Mademoiselle, ist genau die Frage.»

⚜

«Wo, bitte sehr, geht es zur maison de la couche, Bürger?», fragte Rosanne. Wie betäubt betrachtete sie den Strom der Menschen und Wagen, der auf der rue du Faubourg Saint Honoré an ihr vorbeizog. Der Schweiß lief ihr den Rücken hinunter. Inzwischen verzichtete sie darauf, die pochende Stelle auf ihrer Wange unter der Krempe des Strohhütchens zu verbergen. Den Staub ihrer Kleidung und den großen Riss, der ihr Rock beim Sturz in den Graben davongetragen hatte, konnte sie schließlich auch nicht verstecken. Sie wollte nur noch eines: ankommen.

«Ist nicht schwer zu finden. Immer in Richtung Tuileries und Louvre, dann gleich über den Pont-Neuf auf die île de la cité und dann auf die Kathedrale zuhalten. Was willst du denn da?», fragte der Mann.

Rosanne antwortete nicht, sondern klatschte laut auf das Hinterteil des Maultiers.

⚜

«Wir haben damals das Vorhaben aufgegeben, die Königsfamilie durch den geheimen Zugang zu befreien, weil wir nicht wussten, wo die Einlässe sind», erklärte Guy de Serdaine. «Die Person, die die Geheimgänge aufgezeichnet hat, ist aufgrund der Brisanz der Information sehr vorsichtig vorgegangen: Sie verteilte die Hinweise auf zwei Karten, die Karte des Untergrundes, die uns hier vorliegt, und eine zweite – eine Karte der Oberfläche der Stadt, die mit dieser hier korrespondiert und auf der die Ausgänge vermerkt sind.» Er schüttelte den Kopf. «Leider ist diese Karte verschollen.»

«Sie *war* verschollen, mon cher chevalier», berichtigte Assmendi lächelnd. «Während Ihrer Abwesenheit sind wir der Sache auf den Grund gegangen. Wir wissen jetzt, dass die Archive der Polizei nach ihrer Bergung geteilt wurden. Der größte Teil wurde in das Stadtarchiv aufgenommen. Dort ist die Karte nicht, ich habe mich persönlich davon überzeugt. Ein bestimmter Teil allerdings verschwand sang- und klanglos. Hätte nicht ein mir bekannter Schreiber bereits das gesamte Inventar der geborgenen Dokumente erstellt, wäre das Fehlen niemandem aufgefallen.» Assmendi deutete auf den Journalisten. «Monsieur Saison hat sich daraufhin auf die Spur der Archive gemacht und ist dabei auf eine höchst merkwürdige Person gestoßen. Nämlich auf einen Mann, den es eigentlich gar nicht gibt.»

Théophile Saison nickte. «Inzwischen weiß, glaube ich, jeder, wie machtbesessen Robespierre ist. Doch er ist nicht von heute auf morgen an die Position gelangt, die er heute innehat. Es gingen Jahre der Vorbereitung voraus. Jahre der

Erpressung, der Beobachtung und des Sammelns von Informationen. Und während er selbst mit der hohen Politik beschäftigt war und lange Reden im club des Jacobins hielt, arbeitete ein Mann, für ihn im Dunkeln. Ein Mann ohne offizielle Funktion, doch mit erstaunlichen Befugnissen.» Der Journalist sah Guy de Serdaine bedeutungsvoll an. «Ein Mann, den Sie, Monsieur le chevalier, gut kennen, fürchte ich.»

«Meinen Sie etwa Cédric Croutignac?», rief Marie-Provence.

Der Journalist nickte. Die Versammelten sahen sich einen Augenblick lang schweigend an.

Marie-Provence fasste sich an den Kopf und dachte angestrengt nach. Da war doch etwas … Was hatte Dorette damals zu ihr gesagt, als sie die alte Dienerin über Croutignac ausgefragt hatte? Eine Welle der Erregung erfasste sie. «Ich weiß, wo sich die Karte befindet!», rief sie.

Ruckartig wandten sich alle Gesichter ihr zu.

«Du, Marie?», fragte ihr Vater. «Aber woher …»

«Dorette hat es mir zufällig mitgeteilt, als ich sie sprach. Allerdings wird es schwer sein, an das Dokument ranzukommen. Ich bin sicher, Croutignac bewahrt es in unserem früheren Zuhause auf, Vater, in meinem alten Zimmer, am quai des Augustins.»

«Mal angenommen, es gelingt uns, die Karte in unseren Besitz zu bringen, wir finden den Gang, und die Flucht gelingt. Was ist dann?», fragte Guy de Serdaine.

Der baron de Batz kreuzte die Arme. «Wir können den König nicht sofort aus der Stadt bringen – zu riskant. Wir werden Glück und Geduld brauchen. Und gute, verlässliche Freunde, die den König für längere Zeit in Paris verstecken.»

«Womit der König jedem Verräter ausgeliefert wäre», warf Guy de Serdaine ein.

«Das hört sich an, als seien Sie anderer Meinung, Monsieur le chevalier», sagte Assmendi.

«Ja, das bin ich. Und ich will Ihnen gerne erklären, weshalb. Wie Sie wissen, habe ich die letzten Monate beim Prince de Condé und unseren Truppen verbracht. Ich kann daher, glaube ich, unsere Situation einigermaßen realistisch einschätzen. England ist bereit, uns zu helfen. Das österreichische Kaiserhaus sieht in dem König einen Verwandten. In der Bretagne und der Vendée gärt es heftig beim einfachen Volk. Die Chancen stünden so gut wie nie für unsere Sache – wenn wir nur selbst daran glauben würden!» Guy de Serdaine schlug mit der Hand auf den Tisch. «Condé sind hochwertige Truppen unterstellt, die fast ausschließlich aus Offizieren bestehen; die einfachen Soldaten desertierten, um der Revolution zu dienen. Condés Männer sind die crème de la crème, Messieurs! Und dennoch verliert diese Armee eine Schlacht nach der anderen. Wissen Sie, warum? Nicht etwa weil die Männer enteignet wurden und sie arm wie die Kirchenmäuse sind. Nicht weil der Sold so gut wie nie ausgezahlt wird. Nicht weil Essen und Uniformen fehlen. Sondern weil die Truppen orientierungslos sind! Sie brauchen ein Ziel, für das sie kämpfen!»

Guy de Serdaine sah jeden Einzelnen der Männer an. «Ich sage Folgendes: Ist der König einmal befreit, muss er, so schnell es geht, Paris verlassen. Und dorthin gebracht werden, von wo aus er sein Land zurückerobern kann: an die Spitze seiner Armeen!»

Assmendi nickte. «Ich persönlich stimme Ihnen voll und ganz zu, Serdaine. In der Theorie zumindest. Praktisch gesehen aber beharre ich darauf, dass es unmöglich ist, das Kind aus der Stadt zu schleusen.»

Marie-Provence und ihr Vater sahen sich an.

«Ich wüsste schon eine Möglichkeit», sagte Guy de Serdaine.

⚜

«Wie, sie ist nicht da?», fragte Rosanne. Ihre Stimme klang schrill.

«Die Bürgerin Duchesne hat sich für diesen Nachmittag entschuldigt», sagte die ältere Frau, die ihr nach einem Läuten die Tür der maison de la couche geöffnet hatte. «Tut mir leid. Wenn es um eine Segnung geht, musst du morgen wiederkommen.»

«Aber morgen wird es zu spät sein!», rief Rosanne.

«Ihr Erstgebärende seid doch alle gleich! Macht ein Getue, als wäre noch nie ein Kind auf die Welt gekommen.» Die Alte beäugte ihren Bauch. «Du bist doch allerhöchstens im fünften Monat, oder? Da wirst du schon noch eine Nacht warten können.»

«Ich bin nicht schwanger! Ich muss der Bürgerin Duchesne dringend etwas sagen – es geht um Leben und Tod!» Rosanne packte die Alte. «Sie wohnt doch jetzt in der Stadt. Sag mir die Adresse, vielleicht treffe ich sie da an!»

«Rue de Gaillon.» Die Alte runzelte die Stirn. «Kannst du mir mal sagen, warum ihr da heute alle hinwollt?»

Rosannes Herz setzte für einen Schlag aus. «Was heißt das? Hat etwa schon jemand nach der Adresse gefragt?»

«Aber ja doch. Ein großer, kräftiger Mann, vor einer Stunde etwa.» Die Alte zuckte die Schultern. «Der ist bestimmt schon längst da.»

⚜

«Ein Ballon? Das ist das Verrückteste und Abwegigste, das ich jemals gehört habe!», rief Poura.

Assmendis Augen glitzerten. «Was für eine Herausforderung!»

«Eine Luftfahrt …! Das ist nicht dumm. Das ist sogar ganz und gar nicht dumm. Man bedenke die Höhe, die diese Gefährte erreichen, und die Entfernungen, die sie zurücklegen!», meinte der baron de Batz. «Einmal oben, wird keine Macht der Welt den König mehr erreichen können.»

«Die Flucht müsste natürlich des Nachts geschehen. Eine interessante und sehr neue Idee, in der Tat», stimmte Saison zu. «Doch auch nicht ohne Risiken. Ich habe für die Zeitung zwei- oder dreimal einen Aufstieg beobachten dürfen. Es ist nichts, das man einem Laien überlassen sollte.» Der Journalist sagte ernst: «Keiner von uns ist fähig, einen solchen Ballon zu fahren, Monsieur le Chevalier.»

Guy de Serdaine klopfte auf die Karikatur, die noch immer auf dem Tisch lag. «Nein. Aber meine Tochter kennt jemanden, der es kann.»

Die Männer wandten sich Marie-Provence zu. Batz spitzte die Lippen. «Wird er uns helfen?», fragte er knapp.

Guy de Serdaine betrachtete seine Tochter. Sein Gesicht war ausdruckslos. «Morgen werden wir es wissen», sagte er.

⚜

Rosanne war völlig außer Atem, als sie die rue de Gaillon erreichte. Ihr Blick lief an der doppelten Reihe mehrstöckiger Wohnhäuser entlang, die die Straße säumte. Sie schlug die Hände auf die Wangen. Nur mit Mühe drängte sie die Tränen zurück. Mein Gott, wie sollte sie unter all diesen Gebäuden das richtige Haus finden? Ihr Blick huschte über die unzähligen Türen. Zwar war es seit einem Jahr Pflicht, dass dort die Namen, das Geschlecht und das Alter sämtlicher Bewohner eines Hauses angeschlagen wurden. Doch sie konnte unmöglich alle Hauseingänge dieser Straße kontrollieren!

Kurz entschlossen packte sie einen Passanten am Arm. «Citoyen, weißt du, wo docteur Jomart wohnt? Der Arzt vom Waisenheim?»

Dann sah sie Georges.

Und er sah sie auch.

⚜

«Du hast mir zwei Wochen gegeben!», rief Marie-Provence außer sich. «Weshalb muss ich jetzt plötzlich alles überstürzen?» Kaum waren die anderen Teilnehmer des geheimen Treffens aus dem Keller verschwunden, hatte Marie-Provence ihren Vater zur Rede gestellt.

Dieser allerdings zeigte sich unbeeindruckt. «Von diesen zwei Wochen ist bereits die Hälfte um. Jeder weitere Tag, den wir verstreichen lassen, gefährdet uns und die Bewohner von Maisons. Es gibt keinen Grund, noch länger zu warten.»

«Doch, den gibt es! Wie stellst du dir das vor? Soll ich bei André in die Fabrik spazieren und ihm sagen: ‹Du hast die Wahl, entweder bringt dich mein Vater um, oder du hilfst uns dabei, den König zu befreien – was dich im Übrigen ebenfalls den Kopf kosten kann!?›»

«Manchmal ist es eben so im Leben. Es bleibt einem nur die Wahl zwischen zwei Übeln. Außerdem hast du selbst die Idee mit dem Ballon gehabt.»

Marie-Provence rang die Hände. «Ich brauche mehr Zeit!»

«Du hattest eine Woche, in der du keinen Schritt weitergekommen bist.»

«André lag die meiste Zeit davon krank im Bett!», empörte sie sich.

Ihr Vater schnaubte ungeduldig. «Was ist los, ma fille? Ich dachte, du willst genau wie ich den König befreien!»

«Das will ich auch!»

Ihr Vater nahm ihre Hände. «Hör zu, Marie-Provence, es gibt nur zwei Möglichkeiten. Levallois bringt den König über die Stadtgrenze. Oder er weigert sich, uns zu helfen. Die Zeit wird keinen Einfluss auf Levallois' Entscheidung haben.» Er sah sie eindringlich an. «Du brauchst nichts zu befürchten, ma petite. Wenn die Liebe dieses Mannes zu dir groß genug ist, wird er uns helfen. Und wenn nicht – dann war er es nicht wert, dass du auch nur einen Gedanken an ihn verschwendest. Denk lieber an Louis-Charles. Denk an deine Mutter!» Er drückte ihre Hände so fest, dass es schmerzte. «Wir haben uns ein hohes Ziel gesteckt, Marie! Und niemand hat gesagt, dass es leicht sein wird, es zu erreichen. Willst du schon beim ersten Hindernis umkehren?»

Das verwüstete Gesicht ihrer Mutter, das von der Höhe des Leiterwagens auf sie herabsah, tauchte vor Marie-Provence' innerem Auge auf. Ein Kind, das sie durch Gitterstäbe hindurch anstarrte. Sie schüttelte den Kopf. «Nein, das will ich nicht», flüsterte sie. Und ihr war sterbenselend.

⚜

«Was willst du hier? Bist du gekommen, um deine Freundin zu warnen?», fragte Georges.

Rosanne war auf der Hut. Sie blieb in gebührendem Abstand stehen. «Hast du nach deinem Besuch heute Morgen wirklich geglaubt, ich würde dir freie Hand lassen?» Rosanne schüttelte den Kopf. «Du unterschätzt mich immer noch, Georges.»

Ihr Mann sah sie entschlossen an. «Du hättest dir den Weg sparen können. Deine Freundin wird heute dafür büßen, dass sie uns auseinandergebracht hat, und es gibt nichts, was du daran ändern könntest.»

«Was willst du tun, um mich daran zu hindern, Marie-Provence zu warnen? Mich verprügeln, hier, auf offener Straße?», höhnte Rosanne. «Das wirst du nicht wagen!» Sie sah, wie Georges die Fäuste schloss, und wich vorsichtshalber noch einen Schritt zurück.

Doch ihr Mann beherrschte sich. «Ich will nur, dass diese Frau ihre Strafe bekommt. Und dass anschließend alles wieder wie früher wird. Ich werde diese Frau aus dem Weg schaffen. Sie hat einen schlechten Einfluss auf dich. Danach wirst du zu mir zurückkehren.»

Rosanne lachte bitter auf. «Das werde ich nie tun, Georges! Ich werde hier stehen, bis Marie-Provence zurückkommt. Auch wenn es bis in die Nacht dauern sollte. Und ich werde sie vor dir warnen. Es gibt nichts auf der Welt, das mich daran hindern könnte. Und dann werde ich verschwinden, an einen Ort, an dem du mich nie wiederfinden wirst.» Voller Abscheu stieß sie aus: «Ich habe abgeschlossen mit dem alten Leben, Georges! Ich werde nicht wieder zum Restaurant zurückkehren. Das ist das letzte Mal, dass wir uns sehen!» Die leidenschaftliche Rede hatte sie so mitgerissen, dass sie sich unmerklich vorgebeugt hatte. Ihren Fehler bemerkte sie erst, als seine Finger sich bereits in ihr Fleisch gruben.

Georges lächelte triumphierend. «Ich glaube nicht, dass du das tun wirst, Rosanne.»

«Hilfe! So helft mir doch!», rief Rosanne. Sie schlug und trat um sich, bis Georges auch ihren zweiten Arm zu fassen bekam und ihn so schmerzhaft nach hinten bog, dass sie aufschrie.

Ein paar Passanten blieben stehen. «Da kommen die Gendarmen!», rief ein Mann.

Rosanne hob den Kopf. Als sie die vier Männer in blauroten Uniformen erblickte, atmete sie erleichtert aus. «Citoyens gendarmes, ihr müsst mir helfen!»

«Was ist hier los?», fragte einer der Männer, über dessen Oberlippe ein schwerer Schnurrbart hing.

«Sie macht Ärger», sagte Georges. «Gut, dass ihr endlich da seid. Es wäre besser, sie würde aus dem Verkehr gezogen werden, bis die Duchesne kommt.»

Rosanne riss die Augen auf und starrte ihren Mann fassungslos an.

«Komm mit», befahl der Uniformierte und packte Rosanne grob. «Ich rate dir, ab jetzt den Mund zu halten, wenn wir dich nicht auch noch mitnehmen sollen.» Er zerrte sie in ein nahes Geschäft. «Wir beide werden hier drinnen warten, ma jolie.» Er schmunzelte und deutete auf das Schaufenster. «Du wirst eine Loge in der ersten Reihe haben, wenn wir die Duchesne verhaften.»

⚜

André betrachtete seine Begleiterin von der Seite. Seit etwa einer halben Stunde, seit er und Marie-Provence den quai de la Ferraille in Richtung pont au Change hinunterspazierten, hatten sie keine zehn Worte gewechselt. Zum ersten Mal war Marie-Provence vorhin aus eigenem Antrieb im Laden erschienen, um ihn zu einem kleinen Ausflug einzuladen, und er hatte sein Glück kaum fassen können. Inzwischen aber befürchtete er, dass er diese Einladung nicht alleine ihrer Sehnsucht nach ihm verdankte.

«So, hier sind wir.» Marie-Provence blieb stehen.

Zu Andrés Rechten spannte sich der Pont-Neuf über die Seine, ihm gegenüber lag die île de la Cité und links der pont au Change mit seiner Häuserreihe. Um sie herum flanierte eine Handvoll Menschen träge über den heißen Kai. Sie warfen einen Blick auf die mageren Auslagen unter den gestreiften Markisen oder beobachteten das Treiben am Strand, den der abschwellende Fluss langsam wieder freilegte. Die Räder der vier Mühlenschiffe, die an einem Pfeiler der Brücke vertäut waren, rauschten rhythmisch, ein paar Kinder balgten sich im Wasser und schlugen nach den Mücken.

Es war ein friedliches Schauspiel, doch Marie-Provence schien es nicht wahrzunehmen. Ihr Blick blieb auf die heruntergekommene Gebäudefront des Justizpalastes gerichtet, die sich ihnen gegenüber auf der île de la Cité erstreckte.

«Siehst du den Balkon mit den drei Rundbogenfenstern, dort im ersten Stock des schmalen Gebäudes, das die tour d'argent und die tour de César verbindet?», fragte sie. «Dahinter befindet sich das Schreibzimmer von Fouquier-Tinville.»

André sah auf Marie-Provence hinab, doch die achtete nicht auf ihn. Stattdessen fuhr sie fort: «Man sagt, er arbeite fünfzehn Stunden am Tag. Ein fleißiger Mann, nicht wahr? Jeden Morgen liegt eine Liste mit Dutzenden von Namen auf seinem Schreibtisch. Und jeden Abend hat er sie abgearbeitet.»

André beschlich eine dunkle Vorahnung. Jeder kannte den öffentlichen Ankläger, und jeder fürchtete ihn, denn keiner war vor ihm sicher. Schon allzu oft hatten die Machthaber von heute bereits am nächsten Abend ihren Kopf unter die Guillotine halten müssen. «Hast du schon einmal mit Fouquier-Tinville zu tun gehabt?», fragte er.

Sie nickte. «Vor neun Monaten stand der Name meiner Mutter auf seiner Liste.»

André sog scharf die Luft ein.

Marie-Provence sagte leise: «In der Zeit, als ihr Schicksal dort drüben in der conciergerie entschieden wurde, habe ich jeden Morgen hier gestanden.» Sie zuckte die Schultern. «Frag mich bitte nicht, warum. Die Marie-Provence, die ich damals war, ist mir selbst fremd geworden. Ob ich mir tatsächlich eingebildet habe, so Einfluss auf die Ereignisse nehmen zu können?»

Er hätte sie berühren wollen, doch er wagte es nicht. «Was ist mit deiner Mutter geschehen?»

«Ich bin jeden Nachmittag in die cour du Mai gegangen, um der Abfahrt der Verurteilten beizuwohnen und zu versuchen, von ihren Mitgefangenen etwas über sie zu erfahren. Und eines Tages war sie dabei.» Sie sah noch immer zum anderen Ufer hinüber. «Bevor der Leiterwagen sie wegbrachte, hat sie mich gewarnt.»

«Wovor?»

«Sie wusste, dass sie ihre Verurteilung hauptsächlich einem Mann verdankte. Und sie war überzeugt, dass dieser Mann nicht nur sie, sondern auch alle anderen Serdaines vernichten wollte.»

Sie sprach mit solcher Ruhe, dass er nicht eine Sekunde an der Wahrheit ihrer Worte zweifelte. André mochte überzeugt sein, dass die bewegten Zeiten, die sie durchlebten, viel Gutes mit sich brachten – aber realitätsfremd war er nicht. Etliche Menschen, egal, aus welchen sozialen Schichten sie stammten, nutzten die Umwälzungen, um persönliche Fehden zu begleichen. «Warum hasst er euch so?», fragte er.

Zum ersten Mal sah sie ihn an. «Du glaubst also auch, dass es einen Grund geben muss für diese Verfolgung? Ich habe Mutter und Vater dieselbe Frage gestellt, doch nie eine Antwort bekommen.» Sie verschränkte die Arme über der Brust.

Er sah auf sie hinab. Wie so oft gab sie sich äußerlich ruhig. Doch inzwischen gelang es ihm immer besser, durch die kleinen Risse zu schauen, die ihr Panzer aufwies, und er ahnte ihre Nervosität. Eine Welle der Sorge und der Wut ergriff ihn. «Wer ist dieser Mann?»

«Sein Name ist Cédric Croutignac.»

«Croutignac?», rief er überrascht aus. «Ist das nicht der Mann, der dich und docteur Jomart in den Temple geholt hat? Der Aufseher des kleinen Capet?»

«Genau.»

André wischte sich über das Gesicht. Er hatte Mühe, einen klaren Gedanken zu fassen. «Warte!», sagte er. «Irgendwie muss ich da etwas missverstanden haben. Du weißt also, dass es einen Mann gibt, der deinen Vater und dich lieber heute als morgen unter der Guillotine sähe. Einen Mann mit Einfluss, dem eine der verantwortungsvollsten Aufgaben der Republik anvertraut worden ist. Und du hast nichts Besseres zu tun, als ständig vor seiner Nase herumzuspazieren?»

Ärger flackerte in ihren graugrünen Augen auf. «Ich habe nicht vor, mich mein Leben lang zu verstecken, André. Das entspricht nicht meiner Natur.»

Er bemühte sich, ruhiger weiterzureden. «Du hast also einen Plan. Richtig?»

Stolz sah sie ihn an. «Ich werde kämpfen. Croutignac hat mir Heim und Mutter genommen. Jetzt will er mir auch noch Charles nehmen, den ich so liebe wie einen Bruder. Aber ich lasse mich nicht einschüchtern. Ich werde es diesem Mann heimzahlen und dafür sorgen, dass er geächtet wird.» Mit einer ruhigen Entschlossenheit, die ihn zum Wahnsinn trieb, sagte sie: «Es hat keinen Zweck, um den heißen Brei herumzureden. Ich werde den Jungen aus dem Temple befreien, André.» Ihre Züge wurden weicher. «Ich habe dir das alles erzählt, damit du weißt, wie ernst es mir ist. Damit du dir alle Versuche sparst, mich umstimmen zu wollen.» Dann fuhr sie sachlich fort: «Ich habe bereits Erfolge erzielt. Ich habe Louis-Charles gesehen und sehe ihn weiterhin regelmäßig. Ich weiß bestens über die Wachen und die Örtlichkeiten Bescheid. Und ich habe mich Männern angeschlossen, die bereit sind, diese ehrgeizige Unternehmung mit mir durchzuführen.»

André schüttelte fassungslos den Kopf. Seine Angst um sie wurde übermächtig. «Mein Gott! Das ist der schiere Wahnsinn!»

«Nein, André.» Sie deutete auf den Justizpalast. «Wahnsinn ist, was da drüben geschieht. Das, was ich plane, hat nicht nur mit Rache, sondern auch mit menschlicher Würde und Mitgefühl zu tun.» Sie baute sich vor ihm auf. «Ich will nur ein Kind befreien, das seit Januar in Einzelhaft lebt. Dessen Tür vernagelt wurde und niemals geöffnet wird. Das im immerwährenden Halbdunkel lebt. Und in immerwährender Stille. Das niemals ein freundliches Wort hört, nur gebrüllte Befehle.» Ihre Augen funkelten. «Einen neunjährigen Jungen, der es nicht mehr schafft, seine Zelle zu säubern. Der den Tag auf einer Strohmatratze verbringt, deren Laken seit Monaten nicht mehr gewechselt wurden. Der immer dieselbe Kleidung trägt und sich nicht mehr wäscht. Der inzwischen so abgestumpft ist, dass er sich auf dem Boden seiner Zelle erleichtert.»

André schüttelte heftig den Kopf. «Ich verstehe, dass dich das alles mitnimmt, Marie-Provence. Trotzdem …»

«Du wolltest alles wissen, André. Du wolltest ein Teil meines Lebens werden. Diese Gelegenheit hast du nun.»

Er gab es auf, dem Durcheinander seiner Gefühle einen Namen zu geben. Seine verletzte Schulter schmerzte, und er sehnte sich nach einem Glas Wasser. «Was meinst du damit?»

«Wenn das Kind befreit ist, werde ich aus der Stadt verschwinden müssen, André. Wir werden uns lange nicht sehen. Vielleicht nie wieder.»

André war, als würde ihm plötzlich der Boden unter den Füßen weggezogen. Er starrte sie sprachlos an.

«Es gibt allerdings noch eine andere Möglichkeit: Du hilfst mir bei der Befreiung des Kindes. Und kommst mit mir. Wir verlassen zusammen die Stadt und fangen woanders ein gemeinsames Leben an.»

«Du würdest bei mir bleiben? Mein Leben teilen?» Als sie nickte, leuchtete ihm auf ihrem Gesicht etwas Weiches, Süßes entgegen, und einen Augenblick lang strahlten ihre Augen das aus, was er schon immer in ihnen gesucht hatte. Seine Brust weitete sich vor Glück. Ihn überkam eine immense Sehnsucht, sie zu spüren und ihren Duft einzuatmen, und er verfluchte innerlich die Menschen um sie herum, die ihn daran hinderten. «Was ist mit deinem Vater?»

«Mein Vater könnte nichts mehr gegen dich haben, wenn du uns hilfst.»

Erst allmählich begann sein Verstand wieder zu arbeiten. «Euch helfen?» Vorsichtig fragte er: «Was genau erwartet ihr eigentlich von mir?»

Sie blinzelte. «Du könntest uns aus der Stadt fliegen.»

Das alles mitreißende, überwältigende Glücksgefühl verpuffte. «Ihr wollt, dass ich den kleinen Capet mit Zéphyr aus der Stadt bringe?»

Sie befeuchtete ihre Lippen. «Ist das machbar? Was glaubst du?»

Etwas Kaltes glitt an seinem Nacken herunter. Er ließ ihre Hand los. «Ihr braucht mich für eure Pläne, und nur deshalb fragst du mich, ob ich mitkommen möchte.» Sie runzelte die Stirn, und er bohrte weiter: «Sonst hättest du mich heute nicht hierhergeführt, hättest mir nichts von alledem erzählt.» Er lächelte bitter. «Hättest du dich überhaupt von mir verabschiedet, bevor du verschwunden wärest?»

«Was ist los, André? Ich habe dir meine Geschichte erzählt, dir meine Pläne gebeichtet. Ich habe mich dir völlig ausgeliefert. Was für Beweise meines Vertrauens und meiner Zuneigung brauchst du noch?»

«Vielleicht möchte ich einfach etwas von dir hören, Marie», sagte er ernst. «Etwas, das wie die Stimme deines Herzens klingt.»

«Glaubst du wirklich, ich würde hier mit dir stehen, wenn ich nichts für dich empfinden würde, André?»

«Dann beweise es mir! Bleib bei mir ohne Bedingungen!» Sein Herz begann, wie wild in seiner Brust zu pochen. Mit veränderter Stimme sagte er: «Heirate mich, Marie-Provence de Serdaine!»

«O André …» Sie fasste sich an die Stirn. «Hast du nicht verstanden, was ich dir vorhin erklärt habe? Wie kannst du erwarten, dass ich in einer solchen Zeit an mich und mein Glück denke?»

«Wie wäre es, wenn du einfach an *mein* Glück denkst?», fragte er mit einem Lächeln, das ihm nicht so recht gelingen wollte.

Sie streckte ihm ihr schönes Gesicht entgegen, das von Trauer überschattet wurde. «Ich kann nicht, André. Noch nicht. Noch bin ich nicht frei.» Sie suchte seinen Blick. «Nicht wegen Croutignac, sondern wegen des Jungen. Er ist jenseits der Angst und der Hoffnung. Ich habe ihm von Angesicht zu Angesicht versprochen, ihn da rauszuholen. Und er weiß es, auch wenn nie ein Wort über meine Lippen gekommen ist. Es ist eine Art Gelübde, verstehst du? Dich zu heiraten, Glück zu empfinden, wäre ein Verrat. Ich kann das jetzt nicht!»

Trauer und Auflehnung erfüllten ihn. «Und wenn es meine Bedingung wäre? Deine Hand gegen meine Hilfe?»

Sie wurde blass. «Ist es das, was du anstrebst, André? Mich zu kaufen?»

«Verdammt, wer hat denn angefangen zu handeln, du oder ich?», rief er. Er konnte nicht fassen, dass er sie sein Selbstwertgefühl zerstückeln ließ. «Ach was, Marie-Provence, vergessen wir das alles einfach. Meine Antwort lautet: Nein. Ich werde dir und deinem Vater nicht helfen. Ich mag ein verliebter Trottel sein und dir hinterherrennen, bis ich tot umfalle. Ich mag mein Skizzenheft vollkritzeln mit Porträts von dir. Ich mag dir bis Maisons nachreiten und dir durch unterirdische Gänge nachschleichen. Ich mag mich von deinem Vater demütigen und einsperren lassen und dabei fast mein Leben verlieren. Aber eines wirst du nie verhindern können: dass ich meinen Verstand einsetze. Und der sagt, dass es irrsinnig ist, einen Jungen zu befreien und das Land in einen neuen Bürgerkrieg zu stürzen!» Er schloss eine Hand zur Faust und fuhr gedämpft fort: «Du und die Menschen deines Standes, ihr solltet aufhören zu träumen, Marie-Provence! Es gibt keinen König mehr in Frankreich, und es wird nie mehr einen geben. Und trotz all der Grausamkeiten, die tagtäglich geschehen, bin ich der Meinung, dass es gut so ist – ich glaube an die Republik und die neuen Werte der Nation!»

Sie hob die Hände vors Gesicht. «Er ist ein Junge, André!», sagte sie leise. Ihre Augen waren feucht. «Er ist in erster Linie ein verlassener kleiner Junge. Wie heißt es so schön in den Menschenrechten, auf die deine Republik so stolz ist? Freiheit und Gleichheit. Auch er hat ein Recht darauf!»

«Der kleine Capet ist jung. Die Republik aber ist noch nicht einmal zwei Jahre alt! Sie mag nicht perfekt sein, sie hat noch viel zu lernen. Das wird sie auch tun, wenn man ihr die Zeit dazu lässt. Ich werde sie jedenfalls nicht aus der Wiege kippen!»

«André!» Sie sah ihn flehend an. «Ich bitte dich jetzt nicht für mich oder meinen Vater. Auch nicht für Charles. Sondern für dich. Ich bitte dich inständig, uns zu unterstützen. Sonst …» Sie biss sich auf die Lippen.

André wurde hellhörig. «Sonst was?», hakte er nach. «Sonst kommt dein Vater, um mir den Garaus zu machen? Ist es das?»

Angst flackerte in ihren Augen auf. «Versuch zu verstehen. Du gefährdest uns. Du hast Maisons gesehen.»

André lachte bitter auf. «Erst willst du mich verführen, dann willst du mein Mitleid für den Jungen erwecken, und jetzt Drohungen!» Er schnalzte mit der Zunge. «Das machst du wirklich sehr gut, Marie-Provence! Ich fühle mich kaum besser als an dem Tag, an dem ich mich an deinen toten Onkel geklammert habe! Gratulation!»

Sie legte ihm die Hände auf die Brust. «Ich will das alles nicht, André! Bitte glaub mir!», beschwor sie ihn. «Ich wollte dich nie da hineinziehen!»

«Nun, das ist dir ja wirklich gut gelungen. Ich habe also die Wahl, mich entweder von deinem Vater umbringen zu lassen oder in einer aussichtslosen Befreiungsaktion Kopf und Kragen zu riskieren, die, sollte sie dennoch glücken, mich zum meistgesuchten Verbrecher des Landes machen wird. Irgendwie geht mir der Gedanke nicht aus dem Kopf, dass du und deine Freunde kaum besser seid als der Henker, der jeden Tag auf der place de la Révolution steht. Nur dass der Mann ehrlicher vorgeht!»

Ihr tränennasses Gesicht wurde totenblass.

«Ihr habt nichts dazugelernt, nicht wahr?», warf André ihr hart entgegen. «Dein Stand glaubt immer noch, er könne mit dem Schicksal anderer Menschen spielen, Leben einsetzen und wegwerfen, so wie ihr es jahrhundertelang getan habt. Aber das ist vorbei!» Er griff nach ihrem Arm. «Sag deinem Vater, dass ich mich nicht erpressen lasse, Marie-Provence! Soll er kommen und versuchen, mich umzubringen. Ich werde auf ihn warten. Leichtmachen werde ich es ihm nicht. Diesmal wird er mich nicht so unvorbereitet erwischen wie im Keller von Maisons!»

Sie starrte ihn fassungslos an. «Wie kannst du nur so ungeheure Vergleiche ziehen? Du hast kein Recht dazu!» Tränen strömten ihr über die Wangen. «Weißt du überhaupt, was um dich herum passiert? Warst du wenigstens einmal mutig genug, in die Gesichter der Menschen zu sehen, die jeden Tag abtransportiert werden?» Sie schluchzte auf. «Du hast doch überhaupt keine Ahnung! Du entschwebst in deinem Ballon, du begeisterst dich für irgendwelche neuen Maßeinheiten und schimpfst über deinen Bruder – aber was weißt du schon über die Angst vor der Willkür? Was weißt du von dem Grauen?» Sie schlug auf seine Hand, so heftig, dass er losließ. «Fass mich nie wieder an! Und verschwinde endlich aus meinem Leben! Ich habe dich da nie haben wollen!» Und sie rannte davon.

Mit gesenktem Kopf und raschen Schritten eilte Marie-Provence die rue de Gaillon entlang. Zusammengeknüllt in ihrer Hand lag ihr nasses Taschentuch. Sie war froh, nicht nach Maisons zu müssen. Sie wollte keinem der Menschen dort begegnen, vor allem nicht ihrem Vater. Sie wollte alleine sein. Die drei Uniformierten, die ihr auf der Straße entgegensahen, ignorierte sie, so wie sie alles um sich herum ignorierte. Die Welt sollte sie in Ruhe lassen!

Erst das Klopfen ließ sie aufschrecken. Sie blickte um sich – und machte eine Bewegung hinter einem Schaufenster aus. Eine wild gestikulierende Frau, die mit ihren Fingerknöcheln an die Scheibe hämmerte. Verblüfft blieb Marie-Provence stehen. Rosanne?

Als die Gendarmen sie plötzlich umringten, war es zu spät.

«Bist du die Bürgerin Marie-Provence Duchesne, Arztgehilfin in der maison de la couche?»

Eine Hand fiel schwer auf ihre Schulter.

«Du bist verhaftet im Namen der Republik.»

8. KAPITEL

Thermidor, Jahr II
Juli 1794

Marie-Provence wurde in einen kleinen Raum geführt, in dem ein müde aussehender Mann in Zivil über ein armlanges Buch gebeugt saß. Er sah nicht auf, sondern fischte eine Feder aus einem bereitstehenden Behälter und stippte den zugespitzten Kiel in ein Tintenfässchen.

Der Gendarm, der Marie-Provence hereingeführt hatte, zückte ein Papier und las vor: «Marie-Provence Duchesne. Neunzehn Jahre alt, ledig, residierend in der rue de Gaillon. Angestellt in der maison de la couche, auf der île de la Cité.» Er gähnte herzhaft.

Inzwischen war es weit nach Mitternacht, und auch Marie-Provence taumelte vor Müdigkeit. Zwei Stunden hatte sie vor den Mitgliedern des revolutionären Überwachungskomitees ausharren müssen, bevor man sie nach einem kurzen Blick auf ihre Akte offiziell unter Arrest stellte. Danach hatte eine Odyssee durch Paris begonnen: Marie-Provence und ihre Mitgefangenen wurden über die Gefängnisse der Stadt verteilt. Bis in die Nacht hinein hatte der schlechtgefederte Wagen seinen holpernden Gang fortgesetzt. Als sie endlich La Force erreicht hatten, das Gefängnis, in das Marie-Provence eingeliefert werden sollte, bis ihr Fall vor das Tribunal kam, war ihre Angst einer bleiernen Müdigkeit gewichen.

Marie-Provence wurde in den nächsten Raum geschoben. Vier Männer hoben den Kopf, als sie eintrat.

«Bienvenue im schönen Gefängnis von La Force», empfing sie der Erste. «Na, dann zieh dich mal aus.»

Marie-Provence sah sich um auf der Suche nach einem Sichtschutz.

«Die Zofe ist leider ausgegangen, und den Umkleideraum hat sie auch mitgenommen», höhnte einer der Männer.

Marie-Provence errötete. Mit steifen Fingern löste sie das verknotete Brusttuch von ihren Schultern. Es wurde ihr aus der Hand gerissen und wanderte in einen bereits gutgefüllten Sack.

«Weiter!», fuhr sie der Wärter an. «Allons, mach voran, es sind noch andere da, die warten!»

«Soll ich denn noch mehr ausziehen?»

«Das Unterhemd darfst du anbehalten. Nun mach schon!»

«Was ist denn das?», fragte der zweite Mann. Marie-Provence wandte den Kopf ab, als sein nach Schnaps riechender Atem sie erreichte. Er zerrte an ihrem Kragen und legte die Kette mit dem goldenen Kreuz frei. Mit einem Ruck riss er ihr das Schmuckstück vom Hals. «Es ist verboten, christliche Symbole zu tragen!», blaffte er. Die Kette wanderte in seine Jackentasche.

Marie-Provence blieb stumm, während ihre Sachen sortiert und in verschiedene Säcke verteilt wurden. Sie erschauerte, als die Kälte der abgetretenen Steine durch ihre nackten Fußsohlen drang, und verschränkte die Arme über ihrem dünnen Hemd.

«Gut. Und jetzt die Leibesvisitation», sagte einer der Männer. «Dreh dich einmal um die eigene Achse! Aber nicht zu schnell!»

Marie-Provence biss die Zähne aufeinander. Langsam begann sie sich zu drehen.

«Ich mach es!», rief der Wärter mit der Schnapsfahne.

«Nein, nicht du, Troplein! Du hast dir schon die Kette unter den Nagel gerissen.»

«He, da wusste ich noch nicht, was für ein hübsches Früchtchen sie ist!» Troplein griff in seine Tasche und ließ das goldene Kreuz baumeln. «Ich tausche!»

Der Erste zückte ein paar Strohhalme.

«Wir losen aus.»

«Hier rein!», befahl der Wärter und gab Marie-Provence einen Stoß. Sie stolperte in eine Zelle. Bevor sie irgendetwas erkennen konnte, schlug die Tür der Zelle zu und vollkommene Finsternis umhüllte sie. Marie-Provence rührte sich nicht und zog die grobe, ärmellose Kutte, die ihr im Tausch für ihre Kleider gegeben worden war, enger um sich. Obwohl draußen Hochsommer herrschte, war es hier kalt wie in einer Gruft.

Ein Geräusch ließ sie zusammenfahren. «Ist hier jemand?», schrie sie. Ihre weitaufgerissenen Augen starrten blind in die Nacht.

«Halt das Maul und schlaf!», donnerte es aus einer Ecke. Irgendjemand schnaufte aus einer anderen Richtung.

Marie-Provence schluckte, fragte mit dünner Stimme: «Ich habe schrecklichen Durst. Gibt es hier irgendwo Wasser?»

«Hier, trink das!» Es holperte im Dunkeln, kurz darauf stieß etwas Hartes an ihre nackten Zehen, und Flüssigkeit schwappte über ihre Fußknöchel. Marie-Provence beugte sich hinab – und stieß einen angeekelten Laut aus, als ihr der beißende Geruch in die Nase stieg. Man hatte ihr einen Nachttopf über die Füße geleert. Hämisches Gelächter tönte aus der Dunkelheit.

Marie-Provence würgte. Sie griff ins feuchte Stroh, das über den Boden verteilt lag, und rieb sich damit die Füße, bis ihre Haut brannte. Etwas abseits ließ sie sich zu Boden sinken und rollte sich zusammen. Trotz ihrer Erschöpfung konnte sie lange kein Auge zutun. Die Bilder des vergangenen Tages verfolgten sie. Seltsamerweise war es Andrés verletztes, wütendes und unglückliches Gesicht, das in ihrer Erinnerung vor allen anderen schrecklichen Erlebnissen des Tages immer wieder auftauchte.

⚜

André holte ein Birnholzbrett von dem Wagen, der gerade in den Hof gefahren war, und wendete es prüfend. Er nickte seinem Lageraufseher zu.

«Die Lieferung ist in Ordnung. Du kannst sie gleich in den Schnitzraum bringen, dort warten sie bereits drauf.» Er wies auf ein Paket, in dem die Kämme lagen, die für die Motive mit Farbspritzungen gebraucht wurden. «Die nimm auch mit. Was ist mit den Rohstoffen?»

Der Mann fischte ein Tuch aus seiner Tasche und wischte sich über die Stirn. Die Sonne hatte ihren Zenit schon länger überschritten, und die Pflasterung des Innenhofes strahlte die Hitze des Tages zurück. «Alles ist eingetroffen. Allerdings nicht in der bestellten Menge.»

André verzog den Mund. Die clubs und comités verbrauchten Unmengen an Papier und bedienten sich hemmungslos auf dem Markt. Schon seit etlichen Monaten lief die Tapetenfabrik Levallois unter ihrer Kapazität. Doch da die Verkäufe gleichermaßen zurückgegangen waren, hatten sie bisher ihren Bestellungen immer nachkommen können.

«Kommt dein Vater heute noch, citoyen?», fragte der Lageraufseher. «War lange nicht mehr da.»

André schüttelte den Kopf. «Mein Vater hat sich entschlossen, in Zukunft etwas kürzerzutreten. Er wird jetzt immer weniger hier sein.» Seit dem mysteriösen Unfall seines Sohnes war Angus entschlossener denn je, André enger an die Fabrik zu ketten, und hatte sich dafür eine neue Strategie ausgedacht: Er ließ die Arbeit einfach liegen. André hatte zunächst mit Irritation reagiert. Die letzten Tage jedoch war er seinem Vater dankbar gewesen, dass ihm so viele Pflichten aufgebürdet wurden. So blieb fürs Grübeln keine Zeit mehr.

«Besuch für dich, citoyen.»

André sah sich um – und erstarrte. Eine hohe Gestalt hatte den weitläufigen Innenhof der Papierfabrik betreten. Andrés Muskeln spannten sich unwillkürlich. Auch wenn schon drei Tage seit seiner Auseinandersetzung mit Marie-Provence vergangen waren – er hatte nicht damit gerechnet, dass Guy de Serdaine ihn hier aufsuchen würde. Sie hat es ihm also erzählt, dachte er bitter. Mit einem Blick schätzte er die Lage ein. Der heiße Hof stand voll mit Fässern und Lieferungen. Außer dem Lageraufseher befanden sich noch zwei Burschen in der Nähe, die Waren für den Laden in der rue des Feuillades zusammentrugen. Es war kaum anzunehmen, dass Serdaine in aller Öffentlichkeit tätlich werden wollte. Trotzdem wünschte André, er würde dem sehnigen Mann nicht mit einem Arm in der Schlinge und in Hemdsärmeln gegenüberstehen.

Inzwischen hatte Serdaine den Innenhof durchquert. «Monsieur Levallois, ich muss mit Ihnen reden.»

André sah ihm in die Augen. «Bitte sehr.»

Serdaine blickte sich um. «Nicht hier. An einem Ort, wo wir ungestört sind.»

Andrés Anspannung wuchs. «Ich habe vor ein paar Tagen ein Gespräch mit Ihrer Tochter geführt, das in mir wenig Lust hervorgerufen hat, mich mit Ihnen an einen solchen Ort zurückzuziehen, Monsieur. Zumindest nicht, solange ich in meinen Bewegungen derart eingeschränkt bin.»

Guy de Serdaine warf einen kurzen Blick auf seinen Verband. «Marie-Provence hat mit Ihnen gesprochen?», fragte Serdaine. Er fuhr sich über das Gesicht.

«Hat Sie Ihnen das nicht erzählt?», fragte André überrascht. Erst jetzt fiel ihm auf, wie fahl der Mann war.

«Nein. Ich habe seit drei Tagen nichts mehr von ihr gehört.» Er sah ihn fest an. «Bitte, Monsieur», drängte er. «Lassen Sie uns reden. Wenn Ihnen jemals etwas an meiner Tochter gelegen hat …» Er brach ab.

Etwas Ungutes machte sich in Andrés Magen bemerkbar. Er wies mit dem unverletzten Arm in eine Richtung. «Kommen Sie.» Kurz darauf standen sie sich in Andrés Büro gegenüber.

Kaum hatte André die verglaste Tür geschlossen, eröffnete Serdaine: «Meine Tochter ist vor drei Tagen verhaftet worden.»

André starrte sein Gegenüber ein paar Sekunden lang an. Äußerlich ruhig fragte er: «Was ist passiert? Ist sie erkannt worden?»

Serdaine begann, in dem kleinen Raum auf und ab zu

laufen. «Sie ist denunziert worden», spuckte er aus. «Von einem gewissen Georges Bonardin, der ihr übelgenommen hat, dass sie seine Frau vor seinen Schlägen schützen wollte.» Er fuhr durch sein hellbraunes Haar. «Seiner Frau Rosanne ist es nicht gelungen, Marie-Provence zu warnen. Sie wurde selbst festgehalten, bis sie heute freigelassen wurde und mich benachrichtigen konnte.»

«Kennt denn dieser Georges Bonardin die wahre Identität Ihrer Tochter? Wenn das Gericht nicht Bescheid weiß, besteht vielleicht noch Hoffnung.»

«Hoffnung?», fragte Guy de Serdaine gedehnt. Ironie und Verachtung überlagerten für einen Augenblick die Angst auf seinem Gesicht.

«Warum sind Sie zu mir gekommen?», fragte André mit fester Stimme.

«Ich habe zwar Verbindungen, aber sie reichen nicht aus, um jemanden aus La Force zu befreien. Ich habe mich über Sie erkundigt, Monsieur. Mars Levallois ist doch Ihr Bruder?»

Mars. Natürlich. André griff zu seiner Jacke und seinem Hut. Als er bereits die Türklinke in der Hand hatte, fragte er: «Wann soll der Prozess stattfinden?»

«Ich weiß es nicht.» Leise fügte Serdaine hinzu: «Hoffentlich nicht so bald.»

André drückte sich den Hut auf den Kopf. Er konnte dem Mann nur beipflichten. Eine Vorladung vor das Tribunal kam in neun von zehn Fällen einer Verurteilung zum Tode gleich, und wer verurteilt war, stand in der Regel schon am nächsten Tag auf dem Schafott. Er schlug die Tür zu und rannte los.

⚜

Marie-Provence setzte sich auf die Pritsche neben eine dunkelhaarige junge Frau. «Wie geht es dir heute?», fragte sie.

«Danke. Schon sehr viel besser, glaube ich», lächelte Thérésia Cabarrus und setzte sich im Stroh auf.

Marie-Provence betrachtete sie prüfend. Die Bankierstochter war gestern vor Schwäche zusammengebrochen. Der helle, fast transparente Teint ihrer Zellengenossin wies in der Tat etwas Farbe auf – soweit das diffuse Licht, das durch die vergitterten Fenster fiel, eine solche Beurteilung überhaupt zuließ. Marie-Provence sah sich um, um sicher zu sein, dass die anderen Frauen in ihrer Nähe nicht auf sie achteten. Leise sagte sie: «Hier, nimm. Es ist noch etwas Brot von gestern Abend.»

Thérésia warf einen gierigen Blick auf den harten Knust, schüttelte aber den Kopf. «Das kann ich nicht annehmen.»

«Du musst», sagte Marie-Provence fest. Ihr eigener Magen widersprach knurrend, doch sie ignorierte ihn. Die Zellengenossin befand sich schon seit über drei Wochen in La Force und war bedenklich abgemagert.

Auf einmal ertönte Gervaises misstrauische Stimme. «Was tuschelt ihr beiden da?»

Marie-Provence drückte Thérésia das Brot in die Hand und stand auf, um die Essende vor den Blicken der vier anderen abzuschirmen. «Seit wann ist es verboten zu reden?», fragte sie angriffslustig. Sie hatte der Schusterfrau die Sache mit dem Nachttopf nicht verziehen.

«In meiner Zelle dulde ich keine Heimlichkeiten», gab die stämmige Frau zurück. «Nicht wahr, ihr anderen?» Macloire und Toinette nickten. Die Dritte, eine alte Frau namens Martine, hockte wie immer in einer Ecke und murmelte Unverständliches.

«He, sie hat der anderen was zugesteckt!», schrie Toinette und schnellte auf.

«Rühr sie nicht an!», donnerte Marie-Provence.

«Wenn du was zu essen versteckt hast, wollen wir auch was davon», sagte Gervaise drohend. «Hier wird keiner bevorzugt!»

«Es ist Essen, das ich aufgespart habe. Ich kann es schenken, wem mir beliebt!»

«Durchsucht sie. Sie hat bestimmt noch mehr!», befahl Gervaise den zwei anderen.

Marie-Provence stellte sich breitbeinig hin, um einen festeren Stand zu haben. Sie schloss die Fäuste. Die Erinnerung an die nächtliche Leibesvisitation vor drei Tagen flackerte in ihr auf. So schnell würde sie es niemandem mehr erlauben, sie gegen ihren Willen anzufassen.

Die zwei Frauen zögerten.

«Auf was wartet ihr? Packt sie endlich!», schrie Gervaise.

Marie-Provence wehrte sich mit all ihren Kräften, kratzte, biss, stieß mit Ellenbogen und Knien. Ihre Gegnerinnen, anfänglich von ihrer Entschlossenheit überrascht, fassten sich und zahlten mit gleicher Münze zurück. Als sich auch noch Gervaise einmischte, bekam Marie-Provence ihre Unterlegenheit bitter zu spüren. Schläge und Tritte hagelten auf sie herab. Sie hob die Hände, um Gesicht und Kopf zu schützen, doch ein Faustschlag in die Seite ließ sie aufschreien. Ein greller, kaum auszuhaltender Schmerz durchfuhr sie, sie stürzte und schmeckte Blut.

Eine kräftige Hand drückte ihr Gesicht in das faulende Stroh. «Na, jetzt bist du wohl nicht mehr so stolz, was?», zischte Gervaise ihr ins Ohr.

Auf einmal dröhnte eine männliche Stimme. «Jetzt ist aber gut. Schluss, ihr Weiber! Raus mit euch! Promenadenzeit!» Es geschah oft, dass die Wächter die Rangeleien innerhalb der Zellen durch das vergitterte Guckloch verfolgten, ohne einzuschreiten. Aus dem Spektakel zogen sie eine verderbte Lust, und schon manches Mal hatte Marie-Provence die Männer Wetten abschließen hören über den Ausgang einer Auseinandersetzung.

«Komm, Marie-Provence! Du musst an die frische Luft!» Thérésia wischte Marie-Provence das stinkende Stroh von Gesicht und Haaren. Marie-Provence hatte Mühe, sich aufzurichten, doch es gelang ihr mit der Hilfe der jungen Frau. Beide stützten sich gegenseitig, als sie aus der Zelle wankten.

«Schneller!», rief der Wärter und rasselte mit seinem Schlüsselring. «Da warten noch mehr!»

In dem Innenhof versammelten sich die weiblichen Gefangenen unter der späten Nachmittagssonne. Grüppchen formierten sich, Neuigkeiten wurden ausgetauscht, Frauen aus verschiedenen Zellen fielen sich in die Arme. Marie-Provence hatte Mühe, sich zu bewegen. Es gab kaum einen Körperteil, der ihr keine Schmerzen verursachte. Ihr linkes Auge schwoll rapide zu, und die Geräusche drangen nur gedämpft bis zu ihr durch. Ihre Begleiterin half ihr, einen schmalen Mauervorsprung zu erreichen, auf den sich beide niederließen.

«Mein Gott, wie du aussiehst! Du hättest dich nicht für mich in Gefahr bringen sollen!», sagte Thérésia. Tröstend strich sie Marie-Provence mit ihrer kühlen Hand über den Nacken. Sie riss ein Stück Stoff aus dem Saum ihres Kleides. Kurz darauf hatte sie es in einen der Tröge getränkt, die im Hof standen, und legte es Marie-Provence auf die Stirn.

Marie-Provence lehnte sich zurück. Eigentlich wollte sie die Bemühungen der jungen Frau abwehren, die selbst aussah, als würde sie jeden Augenblick zusammenbrechen. Doch etwas in ihr sehnte sich so stark danach, berührt und umsorgt zu werden, dass sie einfach sitzen blieb. Ich lasse nach, dachte sie, lange halte ich das hier nicht mehr durch.

«Schau, da drüben. Der Mann dort – sieht der nicht gut aus? Er heißt Hoche, ist erst sechsundzwanzig Jahre alt und bereits General. Ich überlege mir, ob ich ihn mir nicht zum Liebhaber nehmen sollte. Was hältst du davon?»

Marie-Provence' Augen füllten sich mit Tränen. Sofort wurde Thérésia wieder ernst.

«Allons, du darfst jetzt nicht aufgeben», beschwor sie. Flüsternd fuhr sie fort: «Ich habe gestern einen Brief nach draußen geschickt! Vielleicht ist noch nicht alles verloren!»

Marie-Provence schluckte die Tränen hinunter und sah die andere prüfend an. Mit ihren einundzwanzig Jahren war Thérésia Cabarrus bereits geschieden und eine erfahrene Frau. Ihren freimütigen Erzählungen nach hatte sie mehrere Liebschaften gehabt, bis sie Tallien kennenlernte – einen Journalisten und Mitglied des comité de sûreté générale, der für seine Grausamkeiten während der Niederschlagung der

Girondisten um Bordeaux bekannt war. Die gebildete junge Frau hatte ihre Verbindung zu dem einflussreichen Politiker missbraucht, um Verfolgte zu retten, und war daraufhin in das Mahlwerk der revolutionären Justiz geraten.

«Du hast Tallien geschrieben?», fragte Marie-Provence. «Was erhoffst du dir davon? Es heißt, Robespierre mag ihn nicht. Er wird nicht auf ihn hören.»

«Du gehst von falschen Prämissen aus. Ich ziehe es vor zu fragen: Wie lange wollen alle noch auf Robespierre hören?», raunte die abgemagerte junge Frau. Ihr Gesicht wurde hart. «Tallien liebt mich. Ich habe ihm ein Ultimatum gesetzt, zwei Tage. Er hat mir einmal eine Laube in seinem Garten versprochen. Wenn er noch lange zögert, kann er mir stattdessen ein Grabmal setzen.»

«Du glaubst tatsächlich, deinem Freund wird es gelingen, die convention hinter sich zu bringen?»

«Seit ein paar Wochen hat Robespierre ziemlich viel Gegenwind. Tallien hat es mir erzählt. Man beginnt, gegen Robespierres Tyrannei aufzubegehren. Die Menschen sind den Terror leid. Es ist Zeit, dass all diejenigen, die Robespierre fürchten, sich gegen ihn verbünden. Und dafür bedarf es nur eines entschlossenen Auftretens im rechten Augenblick.»

Zweifelnd betrachtete Marie-Provence die junge Frau, die tatsächlich glaubte, dass sie durch ihren Willen Robespierre entmachten konnte. Etwas in ihr war versucht, sie verrückt zu nennen. Auf der anderen Seite – war sie nicht selber vor gerade einmal vier Tagen fest entschlossen gewesen, etwas genauso Unmögliches zu erreichen? Sie unterdrückte den Gedanken an ein fahles Kindergesicht genauso, wie sie seit Tagen alles unterdrückte, was sie berühren und schwächen könnte, und richtete sich auf. Am Ende des Hofes war ein Mann mit einer Glocke erschienen, die er gebieterisch schüttelte.

«Der Mann vom Gericht ist da», sagte Marie-Provence und griff nach Thérésias Hand. «Lass uns hingehen.»

Ihre Gefährtin wurde noch ein wenig bleicher. Der Amtsdiener erschien jeden Abend, um eine Liste derjenigen vorzulesen, deren Fälle am nächsten Tag in der conciergerie vom revolutionären Gericht bearbeitet werden würden. Als Marie-Provence und Thérésia zu den anderen aufschlossen, hatte sich bereits ein enger Kreis um den Mann gebildet. Marie-Provence erkannte mehrere Gesichter, auch der Offizier namens Hoche war dabei. Auf einmal war es sehr still im Hof.

«Anne-Marie d'Anton», begann der Mann. Eine Frau stieß einen spitzen Schrei aus. Marie-Provence und Thérésia hakten einander ein.

«Martine Lacassette!»

Die beiden Frauen sahen sich an. Es war der Name der Alten aus ihrer Zelle. Marie-Provence drehte den Kopf, konnte sie aber nirgends entdecken.

«Marie-Provence Duchesne!»

Marie-Provence blinzelte. Irgendjemand drückte ihren Arm, so fest, dass es weh tat. Sie legte den Kopf in den Nacken und schaute gen Himmel. Hoch, ganz hoch oben, kaum zu erkennen im dunkelnden Blau des anbrechenden Abends, zog ein Vogel seine Kreise.

⚜

André bog von der rue Saint-Honoré ab. Er durchschritt das steinerne Tor, eilte über den Vorplatz, der das ehemalige Kloster der Jakobiner säumte, und hielt auf die frühere Klosterkirche zu. Ein eingezäunter Freiheitsbaum reckte seine staubigen Blätter in den abendlichen Himmel und warf einen langen Schatten auf die Grüppchen von Menschen, die sich vor dem sakralen Gebäude tummelten und diskutierten. Eine zehn Meter lange Fahnenstange, deren Spitze eine phrygische Mütze zierte, war an der Front der Klosterkirche angebracht worden. Sie mutete wie eine riesige Sonnenuhr an, an der schlaff die Trikolore hing. Darunter befand sich der Haupteingang.

Bis vor vier Jahren hatten in dem Gebäudekomplex noch an die sechzig Dominikanermönche gelebt, von den Parisern Jakobiner getauft. Diese hatten ihre Bibliothek an eine kleine politische Gruppierung vermietet, die sich «Freunde der Verfassung» nannten. Die Gruppe, die vom Volk bald als Klub der Jakobiner bezeichnet wurde, tagte unter dem Dach der Kirche, zwischen Bücherreihen und unter einem Fresko mit einem streng dreinblickenden Sankt Thomas. Als das Kloster per Verordnung geschlossen wurde, zog der Klub, der inzwischen mehrere tausend Mitglieder zählte, in das geräumigere Erdgeschoss der Kirche um. Inzwischen hatte die Gruppe die Macht an sich gerissen. Während ihrer Sitzungen, die dem Publikum zugänglich waren, wurden Erlasse vorgeschlagen, Bittgesuche angehört, Minister kritisiert. Die Opposition – wie die Gruppe der Girondins, die vorrangig die Interessen der Provinzen gegen das übermächtige Paris vertrat – wurde mundtot gemacht. Seit über einem Jahr herrschte nun der Klub der Jakobiner über den Staatsapparat – und Robespierre über den Klub der Jakobiner.

André kam nicht zum ersten Mal hierher. Zu Beginn der Revolution war er oft in der Stadt unterwegs gewesen, um der aufregenden, neuen Atmosphäre nachzuspüren. Und nicht selten war er dabei von seinem Bruder begleitet worden – rückblickend war es die Zeit in seinem Leben, in der Mars und er sich am besten verstanden hatten.

Damals waren die Straßen von einer unglaublichen Mischung aus Altem und Entstehendem, aus Bewährtem und Gärendem gefüllt gewesen. Journalisten deklamierten die letzten Neuigkeiten von den Theaterbühnen, während das Publikum, das einen Augenblick zuvor noch einer klassischen Tragödie Beifall gespendet hatte, patriotische Lieder anstimmte. Priester ließen mit Inbrunst die Nation hochleben. Alles war in Bewegung. Männer mit gepuderten Perücken, Seidenstrümpfen und Halbschuhen grüßten überschwänglich Freunde mit kurzen Haaren, langen Hosen und Halstuch. Niemand war sich je sicher, den anderen am nächsten Tag wiederzusehen: Ein Teil der Aristokraten wanderte aus, weil es gerade in Mode war, der andere entdeckte seine patriotische Ader und zog in den Krieg, Arm in Arm mit dem einfachen Volk. In den kleinen Gassen hämmerten die Handwerker, gekleidet in Uniformen der Nationalgarde, das Holz oder schnitten das Leder. Die Mönche rasierten ihre Haarkränze weg und beugten ihre spiegelglatten Schädel über die Zeitungen in den Cafés. Das Volk besichtigte neugierig und staunend die geöffneten Klöster, während sich die vertriebenen Nonnen mit leichtem Schwindelgefühl in dieser neuen bunten, lauten Welt umsahen.

Schönheit und Schrecken, Triumph und Hass prallten allerorts aufeinander. Die Zeit war laut und schnell, und der zweiundzwanzigjährige André hatte sie genossen – bis die Massaker von 1792 dem Überschwang ein jähes Ende setzten. Das einfache Volk riss die Macht an sich, und die Zeit des Terrors begann. Die Vielfalt der Kostüme verschwand, nur noch Hosen und Mützen waren nunmehr erlaubt. Die Gesichter erstarrten, die Blicke wurden bohrend oder ausweichend, die Kragen hochgeschlagen. Die Menschen stürmten fortan nicht mehr durch die Straßen, sondern marschierten entweder in Kadenz oder huschten an den Häuserfronten entlang.

André aber ging auf Distanz. Ihm waren die neuen Machthaber zu einfallslos und ihre Urteile zu grausam. Er, dessen einzige Leidenschaft damals noch Zéphyr galt, verstand den Fanatismus der sans-culottes nicht. Die erregten Reden stießen ihn ab – ganz im Gegensatz zu Mars, der Stunden im Klub der Jakobiner verbringen konnte und zu Hause ganze Tiraden wiedergab. André hatte die Schreckensherrschaft wie eine brutale, aber unabdingbare Heilungsmethode empfunden. Es hatte ihn nicht daran gehindert, an die neuen Werte zu glauben und an diese Republik, deren Anfänge mitzuerleben er stolz war.

Ja, dachte André, während er die Kirche betrat und ihm die erregten Stimmen der Redner entgegenschallten, so dachte ich bisher. Wie schnell sich doch die Ansichten änderten, sobald man persönlich betroffen war! Sollte Marie-Provence recht gehabt haben mit ihren Vorwürfen? War er denn nichts als ein Träumer, der den Kontakt zum wahren Leben verloren hatte?

Der Anblick seines Bruders ersparte es ihm, allzu ehrlich zu sich selbst sein zu müssen. Er entdeckte Mars' rundliche Gestalt auf halber Höhe des langgestreckten Raumes, auf der unteren Tribüne. Er befand sich in reger Auseinandersetzung mit seinem Nachbarn, während ein junger Mann am Rednerpult sein Publikum mit Worten bombardierte. André hatte schon einigen heißen Debatten des Klubs beigewohnt, heute jedoch schien die Atmosphäre unter dem Kirchengewölbe besonders aufgeladen zu sein. Keiner der Anwesenden saß ruhig auf seiner Bank, allerorts wurde gestikuliert und debattiert, und André hatte Mühe, in dem Durcheinander jemanden zu finden, der seinem Bruder eine Nachricht zukommen ließ.

Kurze Zeit später standen André und Mars vor der Kirche.

«Ich hoffe, es ist wichtig», sagte Mars zur Begrüßung. «Es ist gerade unheimlich spannend. Stell dir vor, heute hat man versucht, Robespierre zu verhaften!»

«Was sagst du da?», fragte André verblüfft. «Was heißt versucht?»

«Heute haben Tallien und ein paar andere sich mit dem Präsidenten des Nationalkonvents geeinigt und Robespierre daran gehindert, das Wort zu ergreifen. Das gab vielleicht einen Aufstand! Die Mitglieder der Convention haben erst den Kommandanten der Nationalgarde und den Präsidenten des revolutionären Tribunals verhaften lassen, dann Robespierre, dessen Bruder und drei Anhänger. Doch die commune von Paris hat die Gegenoffensive ergriffen, Straßen sperren lassen und es den Gefängniswärtern verboten, die Verhafteten aufzunehmen! Jetzt sitzen Robespierre und seine Partisanen im Rathaus.»

«Im Rathaus?», fragte André alarmiert. «Was hat Robespierre vor? Etwa eine gegnerische Regierung gründen?»

«Es bleibt ihm wohl kaum etwas anderes übrig, würde ich sagen. Entweder es gelingt ihm, sich ein paar Kanonen zu schnappen, um sich vor der convention durchzusetzen, oder es sieht schlecht für ihn aus.»

André schüttelte den Kopf. Politische Umwälzungen bedeuteten Unruhen, und neuerdings hatten sich die Unruhen allzu oft in Plünderungen und Massakern ausgewirkt. Marie-Provence ausgerechnet jetzt in einem Gefängnis zu wissen, das vor zwei Jahren für seine Gräueltaten zu trauriger Berühmtheit gelangt war, ließ ihn Mars' Ärmel packen. «Hör zu, Bruder, ich brauche deine Hilfe. Jemand, den ich kenne, ist vor drei Tagen verhaftet und nach La Force gebracht worden.»

«Ein Freund von dir?», fragte Mars.

«Eine Freundin. Du kennst sie. Sie hat damals mit mir die Blätter verteilt, bei der Fête de l'Être Suprême.»

«Ach, die schöne Marianne!», rief Mars. Er betrachtete André abschätzend. «Was hat sie denn verbrochen, dass sie eingesperrt wurde?»

«Du weißt genauso gut wie ich, dass es keines besonderen Grundes bedarf, um ins Gefängnis zu gehen – ein Mensch, der dir übelwill, reicht völlig aus», erwiderte André. «Du hast doch Freunde im Sicherheitsausschuss. Du musst sie überzeugen, etwas für Marie-Provence zu tun. Erzähl ihnen vom Fest, dass sie eine gute Patriotin ist, dass du ihr eigenhändig die dreifarbige Schärpe umgelegt hast, was weiß ich!» André hatte immer schneller gesprochen; nun suchte er den Blick seines Bruders. Eindringlich fügte er hinzu: «Du musst sie da rausholen, Mars! Ich bitte dich darum!»

Sein Bruder hatte ihm aufmerksam zugehört. Ein wissender und gleichzeitig staunender Ausdruck erschien auf seinem rundlichen Gesicht. «Ich kann es nicht fassen! Du hast dich tatsächlich verliebt!» Er hob die Arme. «Mein Bruder, das Genie, hat sein Herz verschenkt!»

«Bitte, Mars, das ist keine Zeit für Späße!»

«Willst du sie heiraten?», bohrte Mars. Er lächelte breit. «Natürlich willst du das, du machst keine halben Sachen. Außer was die Fabrik betrifft. Zeit deines Lebens hast du alle Frauen mit Missachtung gestraft, die sich dir augenklimpernd an den Hals geworfen haben. Und plötzlich zauberst du diese Marianne hervor und präsentierst sie mir als die Liebe deines Lebens!»

«Verflucht, petit frère, sie wird nicht mehr dazu kommen, die Liebe meines Lebens zu werden, wenn du nichts unternimmst!», beschwor ihn André.

«Also gut.» Zu Andrés Erleichterung wurde Mars wieder ernst. «Natürlich kann ich für dich meine Verbindungen spielen lassen. Du bist nicht der Erste, der mit einer solchen Bitte an mich herantritt.»

André wollte befreit aufatmen, doch ein Ausdruck auf dem Gesicht seines Bruders hinderte ihn daran. «Aber?», fragte er ahnungsvoll.

«Die Frage ist, wie viel du bereit bist, dafür zu zahlen.»

«Zahlen?», rief André aus. «Herrgott, Mars, du bist mein Bruder!» Er riss sich zusammen. «Aber gut – was willst du haben?», fragte er bemüht beherrscht.

«Die Fabrik.»

«Wie bitte?»

Mars kreuzte die Arme über der Brust. «Du trittst an mich ab sofort sämtliche Rechte an der Fabrik ab. Du verzichtest auf dein Erbteil und ziehst dich zurück.»

«Das ist Erpressung!», rief André wütend.

«Unsinn! Tu doch nicht so, als würde dir etwas an der Fabrik liegen. Du kannst mir dankbar sein: Ich befreie dich von Vaters Gängelband und serviere dir gleichzeitig die Liebe auf einem goldenen Tablett.»

André konnte es nicht fassen. In seinem Kopf herrschte wildes Durcheinander. Er versuchte angestrengt, nachzudenken. Doch sosehr er sich auch bemühte, eine klare Entscheidung zu treffen – seine Angst um Marie-Provence machte es ihm unmöglich. Er holte tief Luft. «Was ist mit Zéphyr?»

Mars sah ihn fest an. «Er ist unrentabel.»

André schloss kurz die Augen. Ihm war, als würde er einen Luftzug spüren, den Sog eines mächtigen, seidenen Luftkörpers, der ihn streifte, um für immer im unendlichen Blau zu entschwinden. «Du kannst die Fabrik haben», sagte er schließlich.

Die alte Frau duckte sich unter dem Blick des Anklägers.

«Martine Lacassette!», las Fouquier-Tinville von einem Blatt ab. «Du wirst beschuldigt, dich anti-revolutionär verhalten zu haben. Du wurdest gesehen, als du Insignien der Revolution von der Fassade eines Hauses gezerrt und wütend darauf herumgetrampelt hast.» Fouquier-Tinville warf über dem Rand seiner Brille einen emotionslosen Blick auf die Angeklagte. «Du hast dich dabei wie toll gebärdet und Verwünschungen ausgestoßen.»

Das Publikum, das sich auf der Empore im Hintergrund des Saales versammelt hatte, stieß die üblichen Schmährufe aus.

«Das sind Lügen!», empörte sich die Beschuldigte. «Ich hab Abfälle vorm Haus verbrannt, und da haben die trockenen Buchsgirlanden mit den Kokarden Feuer gefangen, die noch von der Fête de l'Être Suprême dort hingen!» Sie warf die Arme hoch. «Natürlich bin ich drauf rumgetrampelt, als die anfingen zu qualmen! Sollte ich etwa mein Haus verbrennen lassen?»

«Du gibst also zu, nicht nur die Farben der Nation mit Füßen getreten, sondern auch, sie vorher in Brand gesteckt zu haben», schloss Fouquier-Tinville sachlich.

Daraufhin wandte sich der Richter an die zwölf Geschworenen, die auf einer erhöhten Tribüne tafelten. «Citoyens jurés?»

Es war nicht ersichtlich, ob einer der Männer, die unter den revolutionstreuen Bürgern von Paris durch Losverfahren ausgewählt worden waren, wirklich zugehört hatte. Die Geschworenen widmeten sich mit großem Appetit dem Essen, das ihnen gerade serviert worden war. Einer der Männer schwenkte seine Hand und schmatzte: «Schuldig!» Das Publikum klatschte, wenn auch nicht mehr so eifrig wie zu Beginn der endlosen Verhandlung, und vereinzelte Rufe von «Vive la République!» waren zu vernehmen. Zwei Gendarmen packten die zeternde Alte an den Armen und schleppten sie zu der Gruppe der bereits Verurteilten.

«Suivant!», befahl der Richter, gleichzeitig winkte er einem Gerichtsdiener zu. Bald darauf stand auch vor ihm ein dampfender Teller, und der Duft von gebratenem Hühnchen legte sich über das Tribunal.

Marie-Provence wurde gepackt, aus der Gruppe der Wartenden gezerrt und nach vorne geschubst. Der Richter biss derweil herzhaft in einen Schlegel. «Name, Alter, Stand?», fragte er kauend.

«Marie-Provence Duchesne. Neunzehn Jahre alt. Ledig», antwortete sie mit fester Stimme. Sie drückte ihre Knie durch, um die Müdigkeit ihrer Beine zu bekämpfen, und bemühte sich, nicht auf das duftende Hühnchen zu starren.

Es war bereits nach Mittag. Dabei hatte man sie heute Morgen in aller Frühe aus ihrer Zelle geholt. Kaum hatte sie Zeit gehabt, sich von Thérésia zu verabschieden, da wurde sie auch schon mitsamt den anderen Gefangenen, denen heute der Prozess gemacht werden sollte, in den Wagen gepfercht und zur conciergerie gefahren. Durch den frühen Aufbruch hatte sie das karge Frühstück in La Force verpasst, und auch hier schien sich keiner darum zu sorgen, den Vorgeladenen etwas zu essen oder zu trinken zu geben. Seit Stunden standen sie sich nun alle hier im Verhandlungssaal die Beine in den Bauch. Vor Marie-Provence' Augen war ein Fall nach dem anderen abgewickelt worden, sie hatte eine Unzahl von haarsträubenden Anklagen und Verurteilungen mitanhören müssen – wenn sie noch einen Funken Hoffnung in die Gerechtigkeit dieses Landes gesetzt hatte, so war dieser inzwischen endgültig erloschen.

Verzweifelt war sie indes nicht. Um verzweifelt zu sein, hätte sie Gedanken und Gefühle an sich heranlassen müssen, und das hatte sie sich bisher streng untersagt. Gegen die Müdigkeit allerdings konnte sie nichts tun. Sie fühlte sich erschöpfter, als sie es jemals in ihrem Leben gewesen war. Doch bevor sie dieser Müdigkeit endgültig nachgab, das schwor sie sich, würde sie ihre ganze verbleibende Kraft aufbieten, um diesem verabscheuungswürdigen Menschen, diesem Fouquier-Tinville, die Stirn zu bieten.

Der öffentliche Ankläger beugte sich über ein frisch aufgeschlagenes Blatt. «Marie-Provence Duchesne. Du wirst beschuldigt, antirevolutionäre Reden gehalten zu haben.»

«Von wem?», fragte Marie-Provence.

«Vom Bürger Georges Bonardin, Koch und Besitzer des Restaurants namens *Robespierre, Licht der Nation*.»

Marie-Provence' Augen weiteten sich. Sie hatte geglaubt, man sei ihrer Identität auf die Spur gekommen. Dass Rosannes Mann für ihre Verhaftung verantwortlich war, hatte sie nicht einmal in Erwägung gezogen. Gegen ihren Willen leuchtete ein Schimmer Hoffnung in ihr auf. Kraftvoll entgegnete sie: «Ich habe nur ein einziges Mal in meinem Leben mit diesem Mann gesprochen, und zwar an dem Tag, an dem er seine Frau mit einem Schürhaken fast zu Tode geprügelt hätte. Ich habe damals gedroht, ihn anzuzeigen. Seine Anschuldigung ist ein Racheakt!»

Fouquier-Tinville vertiefte sich erneut in seine Unterlagen. «Georges Bonardin hat Zeugen aufgeführt, die schriftlich Folgendes niedergelegt haben: ‹Wir haben die Angeklagte während eines Gesprächs mit der Frau des Restaurant-Besitzers, der Bürgerin Rosanne Bonardin, belauscht. Die Angeklagte spottete über den Namen des Restaurants und meinte, der Name *Zur Gotteslästerung* würde dem Restaurant besser stehen. Dabei spielte sie auf die Verwendung des Gebäudes an, das vor der Revolution als Kirche diente.›» Der Ankläger sah auf. «Was hast du dazu zu sagen?»

Marie-Provence wurde heiß. Sie richtete sich zu ihrer vollen Größe auf. «Ich sage, dass es Verleumdungen sind! Frage nach mir in der maison de la couche! Frag die Frauen nach meinem Bürgersinn, die mich holen lassen, damit ich ihre Kinder berühre. Ich habe als Marianne Drucke der Menschenrechte verteilt! Ich kümmere mich jeden Tag im Waisenhaus um die verlassenen Kinder, die die Kraft und die Zukunft der Nation sein werden.» Sie zeigte auf das Publikum. «Frag die Menschen hier, ob sie nicht die Marianne der maison de la couche kennen!»

Auf einmal erhob sich eine Frau auf der Empore. «Sie hat recht! Ich kenne sie!» – «Ich auch!», rief eine andere.

Zum ersten Mal an diesem Nachmittag blinzelte Fouquier-Tinville. Irritiert schob er seine Brille auf der Nase hoch. Die abgenagten Hühnerknochen hüpften im Teller des Richters, als dieser auf seinen Tisch schlug und donnerte: «Ruhe! Ruhe im Saal!» Nachdem die Ordnung wiederhergestellt war, warf der Richter einen Blick auf Fouquier-Tinville, dann wandte er sich den Geschworenen zu. «Citoyens jurés?», fragte er.

Marie-Provence presste die feuchten Hände aneinander.
«Pass auf, was du sagst, Henri, sonst kannst du heute Nacht auf der Straße schlafen!», rief lautstark die Frau von der Empore. Die anderen Frauen lachten.

Das Gesicht des Richters lief rot an, doch er fuhr nicht dazwischen. Die Geschworenen steckten die Köpfe zusammen, bis einer von ihnen das Wort ergriff. Zögernd begann er: «In diesem besonderen Fall scheint uns die Schuld der Angeklagten nicht …»

«Wenn du es erlaubst, citoyen Richter, möchte ich noch etwas sagen.» Ein Mann, auf den bisher niemand geachtet hatte, erhob sich aus den Reihen des Publikums.

«Croutignac!», rief Marie-Provence aus, doch ihr Aufschrei ging in dem aufkommenden Tumult unter. Die Frauen riefen empört dazwischen, die Geschworenen murmelten einander zu, und Fouquier-Tinville blätterte hektisch in seinen Unterlagen, während die Gendarmen zur Tribüne eilten, um für Ordnung zu sorgen.

«Silence!», schnappte der Richter. «Ruhe, oder ich lasse den Saal räumen!» Scharf wandte er sich an Croutignac. «Wer bist du, der du den Verlauf der Verhandlung störst?»

«Ein Bürger dieses Landes, der der Justiz dient. Gerne weise ich mich beim Tribunal aus. Mein Name ist Cédric Croutignac.» Croutignac richtete einen Finger auf Marie-Provence. «Glaubt dieser Frau kein Wort! Sie hat mich und uns alle hier betrogen!»

Marie-Provence erstarrte. Wie gebannt fixierte sie Croutignac, der wie ein Rachegott von der Empore auf sie herabsah.

«Diese Frau ist nicht die, die sie zu sein vorgibt! Ihr Name ist Marie-Provence de Serdaine!»

⚜

Die Verurteilten verließen schweigsam und mit schweren Schritten den prunkvollen Saal, in dem ihr Schicksal besiegelt worden war. Marie-Provence setzte einen Fuß vor den anderen. In ihr herrschte eine kalte, starre Leere, die ihren Körper und ihre Gedanken lähmte. Ein Stoß katapultierte sie vorwärts. «Los, weiter!»

Im Erdgeschoss warteten die Zellen, die den zum Tode Verurteilten vorbehalten waren – finstere Löcher, wie die Kerker von La Force, allerdings durften die Gefangenen ihre letzte Nacht alleine verbringen. Eine Tür nach der anderen schloss sich hinter den Gerichteten. Marie-Provence hatte bereits einen Fuß in die ihr zugewiesene Zelle gesetzt, als ein Gendarm herbeieilte. «Halt, die nicht! Die wird woanders erwartet!» Überrascht folgte Marie-Provence dem Uniformierten ein paar Schritte, bis dieser in einen Raum zeigte.

«Die Verurteilte Marie-Provence de Serdaine, citoyen.»

«Sehr gut. Mach ihr die Fesseln ab. Und lass uns alleine.»

«Sie!», stieß Marie-Provence aus, als sie den kleinen Raum betrat.

Croutignac lächelte. «Ich bin erfreut, dass mein Anblick dich jedes Mal aufs Neue überrascht.»

«Was wollen Sie von mir?», fragte Marie-Provence. Sie hob das Kinn. «Sie haben heute meinen Tod errungen. Reicht Ihnen das nicht?»

«Sieh an! Kaum gibt man dir deinen Namen zurück, schon verwandelt sich die tapfere Marianne in eine arrogante Dame von Adel.» Er schnippte verächtlich mit den Fingern. «Ihr seid doch alle gleich. Unverbesserlich.»

«Was wollen Sie?», wiederholte Marie-Provence.

«Oh, ich pflege nur eine Tradition», antwortete Croutignac. «Ich habe es mir angewöhnt, immer noch ein Schwätzchen mit den Damen Serdaine zu halten, bevor sie ihre letzte Reise antreten. Weißt du übrigens, dass du deiner Mutter ähnelst? Wahrscheinlich ist das der Grund, weshalb ich dir nie ganz getraut habe. Irgendwie habe ich etwas geahnt, auch wenn ich dich zunächst nicht wiedererkannt habe.»

Mama, dachte Marie-Provence. Und ein kleines Stück der Mauer, die sie umgab, bröckelte. «Haben Sie sie hier gesehen?» Sie konnte nicht umhin zu fragen.

Croutignac nickte.

Marie-Provence' Zunge klebte an ihrem Gaumen. Sie hob den Kopf. «Warum hassen Sie uns so?»

«Ich hasse euch nicht. Jedenfalls nicht mehr als alle anderen Blutsauger eurer Spezies, die geglaubt haben, für immer ungestraft das Land ausbeuten zu können.»

Marie-Provence sah fest in seine blauen, von den dicken Brillengläsern geschrumpften Augen. «Sie lügen.»

Der Mann blinzelte, konterte aber sofort: «Was denn, möchtest du dich wieder auf mich stürzen, wie einst im quai des Augustins? Was willst du? Einen persönlichen Tod? Tut mir leid, den kann ich dir nicht bieten.» Er lachte auf. «Alle sind jetzt gleich, in der Republik. Ein paar Tausend vor dir, ein paar Tausend nach dir. Gleiches Recht und die Guillotine für jeden von euch.»

Marie-Provence fröstelte. Ihr war schlecht vor Hunger. Sie drehte Croutignac den Rücken zu und trat zum Fenster. Sie war zu erschöpft, um weiterzubohren und dafür zu kämpfen, den Grund ihrer Hinrichtung zu erfahren. Sie lehnte ihre pochende Stirn an das Fensterglas und starrte hinaus. Bewegt stellte sie fest, dass man von hier aus die Seine sehen konnte. Sie stand ziemlich genau gegenüber der Stelle, wo sie und André sich zum letzten Mal gesehen hatten. Gestalten flanierten am anderen Ufer und genossen die warme Abendsonne. Marie-Provence' kalte Fingerspitzen liefen über die Scheibe. Da, dieser hochgewachsene Mann mit den dunklen Haaren, war das nicht …?

Enttäuscht biss sie sich auf die Unterlippe. Warum hätte er dort auch stehen sollen? Um ihr nahe zu sein, so wie sie sich einmal eingebildet hatte, ihrer Mutter nahe zu sein? Er wusste doch gar nichts von ihrem Schicksal. Und selbst wenn … Hatte sie ihn nicht von sich gestoßen? *Verschwinde endlich aus meinem Leben! Ich habe dich da nie haben wollen!*

Auf einmal überfiel sie eine unerträgliche Gier nach allem, was für immer versäumt war. Warum nur?, fragte sie sich. Warum habe ich ihn ständig weggestoßen, warum habe ich mich nicht von ihm berühren lassen? Ihr Körper spannte sich unter den versäumten Liebkosungen, erbebte, während sich in ihrem Mund ein Geschmack nach kalter Asche ausbreitete. «Wie haben Sie meine wahre Identität erfahren?», fragte sie, ohne sich umzudrehen.

«Zufall oder Eingebung, nenn es, wie du willst», antwortete Croutignac. «Zum Grübeln hast du mich gebracht, seit dem ersten Mal, als ich dich im Temple gesehen habe. Ich erwähnte ja, glaube ich, schon damals, dass du mir bekannt vorkommst. Dann hat mich Jomart letzte Woche sprechen wollen. Er hatte gerade von deiner Verhaftung erfahren und bat mich inständig, mich für dich einzusetzen. Ich habe mich daraufhin über deinen Fall erkundigt – und zum ersten Mal deinen Vornamen erfahren.» Er lachte auf. «Marie-Provence! Du kannst deinen Eltern für die Einzigartigkeit dieses Namens danken!» Marie-Provence drehte sich ihm zu. Er hob die Brauen. «Falls ich noch irgendwelche Zweifel gehabt hätte – dein Anblick im Gerichtssaal vorhin hätte sie zerstreut. Die gleichen Kleider, die offenen Haare – die Ähnlichkeit mit deiner Mutter war erstaunlich.»

Er zog eine Uhr aus seiner Jackentasche und warf einen Blick darauf. «Aber ich sehe, wir müssen uns verabschieden. Die Herren da draußen brauchen ihre Zeit für die Vorbereitungen. Den Abend fand ich schon immer eine passende Zeit, um zu sterben. Ich hoffe, ich werde einmal ähnliches Glück haben.»

Marie-Provence hob ruckartig den Kopf. «Den Abend? Aber der Richter sagte doch, erst morgen …»

«Das sagte er, ja, aber ich habe etwas umdisponieren lassen. Wer weiß schon, was morgen sein wird?» Nachdenklich fügte er hinzu: «Ich gebe zu, dass deine einflussreichen Freunde mich ein wenig zur Eile zwingen. Ich möchte nicht, dass der Herr vom Sicherheitsausschuss, der für dich interveniert hat, mir einen Strich durch die Rechnung macht. Jetzt, da Robespierre der Prozess gemacht wird …»

«Einflussreiche Freunde?», unterbrach ihn Marie-Provence. Sie hatte keine Ahnung, von welchen Freunden Croutignac da redete. Dann überschlugen sich ihre Gedanken. Thérésia hatte also recht behalten! Es war zwar immer noch möglich, dass Robespierre während seines Prozesses freigesprochen wurde. Doch sollte der Tyrann stürzen und die Schreckensherrschaft mit ihm, bestand die Hoffnung, dass die derzeitigen Gefangenen amnestiert wurden – oder zumindest die Chance eines zweiten Verfahrens bekamen.

Croutignac hatte sie nicht aus den Augen gelassen. «Mach dir keine Hoffnungen. Ich werde nicht zulassen, dass Robespierres Schicksal Einfluss auf meine Pläne nimmt», meinte er.

«Haben Sie denn keine Angst?», fragte Marie-Provence herausfordernd.

«Du meinst, wenn Robespierre gerichtet wird, sollte auch ich als sein Helfershelfer um mein Leben bangen? Nein, ich habe es verlernt, Angst zu haben. Ich habe nichts zu verlieren. Glaube mir, ich würde es nicht bereuen, auf das Schafott zu steigen und dieser Welt den Rücken zuzukehren. Aber zuvor habe ich noch etwas zu erledigen, und deswegen habe ich vorgesorgt: So schnell wird mich keiner der einflussreichen Herren verhaften lassen. Dafür weiß ich einfach zu viel über jeden von ihnen.»

Er trat zur Tür. «Wache! Ist der Henker inzwischen da?»

«Sanson ist schon wieder weg, aber einer seiner Gehilfen ist noch im Haus.» Der Mann schob seinen schwarzweißen Zweispitz in den Nacken. «Der Henker musste zu Robespierres Hinrichtung.»

«Was sagst du da? Der Prozess kann doch unmöglich schon …»

«Es fand kein Prozess statt. Die Angeklagten wurden für gesetzlos erklärt, weil sie sich ihrer Festnahme durch die Flucht ins Rathaus widersetzt hatten. Das Tribunal hat nur ihre Identität festgestellt und sie dann zum Tode verurteilt. Die Männer sind schon auf dem Weg zur Guillotine.»

Zum ersten Mal verlor Croutignac etwas die Beherrschung. Er wurde bleich und packte Marie-Provence am Arm. «Lass einen Wagen in der cour du Mai bereitstellen. Wir fahren los.»

«Ein Wagen für eine einzelne Gefangene, citoyen?», fragte der Gendarm zweifelnd.

«Willst du vielleicht mit drin Platz nehmen?», zischte Croutignac, woraufhin der Mann im Nu verschwand. «Komm!», befahl Croutignac und zog Marie-Provence hinter sich her.

«Ich denke nicht daran!», fauchte Marie-Provence. Die allgemeine Aufregung hatte ihr neue Hoffnung geschenkt und ihre Widerstandskraft geweckt. Sie wand sich unter dem klammerartigen Griff.

Croutignacs Gesicht versteinerte sich. Ein kurzer Ruck, und er verdrehte ihren Arm. Sie schrie auf vor Schmerz. «Ich hätte kein besonderes Vergnügen daran, dir den Arm zu brechen – aber ich werde es ohne zu zögern tun, wenn du Schwierigkeiten machst.»

Tränen flossen über Marie-Provence' Wangen, ohne dass sie etwas dagegen hätte tun können. «Es ist gut!», stieß sie wütend aus.

Kurz darauf schob ihr Peiniger sie in einen Raum mit getünchten Wänden, der nur mit ein paar Hockern und einem Tisch eingerichtet war. Auf dem Tisch lagen eine große Schere, ein Messer und ein Korb.

«Hier, fessle sie und mach sie fertig. Aber schnell, hörst du?», warf Croutignac einem jungen Mann in Zivil zu. Er zwang Marie-Provence auf einen der Hocker nieder.

Der Gehilfe des Henkers griff nach einer Fessel und zurrte Marie-Provence die Hände im Rücken zusammen. Dann packte er das Messer, das auf dem Tisch lag und schnitt den schmutzigen Kragen ihrer Kutte auf Handlänge auf. Der Halsansatz und der obere Teil der Brust lagen nun frei. Dann packte der Mann ihre Haare. Etwas Metallenes und Kaltes schob sich Marie-Provence in den Nacken. Sie fuhr zusammen.

«Schon vorbei», murmelte der Gehilfe und gähnte. «Kein Grund zur Aufregung.» Geübt warf er die armlange Fülle ihrer abgeschnittenen Haare in den Korb.

Marie-Provence unterdrückte ein Schluchzen. Des wärmenden Mantels ihrer Haare beraubt, spürte sie die Kälte und Feuchte des Raumes überdeutlich auf ihrem Nacken und ihren Schultern. Sie presste die im Rücken zusammengebundenen Arme fest an den Körper, um Croutignac nicht an ihrer Schwäche teilhaben zu lassen. Doch es nutzte nichts. Ihr Körper bebte nun unkontrolliert.

«Fertig», murrte der Gehilfe. Er packte einen Besen und begann, den Raum zu kehren.

«Los, der Wagen wartet», sagte Croutignac und zog sie vom Hocker. Ihr aufgeschlitztes Hemd rutschte hinunter und legte ihre Schultern frei. Sie wand sich, doch Croutignac achtete nicht auf sie. Mit schnellen Schritten führte er sie durch verschiedene Gänge und Türen, zerrte sie durch einen kleinen Hof und schubste sie eine Treppe hinauf. Seine Hast verriet Marie-Provence, dass Croutignac sich längst nicht so sicher fühlte, wie er es behauptet hatte.

Verzweifelt zermarterte Marie-Provence sich den Kopf nach einer Möglichkeit des Aufschubs. Das Bewusstsein, dass womöglich nur ein paar Stunden über ihr Leben oder ihren Tod entschieden, brachte sie beinahe um den Verstand.

Eine Arkadenreihe entließ sie in die cour du Mai. Croutignac zog Marie-Provence zu dem Leiterwagen, der dort auf sie wartete, und sie war fast erleichtert. Im Augenblick wünschte sie sich nichts so sehr, wie endlich von der verhassten Gesellschaft ihres Peinigers befreit zu werden.

Croutignac blieb hinter dem Wagen stehen. «Du hast doch nichts dagegen, wenn ich dich begleite?», fragte er.

Marie-Provence hatte Mühe, mit ihren gefesselten Händen auf die hohe Ladefläche des Leiterwagens zu gelangen. Croutignac hatte neben dem Kutscher Platz genommen. Er sah ihr ungerührt dabei zu, wie sie auf den Knien herumrutschte, ehe sie auf die Füße kam.

Sie blickte um sich, überrascht über die Ruhe, die im Hof herrschte. Sonst wurde jeder Gefangenentrupp von den Verwünschungen und Beleidigungen der Frauen begleitet, die stundenlang auf den Stufen lauerten, wie Raben auf der Suche nach einer verendenden Beute. Heute allerdings lagen die Stufen verwaist unter der Abendsonne. Offensichtlich hatte niemand mehr mit einer Hinrichtung gerechnet. Erst jetzt wurde Marie-Provence gewahr, dass sie insgeheim die ganze Zeit gehofft hatte, hier im Hof jemanden vorzufinden, der ihr nahestand und dem sie Lebewohl sagen konnte. Die Gesichter der Menschen, die sie liebte, tauchten vor ihrem inneren Auge auf – und sie blinzelte, um sie zu vertreiben.

«Auf was wartest du? Fahr schon los!», herrschte Croutignac den Fahrer an.

Dieser brummte missmutig. Ein Dutzend Gendarmen versammelte sich als Eskorte um das Gefährt. Langsam schwankend setzte sich der Wagen in Bewegung und reihte sich in den nachlassenden Verkehr der Stadt ein, in Richtung pont au Change.

«Setz dich hin!», befahl Croutignac.

Doch Marie-Provence ignorierte ihn. Sie stellte sich mitten auf die Ladefläche, breitbeinig, um das Holpern des Wagens auszugleichen, und hielt den Blick auf die Straße gerichtet. Wenn das ihr letzter Weg sein sollte, so wollte sie ihn aufrecht hinter sich bringen. Nach der Brücke bog der Wagen nach rechts, fuhr über einen Kai bis zur place de Grève und vom Rathaus weiter durch eine Arkade bis zur place Saint-Gervais. Anschließend entfernte er sich endgültig von der Seine und fuhr gen Osten, über den Faubourg Saint Antoine.

Die tiefliegende Sonne spendete Marie-Provence' nackten Schultern und ihrem geschorenen Nacken wohltuende Wärme. Trotzdem bebte sie wie Espenlaub im Wind. Sie spannte die Muskeln an, um wenigstens das Zähneklappern zu unterdrücken.

Es war einer dieser herrlich milden Sommerabende, der die Menschen vor ihre Türen trieb. Ihre Gesichter waren müde und verhärmt, doch sie ließen keine Wut erkennen, wenn sie Marie-Provence und ihre Eskorte wahrnahmen. Neugier, auch Mitgefühl schauten ihr entgegen, doch nicht, wie so oft in den letzten Jahren, Rachsucht oder Grausamkeit. Marie-Provence fragte sich, ob es diesen Menschen gereicht hatte, vorhin den gefesselten Robespierre vorbeiziehen zu sehen, um ihren Hass in Ketten zu legen. Ob dieses Land wohl einer neuen, ruhigeren Ära entgegensah? Sie wünschte es sich mit all ihrer Kraft – für ihren Vater, die Bewohner von Maisons und einen kleinen Jungen, dessen unermessliches Leid sie inzwischen bestens nachempfinden konnte.

Die langsame Fahrt dauerte eine halbe Ewigkeit und konnte doch nicht lange genug währen. Von den nahen Feldern wehte der Duft von reifendem Korn herüber und verdrängte für einen Augenblick den Gestank der in der Sonnenglut eingedickten Abwässer. Marie-Provence gab sich ganz ihren Sinneseindrücken hin, versuchte mit aller Kraft, Haltung zu wahren, ihren Gedanken und der Angst, die in ihr tobte, zu entkommen.

Als der Wagen in die place de la Révolution einbog, die einst von der Bastille beherrscht wurde und auf der noch immer Andenkenverkäufer Steine und Modelle des zerstörten Bollwerks feilboten, erwartete sie, dass der Wagen den Weg zur place du Trône renversé einschlagen würde. Der Anblick der Silhouette, die sich plötzlich inmitten einer wogenden Menge gegen den Abendhimmel abhob, traf sie wie ein Schlag: Die Guillotine war für Robespierres Hinrichtung versetzt worden, die Fahrt war beendet – man hatte sie um die letzten Minuten ihres Lebens betrogen.

Es war also vollbracht – der Tyrann war tot. Woher bloß hatten all diese Menschen davon gewusst? Mit Grauen entdeckte Marie-Provence die Spuren der Hinrichtung, während der Wagen sich mit Mühe einen Weg durch die Massen bahnte, die bereits wieder den Weg nach Hause antraten. Ein Gehilfe des Henkers schrubbte die Balken und wischte rotes Spülwasser über den Rand des Schafotts. Zwei andere zerrten an einem großen Korb, der neben den senkrecht aufragenden Führungsschienen des Fallbeils stand.

Nicht feindselige, sondern vielmehr erstaunte Gesichter reckten sich Marie-Provence entgegen, als sie langsam an ihnen vorbeizog. Die Menschen hier hatten ihre Blutration erhalten. Keiner hatte mit einer weiteren Exekution gerechnet.

Die Männer auf dem Schafott ächzten, als sie den Inhalt des Korbes in den zweirädrigen roten Wagen kippten, der neben der Bühne wartete. Kurz erhaschte Marie-Provence einen Blick auf ein mit einem Taschentuch umwickeltes Haupt, als ihr Wagen neben dem Schafott zum Stehen kam. Sie würgte entsetzt, zum ersten Mal dankbar, nichts im Magen zu haben.

«Los!», rief Croutignac zwei Gendarmen zu. «Bringt sie rauf!»

Marie-Provence riss panisch an ihren Fesseln. Ihre Versuche, sich zu wehren, wurden mit Leichtigkeit von den zwei kräftigen Männern in Uniform unterbunden, die sie vom Karren zerrten. Kurzerhand wurde sie die Treppe hinaufgeschleift.

Auf einmal erklang ein alles übertönender Schrei. «Marie!»

Marie-Provence schnellte herum. Da, eine Bewegung, ein Reiter in der Menge … «André!», brüllte sie. Die Männer packten sie fester.

Der Reiter hieb trotz seiner bandagierten Schulter so kräftig auf das Pferd ein, dass sich das Tier aufbäumte. Die Menschen schreckten vor den ausschlagenden Hufen zurück.

«Sanson, binde die Gefangene auf die Wippe!», befahl Croutignac.

Der Angesprochene, der einen bespritzten Arbeitskittel über seiner Kleidung trug, runzelte die Stirn. «Warum die Eile, citoyen? Wer bist du über…»

Andrés Pferd bahnte sich in wilden Sprüngen seinen Weg durch das Meer von Menschen, das Gesicht des Reiters verzerrt vor Angst und Wut. Die Zuschauer kreischten auf und machten hastig Platz.

«Haltet ein!», brüllte André.

«Nun mach schon, binde sie fest!», herrschte Croutignac den Henker an.

Dieser rührte sich nicht, sondern kreuzte die Arme über der Brust. «Nicht ohne Befehl des Tribunals!», sagte er.

Croutignac zerrte Marie-Provence zu dem senkrechten Tisch, der dazu diente, den Kopf der Verurteilten in die Einbuchtung unter das Fallbeil zu führen. Marie-Provence schrie, als er sie auf die feuchtrote Holzfläche pressen wollte, biss und trat. In dem Augenblick hatte Andrés Pferd das Schafott erreicht. Er sprang aus dem Sattel und rannte die Treppe hoch.

«Lass sie los! Auf der Stelle!»

Croutignacs Gesicht verzerrte sich. Mit einem unerbittlichen Griff riss er Marie-Provence zurück, um sie mit Schwung auf den Tisch zu schmettern. Ein Entsetzensschrei ging durch die Menge. Ein Griff von Croutignac kippte die Tischplatte in die Waagerechte. Das Fallbeil schwebte jetzt genau über Marie-Provence' Nacken. Sie brüllte und weinte vor Angst. Im selben Augenblick traf Andrés Faust Croutignac, und der Mann flog zu Boden. André stemmte ein Knie auf dessen Rücken, riss seinen Kopf an den Haaren hoch und hielt ihm ein Blatt vors Gesicht.

«Hier, lies!», herrschte er Croutignac an.

Der presste die Lippen zusammen.

«Lies es laut vor, du Hund! Lass es alle hören!», donnerte André. «Lies es, das Wort Begnadigung!»

Die jubelnde Antwort der Menge war ohrenbetäubend.

Paris

DIE VERSIEGELTE ZELLE

9. KAPITEL

Fructidor, Jahr II
August 1794

Glaubst du, dass er kommen wird?», fragte Marie-Provence.

Rosanne sah von der Kiste auf, die sie in die Mitte ihrer alten Küche gezogen hatte und in der sie bereits einen Teil ihres Hausrats verstaut hatte. «Natürlich wird er das», antwortete sie und beobachtete Marie-Provence, die angestrengt aus dem Fenster der Kirche spähte und dabei ihre Finger regelrecht verknotete. Sie musste lächeln. «Wie kannst du daran zweifeln, nach allem, was er für dich getan hat?»

Sie stemmte die Hände in die Hüften, streckte den Rücken und sah sich zufrieden um. Es war ein unerwarteter Segen, ihre Habseligkeiten zusammenpacken zu können. Als sie nach der letzten Auseinandersetzung mit Georges geflüchtet war, hatte sie geglaubt, nie mehr nach Sartrouville zurückzukehren. Doch jetzt, da ihr Mann vor dem Tribunal öffentlich eine Niederlage hatte hinnehmen müssen, brauchte sie nichts mehr zu befürchten. Sie war im Recht und konnte jederzeit einen Gendarmen zu Hilfe holen, wenn Georges ihr auflauerte. Seitdem fühlte sie sich frei und stark. Mit dem, was sie hier einpackte, konnte sie andernorts ein eigenes Gasthaus eröffnen. Das alles hatte sie Marie-Provence zu verdanken. Ein warmes Gefühl überfiel sie. Sie trat zu ihrer Freundin und legte ihr die Hände auf die Schultern.

«So kenne ich dich gar nicht. Warum so verzagt?», fragte Rosanne.

«André und ich haben uns gestritten. Während unseres letzten Gesprächs, vor …», Marie-Provence stockte, presste kurz die Lippen aufeinander und fuhr dann fort: «Vor meiner Begnadigung.» Sie warf Rosanne einen schuldbewussten

Blick zu. «Es sind hässliche Worte gefallen. Ich habe ihn vor den Kopf gestoßen.»

«Nun, dann solltest du vielleicht einfach sagen, dass es dir leidtut. Und dass du ihn liebst.»

«Liebe?» Über Marie-Provence' Gesicht huschte ein Ausdruck der Sehnsucht und der Trauer. Sie schüttelte langsam den Kopf. «Nein, das kann ich ihm nicht sagen. Es würde falsche Erwartungen in ihm wecken. Er würde glauben, ein Recht auf mich zu haben.»

«Hat er das denn nicht?»

Marie-Provence rang sichtlich nach Worten. «Es ist nicht so einfach. Ich gehöre ihm ganz und gar. Doch es gibt noch andere Bindungen als die zwischen Mann und Frau.»

«Dein Vater?», fragte Rosanne mitfühlend. «Der chevalier trägt André nicht in seinem Herzen, nicht wahr? Weiß er überhaupt von deinen Gefühlen für André?»

«Gott bewahre! Das Thema würde nur zu unfruchtbaren Diskussionen und Streit führen – wenn nicht gar zu Schlimmerem. Ich würde meinem Vater gegenüber meine Zuneigung für André niemals offenbaren.»

«Aber André hat dich gerettet! Ist dein Vater ihm dafür denn nicht dankbar?», forschte Rosanne weiter.

«Insgeheim hoffe ich es, aber ...» Marie-Provence stockte. «Eine innere Stimme warnt mich, dass mein Vater André nur in meinem Umfeld dulden wird, solange er glaubt, ihn für seine Zwecke benutzen zu können. Und ich bin so feige und lasse meinen Vater in dem Glauben.» Sie schüttelte den Kopf. «Dabei kann ich Vater noch nicht einmal einen Strick aus seiner Selbstsucht drehen – oft genug werfe ich mir mein Verhalten André gegenüber selbst vor.»

Rosanne runzelte die Stirn. Sie vermutete, dass die Freundin sich etwas vormachte, wenn sie glaubte, sie könne ihrem Vater ihre Empfindungen für André verbergen. Ihr selbst war klar, dass Marie-Provence ihr Herz längst verschenkt hatte. Ein Blick in ihr Gesicht, als sie im Dachraum vor Andrés Bett auf die Knie gefallen war, hatte ausgereicht. «Ich verstehe, dass du dich deinem Vater verpflichtet fühlst. Doch die Zeiten haben sich geändert. Die alten gesellschaftlichen Regeln gelten nicht mehr. Heute braucht keine Frau mehr ihres Vaters wegen einen Mann zu verstoßen. Du solltest mit André offen über das reden, was dich zerreißt.»

«Ich habe es versucht», meinte Marie-Provence trocken. «Kurz darauf haben wir uns angeschrien und uns getrennt.»

Das Bild, das Marie-Provence hier entwarf, passte nicht zu dem Eindruck, den Rosanne von André gewonnen hatte. Sie ahnte, dass noch mehr zwischen Marie-Provence und André stand, als Guy de Serdaine oder irgendwelche Standesunterschiede, und zog ihre Freundin an sich. «Sei bitte vorsichtig. Und überleg dir, was du tust. Die Liebe eines Mannes ist kostbar. Hätte ich mir sonst so viel von Georges gefallen lassen?»

In dem Moment fiel Rosannes Blick durchs Fenster auf den Garten. Mit ruhigem, entschlossenem Schritt nahm eine hochgewachsene Gestalt den Weg zur Kirche. Rosanne stieß einen kleinen Laut aus. «Nun sieh. Er ist da. Lauf schnell und lass ihn nicht warten!»

⚜

André sah sich um, bevor er das kleine Tor aufschob. Doch die heiße Straße war leer.

Als er sich einen Weg durch den verunkrauteten Friedhof gebahnt hatte und die verwitterte Kirche erblickte, an der das Schild *Robespierre, Licht der Nation* höhnte, hielt er kurz inne. Noch immer ergriff ihn ein Gefühl der Beklommenheit, wenn er an seine Erlebnisse im Schacht dachte, und noch immer suchten ihn Albträume heim, die sich um seine Flucht drehten. Andererseits … Er umrundete die Kirche und lächelte, als er in die Wildnis vorstieß, die den Weg zur Falltür verbarg. Ja, andererseits würde er Marie-Provence überallhin folgen, wenn sie ihn rief. Wie Orpheus seine Eurydike, würde er nicht davor zurückschrecken, sie selbst im Hades zu suchen.

«Du bist gekommen.» Marie-Provence saß auf dem Sockel

der kleinen Marienkapelle, inmitten der Geißblattranken. Die Freude in ihrer Stimme war unüberhörbar.

«Natürlich. Du hast mich doch darum gebeten.» Er war glücklich zu sehen, wie gut sie sich erholt hatte. Die entkräftete, mit blauen Flecken und Schwellungen übersäte junge Frau, die er halb ohnmächtig vom Schafott getragen und zu ihrem Vater gebracht hatte, schien nur noch eine schlechte Erinnerung.

Sie errötete leicht. Sie stand auf und trat langsam zu ihm. Die Zeit schien stillzustehen, als ihre Hand über seine Wange glitt. Sanft zog sie sein Gesicht zu sich herab und küsste ihn. «Danke!», flüsterte sie.

Er hob eine Braue. «Wofür?», fragte er lächelnd.

Sie sah ernst zu ihm auf. «Dass du mich gerettet hast. Dass du gekommen bist. Dass es dich gibt.»

Er brachte kein Wort heraus.

Marie-Provence biss sich auf die Unterlippe. Auf einmal schien sie verunsichert. «Ich weiß nicht, ob ich dich bitten darf …» Ihre Hand wies auf die Falltür. «Es ist leider der einzig sichere Weg ins Schloss.»

Er betrachtete die Klappe mit Unbehagen. «Ist deine Tante so erpicht darauf, mich zu sehen?», versuchte er zu scherzen.

«Sie sind weg. Meine Tante, die Vezons, der abbé d'If, Clément und Ernestine. Nach meiner Verhaftung sind sie alle geflohen. Sie hatten Angst, ich würde etwas verraten.»

«Weg?» Er sah sie überrascht an und versuchte, seiner Stimme einen möglichst beiläufigen Tonfall zu verleihen, als er fragte: «Und dein Vater?»

«Er ist in Paris. Bei Freunden.» Wieder stieg ihr eine leichte Röte ins Gesicht. «Wir wären alleine.»

Er starrte sie ein paar Sekunden lang an, und sie errötete noch tiefer. Er räusperte sich. «Ich bin letztes Mal bei der Besichtigung des Schlosses unterbrochen worden. Das würde ich gern nachholen.» Er lächelte. «Wenn ich es mir recht überlege, gibt es nichts, wonach ich mich mehr sehne.»

Das Schloss war noch schöner als in seiner Erinnerung, was vielleicht daran lag, dass sie die prächtigen Zimmer Hand in Hand durchquerten.

Marie-Provence führte André durch die blendend weiße Eingangshalle mit den ziselierten Säulen, unter dem scharfen Blick der Adler entlang, zu den Stufen, die in den ersten Stock führten. Hoch oben, unter dem Saum der schneeweißen Kuppel, die über dem Treppenhaus schwebte, schubsten sich die beflügelten Engel über den Stuckrand. Marie-Provence wies André durch den abgedunkelten leeren Ballsaal. Die Ritzen der vorgeklappten Fensterläden spannen die Mittagsglut zu gleißenden Fäden. In ihnen flimmerte der Staub, der von den Schritten des Paares aufgewirbelt wurde.

Sie gelangten in einen großen Raum nach dem anderen – überall nichts als Leere. André begann sich zu fragen, wohin seine Begleiterin ihn wohl brachte, als sie endlich vor einer Tür stehen blieb.

«Warte hier auf mich, ja?», flüsterte sie. Sie stellte sich auf Zehenspitzen und schloss mit zitternden Fingern seine Augenlider. «Nicht gucken!»

Er hörte das kaum wahrnehmbare Beben in ihrer Stimme, spürte ihre Erregung. Folgsam hielt er die Augen geschlossen und wartete, wie ihm schien, eine Ewigkeit, während er versuchte, ihr Tun durch die gedämpften Geräusche zu erraten. Der alte Holzboden knarrte unter seinen Sohlen, und die blinde Leere des Raumes wuchs in seiner Einbildung zu gespenstischen Ausmaßen heran.

«Jetzt! Komm jetzt, mon amour!»

Er riss erleichtert die Augen auf. Marie-Provence war verschwunden. Eine seltsame Scheu ergriff ihn. Er folgte zögernd dem leisen, einladenden Klang ihrer Stimme bis zu einer offenstehenden Tür.

Fassungslos nahm er jedes Detail der Szenerie auf, die sich ihm darbot. Der Raum, vor dem er stand, war winzig und kreisrund. Unter der Kuppel in Blau und Gold flatterten lachende Putti. Die Wände waren vollständig verkleidet mit goldenen, kannelierten dorischen Säulen und einer Unmenge von zinngefassten Spiegelplatten, die sich einander tausendfach das Licht des einen Fensters hin- und herwarfen. Und der Boden … André atmete tief ein. Der Holzboden war das Kostbarste, was er jemals erblickt hatte: eine Einlegearbeit von erlesener Schönheit. Meisterhaft dargestellte Kornblumen, Ähren und Blätter übersäten ihn in allen Schattierungen zwischen Bernsteingelb und Ebenholzschwarz, eingefasst von filigranen Ornamenten aus Blei und Elfenbein. In strenger Geometrie angeordnet, wiesen sie alle auf die Mitte des Raumes hin. Und genau in dieser Mitte kniete Marie-Provence, auf einem dünnen Lager und einzig bekleidet von einem dünnen Hemd.

Sie errötete tief, sah ihn aber offen an. «Komm», sagte sie.

Es folgten Stunden der Seligkeit. Er fragte nicht, was ihm dieses Glück bescherte, wollte nicht wissen, weshalb sie sich ihm hingab, fragte weder nach Moral noch nach Vergangenheit oder Zukunft. Die Leidenschaft riss sie beide fort. Erst als es bereits dämmerte, fanden sie zurück in die Wirklichkeit, verzückt und so erschöpft, dass keiner von ihnen die Kraft fand, aufzustehen oder auch nur zu sprechen. Sie schliefen auf der Stelle ein, stumm und eng umschlungen.

Als André am nächsten Morgen erwachte, stand Marie-Provence am Fenster. Die weichen Umrisse ihres nackten Körpers hoben sich gegen das einfallende Licht ab. Er betrachtete sie ergriffen. Und er begriff, dass das Geschenk, das sie ihm in diesem Raum gemacht hatte und das sie keinem anderen jemals mehr würde machen können, ihrer beider Liebe für alle Zeiten besiegelt hatte.

«Was tust du?», fragte er, als er hinter sie trat.

Sie deutete auf den weitläufigen Park und die dunklen Buckel des Waldes, die von der aufgehenden Sonne gerötet wurden.

«Ich begrüße den Tag. Das mache ich jeden Morgen, seit …» Sie unterbrach sich und blinzelte. Mit bebender Stimme sagte sie: «Man genießt viel zu wenig, was man hat.

Ein Sonnenstrahl, ein Windhauch … Wir sind umgeben von Wundern, doch wir nehmen sie mit einer Selbstverständlichkeit hin, die an Blindheit grenzt.» Es war das erste Mal, dass sie ihre Gefangenschaft ansprach. Noch vor zwei Wochen wäre es für sie undenkbar gewesen, ihm so offen ihre Gefühle mitzuteilen. Sie hatte sich verändert – nicht nur äußerlich.

Er drückte sein Gesicht in ihr einst so prachtvolles, jetzt vom Henker stümperhaft gestutztes Haar und schloss sie in seine Arme. Die Erinnerungen an das, was sie durchlitten hatte, konnte er ihr nicht nehmen. Doch er konnte sie wenigstens spüren lassen, dass er da war, und versuchen, ihr etwas von ihrer Angst zu nehmen. Es war wunderbar, sie so selbstverständlich zu halten, und es erfüllte ihn mit solchem Glück, dass ihm ihre Anspannung erst nach einiger Zeit auffiel. «Was ist los?», fragte er.

Sie ballte ihre Hände zu Fäusten. «Weißt du, um was ich Gott gebeten habe, die ganze Zeit, während ich in La Force auf meinen Prozess gewartet habe?»

Er drückte seine Lippen auf die sanft pochende Stelle ihrer Schläfe. «Erzähl es mir», bat er.

«Einmal noch diese herrliche Welt von oben zu sehen.» Mit ihren weitgeöffneten rauchgrünen Augen fixierte sie einen Punkt in der Landschaft, den nur sie sah. «Ich habe an nichts anderes gedacht. Tag und Nacht.» Sie drehte sich ihm zu, griff seine Hand. «Nimmst du mich mit? So wie damals?»

Er räusperte sich. «Das wird leider nicht gehen, chérie.»

Sie sah ihn fragend an.

«Es wird keine Flüge mehr geben. Ich habe die Fabrik meinem Bruder überlassen.»

Sie wurde blass. «Aber Zéphyr …»

Etwas schnürte ihm die Kehle zu, als er erklärte: «Zéphyr war alt und seine Hülle zerschlissen. Weiterhin mit ihm zu fliegen, wäre zu riskant gewesen. Ich musste ihn zerstören.»

Natürlich war das nur die halbe Wahrheit – ja, Zéphyr war alt gewesen, doch er war in erster Linie Eigentum der

Firma und somit an Mars übergegangen, als André die Rechte an den Papeteries Levallois abtrat. Daraufhin hatte Mars befohlen, die etwas abgenutzte, aber noch brauchbare Seide in handliche Einzelteile zu zerschneiden und zu verkaufen. André hatte nicht zulassen wollen, dass irgendjemand anders als er selbst zerstörte, was er erschaffen hatte. Noch immer saß die Trauer tief, die er empfand, als sein Messer die Hülle auftrennte. Er litt, als müsse er einen treuen Hund aufschlitzen, und vergoss Tränen der Wut und der Trauer. Dennoch hatte er keinen Augenblick gezögert, denn er wusste, für wen er dieses Opfer brachte.

Die plötzliche Kälte riss André aus seinen Gedanken. Überrascht sah er sich um – er war allein. «Marie? Wo bist du?»

Er fand sie im Nebenzimmer, wo sie gerade ihre Kleider zusammensuchte. Ihr Gesicht war verschlossen. «Marie, was ist?»

Sie antwortete nicht, sondern riss einen Strumpf hoch.

«Ist es wegen Zéphyr? Es tut mir leid, chérie, wenn du jetzt enttäuscht bist, aber …»

Sie richtete sich auf, drückte ihre Kleider an sich und funkelte ihn an. «Wie konntest du nur die Fabrik deinem Bruder überlassen? Wie konntest du nur so selbstsüchtig sein?»

«Ich verstehe nicht …»

«Wie oft hast du mir gesagt, dass die Papierfabrik dich langweilt? Du warst dir zu vornehm für das Handwerk und hast alles hingeworfen, statt einmal darüber nachzudenken, was dir die Arbeit dort alles ermöglicht hat!» Sie stellte sich unmittelbar vor ihn und schrie ihn an: «Du hast deinen und meinen Traum für deine verdammte Bequemlichkeit verschenkt!» Sie schluchzte auf.

Andrés Herz schlug schnell. Er hätte sich rechtfertigen und ihr seine Gründe darlegen können, doch das hätte bedeutet, dass sie sich für den Verlust der Fabrik schuldig gefühlt hätte, und das wollte er nicht. Sie hatte schon genug zu tragen – lieber übernahm er die Last, als sie unter der zusätzlichen Bürde schwanken zu sehen. Zuerst versuchte sie, ihn abzuwehren, aber dann ließ sie doch zu, dass er sie in den Arm nahm. «Du wirst fliegen!», raunte er. «Das verspreche ich dir! Wir werden einen Weg finden, um deinen Traum zu erfüllen.»

«Aber wie soll das gehen? Du hast kein Geld mehr, und ich …»

«Andere schaffen es auch. Glaubst du, dass alle, die jemals geflogen sind, Krösusse waren?» Er lächelte. «Wir werden einfach betteln gehen.»

Sie riss ihre verweinten Augen auf. «Betteln?»

«Aber ja. Wir machen aus unserer Fahrt ein Spektakel. Wir erzählen, dass wir etwas versuchen werden – ein Experiment, eine neue Technik, irgendetwas –, das es nie zuvor gegeben hat, und machen die Leute neugierig. Ich glaube, ich weiß auch schon, was. Und du», er stupste sie auf die Nase, «wirst durch die republikanisch geschmückten Salons wandeln und die Damen und Herren hofieren, die plötzlich wieder etwas zu sagen haben, seit Robespierre tot ist, und sie überzeugen, in das vielversprechende Unternehmen eines jungen Physikers namens André Levallois zu investieren. Schließlich wurdest du freigesprochen, niemand kann dir mehr etwas anhaben.»

Er sah, wie ihre Augen aufleuchteten, und ergriff ihre Hände.

«Wir schaffen das», sagte er fest. «Solange wir einen gemeinsamen Traum haben und um ihn kämpfen.»

⚜

Marie-Provence eilte durch die Küche und packte ihre Sachen zusammen. Heute war der Tag der Visite im Temple, und sie wollte auf keinen Fall zu spät sein. Jomart war der Auffassung, Robespierres Tod würde möglicherweise auch eine Lockerung von Charles' Haftbedingungen zur Folge haben, und um nichts auf der Welt wollte sie das verpassen.

«Ich muss jetzt los. Heute Nacht bin ich nicht da, ich schlafe in der rue de Gaillon», sagte Marie-Provence zum

Rücken ihres Vaters. Ihre Stimme hallte laut in dem großen Raum.

Seit die anderen Bewohner von Maisons das Schloss verlassen hatten, war es oft sehr still hier. Kurz dachte Marie-Provence an ihre Tante und die übrigen Mitbewohner, die sich mit Hilfe ihres Vaters und dessen Verbindungen auf den Weg nach England gemacht hatten. Es war ein längst überfälliger Schritt gewesen, angesichts ihrer rasch schrumpfenden Geldreserven. Marie-Provence' Verhaftung war nur der letzte Ansporn, eine untragbar gewordene Situation zu ändern. Allerdings bedauerte Marie-Provence, dass sie sich nicht von tante Bérénice hatte verabschieden können. Sie konnte nur von Herzen hoffen, dass die Flüchtigen es schaffen würden, sich an die ihnen fremd gewordene Außenwelt anzupassen.

Als von ihrem Vater keine Reaktion kam, trat Marie-Provence an ihn heran. «Ist etwas nicht in Ordnung?»

Guy de Serdaine drehte sich mit einem Ruck zu ihr um. «Kannst du mir verraten, was das soll?» Er klatschte ein Papier auf den Küchentisch.

Marie-Provence brauchte nur einen Blick, um zu sehen, worum es sich handelte. Ihr wurde heiß, doch sie ließ sich nichts anmerken. «Du liest meine Korrespondenz?», fragte sie kühl.

«Mit Recht, wie man sieht!»

Ihr Vater war bleich. Etwas, das Marie-Provence noch nie dort gesehen hatte, lag in seinem Blick.

«Wenn ich das, was dieser Kerl da so salbungsvoll umschreibt, richtig verstehe, habt ihr … Stimmt das?»

«Diesen Kerl, Vater, hast du selbst um Hilfe gebeten. Und er hat mein Leben gerettet.» Sie bemühte sich, ruhig zu bleiben, doch ein leichtes Zittern lag in ihrer Stimme. «Glaubst du nicht, dass es an der Zeit ist, deine Vorurteile ihm gegenüber abzulegen?»

«Wer spricht von ihm? Er hat sich genommen, was zu kriegen war, wie nicht anders zu erwarten! Aber dass du …» Er hieb mit solcher Wucht auf den Brief, dass Marie-Provence zusammenzuckte. «Wie konntest du dich von ihm einlullen lassen? Ihm deinen Stolz opfern für die Dankbarkeit, die dieser unverschämte Mensch glaubt, von dir fordern zu können?»

«Ich glaube, ich muss da etwas richtigstellen.» Sie sah ihren Vater fest an. «André hat nichts gefordert, Vater. Ich war es, die ihn gerufen hat. Ich habe mich ihm hingegeben, weil ich mich danach gesehnt habe.» Bei diesen ungeschminkten Worten wurde ihr Vater noch ein wenig bleicher. «Weil ich nicht sterben wollte, ohne zu wissen, was es heißt, eine Frau zu sein! Und ich habe recht getan. Ich bereue es keine Sekunde, und auch dir wird es nicht gelingen, mir ein schlechtes Gewissen einzureden.» Sanfter fuhr sie fort: «Die Zeiten haben sich geändert, Vater. Ich weiß, was du dir für mich wünschst und dass es immer nur das Beste war. Aber André ist ein intelligenter, mutiger und sensibler Mann, und ich finde, diese Charaktereigenschaften sind mindestens genauso viel wert wie ein alter Stammbaum.»

Guy fuhr sich über das Gesicht. «Was habt ihr jetzt vor? Wollt ihr heiraten?»

«Ich habe einmal zu André gesagt, dass ich nicht seine Frau werden könnte, solange Louis-Charles nicht befreit wurde. Daran hat sich nichts geändert.»

«Soll das heißen, dass wir noch auf dich zählen können?»

«Was hast du denn gedacht?» Marie-Provence schüttelte den Kopf. «Ich weiß nur allzu gut, wie es dem Kleinen geht, Vater. Ich werde keine Ruhe haben, bis ich ihn da rausgeholt habe, glaub mir! Und André wird uns dabei helfen.»

«Er hat eingewilligt? Hat dein Schicksal ihm endlich die Augen geöffnet? Ist er bereit, für unsere Sache zu kämpfen?»

Was sollte sie antworten? ‹Nein, Vater, das wird er niemals tun, das hat André mir unmissverständlich klargemacht›? Dann würde er ihr weiter bohrende Fragen stellen, sie zwingen, ihr Vorhaben zu erklären, und höchstwahrscheinlich versuchen, sie davon abzubringen. Sie aber war fest entschlossen, sich durchzusetzen. *Lass dir von niemandem einreden, du seiest schwach und wehrlos. Wichtig ist nicht, ob man stark ist, sondern ob der andere es glaubt.* Auch wenn dieser andere der eigene Vater war. Marie-Provence senkte den Blick nicht. «Ich sagte doch: Er wird uns helfen.»

Ihr Vater sah sie ein paar Sekunden lang schweigend an. «Du hast dich verändert, Marie. Sie haben mir mein kleines Mädchen genommen, in La Force. Und ich gestehe, dass ich noch nicht ganz weiß, was man mir zurückgegeben hat. Ich hoffe nur, dass du nie bereuen musst, was du tust.»

«Keine Sorge, Vater. Ich habe beschlossen, es zu halten wie alle anderen: nie zurückblicken. Hast du bemerkt, wie die jungen Leute sich plötzlich wieder in den Theatern drängen, seit die Terrorherrschaft besiegt scheint? Was für frohe Gesichter sie haben! Sie wollen nur eines: tanzen, sich amüsieren, das Leben genießen, auch wenn zu Hause der Kochtopf leer ist. Und ich werde mir meinen Teil davon holen. Aber deshalb muss ich noch lange nicht von meinem Weg abweichen.» Mit diesen Worten drehte sie sich um, nahm ihren Korb und ging zur Tür.

⚜

Marie-Provence ergriff die schmalen, fingerlangen Bögen, die auf dem Tisch lagen, die sogenannten bulles. Bedrückt zählte sie sie. Acht Stück …

Die bulle begleitete einen Zögling für die Dauer seines Aufenthaltes im Heim. Auf ihr wurden die Daten der Ankunft vermerkt, die besonderen Merkmale sowie der Name des Waisenkindes. Das Dokument wurde anschließend mittels einer dünnen Kette um den Hals des Kindes gehängt und durfte unter keinen Umständen entfernt werden, um eine Verwechslung zu vermeiden. Nur im Todesfall kamen die bulles zurück und landeten zunächst auf Jomarts Schreibtisch. Der Arzt führte eine Tabelle, in die er die Daten und die Krankheitsgeschichte der Kinder eintrug, bevor er die Dokumente Madame Mousnier überließ. Seit Marie-Provence hier arbeitete, waren erschreckend viele neue Namen in die Tabelle eingefügt worden – was auch daran lag, dass die Gelder, die zur Erhaltung des Heimes dienten, seit den Umbrüchen nur unregelmäßig flossen und deshalb die Ammen ausblieben.

«Versuchen Sie, es sich nicht zu Herzen zu nehmen.»

Marie-Provence sah sich um. Sie hatte den Arzt nicht eintreten hören.

Er deutete auf die Blätter. «Zwei von den Kleinen hatten Syphilis. Sie wissen, wie es ist.»

Marie-Provence nickte wortlos. Kinder, bei denen Syphilis festgestellt worden war, mussten künstlich ernährt werden, da sie sonst die Ammen anstecken würden, und hatten so gut wie keine Überlebenschancen.

«Ich habe Neuigkeiten für Sie», sagte Jomart, offensichtlich bestrebt, sie abzulenken. «Croutignac wurde von seinem Dienst im Temple suspendiert. Der Wohlfahrtsausschuss und insbesondere Barras haben ihn durch einen gewissen Jean-Jacques Laurent ersetzt.»

«Was wird mit Croutignac geschehen?»

«Ich weiß es nicht. Nur wenige von Robespierres Freunden haben die Säuberungsaktion überlebt, und er wird sicherlich schwere Stunden hinter sich haben. Andererseits – Croutignac war zwar ein enger Vertrauter Robespierres, doch er stand nie im Licht der Öffentlichkeit. Ich muss gestehen, dass ich ihn noch nicht besucht habe. Meine Frau drängt mich dazu, sie sagt, es sei meine Pflicht als Schwager, ihm beizustehen, aber …» Jomart warf ihr einen Seitenblick zu. «Sie kennt die Rolle nicht, die er bei Ihrer Verhaftung gespielt hat.»

Marie-Provence nahm einen Papierstapel in die Hand und vertrieb ihr Unbehagen, indem sie ihn mehrere Male geräuschvoll auf den Tisch stieß, bis die Blätterkanten exakt übereinanderlagen. «Es ist vorbei», sagte sie mit fester Stimme. «Ich bin freigesprochen worden und kann inzwischen sogar überall mit dem Namen Serdaine auftreten. Gott sei Dank ist seit Robespierres Hinrichtung ein Adeliger nicht mehr automatisch ein Schwerverbrecher. Croutignac kann mir nichts mehr anhaben.»

Genauso war es, versicherte sie sich. Ihr Vater wurde zwar

noch gesucht als der Mann, der der Königin zur Flucht hatte verhelfen wollen, doch keiner wusste, dass er wieder im Lande war. Sie selbst war amnestiert und Croutignac als Robespierres Vertrauter entmachtet. Vielleicht hätte Marie-Provence noch einen Grund zur Beunruhigung gehabt, wenn ihre Familie und Croutignac ein persönliches Motiv gehabt hätten, sich zu hassen. Aber sowohl ihr Vater wie auch Croutignac hatten ihr versichert, dass dem nicht so sei, und Croutignac war seit den Ereignissen auf der place de la Révolution wie vom Erdboden verschluckt. Sie war ihn los, daran wollte sie mit aller Kraft glauben. Und mit der Zeit würden sicherlich auch die Angstträume verschwinden, die sie nachts plagten und Schutz in Andrés Armen suchen ließen.

Jomart kratzte an seinem Schnurrbart. «Marie-Provence, es gibt da etwas, das ich Sie schon die ganze Zeit fragen möchte – seit Sie mir verraten haben, dass Sie sich unter einem falschen Namen vorgestellt hatten. Als Assistenzarzt lernte ich bei einem Kollegen, der im ganzen Land herumreiste, um seine neuartigen Methoden bekanntzumachen. Er wurde auch am Hof empfangen.» Er sah sie forschend an. «Ich traf dort auf einen capitaine Guy de Serdaine – ist das womöglich ein Verwandter von Ihnen?»

«Das ist mein Vater», antwortete Marie-Provence überrascht.

«Ah …» Der Arzt riss die Augen auf, wandte sich dann jedoch ab und beugte sich über seine Tasche.

Marie-Provence runzelte die Stirn. «Kennen Sie ihn?»

«Kennen wäre übertrieben. Eine Begegnung, mehr nicht.» Er kramte geräuschvoll in der bauchigen Tasche herum. «Meine Frau hat recht. Ich sollte Cédric besuchen», murmelte er. Er richtete sich wieder auf. «Es waren übrigens gestern zwei Herren da, die einen neuen Passierschein zum Temple für Sie abgegeben haben, Mademoiselle. Auf Ihren wirklichen Namen.» Er hielt Marie-Provence das Dokument hin. «Ich gestehe, dass mich das verblüfft. Jemanden mit Ihrer Familiengeschichte zum kleinen Capet durchzulassen … Ich weiß, dass Ihre dramatische Befreiung Sie als Marianne noch berühmter gemacht hat – dennoch müssen Sie über ziemlich gute Beschützer verfügen.»

Marie-Provence musste dem Arzt recht geben. Sie wusste nur noch wenig von den Ereignissen nach ihrer Rettung durch André. Bilder von unendlich vielen strahlenden Gesichtern und winkenden Händen geisterten durch ihre Erinnerung. Auf jeden Fall wurde auf dem Weg zum Waisenheim, wo sie zunächst einmal von Jomart untersucht wurde, das Gerücht geboren, die Bürger von Paris hätten ihre Marianne aus den Klauen des Diktators Robespierre gerettet, der sie posthum auf dem Altar seiner Grausamkeit hatte opfern wollen. Seitdem hatte der Andrang der Schwangeren im Waisenhaus noch zugenommen. Die Herren des Konvents indes waren von einem anderen Schlag als die Wäscherinnen und Marktfrauen, die nach ihrem Segen verlangten, und ließen sich gewiss nicht durch ihre Beliebtheit davon abhalten, in die Akten zu schauen, die unter den Namen Serdaine geführt wurden.

Sie nahm dem Arzt den Pass aus der Hand, um die Unterschrift zu lesen. «Tallien!», rief sie. «Das hat Tallien unterzeichnet.»

«Jean-Lambert Tallien? Der Mann, der durch sein tapferes Auftreten Robespierres Fall mit bereitete? Sie kennen den neuen starken Mann vom comité de salut public, vom Wohlfahrtsausschuss?», fragte Jomart mit hochgezogenen Brauen.

Marie-Provence lächelte. «Noch besser: Ich kenne die Frau, die er liebt.» Sie presste das kostbare Blatt an sich. Also war auch Thérésia aus La Force entkommen, nachdem sie Tallien gegen Robespierre aufgehetzt hatte. So bald wie möglich würde sie ihr einen Besuch abstatten. Sie strahlte Jomart an und hakte sich bei ihm ein. «Kommen Sie! Lassen Sie uns zu Louis-Charles fahren und uns diesen Laurent ansehen. Heute soll ein Glückstag sein! Nach Ihrem Schwager kann dieser Mann doch nur ein Gewinn sein, oder?»

Jomart nickte ernst. Sorgenfalten zerfurchten seine Stirn. «Das hoffe ich von Herzen. Gott ist mein Zeuge.»

⚜

Der erste Eindruck, den Marie-Provence und Jomart bekamen, versetzte ihren Hoffnungen freilich einen Dämpfer: Die Wachen waren verdoppelt worden. Sonst war keine Veränderung von außen auszumachen, weder auf der weiträumigen Anlage noch nahe des donjon, dessen vernarbter und vom Sommer gegerbter Rasenkranz so trostlos wie immer dalag. Als die Tür im kleinen Turm geöffnet wurde, warfen sich Marie-Provence und der Arzt einen Blick der gegenseitigen Ermunterung zu, bevor sie die Stufen erklommen.

Jomart ließ Marie-Provence den Vortritt. Noch bevor sie den zweiten Stock erreichte, hörte sie etwas Ungewöhnliches: Menschliche Stimmen ertönten von oben. Sie beschleunigte ihre Schritte. Endlich erreichte sie den tapezierten Vorraum. Drei Männer standen hier herum, deren Gesichter ihr inzwischen bekannt waren: die Repräsentanten der commune von Paris. Sie beachteten sie nicht, sondern starrten auf eine dunkle Öffnung mit einer Mischung aus Verlegenheit, Unbehagen und Misstrauen. Daneben lag ein Brettergefüge, aus dem verbogene Nägel, Scharniere und Gitter ragten. Marie-Provence stockte der Atem. Die Tür des Gefängnisses war geöffnet worden!

Eine scharfe, unmittelbare Angst ergriff sie. «Was ist los?», herrschte sie die Männer an. «Wie geht es dem Kind? Ist es …?» Keiner antwortete, und keiner hielt sie zurück, als sie die Anwesenden beiseiteschob. In zwei schnellen Schritten war sie in dem Raum, vor dem sie so oft gestanden hatte. Sie prallte zurück. Die Luft war so verbraucht und geschwängert von den übelsten Gerüchen, die ein menschlicher Körper ausstoßen konnte, dass sie den Mund aufriss wie ein Fisch auf dem Trockenen. Sie sah nach rechts, zu dem Lager, und bereitete sich auf das Schlimmste vor.

Ein junger Mann mit dunklem Teint und lockigen Haaren kniete vor der schmalen Gestalt, die auf der durchgelegenen Strohmatte ruhte. Marie-Provence näherte sich mit zögerlichen Schritten. Er hatte etwas in der Hand – eine Schale mit Flüssigkeit und einen Schwamm, mit dem er unbeholfen versuchte, die schmierige Schicht vom Gesicht des

Kindes zu entfernen. Er war bemüht, die Krusten nicht zu berühren, die sich über die Kopfhaut des Gefangenen bis in die Halsfalten ausbreiteten. Dennoch zuckte das Kind jedes Mal zusammen, wenn er es berührte. Der Mann sah fragend zu Marie-Provence auf.

Diese ließ sich neben ihm nieder. «Darf ich?», fragte sie und streckte die Hände aus. «Ich bin die Assistentin von docteur Jomart.»

«Laurent. Ich bin der neue Wächter. Ja, bitte, wahrscheinlich kannst du das besser als ich.»

Sie dankte ihm mit einem Lächeln und nahm ihm die Schale ab.

In dem Moment betrat auch Jomart das Zimmer. Er hielt Laurent die Rechte hin. «Alexandre Jomart. Ich besuche das Kind seit mehreren Wochen.» Er deutete auf die Fenster. «Wäre es möglich, hier etwas Luft hereinzulassen?»

Laurent nickte. Offenbar fühlte er sich nicht wohl in seiner Haut. «Ja, das habe ich bereits beantragt. Die Einwilligung kam heute Morgen vom Sicherheitsausschuss. Mein Vorgänger hatte offensichtlich eine recht … eigene Art, die Sicherheitsvorschriften umzusetzen.» Er winkte den Männern im Vorraum zu. «He, ihr da! Kommt mal her und helft mit!»

Marie-Provence wandte sich dem Kind zu. «Charles», sagte sie sanft. Sie nahm eine seiner Hände, eine Geste, wie sie sie unzählige Male zuvor in einem früheren Leben gemacht hatte. Seine Finger lagen kalt und dürr wie Winterholz in ihrer Handfläche. Sie beugte sich über das stumme Gesicht. «Die Kavallerie ist da», raunte sie. «Der Kommandant der Leibgarde Seiner Majestät bittet untertänigst, seinen Dienst antreten zu dürfen, Sire.»

Charles antwortete nicht. Doch er sah sie an. Und auf den grauen, aufgesprungenen Lippen erschien der Hauch eines Lächelns.

⚜

«Und, wie findest du mich?», fragte Marie-Provence und drehte sich in alle Richtungen, wobei sie darauf achtete, nicht an den schrägen Wänden des Mansardenzimmers anzustoßen.

«Wie hast du das gemacht? Das mit deinen Haaren, meine ich.»

Marie-Provence griff zu einem Handspiegel und begutachtete die kurzen Locken, die an ihrem Hinterkopf hochgesteckt waren und locker ihr Gesicht umrahmten. «Das hat mir Thérésia gezeigt. Sie sagt, das sei die allerneuste Mode, eine Hommage an die Opfer der Guillotine und Inspiration aus dem antiken Griechenland. Die modischen Damen, die etwas auf sich halten, tragen heute alle die Frisur *à la victime*. Sie lassen sich sogar die Haare dafür abschneiden!» Leiser fügte sie hinzu: «Es ist gut, oder? So fällt es gar nicht mehr auf …»

«Nein. Es ist wundervoll», sagte André warm und strich über ihre bloßen Arme. «Aber das Kleid …»

«Was ist? Es gefällt dir nicht?», fragte Marie-Provence. Sie zupfte am hauchdünnen weißen Gazestoff. Das Kleid hing wie eine Tunika von ihren Schultern; es öffnete sich in einem großzügigen Ausschnitt und ergoss sich in weichen Falten bis weit über die Füße. Zwei Perlen, die jeweils die nur fingerlangen, transparenten Ärmel zusammenhielten, eine seidig schimmernde Bordüre an Ausschnitt und Saum sowie ein dünner geraffter Schal aus jadegrüner Atlasseide, der unter der Brust festgebunden war, bildeten die einzigen Verzierungen.

André räusperte sich. «Doch, es gefällt mir, chérie, aber – willst du so auf die Straße gehen?»

«Wenn man möchte, kann man einen Schal darübertragen, leger über die Armbeugen drapiert», erklärte Marie-Provence gnädig. «Und dazu fasst man den überlangen hinteren Saum, wie eine Schleppe. Siehst du?» Sie machte es ihm vor und stolzierte ein paarmal das winzige Zimmer auf und ab.

André fuhr mit einem Zeigefinger zwischen Kragen und Hals. «Darüber. Ja. Sehr schön. Und was ist mit darunter?», fragte er. «Ich meine … Also, das Ganze ist ziemlich transparent.»

Sie konnte sich ein Lächeln nicht verkneifen. «Das ist eben die neue Kunst: angekleidet zu sein, ohne danach auszusehen. Die neue Nonchalance.» Sie verschränkte ihre Finger in seinem Nacken. «Man trägt kein langes Unterkleid mehr, weißt du. Und statt eines langen, steifen Korsetts nur noch eine Art Gurt – hier oben, wo das Band hängt. Wenn du wüsstest, wie herrlich befreit es sich jetzt atmen lässt!» Zum Beweis machte sie ein paar tiefe Atemzüge.

Andrés Blick folgte gebannt der Bewegung ihres Brustkorbes und der neckischen Gazefalte, die sich in ihrem Ausschnitt im Takt öffnete. «O Marie», seufzte er, «was hast du bloß für eine Meinung von mir? Bin ich aus Stein? Glaubst du allen Ernstes, ich kann im Salon von Madame Cabarrus über die Vorzüge des Kautschuks bei der Abdichtung von Flugkörpern referieren, wenn du zur gleichen Zeit in dieser Aufmachung vor mir hertändelst?»

Sie knabberte zärtlich an seinem Ohr. «Es wird dir nichts anderes übrigbleiben, mon chéri. Thérésia meint, die neue Mode stehe mir ausgezeichnet. Und sie hat mir das Kleid geschenkt unter der Bedingung, dass ich es zu dem Empfang trage, den sie in einer Woche gibt, und zu dem, wie sie sagte, alles kommen wird, was einen alten oder einen neuen Namen hat.»

Mit Freude dachte sie an ihr Wiedersehen mit Thérésia zurück. Obwohl Marie-Provence unangemeldet bei ihr vorgesprochen hatte, war die junge Frau bei der Nennung ihres Namens sofort die Treppe ihres herrschaftlichen Hauses heruntergerannt, um sie in die Arme zu schließen. «Marie-Provence! Ich war so in Sorge um dich! Ich habe von deiner Befreiung gehört – man sagt, die Menge habe dich im Triumph zur maison de la couche zurückgebracht! Du musst mir alles darüber erzählen, die ganze Stadt spricht davon!»

So kam es, dass sie mit der jungen Bankierstochter einen guten Teil des Nachmittages verbracht hatte, vor Tellern mit erlesenen Köstlichkeiten, deren Existenz Marie-Provence in den zwei Jahren der Entbehrungen schon fast vergessen hatte und denen Thérésia gewiss einen Teil ihres neuen, blühenden Aussehens verdankte. Es war herrlich gewesen, zu kichern, Klatsch zu hören und über die Extravaganzen der neuen Mode zu staunen, die die Kunst des angezogenen Nacktseins feierte und der krasse Gegensatz zu den steifen, prächtigen Kleidern war, die Marie-Provence noch in Maisons aufbewahrte. Für ein paar Stunden hatte sich Marie-Provence eine Sorglosigkeit gegönnt, die sie in bester Laune in die rue de Gaillon hatte zurückkehren lassen.

«Ich hasse diese Frau jetzt schon», knurrte André. Er legte seine Hände auf ihre Brüste, was sie einen wohligen Laut ausstoßen ließ. «Sie hat einen äußerst verwerflichen Einfluss auf dich.»

Marie-Provence lachte auf und durchwühlte das dunkle, lockige Haar, das André über die Stirn fiel. «Nicht verwerflicher als du, würde mein Vater sagen! Wer hat mich denn zur Sünderin gemacht?»

Er hielt inne. «Du weißt, dass ich nur auf ein Zeichen von dir warte, Marie! Dass ich dich auf der Stelle zu meiner …»

Sie erstickte seine Worte unter ihren Lippen, zog dann lächelnd an seinem Arm. «Komm, mon amour, wir sollten uns jetzt hinlegen. Ich muss morgen früh raus, und wir haben doch bestimmt noch etwas vor …»

Am nächsten Tag, als er ihr dabei zusah, wie sie in ihr alltägliches blaues Kleid schlüpfte, fragte er vorsichtig: «Du gehst heute in den Temple?»

Marie-Provence nickte, nur mäßig überrascht, auch wenn sie keine Ahnung hatte, woher André das wusste. Ihr war schon länger aufgefallen, dass ihr Geliebter ein guter Beobachter war und über ein überdurchschnittliches Maß an Sensibilität verfügte – Charaktereigenschaften, dank derer er seinen Porträts und Skizzen eine Ausstrahlung verlieh, die ihn zu einem begabten Zeichner machten.

Seit ihrem Streit an dem schrecklichen Tag, an dem sie verhaftet worden war, hatten sie nicht mehr über Charles geredet, und das Thema stand trotz all der innigen Stunden, die sie in den letzten Wochen miteinander verbracht hatten, zwischen ihnen. Ihr Herzschlag beschleunigte sich, als sie sich bückte, um ihren Saum zu heben und in ihre Schuhe zu schlüpfen.

«Habe ich dir erzählt, dass es dort einen neuen Mann gibt?», plapperte sie. «Sein Name ist Laurent, und er stammt von Martinique. Barras hat ihm diesen Posten gegeben. Er ist ein Republikaner, aber …» Sie drehte sich kurz zu André. «Er ist keiner dieser verbissenen, rachsüchtigen Revolutionäre, die über Leichen gehen. Er hat Mitgefühl. Und er liebt Blumen. Er hat mir erzählt, dass er einen Garten um sein Haus in der rue Folie-Méricourt hat, den er alleine bewirtschaftet.»

André hob eine Braue. «Verheiratet?», fragte er.

«Nein. Er teilt sich das Haus mit seiner Mutter und zwei Schwestern.» Spöttisch blinzelte sie ihn an. «Du wirst doch wohl nicht eifersüchtig sein?»

Aber André ließ sich nicht ablenken. Er sah sie auf diese Art an, die sie unruhig machte. «Und wie geht es dem Kind?», fragte er.

Sie antwortete ruhig, allerdings ohne aufzusehen, während sie die Schnallen ihrer Schuhe schloss. «Ein wenig besser. Seine Zelle ist gesäubert und vom Ungeziefer befreit worden, ein Teil der Fensterläden wurde entfernt. Er hat ein neues Bett bekommen – und sogar einen neuen Anzug. Und was das Wichtigste ist: Er wird ab und zu auf den Turm geführt. Zwar kann er dort nichts sehen außer dem Himmel, weil hohe Holzlatten angebracht worden sind, die den Blick nach unten verstellen, aber wenigstens kommt er an die frische Luft.»

Marie-Provence schwieg. Das alles war richtig, doch es spiegelte nur einen Teil der Wahrheit. In Wirklichkeit machte sie sich Sorgen um Charles' Gesundheit. Das Kind sprach den ganzen Tag kaum ein Wort und siechte in stumpfer Gleichgültigkeit dahin. Es war extrem schwach und litt unter den Geschwüren, die seinen Kopf bedeckten. Und selbst wenn Laurent bei Charles blieb, während dieser seine einfachen Mahlzeiten zu sich nahm, und darauf achtete, dass die Zelle gesäubert und aufgeräumt wurde – die allermeiste Zeit des Tages blieb der Junge nach wie vor sich selbst und der tristen Einförmigkeit seines Gefängnisses überlassen.

Jomart hatte es durchgesetzt, öfters kommen zu dürfen, um die empfindlichen verkrusteten Stellen am Kopf des Kindes zu baden und einzureiben, sodass sie sich nun alle zwei Tage sahen. Doch nie wurden sie mit dem Kind allein gelassen – Laurent und die Vertreter der commune hielten sich stets streng vorschriftsmäßig mit ihnen in der Zelle auf. Meistens musste sich Marie-Provence mit einer liebevollen Berührung, einem verstohlenen Händedruck oder einem warmen Lächeln begnügen, um Charles aufzumuntern, und nur selten gelang es ihr, ihm etwas Persönliches zuzuflüstern. Sie musste aufpassen, sich bremsen, um das Kind und sich selber nicht zu gefährden, um nicht das aufs Spiel zu setzen, was sie sich erarbeitet hatte. Denn auch wenn die Haftbedingungen des Kindes verbessert waren, der Neunjährige blieb eine Quelle ständiger Auseinandersetzungen zwischen den Parteien, Hoffnungsträger der Royalisten und Garant für politische Sicherheit zugleich. Der Nationalkonvent hütete ihn folglich wie seinen Augapfel.

Auch André war inzwischen fast vollständig angezogen. Da sie sich regelmäßig trafen, hatte er ein paar Sachen in der rue de Gaillon untergebracht, sodass er heute Morgen ein frisches Hemd trug. Er stellte den kleinen Handspiegel auf den Tisch und klemmte ihn zwischen der Blumenvase und ihrem Korb ein, um seinen Schal zu binden. Sein forschender Blick traf sie. «Marie, es ist nicht meine Art, um den heißen Brei herumzureden. Ich muss es wissen: Was ist mit deinen Plänen? Hast du noch immer vor, den kleinen Capet aus dem Gefängnis zu befreien?»

Jetzt, dachte sie, jetzt ist der Augenblick gekommen. Sie drehte sich zu ihm um. «Man ruft ihn dort jetzt nicht mehr Capet, sondern Charles.» Sie lächelte. «Ich sage ja: Es geht ihm besser. Es gibt endlich Hoffnung. Sie beginnen wieder, einen Menschen in ihm zu sehen.» Sie trat näher an ihn heran. «Lass mal, ich helfe dir.» Geschickt wand sie den langen weißen Schal mehrere Male um seinen Hals bis unter sein Kinn. Ihr Puls donnerte in ihren Ohren. Die Wahrheit, dachte sie. Nur die Wahrheit – alles andere würde er erraten.

«Weißt du», sagte sie leise, während sie die Enden in der Mitte zu einem kleinen Knoten band, «ich habe es dir noch nicht gebeichtet, aber du hattest recht: Ich habe damals nicht wirklich gewusst, auf was ich mich einlasse, welche Gefahren ich eingehe. Ich habe am eigenen Leib gespürt, was es heißt, machtlos der Willkür roher Menschen ausgeliefert zu sein.» Ihre Augen weiteten sich. «Ich will das nie wieder erleben, André», flüsterte sie.

Er ergriff ihr Gesicht mit beiden Händen. Seine Daumen strichen über ihre Wangen, als wollten sie alle Sorgen von ihren Zügen wischen, und sein Blick war voller Zärtlichkeit. «Ich bin unendlich froh und erleichtert, dass du zu dieser Erkenntnis gekommen bist, Marie, und ich dich trotzdem in den Armen halten darf. Du hattest Glück, unendlich viel Glück. Wenn ich denke …» Er brach ab.

«Nein, ich hatte dich, André. Und was immer auch geschieht, was auch jemals zwischen uns stehen mag – ich werde nie vergessen, dass ich ohne dich nicht mehr wäre.» Sie schwieg, weil ihre Augen feucht wurden, und er zog ihr Gesicht zu sich und küsste ihre Wimpern. Sie wusste, dass sie keine dieser Liebkosungen wert war, dennoch ließ sie sie zu, weil sie vielleicht eines Tages nichts mehr haben würde als ihre Erinnerung, und auch, weil sie so die Lider schließen konnte, um ihr hässliches, betrügerisches Ich zu verbergen.

Als seine Lippen jedoch nach ihrem Mund suchten, wand sie sich sanft, aber bestimmt aus seinen Armen. «Ich muss los!», entschuldigte sie sich mit einem Lächeln.

«Sehe ich dich heute Abend?», fragte er warm.

«Heute Abend?», wiederholte sie. Auf einmal fiel ihr ein, was an diesem Abend stattfinden würde, und Nervosität ergriff sie. «Nein, es geht leider nicht – ich habe meinem Vater versprochen, dass wir uns sehen.»

«Du scheinst nicht besonders erfreut darüber.»

«Das hat nichts mit meinem Vater zu tun, glaub mir. Eher mit dem Ort, an dem wir uns treffen wollen.»

«Erinnerungen?», fragte er mitfühlend.

«Das bestimmt auch.» Und sie küsste ihn leicht und flüchtete, ehe ihre Kunst, mit Halbwahrheiten zu jonglieren, sie im Stich lassen würde.

⚜

Am Arm ihres Vaters schlenderte Marie-Provence den quai des Augustins hinunter. Es war kurz vor sechs, und die Luft war trotz des nahenden Abends schwül. Marie-Provence schwitzte unter ihrer tiefgezogenen Kapuze und dem langen Umhang, der ihr bis zu den Füßen reichte. Ihr Vater hatte es besser: Der alte Strohhut, der sein Gesicht beschattete, war den Temperaturen eher angepasst.

Trotz ihrer Anspannung vor dem, was sie erwartete, drängten sich Marie-Provence beim Anblick des Flusses alte Bilder auf – Szenen ihrer Kindheit, einer schmerzlich vollkommenen Welt, die es für sie nicht mehr gab, während sie für die Menschen hier fortbestand. Saßen diese zwei Angler mit dem entrückten Blick nicht schon immer dort? Waren es nicht dieselben, die sie jeden Tag von ihrem Kinderzimmer aus gesehen hatte, als sie endlich groß genug war, um auf das Fensterbrett zu klettern? Sie sog die feuchtwarme Luft ein. Den Geruch der Seine hätte sie unter allen anderen wiedererkannt: eine unnachahmliche Mischung aus feuchtem Heu, Fisch, faulen Abwässern, Rauchschwaden und Schwemmholz, Teer, Schlick und derber Seife. Manche Leute verabscheuten es, dem Fluss zu nahe zu kommen, und auch ihre Mutter hatte sich immer über den Geruch beschwert, der sich in Vorhänge und Wäsche festsetzte und der so anders war als die würzigen Düfte ihrer südlichen Heimat. Marie-Provence hingegen liebte ihn. Ihr war das Leben hier immer besonders dicht erschienen. Es lag einem auf der Zunge, beanspruchte alle Sinne.

Ein Zeitungsjunge kam ihnen entgegen, und Guy de Serdaine kaufte ihm eine Ausgabe des *Courrier de l'Égalité* ab.

«Hast du Angst?», fragte er, als sie ein wenig weitergeschlendert waren.

Marie-Provence warf einen Blick nach links, auf die Häuserzeile des quai des Augustins. Nur ein paar Gebäude von dem Markt entfernt, den man marché de la Vallée nannte und auf dem die Pariser seit fast drei Jahrhunderten Geflügel, Butter und Eier kauften, stand ihr Elternhaus. Die Fenster spiegelten den wolkenverhangenen Himmel. «Ja, ein wenig», gab sie zu.

«Du kannst es dir immer noch überlegen, Marie. Noch ist es nicht zu spät», sagte ihr Vater, wie bereits mehrere Male zuvor.

Und erneut schüttelte Marie-Provence den Kopf. «Nein, Vater. Meine Angst ändert nichts an meiner Entschlossenheit.» Sie drückte seinen Arm. «Es muss gemacht werden, das weißt du», versuchte sie, ihn zu beruhigen. «Und ich bin die am besten geeignete Person, um unser Vorhaben auszuführen: Ich kenne das Haus in- und auswendig, und nur eine Frau kann die Rolle übernehmen, die ich spielen soll.»

Sie befanden sich inzwischen auf der Höhe der beiden Angler. Ihr Vater näherte sich ihnen, um in ihre Eimer zu spähen.

«Also, die Luft ist rein», murmelte einer der Männer und paffte helle Wolken aus seiner kleinen, dünnen Pfeife. «Croutignac ist vor einer halben Stunde ausgeflogen, mitsamt seinem Diener Auguste.»

Überrascht starrte Marie-Provence den Mann an. Erst jetzt erkannte sie das bärtige Gesicht des baron de Batz unter der breiten Krempe.

«Wir haben etwa eine Stunde Zeit», sagte leise der andere Mann, der sein Taschenmesser gezogen hatte, um an einem Stück Treibholz herumzuschnitzen. Er schabte mit der Klinge über einen seiner vielen Leberflecke und blitzte Marie-Provence spöttisch von unten an. «Alles klar, Mademoiselle? Haben Sie Ihre Rüstung angelegt?»

Marie-Provence öffnete ihren Umhang, um ihm den Blick auf ihre Kleidung freizugeben. Mit ihrem Vater hatte sie erst einen langen Kampf bestehen müssen, ehe sie sie anziehen durfte.

Assmendi pfiff leise durch die Schneidezähne. «Fichtre, Mademoiselle», raunte er, «wo haben Sie denn das her?»

«Ein paar Damen aus dem Palais-Égalité verkehren gelegentlich in der maison de la couche, um dort zu entbinden. Eine von ihnen hat es mir geliehen», berichtete Marie-Provence nicht ohne Stolz.

«Mach den Umhang wieder zu, Marie!», schimpfte ihr Vater leise. «Oder willst du wegen Unzucht im Gefängnis landen?»

«Was sagen Sie zu dem Wetter?», fragte Batz.

Marie-Provence blickte zum Himmel empor, der inzwischen ganz von Wolken bedeckt war. Ein böiger Wind trieb Blätter und Staub in den Fluss.

«Sieht nach Regen aus. Aber wir können es uns nicht leisten, zimperlich zu sein», sagte Guy. «Ein Teil der Dienstboten hat einen freien Tag, die Gelegenheit ist günstig. Bis hier was runterkommt und Croutignac umkehrt, sind wir fertig.»

Assmendi und Batz nickten.

Guy de Serdaine sah langsam um sich, wie ein müßiger Spaziergänger, der sich ein neues Ziel sucht. «Also gut. Assmendi und Batz bleiben hier. Ich gehe mich so lange da drüben hinsetzen und lese meine Zeitung. Wenn uns etwas auffällt oder falls Croutignac früher zurückkommen sollte als geplant, schreiten wir ein und warnen dich. Falls du im Haus Schwierigkeiten bekommst, öffne einfach ein Fenster und schrei oder mach Lärm oder schick Dorette – wir kommen dann und holen dich raus.»

Marie-Provence nickte. Ihr Hals war trocken. «Ja, alles in Ordnung.»

Batz hob seine Angel. «Guten Fang!»

Marie-Provence lächelte flüchtig, dann lenkte sie ihre Schritte in die Richtung ihres Elternhauses.

Das Haus, in dem sie die ersten Jahre ihres Lebens verbracht hatte, war ein einhundertfünfzig Jahre altes, helles Gebäude mit Schieferdach, nicht breit, doch zweistöckig angelegt. Es besaß weder Innenhof noch einen eigenen Stall, doch die hohen Fenster wurden von wundervoll gearbeiteten Basreliefs verziert, und im ersten Stock schwebte ein kleiner, schmiedeeiserner Balkon so anmutig wie venezianische Spitze.

Der Haupteingang bot sich Besuchern über eine breite Treppe an, doch Marie-Provence hielt sich weiter links. Dort, in einem schmalen, überdachten Gang, war der Durchlass zu den Wirtschaftsräumen. Sie schlug ihren Umhang zurück, schob ihre Kapuze vom Kopf und überprüfte in einem Taschenspiegel, ob die dick aufgetragene Schminke der Wärme standgehalten hatte. Dann atmete sie einmal tief ein und aus, hob die Rechte und klopfte an.

Der junge Bursche, der ihr öffnete, machte große Augen.

«Hallo, Hübscher», lächelte Marie-Provence. «Bin ich hier richtig? Wohnt hier der citoyen Cédric Croutignac?»

Der Junge wischte seine Hände voller Schuhwichse an der kurzen Schürze ab. Sein Blick glitt ein paarmal an ihrer grellen Aufmachung hoch und runter, während seine Gesichtshaut eine gesunde Farbe annahm.

«Wer ist da, Benoît?», fragte eine Stimme in seinem Rücken und schob den Jungen kurzerhand beiseite. Die ältere Frau, die am Türrahmen erschien, stemmte ihre Fäuste in die kräftigen Hüften. «Ah, so eine schon wieder!», sagte Dorette gedehnt.

«Ich bin geschickt worden», lächelte Marie-Provence und spielte mit der Kordel ihres Umhangs. «Der Herr sagte, ich solle schon mal reingehen.»

«Ja, ja, er fühlt sich wieder mal einsam.» Dorettes Blick hing abschätzend an Marie-Provence' Saum, der kurz unter ihrem Knie endete. «Na, dann komm mal mit nach oben. Ich zeig dir das Zimmer, damit du dich bereitmachen kannst. Aber wehe, du fasst etwas an, hörst du? Wir haben hier schon ein paar Erfahrungen mit deiner Sorte gemacht, ich lass dich morgen hier nicht raus, ohne dich zu durchsuchen!»

In der Küche war es heiß. Dorette bereitete offensichtlich gerade das Abendessen vor, und ein munteres Feuer flackerte im Kamin. Ein Mann sah vom Tisch auf, an dem er gerade zu Abend speiste. Marie-Provence' Herz schlug schneller. Sie kannte den Mann – er hatte sie vor einem knappen Jahr mit Auguste von Croutignac weggezerrt. Jetzt würde sich zeigen, was besser funktionierte – ihre Tarnung oder sein Gedächtnis.

«Na, wen haben wir denn da?», fragte er und verzog das Gesicht. «Hat sich Croutignac im Palais-Égalité wieder mal ein Schwälbchen gefangen?» Er stand auf. «Lass mal, Dorette, ich bring sie schon.»

«Wird denn dein Essen nicht kalt, Flamin?»

«Ich bin für die Etage zuständig. Du bleibst in der Küche. Das sind die Regeln», verteidigte der Diener seine Privilegien. Er rülpste und stand auf. Dorette warf Marie-Provence einen Blick zu, zuckte dann aber mit den Schultern. Sie musste nachgeben, wollte sie keinen Verdacht erwecken.

Kurz darauf wies Flamin Marie-Provence in Croutignacs Zimmer.

«Da drüben steht Waschzeug. Der Alte mag es, wenn die Mädchen sauber sind. Und schrubb dir auch das Gesicht. Das ganze Zeug da ziehst du vorher aus und legst es in diese Truhe. Er will euch nackt und bereit in den angewärmten Laken.»

Marie-Provence zog ihren Umhang von den Schultern und hing ihn an einen Haken an der Tür. Kurz berührten ihre Finger den grünseidenen Morgenmantel, der dort hing. Ein Stich durchfuhr ihr Herz, und die alte Wut flammte kurz in ihr auf. Sie trat zurück und tat, als würde sie sich neugierig in dem ihr nur allzu bekannten Zimmer umsehen, während sie darauf wartete, dass Flamin ging. Dieser machte allerdings keine Anstalten dazu. Seine Blicke klebten an ihrer aufreizenden Aufmachung.

«Hast du nichts zu tun?», fragte sie frech.

Er schüttelte den Kopf. «Wie kommt eigentlich so ein hübsches Ding wie du dazu, sich so einem hinzugeben?»

Marie-Provence stieß einen inneren Seufzer aus. Sie hatte wahrlich keine Zeit, Grundsatzdiskussionen zu führen. «Ich brauch das Geld», sagte sie knapp. «Zufrieden? So, und jetzt lass mich allein.»

«Wie viel ist das denn so?»

Marie-Provence kreuzte wortlos die Arme über der Brust.

«Weißt du überhaupt, wie der Kerl aussieht?», fuhr Flamin eifrig fort. «Ich mein, ohne Wäsche. Der ist bedeckt mit Krusten von oben bis unten.» Er deutete eine Handbewegung an. «Der kratzt sich nachts immer – bis aufs Blut. Das merkt der Alte gar nicht, das macht der im Schlaf. Willst du dich wirklich von so einem anfassen lassen?» Gott bewahre, dachte Marie-Provence stumm, während Flamin an seiner Nasenspitze zupfte. «Wir könnten uns doch ein paar nette Stündchen in meiner Kammer machen, du und ich …»

Marie-Provence trat forsch zur Tür und öffnete sie. «Ich glaube, du gehst jetzt besser.»

«Nicht umsonst, ich habe Geld gespart! Der Alte müsste es ja nicht erfahren – wir sagen einfach, dass du wieder gegangen bist!»

Verflixt, war der Kerl hartnäckig! Sie warf einen Blick zum Fenster. Der Himmel sah bedrohlich aus. Die Zeit lief ihr davon … «Hör zu, du bist ein netter Kerl», sagte Marie-Provence. «Aber ich gebe mich nicht mit Dienstboten ab, verstanden? Es ist schlecht fürs Geschäft. Also zisch jetzt ab und hör auf, mir die Ohren vollzujammern!» Ihre gelegentlichen Gespräche mit den Damen des Palais-Égalité hatten offensichtlich Früchte getragen. Marie-Provence beglückwünschte sich zu ihrer treffenden Ausdrucksweise, während sie mitleidlos Flamins kleinlautem Rückzug beiwohnte.

Dann schloss sie die Tür hinter dem Diener und drückte ihr Ohr daran, lauschte seinen sich entfernenden Schritten. Sie kannte alle Geräusche in diesem Haus – Flamin ging offensichtlich wieder zur Küche hinunter, um seinen Kummer mit dem kalt gewordenen Essen hinunterzuschlucken. Gut so.

Sie sah zu der kleinen Standuhr auf dem Sekretär. Croutignac, hatte Dorette ihr erzählt, war ein Mann der Gewohnheiten. Seit er nicht mehr in den Temple ging, lebte er zurückgezogener und hielt sich viel im Haus auf. Doch abends um halb sechs pflegte er stets eine Spazierfahrt zu unternehmen. Gegen sieben kam er dann heim, um zu Abend zu essen. Es blieb ihr etwa eine Dreiviertelstunde.

Lautlos öffnete sie die Tür und spähte in den Flur. Keine Menschenseele war zu sehen. Sie griff in eine Tasche ihres Kleides und pirschte sich zu ihrem früheren Zimmer. Ihre Finger zitterten leicht, als sie den Schlüssel in das Schloss steckte. Jetzt kam es darauf an. Dorette hatte einen günstigen Moment abgewartet, um einen Wachsabdruck des Zimmerschlüssels anzufertigen, und Poura, der pensionierte Soldat, der eine kleine Schlosserei betrieb, um seine dürftige Rente aufzubessern, hatte versichert, das Double sehr sorgfältig angefertigt zu haben. Eine Garantie, dass der Schlüssel auch funktionieren würde, gab es allerdings nicht, da sie ihn nicht hatten ausprobieren können.

Marie-Provence hatte Glück: Der Schlüssel passte. Das gutgeölte Schloss bewegte sich ohne einen Laut, und Marie-Provence trat ein. Sie zog die Tür hinter sich zu und sah sich um. Kurz bemächtigte sich ihrer Melancholie.

Nichts war in ihrem Kinderzimmer verändert worden, wenn man von den zahlreichen Kisten absah, die sich auf dem Boden stapelten. Dieselbe Streifentapete, dieselben Möbel, auf denen jetzt allerdings ziemlich viel Staub lag. Sogar ihr altes, geschundenes Schaukelpferd stand noch da – selbst als Heranwachsende hatte sie sich nicht von ihm trennen wollen. Und über dem Holzpferd hingen drei stümperhaft ausgeführte Ölbilder; ihre Mutter hatte verlangt, sie dort hängen zu lassen. Sie stammten aus einer Zeit, in der Angèle de Serdaine sich bemüht hatte, ihrer Tochter die Flausen eines Soldatenlebens aus dem Kopf zu treiben, und sie zu Tätigkeiten ermutigte, die besser zum weiblichen Geschlecht passten. *Du hast eine Begabung dafür, Marie! Schau nur, wie gut du uns getroffen hast! Und wie fein die Uniform deines Vaters ausgeschmückt ist!*

Marie-Provence lächelte noch im Nachhinein über die übertriebene Begeisterung ihrer Mutter. Sie trat an das Bild heran, auf dem ihre kindliche Hand die Familie porträtiert hatte – Vater in Weiß mit Orden auf der Brust, Mutter im Ballkleid, Tochter lachend zwischen ihnen –, und runzelte die Stirn, als sie die feinen Risse sah, die sich über die kleine Leinwand zogen. Jemand hatte das Bild so zerkratzt, dass die Gesichter der Menschen nur noch Flecken waren. Sie schluckte. Der Raum war immer verschlossen. Wer, außer Croutignac, konnte es schon getan haben?

Sie fühlte, wie sich ein ungutes Gefühl in ihr ausbreitete, unterdrückte jedoch die Empfindungen, die warnende Stimme, auf die sie nicht hören wollte. Hastig wandte sie sich den Kisten zu. Es war wirklich nicht der Augenblick, sich wehmütig über ihre alten Spielsachen zu beugen.

Marie-Provence zählte nach. Fünfzehn hölzerne Truhen mit Deckeln standen vor ihr. Und nichts unterschied sie äußerlich voneinander. Ihre Handflächen wurden feucht. Nie im Leben würde die Zeit ausreichen, sie alle zu durchsuchen. Sie versuchte aufs Geratewohl, einen der Deckel zu heben. Es gelang problemlos. Croutignac verließ sich offensichtlich auf das Schloss an der Tür, um seine Schätze zu sichern.

Ein Geräusch am Fenster ließ sie zusammenfahren. Als sie nach draußen spähte, sah sie, dass es angefangen hatte zu regnen. Der auffrischende Wind ließ die Tropfen auf die Scheiben prasseln. Falls Croutignac seinen Spaziergang wegen des Wetters abkürzte, musste sie eben schneller sein als er.

Marie-Provence beugte sich wieder über die geöffnete Kiste. Diese war mit kartonierten Umschlägen gefüllt. Marie-Provence zog einen der Umschläge heraus, auf dem ein Name stand, der ihr nichts sagte, und durchblätterte den Inhalt kurz. Jemand hatte Informationen zusammengetragen, wahrscheinlich über die Person, deren Name auf dem Umschlag stand. Marie-Provence klappte die Mappe wieder zu und seufzte ungeduldig. Das war es nicht, wonach sie suchte.

Quer über den Umschlägen lag eine Liste. Sehr gut. Croutignac schien Gott sei Dank über einen besseren Ordnungssinn als sein Schwager Jomart zu verfügen. Diese Umschläge beinhalteten offensichtlich Informationen über Personen, deren Nachnamen mit den Buchstaben K und L anfingen. Nachdenklich glitt Marie-Provence' Blick über die verbliebenen vierzehn Kisten. Wenn sie Croutignac richtig einschätzte, standen sie hier in einer bestimmten Reihenfolge. Mal angenommen, jede Kiste stand für zwei Buchstaben, dann blieben noch zwei Kisten anderen Inhaltes übrig.

Sie kniete vor zwei Truhen nieder, die etwas abseits standen, und klappte sie auf. Keine Hefte, sondern lose Blätter, manche ihres Formates wegen mehrmals gefaltet. Sie zog eines heraus. Es war ein Plan, vergilbt und leicht brüchig. Auf einer Ecke prangte ein Abdruck. *Archives de Paris*, las Marie-Provence und stieß einen lautlosen Freudenschrei aus.

Fieberhaft und doch gründlich begann sie, die Dokumente zu durchblättern. Ein Konstruktionsplan des pont de la Tournelle, eine Skizze der Abwasserkanäle, ein Schnitt der alten Oper … Falls auch hier ein System bestand, nach dem die Pläne und Bilder geordnet waren, so blieb es ihr unverständlich. Sie hatte keine andere Wahl, als alles einzeln durchzugehen – mit einer einzigen Hilfe: Sie kannte die zweite Hälfte des Dokumentes, das sie suchte, und konnte sich an dessen Größe orientieren. Dennoch trieb ihr die Anzahl der Pläne, die sie durchsehen musste, den Schweiß auf die Stirn.

Nach einer Weile, die ihr wie eine Ewigkeit vorkam, klappte sie die erste der beiden Kisten zu und machte sich an die nächste. Wieder vertiefte sie sich in den Inhalt. Inzwischen klebten ihr vor Anspannung die Kleider am Leib. Sie zwang sich, nicht ständig an die Zeit zu denken, die unerbittlich dahinrann, um sich mit aller Kraft auf ihre Aufgabe zu konzentrieren. Als sie etwa ein Drittel der letzten Kiste durchforstet hatte, ließ ein Umriss sie innehalten. Sie zog das Dokument heraus und entfaltete es. Ihr Herz schlug schneller. Ja, das hier war eindeutig die Silhouette des Temple!

Ein lautes Geräusch ließ sie zusammenfahren. Sie lief zum Fenster. Ein paar Steine lagen draußen auf dem nassen Sims. Menschen liefen eilig über den quai, um sich in Sicherheit zu bringen, denn der Regen peitschte nun wütend über die Stadt. Batz hockte unten und gab vor, etwas an seinem Schuh zu richten. Der Wind klatschte ihm den triefenden Umhang um den Körper. Dennoch schien er ihr Fenster im Blick zu behalten, denn er wies zur Seite. In einem Anflug von Panik erkannte Marie-Provence eine Kutsche. Auguste stemmte sich daneben gegen den Sturm, hielt seinen Hut fest und riss den Schlag auf, um seinem Herrn beim Aussteigen behilflich zu sein.

Marie-Provence sprang vom Fenster zurück zur offenstehenden Kiste. Ein letztes Mal hockte sie sich davor, um in fliegender Hast die noch ungesehenen Dokumente durchzublättern. Sie hatte keine Zeit mehr, sie zu überprüfen, also riss sie kurzerhand alles heraus, was dem Gesuchten ähnelte. Dann warf sie den Deckel auf die Kiste zurück.

Den Arm beladen mit Papieren, schlich sie sich aus dem Zimmer, das sie eiligst verschloss. Unten ging die Haustür auf.

Der Umhang!

Marie-Provence stürmte in Croutignacs Schlafzimmer und griff zu dem schützenden Kleidungsstück, das sie sich kurzerhand über die Schultern warf. Dabei streiften ihre Finger erneut den Hausmantel, der an der Tür hing. Sie biss sich auf die Lippen. Ein Ruck ging durch ihren Körper. Sie riss den grünen Seidenmantel vom Haken und presste ihn sich an die Brust. Beladen mit ihrer Beute gelangte sie auf den Flur.

Unten stand bereits Croutignac und ließ sich den Gehrock abnehmen. «Mädchen? Was für ein Mädchen? Ich habe kein Mädchen hierhergeschickt! Wo ist sie? Habt ihr sie etwa da oben allein gelassen?»

Marie-Provence lief nach rechts, zu der Dienstbotentreppe. Sie raste die Stufen hinunter, ängstlich darauf bedacht, sich weder in ihrem überlangen Mantel zu verfangen noch eines der kostbaren Papiere zu verlieren. Sie warf die Küchentür auf – und starrte direkt in Croutignacs Gesicht.

«Du schon wieder?», schrie Croutignac.

Marie-Provence machte auf dem Absatz kehrt, doch da hatte er bereits ihren Arm geschnappt.

«Diesmal entkommst du mir nicht!», rief er. «Auguste!»

Marie-Provence wehrte sich nach Kräften, aber sie war von ihrer Beute behindert, und er schleifte sie mühelos hinter sich her, bis vor den Kamin. Dort blieb er stehen. Seine Augen, von den dicken Brillengläsern geschrumpft, starrten sie durchdringend an.

«Was hast du hier gewollt?»

Marie-Provence presste ihre Lippen fest aufeinander und drückte die Dokumente an ihr rasendes Herz.

«Was versteckst du da unter deinem Umhang?»

«Wollen Sie es sehen?» Marie-Provence warf ihm den seidenen Hausmantel vor die Füße. In dem Augenblick, da seine Augen sich überrascht weiteten, schlug sie auf die Hand, die sie gefangen hielt. Eine Sekunde lang war sie frei – dann wurde sie herumgeschleudert. Sie riss unwillkürlich die Arme hoch, um den Aufprall gegen die Wand abzufedern. Dabei ließ sie die Schriftstücke los.

«Ah! Auguste, halt sie! Flamin, hilf ihm! Und nehmt euch in acht vor ihr! Lasst sie nicht wieder entkommen!» Croutignac kniete nieder und raffte die Dokumente zusammen.

Da ertönte eine Stimme im Raum. «Lasst sie los, ihr beiden! Auf der Stelle!»

Marie-Provence, Croutignac und die beiden Diener schossen herum.

«Serdaine!», entfuhr es Croutignac in einem Ton, der nichts als Hass verriet.

In der Tat: Die Außentür zum Dienstboten-Eingang stand offen, Assmendis Gestalt hob sich im Türrahmen ab, und vor ihm stand Guy de Serdaine. Er hielt die drohende Mündung zweier Pistolen auf die Männer, die seine Tochter gefangen hielten.

«Er hat mir die Dokumente abgenommen!», rief Marie-Provence.

«Geben Sie sie ihr zurück, Croutignac!», befahl Guy de Serdaine. «Und ihr zwei anderen, lasst sie endlich los! Ich zähle bis drei: eins, zwei …»

Croutignacs Blick flog zwischen Marie-Provence, seinen Dienern und der Tür hin und her. Auf einmal verhärtete Entschlossenheit seine Züge. Er sprang zur Seite …

«Der Kamin!», schrie Marie-Provence, doch zu spät.

Croutignac schleuderte die Papiere ins Feuer.

Marie-Provence entfuhr ein entsetzter Schrei, als die Flammen über dem Plan des Temple zusammenschlugen und ihn in ein kleines Häufchen Asche verwandelten.

10. KAPITEL

Vendémiaire – Frimaire, Jahr III
September – November 1794

Es ist meine Schuld. Ich habe gewusst, wie dreist sie ist. Cédric Croutignac hockte vor einer geöffneten Kiste und blätterte den verbliebenen Inhalt durch. Es fiel ihm schwer, sich zu konzentrieren, dafür war der Schock zu groß. Aber er musste es herausbekommen. Was hat sie hier gewollt? Warum hat sie so viele Dokumente mitgenommen? War es, um ihre Spuren zu verwischen? Wurde sie gestört?

Ungeduldig überflog er die Liste, die er einst angefertigt hatte, und verglich sie mit dem, was noch vorhanden war. Als er damals einen Teil der Archive der Bastille mitgenommen hatte, hatte er einem Trieb gehorcht, der schon fast ein Zwang war: Wenn er in die Lage geriet, an eine Information zu kommen, musste er diese Information auch haben. Diesem Trieb verdankte er seine ganze Karriere. Schon als Kind war es so gewesen: Er liebte es, vor Weihnachten in den Schränken seines Elternhauses zu kramen, um Geheimnisse aufzuspüren. Später hatte er die Schubladen seiner Lehrer durchwühlt, dann heimlich die Briefe seiner Frau geöffnet. Ein paar Jahre danach hatte er andere geschickt, um an seiner Stelle zu wühlen und zu durchstöbern, und hatte sich damit begnügt, die Ergebnisse dieser Suchen auszuwerten.

Die Archive hatte er damals während der Plünderungen mitgenommen, als die Stadt im Chaos versank und die Unterlagen unbeaufsichtigt waren – aus dem Gefühl heraus, dass sie ihm noch nützlich sein könnten. Einem Gefühl, dem er gelernt hatte, zu vertrauen. Er hatte sie nach Hause getragen und ein Inventar erstellt. Und dann hatte er sie beiseitegeschoben. Letzteres allerdings war die Auswirkung einer seiner anderen Eigenschaften, besser gesagt, einer seiner Unzulänglichkeiten. Ja, das war ein Fehler. Er hätte versuchen sollen, den Inhalt der Pläne zu verstehen. Doch dazu hatte er keine Lust gehabt. Für ein Studium hatte das Geld seiner Eltern nicht gereicht, und daher war seine Bildung nur oberflächlich – Zahlen und Formeln stießen ihn ab. Weil er es hasste, etwas nicht zu verstehen, machte er meistens einen Bogen um Karten und Tabellen. Seine anderen Akten, die, in denen es um Menschen ging, lagen ihm wesentlich näher.

Gereizt machte Cédric ein Kreuz auf seiner Liste, um ein wiedergefundenes Schriftstück zu kennzeichnen. Meine Begabung liegt eben woanders, versuchte er sich zu beschwichtigen. Und die ist nicht zu verachten, sonst hätte sich Robespierre nicht meine Dienste gesichert.

Mit dem Anwalt aus Arras hatte ihn kein freundschaftliches Verhältnis verbunden. Aber dessen Überzeugungskraft hatte ihn fasziniert. Obwohl Robespierre kein begnadeter Redner gewesen war, hatte er sich leidenschaftlich für die Verbreitung von Rousseaus Ideen eingesetzt. Cédric – der nach dem Verbrechen an seiner Familie in nichts mehr einen Sinn gesehen und alles, was er noch an Lebenskraft besessen hatte, gegen sich selbst richtete, in der einzigen letzten Hoffnung, diese Kraft möge eines Tages ausreichen, um seinem Leben ein Ende zu setzen – hatte sich damals den Tag in einem Café vertrieben, in dem zufällig Robespierre eine seiner flammenden Reden hielt. Cédric war sitzen geblieben, hatte gelauscht. Und auf einmal hatte sich neues Leben in ihm geregt: Er hatte gehört, wie dieser Mann aussprach, was er selber instinktiv spürte, aber noch nie in Worte gekleidet hatte.

Ja, auch er glaubte an die natürliche Güte und Unverdorbenheit des Menschen. Niemand, der ein Herz besaß, der wie er der Geburt eines Kindes beigewohnt hatte und dieses Kind die ersten Jahre seines Lebens hatte begleiten dürfen, konnte daran zweifeln. Und er war auch überzeugt, dass die Gesellschaftsordnung, wie sie bis zur Revolution geherrscht hatte, verderbt und schlecht war. Das hatte er am eigenen

Leib erfahren. Dass man hingegen dagegen einschreiten konnte, hatte ihm erst Robespierre klargemacht. Bis zu dieser Erkenntnis war sein persönliches Unglück ein Fels um seinen Hals gewesen, der ihn in Richtung Abgrund zog. Danach wurde es zu einer Waffe in seiner Hand. Und er hatte sich an Robespierres Seite gestellt und mit ihm gekämpft – für eine neue Ordnung der Welt und für die Bestrafung der Schuldigen.

Nicht auf alle Mittel, die er in diesem Kampf angewendet hatte, war er stolz. Manche Beweise, die er vorgelegt hatte, waren gefälscht, manche Zeugenaussagen, die während eines Prozesses gemacht wurden, waren erkauft worden. Doch immer war sich Cédric sicher gewesen, dass es die Richtigen traf. Dafür würde er geradestehen, wenn der Tag des Jüngsten Gerichts kam. Er hatte die Augenbinde der Justitia angehoben, zugeschlagen aber hatte sie selbst.

Bis auf einmal.

Cédric schob eine Karte zurück in die Kiste, wobei sein Blick auf seinen geröteten Handrücken fiel. Ein gereizter Schauer durchlief seinen Körper. Er dachte nicht gerne an die Szene zurück, die sich auf der place de la Révolution abgespielt hatte. Er war in Panik geraten und hatte überreagiert. Doch das würde nicht wieder vorkommen. Er war kein Schlächter, er wollte nur Gerechtigkeit. Und manchmal brauchte die Gerechtigkeit eben etwas länger. Er würde warten.

Zuerst Robespierres plötzliche Hinrichtung, dann die unglaubliche Entdeckung, dass er Marie-Provence de Serdaine nicht nur kannte, sondern ihr auch noch einen Passierschein für den kleinen Capet ausgestellt hatte – all das hatte ihn aus der Bahn geworfen. Sie war ihm fast unheimlich gewesen, diese junge Frau. Und weil er sie baldmöglichst hatte loswerden wollen, hatte er die Beherrschung verloren und sein Ziel verpasst.

Ich werde sie abermals vor Gericht bringen und verurteilen lassen, schwor er sich. Und dann wird sie büßen, für ihre Eltern, genau wie die anderen werden büßen müssen und schon gebüßt haben, die danach streben, die alte Gesellschaft in all ihrer Abartigkeit wiederauferstehen zu lassen. Und ihren Vater würde er dabei zusehen lassen. Er sollte erleben, was es bedeutete, am Tod seines eigenen Kindes Mitschuld zu tragen. Und dabei würde er sterben, wie auch er, Croutignac, schon gestorben war. In diesem Wissen hatte er sich hier zurückgezogen: um daran zu arbeiten.

Als ihm die Tragweite seiner Entdeckung aufgegangen war, war er zunächst zum Sicherheitsausschuss gerannt. Er hatte dargelegt, dass die Republik Gefahr lief, ihre kostbarste Geisel zu verlieren: Die Serdaines waren Royalisten durch und durch, schon Guy de Serdaine hatte versucht, Marie-Antoinette zu befreien, und seine Tochter war aus demselben Holz geschnitzt. Sie sah den kleinen Capet, sie hatte einen Teil ihrer Kindheit mit ihm verbracht, sie plante seine Flucht! Doch der Idiot vor ihm hatte nur verächtlich den Mund verzogen, durchblicken lassen, dass eine bedeutende Persönlichkeit ihre schützende Hand über die Frau hielt, und ihm eine kalte Abfuhr erteilt.

Cédric hatte erst nicht glauben können, dass man derart borniert sein konnte, doch dann hatte er verstanden: Er selbst war als Robespierres Gefolgsmann verschrien und nur deshalb dem Schafott entgangen, weil er angedeutet hatte, er habe für den Fall seiner Verurteilung Akten beiseitegeschafft, in denen brisante Details über Mitglieder des Tribunals standen. Man hatte ihn am Leben gelassen, aber er war verfemt. Keine günstigen Umstände, um sich Gehör zu verschaffen. Infolgedessen hatte er es unterlassen, der Polizei ihren erneuten Einbruch bei ihm zu melden.

Sie hingegen …

Seit sie die Fête de l'Être Suprême überflogen hatte und daraufhin eine Karikatur über sie in Umlauf gebracht worden war, galt Marie-Provence de Serdaine als Republikanerin. Wer auch immer auf die Idee gekommen war, ihr die Rolle der Marianne anzuhängen – die Patientinnen der maison de la couche, also die ärmsten Frauen im Volk, liebten sie als solche und würden sie verteidigen. Er hatte es selbst erlebt, als die ständig nach Blut keifenden Frauen, die tagein, tagaus im Tribunalsaal saßen, bei dem Prozess zu ihren Gunsten interveniert hatten. Und der Staat, der derzeit mit der Inflation kämpfte und Mühe hatte, den Groll der Hungernden in Schach zu halten, war nicht darauf erpicht, den Zorn der Frauen auf sich zu ziehen und noch mehr Protestmärsche und Plünderungen zu provozieren. Er musste sich also gedulden.

Noch vor ein paar Wochen hätte er eine Armee von Augen und Ohren engagiert, um Marie-Provence de Serdaine rund um die Uhr zu bewachen. Doch Robespierre war gefallen, und Cédric verfügte nicht mehr über dieselben Mittel. Er war nun auf sich allein gestellt, nur noch seine eigenen Augen und Ohren konnten ihm helfen – und die von Corbeau, seinem besten Mann, dessen Dienste er sich gerade noch leisten konnte.

Die beiden Serdaines waren ihm einmal mehr entkommen. Er wusste nicht, weshalb sie in sein Haus eingedrungen waren, doch er ahnte es. Und er ahnte noch mehr. Sie würden nicht lockerlassen. Er hatte ihre Pläne vereitelt, doch sie würden nach einem anderen Weg suchen. Und dann würde er sie überführen. Seitdem überwachte er den Temple und die Zelle von Capet. Corbeau und er lösten sich rund um die Uhr dabei ab. Er würde da sein, wenn sie etwas unternahmen.

Cédric machte einen letzten Haken und ließ die Liste sinken. Sein Blick fiel auf die Kristallvase, und er beruhigte sich etwas. Immerhin hatte sie unberührt in einem der Kartons gelegen. Seine erste und größte Sorge war gewesen, dass Marie-Provence de Serdaine bei ihrer Suche die Vase hätte beschädigen können. Doch der Behälter und sein Inhalt waren unversehrt. Er war erschöpft. Morgen würde er sich mit der Auswertung der Ergebnisse beschäftigen. Jetzt war es Zeit, seine Haut zu beruhigen und sich ein Ölbad bereiten zu lassen. Vorher aber musste er noch etwas regeln.

Marie-Provence de Serdaine war nicht ohne Hilfe ins Haus und an seine Akten gekommen. Jemand in seinem

Haushalt hatte ihn hintergangen. Er verließ das Zimmer und rief Auguste herbei.

«Hol mir Dorette», sagte er kalt.

⚜

«Es ist vorbei. Wir haben verspielt», sagte Poura düster und stampfte wie zur Bekräftigung mit seinem Holzbein auf den Boden. Das unterirdische Gewölbe des geheimen Kellers warf den Schall zurück.

«Ich hätte die Pläne nicht loslassen dürfen. Oder sie aus dem Fenster werfen sollen …» Marie-Provence stockte und versteckte ihr Gesicht in den Händen. Nur mit Mühe gelang es ihr, gegen die Tränen anzukämpfen.

«Es war nicht Ihre Schuld, Mademoiselle», sagte Assmendi milde. «Der Himmel war gegen uns.»

«Zu lamentieren hilft nichts», stellte Batz klar. «Sie wollen doch wohl nicht aufgeben?»

«Wie oft haben wir hier schon gesessen, nach einem erneuten Rückfall?», fragte Poura müde. «Zum Beispiel, als wir die Königin retten wollten …»

«Marie-Antoinette wollte nicht gerettet werden», wies Guy de Serdaine ihn nicht ohne Schärfe zurecht. Wie immer reagierte er empfindlich, wenn vom damaligen Fluchtversuch die Rede war.

«Ja.» Marie-Provence zog die Nase hoch und sagte trotzig: «Wir müssen nach einem anderen Weg suchen.» Sie hob den Kopf und sah die anderen auffordernd an.

«So ist es.» Der Krämer Cortey lächelte. «Es ist nichts passiert. Wir sind alle noch da, unversehrt und so tatkräftig wie zuvor. Eine Idee hat uns in eine Sackgasse geführt. Mehr nicht.»

«Es war eine verdammt gute Idee», murmelte der Journalist Saison bedauernd.

Marie-Provence steckte ihr feuchtes Taschentuch weg. «Wir haben immer noch den Ballon.»

«Die Idee eines Ballons, wollen Sie sagen. Was haben wir

in Händen? Nichts, nichts und abermals nichts!», schimpfte Poura.

«Der Ballon wird gebaut werden! Monsieur Levallois hat es mir versprochen, und er wird sein Versprechen einhalten», bekräftigte Marie-Provence, deren Kampfgeist von so viel Defätismus zu neuem Leben erweckt wurde.

«Wunderbar. Und dann werden Sie während einer Ihrer Visiten den König an der Hand nehmen, mit ihm den donjon verlassen und ihn in den Ballon steigen lassen, c'est ça?», fragte der alte Soldat provozierend.

«Allons, Poura!», versuchte Batz die Wogen zu glätten. «Alle hier sind genauso enttäuscht wie Sie.»

Marie-Provence starrte Poura an. «Vielleicht hat er ja recht», brachte sie langsam heraus. Alle Anwesenden sahen sie an. Noch eine Weile dachte sie nach, um die Gedanken zu ordnen, die ihr durch den Kopf schossen, dann fuhr sie beherzt fort: «Es leuchtet doch ein, oder? Wenn wir Charles nicht zum Ballon bringen können, müssen wir eben den Ballon zu ihm führen!»

Sie musterte die Männer eindringlich. «Ich habe Ihnen doch erzählt, dass die Haftbedingungen des Jungen gelockert worden sind. Er darf ab und zu auf den donjon. Wir müssen ihn nicht durch die vielen Wachen schmuggeln, die vor seiner Tür stehen, wir werden ihn von oben befreien! Wir holen ihn vom Dach ab, wenn er an die Luft geführt worden ist!»

«Ich kenne mich nicht besonders gut auf diesem Gebiet aus», bemerkte Théophile Saison vorsichtig. «Aber ich glaube zu wissen, dass ein Ballon ganz den Winden ausgeliefert ist.»

«Das stimmt, Marie. Mit einem Ballon einen bestimmten Punkt anzusteuern und ihn dort so lange festzuhalten, bis das Kind an Bord klettert, ist ganz und gar unmöglich», meinte ihr Vater.

«Das ist es nicht!», widersprach Marie-Provence triumphierend. Sie beugte sich über den Tisch. «Monsieur Cortey, haben Sie etwas zu schreiben?»

Cortey brachte das Verlangte, und Marie-Provence machte sich daran, die Einzelheiten ihres Plans aufzumalen. «Dies hier ist der Temple, dort der donjon. Und hier, an dieser Stelle, müsste der Ballon starten. Platz genug ist vorhanden. Ich habe mich an einen Zwischenfall erinnert, der sich während des Abhebens des Ballons damals ereignet hat …» Sie redete, skizzierte, erklärte und merkte allmählich, wie die Skepsis der Männer Interesse wich. Ihr wurde warm vor Aufregung und Hoffnung.

Eine Pause entstand; die Anwesenden starrten auf die Skizze.

Batz durchbrach als Erster die Stille. «Bei Saint Louis, ich glaube, das könnte tatsächlich klappen!», stieß er verblüfft aus und kratzte sein bärtiges Kinn.

«Hm. Aber einen Haken hat die Sache», gab Assmendi zu bedenken. Sein Mund zuckte belustigt. «Wie überzeugen wir die Herrschaften da draußen, dass der Ballon ausgerechnet neben dem donjon steigen muss?»

«Meinungen sind da, um manipuliert zu werden», sagte Saison trocken. «Ich könnte mal schauen, was sich da machen lässt …»

Sie sahen einander forschend an. Auf einmal lächelten alle.

«Eine verdammt gewitzte Tochter, die Sie da haben, Serdaine», grinste Cortey.

Was Marie-Provence in diesem Moment im Blick ihres Vaters entdeckte, erfüllte ihre Brust mit Stärke. Sie wusste, sie hätte stolz sein sollen, aber seltsamerweise wollte sich dieses Gefühl nicht einstellen. Was war bloß los mit ihr?

«Also dann, Messieurs, auf ein Neues», sagte Batz. Er schlug mit der offenen Hand auf den Tisch. «Vive le roi!»

«Es lebe der König!», antworteten alle. Nur Marie-Provence schwieg.

⚜

Marie-Provence und André sahen sich aufmerksam im überfüllten Salon von Thérésia Cabarrus um. Aus dem Nachbarraum klangen Trommelwirbel und Trompeten zur Begleitung eines Sängers, der ein revolutionäres Lied zum Besten gab.

«Ich glaube, mehr Menschen habe ich nur auf der place de la révolution gesehen», entfuhr es Marie-Provence.

André strich über die Hand, die sie auf seinen Unterarm gelegt hatte. Sofort bewirkte seine Wärme, dass sie sich entspannte. «Es ist gut, dass so viele da sind», versicherte er ernst. «Denk daran: Sie alle werden dir helfen, deinen Traum wahr werden zu lassen.»

Sie sah zu ihm auf. Worte drängten sich in ihr Herz, auf ihre Lippen. Doch sie wusste, dass sie ihm diese Worte nicht sagen würde. Nur so konnte sie hoffen, dass er eines Tages den Verrat überwand, den sie an ihm begehen würde – es würde ihm leichter fallen, etwas zu verlieren, wenn er glauben konnte, es nie besessen zu haben.

«Schau mal, dahinten, das ist Barras», erklärte André und deutete unauffällig auf einen kräftigen Mann mit hoher Stirn und sinnlichen Lippen, auf denen sich ein Hauch von Grausamkeit abzeichnete. «Auch er ist als Adeliger auf die Welt gekommen, und auch er stammt aus der Provence. Er ist einer der Männer, die in Zukunft etwas zu sagen haben werden. Wir sollten ihn uns heute Abend unbedingt vorstellen lassen.»

Marie-Provence wusste, dass Barras den Sturm auf das Rathaus angeführt hatte, in dem Robespierre sich mit seinen treuesten Anhängern verschanzt hatte. Er war unmittelbar und tatkräftig am Sturz des Diktators beteiligt gewesen. «Vielleicht von deinem Bruder?», fragte sie. Mars und Barras grüßten sich höflich und wechselten ein paar Worte.

«Ich hätte mir denken können, dass er auch hier sein würde.» André schüttelte den Kopf.

«Sollen wir zu ihm rübergehen?»

«Ich fürchte, das wird nicht nötig sein», murmelte André.

Tatsächlich hatte Mars sie schon entdeckt. Er kam mit einem Lächeln auf sie zu. «Ein ganz neuer Zug an dir, cher frère», lächelte Mars. «Seit wann interessierst du dich für das mondäne Leben?»

André reagierte reserviert: «Seit du nicht mehr in den Klub der Jakobiner gehst.»

«Der Klub wird geschlossen, wusstest du das?», fragte Mars. Er zuckte die Schultern. «Nun ja, es ist genug debattiert worden. Jetzt ist die Zeit gekommen, wiederaufzubauen!» Er wandte sich Marie-Provence zu. «Schön, Sie in guter Gesundheit anzutreffen, Mademoiselle! Mein Bruder war in großer Sorge um Ihr Schicksal.»

Marie-Provence staunte über sein verändertes Benehmen und die förmliche Anrede. Ihr war bereits aufgefallen, dass die Menschen sich seit Robespierres Hinrichtung nicht mehr so bereitwillig duzten wie zuvor, aber sie hatte nicht erwartet, dass Andrés Bruder sich so schnell nach der neuen Mode richten würde. Doch Mars war nicht der einzige Opportunist im Raum. Außerdem hatte André ihr erzählt, dass sein Bruder sich nach ihrer Verhaftung für sie eingesetzt hatte. Sie war ihm zu Dank verpflichtet, und sie schenkte ihm ein Lächeln. «Ich weiß von Ihren guten Taten, Monsieur. Haben Sie großen Dank für Ihre Hilfe, ohne die ich heute ebenso wenig vor Ihnen stehen würde wie ohne das tatkräftige Einschreiten Ihres Bruders.»

«Sie brauchen mir nicht zu danken. Es war ein Geschäft, nichts weiter», antwortete Mars und sah André dabei an. «Aber es ist schön, wenn in einem Abkommen alle Parteien auf ihre Kosten kommen.» Er hob einen Finger. «Ach, à propos, lieber Bruder! Wir haben einen zusätzlichen Lagerraum für die fertiggestellte Ware gebraucht und uns für dein Labor entschieden. Deine Sachen haben wir heute in Kisten zusammengepackt. Bitte hol sie so schnell wie möglich ab.» Daraufhin kehrte er ihnen den Rücken zu und ging ohne ein Wort des Abschieds davon.

«Und ich dachte schon, seine Manieren hätten sich gebessert! Was für ein Rüpel!», zürnte Marie-Provence. «Mir ist nach wie vor unbegreiflich, weshalb du ihm einfach die Fabrik überlassen hast!»

«Es ist gut, wie es ist, Marie, glaub mir», erwiderte er ernst. «Das Problem ist nur, dass ich eine neue Unterkunft finden muss. Ich brauche das Labor nicht nur für meine Experimente oder die Herstellung von Wasserstoff – ich habe dort auch gewohnt.» Er hob die Brauen und fügte spöttisch hinzu: «Mars hat mich soeben auf die Straße geworfen, Liebes. Ich hoffe, dass ich die Nacht bei dir verbringen kann.»

Eine muntere Stimme unterbrach ihr Gespräch. Thérésia näherte sich ihnen. Ein Mann begleitete sie. «Hier ist die Freundin, von der ich Ihnen erzählt habe, Tallien, mon ami.» Thérésia Cabarrus drückte lächelnd den Arm des Mannes an ihrer Seite. «Marie-Provence de Serdaine.»

«Ah, die berühmte Marianne!» Jean-Lambert Tallien musterte Marie-Provence neugierig. «Endlich lerne ich Sie kennen, Madame. Mein ewiger Dank ist Ihnen sicher. Sie haben geholfen, mir das Teuerste zu erhalten, das ich im Leben habe.»

«Es war nichts als ein Stück altes Brot, Monsieur», wehrte Marie-Provence ab. Sie war überrascht, wie jung ihr Gegenüber war. Um die fünfundzwanzig Jahre, so schätzte sie, mochte der Mann alt sein, der mit aller Härte in der Provinz die Schreckensherrschaft der Jakobiner durchgesetzt hatte und der, um seine Geliebte zu retten, zum Sturz des Mannes beigetragen hatte, der bereits als Diktator der Nation betrachtet worden war. Eine große Nase, humorlose Augen und ein kurzer lockiger Backenbart kennzeichneten ein Gesicht, in dem Marie-Provence vergeblich nach Größe suchte. In der Beziehung zu Thérésia behielt er wahrscheinlich selten die Oberhand. Sie stellte André vor, der höflich an ihrer Seite ausharrte.

«Ich kenne die Papeteries Levallois. Sie sind im alten Kloster der capucines untergebracht, nicht wahr?», fragte Tallien.

«Mit der Fabrik habe ich nichts mehr zu tun. Mein Bruder leitet sie», erklärte André.

«Monsieur Levallois ist vor allem Physiker und Forscher, müssen Sie wissen», sprang Thérésia ein. «Sein Spezialgebiet ist die Luftfahrt. Er sucht nach Förderern, und ich habe versprochen, dass wir ihm helfen werden. Ich kann doch mit Ihrer Unterstützung rechnen, mein Lieber?»

Tallien warf sich in die Brust. «Aber selbstverständlich. Die Nation braucht Forscher, für die Glorie Frankreichs und das Fortkommen der Menschheit.»

Marie-Provence kannte Andrés Aversion für hohle Worte und erwartete, wenn auch nicht eine Zurückweisung, so doch eine ironische Antwort. Umso überraschter war sie, ihn mit großem Ernst nicken zu sehen.

«Genauso sehe ich das auch», pflichtete er Tallien bei. «Die Wissenschaften stehen im Dienste der Menschen. Sie sollen ihnen das alltägliche Leben erleichtern. Maßeinheiten für Gewicht, Länge und Zeit festlegen, zum Beispiel, die den Handel vereinfachen. Schnellere Transporte ermöglichen. Krankheiten besiegen und Hungersnöte vermeiden. Und die Nation wiederum ist verpflichtet, die Forscher bei ihrer Arbeit zu unterstützen. Nicht nur, indem sie einzelne Experimente finanziert», André ließ kurz ein Lächeln erstrahlen, «sondern auch, indem sie Museen baut, um Neugier zu wecken und Wissen zu vermitteln, sowie Schulen, Universitäten und Institute eröffnet, um Kindern Bildung zu verschaffen, die es ihnen überhaupt erst ermöglicht, Forscher zu werden.»

Marie-Provence betrachtete André mit großen Augen. Wenn er so wie jetzt sprach, durchdrungen von Überzeugung und Begeisterung, empfand sie nicht nur tiefe Verbundenheit mit diesem Mann, sondern es überkam sie stets auch ein Gefühl der Trauer und der Sehnsucht. Wie schön es wäre, gäbe es die Welt, die er sich ausmalt, dachte sie, doch leider sind es nur Visionen. Die Wahrheit sah anders aus: Die Säuglinge in der maison de la couche verhungerten, weil der Staat kein Geld für die Ammen zur Verfügung stellte, die Männer wurden barfuß in den Krieg geschickt, und im Westen des Landes, in der Vendée, massakrierte man zu Tausenden die Frauen und Kinder der Aufständischen.

Marie-Provence war nicht als Einzige von Andrés Worten bewegt – Thérésia nickte. «Gut gesprochen. Das Land braucht Visionäre, die bereit sind, anzupacken, um die Trümmer wegzuschaffen und den Bruderhass zu bezwingen.» Sie legte ihre gepflegte Hand auf Andrés Ärmel. «Und genauso müssen Sie es ihnen sagen, Monsieur: all den Menschen, die heute Abend gekommen sind. Und ich bin sicher, Sie werden Erfolg haben bei Ihrer Suche nach Geldgebern!»

André lachte auf. «Mon Dieu, Madame, Sie beschämen mich. Sollte mein edler Diskurs meine niederen Beweggründe so bloßgelegt haben?»

Sie lachten beide. Marie-Provence betrachtete ihren Geliebten. Auf einmal fragte sie sich, wie wohl die Frau aussah, die ihm einmal das Jawort geben würde. Überraschend heftig und zum ersten Mal in ihrem Leben verspürte sie den glühenden Stachel der Eifersucht.

«Madame Cabarrus, ich danke herzlich für die Einladung.» Der Schopf roter Locken, der sich in Marie-Provence' Blickfeld schob, brachte sie auf andere Gedanken. Sehr schön. Saison war pünktlich.

«Sie wissen, ich tue nichts ohne Berechnung», lächelte Thérésia.

Die Lippen des Journalisten zuckten. «Sie werden zufrieden sein. Ganz Paris wird morgen erfahren, wie charmant der Abend und wie interessant die Gäste waren», gab er zurück.

In der Tat erfreuten sich Thérésias Empfänge großer Beliebtheit in der Stadt. Es gab nicht viele Salons, die bereits wieder ihre Türen geöffnet hatten. Noch schienen die Menschen nicht glauben zu können, dass die Schreckensherrschaft, dass der Albtraum der letzten zwei Jahre zusammen mit Robespierre ein Ende gefunden hatte. Doch die Jugend zeigte allen den Weg: Laut und ungeduldig strömte sie in Scharen in die Theater und Restaurants, auf die Promenaden oder zu den Abenden der charmanten Damen Cabarrus, Hamelin oder Staël.

Thérésias Courage während des Terrors, ihre aktive Hilfe für Verfolgte, ihre Verhaftung und ihr verzweifelter Appell an ihren Geliebten aus der Gefängniszelle heraus waren bereits Teil einer Legende, die Thérésia in Mode gebracht hatten. Als man gewahr wurde, dass sie auch noch blendend aussah, ein Faible für extravagante Kleidung hatte und offen eine Beziehung auslebte, die eine Ohrfeige an die Prüderie des gestürzten Regimes war, wuchs sie zu einer Ikone der neuen Lebensgier heran.

«Monsieur Saison, Sie werden sich heute noch mehr anstrengen müssen, um mich zufriedenzustellen», forderte Thérésia charmant. «Hiermit bestelle ich bei Ihnen einen Artikel im *Journal de Paris* – über diesen Herrn hier.» Sie machte Saison mit Marie-Provence und André bekannt.

Als Théophile Saison sich über Marie-Provence' Hand beugte, drückte er leicht ihre Finger. Nichts in seinem höflichen Gesicht ließ jedoch erahnen, dass sie noch vor zwei Tagen zusammen in Corteys Keller Pläne geschmiedet hatten.

«Monsieur Levallois braucht spendable Gönner, die ihn, bei seinen Flügen unterstützen», führte Thérésia aus.

Marie-Provence hätte die schöne junge Frau am liebsten in die Arme geschlossen. Thérésia spielte die Rolle, die für sie vorgesehen war, in Perfektion. Nun hatte der Journalist einen guten Grund, über André einen Artikel zu lancieren, der ihnen baldmöglichst den erhofften Geldsegen einbringen würde, ohne dabei die Verbindung offenzulegen, die bereits zwischen Saison und Marie-Provence existierte. Als sie Talliens spöttischen Blick bemerkte, der an André hinabglitt, ging Marie-Provence auf, dass auch er dem Geplänkel zwischen André und seiner schönen Geliebten nicht ohne zwiespältige Gefühle beigewohnt hatte.

«Was sind das eigentlich für Experimente, die Sie anstreben, Monsieur? Ich fürchte, um wirklich großzügige Freunde zu gewinnen, brauchen Sie etwas, das spektakulärer ist als die Messung des Luftdrucks in einer Höhe, in die Ihnen keiner folgen kann.»

«Nun, ich dachte da in der Tat an etwas Aufregenderes», antwortete André ruhig. «Wie wäre es mit einem Sprung?»

«Einem Sprung?», fragte Saison und zog eine Braue hoch.

«Was für eine Art von Sprung?», hakte Thérésia nach.

«Es gibt da eine neue Apparatur, die es möglich machen soll, aus der Höhe eines aufgestiegenen Ballons zu springen, ohne dabei zu Schaden zu kommen. Allerdings hat sie noch niemand ausprobiert.»

Marie-Provence fasste unwillkürlich an ihren Hals.

«Unglaublich!», rief Saison. «Und wie nennen Sie diese Erfindung?»

«Man nennt sie Fallschirm», erklärte André.

«Das kann unmöglich dein Ernst sein!», entfuhr es Marie-Provence. Doch gleichzeitig hörte sie fassungslos ihre innere Stimme aufjubeln: Was willst du mehr? Lass ihn den Ballon hochbringen und dann abspringen. Das ist die Lösung all deiner Probleme!

Und in der Tat, bisher hatte ihr Plan einen großen Schwachpunkt aufgewiesen: Wie würde André reagieren, wenn sie beide zusammen im schwebenden Ballon standen und er mitbekam, dass das ganze Unternehmen nur Charles' Befreiung diente? Würde er Marie-Provence an der Ausführung des Vorhabens hindern wollen? Versuchen, sie gewaltsam auf den Boden zurückzubringen? Das war nicht auszuschließen. Sie hätte ihren kräftigen Geliebten irgendwie in Schach halten müssen – und auf hundert Metern Höhe mit einer Schusswaffe unter einem Ballon rumzufuchteln, der mit entzündbarem Gas gefüllt war, konnte sich durchaus als problematisch erweisen. So aber fügte sich alles wunderbar.

Etwas in ihr schrie auf, protestierte. Sie müsste den Ballon alleine über die Stadtgrenze fliegen und zur Landung bringen, das war unmöglich! Nein, das war es nicht. *Du kannst das. Du wirst ihn dazu bewegen, es dir beizubringen.* Sie war wie gelähmt. Ihr Blick haftete an André, der lächelnd und bereitwillig die Fragen beantwortete, die auf ihn niederprasselten. Seine Begeisterung sprang auf seine Zuhörer über, zog unwillkürlich die Aufmerksamkeit anderer Personen auf sich, die in der Nähe standen und nun herbeidrängten. Kleine Gruppen bildeten sich, rege Diskussionen entstanden, die immer wieder von den Ausrufen «Unmöglich!», «Verrückt!» und «Tollkühn!» unterbrochen wurden. Die Herren schüttelten halb missbilligend, halb bewundernd den Kopf, während die Damen mit geröteten Wangen danebenstanden und André verstohlen musterten.

Am liebsten hätte Marie-Provence André gepackt und ihn aus dem Kreis gezerrt. Plötzlich sehnte sie sich nach der Einsamkeit ihres Dachzimmers in der rue de Gaillon, verzehrte sich nach seinen Händen, seiner Haut, nach den zärtlichen Worten, die er nur für sie ersann – nach allem, was sie so lange abgewehrt hatte und ohne was sie sich jetzt nicht mehr vorstellen konnte zu leben. Sie fühlte sich sterbenselend. Ihr war, als hielten eisige Finger ihren Nacken umklammert.

Was, wenn sie gerade den gewaltigsten Irrtum ihres Lebens begann? Vielleicht hatte ihre Liebe zu Charles und ihr Verantwortungsgefühl für ihn sie auf einen Irrweg geleitet? Vielleicht waren ihre Pläne nur ihrer Unfähigkeit entsprungen, sich einer neuen Welt anzupassen – und ihre vermeintliche Stärke nichts als Selbsttäuschung? Ein Schmerz durchzuckte ihre Brust: Sie würde André schrecklich weh tun. Wenn ihre Entscheidung, Charles zu helfen und André dafür zu benutzen, richtig war, weshalb fühlte sie sich dann so verzweifelt?

«Darf ich fragen, um was es hier geht?»

Der Kreis teilte sich, um dem Neuankömmling Platz zu machen, der offensichtlich von den erregten Stimmen angezogen worden war.

Thérésia strahlte. «Monsieur de Barras!» Sie reichte ihre Hand zum Kuss mit einer Selbstverständlichkeit, die auf eine gewisse Vertrautheit zwischen ihr und dem Staatsmann hindeutete. «Stellen Sie sich vor, Monsieur Levallois hier will sich aus einem Ballon werfen!», erklärte sie aufgeregt.

«Zum großen Ruhm der Nation», sagte André und verneigte sich lächelnd. Marie-Provence rang sich ebenfalls ein Lächeln ab.

«Sie haben recht. Man müsste dem Ganzen einen politischen Anstrich verleihen», meinte Tallien, der seine anfängliche Skepsis überwunden zu haben schien. «Das Volk wäre gewiss für etwas Zeitvertreib dankbar. Was denken Sie, Barras?»

Barras warf einen scharfen Blick in die Runde. «Nun, nach der Fête de l'Être Suprême halte ich es grundsätzlich für angebracht, die Neuorientierung der Regierung unter Beweis zu stellen. Wenn es Ihnen gelingt, Ihren Versuch mit einer solchen Aussage zu verknüpfen, ließe sich darüber reden.»

Marie-Provence fühlte, wie Saisons auffordernder Blick auf ihr lag. «Der Absprung könnte zum Beispiel über einem besonders symbolträchtigen Ort geschehen», hörte sie sich sagen.

«Gute Idee!», rief Saison. «Lassen Sie uns überlegen. Es müsste natürlich ein Ort sein, der genügend Freifläche für eine gefahrlose Landung bietet.»

«Auch der Aufbau und die Apparaturen zur Herstellung des Füllgases erfordern Platz», pflichtete André ihm bei.

«Der Garten der Tuileries?», schlug Tallien vor.

«Würde es nicht zwangsläufig zu einem Vergleich mit der Fête de l'Être Suprême führen?», gab Saison zu bedenken.

Barras verengte die Augen. «Dann fällt auch der Champ de Mars aus. Dort endete damals das Fest.»

André nickte. «Ich hielte das offene Gelände auf dem Champ de Mars auch aus praktischen Gründen für ungeeignet. Die Hülle eines Ballons ist empfindlich und verlangt Schutz. Schon vorhandene Gebäude hätten den Vorteil, die Kosten zu sparen, die bei der Errichtung eines Schutzdaches anfallen würden.»

Saison musterte Marie-Provence irritiert. Der Journalist war offensichtlich von Marie-Provence' Zurückhaltung überrascht, und sie konnte es ihm nicht verdenken. Los, reiß dich zusammen!, mahnte sie sich, denk an Charles. Denk nur an Charles!

Indes fasste Saison zusammen: «Wir suchen also nach

einem Ort, der für das ganze Land ein Symbol des Sieges der Revolution über die Monarchie ist, idealerweise bereits eingefriedet, damit Eintrittsgelder erhoben werden können, bebaut, aber auch mit genügend Freifläche.» Er stutzte, lächelte auf einmal breit und schüttelte gleichzeitig den Kopf.

Marie-Provence gab sich einen Ruck. «Weshalb lächeln Sie?», fragte sie.

«Pardon. Es kam mir gerade eine verrückte Idee. Bei dem Stichwort Sieg über die Monarchie musste ich unwillkürlich an die Capets denken, und an ihr Gefängnis. Und …»

«Der Temple! Natürlich!», rief Thérésia lebhaft.

Marie-Provence schlug die Augen nieder. Das Stück Brot, das sie Thérésia damals überlassen hatte, war eindeutig die beste Investition ihres Lebens gewesen. Und dennoch – das Gespräch verlief so glatt, dass Marie-Provence versucht war, darin ein schlechtes Omen zu sehen. Ein ungutes Gefühl beschlich sie, und ihre Ängste und Zweifel von vorhin regten sich erneut.

Tallien lachte auf. «Verzeihung, meine Liebe, aber das ist der größte Humbug aller Zeiten!»

Thérésia ließ seinen Arm los und fragte spitz: «Aber warum denn? Der Ort erfüllt alle Kriterien, die aufgeführt wurden!»

«Bis auf ein kleines Detail: Die wichtigste Geisel der Nation wird dort gefangen gehalten. Da können Sie ja gleich die Zelle des kleinen Capets öffnen lassen und Führungen zur Besichtigung anbieten!»

Thérésias schöne Augen wurden schmal. «Wenn Sie sich die Mühe geben würden, ein paar Sekunden lang über meinen Vorschlag nachzudenken, statt ihn lächerlich zu machen, würden Sie ihn vielleicht nicht so dumm finden!»

«Aber meine Liebe, muss ich Ihnen das wirklich erklären?», warf Tallien lächelnd zurück. «Es ist ausgeschlossen, Hunderte oder Tausende von Menschen mit zweifelhafter Gesinnung in das bewachte Areal zu lassen!»

Marie-Provence hoffte, dass Tallien üblicherweise mehr

Fingerspitzengefühl im Umgang mit Thérésia hatte. Die gönnerhafte Art, die er gerade an den Tag legte, trieb seine Geliebte jedenfalls offensichtlich zur Weißglut. Mit unruhig pochendem Herzen wohnte Marie-Provence dem Disput bei, von dessen Ausgang so viel abhing.

Thérésia funkelte ihren Geliebten an. «Hunderte von Menschen gehen schon heute täglich im Temple ein und aus. Sie wohnen dort, sie kaufen dort ein!» Sie drehte sich hilfesuchend zu Barras. Ihre weißen Hände fuhren durch die Luft. «Wenn man die Anzahl der verkauften Eintrittsscheine beschränkt, besteht meiner Meinung nach keinerlei Risiko. Den Zugang zum donjon kann man nur durch eine Vielzahl von Toren erreichen, nachdem man sich durch das Häuserlabyrinth gequält hat, das sich an den Palast des Priors anschließt. Sicher, das Areal, von dem aus der Ballon starten würde, grenzt an die Umfriedung des donjon, doch ich brauche ihnen wohl kaum zu beschreiben, wie hoch diese Mauer ist und wie unüberwindbar!»

Wie schön Thérésia war, wenn sie sich derart ereiferte! Man musste schon ein Herz aus Stein haben oder am weiblichen Geschlecht völlig uninteressiert sein, um ihrem Charme nicht zu erliegen. Barras aber war interessiert – und er war gewieft genug, eine Chance zu erkennen, wenn sich ihm eine bot. Sein Blick lief blitzschnell zwischen dem noch immer spöttischen, aber zunehmend verunsicherten Tallien und seiner bildhübschen Gastgeberin hin und her.

Schließlich spreizte er eine Hand und hob emphatisch an: «Ein mächtiger Ballon, in den Farben der Nation, der sich vor der Höhle des letzten Tyrannen erhebt. Der sie schließlich überragt und in seinen Schatten stellt. Und dann löst sich von ihm – ein Held, ein Soldat des Volkes, in einem kühnen, nie dagewesenen Sprung.» Er stockte und lächelte. «Madame, Sie verblüffen mich! Ihre Weitsicht und Ihre Klugheit übertreffen noch Ihre Anmut!» Er nickte André zu. «Kommen Sie morgen früh zu mir, Monsieur Levallois. Wir werden dann die Einzelheiten besprechen.»

«Sehr gerne», sagte André und verbeugte sich, während

Thérésia ihrem Geliebten Tallien einen triumphierenden Blick zuwarf.

Marie-Provence' Herz pochte. Sie und Saison sahen sich an.

Jetzt gab es kein Zurück mehr.

⚜

«Er will springen. Mit einem Schirm.» Théophile Saison sah bedeutungsvoll um sich. «Vom aufgestiegenen Ballon aus.»

Assmendi und Batz tauschten einen verblüfften Blick.

«Ist der Kerl lebensmüde?», entfuhr es dem alten Poura.

«Auf jeden Fall verdammt mutig.» Batz wiegte den Kopf hin und her. «Schade, dass wir ihn nicht für unsere Sache gewinnen konnten. Es wäre gut gewesen, einen Mann seines Kalibers in unserem Lager zu haben.»

Assmendi nickte.

Guy de Serdaine hingegen verzog den Mund. «Es mangelt dem royalistischen Lager Gott sei Dank nicht an entschlossenen und kühnen Mitstreitern, Monsieur», entgegnete er kühl.

«Ja, und wer, um alles in der Welt, wird dann den Ballon landen?», hakte Poura nach.

«Ich», antwortete Marie-Provence bestimmt.

«Unmöglich!» Poura stieß entrüstet sein Holzbein auf.

«Das Leben des Königs in den Händen einer Frau?», fragte Batz, halb ironisch, halb ernst.

«Besser als in den Händen eines Kerkermeisters, glaube ich», warf Marie-Provence zurück.

«Allons, immer mit der Ruhe!» Guy de Serdaine hob die Hände. «Lassen Sie uns bitte nachdenken, was die neue Situation ändert. Erst einmal du, Marie-Provence.» Er wandte sich ihr zu. «Monsieur de Batz hat eben zum ersten Mal angesprochen, was wir alle hier schon seit langem ahnen. Ich finde es an der Zeit, dass auch du offen zugibst, dass André Levallois immer unser Gegner bleiben wird.»

«Unser Gegner?», entfuhr es Marie-Provence. Sie sah ihren Vater fest an. «André Levallois hat mein Leben gerettet, Vater. Er sorgt dafür, dass der Ballon finanziert wird. Er konstruiert ihn. Und er wird mir beibringen, wie man ihn landet. Ohne ihn sind wir nichts. Ich finde, ein Gegner definiert sich anders.»

Verärgerung zeichnete sich im Gesicht ihres Vaters ab. Sie maßen einander ein paar Sekunden lang mit Blicken, wollten sich allerdings beide nicht die Blöße geben, vor den anderen ein Streitgespräch anzufangen.

Assmendi durchbrach die angespannte Stille. «Was ist mit diesem Fallschirm? Wie sieht die Konstruktion aus, und inwiefern verändert sich der Ablauf unseres Planes?», fragte er sachlich.

«Ich habe mich bei Monsieur Levallois erkundigt», antwortete Marie-Provence. «Nach seinen Worten läuft der Sprung folgendermaßen ab: Der Schirm wird geschlossen unter dem Korb hängen, und Monsieur Levallois an ihm. Der Ballon wird von seinen kurzen Ankerseilen gelöst, bleibt aber mittels einer langen Führungsleine mit dem Boden verbunden. Er steigt auf große Höhe, bis er über den brachliegenden Gartenflächen des Temple hängt. Eine schwache Brise ist Voraussetzung, sodass die Führungsleine sich schräg vom Ballon spannt und den Absprung nicht behindert. Sobald der Ballon eine ausreichende Höhe erreicht hat, will Monsieur Levallois seinen Schirm aufspannen. Wenn alles fertig ist, wird vom Korb aus der Verschluss geöffnet, der den Schirm am Korb befestigt hält, und Ersterer fällt samt Springer hinunter. Der Ballonfahrer wiederum entleert die Ballonhülle von einem Teil ihres Gases, sodass das Gefährt bequem wieder an seiner Führungsleine eingeholt werden kann.»

«Gut. Das ist die Version, die auf dem Festprogramm stehen wird.» Batz grinste breit. «Und nun kommt unsere: Der Ballon steigt, die Ankerseile werden gekappt – bis auf eines, das sich durch einen bedauerlichen Vorfall nicht sofort lösen lässt. Durch die Anwendung dieses Tricks, den Sie uns unlängst erläuterten, Mademoiselle, und durch die Mithilfe eines Mannes, der dem Publikum hinter der Einfriedungsmauer des Gefängnisses verborgen bleibt, wird der Ballon an den Turm herangezogen. Auf dem donjon wartet bereits Louis-Charles mit einem zweiten Helfer. Das Kind in den Ballonkorb zu hieven, ist eine Kleinigkeit. Sie dauert nur Sekunden, sodass im Idealfall das Publikum noch immer keine Ahnung hat, was vor seinen Augen vorgeht. Endlich gelingt es, das letzte kurze Ankerseil zu lösen. Das Publikum atmet auf, der Vorfall scheint vergessen. Ab jetzt läuft alles nach offiziellem Plan: Der Ballon steigt, der Fallschirm wird gelöst und segelt samt Springer zu Boden. Nur wenn der Ballon durch die Führungsleine eingeholt werden soll, löst sich diese, und der Ballon schwebt davon, mitsamt seines geheimen Insassen.»

«Das ist genial!», strahlte Saison. «Die Zuschauer werden sich nur um den Springer kümmern. Keiner wird groß darauf achten, dass der Ballon verschwindet!»

«Hm.» Assmendi sah besorgt aus. «Aber der Fallschirm erschwert die Landung auf dem Dach des Temple. Dieses Anhängsel unter dem Korb gefällt mir nicht. Was ist, wenn es sich verhakt – oder wenn Levallois sich festhält und den Ballon am Weiterfliegen hindert, nachdem wir den König an Bord genommen haben?»

Marie-Provence schüttelte den Kopf. «Dieses Anhängsel, wie Sie es nennen, wird nicht auf das Dach kommen, sondern danebenhängen, da wir den Korb auf die Höhe der Zinnen des donjon bringen werden, um das Kind ein- und aussteigen zu lassen. Was das Festhalten betrifft: Die Kraft eines einzelnen Mannes reicht dafür nicht aus. Und noch eines: Ich sagte, dass der Schirm vom Korb aus gelöst wird. Wenn die Apparatur des Schirmes sich also verfängt, werde ich sie einfach abstoßen können.»

«Und den Mann, der an dem Seil hängt, in den Tod schicken?», fragte ihr Vater beißend.

Sie wurde bleich. «Das wird nicht geschehen.»

«Ein fähiger Offizier muss zur Not auch mal einen seiner Männer opfern», sagte Guy de Serdaine kalt.

«Aber, aber!» Saison schüttelte den roten Schopf. «Diesen Weg werde ich nicht folgen, Monsieur. Der Allmächtige weiß, dass genug Blut vergossen wurde!»

«Wir haben doch den Mann auf dem donjon», fuhr Batz dazwischen. «Er könnte sich auch um Monsieur Levallois kümmern, falls Bedarf bestünde.»

«Wenn es uns tatsächlich gelänge, dem Publikum bis zuletzt vorzugaukeln, Charles' Befreiung sei nichts als ein missglücktes Manöver, haben wir eine reelle Chance.» Assmendi sah Marie-Provence eindringlich an. «Viel wird von Ihrem schauspielerischen Talent abhängen, Mademoiselle. Sie müssen so tun, als seien Sie von den Ereignissen völlig überfordert. Seien Sie hektisch, laut, verzweifelt. Gebärden Sie sich hysterisch. Niemand wird vom Boden aus sehen können, was genau da oben und was jenseits der Einfriedung des donjon passiert.»

«Wir können nicht davon ausgehen, nicht verfolgt zu werden», gab Marie-Provence zu bedenken. «Man wird nach uns suchen, so viel steht fest. Und ein landender Ballon ist kaum zu übersehen.»

«Wir werden schnell sein müssen», nickte Assmendi. «Der König muss entfernt werden, noch bevor die Garden vor Ort sind.»

«Ich habe keine Ahnung, wo ich landen werde.» Marie-Provence schüttelte den Kopf. «Das ist allein vom Wetter und den Winden abhängig. Wie soll uns da eine Kutsche finden?»

«Aber die Richtung wirst du kennen», wandte ihr Vater ein.

Sie sah ihn an. «Nur etwa eine Stunde vorher, wenn der Probeballon hochgelassen wird.»

Poura verengte die Augen. «Tauben», sagte er.

Guy de Serdaine pfiff durch die Zähne. Ein Lächeln umspielte seine Lippen. «Genau. Brieftauben. Wir geben dir Brieftauben verschiedener Herkunft mit, Marie-Provence. Sobald du das Ergebnis des Testfluges hast, schickst du die Tauben los, die in der entsprechenden Himmelsrichtung beheimatet sind. Dort werden Wagen bereitgestellt, die dann sofort losfahren können.»

Marie-Provence hatte ihm aufmerksam zugehört und nickte. «Gut.»

«Sonst noch etwas?» Guy de Serdaine sah in die Runde.

Alle schwiegen, in ihre Gedanken versunken, bis Saison plötzlich auflachte. Er schüttelte den Kopf. «Das ist der verrückteste Plan, von dem ich je gehört habe!», rief er halb ungläubig, halb anerkennend.

Assmendi hob die Schultern. «Verrückt sind wir doch schon lange», sagte er mit einer Spur von Schwermut. «Sonst hätten wir uns in dem Tollhaus, das dieses Land geworden ist, nicht so lange verstecken können.»

Guy de Serdaine betrachtete Marie-Provence ernst. «Traust du dir das alles zu?»

Ihre Hände wurden feucht, doch sie hielt seinem Blick stand. Wie hieß es immer? *Es ist nicht wichtig, ob du stark bist …* «Keine Sorge, ich schaffe das», sagte sie.

⚜

«Und, glaubst du, es wird für unsere Zwecke genügen?», fragte Marie-Provence. Sie betrachtete naserümpfend ihren Zeigefinger, an dem ein Rest Spinnweben klebte. «Ist das das Ergebnis deiner gestrigen Unterredung mit Barras? Diese Schmiede hat seit mindestens einem Jahr kein Mensch mehr betreten!»

André nickte zuversichtlich. «Es ist perfekt! Der Mann hat genau verstanden, was ich brauche. Das Geld, das er uns zur Verfügung stellt, wird zwar nicht ausreichen, denn die Regierung verfügt selber nur über begrenzte Mittel, aber dieses Gelände hier ist erst einmal eine ungeheure Erleichterung. Schau, hier kann der Ofen gebaut werden, zum Teil aus den Steinen des vorhandenen, die breite Esse ist ideal. Und in den beiden soliden Schuppen auf der anderen Seite des Hofes können wir einstweilen die Materialien lagern:

Eisenspäne und Schwefelsäure, um den Wasserstoff herzustellen, etliche Fässer Wasser und Terpentin, Kautschuk, Taft – wir werden jede Menge Platz brauchen. Drüben am Eingang haben wir eine große Fläche zur Verfügung. Wenn wir noch die Wand einreißen und das Nebenzimmer dazunehmen, ist es groß genug, um die Hülle zu schneiden und zu nähen. Der kleine Raum auf der anderen Seite des Flurs wiederum ist ausreichend, um den Fallschirm herzustellen.»

Marie-Provence unterdrückte eine Antwort. Sie wurde gewahr, dass André sie beobachtete. «Ich habe Angst um dich», gestand sie schlicht. Er öffnete einen Arm, und sie trat rasch zu ihm. Ihre Hände schoben sich unter seine Jacke, unter seinen Armen hindurch, strichen über die glatte, breite Fläche seiner Schulterblätter. Sie schmiegte ihr Gesicht an sein Hemd und nahm mit geschlossenen Augen seinen Duft in sich auf, während sie die in ihr nagende Unruhe am Schlag seines Herzens zu betäuben versuchte.

«Was ist los mit dir?» Sein Finger liebkoste die geschwungene Linie zwischen ihrem Ohr und ihrem Kinn.

Schauer liefen ihr über die Brust und die Wirbelsäule hinunter, bis in ihren Schoß, gebaren dort ein vertrautes, köstliches Gefühl des Verlangens. *Frag ihn. Jetzt.* Ihr Herzschlag beschleunigte sich. «Würdest du es mir beibringen?», fragte sie so beiläufig wie nur möglich.

«Ich dachte, das hätte ich schon», grinste er. «Alles, was ich dir noch zeigen könnte, würde mich bei deinem Vater endgültig zum Sittenstrolch abstempeln.»

Sie musste unwillkürlich lächeln. Doch als André ihr frech einen Zeigefinger in den Ausschnitt schob, fing sie seine Hand ein, hielt sie fest und suchte seinen Blick. «André, ich möchte, dass du mir das Fliegen beibringst.»

Sofort zog er seine Hand zurück und stellte die Frage, die er stellen musste: «Warum?»

Ihr Herz raste, und sie brauchte ein, zwei Sekunden, bis sie sicher war, dass ihre Stimme sie nicht verraten würde. Dann zuckte sie die Schultern und meinte spöttelnd: «Nun, wenn du abgesprungen bist, wäre es vielleicht angebracht, ich wüsste, wie so ein Ballon funktioniert, meinst du nicht?»

Doch er ließ sich nicht auf ihren Tonfall ein. Er schüttelte entschieden den Kopf. «Du glaubst doch nicht im Ernst, dass ich dich da oben allein lassen werde, oder? Bei dem Experiment wirst du nicht an Bord sein. Jemand anders wird mir helfen.»

Sie starrte ihn an. «Das kannst du nicht tun! Das ist mein Flug!»

«Marie, wir werden das nachholen! Wir werden den Ballon noch viele Male benutzen können, wenn alles gutgeht.»

«Wenn alles gutgeht?», sagte sie fassungslos. «Und was ist, wenn zwischendurch ein Sturm kommt und die Hülle zerfetzt – oder wenn ein Unfall geschieht oder jemand den Ballon absichtlich beschädigt und ihn für alle Zeiten unbrauchbar macht? Wir hätten keine Mittel mehr, einen neuen zu bauen! Kannst du mir versprechen, dass all das nicht geschehen wird?»

«Nein, das kann ich nicht. Aber die Wahrscheinlichkeit …»

«Es ist mein Traum, André! Das alles hier passiert auf meine Initiative hin! Du hast kein Recht, mich am Boden zu lassen!»

Er schob ihr die Haare aus der Stirn. «Es ist doch gar kein richtiger Flug, Marie! Ich habe es dir doch erklärt: Der Ballon wird auf eine gewisse Höhe steigen, und ich werde springen. Anschließend wird der Ballon gleich wieder hinuntergehen.»

«Dann gibt es doch auch kaum eine Gefahr für mich!» Eifrig fuhr sie fort: «Ich würde die erste Frau sein, die jemals alleine in einem Ballon war! Denk an die Wirkung, die diese Tat bekommen würde, denk an die Anziehungskraft einer solchen Premiere für das Publikum!»

Sein Gesichtsausdruck wurde abweisend.

Ihre Angst, er könne ihr den Wunsch ausschlagen, von dem das ganze Gelingen des Planes abhing, schlug in Wut um. Sie ballte die Hände zu Fäusten. «Wie kannst du nur?», warf sie ihm kopfschüttelnd entgegen. «Erst verschenkst du die Fabrik, dann machst du mir wieder Hoffnungen, und jetzt schiebst du mich ab? Was soll ich deiner Meinung nach davon halten? Dass du die ganze Zeit nur an dich denkst? Ist es das? *Dein* Widerwille, dich mit Tapeten zu befassen, *dein* Sprung – *dein* Ruhm?»

«Das ist es nicht, und das weißt du genau!», fuhr er sie an. Er machte ein paar ziellose Schritte. Als er mit gekreuzten Armen stehen blieb, sah er sie nicht an. «Das Abspringen mit einem Fallschirm wurde noch niemals mit einem Menschen durchgeführt. Mit Tieren, ja, und die Ergebnisse waren ermutigend, aber …» Er zögerte und sagte dann barsch: «Es gibt keine Garantie für das Gelingen, verstehst du? Und falls der Sprung doch nicht … Falls etwas übersehen wurde …» Er raufte sich die Haare. «Verflixt, Marie, ich will nicht, dass du dann da oben festsitzt und das alles mitansehen musst!»

Ihre Augen weiteten sich, als sie verstand. Ihr Puls hämmerte in den Ohren. Auf einmal war ihr, als habe André ihr Genick gepackt, um sie zu zwingen, hinabzuschauen, in eine schreckliche, unheimliche Tiefe – in die Abgründe ihrer verwerflichen Seele, die nur Verrat sah, weil sie selbst nichts als lügen konnte. Sie schlug die Hände vors Gesicht und stieß einen erstickten Laut aus, drehte sich um und rannte davon.

«Marie? Marie!»

Sie floh kopflos aus der Schmiede, zum offenstehenden Tor – wo sie voller Wucht mit jemandem zusammenprallte.

«Liebes? Was ist passiert?»

Es war ihr Vater, der Mann, den sie jetzt am wenigsten sehen wollte; der sie nun festhielt, sie ins Sonnenlicht zerrte und ihre Hände gewaltsam vom Gesicht wegzog.

«Du weinst? Was ist passiert?» Der Tonfall ihres Vaters wurde scharf. «War er das? Hat er dir etwas angetan, dieser …»

«Nein, es ist nichts!», schrie Marie-Provence. «Ein dummer Streit.» Sie versuchte mit aller Gewalt, sich wieder zu fassen, und fuhr ihn an: «Was willst du überhaupt hier? Bist du verrückt, in den Temple zu kommen?» Sie merkte, wie ihre Reaktion den Vater verletzte, und ihre Verachtung für sich selber wuchs. Verstört machte sie sich von ihm frei.

«Monsieur de Serdaine.» André war ihr bis zum Tor gefolgt und begrüßte ihren Vater verhalten.

Dieser achtete nicht auf ihn. «Ich bin gekommen, um mich zu verabschieden.»

Erst jetzt fiel Marie-Provence auf, dass ihr Vater ein Bündel bei sich trug – dasselbe, das er bei seiner Ankunft in Maisons auf dem alten Küchentisch ausgebreitet hatte. Sie biss sich auf die Lippen. «Jetzt?»

«Ja, es ist Zeit.»

Marie-Provence holte tief Luft, nickte wortlos. Der Kreis in Corteys Keller hatte Guy de Serdaine auserkoren, um für Charles' Weiterreise zu sorgen, für die Zeit nach der Flucht aus Paris. Nach Osten, so hatte ihr Vater ihr erklärt, würden sie das Kind führen – in den Schutz der Armee des Prinzen de Condé. Guy de Serdaine, der bereits zweimal die Grenzen überquert und gute Kontakte zu Offizieren in der Armee der Royalisten hatte, eignete sich am besten für diese Aufgabe, während er hier in Paris ständig Gefahr lief, erkannt und verhaftet zu werden. Sie würden sich erst nach ihrer Landung und der hoffentlich geglückten Flucht wiedersehen.

Das alles wusste Marie-Provence. Was ihr Vater ihr allerdings verschwiegen hatte, war der Zeitpunkt seiner Abreise. Doch als sie in sein wettergegerbtes Gesicht sah, ahnte sie, weshalb. Auch ihm fiel der Abschied nicht leicht. Sie lächelten sich tapfer an.

Dann zog Guy de Serdaine sie an sich und drückte ihr einen Kuss auf den Scheitel. «Gott schütze dich», raunte er. «Wir werden es schaffen!» Er umarmte sie so fest, dass ihr der Atem stockte, und sie nickte stumm.

Bevor er ging, wandte er sich noch einmal André zu. «Wir haben uns lange nicht gesehen.»

André nickte und sagte ernst: «Seit ich das Glück hatte, Ihnen Ihre Tochter zurückzubringen, ja.»

Guy de Serdaine betrachtete sein Gegenüber mit ausdrucksloser Miene. «Ich war, wie Sie vielleicht wissen, einige

Zeit in Amerika, Monsieur Levallois», sagte er langsam. «Dort gibt es Völker, die glauben, das Leben eines Menschen gehöre demjenigen, der es einst gerettet hat.» Er verengte die Augen. «Damit wir uns nicht missverstehen: Ich gehöre diesem Glauben nicht an.» Er nickte André noch einmal zum Abschied zu, drehte sich um und ging.

Marie-Provence sah ihm nach, bis seine Silhouette hinter den Gebäuden verschwand, und ihre Lippen formten lautlos ein Gebet.

«Marie …»

Sie drehte sich um. André stand noch immer an derselben Stelle, im Tor der Schmiede.

«Tu das nie wieder.» Sein Adamsapfel bewegte sich. «Lauf nie mehr weg vor mir.»

Sie fühlte, wie alles zu viel für sie wurde. Ihr Blickfeld verengte sich. «Du verstehst das nicht», sagte sie schwach. «Und ich bin unfähig, es dir zu erklären.»

Er kam langsam näher, als habe er Angst, sie zu verschrecken, und schloss sie vorsichtig in die Arme. Sein Herz pochte wild in seiner Brust. «Ich liebe dich», sagte er.

«Manchmal bleibt einem nichts als die Flucht», flüsterte Marie-Provence. «Weil es feiger wäre, zu bleiben.»

«Du sollst fliegen, Marie», sagte er. «Einem Vogel gleich. Frei und ungebunden. Und aus eigener Kraft.»

Sie schluchzte auf. Er sagte nichts und ließ sie weinen, während er den Druck seiner Arme verstärkte.

⚜

Während Rosanne ein sauberes Laken über die Matratze des Bettes spannte, summte sie gedankenverloren die Marseillaise – das Lied, das jeder in den Pariser Gassen trällerte, seit es ein paar Soldaten aus dem Süden eingeführt hatten. Sie schüttelte Decke und Kopfkissen auf, raffte dann die Schmutzwäsche zusammen und warf einen letzten Blick in den Raum. Alles war ordentlich, bereit für den nächsten Gast. Sie verließ das Zimmer und durchquerte den winzigen dunklen Flur. Ihre Gedanken führten sie in den zweiten Stock, wo sie zwei Zimmer bewohnte. Zwei andere standen hingegen noch leer. Ob sie diese Zimmer zusätzlich zu den anderen vier in der ersten Etage vermieten sollte?

An Kundschaft mangelte es nicht. Der Hafen Saint Paul lag nur wenige Schritte entfernt von der Herberge. Etliche Reisende, die eine Fahrt auf einem der Seine-Schiffe gebucht hatten, die in die Provinz ablegten, waren gezwungen, eine Nacht lang anzulegen, und suchten sich die nächstbeste Unterkunft. Und da Rosanne das Haus sauber hielt und schmackhaftes Essen bot, wurde sie gerne weiterempfohlen. Doch zwei weitere Zimmer ließen sich nicht bewirtschaften, ohne eine zweite Kraft einzustellen. Deren Gehalt würde einen guten Teil des Gewinns auffressen.

Rosanne legte die Laken in eine Ecke. Die Wäscherin würde sie nachher abholen. Es würde heißen, das Glück auf die Probe zu stellen, das ihr seit der endgültigen Trennung von Georges so treu zur Seite stand. Und sie hatte viel Glück gehabt. Als sie sich nach dem schrecklichen Vorfall, der Marie-Provence fast das Leben gekostet hätte, auf die Suche nach einem neuen Leben gemacht hatte, war sie zufällig auf dieses Haus am quai des Célestins gestoßen. Es war heruntergekommen gewesen und für wenig Geld zu pachten. Rosanne hatte diesen Herbst viel Mühe und Zeit in das Haus gesteckt. Aber seit es draußen fror, warf es einen guten Gewinn ab, sodass sie ohne Sorgen Michelle hatte anstellen können, um ihr zu helfen.

Rosanne stellte sich an das Fenster des Gastraumes. Bleifäden auf den dicken Scheiben teilten das turbulente Treiben des port Saint Paul in handtellergroße Quadrate auf. Sie verfolgte, wie ein breiter Kahn am Anleger festgemacht wurde. Dickvermummte Reisende hauchten auf ihre eisigen Finger und suchten ihr Gepäck zusammen.

«Michelle!», rief Rosanne. «Mach Feuer im Gastraum! Es kommen Gäste!» Sie seufzte lautlos. Wenn sie ehrlich zu sich war, dann wollte sie einfach mit keinem Fremden Tür an Tür wohnen. Sie raffte ihre Röcke und machte sich auf in die Küche, um das Essen aufzuwärmen. In dem Augenblick ging die Tür auf.

«Rosanne?»

«Marie-Provence!», stieß Rosanne überrascht aus.

«Schau mal, wen ich dir mitgebracht habe!», lachte Marie-Provence und wies hinter sich.

«Dorette!» Rosanne reichte der Kusine ihrer Mutter beide Hände. «Wie schön, dich wiederzusehen! Weißt du, dass Mutter und die Vezons gut in England angekommen sind? Ich habe einen Brief bekommen!» Sie hielt inne, als sie den Ausdruck auf dem Gesicht der Älteren sah. «Aber was rede ich da? Kommt erst einmal rein!», lud sie die beiden Frauen ein und wies in die Gaststube. «Ich lass euch warme Suppe bringen, damit ihr euch aufwärmt!»

«Das ist eine hervorragende Idee, Rosanne», lächelte André Levallois, der sich hinter den beiden Frauen in den Raum schob. «Ich liebe deine Suppen!»

«Monsieur Levallois!»

«Duzen wir uns nicht mehr?», fragte er und ließ die Zähne aufblitzen. «Natürlich bin ich mitgekommen! Ich lasse mir doch keine Gelegenheit entgehen, meine Lebensretterin zu besuchen!»

Rosanne stürmte in die Küche. «Macht es euch gemütlich!», rief sie beschwingt. «Ich bin gleich wieder da!»

«Ich komme mit, um dir zu helfen», sagte Marie-Provence und folgte ihr. In der Küche wies Rosanne Michelle an, sich um die nach und nach eintrudelnden Gäste zu kümmern.

«Ich freue mich so, dass ihr mich besucht! Wir haben uns eine Ewigkeit nicht mehr gesehen», strahlte Rosanne.

«Du hast recht, entschuldige. Wir haben viel zu tun, im Moment.»

«Ich habe davon gehört. Ihr wollt einen Ballon im Temple aufsteigen lassen, richtig? Stimmt es, dass André sich von oben herabstürzen will?»

Marie-Provence nickte, doch sie wechselte schnell das Thema. «Um ehrlich zu sein: Wir sind aus einem anderen Grund hier. Dorette ist gekündigt worden.»

«Unglaublich!», staunte Rosanne. «Sie hat doch bestimmt zwanzig Jahre am quai des Augustins gearbeitet! Und jetzt wirft man sie einfach so auf die Straße?»

Marie-Provence ging nicht auf die Frage ein. «Könntest du nicht eine zusätzliche Hilfe gebrauchen?» Sie sah Rosanne erwartungsvoll an. «Um es kurz zu machen: Dorette braucht dringend Arbeit und ein Dach über dem Kopf. Sie hat bereits seit Wochen erfolglos eine neue Stellung gesucht.» Bedauernd erklärte sie: «Ich hätte sie gerne selbst genommen, aber wir bewohnen bereits zu zweit mein winziges Zimmer in der rue de Gaillon. Wir haben einfach keinen Platz.»

«Aber natürlich, das trifft sich hervorragend. Ich wäre froh, wenn Dorette hier wohnen wollte», rief Rosanne aus. «Weißt du, manchmal fühle ich mich etwas einsam. Dorette wird eines der beiden Zimmer bekommen, die neben den meinen liegen.»

«Danke!», stieß Marie-Provence erleichtert aus. «Mir fällt ein Stein vom Herzen. Ich fühle mich nämlich nicht ganz unschuldig an Dorettes Lage … Dass sich für sie alles zum Besten wendet, macht mich überglücklich.»

Rosanne schüttelte den Kopf und sagte sanftmütig: «Ja, du fühlst dich immer für alle verantwortlich, nicht wahr? Aber erzähl mir lieber von dir, solange wir alleine sind. Du hast gesagt, du und André seid zusammengezogen? Dann hast du ihm also endlich deine Liebe gestanden.» Sie nahm Marie-Provence' Hände. «Du hast gut daran getan. André ist ein wunderbarer Mann. Und er vergöttert dich. Es wird ihm unendlich viel bedeuten, dass du dich ihm geöffnet hast.»

Marie-Provence entzog ihr die Hände mit einem Ruck. «Ach, Rosanne, das Leben ist nicht so einfach, wie du es darstellst!»

Rosanne musterte die Freundin aufmerksam. «Was heißt das? Willst du mir damit etwa sagen, dass …?»

«Es ist besser, wenn ich André keine Versprechungen mache, die ich hinterher doch wieder brechen würde», antwortete Marie-Provence.

«Ich verstehe dich nicht», gab Rosanne zu. «Dein Vater ist

weg, du brauchst auf nichts mehr Rücksicht zu nehmen, und dennoch gefährdest du durch dein Verhalten das Kostbarste, was du besitzt! Warum?» Ein furchtbarer Verdacht stieg in ihr auf. «Ist es ein anderer Mann? Diese Thérésia Cabarrus, die du seit ein paar Monaten frequentierst – die ganze Stadt klatscht über ihren lockeren Lebenswandel. O Marie, lass dich nicht von ihr zu etwas verleiten, das du später…»

«Unsinn!», unterbrach Marie-Provence sie im Ton tiefster Entrüstung. «Für wen hältst du mich? Ich liebe André, nie würde ich ihn betrügen!» Dann sagte sie ernst: «Rosanne, wenn es André einmal schlechtgehen sollte, würdest du dich um ihn kümmern?»

Rosanne musste schlucken. Tausend Fragen drängten sich ihr auf die Lippen. Warum diese seltsame Frage? Was hatte Marie-Provence vor? Sie wischte diese Gedanken beiseite und zwang sich, aufzulachen. «Aber natürlich würde ich das!», meinte sie fröhlich. «Dafür sind wir Schutzengel schließlich da, oder?»

11. KAPITEL

Nivôse – Prairial, Jahr III
Januar – Mai 1795

Im Hof der alten Schmiede herrschte reger Betrieb. Ein Wagen, dem ein gefleckter Ochse vorgespannt war, besetzte einen guten Teil der Fläche. Vier kräftige Männer waren mit dem Entladen etlicher Ballen, Fässer und Seilknäuel beschäftigt. Ihr Atem hing in weißen Wolken über ihnen, und die dicken Eisschichten der Pfützen, die unter ihrem derben Schuhwerk brachen, bildeten eine knirschende Geräuschkulisse.

«Wo finde ich den citoyen Levallois?» Ein Mann mit dürren Beinen und auffallend langen, rabenschwarzen Haaren stand plötzlich vor Marie-Provence. Wo kam er her? Sie hatte ihn nicht kommen hören.

«Du findest ihn in der Schmiede», antwortete sie zurückhaltend. «Komm mit, ich führe dich zu ihm.»

Sie fanden André in einem der Nebenräume der Schmiede vor. Er war trotz der Kälte in Hemdsärmeln und stand an einem Fass, in dessen Deckel er gerade ein Loch bohrte. Seine Hände waren schmutzig, und goldgelbes Holzmehl bepuderte den Flaum seiner Unterarme.

Der schwarzhaarige Mann trat zu ihm und hielt etwas hoch, das schlaff und formlos zwischen seinen Fingern hing.

«Pardon, ich möchte nicht stören, citoyen, aber mehrere von diesen Dingern hier befanden sich auch in der Lieferung. Hast du das wirklich bestellt?»

André zog einen Mundwinkel hoch. «Aber ja! Das sind Blasen. Sie werden unter dem Korb befestigt, um die Landung abzufedern. Leg sie zu dem Leinenstoff, der für die Fütterung des Korbes vorgesehen ist.»

«In Ordnung.» Der Mann nickte und machte kehrt.

«Wer ist denn das?», fragte Marie-Provence mit gerunzelter Stirn.

«Ignace Moulin. Ich habe ihn heute Morgen als Oberaufseher für die Handwerker angestellt. Ich kann nicht überall sein, und der Mann scheint mir über eine gute Beobachtungsgabe zu verfügen.»

«Seltsam», murmelte Marie-Provence. André sah sie fragend an, und sie fügte hinzu: «Ich bin mir ziemlich sicher, den Mann schon einmal gesehen zu haben.»

«Warum auch nicht? Er sagte mir, er wohnt im Temple. Und du bist ja des Öfteren in der Gegend.»

«Er gefällt mir nicht.» Marie-Provence zog voller Unbehagen die Schultern hoch. «Kannst du ihn nicht wieder wegschicken?»

André musterte sie. «Nicht ohne triftigen Grund. Die Zeiten sind nach wie vor unsicher. Man weiß nie, ob ein Angestellter sich nicht als Unruhestifter entpuppt, der sich für eine Entlassung rächt und das Werk, in dem er gearbeitet hat, mit Hilfe einer Horde Gleichgesinnter anzündet.» Er legte einen Finger unter ihr Kinn und sah ihr in die Augen. «Allons, Marie», murmelte er, «du musst versuchen, das alles zu vergessen. Es gibt keine dunklen Männer mehr, die dich verfolgen, selbst der oberste Ankläger des revolutionären Tribunals, Fouquier-Tinville, sitzt im Gefängnis. Es ist vorbei!»

Sie kaute auf ihrer Oberlippe und nickte. «Ja, du hast recht.»

In der Tat war der neue Wind, der durch die Stadt fegte, zeitweise zu einem Wirbelsturm herangewachsen. Nicht nur der Mann, der ihre Mutter auf dem Gewissen und auch Marie-Provence verurteilt hatte, wartete auf seinen Prozess – das gesamte revolutionäre Tribunal war aufgelöst und über fünfhundert Verdächtige waren befreit worden. Der Wohlfahrtsausschuss, der während des Terror-Regimes das Land regiert und in dem Robespierre das Sagen gehabt hatte, war entmachtet worden und musste seinen Wirkungskreis zukünftig auf die Außenpolitik beschränken. Marats Überreste waren aus dem Panthéon geflogen, und man munkelte, dass in der Provinz eine Gegenbewegung wütete, die im Namen von Louis XVII. Revolutionäre massakrierte.

All diese Ereignisse schienen Marie-Provence zu sehr der Gunst der Stunde entsprungen und zu wenig die Folgen eines wohldurchdachten politischen Vorgehens, um ein Gefühl der Sicherheit aufkommen zu lassen. Dabei benötigte das Land dringend Ruhe und eine stabile Regierung. Frankreich brauchte wieder einen König, davon war sie nach wie vor überzeugt. Ob Louis-Charles derjenige war, unter dem sich all diese Menschen einmal als Brüder wiedervereinen würden? Poura, Assmendi und die anderen Royalisten teilten diese Auffassung. Und auch ihr Vater, der jetzt schon zwei Monate fort war, um Charles' Flucht nach Osten zu organisieren, hätte diese Frage auf jeden Fall bejaht. Aber sie selbst?

Marie-Provence fröstelte, als sie an das gebrochene, stumme Kind dachte, das im Temple dahinsiechte. Nur in seltenen Augenblicken ließ sie es zu, dass ihre Zweifel zu Wort kamen. Doch immer seltener konnte sie die Frage unterdrücken: Wie würde Charles auf seine Freilassung reagieren? Ihr Vater und die anderen wollten das Kind, kaum dass es aus dem Gefängnis entkommen war, als Galionsfigur an die Spitze von Condés Truppen setzen. Ein Vorhaben, das, wie sie befürchtete, zur Katastrophe führen konnte. Denn Cortey und die anderen hatten Charles nicht gesehen. Sie konnten seinen Zustand nicht so beurteilen wie sie selbst. Doch wenn sie dem Kind erst einmal begegnet waren, würden sie einsehen, dass sie ihre Pläne ändern mussten. Sie würden Charles Zeit geben, sich auszukurieren und in seine Aufgaben hineinzuwachsen.

Ja, das Wichtigste war erst einmal, das Kind aus dem donjon zu holen. Alles andere würde sich schon ergeben.

Zwei warme Hände legten sich auf ihre Schultern.

«Wie geht es dem Kind?»

Ihre Nackenhaare stellten sich auf. Manchmal war ihr Andrés Fähigkeit, ihre Gedanken zu erraten, fast unheimlich.

André drehte sie um und fragte ernst: «Du warst heute im donjon, nicht wahr?»

Marie-Provence mied seinen Blick. «Charles gibt sich unverändert stumm.» Langsam löste sie sich aus seiner Umarmung. «Laurent ist ein zweiter Aufpasser zur Seite gestellt worden, ein gewisser Gomin. Laurent hatte darum gebeten, um ein wenig von der schweren Bürde der Aufsicht entlastet zu werden und auch mal den donjon verlassen zu können. So sind es jetzt zusammen mit dem täglich wechselnden Repräsentanten der commune drei Männer, die das Kind umsorgen.» Sie steckte einen Finger in das gerade entstandene Loch im Fass. «Was soll da rein?», lenkte sie ab.

«Eisenspäne, Schwefelsäure und Wasser.»

«Und das zweite Loch?»

«Daraus entweicht der entstandene Wasserstoff. Das Wasser soll das entstandene Gas vom Schwefeldioxid reinigen, das sonst als ätzender Dampf die Innenfläche des Ballons beschädigen würde.»

Jetzt war er wieder ganz in seinem Element, und Marie-Provence fragte weiter, um ihn vom Thema des Kindes abzulenken: «Wie viele solcher Fässer werden wir benötigen, um genug Wasserstoff herzustellen?»

«Nun, ein Ballon, der zwei Personen heben soll, muss zwischen acht und neun Meter Durchmesser haben. Fünfundzwanzig solcher Fässer werden wir mindestens brauchen, um ihn zu füllen.» Er winkte ihr zu. «Aber jetzt komm, ich muss dir etwas zeigen.»

Marie-Provence war nur allzu bereit, ihren Gedanken zu entfliehen. Als sie mit André Hand in Hand den Hof überquerte, stutzte er. «Solltest du nicht die Befüllung der Sandsäcke beaufsichtigen?», warf er der hageren Gestalt zu, die am Ochsenwagen lehnte und unter die Abdeckung lugte.

«Doch, natürlich.» Ignace Moulin legte die Plane zurück. «Es gab nur eine Frage wegen der Qualität der Lieferung, die ich klären musste.»

«Das hast nicht du zu entscheiden. Um solche Fragen kümmere ausschließlich ich mich.»

«Wie du willst, citoyen.» Moulin zuckte mit den Schultern. «Ich bin nur froh, wenn mir was abgenommen wird.»

André sah dem Angestellten argwöhnisch nach, während dieser davonstelzte, lächelte dann aber Marie-Provence zu. «Komm!»

Er führte sie in einen der Lagerräume. In der ehemaligen Schmiede hatte sich etliches getan: Die Räume waren umgebaut und gesäubert, Wände entfernt, andere hochgezogen, der Ofen neu gemauert worden. Zwei kleine Räume hatte André zu seiner neuen Wohnung auserkoren. Nach einer langen Phase der Planung begann nun die Ausführung, und erste Materialien stapelten sich bereits in den Lagerräumen.

Als Marie-Provence die Ballen sah, die sich in einer Ecke stapelten, stieß sie einen Freudenschrei aus. «Die Seide!»

Andrés Lächeln wurde breiter. «Sie ist angekommen, während du nicht da warst.»

Mehrere Ballen waren bereits von ihren schützenden Hüllen befreit worden, und Marie-Provence konnte nicht widerstehen, ein paar Meter von dem Stoff abzuwickeln. Ein Sonnenstrahl, der durch ein Fenster des Lagerraumes fiel, brachte ihn zum Leuchten. «Schau, der hier ist weiß. Wie schön er schimmert! Wie frischgefallener Schnee. Hier ist das Rot. Und hier …» Der Ballen entglitt ihr, der Stoff entrollte sich in einem blauschimmernden Strom über den Boden. Marie-Provence riss den Stoff hoch, sodass er sich über ihr in der klirrend kalten Luft bauschte, lachte, als das seidigglatte Gewebe auf sie herabschwebte, raffte es um sich und schmiegte ihr Gesicht daran.

Blau, weiß und rot, wie von Barras verordnet. Gab es eine größere Ironie, als Louis-Charles von einem Ballon in den Farben der Trikolore entführen zu lassen? Marie-Provence verbarg ihr Lachen im kostbaren Stoff. In diesem Augenblick waren all ihre Sorgen vergessen. Als sie aufsah, begegnete sie Andrés Blick.

«Zieh dich aus!», sagte er rau in eine helle Atemwolke.

Seine dunkle und ungewohnt herrische Stimme gebar ein

köstliches, drängendes Ziehen in ihrem Becken. Sie biss sich auf die Unterlippe. «Hier?»

«Ich kann mir keinen besseren Ort vorstellen», antwortete er.

«Und wenn jemand kommt?»

Er zeigte ein raubtierhaftes Grinsen. «Du musst eben leise sein!»

Auf einmal konnte es ihr nicht schnell genug gehen. Sie riss an ihren Verschnürungen. «Hilf mir!», bat sie ihn.

Er lachte, trat zu ihr. Doch seine grausamen Hände zogen ihre Folter in die Länge, wanderten über ihre Haut, statt sie zu befreien, ignorierten ihr Flehen, entfachten tausend Herde, bis seine eigene Ungeduld sie endlich erlöste und ihrer beider Kleider in hohem Bogen in eine Ecke flogen. Die eisige Luft griff nach ihren nackten Körpern. Marie-Provence zog Andrés warme Hände an sich, rieb sich an ihnen, führte sie. «Wärme mich!» Ihre Lippen schmeckten seine glatte, feste Brust, saugten an seiner Haut. «Ich verbrenne», wisperte sie. Im Rhythmus ihrer Atemwolken fielen die Liebenden übereinander her, und die Welt um sie herum flammte auf in drei Farben.

André raunte: «Weiß! Weiß, glatt und kühl wie deine Haut, nach der ich süchtig bin. Rot – wie die Glut, die in meinem Herzen pulsiert, seit ich dich zum ersten Mal sah.»

Sie stöhnte leise, als seine Hand zwischen ihre Beine glitt. «Blau …», flüsterte sie und öffnete sich ihm. «Blau, frei und endlos, wie die Welt dort oben, die du mir geschenkt hast …»

Sie umschlangen einander, wurden eins, glitten raschelnd durch eine seidigglatte Welt, die ihre Sinne aufrieb. Wie viele Arbeiter an diesem Nachmittag auf der Suche nach einer Anweisung bei ihnen hereingeschaut hatten, ohne dass sie es wahrnahmen, sollten sie nie erfahren. Sie vergaßen die Zeit.

Als Marie-Provence erwachte, war es bereits Abend. Der Hof und die Gebäude der alten Schmiede lagen verwaist da. Das einzige Geräusch bildete Andrés ruhiger Atem an ihrer Schulter. Sie drehte den Kopf und betrachtete ihn.

Sie mochte es, wenn wie jetzt ein Schatten unter seinem Kiefer lag, der dessen kühnen Schwung betonte. So wie sie den Hauch von Verruchtheit liebte, der ihm anhaftete, wenn er neben ihr ruhte, mit seinem wirren Lockenschopf und dem dunklen Bartschatten auf seiner hellen Haut. Dann umgab ihn die Aura eines Piraten. Ein wollüstiger Schauer huschte über ihre Haut. Ja, in Augenblicken wie diesen hatte er mehr von einem Freibeuter als von einem Forscher …

Sie hielt den Atem an, versteifte sich, horchte in sich hinein. Warum beichtete sie ihm nicht, dass sie ihn liebte, so wie Rosanne es ihr immer riet? Andererseits, was hätte ihr dieses Eingeständnis gebracht? Sie würde ihn verraten und verlassen, und er würde sie dafür verwünschen und hassen und für alle Zeit verdammen. Eine tiefe, noch nie empfundene Angst überrollte sie, drückte ihr auf die Brust. Sie richtete sich ruckartig auf. Ich weiß nicht, wie ich das ertragen soll!, schrie es in ihr. Dennoch würde es genau so kommen. Denn die einzige Alternative wäre ein anderer Verrat, der den Tod eines kleinen Jungen zur Folge hätte.

Und panisch erkannte sie, dass sie schon lange keine Wahl mehr hatte.

⚜

«Was willst du denn damit, citoyenne?», fragte der wachhabende Soldat in der grande tour Marie-Provence streng, sobald sie den Treppenabsatz erreicht hatte.

«Es dient der Erholung des Patienten, Soldat», intervenierte Jomart.

Marie-Provence lächelte, während sie die vier Töpfe an sich presste. «Es sind nur ein paar Pflanzen, citoyen soldat. Ein Versuch, ein wenig Farbe und Freude in die Zelle des kleinen Gefangenen zu bringen», versuchte sie, den Mann zu becircen.

«Mir ist keine neue Vorschrift bekannt, die besagt, dass dem Gefangenen Freude zu bereiten wäre. Was kommt als Nächstes? Akrobaten, Taschenspieler?»

«Salut et fraternité, docteur», grüßte es republikanisch, und ein Mann, der sich im Hintergrund aufgehalten hatte, trat zu ihnen. «Es ist schon in Ordnung, die Blumen habe ich bestellt», behauptete er.

Der Soldat zuckte die Schultern. «Wie du willst, citoyen Gomin. Bin mal gespannt, was der Repräsentant der commune dazu sagen wird, der in einer Stunde kommen soll.»

Gomin überhörte ihn. «Willst du die Töpfe selbst ins Zimmer bringen?», schlug er Marie-Provence vor und deutete auf Charles' Zelle.

Marie-Provence ließ es sich nicht zweimal sagen. Sie hatte kaum zu hoffen gewagt, dass Charles ihr kleines Mitbringsel zu Gesicht bekommen würde. Sie schenkte Gomin ein strahlendes Lächeln. Er hatte schon immer einen wohlwollenden, freundlichen Eindruck auf sie gemacht, doch es war das erste Mal, dass er sich für sie einsetzte.

Gomin wies den Soldaten an, die Zelle zu öffnen. Da Laurent, der zweite Aufpasser, Ausgang hatte, war es allein Gomin, der den Arzt und Marie-Provence während ihrer Visite begleitete.

«Guten Morgen, Monsieur Charles», grüßte Jomart das Kind, als er eintrat.

Wie so oft lag Charles auf dem Bett. Er hob ein wenig den Kopf, wandte sich aber kurz darauf unbeteiligt von den Besuchern ab.

«Nun, wie geht es Ihnen heute, junger Mann?», murmelte der Arzt, während er sich auf dem Rand des Lagers niederließ.

Marie-Provence sah sich kurz um. Wie immer waberte der faulige Geruch im Raum, dem durch Lüften nicht beizukommen war. Selbst die Schwaden der Kräuter- und Rindenmischung, die Jomart regelmäßig verbrennen ließ, waren gegen den Gestank machtlos, der sich unwiderruflich in den Steinfugen und dem Holz festgesetzt zu haben schien. Er rief Übelkeit in Marie-Provence hervor. Wie so viele Male zuvor drängte sich ihr die Gewissheit auf, dass kein Mensch auf der Welt in einer solchen Luft genesen konnte.

Sie stellte die vier Tontöpfchen auf dem Fenstersims ab, der lichtesten Stelle im Raum, seit ein Teil der Läden entfernt worden waren. Marie-Provence hatte sich lange überlegt, welche Blumen sie Charles bringen könnte, um dessen Gleichgültigkeit zu durchdringen. Als heute Morgen ihr Blick auf die frühlingshafte Wildnis gefallen war, die den Hof der alten Schmiede eroberte, war sie einer Eingebung gefolgt.

Gänseblümchen … Sie und er, Hand in Hand, über die Wiesen des Parks vom Trianon tollend. Halme, die zwischen den bloßen Zehen kitzelten. Der Duft von zertretenem Gras. Das Kind streckt vor Anstrengung die Zunge raus, beugt sich über das wuchernde Grün. Triumph. *Marie! Marie, schau mal! Ich kann Gänseblümchen mit den Zehen pflücken!* Das Kind hüpft auf einem Bein, versucht, ihr die Blümchen hinzustrecken und gleichzeitig eine höfische Verbeugung zu machen. *Für dich!* Es lacht, plumpst auf seine Kehrseite. Sie wirft sich, ebenfalls lachend, daneben. Kitzelt es, bis es um Gnade fleht.

Die kleinen weißen Sterne mit den sonnengelben Herzen auf dem Fenstersims gerieten in einen Lichtstrahl. Sie leuchteten aufdringlich auf. Marie-Provence wurde unruhig. Verunsichert sah sie sich nach Charles um. Sie selbst ertrug diese Erinnerungen nur schwer. Wie würde er reagieren? Was, wenn die Blumen in ihm eine Sehnsucht erweckten, die seine letzten Kräfte verzehrten?

Inzwischen hatte Jomart eine Schüssel mit lauwarmem Kamillenbad vorbereitet, mit dem die entzündeten Hautstellen des Kindes behandelt wurden. Marie-Provence trat hinzu, um ihrer Arbeit als Assistentin nachzukommen. Gomin stand ein paar Schritte abseits, während sie und Jomart versuchten, die Wunden auf dem apathischen Kinderkörper zu lindern, und beobachtete sie. Wie schon oft zuvor überraschte Marie-Provence der Ausdruck des Mitleids auf dem Gesicht des knapp vierzigjährigen Mannes. Sie ahnte, was Gomin durch den Kopf ging. Selbst sie, die Charles inzwischen Dutzende von Malen gesehen und berührt hatte, hatte sich noch nicht an den Anblick gewöhnt.

Als sie letztes Jahr das Kind durch die Gitter der Tür angeschaut hatte, war es ihr kaum größer als in ihrer Erinnerung erschienen. Doch dieser Eindruck war falsch gewesen. Charles hatte sich sehr wohl entwickelt – allerdings nicht gleichmäßig. Hals, Beine, Arme und Finger hatten sich gestreckt, waren lang und spindeldürr. Im Vergleich dazu mutete der Kopf zu groß an. Der überproportional gewölbte Brustkorb, mit schmalen Schultern und von einer durchscheinenden Haut überzogen, unter der sich die Rippen abzeichneten, wirkte wie ein großes, nicht passendes Puzzleteil. Er kam einem irgendwie gestaucht vor – eine Folge, wie Jomart ihr erklärt hatte, der sich im Abbau befindlichen Rückenmuskulatur.

«Das Kind muss sich unbedingt bewegen. Wir müssen es dazu bringen, aufzustehen, Anstrengungen zu unternehmen», hatte Jomart gemahnt.

Doch trotz der erleichterten Haftbedingungen verbrachte Charles lange Stunden auf seinem Bett. Seine Teilnahmslosigkeit, noch Wochen nachdem seine Zelle geöffnet worden war, war erschreckend. Wenn Marie-Provence an den quirligen Jungen dachte, der Charles früher einmal gewesen war, an seine nie gestillte Neugier und seine Lebenslust, war ihr nur allzu klar, dass er unter den jetzigen Umständen, sich selbst und ewigen Stunden des Nichtstuns überlassen, nie würde gesunden können.

Bei dem Gedanken an die Wochen, die noch vor ihnen lagen, wurde ihr bang ums Herz. Inzwischen war es März, und es würde mindestens Mai, wenn nicht gar Juni oder Juli werden, bis der Ballon endlich fertig sein würde – auch aus Geldgründen.

Die Finanzierung verlief schleppend. Nicht dass es an Interessenten gemangelt hätte, die meisten Menschen hatten einfach kein Geld übrig, konnten häufig nicht einmal das kaufen, was sie zum Überleben benötigten. Die Märkte waren leer, nicht nur in Paris, auch in Lyon und in der Provinz. Aus Angst, mit den fast wertlosen Assignaten bezahlt zu werden, lieferten die Bauern nicht mehr. Ein harter Winter und eine schlechte Ernte kamen erschwerend hinzu. Mittlerweile mangelte es selbst an Kohle und Holz.

Überdies verschlang die Herstellung eines Ballons mehr Geld, als Marie-Provence jemals für möglich gehalten hätte. Ihre letzte Hoffnung war eine Zuwendung von Barras, der vielleicht Thérésia zuliebe noch ein paar Gelder lockermachen würde. Allerdings hatte Thérésia im Moment ganz anderes im Kopf: Sie erwartete im Mai ihr erstes Kind und hatte, um einen Skandal zu vermeiden, im Dezember den Geliebten Tallien geheiratet. Ihre Popularität wuchs ständig, und ihre gesellschaftlichen Verpflichtungen, zu denen sich die Beanspruchungen durch die Schwangerschaft gesellten, ließen ihr kaum eine Minute Zeit.

Marie-Provence seufzte lautlos, rief sich dann aber zur Ordnung. Charles bekam so selten menschliche Zuwendung zu spüren – wenn sie bei ihm war, wollte sie sich nicht von ihren Sorgen ablenken lassen, sondern ganz bei ihm sein. Sie tunkte ein sauberes Leintuch ins Kamillenbad und legte es um Charles rechte Wade. Das Kind zuckte, sagte aber kein Wort.

Charles hatte wunde Stellen vom Liegen, die einfach nicht heilen wollten. Immerhin: Die Krusten auf seiner Kopfhaut und an seinem Nacken, die sich wegen der mangelnden Hygiene während seiner Haft gebildet hatten, waren nun fast vollständig verschwunden. Da auch seine blonden Haare einen ordentlichen Schnitt erhalten hatten, machte Charles jetzt einen gepflegten Eindruck.

«Setzen Sie sich bitte auf», bat Jomart, nachdem die Wunden versorgt waren.

Charles gehorchte. Er ließ den Arzt die Knoten untersuchen, die an seinen Handgelenken, seinen Arm- und Kniebeugen gewachsen waren.

«Haben Sie Schmerzen?», fragte der Arzt.

Charles antwortete nicht.

«Sehen Sie mich bitte an.» Der Junge gehorchte, und Jomart fragte weiter: «Verstehen Sie mich? Sie brauchen nicht zu antworten, wenn Sie es nicht wollen. Ein Nicken reicht.»

Charles sah Jomart unumwunden und reglos an.

Der Arzt senkte seufzend den Kopf und stand auf. Seine Bewegungen waren schwerfällig. Marie-Provence wusste, wie sehr er sich eine Antwort seines Patienten gewünscht hätte.

«Er vertraut mir nicht, Marie-Provence! Obwohl wir ihn jetzt seit Monaten pflegen, ist er so misstrauisch wie am ersten Tag», hatte Jomart noch gestern bitter ausgestoßen. «Dieser Junge wurde zu lange beschimpft und betrogen. Er bringt es aus reinem Selbstschutz nicht mehr über sich, sich irgendjemandem gegenüber zu öffnen. Doch wenn ich keinen Zugang zu ihm finde, werde ich ihm nicht helfen können!»

Marie-Provence packte die Arzttasche, während Jomart in den Vorraum ging, um sich die Hände zu waschen. Einen Augenblick lang waren Gomin und Marie-Provence allein beim Patienten. Marie-Provence warf dem Wärter einen Seitenblick zu. «Ich danke dir. Wegen der Blumen, vorhin.»

Gomin wehrte ab. «Es ist nicht der Rede wert.»

«Aber doch. Dein Handeln zeugt von einem guten Herzen. Und Gutes ist es immer wert, dass man darüber spricht», widersprach Marie-Provence.

Gomin deutete auf Charles. «Er tut mir leid, das ist alles.»

«Er bräuchte dir nicht leidzutun, wenn du ihn besser behandeln würdest», entfuhr es Marie-Provence.

Gomins gutmütiges Gesicht rötete sich.

Doch Marie-Provence hatte nicht vor, ihn zu schonen. Sie brauchte ihn nämlich als Helfer. Gomins Präsenz im donjon war einem raffinierten Winkelzug der royalistischen Untergrundorganisation zu verdanken, von dem niemand etwas ahnte, am wenigsten der arglose und königsfreundliche Gomin selbst. Einige republikanisch-patriotische Einzelheiten, die in Gomins Akte geschmuggelt worden waren, hatten seine Ernennung bewirkt. Gomin hatte nichts von einem Abenteurer, und Marie-Provence wollte den Mann auch gar nicht zu einer Heldentat überreden. Trotzdem hoffte sie, dass sie ihn dazu bringen könnte, sie in einem wichtigen

Punkt zu unterstützen. Ihr Plan wies nämlich einen heiklen Punkt auf: Er verlangte, dass sich das Kind zu einer gewissen Uhrzeit auf dem Turm befand, um von dem Ballon abgeholt werden zu können. Zufällige Spaziergänge nützten ihnen nichts. Sie brauchten Regelmäßigkeit. Die galt es nun sicherzustellen.

«Ich weiß sehr wohl, dass es nicht in deiner Macht steht, Monsieur Charles zu befreien. Freilich gibt es einiges, womit du sein Leben hier erträglicher machen könntest», meinte Marie-Provence. Sie ließ das Schloss der Arzttasche zuklappen. «Kleinigkeiten würden schon reichen: ein Päckchen Spielkarten, zum Beispiel. Oder ein regelmäßiger Gang an die frische Luft.» Sie zuckte die Schultern. «Was er braucht, ist eine neue Sicherheit, etwas, worauf er sich freuen kann. Wie zum Beispiel die Gewissheit, jeden Tag einmal unter freiem Himmel stehen zu können.»

Gomin streckte beide Hände abwehrend von sich. «Jeden Tag? Du weißt nicht, wovon du sprichst, citoyenne! Für die Herren der Regierung kommt jede Bitte für eine Erleichterung der Haftbedingungen einem Verrat gleich!»

Marie-Provence antwortete nicht. Sie wusste, dass sie behutsam vorgehen musste. Noch hatte sie genügend Zeit, um Gomin Mut zu machen und dorthin zu führen, wo sie ihn haben wollte.

Sie ergriff Charles' magere Hand und drückte sie verstohlen zum Abschied. Dann stand sie auf, um zu gehen.

Gomin, den offensichtlich sein schlechtes Gewissen plagte, kam ihr nach. «Außerdem wäre das doch alles zwecklos», führte er seine Argumentation fort. Er deutete auf das Lager. «Schau ihn dir doch an! Bei Gott, dieser Junge ist nichts mehr als ein verkümmerter Körper. Sein Geist hat diese Mauern schon längst verlassen.»

Marie-Provence hatte bereits eine heftige Antwort auf den Lippen, da packte Gomin plötzlich ihren Arm. Sie spürte schmerzhaft seinen Griff, als er sie zwang, sich halb um die eigene Achse zu drehen. Er deutete in eine Richtung.

Sofort verstand sie, was er meinte.

Charles war aufgestanden. Seine blauen Augen waren weit aufgerissen. Marie-Provence und Gomin verfolgten, wie der Junge zu dem Fenster strebte, auf dessen Sims die vier Tontöpfchen standen. Er streckte die Hand aus. Zum ersten Mal, seit Marie-Provence Charles wiedergesehen hatte, gerieten die Züge des Jungen in Bewegung.

Er drehte sich ihr zu. «Marie!»

Es war wie ein Dammbruch in ihrem Inneren. So lange hatte sie sich geduldet. Doch jetzt vergaß Marie-Provence alle Überlegungen, alle Pläne und Ängste. Sie flog auf ihn zu, riss ihn in die Arme und presste ihn an sich. Sie wiegte und liebkoste das von Weinkrämpfen geschüttelte Kind, summte eine alte Melodie an sein Ohr.

Auch Jomart rannte herbei. Hinter ihm zwei Wachen, die Bajonette in der Hand. Gegen wen wollten sie kämpfen? Oder gegen was? Die Soldaten starrten sie an, überrascht, überfordert, doch zu allem bereit, und als sie die Piken gegen sie und das Kind senkten, sackte Angst kalt und schwer auf Marie-Provence' Schultern.

«Was ist denn hier los?» Ein weiterer Mann stürmte in den Raum, in Zivil gekleidet, wahrscheinlich der Repräsentant der commune. «Wie kommst du dazu, Charles Capet anzufassen? Lass sofort das Kind los!»

Jomart gestikulierte heftig. Marie-Provence verstand, was er ihr sagen wollte, doch nichts auf der Welt würde sie zwingen, sich jetzt von dem Kind zu trennen. Stattdessen starrte sie feindselig die vier Männer an, forderte sie geradezu heraus. Wichtig war nicht, ob sie stark war – sondern ob diese Männer es glaubten. Ihr war klar, in den Augen des Arztes hatte sie versagt, auch alle anderen, die seit Wochen und Monaten ihr Leben aufs Spiel setzten, um in aller Stille an Charles' Befreiung zu arbeiten, würden sie eine Versagerin schimpfen. Aber sie spürte mit jeder Faser ihres Wesens, dass es nichts Wichtigeres gab als diesen Augenblick der Nähe, dass er bestimmend war für die Zukunft des Kindes, überhaupt für die Möglichkeit einer Zukunft.

«Bist du citoyen Gomin? Im Namen der Nation, ich verlange eine Antwort!», herrschte der Unbekannte den Wärter an.

Gomin zog ein großes Taschentuch aus seiner Hose. Er tupfte die feinen Schweißperlen ab, die sich über seiner Oberlippe gebildet hatten. Sein Blick lief zwischen den Gänseblümchen und Charles hin und her.

Jomart fasste sich schneller. «Unsere Bemühungen, das Kind zu beleben, scheinen zum ersten Mal zu fruchten, citoyen», sagte er geistesgegenwärtig. «Darf ich Ihren Namen erfahren?»

«Lemétayer. Ich habe Dienst bis morgen Nachmittag. Und ich will auf der Stelle erklärt bekommen, wie …»

«Citoyen, Sie haben großes Glück», lächelte Jomart. «Ich nehme an, Sie wissen, wie viel der Regierung am Leben der Geisel liegt? Und in welche politischen Schwierigkeiten deren Tod das Land bringen könnte? Sie werden der commune die gute Nachricht über die ersten Anzeichen der Erholung des Kindes überbringen dürfen.»

Lemétayer presste die Lippen zusammen. «Ich brauche keine Belehrungen. Ich bin durchaus in der Lage, mir eine eigene Meinung zu bilden über das, was ich sehe. Citoyen Gomin, wann wirst du mir endlich erklären, was hier vor sich geht?»

Der Wärter schien sich endlich ein Herz gefasst zu haben. Er stopfte das Taschentuch zurück in seine Tasche. Langsam, aber mit einigermaßen fester Stimme sagte er: «Also, es verhält sich genau so, wie citoyen Jomart gesagt hat. Ich habe nichts hinzuzufügen, außer dass ich dir einen Brief mitgeben werde. Wir müssen den Heilungsprozess unterstützen.» Er wandte sich an Marie-Provence. «Eine tägliche Promenade ist unmöglich, aber …» Er suchte ihren Blick. «Zweimal in der Woche, vielleicht?»

Marie-Provence musste schlucken, ehe sie sich ein Lächeln abringen konnte. «Das wäre sehr schön», sagte sie.

«Was willst du hier?», begrüßte Cédric Croutignac seinen Gast. «Bist du gekommen, um dich in meinem Elend zu sonnen?»

Sein Schwager hatte die Hände in die Taschen gesteckt. Er sah sich um. «Elend? So weit ich sehe, hat sich kaum etwas an deinen Lebensumständen geändert, Cédric.»

«Es tut mir leid, dich zu enttäuschen.»

«Du irrst.» Alexandre Jomart schüttelte den Kopf. «Was lässt dich annehmen, dass ich mich an deinem Unglück freuen würde?»

«Ach, komm, lass die Spielchen.» Cédric fuhr über sein Gesicht. «Wir stehen doch schon lange nicht mehr auf derselben Seite, Alexandre. Nicht mehr seit dem Tod von Caroline und Félicie.»

Sein Schwager senkte den Kopf. «Es war auch meine Familie, Cédric. Meine Schwester, meine Nichte. Auch für mich war ihr Tod ein Verlust. Und du hast jeden Grund der Welt, zu trauern. Aber du trauerst nicht, du suchst Schuldige. Und dafür vergreifst du dich an Schwächeren. Ich aber bin Arzt und habe gelobt, den Schwächeren zu helfen.»

«Félicie war schwach. Und Caroline. Und ich – ich war es auch.» Ein bitterer Geschmack machte sich auf Cédrics Zunge breit. «Doch da hast du nicht geholfen.»

«Es waren die Pocken, Cédric! Es gibt kein Heilmittel gegen Pocken! Gott ist mein Zeuge, dass ich es Caroline und der Kleinen verabreicht hätte, hätte ich über ein solches Mittel verfügt!»

Cédric heulte auf vor Wut. «Hör auf damit! Es war Mord! Verdammt, wenn du es nur einmal zugeben könntest, Alexandre! Nur einmal! Vielleicht würde mich dann nicht jedes Mal die Lust packen, dir ins Gesicht zu schlagen, wenn ich dich sehe!» Er riss sich die Jacke vom Leib und schleuderte sie von sich. «Was willst du überhaupt? Warum bist du hier?»

Der Arzt war sehr bleich. «Ich will, dass du Marie-Provence de Serdaine in Ruhe lässt.»

Cédric rückte an seiner Brille, nahm seinen Schwager

schärfer in Augenschein. «Wer sagt dir, dass ich das nicht tue? Ich habe die Frau seit Monaten nicht mehr gesehen.»

«Ich weiß, dass du warten kannst. Und dass du deine Handlanger hast.» Alexandre Jomart wich seinem Blick nicht aus. «Ich will dein Versprechen, Cédric.»

Cédric brach in lautes Gelächter aus. «Köstlich! Warum, um alles in der Welt, sollte ich dir so etwas zusichern?» Ruhiger fragte er nach einer Weile: «Warum setzt du dich eigentlich so für die Kleine ein? Und was sagt deine Frau dazu?»

Der Arzt ging nicht darauf ein. «Sie war zwölf, als Félicie und Caroline starben, Cédric! Es ist ungerecht, sie in deine Rachepläne zu verwickeln. In Wirklichkeit geht es dir doch um ihren Vater!»

«Félicie war nicht einmal fünf. Und niemand hat danach gefragt, ob sie unschuldig war oder nicht, als sie ermordet wurde», gab Cédric dumpf zurück. Eine große Müdigkeit überkam ihn. Am liebsten hätte er den Arzt hinausgeworfen und sich in seinem verdunkelten Zimmer aufs Bett gelegt, doch dazu fehlte ihm die Kraft. «Du hast recht. Im Grunde ist mir das Mädchen egal.» Er zuckte die Schultern. «Trotzdem wird sie sterben. Oh, keine Angst, ich werde mich nicht hinter einer Mauer verbergen, um auf sie zu schießen!» Er lächelte, obwohl seine Kehle so eng war, dass er kaum Luft bekam. «Nein, er soll es wissen. Er soll hoffen und um sie bangen. So wie ich damals gehofft und gebangt habe.» Seine Hände fuhren über den dünnen Stoff seines Hemdes. Die winzigen Schuppen seiner rauen Haut verhakten sich in der weißen Baumwolle. «Seine Frau habe ich ihm schon genommen. Aber erst wenn ich ihm auch seine Tochter genommen haben werde, werden wir endlich quitt sein.» Er lächelte abermals. «Ich habe einen Pakt mit dem Teufel geschlossen, Alexandre, weißt du das nicht? Marie-Provence de Serdaine. Und das Kind. Denn an allererster Stelle war das Kind schuld. Und dann darf er mich holen.»

Alexandre fuhr ihn an. «Hör auf mit dem Unsinn! Dein Selbstmitleid …»

«Das Kind ist krank, Alexandre – doch wem erzähle ich

das? Wer wüsste besser als du, dass es sterben wird? All deine Salben und guten Taten werden es nicht retten. Auch die Tochter des chevalier de Serdaine nicht.» Er nahm die schwere Brille ab und rieb sich die müden Augen. «Auch sie ahnt, dass der Kleine stirbt, wenn er im Gefängnis bleibt. Sie hat sich vorgenommen, ihn da rauszuholen, weißt du das? Ich brauche dir nicht zu sagen, von wem sie diese Selbstherrlichkeit hat.» Er setzte die Brille wieder auf. «Natürlich werde ich diese Flucht zu verhindern wissen. Wenn du willst, kannst du ihr das ruhig sagen. An deiner Stelle würde ich übrigens ab jetzt etwas Abstand zu ihr halten. Nicht ausgeschlossen, dass ein paar übereifrige Funktionäre sich erinnern, dass du das Mädchen im Temple eingeführt hast, wenn sie wegen Hochverrats an der Republik verhaftet wird.» Er nickte knapp. «Und jetzt, wenn du es gestattest, würde ich gerne allein sein.»

Sein Schwager sah ihn lange an. «Ich hatte nie vorgehabt, dir das zu sagen, Cédric. Doch wir wissen beide, weshalb du deine ganze Kraft in die Verfolgung der Serdaines steckst, nicht wahr? Du wirst alles tun, um nicht über die Umstände nachdenken zu müssen, die zu dem Unglück geführt haben.»

«Welche Umstände? Was meinst du damit?»

Alexandre Jomart lächelte traurig. «Schau in den Spiegel, Cédric. Dann weißt du es.»

Nur mit äußerster Mühe gelang es Cédric, sich zu beherrschen. Mit geballten Fäusten verfolgte er, wie sein Schwager den Raum verließ. Dann riss er an der Klingelschnur und sackte auf einem Stuhl zusammen.

«Hol Corbeau», befahl er schweratmend seinem Diener. «Es ist an der Zeit, dass der Kerl etwas für sein Geld tut.»

⚜

Die Menschen, die kamen, um die Vorbereitungen für den Flug zu sehen, waren jeden Tag zahlreicher, doch heute hatte man zum ersten Mal welche abweisen müssen – was Marie-

Provence in der Seele weh tat, angesichts ihrer kränkelnden Finanzen.

«Warte nur, bis die fertige Hülle zwischen den Pfosten hängt», hatte André prophezeit. «Dann werden wir hier kaum noch ein Bein auf die Erde bekommen.» Er sollte recht behalten.

Marie-Provence blinzelte in die warme Maisonne. Der ferne Ruf eines Kuckucks beunruhigte die Brieftauben, die am Schuppen in mehreren Käfigen untergebracht waren. Inzwischen war alles für Charles' weitere Flucht organisiert. Königstreue waren informiert, Wagen auf Abruf bereitgestellt. Und heute Morgen hatten sie mit der Gasherstellung begonnen. Staunend gruppierten sich die Besucher um zwei hohe Masten. Zwischen ihnen spannte sich ein starkes Seil, an dem die Ballonhülle hing, schlaff wie eine darbende Sommerblüte.

«Gehören Sie hierher? Ich suche den Mann, der die Arbeiten an diesem Ballon leitet.»

Marie-Provence drehte sich um. Vor ihr stand ein dunkelhaariger Unbekannter, der nicht größer war als sie selber. Kurze, schlechtgeschnittene schwarze Haare, ein Kinn, das auf einen unbändigen Willen schließen ließ, sowie eine markante Nase mit langem, schmalem Grat prägten das Gesicht. Seine Uniform, die eines Brigade-Generals, war schäbig und zerschlissen. Seine hohlen Wangen legten nahe, dass der Mann nur selten eine üppige Mahlzeit zu sich nahm, doch der bezwingende und vor Intelligenz sprühende Blick seiner dunklen Augen ließ Mitleid gar nicht erst aufkommen.

«Monsieur Levallois ist gerade sehr beschäftigt», erklärte Marie-Provence freundlich. «Vielleicht kann ich Ihnen helfen?»

«Sie?» Der Unbekannte verzog die dünnen, sinnlich geschwungenen Lippen. «Es geht um technische Details. Sie dürften kaum die Richtige sein.»

«Ich werde den Aufstieg an der Seite von Monsieur Levallois erleben und bin von ihm in vielen Einzelheiten unterwiesen worden.» Marie-Provence hob die Schultern und wandte sich zum Gehen. «Doch natürlich steht es Ihnen frei, zu warten.»

Er zeigte auf den Ballon. «Wie lange bleibt die Hülle dicht?»

«Wir haben ein neues Verfahren entwickelt», erklärte sie. «Die Seide ist mit einem mit Bleioxid vorbehandelten Leinöl eingerieben und anschließend gepresst worden. Jede Bahn wurde dann mit Kautschuk beschichtet, der durch eine Mischung aus Klebstoff, Honig und Rizinusöl geschmeidig und haltbar gemacht wurde.» Sie legte den Kopf in den Nacken, betrachtete ernst die Hülle, die sich gegen den strahlend blauen Maihimmel abhob. «Noch lässt sich wenig über die Undurchlässigkeit des Flugkörpers aussagen, doch die Probeläufe, die wir mit einem kleineren, in allen Punkten getreu nachgebauten Modell durchgeführt haben, waren sehr ermutigend: Der kleinere Ballon hängt seit zwei Monaten unter der Decke der Schmiede und hat noch keine einzige Falte.»

Der Mann sah sie interessiert an. Ein anderer als er hätte jetzt vielleicht gelächelt. Doch Marie-Provence hegte den Verdacht, dass der Fremde sich nur sehr selten zu Heiterkeitsausbrüchen verleiten ließ.

«Das heißt, ein einmal gefüllter Ballon ließe sich ein paar Wochen lang immer wieder nutzen, wenn man den Ballon angeleint lässt und die Höhe und Bewegung vom Boden aus steuert?»

«Das wäre wohl möglich», lächelte Marie-Provence. «Doch von welchem Interesse wäre ein mehrmaliger Aufstieg, wenn der Ballon sich nicht frei bewegen kann?»

Der Mann antwortete nicht. «Danke für Ihre Ausführungen», sagte er stattdessen knapp und deutete eine zackige kleine Verbeugung an. «Ich werde mich nun alleine umsehen. Sie werden ja weiterhin da sein, sollte ich Fragen haben.»

Das war nichts anderes als der Befehl, sich zu seiner Verfügung zu halten. Nachdenklich verfolgte Marie-Provence, wie der Offizier mit dem stechenden Blick zwischen den anderen Besuchern verschwand. Was mochten die Fragen des Mannes für einen Hintergrund haben?

Laute Stimmen lenkten sie von weiteren Überlegungen ab. Alarmiert sah sie André am hinteren Ende des Hofes ein Streitgespräch mit zwei auffallend gekleideten Männern führen. Sie trugen beide knielange Jacken mit überdimensionalem Revers und voluminöse grüne Krawatten, die Brust und Kinn bedeckten. Hatte der eine Mann seine langen Haare toupiert und im Nacken festgesteckt, so thronte auf dem Kopf seines Freundes ein Zweispitz über einer blonden Perücke. Es waren Muscadins, junge Menschen, die sich offen als Royalisten bekannten, meist adliger Herkunft waren und seit ein paar Monaten in Banden durch die Straßen zogen. Marie-Provence warf einen besorgten Blick auf die kostbare, empfindliche Ballonhülle, die in ein paar Schritten Entfernung hing. Es konnte keinen schlechteren Schauplatz für eine tätliche Auseinandersetzung geben als den Innenhof! Auch die aufgestellten Fässer, aus denen kontinuierlich der entzündliche Wasserstoff strömte, standen schutzlos da – nur eine dünne Latte trennte sie vom Publikum.

«Königsmörder! Halsabschneider!», knurrten die beiden Gecken, womit offenbar nicht André gemeint war, sondern ein paar mit langen Hosen und Holzschuhen bekleidete Besucher.

«Wieder welche, die die Guillotine vergessen hat!», schoss es aus dem Publikum zurück.

«Jetzt reicht es.» Andrés Ton war unmissverständlich. «Messieurs, ich möchte Sie bitten, das Gelände sofort zu verlassen.»

Marie-Provence trat hinzu. «Brauchst du Hilfe? Soll ich die Garden holen?»

«Nicht nötig.»

«Ach, siehe an – Marianne persönlich!» Der toupierte Mann zückte ein Lorgnon und musterte sie von Kopf bis Fuß. «Marie-Provence de Serdaine, wenn ich mich nicht irre. Tochter eines Offiziers Seiner ermordeten Majestät

Louis XVI., Verräterin ihres Standes und Emblem der Revolution!»

Marie-Provence war einen Augenblick sprachlos. Sie fühlte, wie ihr das Blut aus dem Gesicht wich.

Andrés Hände legten sich wie Schraubstöcke um die Arme der beiden Unruhestifter. «Messieurs», sagte er mit eisiger Höflichkeit, «ich glaube, ich muss Sie vor weiteren Worten schützen, die, wenn Sie sie ausspráchen, mir keine andere Wahl ließen, als von Ihnen Satisfaktion zu fordern.» Die Männer wehrten sich vergebens. André, gestählt durch das jahrelange Wuchten von Papierrollen, verfügte über Kräfte, die man seinem gutgebauten, aber nicht auffällig muskulösen Körper nicht zugetraut hätte. Er ließ es sich nicht nehmen, die beiden bis vors Tor zu eskortieren, begleitet von Beifallsrufen des Publikums.

«Eh bien, ich muss sagen, Sie bieten etwas für das Geld.» Ein Mann löste sich aus der Menge der Besucher. Er führte eine strahlend schöne Frau am Arm, die ein traumhaftes Nichts von einem Kleid umhüllte.

«Thérésia!», rief Marie-Provence verblüfft. «Du bist schon wieder auf den Beinen? Was macht deine kleine Tochter?»

«Nur zwei Sachen: trinken und schlafen. Aber sie sieht so süß dabei aus, dass man es ihr nachsieht!», antwortete Thérésia lachend.

«Monsieur de Barras!» André trat nun ebenfalls hinzu. Wenn er über den unangekündigten Besuch überrascht war, so ließ er sich nichts anmerken. «Wir sind geehrt durch Ihr Kommen.»

«Nun, sind Sie jetzt von der rechten Gesinnung unserer Freunde überzeugt?», fragte Thérésia ihren Begleiter. Sie schwenkte spielerisch drohend ihren zugeklappten Fächer.

«Très chère, Sie sollten mir nicht verübeln, was ich aus reinem Pflichtbewusstsein tue», gab Barras lächelnd zurück.

«Darf ich fragen, um was es geht?», erkundigte André sich ernst.

«Nun, Sie und Marie-Provence werden verleumdet, mon ami», antwortete Thérésia ohne Umschweife. «Immer wieder kommt das hartnäckige Gerücht auf, dass Sie insgeheim für die royalistische Sache arbeiten.»

Marie-Provence drehte sich der Magen um.

«Anonyme Briefe treffen ein, phantasievolle Ausmalungen von allen Untaten, die man Ihnen zutraut, angesichts des Ortes, an dem Sie Ihre Maschine starten lassen wollen. Insbesondere ein Absender scheint es auf sie abgesehen zu haben und gibt keine Ruhe.» Thérésia hob die hübsche Nase. «Ich habe Monsieur de Barras deshalb vorgeschlagen, sich selbst vor Ort eine Meinung zu bilden. Und das Schauspiel, das Sie uns mit diesen zwei Herren boten, war doch die kleine Reise wert, nicht war?»

In Marie-Provence stieg ein warmes Gefühl der Dankbarkeit für diese Frau auf, die vom Kindbett aufgestanden war, um sich für sie einzusetzen.

«Sehr aufschlussreich, auf jeden Fall», nickte Barras. Er lächelte seine Begleiterin auf eine Weise an, die Marie-Provence um Thérésias jüngst geschlossene Ehe bangen ließ. «Es sei denn, die beiden Herren vorhin waren engagiert, um uns eine kleine Komödie vorzuspielen.»

André sagte steif: «Ich fürchte, wenn die Verleumdungen, deren Opfer wir sind, schon derart tiefe Wurzeln geschlagen haben, dass Sie uns solche Machenschaften zutrauen, wird es uns kaum gelingen, sie jemals wieder auszumerzen.»

Beide Männer musterten sich eindringlich. Wäre es nicht plötzlich so still zwischen ihnen gewesen, wäre Marie-Provence gewiss die Bewegung auf der abgesperrten Seite entgangen. Als sie den Kopf drehte, konnte sie gerade noch eine dunkle, dünnbeinige Silhouette ausmachen, die zügig davonstakte.

Seltsam, dachte sie. Was tut Ignace Moulin bei den Fässern? Da erblickte sie das Öllämpchen. Eine winzige, unscheinbare Flamme, windgeschützt abgestellt neben einem der Fässer, in dem der fertige Wasserstoff gesammelt wurde, bevor er in den Ballon weitergeleitet wurde. Sie schrie auf.

«Vorsicht! Feuer!»

Im selben Augenblick explodierte das Fass mit einem ohrenbetäubenden Knall.

Alles passierte gleichzeitig. Marie-Provence und ihre drei Nachbarn wurden zu Boden geschleudert, Fenster barsten, Menschen schrien. Irgendetwas flog weit über Marie-Provence hinweg.

André war sofort wieder auf den Füßen. Mit einem gewaltigen Satz setzte er über die von der Explosion zerfetzte Barriere hinweg, auf die Hülle des Ballons zu, packte den Hahn, der die Gaszufuhr regelte, und drehte diesen zu.

Barras richtete sich auf. «Was … Was ist passiert?»

Marie-Provence wollte Thérésia auf die Beine helfen, da stieß sie einen spitzen Schrei aus und rannte zum Ballon. «Ein Riss!», schrie sie. Händeringend sah sie sich zu André um. «Ein Stück Metall steckt im Stoff!»

«Kann es repariert werden?», fragte Thérésia, die sich mit Barras schnell näherte.

«Ich weiß nicht», flüsterte Marie-Provence. Wortlos starrte sie das armlange, verdrehte Stück Metall an, das sich eben noch um das explodierte Fass gespannt hatte. Ein Albtraum. Das alles war ein Albtraum, und sie würde gleich aufwachen.

«Meine Liebe …» Thérésia legte ihr ein Taschentuch in die Hand.

«Dein wundervolles Kleid ist ruiniert», brachte Marie-Provence heraus.

«Mach dir keine Sorgen um das dumme Kleid», sagte Thérésia. «Aber deine armen Tauben!» Sie deutete auf die Käfige. Marie-Provence keuchte, als sie die gefiederten Leichen entdeckte. Beide Frauen schlossen sich in die Arme, drückten einander und spendeten sich Kraft, ganz wie einst, im Gefängnis von La Force.

Barras fixierte André.

«Jemand will Ihnen übel, Levallois», stellte der kräftige Mann fest. «Ich glaube inzwischen, dass jemand diesen Flug mit allen Mitteln verhindern will.» Er musterte nachdenklich die blauweißrote Hülle. «Es sind unsere Feinde, Monsieur, die dem Ansehen der Republik zu schaden suchen, indem sie Ihren heldenhaften und den Ruhm des französischen Volkes mehrenden Sprung sabotieren wollen.»

Andrés Gesicht war so schmutzig, dass das Weiß seiner Augen hell hervortrat. Er fuhr sich durch die Haare. Offenbar fühlte er sich einer solch glanzvollen Rede noch nicht gewachsen. Doch Barras war nicht auf seine Zustimmung angewiesen. Seine Stimme schwoll an. Er drehte sich den Menschen zu, die zunächst in Panik geflohen waren, und sich nun wieder zögerlich im Hof sammelten: «Es gibt Stimmen, die besagen, es sei verrückt, einen Ballon im Temple steigen zu lassen. Ich bekomme Briefe. Sie sprechen von Attentaten, warnen vor Befreiungsversuchen des kleinen Capets.» Er streckte eine geschlossene Faust gen Himmel. «Doch wir werden uns keine Angst einjagen lassen, citoyens! Wir werden unseren Feinden zeigen, dass wir die Herren im Land sind. Hier, im Angesicht des letzten Erben der gestürzten Tyrannen, werden wir die Glorie und Stärke unserer Nation feiern, und unter der Schirmherrschaft unserer Marianne werden wir unseren unerschütterlichen Mut durch einen waghalsigen, nie dagewesenen Sprung beweisen! Es lebe die Republik!»

«Es lebe die Republik!», schrie die Menschenmenge begeistert.

«Siehst du, das ist es, was ich an dem Mann so bewundere!», raunte Thérésia neckisch und legte einen Arm um Marie-Provence' Hüfte. «Er ist ein Schmeichler, ein Zyniker und ein skrupelloser Opportunist, und ich verdächtige ihn auch, korrupt zu sein – aber welches Feuer und welch unwiderstehliches Gespür für Dramatik!»

Nachdem Barras sich vor der applaudierenden Menge verbeugt hatte, wandte er sich wieder André zu. «Lässt sich der Schaden an der Hülle reparieren?», fragte er.

André benetzte seine staubigen Lippen. «Es ist alles eine Frage des Aufwandes, Monsieur.»

Barras nickte. «Gut. Dann tun Sie das. Aber gehen Sie

kein Risiko mehr ein. Ab jetzt ist das Gelände für die Öffentlichkeit nicht mehr zugänglich. Ich schicke Ihnen ein paar Uniformierte, die es abriegeln werden. Die einzigen Personen, die zugelassen werden, sind die Arbeiter, und auch sie müssen strengstens kontrolliert werden.»

Marie-Provence meinte, diesen letzten Schlag nicht verkraften zu können. «Aber wir brauchen die Schaulustigen!», rief sie.

André trat zu ihr und legte einen Arm um ihre Schultern. «Wenn Sie den Besucherstrom abhalten, werden uns die Eintrittsgelder fehlen, Monsieur», erklärte er ernst.

«Die Eintrittsgelder brauchen Sie nicht mehr.» Barras reckte den Hals. Er öffnete einen Arm und meinte gönnerhaft: «Die Republik weiß diejenigen zu belohnen, die für sie ihr Leben riskieren. Sie wird alle weiteren Kosten tragen.»

⚜

«Was machst du da?», fragte Marie-Provence und beugte sich neugierig über Andrés Tisch und die Zeichnungen.

Dunkle Locken tanzten um ihre hohe Stirn und die Schläfen. Seit dem letzten Sommer waren ihre Haare wieder gewachsen, doch einzelne Strähnen trotzten nach wie vor ihren Bändigungsversuchen. Einen Umstand, den André liebte, weil es ihr klares und manchmal unnahbar wirkendes Madonnengesicht verletzlich wirken ließ. Er deutete auf etwas, das wie ein Teller anmutete, der in einem Spinnennetz hing. «Es ist der Plan des Fallschirms. Ich grübele über das Öffnen.» Sein Zeigefinger klopfte auf das Blatt. «Vom Öffnen hängt alles ab. Der Schirm darf nicht geschlossen sein beim Absprung, sonst fällt er wie ein Stein zu Boden.» Er sah von seinem Plan hoch. Marie-Provence kam ihm ungewöhnlich bleich vor. «Was ist los?», fragte er.

«Nichts», sagte sie leise. Sie verzog den Mund, doch das Lächeln wollte ihr nicht so recht gelingen. «Ich frage mich nur gerade, wie ich das verantworten soll. Doch sosehr ich mich auch bemühe, ich … ich finde einfach keine Antwort darauf.»

«Was machst du dir da für Gedanken?» Er runzelte die Stirn und richtete sich auf. «Sieh mich an, mon amour!» Als sie widerwillig gehorchte, sagte er: «Ich bin Forscher und Physiker, Marie. Und vielleicht auch ein wenig verrückt. Ich habe mich für die Luftfahrt interessiert, lange bevor wir uns kannten. Mein allererstes Ballonmodell bestand nur aus Papier und einer Stange zum Festhalten und hat mich gerade einmal bis zum nächsten Baumwipfel getragen, bevor es in Flammen aufging. Ich habe mir die Finger verbrannt und das Schienbein gebrochen und, noch humpelnd, bereits an einem verbesserten Entwurf gearbeitet. Und das, was du hier siehst, diese Skizze hier, habe ich bereits vor drei Jahren entworfen. Ich will diesen Sprung. Wenn er dir dazu dient, deinen Traum zu verwirklichen, finde ich es wunderbar, aber …» Ernst fuhr er fort: «Kannst du dich an unser Streitgespräch erinnern, als wir auseinandergingen, kurz bevor du verhaftet wurdest? Du wolltest mich überzeugen, den kleinen Capet zu befreien.»

Der grüngraue Blick seiner Geliebten wurde wachsam. «Natürlich.»

Er nickte kurz. «Ich möchte dir nur klarmachen, dass mich niemand zu etwas zwingen kann, was ich nicht möchte.» Er sah sie fest an. «Auch du nicht, Marie.»

«Nein. Das … das weiß ich.»

«Du trägst keine Verantwortung für mein Tun, so wie auch ich nicht verantwortlich bin für das, was du machen wirst, wenn du alleine in diesem Ballon fliegst. So wie ich deinen Willen respektiere und dich da oben dir selbst überlassen werde, obwohl ich vor Sorge um dich vergehen werde, solltest auch du mich diesen Sprung machen lassen. Und wenn etwas passieren sollte, so ist es der Wille des Schicksals und nicht deine oder meine Schuld.»

Sie senkte den Kopf, wandte sich mit verschränkten Armen von ihm ab und floh aus dem Raum.

Er ging ihr nicht nach, beugte sich erneut über seine Pläne, warf aber immer wieder einen suchenden Blick in Richtung Hof. Er wusste, dass etwas an Marie-Provence nagte. Aber er wusste auch, dass es nichts nutzte, sie zu bedrängen, wenn sie sich von ihm zurückzog.

Er war überzeugt, dass es die Nachwehen ihrer Gefangenschaft waren, die sie bedrückten und sie nachts aufschrecken ließen. Sie hatte ihm nie Einzelheiten berichtet, aber die schreckliche Erfahrung hatte sie verändert. Manchmal schien sie ihm so fremd, dass ihn seinerseits Ängste überkamen, er könnte sie verlieren. Wenn sie sich ihm dann allerdings wieder zuwandte, war es stets so voller Hingabe, dass er seine Bedenken sofort vergaß. Er hatte sich vorgenommen, sich zu gedulden, ihr Zeit zu lassen. Offenbar war es die Hoffnung auf diesen Flug, die ihr in ihrer Zelle Kraft gegeben hatte. Es war, als brauche sie diese Ballonfahrt als endgültigen Beweis, dass sie überlebt hatte. Deshalb setzte André seine ganzen Kräfte für diesen Flug ein. Danach, so hoffte er, würde sie ihm ganz gehören – danach würde sie endlich einwilligen, seine Frau zu werden.

Ja, Zeit, dachte André, als er einen Zirkel ergriff, um einen Kreis auf seinem Plan zu ziehen. Wir brauchen Zeit. Wenn der Ballon erst einmal einsatzbereit wäre und der Sprung ein Erfolg, würde er ihn noch ein paarmal wiederholen, bis er genug Geld hatte, um ein Labor zu mieten. Dann würde er seine wissenschaftlichen Arbeiten am Ultramarin fortsetzen. Er war überzeugt, dass er ganz nahe dran war, den Farbstoff künstlich herzustellen. Und von dem Augenblick an würden er und Marie-Provence finanziell ausgesorgt haben.

«Sie sind André Levallois?»

André klappte den Zirkel zusammen und betrachtete überrascht den dunkelhaarigen Uniformierten, der sich ihm energischen Schrittes näherte. «Ja, der bin ich. Wie sind Sie hier reingekommen?»

Der Mann warf ihm einen Blick zu, der verdeutlichte, dass er die Frage für unangemessen hielt. André ahnte, dass der Unbekannte nicht viel auf Verbote und Konventionen gab.

«Ich habe mich bereits vor einer Woche mit Ihrer Mitarbeiterin unterhalten. Sie überzeugte mich, dass Sie ein fähiger Ingenieur sind.» Er sprach mit einem eigentümlichen Akzent.

«Sie schmeicheln mir, doch womit kann ich Ihnen helfen?»

«Ich will Ihnen den Ballon abkaufen. Oder besser gesagt, die Armee will ihn haben.» Der Offizier musterte André eindringlich. «Ich bin überzeugt, dass diese Maschine an der Front sehr wertvolle Dienste leisten würde. Aus der Höhe eines Ballons dürften die feindlichen Linien hervorragend zu observieren sein.»

André brauchte ein paar Sekunden, um zu erfassen, was der schlechtgekleidete Mann ihm da anbot. Er schüttelte den Kopf. «Monsieur, ich bin Wissenschaftler, kein Soldat. Ich trage nicht dazu bei, Menschen zu töten oder Länder zu erobern.»

«Sie würden Soldat werden. Die Hülle ohne einen Mann, der sie herrichten und füllen kann, nützt mir nichts. Ich biete Ihnen den regulären Dienst in der Armee der Republik an. Ein Offizierspatent liegt für Sie bereit.» Er fixierte ihn. «Ich könnte den Ballon auch requirieren lassen.»

André wurde heiß. Er hielt dem Blick seines Gegenübers stand. «Ich glaube nicht, dass Monsieur de Barras sehr erfreut darüber wäre.» Knapp schloss er: «Ich bin nicht interessiert, désolé, tut mir leid.»

«Sind Sie denn kein Patriot?»

«Es sind Namen wie Rousseau, d'Alembert oder Lavoisier, die unserem Land zu Ruhm und Ehre gereichen. Nicht dessen Generäle.»

«Das kann sich sehr schnell ändern.» Auf dem Gesicht des Mannes blitzte ein kurzes, hungriges Lächeln auf. «Adieu. Ich melde mich.»

Bevor er hinausstürmte, rief André ihm nach: «Darf ich fragen, wer Sie sind?»

Der Mann drehte sich an der Tür um und grüßte zackig. «Général de brigade Bonaparte. Sie werden noch von mir hören.»

12. KAPITEL

Prairial, Jahr III
Juni 1795

Marie-Provence prüfte das Barometer, das auf Augenhöhe festgemacht war, verstärkte ihren Zug und warf einen Blick über den Korbrand nach unten. Der angeleinte Ballon schwebte etwa zwei Menschenlängen über dem Boden.

«So ist es gut. Du musst die Kraft deiner Arme wohl dosieren. Wenn du zu sehr am Seil und damit an der Feder ziehst, springt innen die Klappe mit einem Ruck auf, und der Ballon macht unweigerlich einen Satz in Richtung Boden.» André lächelte. «Nicht gefährlich, aber unangenehm für den Magen.» Er wurde wieder ernst: «Dieses Seil ist sehr wichtig. Da es im Inneren des Ballons verläuft, ist es geschützt und kann sich eigentlich nicht verfangen. Falls es dennoch passieren sollte: Vermeide um jeden Preis heftige und lange Reibungen zwischen dem Seil und der Seidenhülle! Es könnten Funken entstehen, die den Wasserstoff entzünden.»

Marie-Provence verdrängte die Erinnerung an das explodierte Fass. Sie legte den Kopf in den Nacken und beobachtete die schimmernde, dreifarbige Hülle, die sich unfassbar groß über ihrem Kopf wiegte, mit einer Sanftmut, die leicht über ihre Gefährlichkeit und kaum gebändigte Kraft hinwegtäuschen konnte. Ihr Magen drehte sich um angesichts der Verantwortung, die sie bald übernehmen würde.

«Du solltest keine Furcht vor ihm haben, sondern versuchen, ihn zu verstehen.» Andrés Hand, schwielig von der harten handwerklichen Arbeit der letzten Wochen, umfasste ihr Handgelenk, um sie zu führen, und übte einen sanften Zug aus. «Spürst du das?», fragte er. «Spürst du ihn?»

Das Hanfseil lag rau und trocken in ihrer Handfläche.

Sie nickte. Seine Brust drückte an ihren Rücken, sein Herz klopfte an ihrem Schulterblatt. Es war ein Augenblick vollkommenen Glücks. Eine leichte Brise strich über das weitläufige Areal – eine Wohltat, denn die Hülle über ihnen strahlte die Wärme ab, die die Sonne heute so großzügig spendete. Die Seile, mit denen der Ballon am Boden festgemacht war, gaben leise, spannungsgeladene Geräusche von sich.

André folgte ihrer Blickrichtung. «Er möchte los, er ist bereit!»

In ihrer Brust weitete sich etwas, von dem sie nicht wusste, ob es Schmerz oder Hoffnung war, und sie schluckte schwer. «Ja.» Staunend ließ sie ihren Blick über den Giganten wandern, dessen gleißende Hülle ihr die Tränen in die Augen trieb. «Wie schön er ist!» Schön wie ein Traum. Makellos, sanft gerundet und überwältigend groß spannten sich die Flanken des Riesen über ihr. Auf ihnen prangte in geschwungenen Buchstaben der Name, auf den André den Ballon hatte taufen lassen: *L'Intrépide* – der Furchtlose.

Ja, plötzlich war alles fertig – schneller, als sie es noch vor kurzem für möglich gehalten hätte. Nachdem ihre finanzielle Lage sich so unvermutet gebessert hatte, hatten sie weiteres Personal anstellen können. Auf eine Hilfe hatten sie allerdings verzichten müssen: Ignace Moulin war spurlos verschwunden. Marie-Provence hatte ihm keine Träne nachgeweint.

Vor ein paar Tagen waren die Anzeigen gedruckt worden, die den Abflug für morgen ankündigten, falls das Wetter sich dafür anbot. Den halbgefüllten Ballon hatten sie bereits mit großer Vorsicht zum Abflugplatz geschleppt. Erst dort hatten sie das restliche Gas eingeführt und den Korb angebracht. Diesem war eine rechteckige Form gegeben worden. Eiserne Verstrebungen verstärkten ihn, angesichts des bevorstehenden Experimentes, das eine besondere Stabilität des Geflechtes verlangte: Er musste das Gewicht des Fallschirms und des Springers tragen.

«Auch du, Marie», sagte André und betrachtete sie ernst, «auch du bist so weit. Ich habe dir alles beigebracht, was du benötigst. Alles andere musst du erspüren.» Er senkte den Kopf, strich über den Korbrand. Ein Muskel zuckte auf seiner Wange, als er wie nebenbei fragte: «Bist du immer noch sicher, dass du den Ballon morgen alleine landen willst? Lass dich nicht von den Plakaten beeinflussen, die in der Stadt hängen. Wir können den Abflug verschieben und jemand anderen suchen, der deine Rolle als Marianne übernimmt.»

Bevor sie sich zur Ordnung rufen konnte, glitt ihr Blick zum nahen donjon, der vierschrötig hinter seiner Mauer lauerte. Die Sonne brachte seine spitzen Schieferdächer zum Glühen. «Nein. Ich will morgen fliegen.»

«Ist es wegen dem Kleinen? Wegen Louis-Charles?»

Marie-Provence glaubte, ihr Herz würde für immer stehenbleiben. Wortlos starrte sie ihren Geliebten an, der sie warm fragte: «Weshalb hast du es mir nicht erzählt? Warum hast du mir nie gesagt, dass du es für ihn tun willst? Hattest du Angst, ich würde dich daran hindern wollen?»

Marie-Provence benetzte ihre Lippen, und sie krächzte: «Ich – woher weißt du …?»

«Was ist denn daran schwer zu verstehen? Glaubst du, ich habe vergessen, was du mir damals während unseres Streits über dich und den Jungen gesagt hast? Lieferst du nicht ständig Beweise eurer Verbundenheit? Alle zwei Tage steigst du mit Jomart in diesen Turm, um das Kind zu besuchen und ihm wieder etwas Leben einzuhauchen. Du gräbst Blumen aus, um sie ihm zu bringen, hoffst ständig auf eine Verbesserung seines Zustandes und verzweifelst an seiner Gleichgültigkeit.» Er griff nach ihren Händen, drückte sie. «Ein Ballonaufstieg direkt vor seinen Augen! Und du, die du ihm vom Korb aus zuwinkst. Marie, das ist eine grandiose Idee! Ich bin überzeugt, dass du einen Weg gefunden hast, um ihn aus seiner Versenkung zu holen!»

«Winken?», fragte Marie-Provence dümmlich. Sie stützte sich am Korb ab. «Meinst du wirklich», stotterte sie, «dass ihm das helfen wird?»

André schloss sie in die Arme. «Ich wünsche es mir. Für dich und für ihn.»

Marie-Provence nickte und fühlte, wie sie feuchte Augen bekam. Sie strich über das Revers seiner Jacke. «Komm, wir gehen nach Hause», sagte sie leise. «Wer weiß schon, was der morgige Tag bringt? Lass uns die nächsten Stunden wie ein Fest begehen.»

Die alte Schmiede lag jetzt verlassen da. André zog die großen Flügel des Hauptgebäudes zu und verriegelte sie. Auf die Stillleben der Materialreste, die überall herumlagen, ließen sie die Kleidungsstücke fallen, die sie sich nach und nach gegenseitig vom Leib streiften. Sie waren nackt, noch bevor sie das Schlafzimmer erreichten. Auf der Schwelle hob André Marie-Provence hoch und trug sie auf das Lager. Dort liebten sie sich, zärtlich und behutsam wie beim ersten Mal.

Das Bewusstsein der Vergänglichkeit ließ Marie-Provence jeden Augenblick mit noch nie erlebter Innigkeit wahrnehmen. Seit Wochen und Monaten wartete sie auf den morgigen Tag. Ihre Anspannung hatte sie in der letzten Zeit kaum noch Schlaf finden lassen – jetzt aber hätte sie die Uhr anhalten, die Minuten, die von den Stunden abfielen, aufsammeln und wieder aneinanderreihen wollen.

Inzwischen war es Abend geworden. Die letzten Sonnenstrahlen des Tages drangen zwischen den offenen Fensterflügeln hindurch und ergossen sich über die dunklen Deckenbalken, färbten die getünchten Wände rot. Eine Nachtigall schlug an und übertönte das Summen der verspäteten Hummeln, die noch berauscht durch die duftenden Blüten taumelten.

Sie standen auf, holten sich Wein und teilten sich zum Abendessen Brot, Käse und ein paar Erdbeeren. Sie sprachen nicht viel, doch immer wieder trafen sich ihre Blicke, und ihre Hände suchten einander. Marie-Provence spürte auch Andrés Anspannung. Er lächelte nicht, als er sie erneut zum Lager zog.

Bis tief in die Nacht wälzten sie sich in den Laken, als wollten sie das Schicksal mit der Heftigkeit ihrer Leidenschaft beschwören. Ihre Angst umeinander versuchten sie, mit dem Körper des anderen zu betäuben, bis sie, am Ende ihrer Kräfte, in einen erschöpften Schlaf fielen.

⚜

«Der Ballonflug findet also statt.» Es war eine Feststellung, keine Anklage, und es klang kaum Bitterkeit in Cédric Croutignacs Stimme mit. Er hatte in den letzten Wochen oft genug die Borniertheit der republikanischen Behörden verdammt. Dafür war jetzt keine Zeit mehr.

Corbeau schüttelte den Kopf. «Es war nichts mehr zu machen. Das Mädchen hat mich gesehen, als ich die Flamme neben dem Ballon abstellte. Damit war es mir unmöglich geworden, weiterhin als Ignace Moulin aufzutreten. Und seit dem Sabotageakt wurde das Gelände zu gut bewacht, um einen zweiten Anschlag zu wagen.»

«Ja, und Barras, dieser Trottel, ist zu verliebt, um sein Gehirn zu gebrauchen.» Cédric sah Corbeau an. «Du weißt, was das heißt: Ich selbst kann mich im Temple nicht mehr blicken lassen. Jeder kennt mich dort und weiß, dass ich dort nichts mehr zu suchen habe. Aber du ...»

Corbeau nickte. «Ich kann jederzeit wieder meinen Wachdienst im Temple übernehmen, hat capitaine Zeller mir gesagt, als ich vor ein paar Monaten kündigte. Ein paar Münzen, und ich stehe morgen im Turm.»

«Mach das.» Cédric machte ein paar unruhige Schritte. «Ich weiß nicht, wie sie es schaffen will, aber sie wird morgen versuchen, Charles Capet zu befreien. Sie kann nicht in den donjon rein und seine Zelle stürmen, dafür ist sie zu gut bewacht. Sie kann nur versuchen, mit Hilfe eines Komplizen das Kind aus dem Vorhof zu holen. Oder sie versucht es von oben.»

«Vom Turm aus?», rief Corbeau ungläubig.

«Etwas anderes kann ich mir nicht vorstellen.» Cédric bedachte Corbeau mit einem langen, prüfenden Blick. Er hatte Vertrauen in den Mann, der intelligent war, geschickt und selbständig genug, um auch mal alleine eine Entscheidung zu treffen.

Corbeau steckte die Börse ein, die Cédric ihm reichte. «Ich werde da sein», sagte er mit fester Stimme. «Was auch immer geplant ist, ich werde es zu verhindern wissen.»

Cédric verzog den Mund zu einem Lächeln. «Du wirst dadurch berühmt werden.» Wieder ernst fuhr er fort: «Aber denk dran: Sei vorsichtig!» Er fasste Corbeau an der Schulter und sah ihn eindringlich an. «Bring sie mir. Aber bring sie mir lebend. Ich habe noch einiges mit ihr vor.»

⚜

Als Marie-Provence sich kerzengerade und mit einem stummen Schrei auf den Lippen im Bett aufrichtete, war es stockfinster. Ihr Herz schlug in wilder Panik. Etwas stach in ihrer Brust, so qualvoll und unvermutet, dass ihr die Luft wegblieb. Sie holte ein paarmal vorsichtig Luft, bis der Schmerz abflaute.

Hinter ihr atmete André tief und gleichmäßig. Sie wischte sich die feuchten Haare aus der Stirn und stand auf, auf der Suche nach etwas Wasser. Vorsichtig tastete sie sich aus dem Raum, draußen entzündete sie eine Kerze. Sie trank drei Gläser leer und fühlte sich anschließend etwas besser. Sekundenlang stand sie nackt und regungslos im Halbdunkel.

Ihr Blick glitt über den Tisch mit den Resten des Abendessens, über die Regale, auf denen sich Glasröhrchen, Phiolen und Destillierflaschen aneinanderreihten, über die Wand, an der die technischen Pläne für die Konstruktion des Fallschirms angeheftet waren und allerlei Zeichengeräte hingen. Ihr wurde klar, dass sie dieses liebenswerte Durcheinander, in dem sie monatelang gelebt und geliebt hatte, bald zum letzten Mal sehen würde.

Wieder spürte sie den Stich in ihrem Herzen. Sie drückte ihre Hände gegen die Brust, stöhnte leicht. Ein schwacher Windzug drang durch das offene Fenster des Schlafzimmers und strich über ihre feuchte Haut. Sie schauderte. Was war los mit ihr? Panik und Verzweiflung drohten sie zu überwältigen. Ich kann es nicht, schrie es in ihr, ich kann nicht fliegen, ohne die Hoffnung, dass wir uns wiedersehen. Sie bebte am ganzen Leib. Und sie verstand, dass sie im jetzigen Zustand morgen nicht in der Lage sein würde abzuheben.

Ein Ruck ging durch sie durch. *Verzeih mir, Vater!*

Sie begann, ihre Kleidung zusammenzusuchen. Lautlos streifte sie sich die Wäsche über und glitt in ihre Schuhe. Im Nebenzimmer fand sie den großen Umhang, der eigentlich für kältere Tage bestimmt war, und hüllte sich darin ein. Als das Tor der Schmiede knarrte, während sie es einen Spalt aufschob, horchte sie auf, bis sie sicher war, dass sie André nicht geweckt hatte. Dann schlüpfte sie hinaus.

Ein Igel trippelte über den Hof, als sie ihn durchquerte. Sie war dankbar, dass der Mond eine halbe Sichel zeigte und der Himmel einigermaßen klar war, sodass sie den Weg erahnen konnte. Zum donjon sah sie nicht hoch. Die Tore des Temple waren längst geschlossen, doch inzwischen war sie hier wohlbekannt. Sie brauchte ihren Ausweis nicht zu zücken, sondern eine Münze reichte aus, um ihr trotz der späten Stunde Durchlass zu verschaffen.

«Wann willst du eigentlich endlich dein Versprechen einlösen und mit mir tanzen gehen, ma belle?», fragte sie der wachhabende Soldat gutmütig.

Sie lächelte flüchtig und zog sich ihren Umhang tief über den Kopf. «Ein anderes Mal, Francjeu.» Erst als sie die zinnenbewehrte Mauer des Temple hinter sich spürte, atmete sie etwas leichter.

Die Stadt bot nachts ein völlig anderes Bild. Keine Schlangen an den Bäckereien, keine bettelnden Mütter mit ausgemergelten Kindern, keine aufgestellten Tische, an denen Unteroffiziere die Listen der Zwangsrekrutierten abhakten. Selbst die Kühe, die tagsüber die verwilderten Gärten der Adelshäuser abgrasten, waren weggeschlossen worden. Stattdessen kreuzte Marie-Provence Patrouillen, die im Gleichschritt die Lichtkegel der vereinzelten Laternen durchkreuzten, und Angetrunkene auf der Suche nach einer späten Partie Whist oder Biribi.

Wegen der lauen Luft waren etliche Fenster geöffnet. In den Hauseingängen hatten sich im Schlaf zuckende Hunde zusammengerollt. Der Geruch von Zwiebeln, saurem Wein und Abwasser waberte durch die Luft. Ein Plakat, auf dem der morgige Flug beworben wurde, hing halb zerrissen neben offiziellen Bekanntmachungen an einer Bretterwand. Marie-Provence senkte den Blick und beschleunigte ihren Schritt.

Zwei Straßen weiter entdeckte sie ein verlassenes Café. Nach kurzem Zögern betrat es Marie-Provence und verlangte nach Schreibzeug, Tinte und Siegellack.

Eine halbe Stunde später verließ sie das Lokal, bestieg eine Mietkutsche und ließ sich zum quai des Célestins fahren.

⚜

«Marie-Provence! Du bist es?» Rosanne musterte die Freundin mit weitaufgerissenen Augen durch den Spalt ihrer Tür. «Ist etwas passiert?»

Marie-Provence schüttelte den Kopf. «Darf ich reinkommen?»

«Natürlich.» Rosanne ließ sie durch, verriegelte aber schnell wieder hinter ihnen und gähnte. «Wie spät ist es überhaupt?» Sie warf einen Blick auf die Wanduhr, die im Wirtsraum hing.

«Ich habe dich geweckt», bedauerte Marie-Provence.

«Zwei Uhr!» Rosanne zog das Tuch, das sie über ihr Nachthemd geworfen hatte, fröstelnd über die Schultern.

«Entschuldige. Ich benehme mich unmöglich, ich weiß, aber …» Sie stockte.

Allmählich wurde Rosannes Blick klarer. «Komm. Wir setzen uns hin. Möchtest du etwas trinken?»

Marie-Provence schüttelte den Kopf, ließ sich aber zu einem Stuhl geleiten. Als sie Auge in Auge mit ihrer Freundin saß, hob sie an: «Ich brauche deine Hilfe.»

«Geht es um den Flug morgen? Um André?»

In dem Augenblick knarrte die Treppe, und Dorette erschien, ein Öllämpchen in der Hand. «Was um alles in der Welt ist denn hier los?» Sie riss die Augen auf. «Mademoiselle? Was machen Sie denn hier, mitten in der Nacht?»

Rosanne stand auf, redete begütigend auf sie ein und schickte sie wieder auf ihr Zimmer. Indessen knetete Marie-Provence ihre Finger. Als Rosanne wieder vor ihr saß, sagte sie: «Ich möchte dich bitten, mir jetzt einfach zuzuhören. Stell bitte keine Fragen – es ist besser für uns beide, wenn du nicht zu viel weißt.» Sie holte den Brief aus ihrem Kleid, den sie im Café verfasst hatte, und legte ihn auf den Wirtstisch. «Wie du schon sagtest, ist morgen der Flug. Ich werde von diesem Flug nicht zurückkehren, Rosanne.»

«Nicht zurückkehren?», schnappte Rosanne. «Was meinst du damit?» Sie hob die Hände. «Entschuldige. Bitte sprich weiter.»

Marie-Provence stützte die Ellenbogen auf den Tisch und betrachtete ihre Finger. «Ich werde gleich anschließend eine Reise antreten. André … André weiß nicht, dass ich nicht zurückkehren werde. Er weiß von der ganzen Reise nichts, und er …» Sie unterbrach sich, presste einen Augenblick die Fingerspitzen auf die Lippen und blinzelte. Nach ein paar Sekunden fuhr sie fort: «Er wird es nicht verstehen. Und er wird sehr wütend auf mich sein. Aber vielleicht, irgendwann, wird er wissen wollen …» Sie schob Rosanne den Umschlag hin. «Hier drin steht, wo er mich finden kann. Ich will den Umschlag nicht irgendwo liegen lassen. Er könnte in falsche Hände geraten, oder André könnte ihn in einem ersten Anflug von Zorn vernichten.» Sie tastete nach Rosannes Hand und hielt sie fest. «Dieser Brief ist extrem wichtig für mich, Rosanne, verstehst du? Würdest du ihn André geben, wenn ich fort bin?»

Rosanne zog sie beherzt an sich. Voller Wärme sagte sie: «Aber natürlich, Marie-Provence. Wir hatten doch bereits darüber gesprochen. Du kannst dich auf mich verlassen.»

⚜

Als der Tag anbrach, überspannte reiner Azur die Stadt.

«Ideales Wetter für unser Vorhaben», freute sich André, während sich das naturgetreue Modell des Ballons, das sie monatelang begleitet und an dem er Marie-Provence vieles über die Kunst des Fliegens beigebracht hatte, fast kerzengerade in den Himmel erhob. «Kaum Wind.» Er schirmte die Augen mit der Hand ab. «Leichte Brise aus Süd-West.»

Ein dumpfes Grollen erschütterte die Luft.

«Ah, der erste Abschuss.» André erklärte: «Eine Idee von Barras, um den Menschen den baldigen Abflug kundzutun. Drei Kanonenschläge: der erste, wenn der Ballon startklar ist. Der zweite, wenn die Fallschirmapparatur angebracht wurde. Der dritte, wenn es losgeht.» Er warf einen Blick auf seine Taschenuhr. «Wir haben noch etwa eine Stunde. Ich ziehe mich jetzt an und gehe dann zum Ballon. Am besten kommst du in etwa einer Viertelstunde nach, so kannst du dich in Ruhe zurechtmachen und brauchst nicht zu warten.»

Sie nickte. «In Ordnung.»

«Vergiss nicht, zusätzlich etwas Warmes zum Anziehen mitzunehmen. Es ist kalt da oben.»

«Ich weiß, mon chéri.» Marie-Provence lächelte sanft.

André, der sonst knappe und präzise Anweisungen liebte, wiederholte seit Stunden dieselben Ratschläge. Es war die einzige Blöße, die er sich gab – äußerlich verriet nichts seine Nervosität, und seine Hände bebten nicht, als er jetzt ihr Gesicht hielt.

«Ich liebe dich.»

Er hätte es nicht zu sagen brauchen, der Ausdruck seines Gesichtes, der Blick seiner Augen war beredt genug. Auch spürte Marie-Provence, dass der kleine Satz eigentlich ein Appell war, die Bitte, ihm zum Geschenk zu machen, was sie ihm bisher immer vorenthalten hatte. Ihre Augen wurden feucht. Obwohl ihr Herz schon lange für diesen Mann schlug, hatte sie es ihm noch nie gesagt, um nicht ein weiteres Band zu knüpfen, das durchschnitten werden würde. Doch jetzt lag ihr Brief bei Rosanne, und ihr Herz, ihr dummes, unvernünftiges Herz, hatte sie erpresst und gezwungen, eine Hoffnung zu gebären, gleichwohl ihr Kopf doch wusste, dass ein Schnitt zwar schmerzreicher, aber letzten Endes vielleicht heilbringender gewesen wäre. Und ihre Lippen gaben ihrem Herzen nach.

«Ich liebe dich auch, mon amour.»

Er antwortete nicht, doch ein Strahlen verwandelte sein Gesicht. Es war so hell, dass es ihr Innerstes berührte, bis auf den Grund. Es lag eine Macht in diesem Strahlen, der sie nicht gewachsen war. Sie fühlte einen Sog, fühlte, wie sie weich wurde, warm und schwach, bis ihre eigenen Züge sein Strahlen aufnahmen, es spiegelten und ihm zurückschenkten. Sie tauschten einen letzten, innigen Kuss.

Marie-Provence war erleichtert, als André sie sanft von sich schob. «Ich muss los!»

Sie begab sich in den Hof der Schmiede, in dem der Drahtkäfig mit den neuen Tauben stand. Nach ein paar Minuten hatte sie einen Teil der schneeweißen Vögel mit einer verschlüsselten Nachricht versehen und freigelassen. Drei davon behielt sie bei sich. Sie würden bei der Landung zum Einsatz kommen, um ihrem Vater den genauen Standort mitzuteilen. Da das Festprogramm es vorsah, kurz vor dem Absprung drei Dutzend Tauben vom Ballon aus fliegen zu lassen, würde es kein Problem sein, sie offiziell an Bord zu bringen.

Marie-Provence sah den entschwindenden Vögeln mit klopfendem Herzen nach. Dann ging sie ins Haus, um sich ein letztes Mal als Marianne zu kleiden.

⚜

Das Areal vom Temple war ungleich bebaut. Während auf der südwestlichen Seite, auf der auch der donjon stand, ineinander verschachtelte Gebäude wuchsen, so hatten sich im östlichen Teil Gärten und Freiflächen erhalten. Sie erstreckten sich bis zur Umfriedung, die den donjon und seinen struppigen Graskranz abschottete.

Auf der Freifläche vor der Umfriedung war der Start des Ballons vorgesehen. Die Menschen, die sich an der Abflugstelle drängten, waren noch zahlreicher gekommen als erhofft, und man hatte Garden aufgestellt, um sie in Schach zu halten. Zu ihrer Überraschung entdeckte Marie-Provence auch vor der hohen, blinden Mauer, die den donjon umschloss, eine doppelte Reihe bewaffneter Soldaten. Offensichtlich hatte Barras keinerlei Risiko eingehen wollen.

Ein Orchester hielt die Wartenden bei Laune, indem es revolutionäre Lieder spielte. Ein paar Patrioten im Publikum schmetterten mehr laut als verständlich den passenden Text dazu. Auf einer kleinen, mit Ähren und dreifarbigen Banderolen geschmückten Tribüne, die mit Blick auf den donjon aufgestellt worden war, stritten sich noch die Wohlhabenden unter den Zuschauern um die besten Plätze. Ein kokardenschweres Podium wartete auf seinen Redner. Neben ihm stand die Kanone, die vorhin den ersten Schuss abgefeuert hatte; sie wurde von einem Soldaten bewacht, der sich gelangweilt in den Ohren pulte. Insgesamt war der Rahmen zwar nicht so großartig wie bei der Fête de l'Être Suprême im vorigen Jahr, aber in seinem Pomp und seiner verkrampften Zurschaustellung von Symbolen durchaus vergleichbar.

Das Ganze schrumpfte allerdings zum Lächerlichen vor der mächtigen Größe des *Intrépide*. Der Anblick des Ballons, wie er erhaben über dem hektischen Treiben schwebte, erfüllte sie mit Stolz.

Ihr war, als fühle sie jeden einzelnen ihrer angespannten Muskeln, doch sie bemühte sich, ihren hübsch geschmückten Käfig mit den drei Brieftauben am Arm, ruhig und mit gleichmäßigen Schritten auf den Ballon zuzugehen. Dieser zog an seinen Seilen wie ein Vollblut, das seinen Reiter herbeisehnt. Die Tauben, die das Festkomitee geliefert hatte, befanden sich bereits in einem Käfig, der außen am Korb hing, um die Insassin nicht einzuengen. Die Tiere gurrten aufgeregt.

«Marianne!»

Sie wurde mit Beifall empfangen. Frauen hielten ihre

Kleinkinder hoch, ob zum Segen oder um ihnen eine bessere Sicht zu ermöglichen, wusste Marie-Provence nicht. Wie viele Menschen! Sie alle wollten miterleben, wie Marianne, die Repräsentantin der Republik, sich über den letzten ihrer Könige erhob, als Schutzpatronin des Mannes, der einer von ihnen war, der, so träumten sie, jeder von ihnen hätte sein können. Er war ein volksnaher Held, dieser Fallschirmspringer, und er verkörperte Tugenden, die die ihren waren – Mut, Entschlossenheit, Verwegenheit und Forscherdrang. Er half ihnen, ein paar Stunden lang zu vergessen, dass ihre Söhne auf den Schlachtfeldern standen und ihre Speisekammern leer waren. Ja, ihr habt gut daran getan zu kommen, dachte Marie-Provence, während sie winkend und lächelnd durch die Gasse schritt, die ein paar Garden offen hielten. Vom heutigen Tag und seinem überraschenden Ablauf werdet ihr noch euren Enkeln erzählen.

An den Seilen des Ballons wartete eine Handvoll Männer auf Befehle. Ein kurzer Blick reichte Marie-Provence, um Assmendi zu entdecken, der an einem Grashalm kaute, die Hände in den Taschen. Saison harrte neben ihm aus, er hatte sich eine Mütze tief über die auffällig roten Haare gezogen. Marie-Provence verzog keine Miene, als sie die beiden kreuzte.

André war noch von Bewunderern umringt, die sich drängten, um einen Handschlag von ihm zu bekommen. Doch als Marie-Provence kam, gab er zwei Garden ein Zeichen, woraufhin diese alsbald begannen, die Menschen hinter die Absperrung zurückzudrängen. Er trug eine pelzverbrämte Jacke und feste Stiefel, was kurios anmutete angesichts der sommerlichen Temperaturen. Seine Aufmachung bildete einen krassen Gegensatz zu ihrem eigenen schneeweißen, unter der Brust geschnürten Gazekleid, auf dem jeder Lufthauch die Kurven ihres Körpers abzeichnete.

André zerrte ein letztes Mal an den Befestigungen, während sein scharfer Blick über die glänzenden Flanken des Flugkörpers lief. Erst als er alles akribisch untersucht hatte, half er ihr in den Korb. Ein letztes Mal hielt er ihre Hände. Sie sahen sich tief in die Augen.

«Auf dass Wind und Götter dir zur Seite stehen, meine Ballonfahrerin, und Sturm und Wolken vertreiben!», sagte er ernst.

Es war der Segensspruch ihrer ersten gemeinsamen Luftfahrt. Obwohl sie es mit aller Gewalt zu verhindern suchte, füllten sich ihre Augen mit Tränen, als sie den Spruch vervollständigte, der heute wie eine Beschwörung klang: «Auf dass der Himmel für uns strahle! Auf eine sanfte Landung – und dass unser Ziel uns nicht enttäusche!» Sie küsste ihre Fingerspitzen, berührte mit ihnen seinen Mund. «Gott beschütze dich!», flüsterte sie. Dann riss sie sich von ihm los und flüchtete in die Mitte des Korbes.

Der geflochtene Boden schwankte, als die Seile, die den Ballon festhielten, verlängert wurden, damit Fallschirm samt Springer unter dem Passagierkorb Platz fanden. Der Schirm bestand aus sechsunddreißig zusammengenähten Seidenstreifen. Er ähnelte der kopfüber hängenden Blüte einer Ackerwinde, als er nun mittels eines Karabinerhakens am Boden des Korbes befestigt wurde. Sechsunddreißig Seile säumten ihn, die strahlenförmig unter dem Schirm zusammenliefen und diesen daran hindern sollten, sich während des Falls umzustülpen. Sie mündeten in ein Gefüge aus Riemen und Holzverstrebungen, das den Oberkörper des Springers umschließen sollte.

Von der Höhe des Korbes aus verfolgte Marie-Provence, wie André in die Apparatur stieg. Dann trat er unter sie und entschwand ihrem Blick. Schon früher hatte sie geschaudert bei dem Gedanken, dass er sein Leben diesem fragilen Gefüge anvertrauen wollte. Jetzt aber kam ihr André durch die Dimensionen des Schirms noch kleiner und verletzlicher vor. Angst um ihn ließ ihren Magen zusammenkrampfen. Sie wandte sich ab und starrte auf den vierschrötigen Turm. Nur er zählte jetzt. Nur auf ihn wollte sie sich konzentrieren.

Der zweite Kanonenschuss tat kund, dass André und der Schirm bereit waren. Marie-Provence hatte eine gute Sicht auf das Publikum und auf den Redner, der nun, mit angemessener Würde, sein Rednerpult ansteuerte. Barras, ganz in Gold und Grün gekleidet, ließ sich Zeit, ehe er seine Stimme erhob.

«Citoyennes et citoyens!»

Marie-Provence hörte seiner Rede nicht zu, sondern kümmerte sich um die Vorbereitungen, die sie erst jetzt vornehmen konnte, da sie hier oben allein war. Sie nahm Strickleiter, Fernrohr, Kompass und Barometer in Augenschein. Sie vergewisserte sich mit besonderer Sorgfalt, dass das überlange Seil, von dem gleich so viel abhängen würde, in exakte Schlaufen aufgerollt war und geworfen werden konnte, ohne Knoten zu bilden. An einem Ende befestigte sie das große eiserne Gewicht, das sie eingeschmuggelt hatte – ein Bestandteil aus Corteys Krämerladen. Das andere Ende zurrte sie am Korb fest, mittels eines dieser fachmännischen Knoten, die André ihr beigebracht hatte. Den Wurfanker würde sie unmittelbar danach brauchen, also legte sie auch diesen bereit, mitsamt seiner Leine.

Anschließend beugte sie sich über eine Kiste, in der mitgebrachte Kleidung, zwei Decken und ein wenig Proviant aufbewahrt waren. Sie entnahm ihr ihren gefütterten Umhang und entrollte ihn, um die Handfeuerwaffe herauszuziehen, die sie darin versteckt hatte. Sie hielt sie ohne Scheu. Waffen waren für sie nichts Ungewohntes, ihr Vater hatte ihr schon als Kind beigebracht, damit umzugehen, und sie war ein guter Schütze. Es war ein beruhigendes Gefühl, sich notfalls zur Wehr setzen zu können.

Unwillkürlich fiel ihr Blick auf den donjon. Es war geglückt, Batz und Cortey unter die Wachhabenden zu schmuggeln, sie war also zuversichtlich, was deren Hilfe betraf. Hoffentlich stand Cortey auf der anderen Seite der Mauer. Aber befand sich auch Charles dort oben auf der Galerie, bewacht von Batz und Gomin? Sie hatte keine Ahnung. Die Läden, die zwischen den Zinnen des vierten Stocks angebracht waren, ließen von hier unten nichts erkennen. Allerdings hatte ihr der Wärter zugesichert, das Kind heraufzuführen, damit es dem Schauspiel beiwohnen kann.

«Mein Vorschlag, die Läden zu entfernen, wurde zurückgewiesen», hatte er ihr auf seine freundliche, etwas zögerliche Art anvertraut. «Auf eine Art und Weise, die mich vor jedem weiteren Schritt zurückschrecken lässt. Wir werden uns also damit begnügen müssen, dass sich unser junger Protegé am Himmel und den Wolken ergötzt. Aber ich werde es auf keinen Fall versäumen, Monsieur Charles an dem Schauspiel teilhaben zu lassen, in dem du eine so große Rolle übernimmst, citoyenne. Der Ballon wird hoch genug schweben, sodass er den Flug über die angebrachte Sichtsperre hinweg verfolgen kann. Wenn du es auch noch arrangieren könntest, dich ihm auf irgendeine Weise zu erkennen zu geben, könnte ich mir vorstellen, dass das Spektakel eine ähnlich aufrüttelnde Wirkung auf das Kind hat wie die Blumentöpfe.»

Marie-Provence fühlte, wie ihr Herz schnell und doch gleichmäßig schlug. Sie war bereit.

«Am Boden ist nun alles für den Aufstieg vorbereitet, Mademoiselle. Wir erwarten nur noch Ihren Befehl!»

Marie-Provence trat zum Korbrand. Barras hatte den Kopf in den Nacken gelegt und sah mit verengten Augen zu ihr hinauf. Ihre Finger krallten sich an das feste Geflecht. Sie holte lang und tief Luft. Warf einen letzten Blick in den Himmel, auf dem ein paar flauschige Wolken trieben. «Lâchez tout!», rief sie.

Punktgenau hob die Musik wieder an. Das Publikum klatschte, Barras trat zurück. Die bereitstehenden Männer machten sich an den Seilen zu schaffen, und die Kanone feuerte ihren dritten und letzten Schuss.

Der Ballon hob ab.

André verspürte einen Ruck in dem Gestell, das seinen Brustkorb umklammerte. Es ging los!

Eine Kraft riss ihn von den Füßen, zog ihn gen Himmel. Die gelösten Befestigungsseile liefen surrend durch die Heringe, die in den Boden gehauen worden waren. Ein paar Menschen riefen etwas, die meisten aber schwiegen jetzt ehrfürchtig. André sah nach unten, an seinen Stiefeln vorbei.

Es war ein völlig neues Gefühl, ungeschützt in der Luft zu schweben, und sein Herz schlug schnell vor Erregung und Freude.

Schon erreichten sie den oberen Abschluss der Mauer, die den donjon umschloss. Die zwei Reihen Uniformierter, die davorstanden, schrumpften zusehends. Jetzt konnte André auch auf die andere Seite der Mauer blicken. Ein einzelner Soldat wartete dort. Er schien mehr am Abflug denn an der Ausübung seiner Pflicht interessiert, denn er hatte seine Pike neben ein Fenster des donjon angelehnt und beobachtete gebannt den Aufstieg.

Ein heftiger Ruck, der ihm durch sämtliche Glieder ging, ließ André erschrocken nach unten sehen. Er schnaubte, als er sah, was geschehen war: Eines der Seile, dasjenige, welches der Umfriedung des donjon am nächsten lag, musste sich irgendwo verfangen haben, während die anderen sich längst gelöst hatten.

«He, nicht einschlafen da unten! Macht das sofort los!», schrie André zwei Männern zu, die offensichtlich das Malheur verschuldet hatten. Ein Arbeiter mit tiefgezogener Mütze hob zerknirscht die Hände. Emsig machten sich die beiden am Seil zu schaffen. Inzwischen bewirkte die einseitige Befestigung, dass der Ballon nach Südwesten gezogen wurde, in Richtung des donjon.

Eine laute Stimme ertönte über ihm. Marie!

«Was ist da unten los? Wir driften ab!»

Sie klang reichlich beunruhigt. André sah nach oben, konnte aber wegen des Fallschirms nichts erkennen.

«So macht doch etwas!», rief sie schrill.

Die zwei Männer am Boden fluchten so laut, dass es bis zum Ballon herauf zu hören war, und verfielen in hektisches Treiben. André war versucht, in das Fluchen einzustimmen. Er zerbrach sich den Kopf, konnte sich aber nicht erinnern, wann er diese beiden Trottel eingestellt hatte.

«Wir werden zerschellen! Hilfe!», schrie es von oben.

«Marie! Beruhige dich! Es kann gar nichts passieren!», rief André. Doch offenbar konnte sie ihn nicht hören – oder sie war zu aufgebracht. Als sie aufschluchzte, zog sich sein Herz zusammen.

«Wollt ihr denn unseren Tod?», kreischte sie. «Wir müssen hoch, der Ballon zerreißt sonst!»

Wie kam sie bloß auf so absurde Gedanken?, fragte sich André. Das Publikum schrie derweil erschrocken auf. Frauen deuteten nach oben. Die Apparatur, in der André hing, bebte merklich. Tobte Marie-Provence dort oben etwa herum? Diesmal verkniff André sich das Fluchen nicht. Verflixt, was war denn in sie gefahren?

«Runter! Ich will wieder runter! Holt mich hier raus!»

André wurde angst und bange um sie. Noch nie hatte er sie in einer solchen Panik erlebt. Verflucht, er hatte sie zu wenig vorbereitet! Sie war völlig überfordert! In dem Moment flog etwas an André vorbei – ein Sandschleier. Sie hatte einen Sack Ballast geöffnet. André hustete, wischte sich die Augen.

«Halt ein, Marie! So bewirkst du doch genau das Gegenteil!» Seine Augen waren voller Sand, er konnte kaum noch etwas erkennen, ahnte aber, dass Marie-Provence einen Gegenstand nach dem anderen in alle Richtungen aus dem Korb warf. Einen Schuh. Eine Decke. Ein langes Seil, das sich wie eine Schlange entrollte. Ein schneeweißes Kleid …

Ihr Kleid! Entsetzt begriff er, dass sie jede Kontrolle über sich verloren hatte – und dass er ihrer Hysterie hier unten völlig ausgeliefert war.

«Haltet ein!», schrie jetzt auch er nach unten. «Holt uns wieder runter! Wir können so nicht fliegen!»

Im selben Augenblick holte einer der beiden Arbeiter mit einem Beil aus und hackte das verfangene Seil durch.

Das Seil, das Marie-Provence Cortey mit aller Kraft zugeschleudert hatte, war glücklich auf der richtigen Mauerseite gelandet. Sobald der uniformierte Händler das angebundene Gewicht auf den struppigen Rasen hatte fallen sehen, war er hingelaufen, hatte es bis zum donjon gezogen und dort das Seil festgezurrt. Jetzt übernahm die neue Verankerung die

Rolle der alten, die Assmendi und Saison gerade planmäßig durchtrennt hatten: Sie zog den Ballon gemächlich, aber unausweichlich zum Turm.

Der Ballon passierte die Mauer. Marie-Provence warf einen Blick zurück auf den Zuschauerplatz, während sie kurz in ihrem Toben innehielt, um sich die Hose anzuziehen, die sie mitgebracht hatte. Die Menschen starrten verwirrt und ängstlich in ihre Richtung.

«Hilfe! So tut doch was!», schrie sie gellend und warf noch ihren zweiten Schuh hinterher. In den nächsten Wochen würde sie für hübsche Damentoiletten sowieso keine Verwendung mehr haben. Zufrieden bemerkte sie, dass Assmendi und Saison sich aus dem Getümmel stahlen, ohne aufgehalten zu werden. Auch Cortey sammelte sein Bajonett auf und nahm Abstand, blieb aber in Sichtweite, um notfalls eingreifen zu können.

In aller Hast streifte Marie-Provence ein Hemd über, das sie Andrés Garderobe entwendet hatte, zog Reitstiefel an und steckte sich die Pistole in den Hosenbund. Dann griff sie zum Wurfanker.

«Marie, atme tief durch! Versuch, dich zu beruhigen!»

André klang äußerst besorgt, und sie konnte es ihm nicht verdenken. Reue, ihn in eine so scheußliche Lage gebracht zu haben, durchzuckte sie. Doch sie rief sich sofort zur Ordnung: Du hast es so gewollt. Jetzt konzentrier dich auf das, was kommt! Sie spähte angestrengt in die Richtung des sich langsam nähernden Bauwerks. Sie hatten sich in Corteys Keller große Mühe gegeben, die Länge des Seils auszurechnen, die nötig sein würde, damit der Korb möglichst exakt auf Höhe der Zinnen anlangte. Alles war darauf abgestimmt, der Knoten im ersten Seil, die Länge der neuen Verankerung. Doch ob ihre Berechnungen exakt waren, würde sich erst jetzt herausstellen.

Der Ballon hing jetzt über dem Rasenstück. Nur noch wenige Meter! Dass die Höhe zumindest in etwa stimmte, konnte sie bereits erkennen. Sie hatte einen guten Blick auf die Zinnen, die sich mit aufreibender Langsamkeit näherten.

Aber sie sah keine Menschenseele. Wo, um Himmels willen, blieb Charles?

Ein kurzer Blick nach hinten zeigte ihr, dass das Chaos auf dem Festplatz immer weiter zunahm. Die Tribüne war halb geleert, und die aufgeregten Zuschauer hatten längst alle Absperrungen überwunden. Eine ohnmächtige Frau lag ausgestreckt im Gras. Der grüngoldene Barras gestikulierte in die Richtung der Soldaten, die noch an der Mauer strammstanden. Ob er inzwischen verstand, was hier oben vor sich ging? Hoffentlich nicht. Etwas mehr Zeit brauchten sie noch. Das Publikum zumindest schien ahnungslos. Und das sollte auch noch möglichst lange so bleiben.

«Wir zerschmettern! Wir zerschmettern am Turm!», schrie sie aus Leibeskräften. Sie warf die Hände gen Himmel. «O Herr Jesus, Mutter Maria, rettet uns!»

Noch immer kein Mensch im Laufgang. Sie bekam feuchte Hände. Höchstens zwei bis drei Meter trennten sie von den Zinnen – viel näher würde der Ballon nicht kommen. Zeit, den Wurfanker zu benutzen. Sie streifte sich lederne Handschuhe über und stellte sich breitbeinig hin, wog das Metall in der Hand, holte aus … Der Anker flog durch die Luft, führte die Leine mit sich. Verschwand hinter einer Zinne. Es schepperte. Marie-Provence zog vorsichtig an der Leine, spürte einen Widerstand. Sie verstärkte den Zug – bis die Leine plötzlich ein Stück nachgab. Marie-Provence torkelte zwei Schritte nach hinten, bis sie das Gleichgewicht wiedergefunden hatte.

Sie spähte zum donjon hinüber und sah, dass der Anker ein Stück seitwärts gerutscht sein musste, denn das Seil klemmte nun in einem Spalt zwischen der anvisierten Zinne und dem Laden, der als Sichtschutz diente. Marie-Provence zog daran, erst vorsichtig, dann kräftiger und schließlich mit aller Macht. Der Ballon bewegte sich auf den donjon zu.

Marie-Provence' Arme und Hände schmerzten, als sie nun den Ballon Stück für Stück näher zog. Sie keuchte vor Anstrengung. Eigentlich war vorgesehen, dass Batz ihr beim Ziehen half. Wo steckte er nur? Gott sei Dank war die

Strecke bis zu den Zinnen nicht weit. Ihr Puls erhöhte sich noch mehr, als der Korb endlich sachte am mächtigen Mauerwerk anlegte. Sie erkannte, dass das Seil, das den Ballon am Boden hielt, ein wenig zu kurz war. Eine Armlänge fehlte bis zur Oberkante der Mauerkrone. Sorgfältig befestigte sie das Seil des Ankers, zog die Kleiderkiste heran, stieg auf sie. Sie verbot es sich, nach unten zu schauen, und streckte sich, um sich auf die Ummantelung zu ziehen.

«Marie! Marie, was machst du da oben?»

Andrés Tonfall hatte sich verändert. Er klang weniger besorgt als ahnungsvoll. Marie-Provence presste die Lippen aufeinander. Ein Ruck, und sie lag bäuchlings auf der mächtigen Zinne. Ein Blick überzeugte sie, dass der Laufgang verlassen war. Sie sprang hinab.

«Marie! So antworte mir doch!»

Sie zog ihre Waffe, eilte den Laufgang entlang. Der Ausgang befand sich in einem der Türme. Sie lief auf ihn zu. Wenn Charles nicht kam, musste sie ihn eben holen. In dem Augenblick, als sie die niedrige Tür erreichte, die in den Turm führte, tauchte jemand aus der Dunkelheit auf dem Treppenabsatz auf. Sie schreckte zurück.

«Citoyenne? Was machst du denn hier?» Gomin starrte aus runden Augen ihre Aufmachung an. «Ich wähnte dich …»

«Wo ist das Kind? Wo ist Charles?», unterbrach sie ihn brüsk, spähte hoffnungsvoll und ängstlich zugleich in das dunkle Treppenhaus – und da sah sie ihn, ein wenig tiefer. Langsam, mühevoll schleppte sich das Kind die Stufen hoch. «Charles!», rief sie, stürzte auf ihn zu – und hielt inne, als er zusammenfuhr und eine abwehrende Bewegung machte.

Ein Uniformierter mit angelegtem Bajonett tauchte hinter ihm auf.

«Was ist passiert? Weshalb sind Sie so spät?», fragte ihn Marie-Provence.

«Wir hatten ein kleines Problem. Ein Soldat hat uns aufgelauert und versucht, uns zurückzudrängen.»

Marie-Provence wurde heiß. «Wo ist er?»

Batz deutete mit einem Grinsen hinter sich. «Liegt auf

der Treppe. Der stört uns nicht mehr.» Er zwängte sich an Kind und ihr vorbei, bis er Gomin vor sein Bajonett bekam. «Immer mit der Ruhe, dann wird dir auch nichts geschehen, citoyen», meinte er gleichmütig.

Charles stand noch immer im Treppenhaus und sah voller Angst zu ihr hoch. Marie-Provence zwang sich, sich zu beherrschen. Sie ging in die Knie. Setzte sich auf die oberste Stufe.

«Erkennen Sie mich, Charles?», fragte sie ruhig.

Blaue Augen, die tief in ihren Höhlen lagen. Ein durchscheinender Teint. Er nickte.

«Charles, ich weiß, dass das jetzt alles sehr plötzlich ist. Aber vielleicht haben Sie ja auch geahnt, dass dieser Tag kommen würde.» Sie sah ihn ernst an. «Dass ich kommen würde, um Sie zu holen.»

Endlose Sekunden lang konnte sie keine Regung auf dem Kindergesicht ausmachen. Und dann, plötzlich, ein Funken Hoffnung. Angst. Und Misstrauen. Sein Kopf bewegte sich nicht, doch sein Blick zuckte nach oben.

«Der Soldat gehört zu uns, Charles. Er ist da, um uns zu helfen.»

Die Finger des Jungen verkrampften sich. Draußen scharrte Batz ungeduldig mit den Füßen. Offenbar wurde ihm die Situation langsam zu brenzlig. Marie-Provence ignorierte ihn.

«Ich bin mit einem Ballon gekommen, Charles», lächelte sie. «Er ist das schönste, eindrucksvollste und wunderbarste Gefährt, das Sie jemals in Ihrem Leben erblickt haben. Er ankert da draußen.» Im Laufgang ertönte ein verblüffter Schrei. Marie-Provence zwinkerte Charles zu. «Gomin hat ihn gerade entdeckt.» Sie streckte eine Hand aus. «Wollen Sie den Ballon auch sehen?» Leiser Triumph durchzuckte sie, als Charles nach ihr griff.

Draußen, im Laufgang, wehte inzwischen eine leichte Brise. Der Korb schabte an der Mauer. Erregte Stimmen ertönten von unten, doch die Läden nahmen den Blick auf das Geschehen. Charles stoppte abrupt, als er den Ballon erblickte. Sein Mund öffnete sich. Ein paar Sekunden lang sah er aus wie jedes andere verzauberte Kind.

Marie-Provence drückte seine Hand. «Es ist ein ungeheures Abenteuer, in einen solchen Ballon zu steigen und abzuheben, finden Sie nicht auch?» Sie sahen sich an. «Kaum ein Mann würde sich das zutrauen. Und ich habe noch nie von einem Kind gehört, das jemals ein solches Wagnis eingegangen wäre.»

Er nickte ernst und sah den Ballon an. Verstärkte den Druck seiner Finger. Doch dann warf er einen Blick zurück.

Was ließ ihn zögern?

Stimmen wurden laut. Kamen sie von unten oder vom Treppenhaus? Marie-Provence biss sich auf die Lippen. Sie hatte von ganzem Herzen gehofft, Charles dazu bringen zu können, aus eigener Entscheidung mitzukommen. Doch die Zeit lief ihnen davon.

«Wenn du erlaubst, citoyenne…» Gomin warf Batz einen zaghaften Blick zu. Er hob eine Hand. «Monsieur Charles redet manchmal im Traum. Heute Nacht fiel der Name seiner Mutter.»

Marie-Provence drehte sich der Magen um, als ihr aufging, dass das Kind noch nichts von Marie-Antoinettes Schicksal ahnte. Plötzlich und mit aller Macht schoss die Erinnerung an ihre eigene Mutter in ihr hoch. Und zum ersten Mal war sie dankbar, dass sie hatte Abschied nehmen dürfen. «Ihre Mutter wohnt nicht mehr im donjon, Charles.» Sie beugte sich zu ihm hinab, suchte seinen Blick. «Sie können gehen. Sie sind frei. Und wenn Sie möchten, nehme ich Sie jetzt mit.»

Charles' Lippen zogen sich vor Angst zusammen. Gleichzeitig aber griff er auch mit der zweiten Hand nach ihr und nickte.

Ein Geräusch. Diesmal kam es eindeutig aus dem Treppenhaus. Marie-Provence und Batz tauschten einen Blick.

«Wir haben viel Zeit verloren. Sie müssen los», drängte der Bärtige.

Marie-Provence nickte. «Kommen Sie!», bat sie das Kind.

«Ich wünsche Ihnen alles Gute, Monsieur Charles», meinte Gomin – und sackte auf den Steinboden.

«Keine Sorge, einen kleinen Kolbenschlag hat noch jeder überlebt», beruhigte Batz. «Und es ist besser als eine Anklage für Mittäterschaft.»

Sie eilten alle drei zum Korb. Marie-Provence sprang zuerst hinein und nahm dann Charles entgegen, den Batz ihr reichte.

In dem Augenblick stürmte ein Soldat aus dem Treppenhaus. Seine langen schwarzen Haare wehten wie ein Vorhang hinter ihm her. Marie-Provence schnappte nach Luft. Es war Ignace Moulin!

«Mist! Schon wieder dieser Kerl! Ich dachte, ich hätte ihn unschädlich gemacht!», knurrte Batz. «Los, Sie müssen weg!»

In fliegender Hast löste Marie-Provence beide Seile vom Korbrand und warf sie Batz zu. Sofort begann der Ballon von der Mauer abzutreiben. Batz verknotete flink die Enden des Bodenseils und des Wurfankers miteinander. Moulin hielt inne und machte sein Bajonett schussbereit. Die aufwändige Prozedur schenkte den Flüchtigen ein paar kostbare Sekunden. Batz sprang mit einem Satz über die Zinne.

Ein Schuss fiel. Marie-Provence drückte Charles hinunter. «Legen Sie sich hin! Schnell!», befahl sie.

Batz hangelte sich nun in aller Eile an seinem Seil entlang in Richtung Boden. Moulin versuchte, den zwischen Mauer und Sichtschutz eingekeilten Wurfanker abzuwerfen, doch es gelang ihm nicht. Nun hievte er sich auf eine Zinne, da die Schießscharten durch die Läden verschlossen waren. Er ignorierte Batz, stattdessen visierte er den Ballon an.

Etwas pfiff am Korb vorbei. Marie-Provence sah beängstigt an der Hülle hoch. Verflixt – sie gewannen nicht schnell genug an Höhe! Schuld daran war Charles' zusätzliches Gewicht.

Wieder ein Schuss.

«Ah!»

Ein Laut, der das Blut in ihren Adern gefrieren ließ. «André?», schrie sie. Keine Antwort. «André! So sag doch was!»

Für Zimperlichkeiten war keine Zeit mehr. Wild entschlossen kappte sie die Befestigung zweier Sandsäcke. Heftiger und unvermuteter, als sie es erwartet hatte, gehorchte der Ballon und zog nach oben. Sie hielt sich am Flechtrand fest. Noch ein Schuss. Gleich darauf ein Wutschrei.

Marie-Provence spähte über den Korbrand. Weder Batz noch Cortey waren mehr zu sehen. Nur das verwaiste Seil, das an der Außenfassade der grande tour baumelte, verriet, dass etwas Ungewöhnliches passiert war – und ein Soldat, der im Laufgang drohend eine Faust reckte.

«André! André!» Sie schrie, bis sie heiser war. Doch von unten kam nur Schweigen. Sie konnte ihn nicht sehen, dafür sorgte der Ring, der den Fallschirm leicht geöffnet hielt und André ihren Blicken entzog.

Auf einmal ein Ruck. Es war die Führungsleine, die den Ballon über einer Grünfläche des Temple hätte stabilisieren sollen und anschließend zur Bergung vorgesehen gewesen war. Marie-Provence sah nach unten. Eine Menschentraube zu ihren Füßen, Dutzende Hände, hochrote Gesichter, die rhythmisch zu ächzen begannen. Man versuchte, sie zum Boden zurückzuholen!

Ihre Gedanken überschlugen sich. Der Plan hatte beinhaltet, André über den Grünflächen des Temple abspringen zu lassen, sobald sowohl Höhe wie Untergrund geeignet gewesen wären. Er hätte den Schirm aufgespannt und ihr ein Zeichen gegeben. Dann hätte sie den Karabinerhaken geöffnet, der Schirm und Springer am Rumpf hielt. Aber was jetzt? Sie konnte ihn unmöglich lösen. Falls er verletzt war, wäre das sein sicherer Tod. Aber was sollte sie sonst tun? Ihn mitnehmen?

Marie-Provence wischte die feuchten Hände an ihrer Hose ab. Was zögerte sie eigentlich noch? Warum gab sie vor, die Wahl zu haben?

Sie zog das Messer. Die Zuschauer unten winkten ihr wild

zu. Ein Schnitt, und die Führungsleine war durchtrennt. Marie-Provence sackte zurück.

«Ist alles in Ordnung?», fragte sie Charles.

Das Kind hatte sich eng an den Käfig mit den drei Tauben geschmiegt. Es nickte.

«Gut», flüsterte sie. Wie oft hatte sie sich diesen Augenblick herbeigesehnt! Und wie oft sich die Freude ausgemalt, die sie dann überkommen würde! Die Flucht ist geglückt, dachte sie. Charles ist frei!

Doch der Triumph wollte sich nicht einstellen. Sie spürte nichts als wilde, schreckliche Angst. Unwillkürlich fiel ihr Blick zu ihren Füßen. Eine Angst, die ihr einflüsterte, dass Andrés Leiche unter ihnen hing.

Vielleicht hätte Marie-Provence noch Stunden so dagesessen, starr vor Furcht, wenn Charles nicht gewesen wäre. Sie war jetzt ganz alleine für sein Leben verantwortlich. Sie durfte sich nicht gehenlassen! Sie spürte, dass er sie beobachtete. Wichtig war vor allem, dass sich ihre Panik nicht auf ihn übertrug.

Es kostete sie viel Kraft, sich zu bewegen. Der Ballon. Sie zwang sich zu überprüfen, ob alles in Ordnung war, und die Griffe durchzuführen, die André sie gelehrt hatte. Gott sei Dank schien keiner der Schüsse die Hülle verletzt zu haben.

Die Menschen unten waren geschrumpft, wurden zu bunten Figuren ohne Antlitz. Der Festplatz war noch immer voller Zuschauer, die auf sie zeigten. Eine Gruppe Soldaten stand in Reih und Glied, auch sie sah nach oben. Marie-Provence fragte sich, ob Barras inzwischen wusste, was gerade vor seinen Augen geschehen war, und ob er nun seine Männer auf sie hetzte. Es war nicht unmöglich, mit einem Pferd einem Ballon nachzujagen … Irgendwann einmal würde ihr diese Vorstellung vielleicht Sorge bereiten, doch jetzt wollte sie nicht darüber nachdenken. Der leichte Wind aus Südwesten war aufgefrischt, und da der Temple sich im Norden der Stadt befand, wurden sie in Richtung Stadtmauer getrieben.

Es wurde kühler. Sie holte eine Decke hervor und hielt

sie Charles hin. Das Kind hielt jedoch den Blick auf die drei Vögel gerichtet, die im Käfig aufgeregt hin und her trippelten. Marie-Provence legte dem Kind den Wollstoff um die Schultern. Sie rang sich ein Lächeln ab.

«Sie brauchen nichts zu befürchten. In wenigen Stunden werden wir unter Freunden sein.»

Erneut kam der Gedanke an André in ihr hoch und drohte, sie zu überwältigen. Sie würde noch verrückt werden, wenn sie die nächsten Stunden hier oben stand und abwartete. Aber was konnte sie tun? Ihr Blick fiel auf die rote Schnur, die durch den Boden des Korbes und die Mitte des Schirmes bis zu ihm lief. Damit hätte er ihr Bescheid geben sollen, dass er zum Absprung bereit war. Es war die einzige Möglichkeit, mit ihm zu kommunizieren.

Sie sandte ein Stoßgebet gen Himmel und fiel auf die Knie, griff die rote Schnur und zog.

Die Welt war Schmerz, Lärm und Kälte.

Das Erste, was André spürte, als er erwachte, war ein dumpfes Schlagen. Jemand hatte seinen Schädel auf einen Amboss gelegt und ließ in schwerer Regelmäßigkeit seinen Hammer darauffallen. Gleichzeitig presste derjenige ein glühendes Eisen auf seinen rechten Wangenknochen. Er versuchte, seinen Schädel vom Amboss zu ziehen, und ein blitzartiger Schmerz durchzuckte seinen Nacken. Er stöhnte, hob mühevoll den Kopf, öffnete die Augen – und stieß ein angsterfülltes Keuchen aus. Er hing über einem Abgrund! Die Welt begann sich zu drehen, drohte zu kippen, und erneut griff die Ohnmacht nach ihm. Er schloss krampfhaft die Augen, seine Hände suchten Halt, griffen ins Nichts. Ein scharfes Stechen durchfuhr seinen Brustkorb bei jeder Bewegung – als wenn er in einem eisernen Korsett stecken würde, das jeden Luftzug zur Qual machte.

Der Fallschirm!

Die Erinnerung kehrte sprunghaft zurück. Bilder wechselten in rascher Reihenfolge unter seinen geschlossenen Lidern. Das Fest. Der Start. Die verhedderte Bodenverankerung. Marie-Provence. Ihre panische Angst … Die Zinnen des donjon, die immer näher schwebten. Seine ersten Zweifel. Der Soldat, der am Boden das neue Seil verankerte. Die Erkenntnis. Schüsse – und nichts mehr.

Mit noch immer geschlossenen Augen tastete er seinen Körper ab. Das, was ihn am Atmen hinderte, war das Gestell, in dem er hing. Laut Plan hätte er längst abgesprungen sein sollen. Kein Wunder, dass ihm alles weh tat – es war nie vorgesehen gewesen, dass er so lange in diesen Riemen hing. Die ungewohnte Stellung erklärte seine Atemnot und die Taubheit in seinen Beinen, aber nicht die rasenden Kopfschmerzen und die Ohnmacht. Er fasste vorsichtig an die brennende Stelle und zuckte zusammen.

Schließlich zwang er sich, die Augen einen Spalt zu öffnen. Erfreut stellte er fest, dass die Welt zwar atemberaubend weit weg war, aber nicht mehr spiralförmig um ihn herumwirbelte. Seine rotglänzenden Finger allerdings bestätigten seine Befürchtungen. Er war getroffen worden. Wahrscheinlich nur ein Streifschuss, sonst würde er jetzt nicht mehr darüber nachdenken können. Vorsichtig bewegte er seine Glieder. Der Schmerz in seinem Nacken ließ allmählich nach, auch die Taubheit seiner Füße und Unterschenkel wich einem heftigen Kribbeln. Doch seine Kopfschmerzen marterten ihn, und das Ziehen in seinem Brustkorb wurde immer unerträglicher. Er musste hier raus. Aber wo waren sie überhaupt?

Die Straßenzüge unter ihm waren ihm unbekannt. Doch wenn der Wind nach wie vor aus Südwest kam, gehörten die Gebäude unter ihnen dem Faubourg Saint Martin an, und sie hatten die Stadtgrenzen bereits hinter sich gelassen. Zwei Dutzend Kavalleristen fielen ihm auf, die im Galopp dahinsprengten, ohne Rücksicht auf Menschen und Verkehr. Immer wieder sahen die Männer zu ihnen auf. Sie verfolgten sie offenbar.

Wo will sie hin? Doch das war keine zulässige Frage, und er verbannte sie im selben Augenblick wieder. Wichtig war nur das Ende seiner Qualen, und das hieß, baldmöglichst aus diesem Gestell zu kommen, indem er seinen Absprung hinter sich brachte. Er hatte keine Ahnung, wie er in seinem Zustand einen solchen Sprung überstehen sollte, doch es gab keine andere Alternative. Irgendwann würde sie den Ballon zu Boden bringen, und wenn er dann noch hier hing, würde er sich in Windeseile sämtliche Knochen brechen.

Der Haken, der den Fallschirm am Korb hielt, musste geöffnet werden. Sein Blick lief nach oben, bis zum Schirm – und sein Herz begann zu rasen. Ungläubig starrte er auf den Holzring, der den Schirm geöffnet halten sollte. Oder vielmehr auf das, was davon noch übrig war. Lange, messerscharfe Splitter waren ihm abgeborsten und hatten sich zum Teil in die Schirmseide gebohrt. Der Schirm war nicht mehr zu gebrauchen.

Sein erster Gedanke war, dass seine Konstruktion der Flughöhe und der langen Flugzeit wohl nicht gewachsen gewesen war. Doch dann wurde ihm klar, dass der Ring nur durch Gewaltanwendung so zerfetzt sein konnte. *Eine Kugel.* André stieß einen Wutschrei aus. Hätte der Schütze seine Arbeit wenigstens gründlich gemacht, dann hätte er es jetzt hinter sich!

In dem Augenblick fiel ihm auf, dass das Ende des roten Signalseils neben seinem Kopf hektisch hoch und runter hüpfte.

«André? André, kannst du mich hören?»

Das Hämmern in seinem Schädel wurde zu einem rasenden Stakkato. Er schloss erneut die Augen. Blieb lange Zeit stumm. «Ja, ich höre dich», antwortete er schließlich.

«Gott sei gelobt!», erklang es dumpf. Weitere, undeutliche Geräusche ertönten von oben. Erst nach geraumer Zeit hörte er wieder ihre Stimme. «Bist du verletzt? Brauchst du Hilfe?»

Ihr sorgenvoller Ton war so fehl am Platz, dass ihn die Lust packte, sein Messer zu ziehen und die Gurte zu kappen, nur um ihn nicht mehr hören zu müssen. «Danke für deine Fürsorge. Nein, ich glaube nicht, dass es noch irgendetwas gibt, was du für mich tun könntest», antwortete er sarkastisch.

«Soll ich … soll ich das Seil lösen?», fragte sie, und aus dem veränderten Klang ihrer Stimme schloss er, dass sie sich über den Korbrand hinabbeugte. Kurz darauf stieß sie einen Schreckensruf aus. «André, der Schirm ist beschädigt, etwas steckt in der Seide! Du kannst nicht springen!»

Diese Feststellung war nichts, worauf es sich gelohnt hätte, zu antworten. André sparte lieber seine kurzen, schmerzvollen Atemzüge. Er versuchte, sich Erleichterung zu verschaffen, indem er sich in seinem Gestell hochzog. Für ein paar Sekunden holte er befreit Luft. Doch die Stellung war nicht lange durchzuhalten, und schon bald glitt er mit einem ersten Anflug von Verzweiflung erneut in seinen selbstgebauten Käfig zurück.

«Mon Dieu, André, was machen wir jetzt nur?»

Auf einmal wurde André wütend. *Wir?* Wie konnte sie ein Wort in den Mund nehmen, das für alle Zeiten seine Bedeutung verloren hatte? Etwas Dunkles, Kraftvolles regte sich in ihm. Gefühle, deren Existenz er bisher nicht geahnt hatte. Zorn. Rachsucht. Übermächtige Wut.

Wie auch immer der Tod ihn ereilte, André würde nicht in diesem Gestell auf ihn warten. Wenn er nicht springen konnte, musste er eben klettern. «Befestige die Strickleiter, und wirf sie runter!», rief er hoch. «Ich komme zu dir rauf!»

«Die Strickleiter? Willst du sie etwa in dieser Höhe hinaufsteigen? Aber das ist doch schierer …»

«Tu, was ich dir sage!», donnerte er.

Kurz darauf entrollte sich die Leiter vor seinen Augen.

Es war schwierig, die Sprossen zu erreichen, die wegen des leicht aufgespannten Schirms außerhalb seiner Reichweite baumelten. Doch indem er in seinem Gestell hin und her pendelte, gelang es ihm, sie mit seinen Stiefelspitzen heranzuziehen. Danach begann eine knifflige und waghalsige Arbeit: Er musste die Schnallen lösen, die seine Gurte zusammenhielten, sich aus dem Gestell und auf die schwankende Strickleiter hieven.

Die Felder, die sich inzwischen überall unter ihnen erstreckten und die nur noch ab und zu von einem Dorf unterbrochen wurden, hätten einen idealen Landeplatz geboten – wenn er noch einen intakten Schirm besessen hätte. So aber versuchte er mit aller Kraft, den Abgrund, der unter ihm vorbeizog, nicht zu beachten. Ein erneuter Schwindelanfall war das Letzte, was er jetzt gebrauchen konnte. Stattdessen konzentrierte er sich auf das Wesentliche: die Lasche. Zieh sie auf. Halt! Zuerst die Beine zwischen die Sprossen der Strickleiter. Dann das Seil der Leiter einmal um die Waden winden. Gut. Und jetzt den Arm aus dem Gestell ziehen, anschließend den Kopf. Und nicht an unten denken. *Nicht denken!*

Endlich rutschte er aus dem Gestell. Die Gurte des Schirms entglitten seiner Hand schneller als gewollt, und die Strickleiter verfiel in ein heftiges Pendeln. Er schloss die Augen, umschlang die Leiter mit Armen und Beinen, während die Welt von einem wilden Strudel verschlungen wurde.

Als das Pendeln irgendwann nachließ, war seine Wäsche schweißnass. Wenigstens war der unerbittliche Druck auf seinem Brustkorb verschwunden. Er atmete frei. Obwohl er sich nichts sehnlicher wünschte, als diesen Albtraum schnellstmöglich hinter sich zu bringen, zwang er sich, noch so lange auf der Schaukel auszuharren, bis das Zittern seiner Finger nachgelassen hatte. Dann erst sah er an der Leiter hinauf.

Ein angstvolles, kreidebleiches Frauengesicht blickte vom Korbrand auf ihn herab. André biss die Zähne aufeinander und ergriff die nächste Sprosse. Er war froh, als Marie-Provence sich wieder zurückzog.

Bis er endlich die Höhe des Korbes erreichte, schien ihm eine Ewigkeit vergangen zu sein – und eine weitere, bis er sich über den Korbrand schwang. Er war kaum überrascht, neben Marie-Provence noch einen zweiten Insassen vorzufinden.

Was für ein hässliches Kind!, war sein erster Gedanke. Dabei hatten die letzten Jahre eine Unmenge trauriger Gestalten geboren. Ob bettelnd, stehlend oder einfach nur ziellos herumstreunend – die Armut und Hungersnot machte auch vor den Kindern nicht halt. Dieses hier allerdings, mit seinem unförmigen Leib, seinem fahlen Teint, seinem knochigen Schädel und dem gelben, glanzlosen Haar, war so ziemlich das Unansehnlichste, was ihm jemals begegnet war.

Zu anderer Zeit hätte er wohl Mitleid verspürt. Doch es war kein Platz für solche Empfindungen in dem kleinen Korb. Sie hatte ihre Liebe weggeworfen, für einen Jungen, der keinen Monat mehr zu leben hatte.

«Herr im Himmel», flüsterte Marie-Provence.

Beide, die Frau und das Kind, starrten ihn mit geweiteten Augen an, was ihn vermuten ließ, dass sein Anblick wenig erbaulich war. Noch niemals war ihm sein Aussehen freilich so gleichgültig gewesen. Mit einem Schritt stand er in der Mitte des Korbes unter der Ventilleine und packte sie.

«Was machst du da?»

André fixierte Marie-Provence, ohne zu antworten. Schließlich wusste sie genau, wozu das Ventil diente. Er zog an der Leine.

Marie-Provence griff an ihren Hosenbund.

Auf einmal war die Mündung einer Pistole auf Andrés Brustkorb gerichtet.

Nach den Erlebnissen der letzten Stunde hatte André gedacht, dass ihn nichts mehr würde erschüttern können. Er hatte sich geirrt.

«Lass sofort die Ventilleine los!»

André stieß ein kurzes, trockenes Lachen aus. «Warum sollte ich? Damit ich für den Rest meines Lebens als Befreier Capets dastehe?»

«Weil der Rest deines Lebens sonst kaum mehr der Erwähnung wert ist.»

Er sah sie unumwunden an. Seine Stimme klang wie ein Reibeisen. «Dann wirst du wohl schießen müssen, Marie.»

Die Mündung der Pistole bebte merklich. Marie-Provence war weiß wie ein Laken, ihre Lippen waren nur noch ein Strich. Andrés Puls raste. Die Frau, die vor ihm stand, war ihm fremd – genauso fremd wie die porzellangesichtige Schönheit, die ihm in Maisons in ihrem altmodischen Kleid gegenübergestanden hatte. Er hätte nicht voraussagen können, was sie nun tun würde.

Als sie sich plötzlich bewegte, spannte sich sein ganzer Körper an. Doch sie riss nur die Pistole herum und richtete die Mündung nun auf ihren eigenen Kopf.

«Lass die Ventilleine los», wiederholte sie. «Sonst schieße ich.»

«Was für ein Unsinn! Was würde dir das bringen?»

«Was habe ich schon zu verlieren?», gab sie heftig zurück. «Was hat *er* schon zu verlieren? Wenn wir hier runterkommen, dann werden wir festgenommen und zum Tode verurteilt. Aber ich gehe in kein Gefängnis mehr! Eher sterbe ich hier und jetzt und von meiner eigenen Hand, als noch einmal auf den Henker warten zu müssen!»

Sie starrten sich sekundenlang an. Marie-Provence' Arme bebten. Es war offensichtlich, dass ihre Nerven bis zum Zerreißen gespannt waren. Und André glaubte ihr. Sie hatte alles hinter sich gelassen, alles zerstört, was sie sich in Paris aufgebaut hatte. Vernünftige Argumente erreichten sie nicht mehr.

Jetzt, da die Situation André zwang, nachzudenken, seine Wut irgendwie in Zaum zu halten, drängte sich ihm die Frage auf, ob er sein weiteres Leben mit der Gewissheit verbringen wollte, an Marie-Provence' Hinrichtung und am Tod des Kindes Schuld zu haben. Nicht wegen seiner Liebe zu ihr. Sondern aus Selbstachtung. Und ihm wurde klar: Von allen Alternativen, zwischen denen er jetzt wählen musste, war die Verantwortung für den Tod zweier Menschen die schrecklichste und endgültigste. André meinte, ersticken zu müssen. Er zog gewaltsam Luft in seine Lungen.

Und ließ die Leine los.

Sie hatte gewonnen.

Marie-Provence keuchte vor Erleichterung, als André zurücktrat. Endlich konnte sie die schwere Pistole sinken lassen, die sie die ganze Zeit an ihre Schläfe gepresst hatte. Es war besser, sie wieder einzustecken – sie traute ihren flatternden Händen nicht. André hätte sie jetzt zwar ohne weiteres überwältigen können, doch irgendwie wusste sie, dass er es nicht mehr versuchen würde. Sie senkte den Blick. Er sah schrecklich aus mit seiner blutverkrusteten rechten Gesichtshälfte. Sie konnte sich kaum an einen Augenblick in ihrem Leben erinnern, an dem sie sich so leer gefühlt hatte. Selbst in La Force nicht.

Sie wandte sich Charles zu. Die Finger des Jungen hatten sich in dem kleinen Vogelkäfig verhakt. Seine Augen folgten jeder Bewegung der drei gefiederten Tiere. Ach ja, die Tauben …

Marie-Provence warf einen Blick über den Korbrand. Ob man sie dort unten verfolgte? Der Ballon war weithin sichtbar … Sie riss die Türen des außen am Korb befestigten Käfigs auf und entließ die Vögel in die Freiheit, die eigentlich Andrés Sprung hatten begleiten sollen. Nur die drei Brieftauben neben dem Kind blieben zurück. Federn wirbelten durch die Luft, als die weißen Vögel sich mit lautem Flügelschlagen in den Himmel erhoben.

Die Welt zu Marie-Provence' Füßen bot ein grandioses Schauspiel. Felder in allen Schattierungen breiteten sich unter dem Korb aus wie Flickenteppiche, zackig gesäumt von Straßen und Wegen und verziert von schillernden Mäandern der Wasserarme. Die Menschen waren auf Ameisengröße geschrumpft. Ob Soldaten unter ihnen waren, konnte Marie-Provence nur noch erahnen, und ob sie dem Ballon besondere Aufmerksamkeit schenkten, entzog sich ihrem Beurteilungsvermögen gänzlich. Marie-Provence war überrascht, wie hoch der Ballon unbemerkt gestiegen war. Auf jeden Fall höher als während ihres ersten Fluges, während der Fête de l'Être Suprême.

André riss sie aus ihren Gedanken: «Wo hast du vor, zu landen?» Er stand mit gekreuzten Armen an den Korbrand gelehnt und musterte sie. Sein Gesichtsausdruck war undurchdringlich, er wirkte unnahbar und fremd.

Heftiges Verlangen nach ihm überfiel sie. *Wie ich ihn liebe! Mit jeder Faser meines Selbst.* Ihre Liebe war der Grund, weshalb sie nie wirklich die Wahl hatte. Auf André Rücksicht zu nehmen, hätte bedeutet, egoistisch zu handeln. Denn sein Glück war auch ihres. Wären ihre Gefühle für André schwächer gewesen, hätte sie vielleicht länger über das nachgedacht, was sie ihm antat.

«Bei dieser Windrichtung ist die Landung so nahe wie möglich von Dammartin vorgesehen», sagte sie tonlos.

«Dann wird es Zeit, den Schirm abzuwerfen.»

Der Schirm! Wie hatte sie diese Gefahr übersehen können? Mit dem vor Gurten und Fangseilen nur so strotzenden Fallschirm am Korb würden sie mit Sicherheit eine Bruchlandung erleiden.

«Ja, natürlich. Danke.»

«Nichts zu danken. Erfreulicherweise scheinen sich unsere Interessen in diesem Punkt wenigstens zu decken.»

Sie sah ihn an. Ihr Herz schlug bis zum Hals. «Vielleicht solltest du dir überlegen, ob es der einzige Punkt bleibt.»

«Was meinst du damit?»

Sie nahm ihren ganzen Mut zusammen und antwortete: «Ob du es willst oder nicht, du giltst ab jetzt als unser Komplize. Die Flucht von Charles und mir ist bestens organisiert. Wenn du dich uns anschließt, wirst du den Häschern von Barras entkommen. Und du könntest zu einem der Pfeiler des neuformierten Königreiches werden.»

André schüttelte heftig den Kopf. «Es ist wirklich unfassbar! Glaubst du etwa selbst an das, was du da sagst?» Erregt zeigte er auf das am Boden kauernde Kind. «Bist du wirklich so naiv anzunehmen, dass dieser Junge jemals etwas anderes sein wird als ein Spielball in den Händen skrupelloser Machthungriger? Aus einem umgekippten Baumstumpf sprießt kein kräftiger neuer Baum.»

«Gib ihm wenigstens eine Chance! Oder besser noch: Bring deine Ideen ein! Sorg selbst für Neuerungen!»

«Für wen? Für Leute, für die Ehrlichkeit und Treue nur leere Worte sind? Die Dankbarkeit nicht kennen und notfalls über Leichen gehen, um ihre Ziele zu erreichen?» Sie errötete unter den Vorwürfen, aber André fuhr ungerührt fort: «Tut mir leid, Marie, ohne mich. Das würde nicht funktionieren. Ich habe es monatelang nicht wahrhaben wollen, doch der heutige Tag hat mir die Augen geöffnet. Meine republikanischen Prinzipien harmonieren nicht mit deinen royalistischen Werten.»

Sie bemühte sich, sachlich zu bleiben. «Du bist wütend und verletzt, André, das verstehe ich nur zu gut. Ich verlange nicht von dir, dass du meine Beweggründe verstehst. Oder auch, dass du uns zugute hältst, dass deine jetzige Anwesenheit in diesem Korb so nicht geplant war und wir auch nie vorhatten, dich als Verräter der Republik dastehen zu lassen. Ich möchte nur, dass du unserer Bewegung eine Chance gibst.» Marie-Provence erschrak, als sie die Auswirkung ihrer Worte auf Andrés Gesicht verfolgte.

Er ballte die Fäuste. «Du hast mir seit dem ersten Augenblick misstraut, Marie-Provence. Und daran hat sich nie etwas geändert. Obwohl wir monatelang wie Mann und Frau miteinander gelebt haben, hast du mich die ganze Zeit belogen. Verdammt, Marie-Provence, glaubst du wirklich, dass du die Richtige bist, mein Vertrauen einzufordern?»

Er starrte sie an mit einer Wut, die ihr die Nackenhaare sträubte. Nie hätte sie gedacht, dass sie einmal Angst vor André haben könnte. Jetzt aber fühlte sie instinktiv, dass sie keinen Schritt weiter gehen durfte. Sie senkte den Blick. «Ich muss mich um den Fallschirm kümmern», sagte sie stattdessen steif. Sie kniete sich auf den Korbboden nieder und klappte einen Schutzdeckel hoch. Nun lag der Mechanismus, der den Fallschirm am Korb hielt, offen vor ihr. Der Boden war mit einem Drahtgeflecht verstärkt worden, um das zusätzliche Gewicht des Springers zu tragen. Darunter war ein Karabinerhaken befestigt, der sich vom Korb aus öffnen ließ, um den Fallschirm freizugeben.

Marie-Provence spürte Andrés Blick auf ihr lasten, als sie

den Mechanismus betätigte. Nichts passierte. Sie runzelte die Stirn. Wiederholte den Versuch mehrere Male. Stand auf, spähte über den Korbrand. Der Schirm war noch da.

«Was ist los?», fragte André.

«Ich verstehe das nicht. Der Fallschirm fällt nicht ab.»

«Zeig her.» André kniete sich nun ebenfalls nieder. Nach einer sorgfältigen Inspizierung kam er wieder auf die Beine. Zum ersten Mal, seit er im Korb erschienen war, wirkte er weniger wütend als nachdenklich.

«Weißt du, was da los ist?»

Er warf ihr einen Blick zu. «Der Fallschirmring schlüpft nicht aus dem Haken. Wahrscheinlich, weil der Schirm nicht schwer genug ist. Mein Gewicht fehlt.»

Marie-Provence fühlte ein Kribbeln in ihrem Rücken. «Was machen wir nun? Du sagtest selbst: So können wir nicht landen.»

André zog sein Messer. Er bohrte es zwischen die engen Maschen des Drahtgeflechts, versuchte, sie auseinanderzubiegen, um an den Haken zu gelangen. «Nichts zu machen. Die Metallstreben sind zu starr. Ich kann den Haken nicht erreichen.»

«Was heißt das?»

André blieb lange Zeit stumm. Als er endlich antwortete, war es mit einer Kälte, für die sie ihn hätte schütteln wollen.

«Jemand muss runter und versuchen, den Schirm von unten zu lösen.»

Sie starrte ihn ungläubig an. «Unmöglich!»

André zuckte mit den Schultern. «Ich würde sagen, wir haben keine Wahl.»

Marie-Provence erschauerte. Ihr Magen krampfte sich vor Angst zusammen. Sie warf einen verstohlenen Blick auf die Strickleiter, die noch immer über dem Korbrand baumelte. Nein. Nein, das konnte sie nicht. Sie schloss die Augen. André hatte recht: Sie hatten keine Wahl. Sie nahm ihr Messer.

Kaum hatte sie ein zittriges Bein über den Korbrand gelegt, wurde sie zurückgerissen.

«Was machst du da? Bist du verrückt?», herrschte André sie an und stieß sie von sich. «Pass lieber auf den da auf!» Er deutete auf das Kind.

«Aber du kannst mit deiner Verletzung doch nicht …» Sie verstummte, als sie seinen Gesichtsausdruck sah.

André packte ein loses Seil, das er sich ein paarmal um die Hüften schlang und verknotete. Das andere Ende befestigte er über ihren Köpfen am Korbring. Dann setzte er seine Stiefel auf die erste Sprosse der Leiter.

André bemühte sich, seine Gedanken allein auf die anstehende Aufgabe zu richten und seinen Widerwillen und seine Furcht gar nicht erst zu Wort kommen zu lassen. Er wusste, dass Marie-Provence dort oben stand und zu ihm herabschaute. Unbändige Wut schäumte in ihm auf. Sein Stiefel rutschte über den Seilstrang. Nicht an sie denken, mahnte er sich, vor allem nicht an sie.

Die ersten Sprossen zu überwinden war relativ leicht, denn sie wurden von der Korbwand stabilisiert. Dann allerdings erreichte André den Boden des Korbes, und die Strickleiter schwang im Nichts. Bald pendelte André frei über dem Abgrund. Es war die Wiederholung seines gerade durchlebten Albtraums. Der beschädigte Fallschirm hing nun vor ihm, doch in zu großer Entfernung, um ihn fassen zu können. Er musste die Strickleiter wieder in eine Pendelbewegung versetzen, um näher an ihn heranzukommen. Zuvor aber musste er noch einige Sprossen hinabsteigen, um genügend Spielraum zu haben.

Was sollte er nach der Landung machen? Marie-Provence und dem Jungen nachwinken und auf die Gendarmen warten? Und denen dann alles erklären? Im Vertrauen, dass irgendjemand ihm diese unglaubliche Geschichte abnahm und ihn nicht aufs Schafott schickte? Grimmig stemmte er abwechselnd die Beine nach vorne und ging in die Knie. Langsam, immer im Takt. Die Strickleiter begann, vor und zurück zu pendeln. Er hatte keine Wahl. Er musste mit ihnen mit. Fürs Erste. Und dann würde er sich irgendwann absetzen … Nun war die Bewegung ausholend genug. André verspürte leichten Schwindel. Seine Verletzung pochte, aber er beachtete sie nicht. *Jetzt!* Sein Arm schnellte vor – griff daneben. Sofort verfiel die Leiter in eine unkontrollierte, schlingernde Bewegung.

André biss die Zähne zusammen. *Nicht nach unten sehen!* Steif und unter Aufgebot seiner ganzen Selbstbeherrschung wartete er, bis sich die Strickleiter beruhigte. Dann spannte er die Beinmuskeln wieder an.

Also los! Noch einmal!

Diesmal gelang es ihm, die Seide des Schirms zu packen und sie, immer noch auf der Strickleiter stehend, heranzuziehen. Er sah hoch. Die gleißende Sonne stach ihm direkt in die Augen. Er hing zu tief, um den Haken zu erreichen, der den Schirm am Korbboden hielt. Am Schirm selbst hochzuklettern, wagte er nicht, die Seide war zu glatt. Wenn es stimmte, dass der Schirm sich nicht gelöst hatte, weil er ohne André zu leicht war, brauchte er sich nur mit seinem ganzen Gewicht an ihn zu hängen.

Die Kunst war dabei nur, die Strickleiter nicht loszulassen. André atmete tief ein und aus und klemmte eine Sprosse unter seine rechte Achsel, bevor er den Schirm fest mit beiden Armen umklammerte. Ein kleiner Sprung, und auch seine Schenkel umfingen den Schirm.

Im selben Augenblick hörte er ein metallenes Schnappen.

Noch ehe er begriff, dass sein Manöver geglückt und der Schirm frei war, sackte der Schirm unter ihm weg. Ein Rauschen von Seide, eine Berührung, wie der Flügelschlag eines Engels. Ein Wirbel von Farben, blau, weiß, rot. André schrie, als das Gewicht des Fallschirms ihn hinunterzog. Die Strickleiter schoss unter seiner Achsel hervor und der Schirm stürzte wild flatternd in den Abgrund.

Andrés ganzes Gewicht hing jetzt an seiner Armbeuge. Seine Beine schlugen unkontrolliert aus. In Andrés pochendem Kopf kreiste nur ein Wort. *Halten!*

Und das Entsetzen, als ihm die Strickleiter entglitt.

Marie-Provence stieß einen langen, gellenden Schrei aus.
Er fiel.
André fiel!
Ein, zwei Meter – dann ein unvermuteter, heftiger Ruck. Der Ballon stieß ein Ächzen aus, als sich die Notleine, die André sich um die Hüften geknotet hatte, spannte. Unten ein wildes, menschliches Pendel. Arme, die sich hektisch bewegten, nach der Strickleiter suchten. Sie ergriffen.
Marie-Provence schluchzte auf.

Dammartin! Immer wieder formten Marie-Provence' Lippen lautlos den Namen der Ortschaft. Bis dahin wollte sie es schaffen. Dort wartete ihr Vater mit dem Wagen. Sie spähte nach vorne. Diesen Frühling hatte sie lange die Karten der Umgebung studiert und war sich ziemlich sicher, dass das kleine Dorf zu ihrer Linken le Mesnil und das etwas weiter hinten Roissy war.
Charles schlief. Marie-Provence betrachtete ihn voll schmerzlicher Zärtlichkeit. Die Sonnenstrahlen hatten sein fahles Gesicht gerötet, und sein Atem ging in leichten, regelmäßigen Zügen. Was auch immer passierte, heute hatte die Sonne Charles geküsst, und heute Nacht würde er die Sterne sehen. Schon allein dafür hatte sich alles gelohnt – oder? Sie fröstelte. Sie wollte versuchen, sich in den nächsten Tagen an diesem Satz festzuhalten.
Als sie Dammartin schräg in der Ferne erblickte, zog sie die Ventilleine und verringerte so die Flughöhe. Dann griff sie nach dem Käfig, um die letzten verbliebenen drei Tauben mit einer Nachricht an ihren Vater auf den Weg zu schicken. Doch sie hatte nicht mit Charles' Reaktion gerechnet. Kaum berührte sie den Käfig, erwachte das Kind. Obwohl Charles kein Wort sagte, wurde bald deutlich, dass er sich weigerte, ihr die Tiere auszuhändigen. Zum ersten Mal, seit sie den Jungen wiedergesehen hatte, blitzten Trotz und Ablehnung auf seinen Zügen auf.
«Also gut.» Marie-Provence nickte. «Wir machen ein Geschäft, Sie und ich. Eine Taube dürfen Sie behalten. Die zwei

anderen brauche ich, damit wir abgeholt werden können. In Ordnung?» Das Kind presste die Lippen aufeinander. Nach ein paar Sekunden jedoch lockerte es seinen Griff. Marie-Provence befestigte an zwei Tauben eine Notiz, auf der sie ihrem Vater den Landeort mitteilte, und befreite sie.

«Wir sinken zu schnell», sagte André.

Er hatte recht. Marie-Provence wurde klar, dass sie dem Ballon zu viel Gas entzogen hatte. Sie überquerten gerade ein größeres Waldstück.

André deutete nach vorne. «Dort drüben, das Weideland hinter dem Wald. Bis dahin müssen wir es schaffen.»

«Soll ich Ballast abwerfen?», fragte sie.

«Ja, beeil dich.»

Der Abwurf bremste die Abwärtsfahrt des Ballons, stoppte sie aber nicht. Bald streiften sie die ersten Baumkronen. Kaum dass sich das Gewicht des Korbes auf ein paar stärkere Ästen verteilte, hob der entlastete Ballon wieder ab, nur um ein paar Schritte weiter wieder zu sinken. Immer wieder schoben Marie-Provence und André Zweige und Blattwerk zurück, und schließlich gelang es ihnen, den Korb freizuhalten, sodass sie irgendwann, getrieben von einer leichten Brise und immer wieder auf- und absteigend, die Wiese erreichten. Als sie endlich die letzte Laubkrone hinter sich hatten, öffnete Marie-Provence erneut das Ventil.

Ihre Ankunft verbreitete Entsetzen: Ein Dutzend Schafe galoppierte laut blökend davon. Drei Männer, die in der Nähe rasteten, griffen zu ihren Forken und sprangen auf ihre Beine, um kurz darauf im Wald zu verschwinden. Endlich streifte der Korb den Boden. Als der *Intrépide* auf der Wiese aufsetzte, schoss ein Gefühl unglaublicher Erleichterung durch Marie-Provence' Adern. Egal, was jetzt kommen würde – schlimmer als die letzten zwei Stunden konnte es kaum noch werden.

Die Zeit sollte sie allerdings eines Besseren belehren.

Eine halbe Stunde später wurden sie abgeholt. Fünfzehn bis an die Zähne bewaffnete Reiter sprengten direkt auf den in der Abendsonne leuchtenden Ballon zu. André trat vorsichtshalber zurück, in dessen Schatten. Er hatte keine Ahnung, wie diese Royalisten auf seine unerwartete Anwesenheit reagieren würden – sein Abenteuer in Maisons hatte ihn Vorsicht gelehrt.

«Marie!» Guy de Serdaines gebräuntes Gesicht strahlte, als er die Arme öffnete. Seine Tochter warf sich hinein. «Ich kann es nicht fassen! Du hast es geschafft!» Er sah sich um. «Wo ist er?»

Marie-Provence deutete wortlos zur Seite, auf das am Boden hockende Kind, das trotz der Wärme noch immer in seine Decke eingewickelt war und den Taubenkäfig an sich presste.

Guy de Serdaine riss sich den Hut vom Kopf. Seine Begleiter machten es ihm nach. Mit einer Eleganz, die André wider Willen bewunderte und den Soldaten zwanzig Jahre jünger erscheinen ließ, legte Serdaine ein Knie zu Boden und senkte den Kopf. Die anderen Männer taten es ihm gleich.

«Sire! Meine Lippen vermögen nicht die Freude zum Ausdruck zu bringen, die mein Herz empfindet. Es ist heute ein Jubeltag, der erste Tag einer neuen Ära.» Er hob eine Faust und rief: «Denn Frankreich hat wieder einen König!» Hochrufe trugen seine Worte fort. Serdaine sah das Kind eindringlich an. «Sire, hinter diesem Wäldchen steht eine Kutsche verborgen, für die Weiterfahrt. Wenn Sie es erlauben, würde ich Sie jetzt gerne bis dahin auf meinem Pferd mitnehmen.»

«Haben Sie auch ein Pferd für mich?», fragte André und trat hervor.

Serdaines Augen verengten sich. «Was macht dieser Mann hier?», fragte er scharf.

Marie-Provence hielt seinem Blick stand. «Es gab einen Vorfall bei der Befreiung, Vater. André wurde dabei verletzt und der Fallschirm beschädigt. Ich musste ihn mitnehmen!»

André lächelte zynisch. So schnell wurde man vom vielumjubelten Helden zum lästigen Anhängsel. «Es tut mir außerordentlich leid, dass ich mich nicht an Ihre Pläne gehalten habe, Chevalier. Doch vielleicht lag es daran, dass ich nicht in sie eingeweiht war.»

«Sie wollten nicht eingeweiht werden», gab Serdaine knapp zurück. «Meine Tochter hat nichts unversucht gelassen, um Sie zu gewinnen.»

«Das hat sie in der Tat», stieß André bitter aus. «Ich hätte nie gedacht, dass eine Frau so weit gehen würde.»

Marie-Provence erbleichte, doch sie presste die Lippen aufeinander und schwieg.

«Seid ihr bei der Landung gesehen worden?», fragte Serdaine, während er das Kind in den Sattel hievte und hinter ihm aufstieg.

«Ein paar Bauern sind geflohen», antwortete Marie-Provence.

«Dann müssen wir uns beeilen», sagte Serdaine. «Sie werden in ihr Dorf gerannt sein, und bald wird die ganze Gegend Bescheid wissen, wo der Ballon gelandet ist. Lasst uns losreiten – en selle!» André herrschte er an: «Na, was ist, wollen Sie von einem der Männer mitgenommen werden?»

«Habe ich eine Wahl? Glauben Sie vielleicht, dass die Soldaten, die hinter Ihnen her sind, einen Unterschied zwischen uns machen werden?», gab André zurück. Wütend stapfte er zum nächstbesten Reiter. Noch nie hatte er ein Gefühl empfunden, das Hass so nahe kam.

Die Kutsche war in der Tat gut versteckt. Rasch wurde sie von den Tannenzweigen befreit, die zur Tarnung benutzt worden waren. Charles verschwand hinter den mit schweren Gardinen verhängten Scheiben, dann war Marie-Provence an der Reihe. Sie sagte etwas zu ihrem Vater, der den Schlag des Wagens offen hielt, sah dabei zu André hinüber. In dem Augenblick blinkte etwas hinten am Waldsaum. Winzige Gestalten bewegten sich dort. Menschen oder Tiere?

«Soldaten! Wir müssen los!», schrie einer der Männer.

Dann ging alles ganz schnell. Guy de Serdaine stieß Marie-Provence in den Wagen und warf den Schlag hinter ihr zu. Der Kutscher schwang die Peitsche, der Wagen setzte sich in Bewegung. Die Reiter gaben ihren Tieren die Sporen. André schnappte sich Marie-Provence' herrenlose Stute und sprang in den Sattel.

Er sah Guy de Serdaine erst, als es zu spät war. Der Schlag, der ihn vom Pferd warf, traf ihn völlig unerwartet. André schmeckte Blut. Er sprang sofort wieder auf die Füße. «Was soll das?», schrie er.

Serdaine verzerrte das Gesicht und holte erneut aus. Ein heftiger Peitschenhieb – die reiterlose Stute wieherte schmerzvoll auf und raste im gestreckten Galopp davon.

«Tut mir leid, Levallois, aber für Sie ist kein Platz in dieser Truppe!»

André schrie auf vor Wut. «Warum?», brüllte er aus Leibeskräften der sich im Galopp entfernenden Gestalt hinterher. «Warum lassen Sie sich zu solchen Schurkereien herab, Serdaine? Haben Sie solche Angst vor mir?» Er lachte auf, ein schreckliches Lachen, das ihm die Kehle zerriss. «Es ist zu spät, Serdaine! Sie ist mein! Haben Sie gehört? Mein! Sie werden Sie nie mehr zurückbekommen!»

Guy de Serdaine riss so heftig an seinen Zügeln, dass sein Pferd sich aufbäumte. Er warf das Tier herum. «Sie sind ein Idiot, Levallois! Was glauben Sie wohl, was meine Tochter mir gerade gesagt hat? Sie will Sie nie mehr sehen!» Er brüllte höhnisch: «Wundert Sie das etwa? Schauen Sie sich doch an! Was haben Sie denn noch zu bieten? Sie haben ihr doch schon alles geschenkt!»

André starrte Serdaine noch mit geballten Fäusten nach, als das Stakkato der herannahenden Soldaten schon längst das schallende Lachen des davoneilenden chevaliers übertönte.

Carnac

DER BIRKENGARTEN

13. KAPITEL

Prairial, Jahr III
Juni 1795

Rosanne ließ den Blick durch die düsteren Gänge mit den vergitterten Zellentüren schweifen, während der Soldat seinen Schlüsselbund zückte. Sie rümpfte die Nase. Ob das Gefängnis Saint-Lazare auch früher schon, als das Gebäude noch unter Saint Vincent de Paul als Kloster diente, diesen strengen Zwingergeruch ausgeströmt hatte? Oder dünstete das Gebäude die Todesängste des perversen marquis de Sade und Hunderter anderer Gefangener der Revolution aus?

«So. Geh ruhig rein.» Der Soldat stieß die Tür der Zelle auf, um Rosanne mit ihrem Korb Platz zu machen.

Rosanne erblickte den Gefangenen sofort. Er saß an einem kleinen Tisch, der unter dem einzigen vergitterten Fenster stand, und war damit beschäftigt, einen Brief zu schreiben. Als sie eintrat, sah er überrascht auf.

«Bonjour, André.»

«Rosanne? Wie hast du es geschafft, zu mir durchzukommen?»

«Ich habe einfach gefragt.» Rosanne lächelte und stellte den Korb ab. «Ich habe dir etwas zu essen mitgebracht. Ich schätze, auch in Saint-Lazare ist die Verpflegung nicht die beste.»

«Das Essen ist mir egal», antwortete er, fügte dann aber mit einem gezwungenen Lächeln hinzu: «Aber es ist nett von dir, dass du gekommen bist. Entschuldige mein Benehmen. Ich schreibe gerade einen Abschiedsbrief an meine Eltern und bin nicht in bester Stimmung.»

«Einen Abschiedsbrief?» Rosanne ließ sich auf Andrés Bett sinken. «Heißt das, dass sie dich verurteilt haben?»

«Einen Termin habe ich noch nicht, doch es liegt auf der Hand.»

Wieder dieses Lächeln, das keines war. Ihm hing ein Zynismus an, der Rosanne bei André zuvor noch nie aufgefallen war. Sie betrachtete ihn genauer. Jetzt, wo sie ihm gegenübersaß, entdeckte sie auch eine blutverkrustete, fingerlange Wunde an seiner rechten Wange. Ihr Herz zog sich vor Angst zusammen. «Was hast du gemacht, André? Weshalb bist du dir so sicher, den Tod zu verdienen?»

Er zuckte die Schultern. «Genügt dir Hochverrat?», fragte er trocken. Nach einem Blick auf sie fügte er spöttisch, aber auch etwas sanfter hinzu: «Selbst du, Rosanne, als mein Schutzengel, wirst diesmal nichts für mich ausrichten können.»

Wie verändert er war … Sie fühlte, wie sich Zorn mit ihrer Angst vermischte. Was hatte Marie-Provence ihm nur angetan? Er hatte sie vergöttert, wie konnte sie etwas so Kostbares wie die Liebe und Achtung dieses Mannes einfach wegwerfen? Etwas knisterte in ihren Röcken. Der Brief. Marie-Provence' Brief. Er war der eigentliche Grund ihres Besuches. Rosanne hatte das Versprechen erfüllen wollen, das sie der Freundin gegeben hatte. Doch Andrés derzeitige Verfassung ließ in ihr Zweifel aufkommen, ob der Augenblick dafür geeignet war. Hatte Marie-Provence nicht gesagt, sie habe Angst, André könne die Nachricht in einem Anflug von Zorn ungelesen vernichten?

In dem Augenblick klapperte ein Schlüssel im Schloss, und die Tür der Zelle ging erneut auf. Ein kräftig gebauter Mann trat mit festen Schritten ein. Bei seinem Anblick erhob sich André.

«Citoyen Levallois! Sie haben Besuch, wie ich sehe?» Rosannes Anblick schien den Mann nicht besonders zu erfreuen; verunsichert stand sie ebenfalls auf.

«Monsieur de Barras!» André wurde bleich.

Barras nahm sich Zeit, die karge Zelle in all ihren Einzelheiten zu betrachten, bevor er sich wieder an André wandte. «Ich hätte nicht gedacht, Sie einmal in einer solchen Umgebung anzutreffen, Monsieur.»

Es zuckte auf Andrés Wange. «Machen Sie es kurz, Barras. Wann ist es so weit? Morgen?» Als Barras nicht antwortete, verlor Andrés Gesicht noch etwas mehr Farbe. «Heute schon?»

Der kräftige Mann tat überrascht. «Hat denn schon ein Gerichtstermin stattgefunden?»

«Sie wissen, dass dem nicht so ist.» André sah sein Gegenüber fest an. «Und ich weiß, dass es in diesen Zeiten nicht unbedingt eines Prozesses bedarf.»

«Ich habe die Vernehmungsprotokolle gelesen. Darin behaupten Sie, Opfer einer Verschwörung zu sein. Der Offizier, der Ihre Aussage aufnahm, hat herzlich darüber gelacht.» Barras grinste. «In Ihrer Darstellung teilen Sie sich selbst eine so unrühmliche und lächerliche Rolle zu, dass man fast schon geneigt ist, Ihnen zu glauben. Manch einer würde lieber auf die Guillotine steigen, als sich derart zu erniedrigen.»

André gab sich keine Blöße. Nur ein harter Zug um seinen Mund verriet verhaltene Wut. «Ich bin Wissenschaftler, Monsieur de Barras, und es gewohnt, Phänomene nüchtern zu betrachten und beim Namen zu nennen. Es steht nicht in meiner Macht, andere daran zu hindern, diese Phänomene anschließend zu bewerten.»

Unvermutet wandte sich Barras an Rosanne: «Wie sehen Sie denn das Ganze, citoyenne? Levallois hat Ihnen doch gewiss den Flug in allen Einzelheiten geschildert?»

Rosanne schüttelte den Kopf. «Nein, tut mir leid, Monsieur. Ich weiß nichts von alledem. Ich bin nur gekommen, um etwas zu essen zu bringen.»

Barras schien zufrieden. «Dann sollten Sie es auch dabei belassen.»

Es schwang eine Warnung in dem Satz mit, und Rosanne zog die Schultern hoch. Hochverrat, hatte André gesagt. Sie hatte keine Ahnung, um was es hier ging, doch sie war nicht lebensmüde – und sie war keine dieser Klatschbasen, die ihren Mund nicht halten konnten.

«Um ehrlich zu sein: Wenn es nach mir ginge, Levallois, würden sie eher heute als morgen vor dem Scharfrichter stehen. Doch Sie verfügen offenbar über Beschützer, und diese sind geneigt, Ihnen diese hanebüchene Geschichte des Mittäters wider Willen abzunehmen. Außerdem verfügen Sie über gewisse Fähigkeiten, die Interesse erweckt haben. Sie verstehen?»

«Kein Wort, Monsieur.»

Barras sagte kalt: «Sie können das Gefängnis noch heute verlassen.»

Rosanne stieß einen kleinen Freudenschrei aus, den keiner der beiden Männer zur Kenntnis nahm.

Barras fuhr fort: «Allerdings ist es Ihnen nicht gestattet, die Stadt zu verlassen. Haben Sie eine Adresse, unter der Sie ständig zu erreichen sind? Ich brauche nicht zu erwähnen, dass die Schmiede nicht mehr zu Ihrer Verfügung steht.»

«Er wohnt bei mir!», fuhr Rosanne dazwischen. Vor Andrés überraschtem Blick fügte sie schnell hinzu: «Ich habe Zimmer genug. Du wirst deine Ruhe haben, und mir macht es überhaupt keine Umstände.»

«Soll das heißen, dass ich freigesprochen bin?», fragte André Barras.

«Es soll heißen, dass Ihre Akte vorerst abgelegt wird. Ob zu den Archiven oder auf den nächst zu bearbeitenden Stapel, liegt an Ihnen.»

André ließ sich auf den Stuhl fallen. Seine Hände fuhren durch seine Locken. Er sah erschöpft und zornig zugleich aus. «Was erwarten Sie von mir?»

«Ich?», spie Barras aus. Er lachte bitter. «Ich erwarte nichts von Ihnen, als dass Sie mir ab jetzt und für alle Zeiten aus dem Weg gehen! Und das ist auch das Beste, was ich Ihnen raten kann. Denn nicht immer werden sich Leute finden, die für Sie sprechen. Und dann könnte ich mich sehr wohl auf die Suche nach besagter Akte machen.» Barras verließ die Zelle ohne einen Gruß, gefolgt von Andrés dunklen Blicken.

Rosanne trat an ihn heran und berührte sachte seine Schulter. «Du wirst sehen, jetzt wird alles gut.»

«Ich danke dir für deine Hilfe, Rosanne.» Wieder dieses zynische Lächeln. «Du bist und bleibst mein Schutzengel.»

Dass er in einem spöttischen Ton sprach, überhörte Rosanne. Sie war überzeugt: Bei ihr würde André zur Ruhe kommen. Sie würde sich um ihn kümmern. Hatte sie es Marie-Provence nicht versprochen? Den Brief, den sie in ihrem Rock verbarg, wollte sie später überreichen. Schließlich würde sie noch unzählige Möglichkeiten dazu haben, wenn André bei ihr eingezogen war.

Ein letztes Mal ließ Cédric den Blick durch das Haus schweifen. Es war düster im Treppenhaus, dafür sorgten die vorgeklappten Fensterläden. Die Laken, die die Möbel vor Staub schützen sollten, bildeten hellgraue Inseln im Halbdunkel. Zwei Jahre hatte er in diesem Haus gelebt. Zwei Jahre, die jetzt zu Ende gingen. Ein Heim war es ihm nicht geworden.

Er griff vorsichtig nach der versiegelten Kristallvase. Er betrachtete den grauen Inhalt in der durchsichtigen Flüssigkeit und murmelte wie zu sich selbst: «Es geht weiter, mein Schatz. Doch bald sind wir am Ziel. Bald werden wir beide zur Ruhe kommen.» Zu Corbeau sagte er: «Die Vollmacht liegt auf dem Tisch. Darin wird dir ein kleiner Anteil der Verkaufssumme des Hauses zugestanden. Du tust also gut daran, es so gewinnbringend wie möglich zu veräußern.»

Corbeau nickte. «Ich werde mein Bestes tun, citoyen.»

«Wenn dein Verdienst abgezogen ist, lässt du den Rest der Summe als Spende dem Waisenheim zukommen. Zu Händen von docteur Jomart. Hast du verstanden?»

«Ja.»

«Du machst das unter deinem Namen. Meiner soll in dieser Angelegenheit nicht erwähnt werden, ist das klar?»

«Ich werde mich genau an deine Anweisungen halten, citoyen.»

«Ich vertraue dir. Trotzdem werde ich es kontrollieren. Du weißt, dass ich das kann.»

Der Mann blieb ruhig. «Das weiß ich. Du kannst dich auf mich verlassen.»

Cédric nickte zufrieden. «Hast du alles?», fragte er seinen Diener Auguste, der still im Hintergrund stand.

«Es ist alles bereit, Herr. Der Reisewagen ist angespannt, der Gepäckwagen ist beladen. Gustave steht draußen und bewacht ihn.»

«Hast du an das Essen gedacht? Ich will meine Zeit nicht in Gasthäusern vertrödeln.»

Auguste grinste. «Vom Feinsten, Monsieur. Es ist heute Morgen erst geliefert worden. Kleine Aufmerksamkeit des Wohlfahrtsausschusses.»

Cédric nickte gleichgültig. Jetzt wurde er wieder hofiert. Die Suchtrupps hatten bisher versagt bei der fieberhaften Suche nach der kostbarsten Geisel der Nation – und man erinnerte sich plötzlich seiner Warnungen. Die besten Pferde, die komfortabelsten Wagen wurden ihm zur Verfügung gestellt. Hauptsache, er fand das Kind und nahm die Entführer fest. Cédric war von dem Sinneswandel der republikanischen Behörden nicht überrascht. Er hatte im Laufe seines Lebens bereits einige Schicksalsvolten mitgemacht. Auf Fortuna war kein Verlass, und besser war es, sich von ihr unabhängig zu machen, um seine Ziele zu erreichen. Auch ließ ihn der plötzliche Überfluss kalt. Er würde die Serdaines wiederfinden, und wenn er ihnen zu Fuß hinterherlaufen musste.

«Wo fahren wir denn hin?», fragte Auguste.

«Erst einmal nach Dammartin. Und dann ...» Cédric hob die Schultern. Die Kristallvase in seinen Händen funkelte in einem einzelnen Sonnenstrahl. «Immer der Nase nach.»

⚜

Rosanne betrat summend die Küche und machte sich sofort daran, das Feuer zu schüren. Draußen begann der Himmel sich rosa zu färben. Es würde ein schöner Tag werden.

Vorsichtig blies sie auf die Glut. Die ersten Schiffe legten bei Dämmerung ab, und Rosanne musste immer früh aufstehen, damit ihre Gäste ein Frühstück bekamen, bevor sie abfuhren. Doch sie war zeitiges Aufstehen gewöhnt, es hatte ihr noch nie etwas ausgemacht. Flink machte sie sich daran, ein paar Speisen bereitzustellen. Sie wischte sich die Hände an der Schürze ab – und hielt inne, als ihre Finger über eine Wölbung strichen. Marie-Provence' Brief!

Rosanne zog ihn hervor. Seit Tagen trug sie ihn nun mit sich herum, und dementsprechend sah das Kuvert aus: Die Ecken waren angeraut, das Papier geknickt. Bereits ein paarmal war Rosanne dabei gewesen, André die Nachricht zu überreichen, doch immer wieder hatte sie es verschoben.

Der Grund dafür war Andrés Verhalten. Rosanne war erschüttert, wie sehr André sich seit Marie-Provence' Verschwinden verändert hatte. Sie mochte diesen Mann, den das Schicksal ihr einst vor die Füße gespült hatte. Und sie konnte nicht umhin, ihrer Freundin wegen deren Rücksichtslosigkeit zu zürnen.

Für Rosanne waren Marie-Provence und André das perfekte Paar. André hatte ihre Freundin vergöttert, und Rosanne, von ihrer eigenen bitteren Erfahrung gezeichnet, hatte sich von Herzen für Marie-Provence gefreut und immer wieder versucht, ihr bewusstzumachen, wie viel Glück sie hatte. Vergeblich. Marie-Provence hatte ihren Geliebten betrogen und in eine lebensgefährliche Lage gebracht, ehe sie spurlos verschwunden war. Zuvor aber hatte sie Rosanne mit ihrem Auftrag in einen Gewissenskonflikt gestürzt.

Rosanne wedelte mit dem Brief. Sie wusste nichts über dessen Inhalt. Doch egal, was in den Zeilen stand – sie würden André nur noch mehr aufwühlen. Sie wusste, wie empfindlich Vertrauen war. War es erst einmal zerstört, so war es für immer. Auch war Rosanne überzeugt, dass Marie-Provence und André keine Zukunft mehr miteinander hatten. Wäre es also nicht besser, den Brief zu vernichten? André zu helfen, über seine Enttäuschung hinwegzukommen und einen endgültigen Schlussstrich zu ziehen?

Rosanne näherte sich dem munter flackernden Feuer. Den

Brief noch immer in der Hand, kniete sie vor dem Kamin nieder.

«Was hast du da?»

Rosanne sah hoch. Dorette stand vor ihr. Warum hatte sie die alte Frau nicht kommen hören?

«Was ist das? Ein versiegelter Brief?» Dorette nahm ihn Rosanne ab und warf einen Blick auf das Kuvert. Sie deutete mit dem Kinn in Richtung Decke. «Er ist für ihn, oder? Warum übergibst du ihn dann nicht?»

Rosanne befürchtete, Dorette würde die Situation falsch deuten und die Röte auf ihren Wangen für Schuldbewusstsein halten. «Weil der Mann mich dauert», erklärte sie hastig. «Weil der Brief nichts vermag, als das Leid zweier Menschen zu verlängern, die ihr Glück verspielt haben.»

«Das musst du sie schon selbst herausfinden lassen, mein Mädchen», sagte Dorette mitfühlend. «Du hast Schlimmes durchlebt, und es verlangt viel Größe, anderen eine Chance zuzugestehen, die man selbst nicht bekommen hat.» Sie nahm Rosanne den Brief aus der Hand. «Aber es ist nicht ausgeschlossen, dass die beiden noch einmal zueinanderfinden. Und auch wenn nicht: Du wirst es ihnen nicht ersparen können, ihre eigenen Erfahrungen zu machen.»

Rosanne sah die Alte an. Nach einer Weile fragte sie: «Habe ich dir eigentlich schon gesagt, wie froh ich bin, dass du bei mir wohnst?» Und ein erleichterter Seufzer entfuhr ihrer Brust.

«Ich glaube, so etwas hat überhaupt niemand jemals zu mir gesagt», lachte Dorette.

Rosanne tätschelte die Wange der Alten. Während sie die Stufen nahm, um André den Brief zu überbringen, überkam sie ein Gefühl inneren Friedens.

⚜

Charles' geschwollene Hand zwängte sich in den kleinen Taubenkäfig. Seine Finger verteilten ungeschickt die Weizenkörner. Sofort trippelte der Vogel heran, zwängte sich an der

Kinderhand vorbei und machte sich über das Getreide her. Marie-Provence hielt gespannt den Atem an. Doch Charles zog den Arm zurück und schob den Riegel vor den Käfig.

«Warum streicheln Sie den Vogel nicht?», entfuhr es Marie-Provence enttäuscht. Aber Charles sah sie nur schweigend an. Sie seufzte unmerklich – wieder eine Frage, auf die sie keine Antwort erhalten würde.

Die Stimmen ihres Vaters und seiner Männer, die am anderen Ende der Hütte um die Feuerstätte lagerten, drangen zu ihnen herüber, das herunterbrennende Holz warf ihre grotesk vergrößerten Schatten an die lehmverputzte Wand.

Als Charles schließlich doch noch antwortete, klang es, als habe sie eine besonders dumme Frage gestellt. «Weil er es nicht will», sagte er.

«Woher wissen Sie das? Ich habe Sie ihn noch nie streicheln sehen», hakte Marie-Provence nach.

Charles verfolgte, wie der schneeweiße Vogel mit ruckartigen Kopfbewegungen die Körner aufpickte. «Er hasst mich», sagte er ruhig.

Marie-Provence zuckte zusammen. «Wie kommen Sie denn darauf?»

«Ich beobachte ihn.»

«Sie meinen, Sie sehen ihm an, dass er Sie hasst?»

Charles' gerunzelte Stirn machte deutlich, dass ihre Begriffsstutzigkeit ihn verärgerte. «Natürlich nicht. Wie sollte man einem Vogel das ansehen können?»

Marie-Provence massierte ihre Stirn. Schon seit dem Vormittag plagten sie Kopfschmerzen. Sie brauchte dringend etwas frische Luft und fühlte sich außerstande, schwierige Gespräche zu führen. Sie lächelte Charles zu, strich ihm zärtlich über die Haare. «Es war ein langer Tag. Sie sollten sich jetzt schlafen legen. Ich habe Ihnen das Bett bereits aufgeschlagen.»

Ein Nachtvogel rief – ein Käuzchen. So früh am Abend schon? Im selben Augenblick klopfte es einen Takt am Eingang der Kate, und die Tür ging auf. Herein trat ein staubiger, einfach gekleideter Mann mit Holzpantinen, den

Marie-Provence nicht kannte. Ein weißes Abzeichen prangte auf seiner Brust, eine Sichel steckte in seinem Gürtel. Sofort wurde er von Guy de Serdaine und den anderen umringt.

Marie-Provence näherte sich der Gruppe. Sie verstand nur zum Teil, um was es ging, weil der Mann mit einem starken Akzent sprach, doch sie war sich sicher, die Worte «Tod» und «Beerdigung» aufgeschnappt zu haben. Schnell schloss sie zu ihrem Vater auf. «Ist etwas passiert?», fragte sie.

Guy de Serdaine warf einen Blick über die Schulter auf das Kind. «Ist Louis-Charles im Bett?», fragte er statt einer Antwort.

Der Junge saß auf der mit Stroh gefüllten Matratze und versuchte kraftlos, sich das Hemd über den Kopf zu ziehen. Seine Bewegungen ließen erkennen, dass ihm die Beulen an seinen Gelenken Schmerzen verursachten. Marie-Provence unterdrückte ihre Regung, ihm zu helfen. Charles brauchte kleine Anstrengungen, wenn er wieder zu Kräften kommen sollte. Allerdings benötigte er auch dringend Ruhe. Wann endlich würden sie ihr Ziel erreicht haben?

«Er ist dabei. Was erzählt dieser Mann?»

«Du solltest dich auch hinlegen. Es war eine lange Kutschfahrt.» Guy de Serdaine lächelte. «Ruh dich aus. Wenn wir Glück haben, kommen wir morgen Abend an.»

«Ist das ein Mann von Condés Armee? Heißt das, dass wir morgen über die Grenze nach Deutschland fahren?» Sie runzelte die Stirn. «Ich finde, sein Akzent klingt seltsam. Seid ihr sicher, dass er derjenige ist, für den er sich ausgibt?»

Ihr Vater klang gereizt. «Marie-Provence, bitte! Sei so lieb und bleib bei Louis-Charles, ja? Wir reden später.» Er wandte sich ab.

Marie-Provence starrte einen Augenblick lang sprachlos seinen Rücken an. Mit zusammengepressten Lippen kehrte sie wieder zu Charles zurück, um den Jungen zu pflegen, wie Jomart es sie gelehrt hatte.

Einige Zeit später schlüpfte Marie-Provence aus der Kate. Sie grüßte den Mann, der unauffällig an einer Ecke Wache schob, und atmete befreit auf, als die milde Abendluft sie empfing. Endlich! Seit sie Paris verlassen hatten, hetzten sie ununterbrochen vorwärts. Stunde um Stunde hatten das Kind und sie in der verdunkelten Kutsche verbracht. Abends fühlten sie sich stets derart zerschlagen, dass sie nur noch in ihre Betten kriechen wollten. Auch heute drückte die Erschöpfung auf Marie-Provence, aber noch stärker war ihr Drang, ein paar Schritte zu tun, um in Ruhe nachzudenken. Von ihrem Leben zwischen Maisons und Paris war sie es gewohnt, sich viel zu bewegen, und die letzten Tage der erzwungenen Untätigkeit hatten empfindlich an ihren Nerven gezehrt.

Sie blickte sich um. Die Kate lag verlassen in einer waldigen Gegend. Wie immer war die Kutsche außer Sichtweite des Hauses versteckt worden, um keinen Verdacht zu wecken. Marie-Provence hatte keine Ahnung, wo sie sich befand. Der Wagen fuhr stets mit verhängten Fenstern, und auch wenn sie durch einen schmalen Spalt ab und zu nach draußen gespäht hatte, hatte die Landschaft ihr keine Anhaltspunkte geboten. Sie hatten alle größeren Städte großzügig umfahren und auch Dörfer gemieden.

Wohin sollte sie gehen? Sie entschied sich für einen unweiten Hügel, von wo aus sie hoffte, einen Überblick über die Umgebung zu bekommen. Sicherheitshalber tastete sie noch einmal nach ihrer Pistole und setzte ihre müden Beine in Bewegung.

Stark verzweigte Eichen säumten den Weg, dazwischen hohe Ginsterbüsche und Kiefern, dicht genug, um einen Menschen zu verbergen. Marie-Provence fühlte, wie leichtes Unwohlsein sie beschlich. Vielleicht hätte sie doch in der geschützten Kate bleiben oder zumindest ihren Vater über ihr Ziel unterrichten sollen. Der Gedanke an Guy jedoch ließ sie wieder entschlossener ausschreiten. Ihr Vater und dessen Verhalten waren es nämlich, über die sie in Ruhe nachdenken wollte.

Ihr Herz krampfte sich zusammen, als sie sich die Erinnerung an die albtraumhafte Szene wachrief: Ihr Blick, der wieder und wieder die Reihen der Männer abtastete. Wo war er nur? Wo?

«Er wollte nicht mit, Marie.»

«Das ist nicht wahr! Er hatte gar keine andere Wahl als mitzukommen!»

Guy, der ihr tief in die Augen schaute. *«Er hasst uns, Marie. Kannst du es ihm verdenken? Unseretwegen hat er alles verloren. Sogar seine Ehre.»*

«Ich glaube dir nicht! Er hat noch sein Leben! Und er ist zu klug, um es seiner Ehre wegen wegzuwerfen! Du verheimlichst mir etwas!»

Die Schulter ihres Vaters, die ihre Schluchzer erstickte.

«Es tut weh, mein Mädchen, ich weiß. Doch du musst versuchen, ihn zu verstehen. Sosehr er dich auch geliebt haben mag – diesen Flug wird er dir nie verzeihen.»

Guy, der nicht locker ließ, sie erbarmungslos drückte.

«Du weißt es auch, nicht wahr? Du musst nur noch den Mut finden, es dir selbst einzugestehen.»

War es so? War es wirklich so, wie ihr Vater ihr erzählt hatte? Das Eingeständnis schnürte ihr die Kehle zu, langsam und qualvoll: Ja, so war es, Vater hatte recht. Sie wusste es, seit sie beschlossen hatte, André zu hintergehen, um Charles zu befreien. Und wahrscheinlich hätte sie es auch längst akzeptiert, wenn … Sie schluckte. Ja, wenn der Brief nicht gewesen wäre. Eine Hoffnung. Eine lächerlich kleine Hoffnung, angesichts der Ungeheuerlichkeit ihres Verrats. Aber immerhin eine Hoffnung.

Sie hatte ihr Ziel erreicht. Der Hügel erhob sich nicht einmal über die Wipfel der höchsten Bäume, doch er war nur mit hüfthohem Buschwerk bewachsen, sodass einzig ein mächtiger Felsbrocken den Ausblick behinderte. Langsam umrundete Marie-Provence den Fels und genoss die Weite nach der bedrückenden Enge der Kutsche und der Kate. Wald und Felder, die untergehende Sonne. Kaum eine Behausung. Und hinten, ganz hinten am Horizont, ein schimmerndes Band.

Marie-Provence schirmte mit der Hand ihre Augen gegen

die tiefen Sonnenstrahlen ab und schaute angestrengt in die Richtung. Was konnte das sein? Eine Stadt? Ein großer See oder gar – sie wurde unruhig – ein näher rückendes Heer, das vor blinkenden Bajonettspitzen strotzte? Sie unterdrückte das Verlangen, sofort zur Kate zurückzulaufen und dort Alarm zu schlagen, und beschloss stattdessen, den Fels hinter sich zu erklimmen, um einen besseren Ausblick zu bekommen.

Obwohl sie seit dem Flug wieder Röcke trug, war der Aufstieg nicht besonders schwer, da sie festes Schuhwerk anhatte. Als sie den Gipfel erreichte, spähte sie erneut in die Richtung. Zu ihrer Erleichterung konnte sie ein Heer ausschließen. Zu zart und fein waren die Lichtreflexe – auch eine Stadt kam wohl nicht in Frage. Aber dann … Auf einmal fing ihr Herz an, laut und schnell zu schlagen. Nein. Nein, das konnte nicht sein! Hastig machte sie sich an den Abstieg. Stolperte, fing sich, rutschte den Fels hinunter, bis sie wieder auf dem Hügel stand.

«Marie!»

Sie fuhr zusammen. Ihr Vater stand plötzlich vor ihr. «Bist du von allen guten Geistern verlassen? Was machst du hier ganz allein in der Wildnis? Wenn dich die Wache nicht gesehen hätte …»

Sie hörte ihm nicht eine Sekunde lang zu. Baute sich wutschnaubend vor ihm auf. «Wo sind wir?»

Ihr Vater stutzte. «Wie bitte?»

Sie streckte einen Zeigefinger aus. «Siehst du das da, Vater? Weißt du, was das ist?»

Guy sah in die vorgegebene Richtung. «Ah», sagte er nur.

«Ist das alles, was dir dazu einfällt?», schrie Marie-Provence. «Das ist das Meer! Das Meer, Vater! Seit Wochen, Monaten sprichst du davon, uns nach Osten zu bringen, und jetzt stehen wir an der atlantischen Küste!»

Guy de Serdaine nickte ernst. «Ich habe erwartet, dass du verärgert sein würdest, wenn du es herausfindest.»

«Na, dann ist ja alles in Ordnung! Ich bin überaus glücklich, wieder einmal deine Erwartungen zu erfüllen! Das liebe kleine Mädchen, das alles tut, um seinen Vater zufriedenzustellen!»

«Marie, so beruhige dich doch!»

«Wann hattest du vor, es mir zu erzählen, Vater?»

Guy antwortete glatt: «Auch wenn es dich hart trifft: Ich hatte nicht vor, dich einzuweihen. Ich wusste, du würdest es irgendwann herausfinden.» Er sah sie eindringlich an. «Es wird Zeit, dass dir etwas bewusst wird, Marie: Wir ziehen in einen Krieg. In den Krieg gegen die Republik. Und in diesem Krieg kann auf gekränkte Eitelkeiten keine Rücksicht genommen werden.»

«In den Krieg?», lachte Marie-Provence schrill. «Und mit was für einer Armee, bitte schön? Hast du selbst nicht gesagt, Condé würde die einzigen royalistischen Truppen befehligen? Heißt das, auch der Prinz taucht demnächst plötzlich hier auf?»

«Nein, das heißt es nicht, Marie. Es sind andere Männer, mit denen wir kämpfen werden.»

«Männer wie der Mann vorhin vielleicht?»

Ihr Vater nickte ernst. «Ganz genau.» Er machte ein Zeichen und sagte laut: «Tretet heraus, Männer. Vor meiner Tochter braucht ihr euch nicht zu verstecken.»

Marie-Provence stockte der Atem. Aus dem Buschwerk traten zwei Männer. Nein, drei. Vier … Ungläubig glitt ihr Blick über die abenteuerlich aussehenden Gestalten, vor denen sie in Paris auf der Stelle Reißaus genommen hätte.

Guy nickte einem der Männer zu. «Darf ich?» Dieser nickte, und Guy lüftete kurz dessen Jackenrand. «Siehst du dieses Abzeichen?» Ein kleines, aufgenähtes weißes Stoffstück kam zum Vorschein. Darauf war ein Kreuz gedruckt, das aus einem Herzen wuchs. *Dieu, Le Roi*, las Marie-Provence darunter. Gott, der König.

«Dieser Mann ist ein Bretone», fuhr Guy fort. «Und er ist ein Chouan, also ein Mitglied der Aufwieglerarmee, die entschlossen ist, die Republikaner zu entmachten.»

Marie-Provence erinnerte sich an den Ruf des Waldkäuzchens vorhin. Die Chouans benannten sich nach diesem kleinen nächtlichen Raubvogel, der geschickt und lautlos seine Beute schlug, und benutzten auch dessen Schrei als Erkennungszeichen.

«Tausende von Chouans stehen bereit und warten darauf, sich mit uns zu vereinen.» Guy nickte den Männern zu. «Ich danke euch, dass ihr mir geholfen habt, meine Tochter zu finden. Ihr könnt jetzt zu euren Leuten zurückkehren.»

«Sehr gern, capitaine. Die werden staunen, wenn sie erfahren, was wir gesehen haben. Und mehr als einer wird heute Abend unserem Herrgott für die frohe Botschaft danken.» Der Mann mit dem holprigen Akzent nickte Marie-Provence kurz zu, hob die Hand zum Gruß und war im Nu mitsamt seinen Leuten verschwunden.

«Was für eine frohe Botschaft meint er?», fragte Marie-Provence. «Oder ist das wieder eines dieser militärischen Geheimnisse, die du mir nicht verraten darfst?»

«In Paris hat die Regierung auf Louis-Charles' Verschwinden reagiert. Allerdings anders als erwartet.»

«Sie wird ihn suchen lassen, was sonst?»

«Natürlich wird sie das. Aber nur geheim.» Guy zog einen Mundwinkel hoch. «Dieser Barras ist ein gewiefter Hund. Er hat den Umstand genutzt, dass den Zuschauern entgangen ist, was während des Ballonaufstiegs wirklich passiert ist, und Louis-Charles' Flucht verheimlicht. Stattdessen hat Barras verbreiten lassen, das Kind sei aufgrund seines schlechten Gesundheitszustandes gestorben. Er hat sogar eine Kinderleiche aufgetrieben, sie in den Temple geschmuggelt, von irgendwelchen Ärzten obduzieren lassen und anstelle des Königs beerdigt.»

«So rettet Barras seinen Kopf, der andernfalls gewiss abgeschlagen worden wäre.»

Guy nickte. «Und er verbreitet Verunsicherung in unseren Reihen. Er kann hoffen, dass Zweifel ob Louis-Charles' Identität entstehen und unsere Truppen schwächen. Diese Chouans hier waren nur eine Vorhut von all denen, die erst kommen werden, um sich zu vergewissern, dass der König noch lebt.» Entschlossen fügte er hinzu: «Wir werden Charles ab jetzt nicht mehr ständig verstecken, das wird auch nicht mehr nötig sein. Morgen erreichen wir unser Ziel.»

«Das Kind ist viel zu schwach, um herumgereicht zu werden. Wir sollten es in Sicherheit bringen – ins Ausland.»

«Der König von Frankreich darf seine Heimat nicht verlassen», sagte ihr Vater in einem Tonfall, der keinen Widerspruch duldete. «Außerdem braucht Louis-Charles körperliche Anstrengung. Das hast du selbst gesagt. Es ist Zeit, dass er merkt, er wird gebraucht. Das wird ihm Auftrieb geben.»

«Du willst ihn allen Ernstes an die Spitze einer Armee von Bauern stellen, die mit nichts anderem bewaffnet sind als mit Sicheln und Sensen? Du willst das kostbarste Pfand des Königtums diesen Männern anvertrauen?», fuhr Marie-Provence ihren Vater ungläubig an. Doch dann, als sie ihn aufmerksam betrachtete und er keine Antwort gab, schüttelte sie langsam den Kopf. «Nein, das ist es nicht. Da gibt es noch etwas, nicht wahr? Wir sind nicht allein der Chouans wegen in die Bretagne gefahren, richtig?» Sie fasste sich an den Kopf. «Das Meer. England!»

Obwohl Guy de Serdaine sich alle Mühe gab, ernst zu bleiben, konnte er ein Funkeln in seinen Augen nicht verbergen.

Marie-Provence starrte ihn verblüfft an. «Ihr habt es geschafft, England zu überzeugen, uns zu helfen?» Sie wurde unwillkürlich leiser. «Und hier soll die Landung stattfinden. Hier, in der Bretagne.»

Guy wandte sich zum Gehen. «Du solltest jetzt wirklich schlafen gehen. Demnächst wirst du nicht mehr so gemütlich in der Kutsche reisen können.» Er machte ein paar Schritte, drehte sich noch einmal um und hob einladend die Hand. «Allons, chérie. Ich lasse dich nicht allein hier im Wald zurück. Es tut mir leid, dass ich dich hinsichtlich unseres Ziels getäuscht habe, doch es war notwendig. Und jetzt begrab deinen Groll und komm mit.»

Marie-Provence sah ihren Vater unbewegt an. Er hatte recht. Es war weise gewesen, sie nicht zu informieren, um so das Geheimnis des Gewaltigen, kaum Vorstellbaren zu schützen. Eine Landung an den bretonischen Küsten. Eine Armee. Tausende von Männern, ausgeruht, gut gerüstet und kämpferisch. Bereit, ein Königreich zurückzuerobern. Nein, sie war nicht mehr wütend auf ihn. Wie wichtig war doch etwas gekränkte Eitelkeit gegen eine Armee!

Und wie nebensächlich das letzte bisschen Hoffnung, das sie gehabt hatte, André wiederzusehen! Im Brief hatte sie André gebeten, sie im Osten zu suchen. Und eine Adresse in Koblenz angegeben.

Sie tastete nach dem Arm ihres Vaters.

⚜

André warf seine zerwühlten Laken von sich, stand auf und trat zum Fenster, um es aufzureißen. Er rieb sich die Augen.

Wie so oft in letzter Zeit fühlte er sich zerschlagen. Was für ein Wunder: Der Schlaf floh ihn, und statt in seinem Bett hatte André wieder einmal viele Stunden rittlings auf dem Fenstersims verbracht. Einzig die Geräusche der Nacht, der Fluss, der an den Kai schlug, die vertäuten Kähne, die ihre hölzernen Flanken aneinanderrieben, die Turmuhren, die der Nacht den Takt schlugen, hatten die Macht, seinen inneren Aufruhr zu besänftigen und ließen ihn schließlich ein paar Stunden Ruhe finden.

Es klopfte, und Rosanne erschien an der Tür. «Ein Offizier steht unten, der dich sprechen möchte.»

Im Erdgeschoss stand ein dunkler Mann in zerschlissener Uniform. André atmete tief ein, als er ihn erblickte.

«Ich grüße Sie, général.»

Der Offizier namens Napoléon Bonaparte musterte ihn kurz und eindringlich. «Wie schnell können Sie reisefertig sein?»

André zuckte mit den Schultern. «Sofort.»

«Vor kurzem wurde in Meudon, südwestlich von Paris, eine Kompanie militärischer Luftfahrer gegründet», erklärte der General mit seinem leichten Akzent. «Dieser werden Sie sich anschließen. Sie besteht aus Wissenschaftlern und

Handwerkern, sie alle sind die Besten ihres Fachs. Zwanzig Leute insgesamt. Sie werden, davon bin ich überzeugt, diese Truppe aufs gewinnbringendste vervollständigen. In Meudon werden Sie eine kurze militärische Ausbildung erhalten und eingekleidet werden, anschließend werden Sie umgehend eingesetzt. Noch Fragen?»

«Nein. Nur zwei Bedingungen.»

Der Offizier hob eine Braue, sonst aber blieb sein Gesicht ausdruckslos. «Reden Sie.»

«Ich will meine Arbeit als reine Observation verstanden wissen. Ich werde keinen Gebrauch von Waffen machen. Falls das Teil meiner Aufgabe wäre, sollten Sie lieber einen anderen schicken und mich nach Saint-Lazare zurückbringen lassen.»

«Levallois, der Krieg kennt keine Regeln. Wer sich selbst erschießen lässt, obwohl er seinen Gegner niederstrecken könnte, ist ein Narr. Ich halte Sie nicht für einen Narren. Allerdings kann ich Sie beruhigen: Die Luftfahrer-Kompanie wurde erschaffen, um im Hintergrund zu bleiben und von großer Höhe aus den Feind auszukundschaften. An Gefechten wird sie nicht teilnehmen, schon alleine deshalb nicht, weil ein Ballon die Armee viel zu viel Geld kostet, als dass man ihn auf diese Weise gefährden würde.»

André nickte. Er schloss kurz die Augen. In seiner Erinnerung tanzte eine bekannte Handschrift über einen Briefbogen. «Meine zweite Bedingung ist folgende: Ich will nicht in den Osten geschickt werden», sagte er grimmig.

Bonaparte konnte eine Geste der Verärgerung nicht unterdrücken. «Monsieur, Sie überschätzen Ihre Lage!»

André runzelte die Stirn. «Ich verstehe nicht. Belgien ist erobert. Flandern und Maastricht gehören uns. Polen wurde von Russland, Preußen und Österreich einverleibt und existiert nicht mehr, ihre Eroberer sind satt und friedenswillig. Was soll die französische Armee noch im Osten?»

Auf den Lippen des Offiziers blitzte das hungrige Lächeln auf, das André schon kannte. «Zum Beispiel die natürlichen Grenzen unserer Heimat wieder als Landesgrenzen durchsetzen. Die Pyrenäen. Die Alpen. Und das linke Rheinufer.»

André fragte spöttisch: «Das Gallien von Cäsar? Ist das Ihr Traum, General?»

«Nein. Das sind die kleinlichen Visionen der convention», gab der Offizier kalt zurück.

Auf einmal fröstelte André. Vor seinen Augen erschien die albtraumhafte Vorstellung einer endlosen, unüberschaubaren Abfolge von Schlachtplätzen. War das die Republik, die er sich immer ersehnt hatte? Ein eroberndes, blutrünstiges Monster, das alles niederwalzte, das sich ihm in den Weg stellte?

«Ich ahne, Sie stellen nicht nur anderen Bedingungen, sondern auch sich selbst, Levallois», unterbrach der schlechtgekleidete Offizier seine Gedanken. «Doch Sie sollten sich nur solche Bedingungen stellen, die Sie auch erfüllen können. Ich schlage vor, dass Sie sich als Erstes vornehmen, Ihr Leben zu retten. Das ist angesichts Ihrer Situation schon Herausforderung genug.»

André schlug den Blick nieder. Er nickte mit geballten Fäusten. Irgendwann würde er selbst wieder seine Ziele feststecken. Irgendwann. Er hob den Kopf wieder. «Darf ich fragen, weshalb Sie mich nicht im Gefängnis beließen, General? Wieso nehmen Sie mir die Geschichte ab, die ich zu Protokoll gegeben habe? Vielleicht habe ich ja wirklich wissentlich dazu beigetragen, den kleinen Capet zu befreien!»

Bonaparte sah auf seine abgewetzten Stiefelspitzen. «Ach, Sie meinen diese abenteuerliche Geschichte von der Flucht mit dem Ballon? Das Ganze gilt doch längst als Witz in den Regierungskreisen. Der, der am lautesten darüber lacht, ist übrigens Barras. Außerdem: Wie sollte Ihre Anklage wohl lauten? Louis-Charles Capet ist bekanntlich in seiner Zelle an den Folgen seiner Krankheit gestorben und wurde in einem Massengrab beigesetzt. Drei Ärzte, die am Bett des Kindes standen, konnten das bezeugen. Sie alle haben schriftlich Zeugnis darüber abgelegt, ehe der Tod sie dahinraffte.»

André starrte den Offizier an. «Tot? Alle drei Ärzte, die

Louis-Charles' Tod bezeugten, sind gestorben? Gab es einen Unfall?»

Der General zuckte mit keiner Wimper. «Nein. Sie alle sind verschiedenen Krankheiten erlegen. Innerhalb von fünf Tagen.»

André spürte, wie er erbleichte. Sein Geist arbeitete fieberhaft. Barras oblag die Pflicht, die Ärzte rufen zu lassen. Hatten diese geahnt, dass das zu untersuchende Kind das falsche war? Hatte der Politiker sich ihrer deshalb entledigt? Marie-Provence hatte erwähnt, ihre Freundin Thérésia hätte den Politiker als korrupt und skrupellos bezeichnet. Wenn Barras vor solchen Mitteln nicht zurückscheute, so war auch Andrés Leben, der Zeuge war von Barras' Versagen und dessen Karriere gefährden könnte, keinen Pfifferling mehr wert.

Was aber spielte dieser Bonaparte für eine Rolle? War es wirklich Andrés technisches Können, das ihn begeisterte und das er für die Armee sichern wollte? Bis vor kurzem mochte es sich noch so verhalten haben. Doch würde der General deshalb jemanden, der des Hochverrates verdächtigt wurde, aus dem Gefängnis holen? Bonaparte hatte schließlich gesagt, in Meudon existiere bereits eine Truppe von Männern, die ebenso fähig war wie André, einen Ballon zu bauen und zu fliegen. Wollte dieser Bonaparte sich nicht vielleicht eher ein Druckmittel auf Barras verschaffen, indem er Andrés Leben schützte? Um Barras gefügig zu machen – und seinen eigenen Ambitionen zu dienen?

André schwitzte. Er war nun sicher, unvermutet in ein Netz aus Intrigen geraten zu sein, in dem jeder hoffte, ihn zu seiner Marionette machen zu können. Auf jeden Fall würde es klug sein, sich aus Paris fernzuhalten.

André und der Offizier maßen einander noch immer mit Blicken.

«In Ordnung», sagte André. «Ich fahre, sobald ich den Befehl dazu erhalte. Aber meine Bedingung ist: Der Osten bleibt ausgeschlossen.»

Ein leichtes Lächeln umspielte Bonapartes Lippen. «Levallois, Sie gefallen mir. Sie würden noch versuchen, dem

Tod das Datum zu diktieren, an dem er Sie abholen darf. Ich werde sehen, was ich für Sie tun kann. Aber dafür schulden Sie mir dann einen Gefallen.»

André verbeugte sich. «Ich schulde Ihnen schon zwei, General. Unter anderem mein Leben, wenn ich das richtig einschätze.»

«Sie gefallen mir immer besser. Aber geben Sie acht: Irgendwann, vielleicht dann, wenn Sie es am wenigsten erwarten, werde ich diese beiden Gefallen von Ihnen zurückfordern.» Bonaparte streckte eine Hand aus. «Leben Sie wohl, Levallois.»

Sie tauschten einen kräftigen Händedruck.

«Leben auch Sie wohl, General.»

⚜

«Ich gehe raus. Kommen Sie mit?», fragte Marie-Provence.

Sie war überrascht, als das Kind nickte und nach ihrer Hand griff. Einige Zeit später hatten sie das graue Steinhaus verlassen, in dem sie einquartiert waren. Eine frische Brise schlug ihnen entgegen, beladen mit dem Geruch von Schlick. Marie-Provence befeuchtete ihre Lippen und lächelte. «Was für eine unglaubliche Luft! Schmecken Sie auch das Salz?»

Charles antwortete nichts, öffnete aber den Mund und drehte das Gesicht in den Wind. Seine blonden Haare flatterten um seinen Schädel, seine Wangen und Lippen nahmen einen frischeren Farbton an. Auf einmal war Marie-Provence sehr glücklich, hier an der Küste zu stehen und nicht in irgendeiner Stadt jenseits der Grenze. Wind, Sonne und Meer – vielleicht war es genau das, was das Kind brauchte, um gesund zu werden. Wie gerne sie sich darüber mit Jomart unterhalten hätte. Sie seufzte, als sie an den lieben Arzt dachte, von dem sie sich nicht hatte verabschieden können. Der Druck von Kinderfingern riss sie aus ihren Gedanken.

«Ist es weit bis zum Meer, Marie?»

Marie-Provence sah auf das Kind hinunter. «Möchten Sie da hin?»

Charles nickte.

«Dann werden wir es schaffen», meinte Marie-Provence.

Sie machten sich auf den Weg. Es waren in der Tat nur ein paar hundert Schritte bis zum Wasser, doch für Charles war es eine außergewöhnliche Leistung, sie zurückzulegen. Es war ein Segen, dass man ihnen auf den schmalen Wegen Platz machte und Marie-Provence und das Kind sich nicht durch die Menschenmengen drängen mussten. Das Dorf, in dem Guy sie untergebracht hatte, bestand nur aus einer Handvoll Häuser und einer uralten Kapelle; man hatte es gewählt, weil es ganz in der Nähe von Moustoir lag, dem Hauptquartier der Chouans. Allerdings waren die Gebäude längst nicht dem Andrang gewachsen, dem sie ausgesetzt waren.

Seit Tagen strömten unablässig Menschen in die Gegend zwischen Vannes und Carnac. Die bretonischen Chouans, benachrichtigt durch das Netz ihrer Spione, rüsteten sich, um an der Küste die Royalisten zu empfangen. Dabei zogen nicht nur die Frauen und Kinder der revoltierenden Bauern mit, sondern auch ihre Eltern, ihr Viehbestand und nicht selten ihr ganzer Haushalt. Ständig schoben sich neue, überladene Wagen über den Weg, sodass sich schon bald ein improvisiertes Zelt an das nächste reihte. Seltsam war, dass diese Massenbewegung nicht im völligen Chaos versank. Obwohl sie für Marie-Provence unsichtbar war, gab es eine Ordnung, die Familien und Habseligkeiten trennte, Schafherden aufteilte und jedem seinen Platz zuwies. Davon konnte sie sich wieder einmal überzeugen, als sie mit Charles an der Hand die kurze Dorfstraße hinunterlief.

Ihr Spaziergang blieb nicht unbemerkt. Längst war bekannt, wer Charles war. Die Reaktionen der Menschen, denen sie begegneten, taten wohl: das verschmitzte Lächeln in den gegerbten Gesichtern der Fischer oder die Frauen, die sie im Vorbeigehen verstohlen segneten und ihnen hoffnungsvoll nachsahen. Das Kind anzusprechen oder gar Jubelrufe auszustoßen, war strengstens untersagt worden. Zwar hatten die Männer von Georges Cadoudal, dem Anführer der Chouans, ganze Arbeit geleistet: Überwachungsposten säumten die Küste, der Nachrichtenaustausch der republikanischen Regierung zwischen dem Festland und den Inseln war unterbrochen worden, Übergriffe auf Rathäuser hatten stattgefunden, und nach einem Überfall auf eine staatliche Pulverfabrik war eine riesige Menge an Munition hergestellt worden. Doch die «Blauen», die Trupps in den blauen Uniformen der Republikaner, durchstöberten die Dörfer, und es galt, das Geheimnis von Charles' Aufenthalt so lange wie möglich zu wahren. Seltsamerweise hielten sich die aufständischen bretonischen Bauern, ein eigensinniger, wilder Menschenschlag, an die Vorschriften und gaben sich, zumindest in diesem Punkt, überraschend diszipliniert.

Das Kind keuchte und stolperte des Öfteren, setzte aber unbeirrt einen Fuß vor den anderen. Die kleine Hand war nass und glitschig vom Schweiß. Wieder einmal war sich Marie-Provence nicht sicher, ob die Anstrengung das Richtige war für das Kind, doch ein eigensinniger Zug um dessen Lippen bewirkte, dass sie die Entscheidung weiterzulaufen ihm überließ.

Und dann, endlich, standen sie am Wasser. Links befand sich eine kleine Anlegestelle, entblößt von der Ebbe. Rechts wechselten sich Sand und Felsen ab, dazwischen spiegelnde Pfützen und rotgrüne Algenbüschel.

Sie ließen sich aufatmend auf einem flachen Stein nieder. Marie-Provence reckte ihr Gesicht in die Brise. Die Möwen, die sie aufgeschreckt hatten, tanzten um sie und stießen schrille Schreie aus, bevor sie über das schäumende Meer davonschossen. Marie-Provence sah ihnen nach und wurde von einer heftigen Sehnsucht gepackt. Wie atemberaubend musste dieses schöne, wilde Land von der Luft aus aussehen! Sie blinzelte heftig. Da legte sich eine kleine Hand auf ihren Schoß, blaue Augen sahen sie fragend an. Es gelang ihr, zu lächeln.

«Schau, Marie!», sagte Charles staunend und deutete auf die Meerwasserpfütze zu seinen Füßen. Glasdünne Krabben und federgleiche Anemonen waren in ihr gefangen. Rundliche schwarze Strandschnecken und Einsiedlerkrebse zogen über den Grund, auf ihren Schalen die Fahnen winziger Seepocken.

Marie-Provence flüsterte: «Es ist ein Wunder, nicht wahr?»

Charles nickte. Er zögerte sichtlich, stockte, suchte ihren Blick. «Danke, Marie!», sagte er schließlich. Seine Stimme klang so rau wie die Sprache der Menschen hier.

Marie-Provence zog ihn an sich, spürte den Schlag seines Herzens und war glücklich.

«Wie finden Sie unsere Bretagne, Madame?»

Sie sah auf. Ein Mann mit den Schultern und dem Nacken eines Stieres stand hinter ihnen. Er war so breit und schwer, dass ihr unbegreiflich war, wie er sich derart lautlos hatte heranpirschen können. Er trug schlammfarbene Hosen, derbe Stiefel und einen verbeulten, nicht mehr schwarzen Hut. Auf seiner Brust prangte das weiße Abzeichen der Chouans, und in seinem Gürtel, der aus einem zusammengeknoteten Schal bestand, steckten zwei Pistolen; in der Hand trug er ein Gewehr. Doch inzwischen war Marie-Provence zu vielen Chouans begegnet, als dass sie von deren kriegerischem Aussehen beeindruckt gewesen wäre. Der intelligente Ausdruck in den Augen des Mannes gefiel ihr, ebenso die Entschlossenheit und Ruhe, die sein kräftiges Gesicht prägten.

«Sie bringt ein mutiges und großherziges Volk hervor, Monsieur. Vor allem ihre Frauen.» Sie drehte sich halb um und warf einen Blick über die Wagen und Zelte. Versonnen erklärte sie: «Sie beeindrucken mich, wie sie ihren Männern nachziehen. Ohne Rücksicht auf das, was sie gefährden. Kinder und Großeltern werden einfach eingepackt und mitgenommen. Ich glaube, ich würde anders entscheiden und den Schwächeren den Vorrang geben – auch wenn meine Leidenschaft mich woanders hinziehen würde.»

«Sie irren sich, Madame, was die Beweggründe dieser Frauen betrifft. Auch sie sind hier, um ihre Kinder zu schützen. Obwohl die Männer sich Decknamen zulegen, spricht sich immer wieder herum, wer zur Armee der Aufwiegler gehört. Und dann müssen die Angehörigen der Chouans dafür büßen.»

Marie-Provence sah die Menschen um sich plötzlich mit anderen Augen. «Die Strafen müssen fürchterlich sein, dass diese Frauen es auf sich nehmen, alles hinter sich zu lassen.»

Der Mann stützte den Fuß auf einen Felsen und drückte den Kolben seines langen Gewehrs in den Sand. «Es fängt mit höheren Steuern an. Ihr Vieh und ihre Ernte werden beschlagnahmt, ihre Häuser ausgeräumt. Und wenn ihre Männer Anführer sind, finden regelrechte Hetzjagden auf die Familien statt. Sie werden eingesperrt, um die Männer zu erpressen. Die Alten und die Kinder sterben dort zuerst, während die Blauen darauf warten, dass die Männer sich ergeben, um sich an die nächstbeste Mauer stellen zu lassen.»

«Und trotz all dieser Gefahren schließen sich so viele Männer den Chouans an?»

«Die Hoffnung auf eine bessere Zukunft macht ihnen Mut.» Der Mann warf Charles einen Blick zu. «Viele von uns waren anfänglich für die Revolution. Am Wegfall der Abgaben an den Adel hatte keiner etwas auszusetzen. Doch erst kamen die neuen Steuern. Die trugen einen anderen Namen, waren aber doppelt so hoch wie die alten.» Er lächelte. «Unsere alte Bretagne war verwöhnt, wissen Sie: Unter dem alten Regime brauchten wir zum Beispiel keine Salzsteuer zu bezahlen. Jetzt aber heißt es, dass alle Franzosen gleich und die uralten Verträge, nach denen sich alle Könige seit fünfzehnhundertzweiunddreißig gerichtet hatten, nichtig seien.»

Er wurde wieder ernst. «Und dann kam der Krieg. Die Männer wurden zwangsrekrutiert, die jungen und kräftigen zuerst, und ins Ausland geschickt. Noch so ein altes Privileg: Unsere Männer hatten bis dahin niemals außerhalb der Grenzen unserer Provinz dienen müssen. Die Felder blieben folglich unbestellt. Nicht nur die Arbeiter fehlten, sondern auch das Vieh, um den Pflug anzuspannen, weil es die Armee brauchte, und die Saat, die aus den Scheunen beschlagnahmt wurde, um die Truppen zu ernähren. Das bisschen, was die Zurückgebliebenen noch ihrer Erde abringen konnten, mussten sie auf den Markt bringen. Doch sie durften keine guten, klingenden Münzen als Bezahlung ihrer Waren entgegennehmen, sondern ihnen wurden assignats aufgezwungen, die in kürzester Zeit nur noch halb so viel wert waren.»

Der Mann holte tief Luft und fuhr dann mit bewegter Stimme fort: «Trotzdem hätte all das vielleicht nicht zum Aufstand geführt, wenn sie uns unseren Glauben gelassen hätten.» Er suchte ihren Blick. «Unsere Priester sind uns wichtig, Madame. Die Bauern hier leben isoliert, weit voneinander entfernt, es gibt nur wenige Ortschaften. Unsere Priester sind es, die uns zusammenhalten, bei den Messen treffen wir uns; die Geistlichen sind die Überbringer von Nachrichten, und oft bieten die kirchlichen Feiern, die Heiraten und Taufen die einzige Zerstreuung im Jahr. Das aber fiel alles plötzlich weg. Die Priester wurden verfolgt, huschten fortan als Bettler verkleidet von Haus zu Haus, die Kirchen wurden geschlossen, die Glocken eingeschmolzen. Als Trost dafür bot man uns die Grundstücke und Ländereien der Kirche zum Kauf an. Doch glauben Sie etwa, die kleinen Bauern hätten die Weiden und Wälder bekommen? Nein, die reichen Bürgerlichen sind es, die Städter, die sich alles unter den Nagel gerissen haben.» Als er nach einer Pause weitersprach, schwang Entschlossenheit und Stolz in seiner Stimme mit: «Darum stehen wir heute da, mit unserem Vieh, unseren Sensen und Nachttöpfen, unserer Sturheit und unseren Herzen, die nur für einen schlagen: unseren König.» Er blickte auf Charles. «Möge er uns unsere Dickköpfigkeit verzeihen und unsere Ergebenheit erkennen.»

Auch Marie-Provence sah auf das Kind hinab. Dieses hatte dem Mann ganz offensichtlich aufmerksam zugehört. Als es jedoch nichts sagte, ergriff Marie-Provence das Wort. Obwohl sie bereits ahnte, wer vor ihr stand, meinte sie: «Ich bin mir sicher, dass der König Ihre Qualitäten und Ihre Treue zu würdigen weiß, Monsieur. Doch wollen Sie uns nicht Ihren Namen verraten, damit wir wissen, wem wir zu danken haben?»

«Meine Männer nennen mich Gédéon, Madame. Getauft von meinen Eltern wurde ich Georges. Und wer auf mich schimpft, spricht meist vom verflixten Cadoudal vom *Bro an Alre*, wie die Gegend, aus der ich komme, in unserer Sprache heißt.»

Marie-Provence musste lachen. Da stand er also, der Mann, der schon eine Legende war, der gebildete Sohn einer wohlhabenden Bauernfamilie, von dem gesagt wurde, dass seine Männer ihn vergötterten. Sie reichte dem Anführer der Chouans die Hand. «Sehr erfreut, Monsieur. Marie-Provence de Serdaine.»

«Ich weiß. Ich hatte gerade die Ehre, Ihren Vater kennenzulernen. Er wies mir den Weg hierher.»

«Marie?»

Sie wandte sich dem Kind zu. «Ja, Monsieur Charles?»

«Ich bin müde. Lass uns gehen.»

Überrascht blickte Cadoudal auf den Jungen. Ein zugleich mitleidiger und nachdenklicher Ausdruck überschattete sein Gesicht.

«Natürlich», sagte Marie-Provence schnell. Sie fasste nach ihm. «Ihre Hände sind eisig!», sagte sie alarmiert. «Wir hätten uns nicht so lange im Wind aufhalten sollen.»

«Wenn Monsieur Charles es erlauben», sagte Cadoudal und verbeugte sich, «wäre es mir eine Freude, ihn nach Hause zu tragen.»

Charles stand auf, seine magere Gestalt reckte sich. Er wirkte noch schmaler und anfälliger als sonst, als er an dem Koloss hochsah. «Ich erlaube es Ihnen», sagte er würdevoll, «denn Sie scheinen mir ein rechtschaffener Mensch zu sein.»

Als sich die Ohren des Mannes vor Freude tiefrot färbten, schloss Marie-Provence Georges Cadoudal in ihr Herz. Augenblicklich hatte der Riese das Kind auf seine breiten Schultern gehievt, und sie traten den Rückweg an. Sie hatten kaum das erste Haus erreicht, als sich ihnen vier Männer im Laufschritt näherten. In ihren Gürteln hingen die *penn-baz*, die gefürchteten Schlagstöcke der Chouans. Sie riefen etwas auf Bretonisch, das Marie-Provence nicht verstand. Plötzlich knisterte die Luft vor Anspannung.

«Ist etwas passiert?», fragte Marie-Provence besorgt, während die Männer wieder davoneilten.

Cadoudal grinste breit. «Exzellente Neuigkeiten. Die Flotte ist da!»

«Die englische Flotte?»

«Hundert Segel sind vor einer Stunde an der Insel Croix vorbeigefahren.» Cadoudal wandte den Kopf schräg nach oben und rief dem Jungen zu: «Es heißt, der Graf von Artois sei mit an Bord.»

Marie-Provence und Charles sahen sich an.

«Mein Onkel, Marie!», rief Charles. Hoffnung und Freude erhellten sein Gesicht.

Marie-Provence lachte. «Ihr Onkel, ja!» Sie griff nach seiner Hand, erwischte aber nur Luft, denn Cadoudal trabte bereits los. Sie raffte ihre Röcke. «Wo wollen Sie denn so schnell hin?»

«Na, nach Carnac natürlich! Ein bisschen aufräumen bei den Blauen, um Platz zu machen für unsere Freunde aus England!» Und Cadoudal eilte mit einem donnernden Lachen davon, während auf seinen Schultern ein blonder Schopf im Rhythmus seiner riesigen Schritte auf und nieder hüpfte.

⚜

«Warum kommen sie denn nicht?», fragte Marie-Provence ihren Vater zum wiederholten Mal. Sie nagte an ihrer Unterlippe und spähte aufs Wasser.

Der Tag ging inzwischen zur Neige. Der Wind hatte sich gelegt, das Meer zeigte kaum eine Schaumkrone, und die Sonne verschwand bereits hinter dem Horizont. Zu Marie-Provence' Rechten streckte die Halbinsel Quiberon ihre lange, dünne Zunge in den Atlantik vor, eisern bewacht vom gewaltigen Fort Penthièvre, das seinen kastenförmigen Schatten weit über das Wasser warf. Die Trikolore über der Festung hing genauso schlaff herunter wie die Segel, die sich in sicherem Abstand in der Bucht drängten.

Sie selbst standen auf einer felsigen Anhöhe der Bucht, östlich des Städtchens Carnac. Ein Dutzend Männer begleitete sie, die bereit waren, mit ihrem Vater die Ausschiffung der Royalisten zu unterstützen und die gegnerischen Republikaner in Schach zu halten. Flüchtig betrachtet schien alles ruhig in Carnac. Die grauen Steinhäuser lagen stumm vor dem Hügel, den sie umgaben. Diese Erhebung, unter der man ein uraltes Grab vermutete, war ein sagenumwobener Ort, genau wie die Wiese mit den Menhiren, die sich weiter nördlich erstreckte. Auch auf dem Hügel hing schlaff die republikanische Fahne. Es strotzte dort unten nur so von blauen Uniformen.

«Worauf warten sie bloß?» Marie-Provence trat von einem Fuß auf den anderen. «Charles hat sich so sehr gewünscht, heute noch seinen Onkel zu sehen.» Der Ausflug an den Strand war nicht ohne Folgen geblieben. Seit gestern Abend lag Charles mit leichtem Fieber im Bett. Marie-Provence machte sich heftige Vorwürfe, den Jungen überfordert zu haben, und wartete nun schon den ganzen Tag sehnsüchtig darauf, ihm die gute Nachricht der Anlandung überbringen zu können.

«Ich kann es dir nicht sagen, ma chérie. So eine Ausschiffung ist eine heikle Angelegenheit. Die Truppen sind weitgehend ungeschützt, wenn sie an den Strand gehen, und da gilt es, sich abzusichern, dass ihnen nicht plötzlich blaue Uniformen im Weg stehen», antwortete Guy ruhig. Sein Fernrohr hielt er fest auf das Flaggschiff gerichtet. «Ah, ich glaube, auf der *Pomone* tut sich was.»

«Hoffentlich», stöhnte Marie-Provence. Siebenundneunzig Fracht- und zehn Kriegsschiffe waren aus Portsmouth herübergesegelt – sie hatte reichlich Zeit gehabt, sie zu zählen. Sie dort liegen zu sehen, stumm und regungslos, bis zum Bersten gefüllt mit Truppen, Kriegsmaterial und Proviant, wie die Verkörperung einer unerreichbaren Freiheit, war schwer zu ertragen und schürte eine dumpfe Angst in ihr.

«Sie kommen», sagte ihr Vater und reichte ihr das Fernrohr.

Mehrere Barken waren an den Transportschiffen vertäut. Männer in roten Uniformen drängten sich auf den Decks.

«Reite jetzt zu Louis-Charles zurück.» Guy deutete nach vorn. «Die Forts schicken Soldaten. Gleich wird es hier ungemütlich.»

«Auf gar keinen Fall.» Marie-Provence gab Guy das Fernrohr zurück. «Ich bleibe, bis der Graf von Artois vor mir steht, und dann bringe ich ihn zu Charles.»

«Vielleicht solltest du besser nicht erwähnen, dass wir in Maisons seine Keller überflutet und sein kostbarstes Porzellan unter der Kaminplatte hervorgeholt haben», frotzelte ihr Vater. «Auf jeden Fall hoffe ich, du erwartest von Artois keine rührende Szene.» Er verzog den Mund. «Darauf wirst du warten müssen, bis der Junge den Thron bestiegen hat und in der Lage ist, die horrenden Schulden zu bezahlen, die sein Oheim im Ausland gemacht hat.»

Marie-Provence schüttelte den Kopf. «Wie auch immer. Charles braucht dringend jemanden aus seiner Familie, der ihm Halt gibt. Er treibt dahin wie ein abgerissenes Blättchen im Sturm, das seinen Ast sucht. Und ein Ast kann ich ihm, trotz all meiner Liebe, nicht sein.»

«Du musst ihm unbedingt von seiner Mutter erzählen.»

Marie-Provence starrte ihren Vater an. «Das kann ich nicht.»

«Wenn ein anderer an deiner Stelle …»

«Es geht über meine Kräfte. Artois soll es tun, ich werde ihn darum bitten.»

Guy legte eine Hand auf Marie-Provence' Schulter und drückte sie. «Du hast recht, entschuldige. Du bist immer so stark – ich vergesse allzu oft, dass auch deine Kräfte endlich sind.»

Marie-Provence lächelte, gleichzeitig füllten sich ihre Augen mit Tränen. Hatte sie nicht allen Grund, stolz auf sich zu sein? Jeder war von ihrer Kraft überzeugt, jeder verließ sich auf sie. Schwach war sie nur nachts, wenn die Stimme der Sehnsucht so laut in ihr brüllte, dass sie sich die Ohren zuhielt und in ihr Kissen biss.

Es war bereits tiefe Nacht, als sich im Mondschein endlich zahlreiche Barken von den Transportschiffen lösten und auf das Ufer zuruderten. Die republikanischen Soldaten im Fort hatten sie auch bemerkt: Signalfeuer wurden auf den Mauerkronen sichtbar. Kurze Zeit später öffneten sich die Tore und entließen Soldaten in blauen Uniformen, die in Richtung Carnac marschierten.

Die flachen Barken der Royalisten teilten sich in zwei Gruppen auf, um ihre Feinde so lange wie möglich über den genauen Ort der Landung im Unklaren zu lassen. Die Blauen hatten sich indes auf dem Strand von Carnac versammelt. Das Mondlicht ließ zweihundert Männer erkennen, die sich zu einer abwehrbereiten Einheit formierten. Als Antwort wurden auf den Kähnen der Königsanhänger die Fahnen entrollt – die Nacht hing voller Lilien.

Marie-Provence und ihr Vater fassten sich an den Händen und verschränkten wortlos die Finger. «Ich wünschte, deine Mutter wäre hier, um das zu sehen», sagte Guy mit erstickter Stimme.

«Vive le roi!», erklang es vom Meer aus Dutzenden von Kehlen. «Es lebe der König!», hallte es als Antwort auch von den anderen Booten. Jubelrufe vermischten sich mit rhythmischen Anfeuerungen an die Ruderer.

Guy de Serdaine streckte eine Faust in den Himmel. «Vive le roi!», brüllte er aus Leibeskräften, und seine Männer fielen mit ihm ein. «Auf die Pferde! Marie-Provence, du bleibst hier. Keine Widerrede! Pips auch, du schützt meine Tochter und hinderst sie notfalls, uns hinterherzureiten. Ich verlass mich auf dich! Und jetzt auf!» Mit einem Satz war er aufgesessen und preschte davon, so schnell, dass seine Männer Schwierigkeiten hatten nachzukommen.

Marie-Provence trat nach einem Stein, mehr verärgert über die Bevormundung als über den Befehl, in Deckung zu bleiben. Sie war nicht naiv genug, um zu glauben, dass sie in einem solchen Augenblick etwas anderes als ein Hindernis für ihre Truppen gewesen wäre, und die Zeiten, in denen sie träumte, Soldat zu werden, waren lange vorbei. Sie ging zu ihrer Stute. Pips, ein älterer, aber kräftiger Mann, zog seinen Schlapphut tief über die Fülle seiner weißgrauen Rosshaare, die fahl im Mondlicht leuchteten. Er griff zu seinem Gewehr und beäugte sie misstrauisch.

«Keine Sorge, ich laufe Ihnen nicht weg. Doch wenn ich hier schon warten muss, kann ich es mir wenigstens auf einem Pferderücken bequem machen», sagte Marie-Provence und stieg auf.

Pips zuckte die Schultern. «Können Sie machen, wie Sie wollen. Wäre nur schade um das Tier, wenn ich es erschießen müsste.»

Marie-Provence sah ihren Vater und seine Männer im gestreckten Galopp zum Strandabschnitt eilen, während die ersten Kähne bereits auf den Sand stießen. Es gab Bewegung unter den zum Kampf aufgestellten Republikanern. Ihr Herz schlug schnell vor Sorge.

«Haben Sie denn keine Lust, da unten mitzumachen?»

«Ich hab vor allem keine Lust, den capitaine in Rage zu bringen», gab Pips nüchtern zurück. «Wenn der wütend ist, wirft er einen glatt den Wölfen zum Fraß vor.»

«Glauben Sie nicht, dass Sie etwas übertreiben?», fragte Marie-Provence kühl. «Mein Vater ist doch kein Unmensch.»

«Normalerweise nicht. Doch wenn es um Sie geht, kennt der nichts.» Pips wiegte den Kopf hin und her. «Brauch bloß an diesen armen Teufel zu denken, den er vom Pferd geschubst hat, direkt in die Arme der Blauen.»

«Was denn für ein Mann? Und was soll das mit mir zu tun haben?»

«Na, Sie haben doch damals mit diesem Kerl den König befreit», antwortete Pips gleichmütig.

Marie-Provence' Herz setzte für einen Schlag aus.

In dem Augenblick gaben die Republikaner ihre Stellung auf dem Strand von Carnac auf. Die Bajonette im Anschlag, zogen sie sich Schritt für Schritt zurück. Ein gewaltiger Jubelschrei war die Antwort der Gegner darauf.

Im selben Moment ertönten aus dem Hinterland Schüsse,

die Blitze von Detonationen erhellten den Nachthimmel. Dort gaben sich die Republikaner also nicht so schnell geschlagen. Doch die Chouans von Cadoudal taten ihr Bestes, um den zurückgekehrten Auswanderern den Weg freizumachen.

Männer in roten Uniformen quollen nun aus den anlandenden Kähnen, unter ihnen auch Dutzende von Geistlichen, die sich in ihren Soutanen um einen älteren Mann drängten, offensichtlich einen Bischof. Sie alle wurden mit Hochrufen von einer Truppe Chouans empfangen, die ihnen über den felsigen Strand entgegenströmte, begierig, ein Familienmitglied oder einen Freund willkommen zu heißen.

Was für ein wundervoller Augenblick! Und doch konnte Marie-Provence ihn nicht genießen. Wie gebannt folgte ihr Blick ihrem Vater. Als Guy de Serdaine die Kähne erreichte, hob er den Arm zum Gruß, schoss aber weiter in Richtung der sich zurückziehenden Republikaner, den Säbel in der Hand. Marie-Provence musste schlucken. Wie stolz und unbesiegbar ihr Vater war!

Nein, unmöglich. Sie wollte einfach nicht glauben, was Pips ihr soeben erzählt hatte. Ihre Hände krallten sich um die Zügel ihrer Stute. *Es ist nicht wahr. Es kann nicht stimmen, er ist ein ehrbarer Mann.* Sie hatte zu ihm aufgeblickt, so weit sie zurückdenken konnte. Sie hatte ihn stets verehrt und bedingungslos geliebt. Er war ihr Held! Und doch zweifelte sie nicht wirklich an Pips' Worten. Diese stimmten zu sehr mit dem unguten Gefühl überein, das sie nach Andrés Verschwinden übermannt hatte. Sie hätte schreien wollen.

Wie es André wohl ging? Wo befand er sich jetzt? Sie zwang sich, auch die nächste Frage zuzulassen: Ob er überhaupt noch am Leben war? Oder hatten sie ihn bereits auf die nächstbeste Guillotine geschleppt? *Er hat ihn direkt in die Arme der Blauen geworfen …* Panik und Verzweiflung drohten sie zu überwältigen. Und was das Schlimmste war: Es gab nichts, gar nichts, was sie für André tun konnte. Falls er noch am Leben war, würde André sie bis ans Ende seiner

Tage verfluchen. Und zwar mit Recht. Wie konnte ihr Vater André das antun? Bitterkeit, Wut, tiefe Enttäuschung zerrissen ihr Herz. Gleichzeitig fühlte sie, wie ihr die Tränen kamen. Sie drängte sie mit Macht zurück. Sie würde ihren Vater später zur Rede stellen.

In der Dunkelheit wimmelte es von Menschen. In dem Durcheinander war es kaum noch möglich zu erkennen, was los war. Indessen konzentrierten sich die Kämpfe in Carnac selbst offensichtlich auf den Hügel. Vermehrt leuchtete es von dort auf. Noch war nichts gewonnen.

Marie-Provence sog unwillkürlich die Luft ein.

«Es stinkt nach Pulver», nickte Pips.

Marie-Provence dachte mit zwiespältigen Gefühlen an ihren Vater, bangte um ihn, trotz dem, was sie gerade erfahren hatte. Derweil schifften sich unten weitere Soldaten aus. Die Stunden zogen sich quälend langsam dahin. Dann, endlich, deutete Pips plötzlich nach vorn.

«Die weiße Fahne!» Er grinste breit. «Carnac gehört uns!»

Marie-Provence verstand zuerst nicht, was der Mann meinte. Doch dann erkannte sie, dass auf der Fahnenstange des Hügels die Trikolore einem weißen Tuch Platz gemacht hatte, das wie ein verknotetes Männerhemd aussah. Und tatsächlich – nach einer Zeit, die Marie-Provence wie eine Ewigkeit vorkam, in Wirklichkeit aber kaum mehr als eine halbe Stunde gewesen sein konnte – erschienen noch mehr Chouans vom Landesinneren. Erst eine Handvoll, dann Dutzende, Hunderte. Lauthals singend und Jubelrufe ausstoßend ergossen sie sich auf den Strand und mischten sich unter Freunde und Soldaten.

«Vater!» Marie-Provence gab ihrem Pferd die Sporen und galoppierte zum Strand hinunter. Sie war nicht die Einzige, die diesen Weg einschlug. Schon bald traf sie auf die ersten Frauen und Kinder, die zu ihren Männern strebten, um ihnen zu gratulieren. Ein einziges jubelndes, buntes Menschenmeer wogte zwischen den Felsen hin und her. Marie-Provence hielt inne, als sie ihren Vater erblickte. Doch Guy übersah ihre Zurückhaltung. Er rannte ihr entgegen und wirbelte sie lachend herum. Das bunte, fröhliche Durcheinander war unbeschreiblich. Nach wie vor landeten die flachen Kähne, Neuankömmlinge wurden von singenden Chouans empfangen, makellose rote Uniformen vermengten sich mit zerlumpten Gestalten, Tausende von Menschen gratulierten sich und feierten Brüderschaft.

«Wo ist Artois?», fragte Marie-Provence und sah sich nach allen Seiten um. Ihr Blick fiel auf einen Offizier. Sein Regiment stand Gewehr bei Fuß; es war das einzige, das sich nicht der allgemeinen Freude hingab. Hochmütig stand der Kommandant daneben und blickte an seinem schmalen Nasengrat hinunter.

«Nein, das ist er nicht.» Ihr Vater hatte ihren Blick bemerkt. «Dieser Mann ist Graf Hervilly, ein exzellenter Offizier. Ich kenne ihn aus Amerika.»

«Gott sei Dank. Selten habe ich einen Mann so steif dastehen sehen.»

«Er und Graf Puisaye befehligen die Manöver hier, während seine Exzellenz, Bischof Hercé, der dort drüben steht, die geistige Leitung übernommen hat.»

«Hervilly und Puisaye – gleich zwei Befehlshaber?», fragte Marie-Provence überrascht. «Und was ist mit Artois?»

«Ich konnte ihn noch nirgends entdecken.» Guy de Serdaine nahm sie beim Ellenbogen. «Komm, ich werde dich vorstellen.»

Hervilly war das Ebenbild eines Aristokraten und Marie-Provence dennoch auf der Stelle unsympathisch.

«Es ist mir eine große Ehre, Sie kennenzulernen, Mademoiselle», sagte der Offizier mit unbewegter Miene. «Der Ruhm Ihrer Taten drang bis ins ferne England.» Er deutete einen Kuss über ihrem Handrücken an und machte eine elegante, wenn auch steife Verbeugung, der ihr einen Blick auf seine ondulierte weiße Perücke preisgab. «Der König ist erkrankt, habe ich gehört? Hoffentlich nichts Ernstes?»

«Der König hat die Strapazen der letzten Monate mit bemerkenswerter Bravour überstanden, Oberst. Sie werden sich davon selbst überzeugen können, wenn ich Sie und seinen Onkel, den Herzog von Artois, zu ihm …» Ein heftiger Knall unterbrach sie. Die drei drehten sich um.

Neben den flachen Barken waren inzwischen auch Schaluppen in Strandnähe gekommen, die mit Gewehren und Kanonen beladen waren. Kinder, Frauen und Männer drangen bis auf Hüfthöhe ins Wasser, um tatkräftig mitzuhelfen, die Schiffe an Land zu ziehen und die Fracht zu bergen. Mit rauen Schreien des Entzückens stürzten sich nun die Chouans auf die Holzkisten, hebelten sie auf und warfen ihren Kumpanen die darin beförderten Gewehre zu. Diese wurden alsbald geladen und probeweise abgefeuert.

Hervilly wurde wachsbleich. «Hört auf der Stelle mit diesem Unsinn auf!», blaffte er. «Die Gewehre sind Eigentum der königlichen Armee! Leutnant, gehen Sie hin und sammeln Sie die Waffen wieder ein!»

Der Unteroffizier versuchte sein Bestes, doch die wilden Chouans, die weißen Abzeichen auf der Brust und den Übermut des Glücks auf den schmutzigen Gesichtern, wiesen sie derb zurück und dachten nicht daran, ihnen zu gehorchen. Späße flogen in ihrer unverständlichen keltischen Sprache hin und her, was Hervilly noch weiter in Rage brachte. Weiß vor Wut bellte er Befehle, während seine Leute sich duckten und die bretonischen Frauen lachten.

«Lassen Sie es gut sein, Monsieur!» Ein Mann mit rundem Kinn und weit auseinanderliegenden Augen eilte herbei. «Allons, gönnen Sie den Männern ihre Freude!»

«Monsieur de Puisaye, ich bin keinesfalls gewillt zu akzeptieren, die Disziplin der Armee von Halbwilden pervertieren zu lassen!», rief Hervilly. «Diese Plünderer …»

Auf einmal schien die Erde zu beben. «Aufhören! Sofort aufhören!», brüllte eine Männerstimme aus Leibeskräften. Eine riesenhafte Gestalt arbeitete sich durch die Menschenmenge. Cadoudal! Derb stieß er die Menschen nach rechts und links, bis er mit breiten Beinen zwischen den aufgebrochenen Kisten zum Stehen kam. «Keinen Schritt weiter! Der Nächste, der ein Gewehr nimmt, bekommt meinen Kolben an den Schädel», donnerte er wutentbrannt.

Marie-Provence blieb die Luft weg vor der schieren Kraft, die dieser Mann ausstrahlte. Und sie war nicht die Einzige. Kaum merklich, Schritt für Schritt, tat sich ein Kreis um den Anführer der Chouans auf, und die Menge verstummte.

«Endlich», wütete Hervilly. «Sind Sie der Anführer dieser Leute? Wenn Sie nicht wollen, dass das Verhalten Ihrer Männer Konsequenzen hat, dann befehlen Sie Ihnen jetzt, die Gewehre zurückzubringen. Auf der Stelle!»

Cadoudal wandte sich dem Oberst zu. «Monsieur», strahlte er, «wenn Sie es mit Engeln zu tun haben wollen, müssen Sie am Himmel anklopfen gehen. Auf diesem Strand werden Sie nur Bretonen vorfinden – und ein Bretone gibt sein Gewehr erst als Leiche wieder her!»

Während die Chouans in lautes Gelächter und Hochrufe ausbrachen, erstarrte Hervilly.

Marie-Provence beschlich ein ungutes Gefühl. Cadoudal, Hervilly, Puisaye … Hier standen drei Anführer, wie sie unterschiedlicher nicht sein konnten. Ihr Blick suchte das Flaggschiff.

Wo um alles in der Welt blieb Artois?

14. KAPITEL

Messidor, Jahr III
Juni 1795

Der Graf von Artois begleitet diesen Konvoi nicht, Sire», sagte Puisaye. Er blinzelte, offensichtlich unangenehm berührt, dass er bereits bei seinem ersten Vorsprechen beim König ein Überbringer schlechter Nachrichten war. «Vielleicht wissen Sie, dass die englische Regierung, die den Sold unserer Truppen bezahlt und Schiffe sowie Ausrüstung gestellt hat, beschlossen hat, die Rückeroberung unserer Heimat in drei Stufen vorzunehmen. Zwei Konvois werden also noch folgen. Der Herzog entschied sich, später mitzufahren.»

Marie-Provence warf Charles einen mitleidigen Blick zu. Das Kind, noch blasser als sonst, war sichtlich gezeichnet vom Fieber der letzten Tage. Schwarze Ringe umrundeten seine klaren blauen Augen, und es lag kraftlos in den Kissen seines Bettes.

«Ich verstehe.» Charles' Stimme war nur schwer verständlich. «Und ein Brief?»

Puisaye spielte nervös an seinem Degen. «Nun, ich …»

«Ihr Onkel wird wegen dieser Ausschiffung in England sicher sehr beansprucht sein», versuchte Marie-Provence Charles zu trösten. «Er wird es vergessen haben.»

«Nicht mein Onkel. Meine Mutter. Haben Sie einen Brief von meiner Mutter?» Charles reckte sich erwartungsvoll dem Offizier entgegen.

«Ihre Mutter?», stammelte Puisaye und riss die Augen auf. «Königin Marie-Antoinette … Sie … Ja …» Er fingerte hektisch an seinem Kragen, sein flehender Blick traf Marie-Provence.

Die hatte das Gefühl, dass ihr die Beine wegsackten. Sie

öffnete den Mund, doch kein Wort kam heraus. Die Brieftaube gurrte ohrenbetäubend laut in ihrem Käfig.

Plötzlich schrie das Kind. «Maman! Was ist mit Maman?» Er sah sie an. «Sag es mir! Marie!»

Marie-Provence schlug die Hände vor das Gesicht.

⚜

«Na endlich! Das wurde aber auch Zeit!», ächzte Bonvivant, ließ erst Felltasche und Bajonett und dann seinen runden Hintern auf den Boden fallen. «Kameraden, heute Abend braucht ihr kein Holz zu sammeln! Ich muss nur meine Füße in den Kessel halten, um die Suppe zum Dampfen zu bringen!»

Allgemeiner Protest wurde laut. Kommentare und Gelächter flogen zwischen den zwanzig Männern der *compagnie d'aérostiers*, der Kompanie der Luftfahrer, hin und her.

«Erst einmal werdet ihr mir diese Wiese von dem Gestrüpp befreien, das sie umgibt», befahl capitaine Justin. «Das ist ja wie dafür geschaffen, um sich anzuschleichen und uns zu überfallen. Bonvivant, bevor Sie an die Suppe denken, stellen Sie den Männern Essigwasser zur Verfügung. Jeder darf sich davon holen, so viel er möchte. Und dann werden die Zelte aufgebaut.» Die Männer stöhnten. «Ich will keine Klagen hören! Wir befinden uns in der Bretagne, soldats, das Wetter hier ist unbeständig, ihr werdet mir dankbar sein, wenn ihr morgen auf dem Weg nach Vannes trockene Sachen anhabt.» Justin machte ein Zeichen. «Sie, Leutnant, kommen zu mir. Ich muss mit Ihnen reden.»

André trat zu ihm. Der Hauptmann musterte ihn von Kopf bis Fuß. «Wie viel Zeit haben Sie in Meudon verbracht, Leutnant?»

«Fünf Tage, capitaine.»

«Eine reichlich kurze Zeit, um den Soldatendienst zu erlernen. Und um in den Rang eines Leutnants aufzusteigen.» Er deutete auf die beiden Pistolen und den Säbel, die in Andrés schwarzem Gürtel steckten. «Können Sie damit umgehen?»

«Die Technik ist mir bekannt.»

«Verstehe.» Justin legte die Stirn in Falten. «Nun ja, Sie haben das Glück, in eine Kompanie berufen worden zu sein, in der der Umgang mit Waffen nicht die primäre Anforderung ist. Alle hier sind Handwerker und wurden ihrer Fähigkeiten wegen ausgesucht. Enclume zum Beispiel ist Schmied, Percetout und Boislisse sind Schreiner, Lapierre ist Maurer. Wie ihre Namen schon verraten.»

André verzog den Mund. «Und jetzt wüssten Sie gerne, mit welchem Spitznamen Sie mich bedenken können.»

Justin lächelte. «Richtig. Der Hilferuf von général Hoche, der eine royalistische Invasion an der bretonischen Küste gemeldet hat, und das Durcheinander, das daraus erwachsen ist, haben verhindert, dass ich Zeit hatte, Sie einzuschätzen. Eigentlich waren wir in Meudon ganz und gar nicht darauf eingestellt, so bald eingesetzt zu werden – bis vor kurzem hatten wir schließlich noch gar keinen Ballon.» Justin warf einen Blick auf den Packwagen. «Ich bin begeistert, dass plötzlich einer aufgetaucht ist, wo auch immer dieses wunderschöne Stück vom Himmel gefallen ist. Etwas mehr Zeit für die Planung hätte diesem Feldzug allerdings wahrlich nicht geschadet. Doch zurück zu Ihnen, Monsieur. Was sind Ihre besonderen Fähigkeiten, wodurch sind Sie geeignet, in dieser Kompanie als Leutnant zu dienen?»

André schob seinen Zweispitz zurück. Er schwitzte, obwohl er die blaue Uniformjacke schon abgestreift hatte, und sehnte sich danach, endlich seine Stiefel ausziehen zu können, die er trotz der Hitze tragen musste. Er fühlte sich wie erschlagen. Sie waren heute früh kurz nach Sonnenaufgang aufgebrochen und seitdem fast pausenlos marschiert, Staub knirschte zwischen seinen Zähnen und juckte an der Stelle, wo der Kragen an seinem Hals rieb. Das alles machte ihn wenig geneigt, diesem Mann Rede und Antwort zu stehen, von dem das Schicksal aus einer Laune heraus verlangte, dass er ihm gehorchte. Er sagte nur: «Wahrscheinlich dadurch, dass ich alles kann.»

Justins Augen weiteten sich überrascht, dann verschloss

sich sein Gesicht. «Alles. Ich verstehe.» Er hob eine Braue. «Monsieur, Sie werden hier viele Freunde finden. Prahlhänse sind in der Armee immer willkommen. Ihnen fallen stets die niederen Arbeiten zu, die sonst keiner gerne macht.»

Beide Männer maßen sich mit Blicken.

Andrés gesunder Menschenverstand gab schließlich nach. «Ich bin Physiker. Und Chemiker. Schreiner, Maurer und Schmied. Schneider. Ingenieur. Was auch immer. Ich konstruiere Ballons, seit ich sechzehn Jahre alt bin. Und diesen da», er deutete auf den Wagen, «diesen da habe ich auch gebaut.»

«Was?», stieß Justin aus, lief zum Wagen und hob ein Stück der Plane. «Dieses Prachtexemplar hier? Sind Sie ganz sicher?»

André beschlich ein seltsames Gefühl. Er trat zum Wagen. Strich über die kühle Seide. Blau. Weiß. Rot. Seine Faust schloss sich über dem Stoff, und seine Wut flackerte auf, heller denn je. «Er heißt *l'Intrépide*», sagte er mit rauer Stimme. «Und vom Himmel gefallen ist er bei Dammartin.»

Ohne ein weiteres Wort zu sagen, drehte er sich um, um beim Aufbau der Zelte zu helfen.

⚜

«Schläft er?»

Marie-Provence nickte matt. Sie ließ sich ihrem Vater gegenüber auf eine Bank fallen und stützte den Kopf mit den Händen. Draußen klapperte es – Räder, Hufe und Absätze auf Pflastersteinen. Die Chouans zogen noch immer durch Auray, das sie erst vor wenigen Stunden besetzt hatten.

Die mittelalterlich anmutende Stadt war am Ende eines langen Meeresarmes errichtet worden, um eine Brücke herum, die über den Fluss Loch führte. Der hübsche Hafen mit dem Kai aus Granit war einer der drei wichtigsten im Süden der Bretagne. Früher rüsteten hier die Walfänger, und noch heute wurden Schiffe gebaut. Die Einnahme von Auray bedeutete einen großen Sieg für die Royalisten. Die

Republikaner hatten zudem nur kurz widerstanden; die vierhundert Soldaten der Nationalgarde waren sogar samt ihres Befehlshabers Glain übergelaufen. Glain, ein Notar, bei dem Cadoudal zwei Jahre als Gehilfe tätig gewesen war, hatte Charles, Marie-Provence und ihren Vater in seinem Haus aufgenommen.

«Wir hätten nicht hierherziehen sollen. Es ist zu laut – Charles reagiert empfindlich auf den Lärm der Truppen.»

«Auray ist eine Stadt und bietet deren Annehmlichkeiten. Hier wird der König die Pflege bekommen, die er braucht. Ich habe bereits nach einem Arzt schicken lassen», erwiderte Guy.

«Der sich reichlich Zeit lässt, um zu kommen», gab Marie-Provence scharf zurück.

Ihr Vater betrachtete sie besorgt. «Du solltest auch schlafen gehen.» Er schob ihr seine Suppenschale hin. «Komm, iss das. Wie lange hast du bei ihm gewacht? Zwölf, vierzehn Stunden? Wir brauchen jemanden, der dir hilft. Du kannst nicht ununterbrochen an Charles' Bett sitzen.»

Marie-Provence hob abwehrend die Hand. «Lass uns später darüber reden, Vater», sagte sie müde. «Ich will jetzt keinen Streit mit dir.»

«Und ich keinen mit dir, ma chérie.» Guy de Serdaine griff nach ihrer Hand und lächelte sie an. Hervilly hatte ihn in sein Regiment der *Loyal Emigrants* aufgenommen. Er trug eine der neuen roten Offiziersjacken sowie die dazu passenden weißen Hosen und eine weiße Weste und sah blendend aus.

Doch sosehr Marie-Provence sich auch Mühe gab, sie konnte sein Lächeln nicht erwidern, und sie entzog ihm die Hand. «Wie geht es bei euch?», fragte sie, um ihren Vater abzulenken.

«Gut», antwortete er eine Spur zu schnell. «Vannes, Muzillac, Carnac und Plouharnel gehören uns. Die Schiffe entladen noch immer ihre Schätze. Hunderttausend Gewehre, komplette Ausstattungen für sechzigtausend Mann! Wenn ich daran denke, wie mühsam es war, die letzten Jahre an

Waffen zu kommen – es ist ein Reichtum, der die Vorstellungen sprengt. Wir haben auch die Kirchen wiedereröffnen lassen. Du hättest den Andrang bei der Messe sehen sollen! Der Bischof und seine fünfzig Priester haben alle Hände voll zu tun.»

«Aber?», bohrte Marie-Provence.

«Es gibt Ärger. Hervilly und Puisaye sind unfähig, sich über die Leitung der Manöver zu einigen. Die Chouans tun, was sie können, aber Hervilly weigert sich, sie mit seinen Truppen zu unterstützen. Puisaye möchte vorpreschen, erobern. Hervilly wartet ab und hält die Kanonen zurück, ohne die wir das eingenommene Land nur schwer halten können. Und in derselben Zeit, fürchte ich, ruft Hoche aus allen Ecken Frankreichs eine Armee zusammen.» Er wiegte den Kopf hin und her. «Man erzählt wahre Wunder über diesen republikanischen General. Es ist nicht gut, wenn wir den Überraschungseffekt aufs Spiel setzen, der uns überhaupt bis hier brachte.»

«Hoche?», fragte Marie-Provence nachdenklich. Ob es der Hoche war, der Thérésia im Gefängnis von la Force so gut gefallen hatte? «Es ist doch wahrlich kaum zu glauben, dass die essenzielle Frage der Befehlsgewalt nicht vorher geklärt wurde! Es muss doch Instruktionen geben! Wer hat denn die beiden Herren in denselben Posten berufen?» Wie allzu oft in letzter Zeit war ihr Tonfall zu scharf, wenn sie mit ihrem Vater sprach.

«Genau da liegt das Problem. Puisaye ist ein Vertrauter von Artois. Er will sich, wie auch der Prinz, auf die Chouans stützen und die Hilfe der Engländer annehmen. Hervilly hingegen wurde von Artois' älterem Bruder, dem Grafen von Provence, ernannt. Provence hegt eine tiefe Abneigung gegen England und würde alles tun, um nicht gerade diesem Land für die Rettung des Thrones verpflichtet zu sein. Und was Hervilly von den Chouans hält, hast du am Strand erlebt.»

«Sie sind dem Herrn nicht aristokratisch genug», stieß Marie-Provence spöttisch aus.

«Das trifft den Nagel auf den Kopf.»

Marie-Provence sah ihren Vater an. «Charles hätte das Problem lösen können. Kraft seiner Autorität.»

«Ja, das stimmt.» Guy räusperte sich. «Glaubst du, er könnte uns helfen? Du hast doch bei diesem Arzt gearbeitet und kennst dich ein wenig aus. Wann, glaubst du, könnte er wieder stark genug sein, um …?»

Marie-Provence musste schlucken. Sie dachte an die letzten Stunden, an den Ausdruck auf Charles' Gesicht. Ein Ausdruck, den sie nur zu gut kannte und den sie für immer verbannt zu haben geglaubt hatte. «Ich weiß es nicht», flüsterte sie. «So wahr mir Gott helfe, ich weiß es nicht. Seit er vom Tod seiner Mutter weiß …» Trotz der unausgesprochenen Vorwürfe, die seit Pips' Enthüllungen die Beziehung zu ihrem Vater belasteten, griff sie nach seinen Händen. «Ich habe Angst!» Weiterreden konnte sie nicht.

⚜

«Gruß und Tugend, général», grüßte Cédric Croutignac, als er den kleinen dunklen Raum betrat. Die versammelten Offiziere drehten sich um. Sie wichen zurück und gaben den Blick frei auf einen Uniformierten. Der beugte sich über eine derbe Truhe, die als Tisch diente und auf der sich Karten stapelten.

«Gruß und Brüderlichkeit», antwortete der General. Er runzelte die Stirn. «Sie sind citoyen Croutignac, nicht wahr? Eine Depesche hat Sie angekündigt. Was führt Sie zu mir?»

Cédric musterte den Offizier ausführlich: längliches Gesicht, voller Mund, leicht gewellte Haare, die gerade die Ohren bedeckten, ein zugleich offener und intelligenter Ausdruck auf einem ernsten Gesicht. Das also war général Hoche. Der Sohn eines Stalljungen war mit einundzwanzig Jahren als einfacher Soldat in die Armee eingetreten. Vier Jahre später wurde er bereits zum General ernannt. Eine rasante Karriere – die kurz darauf beinahe ein Ende auf dem Schafott gefunden hätte. Wieder einer, der durch Robespierres Hinrichtung gerettet worden ist, dachte Cédric leidenschaftslos. Und von so einem Mann erwartete man nun nichts Geringeres als die Rettung der Republik. «Ich danke, dass Sie sich Zeit nehmen, mich zu empfangen, General. Ich weiß, wie überlastet Sie sind. Dennoch möchte ich Sie bitten, mir ein Gespräch unter vier Augen zu gewähren», sagte er schließlich.

Als sie alleine waren, händigte Cédric Hoche den Brief aus, den der Wohlfahrtsausschuss ihm hatte zukommen lassen.

«Eine Frau, ihr Vater und ein Kind – wer sind diese Leute, citoyen? Was hat diese Familie verbrochen, dass Sie sie bis hierher verfolgen, und weshalb lässt man sie durch Sie suchen, statt einfach einen Haftbefehl an die zuständigen örtlichen Behörden zu schicken?»

«Genau das sind leider die Fragen, die ich nicht beantworten darf, General», erwiderte Cédric höflich, aber bestimmt. «Auch möchte ich Sie gar nicht weiter mit dieser Angelegenheit belasten. Alles, was ich von Ihnen brauche, ist eine Handvoll Männer, um diese Personen suchen zu lassen.»

«Und das, mein Lieber, ist leider genau das, was ich am allerwenigsten entbehren kann», gab Hoche freundlich zurück. «Mir stehen momentan gerade einmal zweitausend Mann zur Verfügung, um gegen viertausend rückkehrende Emigranten und fünfzehntausend revoltierende Bretonen anzugehen. Sie können sich vorstellen, dass sich jede fehlende Handvoll schmerzhaft bemerkbar machen würde.»

Cédrics Magen zog sich zusammen. «Wenn es sich so verhält, verstehe ich Ihren Einwand.» Verflixt, er war nicht den ganzen Weg von Paris bis hierher der Spur der Flüchtlinge gefolgt, um im letzten Augenblick zu versagen! Nervös sagte er: «Dennoch muss ich auf die Männer bestehen. Wir müssen jedes Dorf durchkämmen, jedes Haus …»

«Nehmen Sie doch Vernunft an, Croutignac. Die von Ihnen gesuchten Personen werden sich doch höchstwahrscheinlich inmitten des aufständischen Territoriums befinden. Was nutzen Ihnen da meine Männer?» Hoche schüttelte den Kopf. «Warten Sie, bis ich die Gebiete zurückgewonnen habe, die diese Schufte uns entrissen haben. Die neuen Truppen werden demnächst hier eintreffen. Dann bekommen Sie so viele Helfer, wie Sie wollen, und können meinetwegen jeden Ziegenstall durchstöbern lassen.»

Cédrics Nägel fuhren hektisch über seine gespannte Haut. «Was heißt das konkret, General? Wie viele Tage?»

«In den nächsten Stunden, Croutignac.» In Hoches Augen spiegelte sich Zuversicht. «Machen Sie sich keine Sorgen. Die Feinde der Republik haben ihren kostbarsten Trumpf verspielt: den Überraschungseffekt. Statt voranzustürmen, Land zu erobern und so viele Anhänger wie möglich in ihre Reihen einzugliedern, geben sie sich zögerlich. Und auch wenn uns allen hier diese Zurückhaltung unerklärlich ist – wir sind fest entschlossen, sie diesen Fehler büßen zu lassen.»

Cédric fixierte den General. Seine Haut beruhigte sich, und Gelassenheit überkam ihn.

⚜

Marie-Provence lugte aus dem Fenster. Was war da draußen bloß los?

Zwei Männer, auf deren Jacken die weißen Abzeichen der Chouans prangten, rannten die Straße hinunter. Schüsse fielen. Einer der Männer stieß einen Schrei aus, stolperte. Ein roter Fleck breitete sich auf seiner Schulter aus. Der Erste kam zurück, stützte ihn. Beide eilten davon.

«Halt! Halt im Namen der Republik!»

Soldaten. Blaue Uniformen!

Marie-Provence floh vom Fenster und prallte rücklings gegen einen Stuhl. Die Republikaner waren wieder da. Sie und Charles mussten sofort weg aus Auray!

In dem Augenblick polterte es unten an der Tür. Das Hausmädchen eilte hin, um aufzumachen, Marie-Provence hastete zu Charles' Zimmer. Der Junge lag im Bett, nassgeschwitzt und heiß. Sie berührte ihn sanft. «Charles! Charles!» Er reagierte nicht. Seine Augen waren geschlossen und lagen tief in den Höhlen. Offenbar konnte er sie nicht hören. An Laufen oder Fliehen war gar nicht erst zu denken. Ich muss ihn tragen, dachte sie. Und ich brauche eine Decke, um ihn zu schützen und zu verbergen!

Auf einmal baute sich eine Gestalt im Türrahmen auf, so unvermutet, dass Marie-Provence einen Schrei ausstieß.

«Mademoiselle, Sie und das Kind müssen hier schnellstens weg. Alles ist verloren, Auray gehört wieder den Blauen!» Es war Glain, der Notar und ihr Gastgeber, der sich schnaufend an der Türlaibung festhielt. «Sie suchen mich, weil ich übergelaufen bin – in meinem Haus werden sie als Erstes auftauchen.»

«Ich kann nicht einfach auf die Straße rennen!», rief Marie-Provence. «Jeder feindliche Soldat wird unsere Beschreibung haben!»

Glain wischte über seine schweißnasse Stirn. «Warten Sie», beschied er ihr. Er verschwand. Kurze Zeit später schleuderte er ein Kleid sowie ein paar Männersachen aufs Bett. «Das gehört mir und einer unserer Mägde. Damit werden Sie wenigstens von weitem die Soldaten täuschen. Das ist alles, was ich für Sie tun kann. Ich kann jetzt nicht länger warten. Adieu – und viel Glück!»

Er war weg, bevor Marie-Provence etwas erwidern konnte. Sie riss Charles das Nachthemd vom Leib, streifte dem schweratmenden Kind das dunkelgraue Kleid der Magd über und band ihm die weiße Schürze um. Schließlich setzte sie ihm die graue, schwarz eingefasste Kinderhaube auf, die leider nur den oberen Teil des Schädels bedeckte. Dann schlüpfte sie ihrerseits in Glains Sachen. Das Wams war ihr zu groß, die Wollstrümpfe schlugen Falten um ihre Waden, und die Ärmel des weißen Hemdes musste sie ein paarmal umschlagen. Mit einer Raffkordel, die sie vom Vorhang riss, passte Marie-Provence die viel zu weite Kniebundhose an ihre Hüften an. Sie betete zu Gott, dass ihr seltsamer Aufzug nicht weiter auffallen würde. Doch liefen nicht die meisten Chouans mit zusammengestückelten Kleidern herum? Wie auch immer, sie hatte keine Wahl. Zuletzt stopfte sie ihr Haar unter einen breitkrempigen Filzhut.

Sie hob Charles auf, der einen leisen Klagelaut ausstieß. Marie-Provence keuchte, wobei ihr die Leblosigkeit des Kindes mehr zu schaffen machte als dessen Gewicht. So schnell sie es vermochte, eilte sie nun zur Treppe. Der Haupteingang schien ihr zu gefährlich, also hastete sie zur Küche und riss die Tür auf, die in den Garten führte.

Draußen stand die Hitze. Vor ihr abgeerntete Obstbeete, rechts eine Mauer und ein schmales hölzernes Tor mit Oberlicht. Dahinter eine Nebenstraße.

«Hier ist es!» Zweispitzer mit blauweißroten Kokarden schwebten im Ausschnitt der Holztür. Marie-Provence schreckte zurück, krümmte sich schützend über ihrer kostbaren Last und presste sich an die Mauer. Die Tür ging auf, verbarg sie in ihrem Schatten. Soldaten drangen in den Garten ein und liefen in Richtung Haus. Marie-Provence schlüpfte auf die Straße.

Sie lief die Gasse hinunter bis zu einer Kreuzung. Nach rechts oder links? Sie kannte diese Stadt nicht und hatte keine Ahnung, wie sie aus ihr herauskommen sollte. Sie bog aufs Geratewohl ab. Der Schweiß lief ihr den Rücken hinunter. Das leblose Bündel lastete schwer in ihren Armen. Wie konnte ein so mageres Kind nur so schwer sein?

Uniformen tauchten vor ihr auf. Schnell schlüpfte sie in einen Hauseingang. Sie drehte der Gasse den Rücken zu, beschäftigte sich mit der Tür und tat so, als sei sie im Begriff einzutreten. Die Soldaten schenkten ihr nur einen kurzen Blick. Marie-Provence wollte gerade erleichtert ausatmen, als die Haustür plötzlich aufschwenkte und ein massiger Umriss erschien.

«Was ist hier los? Was hast du an meiner Tür zu schaffen?», herrschte sie eine ungehaltene Stimme an.

Marie-Provence fuhr zurück – und stieß einen Schrei aus. «Théroigne?»

Die Amme aus der maison de la couche zog die Stirn kraus und spähte unter Marie-Provence' Hut. Plötzlich erhellte sich ihr breites Gesicht. «Bei allen Heiligen der Bretagne! Wenn das nicht die kleine Duchesne ist!», rief sie ungläubig. «Was machst du denn in Auray? Und in so einem Aufzug?»

Aus den Augenwinkeln bemerkte Marie-Provence, dass einer der Soldaten sich zu ihnen umdrehte, und senkte ihre Stimme.

«Théroigne, ich flehe dich an um die Liebe Gottes! Lass mich ein!», drängte sie.

Die Amme warf einen Blick auf die Soldaten, einen zweiten auf das Kind in Marie-Provence' Armen. «Komm!», sagte sie.

«Wo sind wir?»

Marie-Provence beugte sich zu Charles hinunter. Seine Stirn war kühler, sein Blick klar. «Es geht Ihnen besser», sagte sie erfreut. Sie drehte sich um und strahlte Théroigne an.

«Ich gehe etwas Bouillon holen», erklärte diese. «Komm, César, du kannst mir helfen.» Das einjährige Kind folgte ihr mit unsicheren Schritten.

«Diese Frau ist eine Freundin. Wir sind umgezogen, während Sie schliefen.»

Charles betrachtete das Zimmer, in dem er lag. Théroignes Haus war klein und einfach, doch das schräge Dachzimmer, das ihnen zugewiesen worden war, sah auf einen riesigen Garten, und es war ruhig. Hier war kaum etwas zu hören von den Truppenbewegungen in der Stadt – beinahe konnte man sich hier in Sicherheit wähnen. Marie-Provence hoffte, dass sie Charles den Ernst der Lage verheimlichen konnte, bis sie Mittel und Wege gefunden hätte, zu ihrem Vater aufzuschließen.

«Wo ist mein Vogel?»

Charles' leise Stimme unterbrach ihr Grübeln. Sie nahm seine Hand. «Es tut mir leid, Charles. Ich konnte ihn gestern nicht mitnehmen. Doch ich bin sicher, im Haus des Notars wird es jemanden geben, der sich um ihn kümmert. Es wird ihm an nichts fehlen.» Sie erschrak, als die Augen des Kindes sich mit Tränen füllten. «Wir werden Ihnen einen neuen

Vogel kaufen, sobald wir dazu in der Lage sind», versprach Marie-Provence.

«So, und jetzt wird gegessen.» Théroigne betrat mit festen Schritten das Zimmer. Der Boden dröhnte unter ihrem Gewicht. Sie zog den Kopf ein, um sich nicht an den dicken Balken zu stoßen, und reichte Marie-Provence ein Schälchen.

Charles presste die Lippen aufeinander und drehte den Kopf weg.

«Charles, bitte, Sie müssen etwas zu sich nehmen», drängte Marie-Provence. Als das Kind nicht antwortete, stellte sie das Schälchen auf den Boden. Sie betrachtete es eine Weile. Als es sich nicht rührte, strich sie leicht über seine Schulter. «Erinnern Sie sich noch an das Meer, die Pfützen am Strand? Den Wind und das Kreischen der Möwen? Das alles und noch viel mehr wartet auf Sie. Sie und ich haben noch so viele Wunder zu entdecken! Doch das geht nur, wenn Sie stark genug sind.»

Der Junge starrte stumm an die Wand. Erst nach geraumer Weile vernahm sie seine Stimme, schwach und trotzig zugleich: «Ich will nicht irgendeinen Vogel. Ich will diesen einen. Ich habe ihm etwas versprochen.» Nach einer Pause fuhr er fort: «Am Anfang, als ich noch nicht allein in meiner Zelle war, habe ich einmal meinen Wärter gefragt, warum sie Papa umgebracht haben. Der Mann hat geantwortet, Papa hätte seine Versprechen gebrochen.» Charles warf ihr einen Blick aus den Augenwinkeln zu. «Ich will meine Versprechen halten, Marie. Verstehst du?»

Sie schluckte, strich über seine Haare und nickte.

Etwas später, als Charles eingeschlafen war, saßen Théroigne und Marie-Provence auf den Stufen, die in den Garten führten. Zwischen ihnen stand die kalt gewordene Bouillon. In einigen Schritten Entfernung hockte César und rupfte mit großem Ernst Grashalme aus.

«Wie groß er geworden ist», staunte Marie-Provence. «Docteur Jomart würde sich freuen, ihn so zu sehen.»

«Das glaube ich auch. Es ist immer zutiefst befriedigend,

wenn ein Pflegekind gedeiht. Auch wenn es nur zum Teil in der Macht der Pflegemutter liegt, ob es überlebt.» Théroigne scharrte mit den Holzschuhen. «Was ist mit dir? Wie bist du an den Jungen auf dem Dachboden gekommen?»

Marie-Provence stellte die Suppenschale außer Césars Reichweite. Bisher hatte die Amme noch keine Fragen gestellt über den seltsamen Jungen und warum sie ihn als Mädchen verkleidet hatte. «Nicht viel anders als du an César. Durch docteur Jomart. Auch Charles ist ein Waisenkind.»

«Ganz schön groß für ein Ziehkind. In dem Alter werden sie sonst nicht mehr genommen. Der Kleine hat riesiges Glück.» Sie betrachtete Marie-Provence. «Falls dich der Rat einer alten Amme interessiert: Du solltest aufhören, ihn zu siezen, wenn ihr nicht auffallen wollt.»

Marie-Provence sah zu Boden. «Wo sind deine anderen Kinder?», fragte sie. «Du lebst doch nicht alleine in diesem Haus?»

«Zurzeit schon. Ich hab noch zwei große Söhne, aber die sind weg. Als sie achtzehn und neunzehn waren, wurden beide rekrutiert. Doch kaum hatten sie zwei Schritte aus Auray gemacht, hat sie solche Sehnsucht gepackt, dass sie in die Büsche gesprungen sind.»

«Sie sind desertiert?»

Théroigne zuckte die Schultern. «Mich haben sie vorher nicht gefragt, sonst hätte ich ihnen schon noch klargemacht, was für ein ungemütliches Leben sie als Gesetzlose erwartet. Na ja, und als Ersatz für die beiden Jungen haben die Blauen ihren Vater mitgenommen. Seitdem habe ich Michel nicht wiedergesehen. Ab und zu lässt er mir einen Brief schreiben, damit ich weiß, dass er noch lebt. Und dann gibt es da noch Anne-Marie. Die ist elf und gescheit wie ein Pfarrer. Ich hab sie nach Rennes geschickt, zu meiner Schwester in die Lehre. Alle anderen sind gestorben. Drei Stück, zwei Jungen, ein Mädchen.» Sie winkte. «Komm mit.»

Sie schnappte sich César, klemmte ihn trotz Protestgeschreis auf die Hüfte und führte Marie-Provence in eine abseits gelegene Ecke des Gartens. Junge, schlanke Birkenstämme wiegten sich im lauen Sommerwind über einer wilden Blumenwiese, ihr feines Laubwerk streute ein Muster aus tanzenden Licht- und Schattentalern über eine verwitterte Holzbank. Ein leises Plätschern verriet, dass hinter der bemoosten Grenzmauer ein Bach verlief. «Jedes Mal, wenn eines meiner Kinder starb, hab ich eine Birke gepflanzt.»

Marie-Provence ließ sich auf der Bank nieder; sie genoss die Stille und Geborgenheit, die von dem Platz ausgingen. «Es sind fünf Bäume», sagte sie leise.

Théroigne brachte die schwere Bank zum Beben, als sie neben Marie-Provence Platz nahm. Sie nickte. «Nicht alle meine Ziehkinder waren so glücklich wie César.»

Sie schwiegen einen Augenblick. Marie-Provence schloss die Augen.

«Wenn du willst, werde ich für Charles auch einen pflanzen», sagte Théroigne.

Ein Ruck ging durch Marie-Provence. Sie starrte die Frau an. «Das wird nicht nötig sein.»

Théroigne bedachte sie mit einem langen Blick, blieb aber stumm.

«Charles ist erkältet», sagte Marie-Provence. «Es war meine Schuld, wir haben zu lange am Strand gesessen.»

«Das ist keine Erkältung. Er hat diese Schwellungen. Eine am Handgelenk, eine in der Kniekehle. Sie tun ihm weh. Und sein Bauch ist hart wie Stein.»

Marie-Provence sprang auf. «Das will nichts bedeuten. Das bekommen wir wieder hin. Jetzt, wo das Fieber gesunken ist …» Marie-Provence knetete ihre Hände, machte ein paar Schritte. «Er muss nur etwas essen.» Sie verstummte. Der Vogel. Sie musste diesen Vogel herbeischaffen! Und sie musste unbedingt wieder zu ihrem Vater stoßen. Sie blieb stehen. «Siehst du deine Söhne noch manchmal?», fragte sie.

«Ich weiß, wie ich sie erreichen kann. Manchmal besuchen sie mich auch und bleiben über Nacht. Sie haben im Garten ein Versteck angelegt, in der Art, wie die Chouans sie im Wald haben. Die Soldaten waren schon ein paarmal bei mir und haben alles durchsucht, ohne sie zu finden. Aber das

Versteck ist sehr klein. Länger als ein paar Stunden halten meine Burschen es dort nie aus.»

«Könnten deine Söhne eine Nachricht von mir weiterleiten?»

Théroigne beäugte sie argwöhnisch. «An wen soll die gehen?»

Marie-Provence sah sie fest an. «Ich habe da einen Freund. Man nennt ihn Gédéon. Manchmal auch Georges.»

Théroigne schnaufte. «Das sollte sich arrangieren lassen.»

⚜

Marie-Provence hielt den Blick gesenkt, als sie durch die Gassen von Auray schritt. Ihre ausgeliehenen Holzschuhe, die eigentlich Théroignes Tochter gehörten, machten, wie ihr schien, einen Höllenlärm auf den Pflastersteinen. Zudem waren sie ihr zu klein und drückten schmerzhaft. Doch Holzschuhe und Théroignes geflügelte, ausladende Haube machten sie unsichtbar zwischen allen anderen Holzschuhen und Hauben der Stadt.

Wenn sie den Vogel erst hatte, würde Charles wieder essen und kräftig genug werden, um mit ihr zu ihren Leuten zurückzukehren. Zudem war die Botschaft, die sie Théroigne anvertraut hatte, heute Morgen von der Amme an die Chouans weitergeleitet worden. Marie-Provence zweifelte nicht daran, dass ihr Vater und die Royalisten erleichtert waren; sicher taten sie jetzt alles, um sie und das Kind aus Auray herauszuholen. Falls es ihnen dennoch nicht gelang, würden Charles und sie sich selbst helfen müssen.

Zielstrebig ging Marie-Provence zu dem Tor, das in den Garten des Notars führte. Wie erhofft war es unverschlossen. Sie hielt die Luft an und sandte ein Stoßgebet zum Himmel, als sie wie selbstverständlich den Garten betrat. In der kurzen Zeit, während sie bei Glain wohnten, hatte der Korb mit der Brieftaube entweder bei Charles oder unter freiem Himmel neben der Küche gestanden. Wenn das Schicksal es gut mit ihr meinte, würde ihr Unternehmen ein Kinderspiel sein.

Marie-Provence durchquerte die vertrocknenden Obstbeete und hielt direkt auf das Haus zu. Ihre Zunge klebte am Gaumen. Neben der Küche stand ein Stuhl. Auf ihm ein Korbgeflecht, das einen weißen Vogel schützte. Das Schicksal hatte ein Einsehen!

Am liebsten wäre Marie-Provence in den Laufschritt verfallen, doch es war nicht ausgeschlossen, dass jemand sie vom Haus aus beobachtete.

Plötzlich erstarrte sie. Ein blauuniformierter Soldat trat aus der Küchentür. Er stellte sein Bajonett ab und griff lässig in seine Tasche.

Ihre Gedanken überschlugen sich. Wieso waren noch Soldaten im Haus? Sie versuchte, sich zu beruhigen. Vielleicht war hier nur eine Wache postiert worden, um den geflohenen Notar abzupassen, falls dieser – wie sie – zurückkehrte, um noch etwas zu holen. Sie atmete befreit auf. Genau das würde es sein. Niemand würde auf eine Bretonin achten, besonders nicht, wenn diese etwas so Harmloses wie einen Vogelkäfig holen wollte. Außerdem war sie bereits zu nah, um noch kehrtzumachen. Beherzt trat sie auf den Soldaten zu.

Dieser hatte derweilen eine kleine Pfeife aus seiner Tasche gezogen und begann, sie zu stopfen.

«Bonjour, soldat!», grüßte Marie-Provence strahlend.

Der Mann musterte sie und lächelte. «He, wo kommst du denn her?»

«Von gegenüber. Meine Tante schickt mich, ihren Vogel wieder abzuholen. Als sie krank war, hat sie wegen dem ständigen Gurren nicht schlafen können und ihn unserem Nachbarn in Pflege gegeben. Aber jetzt geht es ihr besser, und der Vogel fehlt ihr.» Sie ging zum Käfig. «Darf ich?»

«Hab nichts dagegen.» Der Mann stopfte seinen Tabakbeutel zurück in die Tasche. Sein Blick glitt an ihr hinab. «Wohnst du bei deiner Tante? Kann man dich dort mal besuchen?»

Schritte tönten aus der Küche. «Mit wem redest du da, Soldat?»

Es war eine männliche Stimme. Dieser Tonfall … Etwas in ihr schlug Alarm. Und dann sah sie ihn.

Cédric Croutignac trat aus der Küchentür.

Sie starrten sich eine Sekunde lang an, sprachlos, so überrascht, dass keiner von ihnen zu handeln vermochte. In der nächsten Sekunde rannte Marie-Provence los.

«Soldat, verhafte diese Frau! Schnell!»

Den Vogelkorb an sich gepresst, hetzte Marie-Provence aus dem Tor. Croutignac war hier, in der Bretagne! Ihretwegen, dessen war sie sich sicher. Die Erinnerung an die Todesangst auf dem Schafott lebte wieder auf und drohte, sie zu überwältigen. Théroigne. Sie musste zu Théroigne und zu Charles zurück. Allerdings nicht auf direktem Weg. Vorher musste sie ihre Verfolger abschütteln.

Noch immer kannte sie sich kaum in der Stadt aus. Sie lief durch mehrere Gassen und Sträßchen, orientierte sich am Glockenturm der Kirche Saint-Sauveur und gab stets acht, in etwa die Himmelsrichtung beizubehalten, in der sie Théroignes Haus vermutete. Hinter ihr, in einiger Entfernung, hörte sie die diffusen Geräusche mehrerer Verfolger, die sich an ihre Fersen geheftet hatten. Sie hastete über einen Marktplatz, der von Fachwerkhäusern mit Andreaskreuzen gerahmt war. Fischer vom Hafen Saint-Goustan boten Waren in ihrer rauen Sprache feil. Ein Geruch von Tang, Muscheln und Fischgedärm umwehte Marie-Provence. Dann bog sie in ein winziges Gässchen ein.

Schiefe Fachwerkhäuser mit Auskragungen säumten es bis zu einer buckeligen Steinbrücke. Darunter gluckerte ein Bach zwischen schlammigen Ufern dahin. Kurz entschlossen verließ Marie-Provence den Weg. Sie hatte Glück: Es war Ebbe, und der Bach, in dem sich bei Flut das Meerwasser staute, führte nur wenig Wasser mit sich. Ein Schlickstreifen lag frei. Marie-Provence kroch unter den bemoosten Steinbogen, kauerte sich auf dem stinkenden, von grünen Fadenalgen und messerscharfen Muschelsplittern bespickten Schlick zusammen und wartete.

Nach wenigen Sekunden hörte sie Schnaufen, Stiefelabsätze hämmerten über ihrem Kopf. «Schneller, Männer, sie entkommt uns noch!»

Croutignacs Stimme erklang vom anderen Ufer, wurde leiser, bis sie nicht mehr zu hören war. Marie-Provence wartete, bis ihr Herz etwas ruhiger schlug, ergriff dann den Käfig mit dem flatternden Vogel und kroch aus ihrem Versteck. Draußen war alles ruhig.

Sie überlegte schnell. Ob das der Bach war, der auch an Théroignes Grundstück vorbeifloss? Wenn ja, würde sie vielleicht den Garten der Amme über das Ufer erreichen können. Einen Versuch war es wert.

Sie machte sich auf den Weg. Der Schlamm erschwerte zwar ihr Vorankommen, denn die Holzschuhe rutschten – wenn sie nicht einsanken –, und der Vogelkäfig drohte immer wieder, sie aus dem Gleichgewicht zu bringen. Doch sie hastete mühsam voran, die Angst an den Fersen. Zu ihrer Linken wechselten sich schiefe Häuserrücken, Gebüsch und Zäune ab. Endlich tauchte eine verwitterte Steinmauer auf. Marie-Provence war erleichtert, als sie dahinter Birkenblätter erspähte. Hier war sie richtig!

Jetzt galt es allerdings noch, über das Mauerwerk zu klettern. Kein kleines Unterfangen, angesichts der Höhe des Bauwerks. Die Holzschuhe machten eine Kletterpartie unmöglich. Marie-Provence zog sie aus, und ihre Füße versanken im weichen Boden. Sie schleuderte die Holzpantinen in Théroignes Garten. Aber was tun mit dem Vogelkäfig? Sie wollte nicht riskieren, dem Tier das Genick zu brechen, wenn sie mit dem Käfig ähnlich vorging. Kurz entschlossen öffnete sie die Schürze, die zu ihrer Tracht gehörte, und fädelte deren Bänder durch den Griff des Käfigs. Dann befestigte sie beides in fliegender Hast wieder mit einem dreifachen Knoten um ihre Taille. Zwar war der Käfig hinderlich, aber es würde gehen. Schließlich brauchte sie ihre Hände für die Mauer.

Sie ergriff den ersten Mauervorsprung, während ihre Zehen sich in eine Ritze schoben. Unerträglich langsam gewann sie an Höhe, bis ihre Hände endlich die Mauerkrone ertasteten. Erschöpft zog sie sich herauf. Bevor sie sich an den Abstieg machte, warf sie einen letzten Blick auf den Bach. Alles war ruhig.

Aber was war das?

Mein Gott, wie konnte man nur so dumm sein? Ungläubig starrte sie hinunter, auf ihre eigenen Fußspuren, die sich überdeutlich durch den tiefen Schlamm zogen.

Sie hatte Croutignac den direkten Weg zu ihrem Versteck gezeigt.

«Ist etwas passiert?», fragte Théroigne lautstark, um César zu übertönen, der wie am Spieß brüllte. Ein Häufchen abgerupfter Blütenstiele lag zu seinen Füßen.

«Ich muss Charles holen. Wir sind hier nicht mehr sicher», sagte Marie-Provence außer Atem. «Ich habe jemanden getroffen – einen Mann, den ich kenne und der mich und Charles verfolgt. Ich bin über das Bachufer geflüchtet, doch er wird meinen Spuren folgen, und …»

«Jetzt beruhige dich erst einmal. Die Flut wird die Spuren am Bach verwischen. In ein paar Stunden ist nichts mehr zu sehen.» Théroigne beugte sich schnaufend über ihren Bauch zu César hinab und beäugte die Pusteln, die sich auf seinen kleinen Händen gebildet hatten. Kopfschüttelnd sah sie auf die unscheinbaren grüngelben Blütenstängel zu ihren Füßen, aus denen ein zäher milchiger Saft austrat. «Irgendwo wachsen schon wieder Euphorbien im Garten. Immer wenn ich das giftige Kraut ausreiße, kommt woanders was nach. Ein Teufelszeug ist das!» Sie zog César in die Arme. «Komm her, mein armer Schatz!»

«Wir können nicht so lange warten», entgegnete Marie-Provence ungeduldig. «Das Risiko ist zu groß, wir müssen sofort los.»

Théroigne betrachtete sie einen Augenblick stumm. Dann bedeutete sie Marie-Provence mit ihrer mächtigen Hand, ihr zu folgen. «Komm mit.»

Kurz darauf standen sie an Charles' Lager.

Mutlos sank Marie-Provence neben dem Jungen auf die

Knie. «Er fiebert wieder.» Sie legte die Hand auf seine Stirn und erschrak. «Warum? Es ging ihm doch besser!» Sie strich die feuchten blonden Strähnen aus dem Kindergesicht. Charles wimmerte. Marie-Provence presste sich die Hand auf den Mund. Die Gedanken rasten in ihrem Kopf, ohne dass sie einen einzigen zu fassen bekam. Und die Panik, die sie schon vorhin ergriffen hatte, als sie so plötzlich Croutignac gegenüberstand, drohte erneut, sie zu überwältigen. «Egal. Wir müssen los.»

«Du kannst das Kind unmöglich mitnehmen.»

Schweigend schob Marie-Provence einen Arm unter Charles' Beine – und erstarrte, als Charles urplötzlich einen markerschütternden Schrei ausstieß. Sie schreckte zurück. «Mein Gott ...» Sie starrte verzweifelt die Schwellung in Charles' Kniekehle an. «Aber wir müssen doch weg!»

«Dieses Kind leidet Höllenqualen. Wenn du es bewegst, wird es ununterbrochen schreien. Du kommst keine fünf Schritte aus dem Haus, ohne aufgehalten zu werden.»

«Das verstehst du nicht!», fuhr Marie-Provence Théroigne an. «Sie wollen ihn einsperren! Und wenn er eingesperrt wird, stirbt er!»

«Kleine!» Théroignes Stimme war sanft.

Marie-Provence blickte zu ihr auf. Ihr Magen krampfte sich zusammen. «Nein!», schrie sie.

«Wir können das Schicksal nicht bezwingen. Und auch nicht das Leben.»

«Ich kann es. Ich habe Charles bereits gerettet!»

«Nein, das hast du nicht, du Närrin.» Théroigne packte Marie-Provence beim Nacken. Die wehrte sich, doch die Amme war stärker. «Schau es dir an», raunte Théroigne ihr ins Ohr. «Dieses Kind wird sterben! Und das Einzige, was du tun kannst, ist, es in Würde und Geborgenheit gehen zu lassen!»

Marie-Provence riss die Augen auf, wollte den Kopf schütteln, doch Théroignes Griff war unerbittlich. Und dann sah sie, was sie bislang stur verweigert hatte.

«Lass ihn mir.» Théroignes eiserner Griff löste sich. Ihre

Hand blieb auf Marie-Provence' Nacken liegen. «Ich glaube nicht, dass er noch einmal aufwacht. Du hast gesagt, ein Mann verfolgt euch. Dem Jungen kann er nichts mehr anhaben. Aber du, du kannst fliehen und dich in Sicherheit bringen. Ich habe Übung in diesen Sachen, das weißt du. Es wird ihm gutgehen bei mir. Ich werde ihn nicht alleine lassen.»

Marie-Provence kniete noch immer neben dem hohlwangigen Kind. In ihr war nichts als Stille, Leere. Théroignes Worte hallten in ihrem Kopf wie in den geplünderten Hallen von Maisons. Etwas Schweres, Untragbares lastete auf ihren Schultern, ihrem Nacken, drückte ihren Kopf nieder, bis ihre Stirn auf dem Bett lag. Charles' dürre Hand lag neben ihrem Gesicht. Sie zuckte. Marie-Provence ergriff sie, wie so oft zuvor in ihrem Leben, hielt sie fest. Sie spürte den eiligen Puls unter der blaugeäderten Haut. Sie spürte, wie die Wärme, die von dieser Haut ausging, die Leere in ihr verdrängte und in Gewissheit verwandelte.

«Ich bleibe», flüsterte sie.

«Aufmachen, im Namen der Republik!», polterte es an der Tür.

Marie-Provence schluckte. Sie hielt Théroigne zurück. «Lass nur. Ich gehe schon.» Sie atmete einmal tief durch. *Wichtig ist nicht, ob du stark bist …* Sie öffnete die Tür. «Kommen Sie herein.»

Croutignac verharrte eine Sekunde lang verblüfft, drückte dann die Tür auf und trat über die Schwelle. Die vier Soldaten, in deren Begleitung er war, drangen in den Raum.

«Nehmt beide Frauen fest! Und sucht nach dem Jungen», befahl er.

«Nein! Ich führe euch zu ihm», widersprach Marie-Provence. Ein Soldat packte ihre Unterarme. «Ohne mich werdet ihr ihn nicht finden!»

«Das wollen wir doch mal sehen.» Croutignac machte eine zackige Handbewegung. «Los, Männer. Auf was wartet ihr noch?»

Kurz darauf hörte man die Soldaten Haus und Garten durchwühlen. Marie-Provence warf Théroigne einen Seitenblick zu, doch diese verzog keine Miene. Falls die Amme befürchtete, Charles' könne entdeckt werden, so ließ sie sich nichts anmerken. Sie warteten, wie Marie-Provence schien, eine Ewigkeit. Endlich aber versammelten sich die Soldaten wieder im Raum – mit leeren Händen.

«Glauben Sie mir jetzt?», fragte Marie-Provence.

Croutignacs Augen verengten sich hinter den dicken Brillengläsern. «Was führst du wieder im Schilde? Du hast uns erwartet, also warum bist du nicht vor unserer Ankunft geflohen?»

Sie hielt seinem Blick stand. «Es ging nicht. Das Kind liegt im Sterben.»

«Ach?», sagte Croutignac gedehnt.

Marie-Provence ballte die Fäuste. «Ich zeige Ihnen sein Versteck. Und dafür lassen Sie mich bei ihm bleiben. Bis zum Ende.»

«Wenn es stimmt, was du sagst, brauche ich doch nur abzuwarten, um das Kind loszuwerden. Warum sollte ich deine Bedingungen erfüllen?»

«Weil Sie sich nie sicher sein würden, ob ich Sie über Charles' Zustand nicht belogen habe. Weil Sie dessen Leiche brauchen, um Ihren Auftraggebern beweisen zu können, dass Sie Ihre Aufgabe erfüllt haben. Und weil Sie sonst selbst nicht zur Ruhe kommen.» Nach einer kurzen Pause schloss Marie-Provence: «Alles, was ich von Ihnen verlange, ist Zeit, Croutignac. Und Freiheit für diese Frau hier.» Sie deutete auf Théroigne. «Dafür schwöre ich, dass ich mich nach Charles' Tod ohne Widerstand abführen lassen werde und bis dahin keinen Fluchtversuch unternehme.»

Croutignac betrachtete sie nachdenklich. «Warum hast du dich nicht zusammen mit dem Jungen versteckt?»

Marie-Provence klimperte mit den Wimpern. Ja, natürlich hätte sie sich auch in dem Erdloch verbergen können, in dem das Kind lag. Doch wer wusste schon, wie lange die Soldaten in Théroignes Haus ausgeharrt hätten? Beim Notar

Glain waren sie noch heute. Marie-Provence ahnte, dass sie nicht mehr viel Zeit hatte, um Abschied zu nehmen. Und Charles sollte seine letzten Stunden unter freiem Himmel erleben, nicht in einem fensterlosen Versteck. «Ich habe meine Gründe.»

Croutignac warf ihr einen seltsamen Blick zu. Nach einer Denkpause nickte er. «Ich bin einverstanden.»

Es war später Nachmittag. Noch stand die Sonne hoch am Himmel, doch ihre Strahlen fanden bereits den Weg unter das moosige Dach des Unterstandes. In der warmen Luft hing der Duft des Sommers, wie ein haltloses Versprechen von Leichtigkeit und Glück, von reifenden Kornwiesen und Nächten im Stroh. Vor ziemlich genau einem Jahr hatte Marie-Provence im Gefängnis von La Force um ihr Leben gebangt. Der Juli, fand sie, war ein trügerischer Monat.

Théroigne saß ein paar Schritte entfernt und döste. Die Brieftaube hatte ihre Flügel gespreizt und putzte ihr Gefieder, feiner weißer Flaum segelte durch die Gitterstäbe. Ganz in der Nähe des Käfigs lag Charles regungslos unter einer leichten Decke. Ihn von seinem Versteck in diesen kleinen Unterstand zu bringen, in dem Théroigne für gewöhnlich Körbe und Gartenzeug aufbewahrte, war sehr anstrengend und schmerzhaft für ihn gewesen, doch jetzt war er ruhig. Sein Atem ging leicht und kaum hörbar, sodass Marie-Provence sich immer wieder zu ihm hinabbeugte, um seinen Puls zu fühlen.

«Dieses Kind wird einen leichten Tod haben», vernahm sie eine Stimme in ihrem Rücken. Sie erstarrte. Croutignac stand im Schatten eines Stützpfostens, mit gekreuzten Armen.

«Es ist zu beneiden», sagte er. «Es gibt noch ganz andere Arten, den Tod zu empfangen. Weißt du, zum Beispiel, wie es ist, an den Pocken zu sterben?»

Gereizt wandte sie ihm den Rücken zu. Warum ließ er sie und Charles nicht in Frieden?

Leise fuhr Croutignac fort: «Der Kranke schwillt an, bis

die Spannung auf seiner Haut kaum noch auszuhalten ist. Er phantasiert vor Fieber und ist übersät mit roten, harten Pusteln, auch auf Handflächen und Fußsohlen, im Mund und in der Luftröhre. Und ganz besonders im Gesicht.» Tonlos fügte er hinzu: «Ein Mensch, der die Pocken hat, ist ein Anblick des Grauens, den man nie mehr im Leben vergisst.»

Marie-Provence stützte ihre Hand neben Charles' Arm ab. Seine Haut strahlte Wärme aus, und es tat ihr gut, diese Wärme zu spüren.

«Wenn dieses Kind die Pocken hätte, würdest du es nicht mehr berühren wollen. Du würdest es nicht über dich bringen.»

Ruckartig wandte Marie-Provence sich um. «Was bezwecken Sie, Croutignac? Ihre Geschichten interessieren mich nicht.»

Croutignac schenkte ihr nicht mal einen Blick. «Wenn die Krankheit ihren Höhepunkt erreicht, füllen sich die Pusteln mit Eiter und brechen auf. Der Kranke wird zu einer einzigen Wunde. Und er stinkt. Mein Gott, wie er stinkt! Wenn man ihn vorher schon nicht anfassen wollte, so muss man sich jetzt Gewalt antun, um überhaupt in seine Nähe zu treten.»

Marie-Provence sprang auf. «Théroigne, bleibst du bei Charles? Ich muss mir ein Glas Wasser holen.»

Der Blick der Amme wanderte zwischen ihr und Croutignac hin und her. «Natürlich, lass dir Zeit. Du sitzt hier schon seit Stunden.»

Marie-Provence hauchte einen Kuss auf Charles' Stirn und lief davon.

«Sie hieß Félicie. Und sie starb kurz vor ihrem fünften Geburtstag!», schrie ihr Croutignac hinterher.

In der Küche standen zwei Soldaten. Der eine hielt einen Deckel in der Hand und spähte in einen Kochtopf. «Wann gibt's hier eigentlich was zu essen?», fragte er.

«Frag deinen Hauptmann», fuhr Marie-Provence ihn an. Der Mann riss überrascht die Augen auf. Sie kippte zornig zwei Gläser Wasser hinunter. Verfluchter Croutignac! Was wollte er? Ihr die letzten Stunden mit Charles vergiften? Wie konnte ein Mensch nur so gottlos und grausam sein? Und warum? Wenn er nur endlich seinen Mund halten würde! Sie griff ein Messer, um sich eine Scheibe Brot abzuschneiden, und verharrte plötzlich. Wenn sie jetzt wirklich stark wäre, würde sie Croutignac dieses Messer ins Herz stoßen!

Sie erschrak zutiefst über ihren eigenen Gedanken, ließ die Klinge fallen, als sei ihr Griff aus glühendem Eisen, und lief wieder in den Garten. Nein, dachte sie, sie würde sich nicht auf Croutignacs Niveau hinablassen. Und sie würde ihm nicht erlauben, sich zwischen Charles und sie zu stellen. Ab sofort würde sie ihn einfach nicht mehr beachten!

Kurz bevor sie den Unterstand erreichte, hörte sie Théroignes ruhige Stimme. Marie-Provence hielt inne.

«Sie haben sie Félicie genannt, die Glückliche. War es ein glückliches Kind?»

Ein Schnauben antwortete ihr, das wohl ein Lachen war. «Ja, das war sie. Vom Tag ihrer Geburt an. Glücklich, auf der Welt zu sein.»

«Was konnte sie am besten? Was begeisterte sie?»

«Geschichten. Märchen. In der Beziehung war sie ihrem Alter weit voraus. Sie fabulierte von morgens bis abends. Erfand ganze Welten, in denen es von Magiern und Drachen wimmelte. Und natürlich von Prinzessinnen und Rittern.»

Marie-Provence presste die Lippen aufeinander und trat vor das Lager. «Ihre Männer möchten Sie sprechen», warf sie Croutignac kalt zu, als sie sich wieder neben Théroigne auf ihren alten Platz setzte. Kaum war Croutignac verschwunden, zischte Marie-Provence Théroigne an: «Wie kannst du nur mit dem Kerl reden? Siehst du nicht, dass er versucht, mir den letzten Augenblick mit Charles zu vergiften?»

Théroigne schüttelte ihr mächtiges Haupt. «Nein, Kleine, das will er nicht.» Sie deutete mit ihrem Kinn auf Charles. «Das hier nimmt ihn genauso mit wie dich, glaub mir.»

«Mitnehmen?» Marie-Provence lachte scharf. «Der Mann ist überglücklich, Théroigne. Er ist mit schuld daran, dass

Charles monatelang in einem fensterlosen Kerker in Einzelhaft verbrachte! Er hat seinen Tod herbeigesehnt und sich geweigert, einen Arzt zu ihm durchzulassen. Er hat den Jungen auf dem Gewissen!»

Théroigne betrachtete sie auf ihre ruhige, wissende Art. «Mag sein. Ich weiß nichts von alledem. Aber ich weiß, dass die Situation ihn an den Todeskampf seiner Tochter erinnert. So wie ich ihn verstanden habe, war es sein einziges Kind. Ich glaube nicht, dass er hier bewusst stört, sondern eher, dass es ihn mitreißt.»

«Dann soll er sich woanders mitreißen lassen!»

Théroigne legte ihr eine Hand in den Schoß. «Du kannst ihn nicht wegschicken oder ihm den Mund verbieten. Du solltest dir einmal seine Geschichte anhören. Ich glaube, danach wird er dich in Ruhe lassen.» Théroigne stand auf. «So, und jetzt muss ich in die Küche. Wahrscheinlich stehen die Kerle dort schon Schlange und plündern meine Vorräte. Besser, ich schau mal nach dem Rechten.»

Sie verschwand. Charles' Augenlider flatterten. Ein Vogel sang im nahen Gebüsch, und die Brieftaube lief auf ihrer Stange hin und her. Marie-Provence atmete durch und schloss die Augen. Endlich etwas Ruhe und Frieden.

«Marie?»

Marie-Provence zuckte zusammen. «Charles! Du bist wach!»

Die Stimme des Kindes war sehr leise: «Der Vogel!» Ein Lächeln erhellte sein Gesicht. «Du hast ihn mir gebracht!»

Marie-Provence nickte und lächelte ebenfalls. «Ja.»

«Gibst du ihn mir?», fragte er stockend.

Marie-Provence hielt den kleinen Käfig in seine Reichweite. Charles hob mühevoll den Arm, machte sich ungeschickt an der Käfigtür zu schaffen. An seiner Nasenwurzel erschien eine senkrechte Falte. Als Marie-Provence ihre Hilfe anbot, deutete er nur ein Kopfschütteln an. Endlich, nach einer kleinen Ewigkeit, öffnete sich die Tür, und Charles' Arm fiel auf die Decke zurück.

«Ich halte mein Versprechen. Ich lasse ihn frei», sagte das Kind feierlich.

Marie-Provence nickte langsam. «Wenn du das möchtest.» Sie hielt die Käfigtür auf. Der weiße Vogel beäugte die Öffnung mit ruckartigen Kopfbewegungen, trippelte näher. Marie-Provence und Charles hielten den Atem an. Dann plötzlich ein Sprung, das Rascheln von Flügeln. Etwas Weißes streifte Marie-Provence' Wange. Die Taube flatterte noch ein paar Sekunden unter dem Dach herum, dann entschwand sie im Himmelblau.

«Jetzt hasst sie mich nicht mehr», erklärte Charles zufrieden.

«Ich glaube nicht, dass sie Sie jemals gehasst hat», widersprach Marie-Provence. «Sie haben ihr zu fressen gegeben. Sie war Ihnen dankbar.»

Charles sah sie an, und Marie-Provence musste sich zu ihm hinabbeugen, um ihn zu verstehen. Stockend sagte er: «Ich war niemals dankbar, als man mich in meinem Käfig fütterte. Warum sollte sie es gewesen sein?»

Marie-Provence wandte ihr Gesicht ab. Mit übergroßer Sorgfalt stellte sie den leeren Käfig weg. «Sie haben recht.»

Nachdenklich und sehr leise sagte das Kind: «Dich habe ich manchmal auch gehasst, Marie. Wenn du an der vergitterten Tür gestanden und zu mir hineingeguckt hast, und ich war drinnen. So wie die Taube.» Er tastete nach ihrer Hand, fragte verunsichert: «Verzeihst du mir?»

Noch nie war ihr ein Lächeln so schwergefallen. «Aber ja», flüsterte sie. «Haben Sie nicht auch der Taube verziehen?»

«Ich war nie zornig auf sie.»

«Sehen Sie!»

Charles' Stirn wurde wieder glatt. Marie-Provence und er lächelten sich an. Dann fielen dem Kind die Augen zu.

Marie-Provence ergriff voller Angst seine gesunde Hand, doch der Puls lief, schwach, aber gleichmäßig. Charles war eingeschlafen.

Sie lehnte sich zurück, kraftlos vor Erschöpfung. Ihre

Augen brannten, und ihr Hals fühlte sich an, als würde er in einem viel zu engen Kragen stecken.

«Komm, Kleine. Mach ein paar Schritte. Ich löse dich ab», brummte Théroigne, als sie nach einer Weile zurückkehrte. «Geh in die Küche, ich habe dort einen Teller für dich bereitgestellt.»

Marie-Provence entfernte sich langsam und mit steifen Gliedern. Sie verspürte keinen Hunger, doch es tat gut, sich von den letzten Sonnenstrahlen wärmen zu lassen. Ein paar Heuschrecken sprangen davon, als sie den Weg zum Birkenhain einschlug. Sie sank auf die alte Bank und ließ die Ruhe des Ortes auf sich wirken. Schließlich streckte sie sich auf der Sitzfläche aus und starrte in den Himmel. Die kleinen Blätter der Birken bewegten sich sanft. Wolkenschleier zogen über das Blau, einige färbten sich bereits. Die Nacht war nicht mehr weit.

«Ist er tot?»

Ihr war, als hätte man sie geschlagen. Sie schnellte hoch. «Nein!», schleuderte sie Croutignac entgegen. «Es tut mir schrecklich leid, doch Sie werden noch ein wenig warten müssen.»

Croutignac kam näher. Er zuckte die Schultern. «Ich habe es nicht eilig.»

«Nein, warum sollten Sie auch? Einer Ihrer größten Träume wird bald in Erfüllung gehen. Sie müssen diese Stunden doch regelrecht genießen!»

Croutignac antwortete nicht. Sein Gesicht blieb unbewegt.

Marie-Provence dachte an Théroigne und ihren Rat. Doch sie fühlte sich außerstande, ihn zu befolgen. Croutignac hatte Charles auf dem Gewissen. Und ihre Mutter. Und auch ihr selbst trachtete er seit Monaten nach dem Leben. Vor diesem Mann Verständnis zu heucheln und ihn nach den Einzelheiten des Todes seiner Tochter auszufragen, ging über ihre Kräfte. «Was sind Sie bloß für ein Mensch! Gerade von Ihnen, der am eigenen Leibe gespürt hat, wie es ist, ein krankes Kind zu verlieren, könnte man in dieser Situation Ehrfurcht und Mitgefühl erwarten.»

«Falsch. Von jemandem, der unter den gleichen Umständen wie ich sein Kind verloren hat und nun dem Tod von Louis-Charles Capet beiwohnt, könnte man Genugtuung und Freude erwarten.»

Ihr wurde übel.

Er lächelte dünn. «Ich schockiere dich, das sehe ich dir an. Tatsache aber ist, dass das Kind da drüben meine Tochter Félicie ermordet hat. Genauso wie dein Vater. Und dass ich mich freuen werde, wenn es zu Ende ist.»

Marie-Provence starrte den Mann an. «Ihre Tochter starb an den Pocken, das haben Sie selber gesagt. Sie müssen verrückt sein!»

«Leider nein, das wurde mir nicht vergönnt.» Sein Gesicht wurde finster. Er drehte sich weg. «Wir verlassen dieses Haus morgen früh, bei Sonnenaufgang. Und wenn der Balg bis dahin nicht tot ist, nehmen wir ihn mit.»

«Das dürfen Sie nicht», schrie Marie-Provence. «Sie haben es mir versprochen!»

Er beachtete sie nicht, sondern eilte mit großen Schritten davon.

Kurze Zeit darauf betrat Marie-Provence wieder den Unterstand. Sie ließ sich auf ihren Stuhl fallen.

«Was waren das für Stimmen?», fragte Théroigne.

Marie-Provence benetzte ihre Lippen. Ihre zitternden Finger griffen nach Charles' Hand. «Wenn Croutignac hier noch einmal auftaucht, reiße ich ihn in Stücke», sagte sie.

Marie-Provence schlug die Augen auf. Sie zog sich mühsam in ihrem Stuhl hoch. Was hatte sie geweckt? Es war tief in der Nacht. Zwei Lampen waren an den Stützpfosten des Unterstandes aufgestellt worden, warmes Licht warf Kreise auf den gestampften Lehmboden. Graue Nachtfalter und Eintagsfliegen umschwärmten sie und stießen gegen das Schutzglas.

Marie-Provence' Blick fiel auf das Lager. Charles' Augen

waren weit geöffnet. Stumm und reglos blickte er in die Nacht. Nur selten schlug er mit den Wimpern.

Marie-Provence atmete tief durch, und die Ruhe der Nacht senkte sich auf sie herab. Die laue Sommerluft war erfüllt von Zirpen, ab und zu unterbrach der Ruf eines Käuzchens das Konzert. Der Mond war nicht zu sehen, doch Myriaden von Sternen prangten am Himmel. Charles bewegte schwach die Finger, und Marie-Provence beugte sich über ihn.

«Tauben finden immer zurück, nicht wahr?», raunte er.

«Ja, das tun sie.»

Stockend und kaum hörbar, aber eindringlich fragte er: «Selbst wenn sie so lange von ihrer Familie getrennt waren? Und die ganze Zeit nur in einem kleinen Käfig gelebt haben?»

«Machen Sie sich keine Sorgen. Sie wird nach Hause finden.»

Ein Lächeln huschte über Charles' Lippen. Dann fielen seine Augen zu.

Marie-Provence starrte in die sternklare Nacht. Warum nur fürchteten sich die Menschen vor ihr? Gott kannte keine Dunkelheit, sie war allein das Werk der Menschen.

Sie hielt Charles' Hand, bis sie kalt wurde.

15. KAPITEL

Messidor, Jahr III
Juli 1795

«Ich will unter keinen Umständen gestört werden. Ist das klar?»

Der Soldat nickte. «In Ordnung, Monsieur Croutignac.»

Cédric betrat den Raum und verriegelte die Tür mit einer doppelten Umdrehung des Schlüssels. Ein kurzer Blick genügte, um den Leichnam des Kindes zu entdecken. Er trat näher. Jemand hatte die Hände des Jungen über dessen Brust gefaltet. Zwei Kerzen brannten und spendeten warmes, aber unzureichendes Licht. Cédric beglückwünschte sich, an eine Lampe gedacht zu haben. Diese stellte er so auf, dass der Oberkörper des Kindes gut beleuchtet war. Ein paar Sekunden lang betrachtete er das starre Antlitz mit den farblosen Lippen. Er verspürte weder Hass noch Zorn oder Genugtuung. Es war vorbei, und es war gut so. Die Genugtuung würde mit Sicherheit noch kommen, später. Und mit ihr der Frieden.

Cédric holte das Leder aus seiner Jackentasche und entrollte es. Ein Skalpell kam zum Vorschein. Cédric prüfte die Schärfe an einem Stück der Hülle – die Klinge zerschnitt das Leder wie Butter.

⚜

«Gott segne dich, Kleine.»

«Dich auch, Théroigne.» Marie-Provence strich der Amme mit gefesselten Händen über das breite Gesicht. «Und achte weiterhin gut auf César.»

Théroigne wiegte den Kopf hin und her und umarmte sie.

«Er ist kräftig. Er wird derjenige sein, der einmal für mich einen Baum pflanzen wird.»

Marie-Provence nickte und zog sich ihr Tuch über den Kopf. «So soll es sein. Aber erst in ferner Zukunft.» Es gelang ihr, zu lächeln. «Sechs Birken reichen für einen Garten.»

«Genug jetzt.» Croutignac machte ein Zeichen. «Los, Männer!»

Die vier Soldaten nahmen Marie-Provence in die Mitte, mit Croutignac an der Spitze traten sie auf die Straße. Théroigne sah ihnen nach. Nach einer Straßenbiegung verlor Marie-Provence sie aus den Augen.

Der Trupp lief schnell, und Marie-Provence hatte Mühe, Schritt zu halten. Jetzt, da alles vorbei war, wurde ihre Müdigkeit übermächtig. In den drei Tagen, die sie in Théroignes Haus verbracht hatte, hatte sie kaum geschlafen, und nun waren ihre Beine so schwer, dass sie auf dem unebenen Pflaster von Auray taumelte.

«Schneller!» Ein Stoß in den Rücken trieb sie voran. Sie wusste, dass Croutignac es eilig hatte, das Gefängnis der Stadt zu erreichen. Auch hatte er eine frühe Stunde gewählt, sodass in den engen Straßen kaum Betrieb herrschte. Das blaugraue Licht der Morgendämmerung lag über den Gassen, und die Luft war zwar etwas abgekühlt, doch noch immer lau. Die ersten Möwen segelten am Himmel in Richtung Meer. Ihre spitzen Schreie wurden durch den nahen Ruf eines Käuzchens übertönt. Marie-Provence stutzte unwillkürlich.

Auf einmal brach neben ihr ein Soldat zusammen. Sie erstarrte. Plötzlich wimmelte es von Menschen. Die Chouans! Gut dreißig Schatten lösten sich aus Eingängen und Toreinfahrten, aus Kellerschächten und Türen. Ein kurzes, heftiges Durcheinander entstand, dann lagen Marie-Provence' Wächter am Boden, und Croutignac stand mit erhobenen Armen da.

«Cadoudal!», rief Marie-Provence.

Der Riese grinste. «Mich erreichte die Nachricht, dass

Sie unsere Bekanntschaft gerne erneuern würden.» Er nahm seine Pistole von der rechten in die linke Hand, um mit einem Messer ihre Fesseln zu durchtrennen. Dann drehte er sich suchend um. «Wo ist das Kind?», fragte er scharf. «Wo ist der König?» Ein Blick auf Marie-Provence genügte ihm als Antwort.

Als sie den riesigen Mann wanken sah, traf sie zum ersten Mal das volle Bewusstsein, welchen Verlust Charles' Tod bedeutete, nicht nur für sie persönlich, sondern für das Land und die Hoffnung von Tausenden von Menschen.

Cadoudals Gesicht war wie versteinert. «Wer hat Schuld? Er?» Er packte Croutignac und drückte die Mündung seiner Pistole direkt auf dessen Herz.

Marie-Provence und Croutignac sahen sich an. Der Mann war kreidebleich. Hass wallte in Marie-Provence auf: Jetzt war der Augenblick, das zu vollbringen, wonach sie sich gestern so gesehnt hatte. Und sie brauchte noch nicht einmal selbst das Messer zu führen.

«Ja, er ist schuld.»

Croutignacs Gesichtsfarbe wurde wächsern, Cadoudal spannte den Hahn seiner Pistole – da hielt Marie-Provence ihre Hand vor die Mündung.

«Lassen Sie ihn leben.» Sie sah Croutignac in die Augen, dem der Schweiß vom Kinn tropfte. «Irgendwann einmal wird er über sein Leben nachdenken. Und dann wird er sich wünschen, heute erschossen worden zu sein.»

Croutignac brach ohne einen Laut zusammen.

Cadoudal gönnte ihm keinen Blick mehr. Er rieb die geröteten Knöchel seiner rechten Faust. «Genug getrödelt. Wir müssen los.»

«So, da wären wir», sagte Cadoudal. «Willkommen in Ihrem Nachtquartier.»

Marie-Provence sah sich ratlos in der Schonung um. Nachdem sie Auray schleunigst in Richtung Hinterland verlassen hatten, waren sie, wie Marie-Provence schien, eine Ewigkeit kreuz und quer durch tunnelartige Wege geirrt, bevor sie in einen dichtbewachsenen Wald vorgedrungen waren. Hier zeigte ihnen kein Pfad mehr die Richtung.

Die Bauern der Gegend hatten die Eigenart, ihre Felder durch Mauern zu begrenzen, die sie ringsum aus dem lehmhaltigen Boden anhäuften. Bepflanzt mit regelmäßig gestutzten Eichen, Buchen und Esskastanien, wurden diese Mauern zu Wällen einer kleinen Festung, die sich nun ganz leicht mit einem Gatter schließen und schützen ließ. So gelang es den Chouans, sich gegen die besser ausgerüstete und organisierte Armee der Republikaner zur Wehr zu setzen: Kanonen und Heere waren nutzlos in diesem schachbrettartigen Gelände.

Die Äste der Bäume auf den Wällen hatten noch einen anderen Nutzen: Sie wurden über die Wege gebogen. So verwandelten sie die Pfade in grüne, unsichtbare Tunnel, deren Boden selten trocknete. Der zähe, schlammige Grund war erwiesenermaßen ein Feind der breitgebauten Wagen der republikanischen Armee und machte jede Truppenbewegung zur Tortur. Allerdings erschwerte er auch das Leben der Fußgänger. Diese mieden die lehmigen Tunnel, indem sie Pfade nutzten, die am Saum der Felder entlangführten. Um diese schmalen Wege zu erreichen, musste man allerdings zuvor über unregelmäßige Stufen den Wall erklimmen, den jedes Grundstück umgab. Stufen rauf, Stufen runter – Marie-Provence konnte sich nicht erinnern, wie oft sie heute diese Übung ausgeführt hatte. Doch ihre schmerzenden Beine und die Schlammschicht, die ihre Schuhe vollständig bedeckte, sprachen Bände. Auch wäre sie überglücklich gewesen, sich endlich irgendwo ausstrecken zu dürfen – doch nichts ähnelte einer Übernachtungsmöglichkeit auch nur im Entferntesten. Während sie noch suchend um sich blickte, bückte sich Cadoudal und griff in den moosigen Boden. Als er sich aufrichtete, öffnete sich zu ihrer größten Verblüffung eine mit Farnen bewachsene Klappe. Cadoudal entzündete einen Kienspan, drückte ihn ihr in die Hand und wies auf das dunkle Loch zu seinen Füßen.

«Da unten liegt eine Laterne mit einer Kerze.»

Marie-Provence' Staunen nahm kein Ende, als sie bemerkte, dass Cadoudals Männer um sie herum weitere unterirdische Verstecke öffneten. Dieses verlassene Waldstück hatte nicht weniger geheime Zugänge als die Keller von Maisons.

«Wann haben Sie denn das alles eingerichtet?», fragte sie.

Cadoudal zeigte die Zähne. «Bevor wir Bretonen zu Royalisten wurden, waren wir Salzschmuggler. Der Wegfall der Salzsteuer in Frankreich hat diesem unlauteren Gewerbe aber Gott sei Dank ein Ende bereitet.» Er zwinkerte ihr zu.

Als sie sich bückte, erblickte sie die erste Sprosse einer Leiter. Ohne zu zögern kletterte sie in den schmalen dunklen Schlund hinab.

⚜

General Hoche runzelte die Stirn. Sein Blick lief über die einundzwanzig Uniformierten, die vor ihm strammstanden.

«Was ist das?»

«Das ist die Kompanie der Luftfahrer, General», teilte ein Offizier an seiner Seite beflissen mit. «Die Männer sind hierherbeordert worden und gerade erst angekommen.»

Hoche wandte sich direkt an capitaine Justin. «Sind Sie der Befehlshaber dieser Truppe? Wie lautet Ihr Name? Und können Sie mir erklären, was Sie hier wollen?»

André warf einen Seitenblick auf den Hauptmann. Dieser hätte sich nicht gerader halten können, wenn er ein Bajonett verschluckt hätte.

«Hauptmann Justin, General», antwortete der Befragte steif. «Unsere Truppe wurde ausgewählt, um von der Höhe eines Ballons aus die feindlichen Linien zu observieren.»

«Von einem Ballon aus, so», sagte Hoche spöttisch. «Ich gedenke, morgen einen Generalangriff auf den Feind zu unternehmen. Sie sehen mich gespannt auf Ihren ersten Bericht. Heute Abend nach Sonnenuntergang.»

«Mit Verlaub, wir müssen zunächst einmal den Ballon mit Wasserstoff befüllen, General.»

«Dann tun Sie das!»

«Dafür müssen wir einen Ofen errichten. Wir benötigen etwa zehntausend Backsteine dazu.»

«Na wunderbar!», brach es aus Hoche hervor. «Eine völlig überflüssige Kompanie! Was denken sich die in Paris eigentlich? Dass wir es uns hier gemütlich machen, um den Royalisten Zeit zu geben, in aller Seelenruhe ihre Truppen und Reserven zusammenzurotten? Ich brauche Schützen und Kanoniere, keine Maurer!»

Justin war nicht bereit, sich und seine Männer erniedrigen zu lassen. «General, mit Verlaub», widersprach er, «wir sind ausgebildete Soldaten. Unsere Qualifizierung als Ballonbauer tut unseren Qualitäten als Schützen keinen Abbruch.»

André, der sich nicht zum Soldaten berufen fühlte, fand den Einspruch seines Hauptmanns mehr als überflüssig. Irgendwie musste er seine Ablehnung wohl zum Ausdruck gebracht haben, denn plötzlich wandte Hoche sich ihm zu.

«Tatsächlich? Sollte ich mich eines vorschnellen Urteils schuldig gemacht haben? Nun, dann beweisen Sie mir doch Ihre Qualitäten. Sie zuerst, Leutnant. Ihr Name?»

«Genie, General», antwortete André.

Hoches Brauen schnellten hoch. «Ein Genie? Na, so was! Wo haben Sie denn schon gekämpft, um einen solchen Spitznamen zu verdienen?»

«Noch nirgends, General.»

«Mit Verlaub», intervenierte Justin, «Leutnant André Levallois ist erst seit einem knappen Monat bei uns. Seinen Spitznamen bekam er nicht wegen seiner militärischen Fähigkeiten.»

Hoche hob eine Hand. «Ich habe genug gehört. Meine Zeit ist knapp bemessen. Männer, die uns im Weg stehen, kann ich nicht gebrauchen. Sie sind gekommen, um Öfen zu bauen? Dann tun Sie das auch. Justin, Sie und Ihre Männer bleiben morgen hier während der Attacke.» Er lächelte hämisch. «Wer weiß, vielleicht findet sich ja sogar jemand im Nachbardorf, der anschließend sein Brot bei Ihnen backen kann. Ich selbst werde wohl kaum dazu kommen, Ihren

Ofen zu benutzen: Denn ich habe vor, morgen das Ganze zu beenden und die Royalisten ins Meer zurückzuwerfen.» Er grüßte knapp. «Und jetzt, leben Sie wohl, meine Herren.»

⚜

«Erzählen Sie uns vom König. Wie ist er gestorben?»

Marie-Provence ließ den geräucherten Fisch, den sie gerade ohne Appetit verspeiste, in ihren Schoß zurücksinken. Von Cadoudals dreißig Männern saßen zwei zusammen mit dem Anführer in diesem Versteck, die Übrigen hatten sich auf die anderen Löcher verteilt. So vermied man, dass im Falle einer Entdeckung alle gleichzeitig gefangen wurden.

«Gestern. Er starb gestern Nacht. Ich war bei ihm.» Stockend berichtete Marie-Provence von den letzten Tagen. Diese Männer hatten ein Recht darauf, alles zu erfahren. Wenn für Marie-Provence Charles immer an erster Stelle ein Kind geblieben war, das sie liebte, so sahen die Chouans trotz dessen zarten Alters einen Anführer in ihm. Sein Tod war für den weiteren Verlauf der Rückeroberung des Königreichs eine Katastrophe. Gerührt bemerkte sie, dass Tränen in den Augen der Männer schimmerten.

«Wo ist er jetzt? Wir brauchen wenigstens den Leichnam, um seiner zu gedenken», warf einer von ihnen ein und wischte sich ohne Scham mit dem Ärmel die Augen trocken.

«Croutignac hat ihn sichergestellt. Charles' Zimmer wurde verschlossen, mir wurde nicht einmal mehr erlaubt, eine Locke von Charles' Haar abzuschneiden. Dann hat Croutignac ihn abholen lassen, noch bevor wir aus dem Haus sind», antwortete Marie-Provence. «Er hat mir gesagt, dass der Leichnam so schnell wie möglich anonym verscharrt wird, damit … damit keine Pilgerstätte entsteht.» Sie legte den Fisch zurück. Das Flämmchen des Kerzenstummels flackerte in der Laterne, als ein Luftzug von oben hereindrang.

«Sie müssen sich jetzt ausruhen», sagte Cadoudal nach einem Blick auf sie. «Sie haben viel durchgemacht in letzter Zeit.»

«Erzählen Sie mir zuerst noch von meinem Vater. Was machen unsere Truppen? Ist es ihnen gelungen, das Ruder wieder rumzureißen und Land zurückzuerobern?»

«Serdaine geht es gut. Er wäre zu gerne mitgekommen, doch er untersteht jetzt Hervilly, und dieser weigert sich noch immer, seine Männer einzusetzen.» Cadoudal verzog das Gesicht. «Die meisten Kämpfe der letzten Tage verliefen zu unseren Ungunsten. Die Gegner sind nun gerüstet, und Hoche hat viele Tausend Männer geschickt bekommen. Wir befürchten, dass er im Augenblick eine Generaloffensive vorbereitet. Bei uns krankt es nach wie vor an der Organisation. Aber immerhin einen strategisch wichtigen Sieg können wir vermelden: Wir haben das Fort Penthièvre eingenommen. Ein Teil der Besatzung ist zu uns übergelaufen. Die Halbinsel Quiberon ist uns somit sicher, und auch die Versorgung vom Meer aus. Wenn es uns noch gelänge, einen großen Hafen zu sichern, wo unsere Schiffe bei Sturm Zuflucht fänden, könnten wir sorglos auf die nächsten zwei Flottenverbände warten. Lorient ist unsere erste Wahl. Die Bewohner der Stadt sind unserer Sache wohlgesinnt und warten nur auf das Erscheinen unserer Armee.»

«Und was sind die Pläne für die nächste Zeit?»

«Natürlich ist der Tod des jungen Königs eine Katastrophe für uns. Diese Herren, die aus England gekommen sind, sind sich nach wie vor nicht einig über ihre Ziele. Hervilly sitzt auf Truppenreserven und Waffen, Puisaye wettert dagegen, ist aber letztendlich machtlos, weil die Regimenter der Rückkehrer nur Hervilly gehorchen.»

Marie-Provence ergänzte: «Hervilly ist der Vertraute von Charles' älterem Onkel, dem Grafen von Provence. Und Provence wird nicht lange warten, um sich zum neuen Herrscher Frankreichs zu küren.»

Cadoudal nickte. «Als Louis XVIII., ja. So will es die Erbfolge.» Er murmelte: «Der König ist tot. Es lebe der König.»

«Keine guten Voraussetzungen, um Hervilly zum Einlenken zu bringen.» Marie-Provence schloss die Augen. Ihr war bewusst, dass sie etwas hätte empfinden sollen angesichts dieser Wirrungen. Dass sie hätte Partei ergreifen, sich über Hervillys Borniertheit empören müssen. Doch sie fühlte nichts als grenzenlose Müdigkeit. Dabei hatte sich, äußerlich gesehen, nur wenig verändert. Der Kampf um die Rückeroberung des Reiches ging weiter. Die Emigranten waren ausgeschifft, die Waffen lagen bereit. Charles' Krankheit hatte verhindert, dass er zur Galionsfigur der royalistischen Bewegung wurde. Doch dadurch hatte sein Tod keinen Abgrund aufgetan, der die Bewegung gelähmt hätte. Sie lehnte sich an die mit Zweigen, Farnen und Moosen verkleidete Wand des birnenförmigen Erdlochs und zog die Beine unter sich zusammen.

«Hier, nehmen Sie.» Cadoudal hielt ihr eine Decke hin.

Sie dankte und legte sich den groben Stoff um die Schultern, weniger, weil ihr kalt war, als weil sie sich nach etwas Geborgenheit sehnte.

Cadoudal hob das Stück Fisch auf, das sie verschmäht hatte, und biss hinein. «Unsere große Hoffnung richtet sich derzeit auf die zwei weiteren Flottenverbände, die noch aus England kommen sollen», erklärte er kauend. «Puisaye hat in einem Brief die Situation geschildert und um eine klare Stellungnahme seitens der britischen Befehlshaber gebeten. Schließlich hat der erste Minister William Pitt diese Armee bezahlt und nicht Provence! Mit der Antwort, die jeden Tag erwartet wird, werden auch die Unklarheiten über die Führung dieses Feldzuges beseitigt werden. Und von da an werden meine Männer nicht mehr alleine dem Kugelhagel der Blauen ausgesetzt sein.»

Ihr Blick ging nach oben. Die sorgfältig zugeklappte Abdeckung ihres Verstecks bestand nur aus einem Holzgitter, das für die Luftzufuhr sorgte. Allerdings war es so geschickt verkleidet, dass man darüber hinweglaufen konnte, ohne es zu bemerken. Sie sehnte sich danach, den Abendhimmel zu sehen. Gestern noch war sie ihm so nah gewesen! Auf einmal fand sie alles, was sie umgab, unerträglich. Sie rollte sich noch ein wenig enger zusammen. *Er hat mich seine Ballonfahrerin genannt.*

Früher einmal, auf dem Dach von Maisons, hatte sie geträumt, wie ein Vogel zu fliegen. André hatte diesen Traum dann Wirklichkeit werden lassen. Doch wie fern dieser Traum jetzt war! Mit jedem Tag seit der Landung in Dammartin etwas weiter. Und jetzt kauerte sie in einem Loch, erdverschmiert und einsam. Wozu das Ganze?, fragte sie sich, wozu? Weil auch Charles fliegen wollte. Und er ist geflogen. Ein kurzes Stück nur, aber direkt in den Himmel. Und das musste reichen für den Rest ihrer Tage. Oder?

Zum ersten Mal seit sehr langer Zeit dachte sie nicht an Charles und dessen Wohl, sondern an sich selbst. Und erschrocken merkte sie, wie hohl und orientierungslos sie sich dabei fühlte.

Und André? Wann hatte sie das letzte Mal an André gedacht? Der heftige Schmerz, der augenblicklich ihren Brustkorb durchfuhr, bestürzte sie. Wo mochte er jetzt sein? Ob er sie hasste? Innerlich lachte sie bitter. Was sollte er sonst tun? Sie hatte ihn verraten, ihn ohne sein Wissen zu ihrem Komplizen gemacht, und dann hatte ihr Vater ihn den Soldaten vor die Füße geworfen! Wenn er Glück hatte, schmorte er jetzt in einem Pariser Verlies und wartete auf seinen Prozess. Und wenn nicht … Ihre Hände begannen zu zittern. Nein, André musste am Leben sein, alles andere wäre unerträglich. Ob sie ihm irgendwie helfen konnte? Sie musste jetzt nicht mehr auf Charles und seine Sicherheit Rücksicht nehmen. Auch nicht auf ihren Vater, der sie belogen hatte. Sie war frei! Sie merkte, wie gut dieser Gedanke tat und dass sie wieder Zuversicht gewann.

Einer der Männer schnarchte, der andere hielt Wache. Der Anführer der Chouans war ebenfalls eingenickt. Marie-Provence fasste sich an den Schopf und verzog das Gesicht, als sie sich ein paar Haare ausriss. Dann zupfte sie an Cadoudals mächtigem Arm.

«Cadoudal, ich brauche dringend etwas zum Schreiben!»

Am nächsten Morgen machten sie sich früh auf den Weg und erreichten die Küste östlich von Carnac noch vor der Mittagszeit. Bei einem ausgemachten Treffpunkt stießen sie auf eine Gruppe Chouans. Diese brachten ihre Erleichterung, sie zu sehen, lautstark zum Ausdruck.

«Cadoudal, da bist du ja! Es wurde aber auch Zeit!» Der Chouan, der sie ansprach, trug eine blutige Kopfbinde unter seinem Dreispitz und zerrissene Hosen, an deren Bund ein Rosenkranz baumelte. Wilde Bartstoppeln überwucherten seinen Kiefer und seine Wangen, die Augen lagen tief in den Höhlen.

«Was ist passiert?», fragte Cadoudal.

Er sah um sich. Drei- bis vierhundert Männer mochten hier versammelt sein. Wo waren die Frauen und ihre Familien, wo die Zelte und Wagen? Marie-Provence konnte sie nirgends entdecken. Stattdessen mürrische Blicke und wütende Gesichter. Waren das die Männer, die sich noch vor kurzem unter Hochrufen bei der Ausschiffung in die Arme gefallen waren?

«Wir haben den Befehl bekommen, in Richtung Carnac zu ziehen. Du selbst wirst westlich von Carnac bei Sainte-Barbe erwartet.»

Marie-Provence bekam feuchte Hände. «Aber das bedeutet den Rückzug!», rief sie aus.

Gleichzeitig stieß Cadoudal einen Wutschrei aus. «Was soll das? Wo sind die Kanonen? Wo die besoldeten Truppen?»

«Auf der Halbinsel», rief jemand.

«Was?» Cadoudal war fassungslos.

Der Chouan mit der Kopfbinde spuckte auf den Boden. «Stimmt», bestätigte er. «Hervilly hat es befohlen. Er hat verkündet, die Post aus England in Quiberon abwarten zu wollen.»

«Dieses Schwein!», schrie jemand, außer sich vor Wut.

Cadoudal brüllte. «Das Meer hätte diese Monster verschlingen sollen, bevor sie in Quiberon aufkreuzten! Sie sind nur gekommen, um uns ins Verderben zu stürzen! Was ist mit unseren Familien?»

«Sie waren nicht aufzuhalten. Was sollten sie auch tun?» Der verletzte Chouan schüttelte den Kopf.

«In welche Richtung ziehen sie?», fragte Cadoudal ahnungsvoll.

«Seit Tagen treffen bei uns Meldungen über Gräueltaten der Blauen ein. Sie morden, plündern und vergewaltigen in den Dörfern, die sich auf unsere Seite geschlagen hatten und nun wieder von den Republikanern eingenommen worden sind. Man kann den Frauen nicht vorwerfen, dass sie das nicht erleben wollen. Sie ziehen mit den Männern mit.» Leiser fügte der Chouan hinzu: «Nach Quiberon.»

Marie-Provence wurde heiß. Sie dachte an die höchstens zweihundert Meter breite Landzunge, die Halbinsel und Festland miteinander verband, und an die Tausenden von Menschen, die sich mitsamt ihren Tieren und Wagen darauf zubewegten. Wenn es den Chouans nicht gelang, ihnen den Rücken freizuhalten …

«Mein Gott», murmelte Cadoudal. Doch dann strafften sich seine mächtigen Schultern. Er hob einen Arm. «Zum Jammern haben wir später noch Zeit. Auf, Männer, unsere Familien brauchen uns jetzt!»

«Versuchen Sie, nach Quiberon zu kommen, Madame. Nehmen Sie einen meiner Männer zur Begleitung mit. Hier stehen Sie, mit Verlaub, nur im Weg. Ich kann nicht für Ihre Sicherheit garantieren.» Cadoudal wandte sich von Marie-Provence ab und erteilte seinen Leuten Befehle.

Marie-Provence nahm ihm seine Schroffheit nicht übel. Sie trat aus der Kapelle von Sainte-Barbe in die windig graue Außenwelt und sah sich suchend um. Bevor sie sich auf den Weg machen konnte, hatte sie noch etwas zu erledigen.

Das strategisch wichtige Dorf Sainte-Barbe lag nördlich der Halbinsel Quiberon und bewachte gewissermaßen den Zufahrtsweg zu ihr. Die zweihundert Jahre alte Kapelle des Dorfes war auf dem höchsten Punkt der Hügellandschaft gebaut und umwuchert von duftenden Wicken, Weidenschösslingen und zwergwüchsigen Pappeln. Das verwitterte Gebäude bot einen guten Blick auf die Umgebung. Zwei von Cadoudals Spähern hatten den gedrungenen Glockenturm erklommen, doch auch von ihrem Standpunkt aus sah Marie-Provence die beißenden Rauchwolken, die im Osten aufstiegen. Sie erschauerte. Inzwischen war klar, dass die Royalisten auch Carnac verlieren würden, und sie war sich sicher, dass das dumpfe Grollen der Kanonen näher rückte.

Zu Marie-Provence' Rechten, westlich von Quiberon und keine zweitausend Schritte von Sainte-Barbe entfernt, erstreckte sich die gewaltige Masse des Atlantiks, wie so oft weiß gekrönt und ruhelos. Der einzige Trost, den der Ozean bot, waren zwei englische Kriegsschiffe, die auf ihm Wache hielten. Sie waren ein Bruchteil jener Flotte, die ständig um Quiberon patrouillierte und die Royalisten vom Meer her absicherte. Allerdings lagen die beiden Schiffe in zu großer Entfernung, um durch Kanonenbeschuss eine wirkliche Hilfe zu sein.

Auf der anderen Seite der Halbinsel öffnete sich die Bucht von Plouharnel. An ihrer Mündung schützten Felsen den weichen Grund vom offenen Meer. Jetzt, bei Ebbe, lag die Bucht größtenteils trocken, nur ab und an durchzog sie ein Siel. Tangknäuel, die die Flut zurückgelassen hatte, bildeten glänzende Inseln, Myriaden von winzigen Fliegen umschwirrten sie. Sonst als Dünger begehrt, waren die Algen heute nur Hindernisse, die sich um die unzähligen Waden und Räder wickelten, die über sie hinwegzogen.

Marie-Provence' Blick wurde von dem dramatischen Schauspiel zu ihren Füßen unweigerlich angezogen. Tausende von hastig dahinziehenden Menschen durchpflügten die Bucht. Frauen zerrten ihre Kinder mit sich, humpelnde Greise hielten sich an den Wagen fest. Mehr als vierzig Karren quälten sich über den weichen Boden, Kornsäcke, Kleidung und Kisten stapelten sich auf ihnen. Ziegen und Schafe galoppierten ziellos durcheinander.

«Wir müssen los, Cadoudal! Die Blauen rücken näher.» Ein Befehlshaber der Chouans sprang von seinem schweißnassen Pferd. «Wenn wir noch länger warten, sieht es schlecht aus. Jede Menge Infanterie nähert sich von Osten.

Wir haben bereits Männer verloren und fast alle Vorräte zurücklassen müssen.»

«Ist gut.» Cadoudal winkte den beiden Spähern zu. «Kommt runter vom Turm, wir brechen auf!» Als er Marie-Provence entdeckte, runzelte er die Stirn. «Sie sind noch da? Warum sind Sie nicht längst unterwegs nach Quiberon?»

«Haben Sie Nachricht von meinem Vater, capitaine Guy de Serdaine?», fragte Marie-Provence den Reiter.

«Die ordentlichen Offiziere sind schon lange auf der Halbinsel. Wahrscheinlich machen sie es sich dort gerade bei einer Partie Whist gemütlich», warf dieser beißend zurück.

«Schluss jetzt», ging Cadoudal dazwischen. «Du nimmst die Dame mit. Ich werde euch mit meinen Männern decken.»

«Warum kommst du nicht auch?»

«Wenn wir wegrennen, gibt es kein Halten mehr. Ein schneller Rückzug bevor die Flut kommt, wäre eine Katastrophe. Die Bucht muss so lange von uns gesichert sein, bis alle Zivilisten …»

Marie-Provence nutzte Cadoudals Unachtsamkeit, um sich davonzupirschen. Eilig betrat sie die Kapelle. Ein Blick zeigte ihr den Zugang zum Turm, und sie huschte die Stufen hoch. Oben stank es nach Tabakrauch und ungewaschenen Körpern. Sie zog das Papier hervor, das sie sich gestern im Erdloch von Cadoudal erbeten hatte. Mehr schlecht als recht hatte sie es mit ihrem Haar und ein paar Wachstropfen versiegelt, doch es würde ausreichen. *An den Oberbefehlshaber der republikanischen Armee, General Hoche.* Ihre Finger strichen über die mit Bleistift gezogenen Zeilen.

«Bring ihm Glück!», raunte sie. Dann legte sie den Brief gut sichtbar inmitten des Glockenturms aus. Wenn die nachrückenden Blauen die Kapelle in Besitz nehmen würden, mussten sie ihn finden. Wenn der Brief hingegen von ihrem eigenen Lager entdeckt wurde … Marie-Provence sah sich nervös nach der Treppe um. So harmlos der Inhalt des Briefes auch war, ihre Geste konnte durchaus als Verrat interpretiert werden.

«Wo bleiben Sie denn?» Der Chouan, dem sie von Cadoudal anvertraut worden war, winkte ihr ungnädig zu, als sie aus der Kapelle trat.

«Beten Sie etwa nie?», fragte ihn Marie-Provence achselzuckend und schritt mit erhobenem Kopf an ihm vorbei. Gut, dass er nicht sehen konnte, wie weich ihre Knie waren.

«Lauft schneller! Sie kommen!», schrie jemand.

Marie-Provence hatte ihre Röcke gerafft und eilte über das stoppelige Gras, froh, den felsigen Abschnitt hinter sich zu haben. Sie hustete. Die Luft war durchsetzt von beißendem Pulvergeruch. Sie warf einen Blick über ihre Schulter. In der Tat waren die Rauchschwaden näher gerückt. Schon lange hörte man die Salven der republikanischen Artillerie. Die Chouans bildeten einen Schutzwall um die Flüchtlinge. Schritt für Schritt wichen sie unter Cadoudals eisernem Kommando zurück und feuerten als Antwort immer wieder ihre Gewehre ab – die einzigen Feuerwaffen, die sie besaßen; alles andere lagerte in Quiberon, von Hervilly eifersüchtig bewacht. Die Wut, die Marie-Provence bei diesem Gedanken packte, gab ihr neue Kraft. Wie lange lief sie jetzt schon? Es musste weit über eine Stunde sein. Sie atmete schnell.

Von Osten strömten noch immer Menschen aus Carnac und seiner Umgebung. Die zurückkehrende Flut schwappte ihnen an die Beine. Auch zu Marie-Provence' Rechten rückte der Ozean näher, da sich der Landstrich allmählich verjüngte.

«Die Flut steigt! Lauft schneller, da vorne, sonst kommen wir hier hinten nicht mehr durch», brüllte eine Stimme, kaum verständlich im ohrenbetäubenden Lärm der Schüsse und des brandenden Ozeans. Und die Stimme hatte recht – bald würde keiner mehr durch die Bucht kommen. Die Nachzügler, die den langen Umweg über Sainte-Barbe würden machen müssen, hatten kaum noch eine Chance, den vorstoßenden Blauen zu entkommen. Doch die Menschen kamen nicht schneller voran, sie behinderten sich gegenseitig. Immer dichter drängten sie sich jetzt auf der Landzunge. Dann tauchte vorne, auf den Felsen, eine massige Silhouette auf.

Das Fort!

Marie-Provence musste ihre Schritte zügeln. Vor ihr stolperte ein kleiner braunhaariger Junge, stürzte und jammerte. Seine Mutter trug einen Säugling auf dem Arm und zog eine alte Frau mit sich. Sie ermunterte den Sohn mit angsterfüllter Stimme, wurde aber von den Nachrückenden weitergetrieben. Marie-Provence blieb stehen und lächelte dem Jungen zu. «Steh auf, ich helfe dir!»

Eine kalte Kinderhand schob sich in die ihre, dunkle Augen sahen zu ihr hoch. Ein überwältigendes Gefühl des Verlustes ergriff Marie-Provence, so unvermutet, dass sie das Kind fast wieder losgelassen hätte.

«Komm, wir schaffen das schon», sagte sie rau.

Sie hasteten weiter. Nach einiger Zeit erreichten sie die ersten niedrigen Schutzwälle. Nur ein schmaler Durchlass führte hindurch, und der war hoffnungslos verstopft von Menschen und Wagen. Die Nachzügler warfen ihre Bündel über die Mauer und begannen, zuerst die Felsen und anschließend die Wälle zu stürmen. Alsbald hingen ganze Trauben von Menschen an den Steinen.

Marie-Provence sah auf den Jungen an ihrer Hand. «Was die können, können wir doch auch, oder?»

Es war kein leichtes Unterfangen, die Mauer zu überwinden, die nur wenig höher als ein Mensch, doch aus ebenen Steinblöcken gebaut war, die nur schmale Fugen aufwiesen. Marie-Provence hob den Jungen hoch, der sich geschickt das letzte Stück emporhangelte. Nach einiger Zeit hatte auch sie es geschafft, und bald schoben sich beide über den schrägen Mauerabschluss.

Auf der anderen Seite war das Chaos nicht minder groß. Der zweite Wall war zu hoch, um ebenso erklommen zu werden, aber Gott sei Dank war der Zugang, der unter ihm hindurchführte, breiter als der erste. Hektisch und doch mit quälender Langsamkeit pressten sich die Flüchtlinge hindurch, die Gesichter geprägt von Angst und Erschöpfung. Marie-Provence tat ihr Bestes, um den Jungen zu schützen, der fest eingekeilt im zähen menschlichen Strom kaum noch Luft bekam. Das Geräusch der Schüsse wurde dumpfer.

Endlich gelangten sie in eine Art Hof. Die Flüchtlinge drängten weiter, auf der Suche nach dem hinteren Durchlass, der sie auf die Halbinsel führen würde. Hier sah Marie-Provence auch die ersten roten Uniformen.

«Marie-Provence, Gott sei Dank!»

«Vater!»

Guy und Marie-Provence fielen sich in die Arme.

Ihr Vater presste sein Gesicht in ihr Haar. «Ich werde mir nie verzeihen, dass ich dich alleine gelassen habe. Ich hatte solche Angst um dich! Und dieser verfluchte Hervilly, der nicht gestattet hat, dass ich auf die Suche nach dir gehe», murmelte er erbost.

Marie-Provence folgte seinem Blick und entdeckte den Offizier schräg vor ihr. Hervilly hielt eine Reitgerte in der Hand und drosch damit wahllos auf seine nächste Umgebung ein. Unüberhörbar trotz der lärmenden Massen schallte seine Stimme: «In Gottes Namen, räumt das Fort auf der Stelle von diesem Gesindel», schrie er. Seine weiße Perücke war in Unordnung geraten, rote Flecken prangten auf seinen schmalen Wangen.

«Es sind zwölftausend Menschen», rief ein untergeordneter Offizier verzweifelt und starrte auf den Menschenstrom, der sich an ihm vorbeipresste. «Wie soll ich zwölftausend Menschen räumen?»

Marie-Provence riss sich von ihrem Vater los und eilte mit geballten Fäusten auf Hervilly zu. «Monsieur, wenn Sie noch einen Funken Anstand besitzen, dann schicken Sie Ihre Männer auf diese Mauern, um das Fort zu verteidigen!»

Hervilly, zunächst überrascht von ihrer Attacke, fasste sich schnell. «Mademoiselle de Serdaine, so groß Ihre Verdienste auch sein mögen, ich glaube kaum, dass Ihre Fähigkeiten es Ihnen erlauben, die Lage zu beurteilen!»

«Es bedarf wohl kaum besonderer Fähigkeiten, um einzusehen, dass dieses Fort bald eingenommen wird, wenn Sie nicht reagieren», schrie Marie-Provence.

Hervilly schenkte ihr keinen Blick mehr, sondern wandte sich an ihren Vater. «Capitaine de Serdaine?», rief er mit schmalen Lippen. «Bitte entfernen Sie Ihre Tochter. Sie stört das Manöver.»

Marie-Provence lachte schallend. «Manöver? Was denn für ein Manöver?»

Ihr Vater zerrte sie weg. «Marie, es reicht jetzt!»

Sie riss ihren Arm frei. «Wo ist Puisaye?», fragte sie. «Warum tut er denn nichts?»

«Puisaye tafelt gerade mit den oberen Offizieren.» Guy mied ihren Blick.

«Er tut was?» Marie-Provence starrte ihn fassungslos an. «Ich glaube es nicht. Was sind das für Männer, die sich hinter ihren Wällen verschanzen und Tausende von Menschen gedankenlos opfern? Menschen, die sich ihretwegen in dieser verzweifelten Lage befinden – Menschen, die ihnen vertraut haben!»

«Marie, im Krieg herrschen andere Gesetze als gewöhnlich. Du kannst nicht …»

«Nein, Vater.» Sie sah sich um. «Wenn Verrat und Ausbeutung die Maßstäbe der Welt sind, die wir wieder aufzubauen versuchen, so ist sie es nicht wert, wieder ins Leben gerufen zu werden!»

Ihr Vater wurde weiß. «So beruhige dich doch, Marie. Du hast Schlimmes durchlebt, du weißt nicht, was du sagst!»

«Aber ich weiß, was ich fühle.» Ihr Blick verschwamm. «Und ich fühle, dass das alles hier ein gewaltiger Irrtum sein könnte.» Sie drehte sich von ihrem Vater weg. «Komm», sagte sie zu dem Jungen, der mit weitaufgerissenen Augen der Szene beigewohnt hatte, und strich über sein Haar. «Wir gehen jetzt deine Mutter suchen.»

⚜

André befühlte den ledernen Schlauch, der bis zur Öffnung des Ballons führte, und nickte. «Gut. Der Wasserstoff kommt jetzt durch.» Er wischte sich die geschwärzten Finger an einem Tuch ab und sagte zu Justin: «Wir sollten es uns eine Lehre sein lassen. Die Lötungen der Blechleitungen sind zu weich und taugen nicht für einen Feldzug. Es sollten immer Kupferleitungen verwendet werden, sonst können wir jedes Mal alle Gaszuflüsse ersetzen.»

«Sie haben recht.» Justin nickte erschöpft, aber auch zufrieden.

Die Männer der Kompanie hatten die ganze Nacht über gearbeitet, denn wenn der Ofen erst einmal angezündet war, hieß es, ihn ständig zu überwachen. Jetzt allerdings, nach ihrer improvisierten Reparatur, sah es gut aus: Die zwei Schornsteine des Ofens rauchten, und durch die Sichtschlitze an den Flanken war erkennbar, dass die drei Meter langen, gusseisernen Rohre in seinem Inneren hell glühten. Insgesamt gab es sieben dieser Rohre. Darin taten die Feilspäne, die sämtliche Männer der Kompanie über Stunden hinweg in schweißtreibender Arbeit gerieben und gesiebt hatten, um sie zu befreien, nun in Zusammenarbeit mit dem Wasserdampf ihre Arbeit.

Justin gab zwei der Männer Zeichen. «Haltet die Hülle etwas auseinander, damit das Gas ungehindert hineinkann. Lapierre, fangen Sie an, rundherum Pflöcke in die Erde zu treiben. Bald werden wir den Ballon anbinden müssen.»

«Wir brauchen noch Holz», meinte André. «Aber legt nur mit Gefühl nach, der Ofen darf sich nicht zu sehr aufheizen. Die Backsteine, die wir verwendet haben, sind nicht von bester Qualität. Es besteht die Gefahr, dass sie glasig werden und schmelzen. In Paris hatte ich einmal ein ähnliches Problem. Ach ja, Percetout, falls eines der Rohre undicht wird, sollten wir noch weitere Eisenspäne in Reserve haben. Kannst du uns welche auftreiben?»

Percetout, ein blonder Mann mit Stirnglatze und breitem, stets freundlichem Lächeln, zog seine blaue Arbeitsjacke stramm. «Kein Problem, Genie. Die Kameraden vom Depot halten uns sowieso für etwas seltsam, da kommt so eine Anfrage gerade recht.»

Nach dem rüden Empfang von General Hoche und ihrer Ausgrenzung vom Kampfgeschehen war der Einzug der Luftfahrerkompanie im Feldlager mit teils spöttischen, teils verächtlichen Kommentaren von Seiten der anderen Truppen bedacht worden. Dies hatte zur Folge gehabt, dass die einundzwanzig Männer zusammengerückt waren und nun eine kameradschaftliche Einheit bildeten.

Justin reagierte am empfindlichsten, was den Leumund seiner kleinen Kompanie betraf. «Wartet ab, bis der *Intrépide* am Himmel steht», brummte er. «Dann werden denen noch die Augen übergehen.»

«Morgen wird es so weit sein.» André betrachtete die blauweißrote Hülle, in der erste Wellen das einfließende Gas verrieten. Er hätte nicht geglaubt, dass er den Ballon jemals wieder befüllen würde. Nach der Landung hatte André ihn genauso aus seinem Gedächtnis zu verbannen versucht wie alles, was mit dem unseligen Jungfernflug zu tun hatte. Zu sehen, wie er allmählich wieder zum Leben erweckt wurde, rief zwiespältige Gefühle in ihm hervor. Ohnmächtiger Zorn und Trauer drohten sich seiner zu bemächtigen. Er kämpfte energisch dagegen an und wandte sich vom Ballon ab.

Sein Blick suchte nach dem Fort Penthièvre. Seit drei Tagen hatten sich die Royalisten auf Quiberon verschanzt. Entgegen Hoches Hoffnungen hatte der geordnete und wehrhafte Rückzug der Chouans verhindert, dass das Fort sofort eingenommen werden konnte. Besonders ein Führer der Chouans namens Cadoudal hatte sich dabei hervorgetan. Gestern Nacht war der Feind überraschend aus dem Fort ausgebrochen und hatte eine heftige Attacke gestartet. Zum ersten Mal waren nicht nur Chouans, sondern auch ordentliche Truppen in roten Uniformen unter den Angreifern gewesen. Sie waren zurückgedrängt worden, doch der Schreck hatte allen bewusstgemacht, dass dieser Krieg noch lange nicht zu Ende war.

Hoche hatte Konsequenzen ergriffen und seinen Ingenieuren den Bau eines gigantischen Bollwerks befohlen, einer militärischen Befestigungsanlage, die sich unterhalb von Sainte-Barbe von der Bucht bis zum Ozean erstrecken würde und die Halbinsel völlig vom Festland abschneiden sollte. Es hieß, dreißigtausend Menschen drängten sich auf Quiberon, und die Landzunge sei nur mäßig bestückt mit Süßwasserquellen. Hoche schien fest darauf zu vertrauen, dass Hunger und Hitze ihr Übriges tun würden. Doch wie sah es auf Quiberon wirklich aus? Die englischen Kriegsschiffe hielten um die Landzunge Wache, schützten die Royalisten vor einem Übergriff und gleichzeitig vor einer Observierung von der See aus. Aber es war wesentlich zu wissen, wie groß die Vorräte der Feinde tatsächlich waren. Ein paar Stunden im Ballon würden diese Frage vielleicht beantworten.

«Sind Sie André Levallois?»

André sah überrascht auf. «Ja, der bin ich. Um was geht es?»

Ein fremder Soldat musterte neugierig die Apparatur des Ofens. «General Hoche will Sie sprechen. Kommen Sie unverzüglich mit.»

Der Oberbefehlshaber der republikanischen Armee hatte in einem strohbedeckten Haus sein Hauptquartier aufgeschlagen, in einem kleinen Ort, achthundert Schritte südöstlich von Sainte-Barbe. Das Einzige, was Hoches Hütte von den vier bis fünf anderen des Dorfes unterschied, war die riesige blauweißrote Fahne, die jemand über dem Türsturz festgenagelt hatte.

«Ah, Monsieur Levallois, kommen Sie herein.»

Überrascht, dass der Offizier sich seinen Namen gemerkt hatte, betrat André den Raum und schlug salutierend seinen Hacken in den gestampften Lehmboden.

«Hier, lesen Sie das», sagte Hoche. Er hielt ihm einen Bogen hin.

André nahm das Papier entgegen. Es war zerknittert und beschmutzt und mit Bleistift beschrieben. Auf der einen Seite befanden sich Wachsspuren, an denen etwas hing – Haare?

Ja, ein sehr dünner, verzwirbelter Strang dunkler Haare. Hier hatte jemand versucht, mit notdürftigen Mitteln einen Brief zu versiegeln. André runzelte die Stirn und sah auf. «Einen an Sie adressierten Brief, General?»

«Lesen Sie», wiederholte Hoche bestimmt.

André gehorchte und drehte das Blatt um. Die Zeilen liefen unordentlich über das Papier, als seien sie in einer ungünstigen Stellung oder bei schlechtem Licht geschrieben worden. Er las:

Monsieur,

Sie werden mich kaum kennen, auch wenn wir einst dasselbe Gefängnis teilten. Dennoch wende ich mich an Sie mit meinem Anliegen, weil Ihnen ein ehrbarer Ruf vorauseilt.

In Paris befindet sich ein Mann in den Händen der republikanischen Behörden. Sein Name ist André Levallois. Es ist schwer für eine Frau, sich einem Unbekannten zu öffnen, vor allem wenn das, was sie enthüllt, ihr nicht zum Ruhm gereicht. Doch ich werde Ihnen nichts verheimlichen, weil ich mir Ihr Vertrauen verdienen muss.

André Levallois wurde unwissend durch meine Schuld in ein Abenteuer gestürzt, das ihn nicht nur in Gefahr brachte, sondern auch seine Ehre zerstörte. Ich nutzte ihn und seine Fähigkeiten als Ballonfahrer für meine Zwecke. Da ich der Republik Schaden zufügte, bange ich, dass Monsieur Levallois sich nun einer Anklage des Hochverrats erwehren muss und dass sein Leben bedroht ist.

Ich erläutere Ihnen nicht die Gründe für meinen Brief, denn ich muss befürchten, durch sie an Glaubwürdigkeit zu verlieren. Sie sind persönlich und an dieser Stelle nebensächlich. Doch ich vertraue darauf, dass Sie Ungerechtigkeit hassen, weil Sie selbst fast einmal ihr Opfer geworden wären. Darum bitte ich Sie inständig: Legen Sie Ihrer nächsten Berichterstattung nach Paris das Blatt bei, das sich in diesem Brief befindet. Ich lasse es offen, damit Sie erkennen, was es ist: eine eidesstattliche Erklärung, die

Monsieur Levallois vollständig von jeglicher Mittäterschaft freispricht und als Beweis eine minutiöse Aufzählung der damaligen Ereignisse.

Ich verbleibe vertrauensvoll und dankbar
Ihre
Marie-Provence de Serdaine.

André ließ den Brief sinken.

«Ich vermute, Sie sind dieser Levallois, von dem hier die Rede ist?», fragte der General.

André räusperte sich. «Ja.» Er faltete das Blatt wieder zusammen. Dabei berührten seine Finger unabsichtlich die Haare, die noch im Wachs gefangen waren. Er schleuderte den Brief auf den Tisch, der vor ihm stand.

«Es freut mich zu sehen, dass Ihre Notsituation nicht so groß ist, wie Mademoiselle de Serdaine befürchtet.»

«Nein, dieser Brief ist gegenstandslos. Sie können ihn und das beiliegende Papier vernichten.» Er hatte Mühe, zu sprechen, sein Kiefer war starr vor Anspannung. «Darf ich fragen, wie er in Ihre Hände gelangt ist?»

«Einer meiner Leute, die ich zum Observieren auf den Glockenturm von Sainte-Barbe abstellte, fand ihn dort.»

André fühlte, wie er bleich wurde. Nein. Unmöglich. *Sie war hier!*

«Ist Ihnen nicht gut?»

Andrés Zunge hing wie ein schlaffes, lebloses Tier in seinem Mund. «Ich bin – überrascht, General», brachte er mühsam heraus. «Mehr nicht. Ich wähnte die Dame in einer anderen Gegend.»

«In welcher Beziehung stehen Sie und die Verfasserin dieses Briefes zueinander?»

«In gar keiner mehr, General.»

«Dann würde es Ihnen auch nichts ausmachen, Ihre Bekanntschaft mit Mademoiselle de Serdaine für das Wohl der Republik einzusetzen?» Hoche musterte ihn. Er fragte scharf: «Sie zögern?»

In Andrés Ohren dröhnte es, als sei ihm gerade eine gewaltige Ohrfeige verpasst worden. Er hatte Mühe zu denken, wich aber Hoches Blick nicht aus. «Weil ich fest darauf vertraut hatte, besagter Dame nie wieder zu begegnen. Nicht, weil ich Gewissensbisse habe», antwortete er langsam und atmete tief durch. Eisig schloss er: «Wie der Brief bereits erklärte, habe ich keinen Grund, in dieser Sache besonders rücksichtsvoll zu sein.»

«Das hatte ich gehofft. Es verhält sich nämlich so, dass die Republik an dieser Dame interessiert ist.»

Allmählich wurde es wieder klarer in Andrés Kopf. Er verstand, dass nicht nur nach Marie-Provence, sondern vor allem fieberhaft nach Louis-Charles gesucht wurde, und dass das Kind gefasst werden musste. «Was haben Sie vor?»

«Ich möchte, dass Sie sich mit ihr in Verbindung setzen und ein Treffen mit ihr arrangieren.»

André runzelte die Stirn. «Eine Falle?»

«Würde Ihnen das Probleme bereiten?»

«Ich müsste zumindest darüber nachdenken.» André sah ihn an. «Ich hoffe, Sie glauben nicht, in mir einen einfach zu manipulierenden Handlanger gefunden zu haben, der aus Rachsucht alle moralischen Prinzipien vergisst. Wenn das der Fall sein sollte, muss ich Sie enttäuschen.» Zornig sagte er: «Mein Stolz ist alles, was mir bleibt. Noch bin ich nicht so tief gesunken, dass ich mich selbst vergesse.»

«Ich habe mich erkundigt. Marie-Provence de Serdaine ist die Tochter eines Hauptmanns des Regiments *Loyal Emigrant*. Sie wird sich Zugriff auf viele Informationen verschaffen können. Und sie hat offenbar ein schlechtes Gewissen. Sie könnten versuchen, ihr so viele Details wie nur möglich über das Fort und die Zustände dort zu entlocken. Es heißt, eine zweite Flotte aus England hält auf die Küste zu. Deshalb möchte ich die Situation so schnell wie möglich unter Kontrolle bekommen. Am besten wäre natürlich, die Dame zu einer regelmäßigen Informantin zu machen. Wenn sie allerdings nicht kooperiert, ist eine Festnahme nicht auszuschließen.»

André schwieg skeptisch. Nur widerwillig erlaubte er sich,

über die Frau nachzudenken, die er für alle Zeiten aus seinem Leben verbannt hatte. In einem Punkt war er sich allerdings sicher: nämlich dass Hoche sie falsch einschätzte. Marie-Provence eignete sich nicht für die Rolle, die ihr hier zugedacht wurde. André hatte am eigenen Leibe erfahren, wie viel ihr Louis-Charles bedeutete. Wenn eines sicher war, dann dass sie alles tun würde, um das Kind zu schützen. Weder Vernunft, Drohungen noch Bestechung würden daran etwas ändern. Doch er würde Hoche seine Zweifel nicht mitteilen. Offiziell war Louis-Charles in Paris in seiner Zelle gestorben. Die Flucht des Kleinen war ein Staatsgeheimnis, und auch wenn André es für möglich hielt, dass Hoche davon wusste, war das Thema zu heikel und seine eigene Stellung zu unsicher, als dass er es als Erster anschneiden sollte.

Marie-Provence würde also dank seiner Hilfe festgenommen werden. Er war nicht in der Lage, etwas zu empfinden bei dem Gedanken, doch das überraschte ihn nicht. Alles, was ihn in seinem früheren Leben einmal bewegt hatte, war vom Flächenbrand der Wut vernichtet worden, der in ihm aufgeflammt war, als Guy de Serdaine ihn vom Pferd gestoßen hatte.

Sachlich betrachtet hatte Marie-Provence der Republik immensen Schaden zugefügt und verdiente es, dafür vor Gericht gestellt zu werden. Sie hatte den Royalisten eine Leitfigur zurückgegeben und sie dadurch ungemein gestärkt. Getrieben von Machtgier und Egoismus, verhinderten die Royalisten, dass Frieden einkehrte. Sie wiegelten ganze Landstriche auf. Sie waren ein Bündnis mit England eingegangen, Frankreichs uraltem Rivalen, und dadurch zum Feind ihres eigenen Landes geworden. Man musste ihnen Einhalt gebieten. André traf eine Entscheidung.

«Ich werde Ihnen Marie-Provence de Serdaine zuführen, doch nur unter einer Bedingung: dass ihr nicht die Todesstrafe droht.» André fixierte Hoche. «Schieben Sie es auf meine Unerfahrenheit als Soldat, General. Ich bin dem Tod noch nicht oft genug begegnet, um ihm gegenüber gleichgültig zu sein. Als Wissenschaftler habe ich zudem tiefen

Respekt vor dem Leben. Ein Jäger werde ich nie werden und auch in der Armee keinen Ruhm erwerben. Das alles nur, um Ihnen zu verdeutlichen, dass es mir hier nicht um das Schicksal einer gewissen Person geht, sondern um eine allgemeingültige Abneigung.»

Hoche hob die Brauen. Er lächelte und wirkte plötzlich sehr jung. «Man hätte Sie Idealist und nicht Genie nennen sollen, Levallois. Was, verdammt nochmal, haben Sie eigentlich in dieser Armee zu suchen?»

André zuckte mit den Schultern. «Auf diese Frage suche ich schon lange keine Antwort mehr, General.»

Cédric Croutignac trat aus seinem Versteck.

Der General war ernst. «Sind Sie zufrieden?», fragte er knapp.

Cédric nickte langsam. «Levallois hat nicht in Frage gestellt, dass Sie an Marie-Provence de Serdaine interessiert sind, weil Sie sie als Informantin wollen.» Durch das schmale Fenster sah er sinnend der Gestalt nach, die sich mit festen Schritten entfernte.

Cédric hätte André Levallois überall wiedererkannt – den Mann, der einst auf dem Schafott verhindert hatte, dass Marie-Provence de Serdaine ihrer Strafe zugeführt wurde. Trotzdem wäre er an dem Soldaten in der blauen Uniform eines Leutnants der Artillerie wohl vorbeigegangen, so wenig war er darauf gefasst gewesen, Levallois in der Bretagne erneut zu begegnen. Durch eine glückliche Fügung aber war der Brief von Marie-Provence de Serdaine General Hoche in Cédrics Anwesenheit überreicht worden. Und dem war auf der Stelle klargeworden, was für eine Gelegenheit sich ihm hier bot. Diesmal würde ihm diese Frau nicht mehr entwischen!

Cédric drehte sich auf dem Absatz um und betrachtete Hoche. Der General war nicht besonders begeistert von seiner Bitte gewesen, Marie-Provence de Serdaine durch Levallois eine Falle stellen zu lassen. Aber Cédrics Vollmachten hatten Hoche letztendlich zur Kooperation gezwungen. Dennoch hielt Cédric es für klug, den Oberbefehlshaber rücksichtsvoll zu behandeln. Er nickte ihm zu. «Ich danke Ihnen für Ihre Mitarbeit, General. Ich werde nicht vergessen, Sie in Paris lobend zu erwähnen.»

«Treiben Sie es nicht zu bunt, Croutignac!» Hoche schenkte sich aus einem bereitstehenden Krug ein, ohne Croutignac etwas anzubieten. «Ich habe Ihretwegen gerade das Vertrauen eines meiner Offiziere missbraucht. Zudem werde ich mich des Wortbruchs schuldig machen.» Zorn loderte in seinem Blick. «Sollte ich dafür mit einer Belobigung beleidigt werden, werde ich Sie zur Rechenschaft ziehen.» Er stellte den Krug polternd zurück.

⚜

«Deine Tochter muss mehr trinken. Und du musst darauf achten, sie im Schatten zu halten.» Marie-Provence betrachtete besorgt die eingefallenen Wangen des schreienden Säuglings. «Wie oft legst du sie an?»

Die Frau, eine Bäuerin aus Locmariaquer, senkte den Kopf. «Ich habe kaum noch Milch.»

«Darf ich?», fragte Marie-Provence. Die Frau nickte mit gesenkten Lidern, und Marie-Provence fasste in den Ausschnitt der Frau. Ihre Brüste waren weich, nur wenige weißliche Tropfen quollen aus den Milchdrüsen. «Wann hat sie das letzte Mal getrunken?»

«Vor vier Stunden.»

Marie-Provence strich über die Schultern der Frau. «Es ist nicht deine Schuld. Etlichen stillenden Müttern hier auf Quiberon geht es ähnlich. Es ist die Aufregung und das schlechte Essen.» Sie wickelte das Kind wieder ein. «Ich werde eine Amme für dein Kind finden, um die Zeit zu überbrücken, bis deine Milch wieder fließt. Du kannst ihr dann regelmäßig deine Tochter bringen. Aber behalte die Kleine bei dir, sie braucht dich. Und leg deine Tochter an, jede Stunde einmal, und zudem jedes Mal, bevor du sie der Amme gibst. Das wird den Milchfluss anregen. Deine Tochter soll nur von der Amme trinken, was ihr fehlt. Irgendwann in den nächsten Tagen wirst du wieder genug für sie haben.»

Marie-Provence kroch aus dem Unterstand heraus. Er bestand aus einer zwischen vier Pfosten aufgespannten Decke – ein annehmlicher Schutz gegen die Sonne, jedoch ein wertloser bei schlechtem Wetter. Sie selbst und ihr Vater bewohnten zwei Zimmer bei einer Fischerfamilie am Ende der Halbinsel. Die winzigen Räume waren karg und unbequem, aber verglichen mit dem hier lebte sie wie eine Prinzessin. Marie-Provence streckte den steifen Rücken. Ihr Blick ging zum Himmel, glitt dann besorgt über die Reihen der Notunterkünfte. Tausende von Frauen und Kindern drängten sich dicht an dicht. Wenn docteur Jomart nur hier wäre! Es war nur eine Frage der Zeit, bis die unzureichende Ernährung und die mangelnde Hygiene für die erste Seuche sorgen würden.

Marie-Provence bestieg ihr Maultier und machte sich auf den Weg zum Fort. Seit sie auf Quiberon zurückgedrängt worden waren, hatte sie es sich angewöhnt, jeden Tag einen Rundritt um die Halbinsel zu machen, um bei den Flüchtlingsfrauen nach dem Rechten zu sehen. Sie floh das Nichtstun, eine sinnvolle Beschäftigung bewahrte sie vor allzu schmerzhaften Erinnerungen und Trauer. Sie hatte, wie ihr nach einiger Zeit bewusst wurde, das Leben wieder aufgenommen, das sie in Paris geführt hatte – nur in anderer Umgebung und ohne Jomart. Wie sie dessen ruhige zuverlässige Art vermisste! Zwar waren auf den Schiffen aus England auch ein paar Ärzte mitgekommen, doch es waren Feldärzte, versiert darin, Glieder zu amputieren und Geschosse herauszuoperieren. In Frauenheilkunde und mit Kinderkrankheiten hatten sie keine Erfahrung. Sie selbst hatte etliches im Waisenhaus gelernt, doch es ersetzte nicht eine richtige Ausbildung.

Als sie am Fort ankam, ließ sie ihr Reittier im Stall zurück und machte sich auf die Suche nach ihrem Vater, der dort seinen Dienst versah.

Wenigstens bekamen die Menschen alle die gleiche Ration. Ein Aufschrei der Entrüstung war auf der Halbinsel laut geworden, als Hervilly verkündet hatte, den Chouans nur halb so viel Essen austeilen zu wollen wie den ordentlichen Soldaten, ja, den Frauen und Kindern gar täglich nur vier Unzen Reis zu gönnen. Selbst Puisaye, der seit dem Rückzug auf die Insel Hervilly die Zügel überlassen hatte, war so indigniert gewesen, dass er sein Schweigen brach und den Befehl rückgängig machte. Obwohl inzwischen wieder Ruhe eingekehrt war, konnte Marie-Provence diesen Vorfall nicht vergessen. Hervillys Wutausbruch, als die Chouans bei der Landung die Gewehre abgefeuert hatten, seine Gleichgültigkeit gegenüber der Not der Verfolgten vor ein paar Tagen – all diese Vorfälle ließen sie ihr eigenes Lager zunehmend kritisch beurteilen.

War es wirklich nur Hervilly, der durch seinen Egoismus alles vergiftete? Aber wenn dem so war, warum protestierte dann keiner? Weshalb versteckte sich Puisaye, wieso hielt ihr Vater sie zurück, als sie Hervilly die Meinung sagen wollte? Hatten die Republikaner vielleicht recht? War der Adel ein Geschlecht der Unterdrücker und Ausbeuter? Ging ihre Selbstsucht über Leichen? Vielleicht hatte sie in Paris allzu lange ein unabhängiges, selbstbestimmtes Leben geführt. Vielleicht hatte sie es verlernt, sich anzupassen und nach den Regeln ihrer Gesellschaft zu leben. Vielleicht waren aber auch diese Regeln falsch. Und mit ihr diese Gesellschaft.

Wie immer, wenn sie an diesem Punkt ihrer Überlegungen ankam, zuckte Marie-Provence erschrocken zurück. Diese Menschen waren doch alles, was ihr blieb! Wenn sie mit ihnen brach, würde sie allein dastehen, und das machte ihr Angst.

«Wissen Sie, wo ich meinen Vater finden kann?», fragte sie einen vorbeieilenden Soldaten.

«Er ist oben, Mademoiselle. Auf dem vorderen Rundgang. Zusammen mit den anderen Offizieren.»

Marie-Provence runzelte die Stirn. «Alle Offiziere sind versammelt? Ist etwas passiert?»

«Am besten, Sie gehen selbst hoch. Manche sagen, es sei

nichts als Augenwischerei der Republikaner, um uns zu verunsichern. Aber wenn Sie mich fragen: Ich wüsste schon gerne, was die da drüben jetzt alles von uns mitbekommen.»

Der Soldat salutierte und eilte weiter. Neugierig und unruhig zugleich beeilte sich Marie-Provence dem Rat des Soldaten zu folgen.

Das Fort war auf einer schroffen Felsgruppe direkt am Meer erbaut worden und bestand aus einem halben Dutzend Gebäude, die ein mehrschichtiger steinerner Mauerring gegen Angriffe schützte. Auf dem höchsten dieser Mauerringe entdeckte Marie-Provence die roten Uniformen der Offiziere. Der Wind zerzauste die goldenen Fransen ihrer Schulterklappen und die kurzen weißen Federbüsche, die aus den Kokarden ihrer Zweispitze wuchsen. Etliche von ihnen hatten ihre Fernrohre gezückt. Und alle sahen gespannt in dieselbe Richtung.

Marie-Provence folgte ihrem Blick – und stieß einen stummen Schrei aus. Sie taumelte zwei Schritte vor, bis sie an die steinerne Einfassung des Wehrgangs stieß.

«Er ist es, nicht wahr?»

Die heisere Stimme ihres Vaters ließ sie zusammenfahren. Sie flüsterte kopfschüttelnd: «Ich weiß es nicht.» Sie konnte Guy nicht ansehen, konnte den Blick nicht abwenden von dem, was dort über Sainte-Barbe schwebte. Eine Sphäre.

Blau. Weiß. Rot.

«O doch, Marie-Provence, du weißt es. Du weißt es genauso gut wie ich!» Eine eiserne Hand packte Marie-Provence' Nacken. «Du hast ihn hierhergelockt. Du hast diesem Hund verraten, wo du bist, und er ist dir nachgereist!»

Etwas in ihr bäumte sich auf. Sie ballte die Hände zu Fäusten, blieb aber unbewegt stehen, den Blick starr auf den Ballon gerichtet. «Du hast mich belogen, Vater», stieß sie leise aus. «Du hast mir gesagt, er habe nicht mitkommen wollen. Dabei hast du ihn den Soldaten vor die Füße geworfen und seinen Tod in Kauf genommen!»

Die Finger ihres Vaters umklammerten ihre Halswirbel noch fester. Sie stöhnte lautlos vor Schmerz, verzog aber keine Miene. Seine Stimme war heiser: «Nie hätte ich geglaubt, dass du mich derart enttäuschen würdest!»

Marie-Provence blieb stumm. Ihr Blick hing an der schwebenden Seide, unter der sie nackt gelegen und ein paar der schönsten Stunden ihres Lebens verbracht hatte. Sie blinzelte, kämpfte die Tränen zurück.

«Bei Gott, Marie-Provence, du stößt mich ab!»

Er ließ sie urplötzlich los. Ein eiskalter Fleck entstand dort, wo sie gerade noch seine warme Haut gespürt hatte.

Die Nacht war wild. Der Wind zerriss die Wolken und peitschte Wellen aus dem Ozean. Das Boot bäumte sich auf, und einen Atemzug lang hingen die nassglänzenden Ruder hilflos in der Luft. Doch dann tauchte die Nussschale wieder in ein Wellental, und die Männer keuchten unter der Anstrengung.

Marie-Provence' Finger hielten ihre Sitzbank fest umklammert. Da sie nicht schwimmen konnte, durfte sie auf keinen Fall über Bord gehen. Das gewachste Tuch, das Cadoudal ihr gegeben hatte, umhüllte sie von Kopf bis Fuß. Trotzdem waren ihre Wangen feucht von der Gischt. Ihr war übel.

«Geht es?», fragte der hünenhafte Chouan an ihrer Seite.

«Ja», sagte Marie-Provence mit fester Stimme. Sie schmeckte Salz auf ihren Lippen. Angestrengt spähte sie in die Nacht, doch vergeblich. Schon lange waren die vielen Boote der Männer nicht mehr zu sehen, die heute Nacht ihrem Anführer gefolgt waren, um an Land zu gehen. Die Stimme des tosenden Meeres und das Heulen des Windes hatten sie verschluckt.

Achttausend Royalisten hatten heute Nacht von der belagerten Halbinsel abgelegt. Ihr Ziel war die Gegend um Suscinio, ein Landstrich weiter südlich, außerhalb der Bucht von Quiberon. Von dort aus wollten die Chouans ins Hinterland dringen, Gleichgesinnte in ihre Reihen aufnehmen und die Republikaner in einen Kleinkrieg verwickeln, wie es ihre Spezialität war. Zum Schluss würden sie General

Hoche von seinem Nachschub trennen und den Oberbefehlshaber in einer großen Umkehrbewegung von hinten angreifen. Nur Cadoudals Ruderboot hatte sich kurzzeitig von den anderen getrennt, da er Marie-Provence' zugesagt hatte, sie an Land abzusetzen.

«Wir kommen an», brummte ein Mann.

Der veränderte Wellengang verriet Marie-Provence, dass er recht hatte. Der helle Streifen des Strandes wurde sichtbar, auf ihm die dunklen Massen der Felsbrocken. Marie-Provence verengte die Augen. War es tatsächlich ein kleines Licht, das dort in der Nacht flimmerte? Der hölzerne Bauch des Bootes schabte über den Sand.

Plötzlich bewegte sich ein undeutlicher Schatten zwischen den Felsen. Marie-Provence erschrak, bis sie erkannte, dass es ein über und über mit Tang behängter Chouan war, der dort mit einer verhängten Laterne gehockt und auf sie gewartet hatte.

«Das ist Joachin», sagte Cadoudal. «Er wird Sie auf den Weg bringen und hier auf Sie warten, um Sie anschließend wieder zurückzurudern.»

Marie-Provence stand auf. «Haben Sie vielen Dank!»

Cadoudal fragte auch jetzt nicht, wohin sie wollte und was sie dazu bewog, mitten in der Nacht an Land zu gehen. Sein Vertrauen spendete ihr Kraft.

«In sechs Wochen sind meine Männer und ich wieder da», sagte er. So lange, hatten Hervilly und Puisaye versprochen, würden sie durchhalten und die Halbinsel gegen Hoche halten.

«Sechs Wochen», nickte Marie-Provence. «Wir werden sehnsüchtig auf Sie warten. Gott beschütze Sie, Georges.»

«Sie auch, Marie-Provence.»

Ihre Hand verschwand in seiner Pranke – es war ein gutes Gefühl. Sie lächelten sich ein letztes Mal durch den Sturm zu, dann sprang Marie-Provence in das aufgewühlte Wasser. Die geifernden Wellen rissen und zerrten an ihren Beinen, zogen ihr den Sand unter den Sohlen weg, doch sie kämpfte sich entschlossen hindurch.

Als sie endlich wieder festen Boden unter den Füßen hatte, wandte sie sich dem dunklen, schweigsamen Land zu. Einen Augenblick lang verharrte sie, und zum ersten Mal erfasste sie so etwas wie Furcht. Doch dann gab sie sich einen Ruck. Warum zögern? Er hatte sie gerufen. Alle Bedenken schwiegen. Sie schritt tüchtig aus, gab Joachin ein Zeichen, und ihr Herz weitete sich vor Freude.

⚜

André zog seinen Zweispitz tiefer in die Stirn. Ausnahmsweise war er froh über die vielen Stofflagen, aus der seine Uniform bestand. Als Pariser konnte er kaum fassen, dass es im Juli hier so kalt war. Schemenhaft blinkten vereinzelte Sterne am nachtschwarzen Himmel. Der böige Wind jagte Wolkenfetzen vor die Sichel des Mondes, schüttelte die mannshohen Ginsterbüsche und brauste heulend über das Feld der Steinriesen.

André stemmte den Rücken gegen den Wind, die Schöße seiner Uniformjacke klatschten um seine Schenkel. Die Gewalt dieser Nacht, die so plötzlich den sonnenbeschienenen Tag verjagt hatte, war André willkommen. Nicht nur, dass sie jedes Geräusch verschluckte, die Hoches Männer in ihren Verstecken hätten verursachen können. Er war auch dankbar für diese Wildheit, weil sie ihm über seinen eigenen Aufruhr hinweghalf.

Beruhigend war ebenfalls die stumme Präsenz der Steinsilhouetten um ihn herum, beschienen vom Mond: endlose Reihen verwitterter Gestalten, in regelmäßigen Abständen errichtet von Götter- oder Menschenhand, in einer Zeit, deren einzige Zeugen sie waren. Einige Einheimische hielten sie für versteinerte Soldaten, andere für magische Wesen, die in manchen Nächten zum Leben erwachten. Als Wissenschaftler hatte André für diesen Aberglauben wenig übrig; dennoch konnte er sich der besonderen Ausstrahlung der Menhire von Ménec nicht entziehen.

André trat von einem Fuß auf den anderen. Sie hat sich

verspätet, dachte er. Ob sie es sich anders überlegt hatte? Gut möglich. Sosehr ihr Gewissen sie auch drücken mochte, sie hatte keinen Anlass, sich seinetwegen in Gefahr zu begeben. Mit ihrem Brief an Hoche hatte sie der Moral ausreichend Tribut gezahlt, ihre Reue zum Ausdruck gebracht und sich ruhige Nächte erkauft. Eigentlich konnte sie nur aus demselben Grund diesem geheimen Treffen zugestimmt haben, der sie schon immer antrieb, seit sie sich kannten: Sie erhoffte sich Vorteile davon. Er verspürte Bitterkeit. Gleichzeitig beglückwünschte er sich zu seiner Hellsichtigkeit. Hätte er schon früher über Marie-Provence' wahre Beweggründe nachgedacht, hätte er sich nicht allzu bereitwillig von ihren Lippenbekenntnissen täuschen lassen, wäre er heute noch sein eigener Herr.

Er musste nur noch lernen, dieser Frau nüchtern zu begegnen. Wenn ein Tropfen Säure ihn verletzte, fühlte er sich schließlich auch nicht persönlich angegriffen – es lag in der Natur der Säure, zu ätzen, und er war selbst schuld, wenn er sich nicht schützte. Dieselbe Distanz galt es, zu Marie-Provence einzuhalten. Sie war das Produkt einer verdorbenen, veralteten und zutiefst egoistischen Gesellschaft, ihre Eigenschaften waren angeboren und unabänderlich.

Ein Schatten, der vor ihm auftauchte, riss André aus seinen Betrachtungen.

«Guten Abend, André.»

Ein Mondstrahl erhellte ihre Züge in der Nacht, gespenstisch weiß und zum Niederknien schön. Er versteifte sich. «Marie-Provence.»

Sie schwiegen einen Augenblick, beide befangen, während er spürte, wie sie ihn betrachtete. Ihre Röcke waren nass, der Geruch vom Meer haftete an ihnen. Ihre Augen lagen dunkel und unergründlich in ihren Höhlen, schwarze Strähnen kräuselten sich um ihre Stirn.

«Entschuldige, dass ich dich so anstarre», sagte sie. «Trotz des Briefes, den du mir hast zukommen lassen, und obwohl ich den *Intrépide* am Himmel gesehen habe: Erst jetzt kann ich wirklich glauben, dass es dir gutgeht.» Sie stockte. Ihre

Stimme bebte. «Wie kommt es, dass du hier bist? In der Bretagne?»

«Eine meiner letzten Fehleinschätzungen, dich betreffend. In dem Brief, den Rosanne mir gegeben hat, stand geschrieben, dass du nach Osten wolltest. Also bin ich nach Westen aufgebrochen.»

«Oh.» Sie verzog die Lippen zu einem bleichen Lächeln. «Da können wir ja meinem Vater im Nachhinein noch dafür danken, dass er mich über das Ziel unserer Flucht getäuscht hat.»

André hob die Brauen. «Danken?», fragte er zynisch. «Ich fürchte, ich verstehe nicht.»

Sie sah ihn groß an. «Nun, so haben wir uns doch wiedergesehen, und …» Sie stockte abermals, schüttelte den Kopf. «Entschuldige. Vergiss, was ich gesagt habe. Ich dachte nur, weil du dieses Treffen vorgeschlagen hast …» Sie wischte sich mit der Hand über das Gesicht, als wolle sie ihren Mund zwingen, zu schweigen. Sie straffte die Schultern, sah zu ihm hoch. «Was möchtest du von mir?»

«Verhandeln», antwortete er nach einem kurzen Zögern. «Hoche hat mich geschickt. Er ist bereit, Gnade walten zu lassen, wenn ihr euch ergebt.»

«Warum sollten wir? Wir haben keine Not. Wir haben genug Munition und Waffen für halb Frankreich. Unsere Leute sind entschlossen und kräftig, und das Meer gehört uns. Wie du siehst, ist es mir problemlos gelungen, zu unserem Treffen zu kommen. Eure Blockade ist so löchrig wie ein altes Segel.»

«Ihr habt unzählige Frauen und Kinder zu versorgen. Und nicht genügend Trinkwasser. Dabei ist es erst Anfang Juli, der ganze Sommer liegt noch vor euch.»

«Ist es das, was ihr glaubt, von eurem Ballon aus gesehen zu haben?» Sie zuckte die Schultern. «Ich muss dich enttäuschen: Uns geht es blendend.»

Sie log schlecht – was ihn absurderweise irritierte. Hatte sie schon immer so schlecht gelogen? Warum war es ihr dann gelungen, ihn monatelang hinters Licht zu führen? «Ist es wegen des Jungen?», fragte André, um Sachlichkeit bemüht. «Marie-Provence, ihr müsst Vernunft annehmen. Louis-Charles wird nie den französischen Thron besteigen. Aber vielleicht gibt es ja einen Mittelweg: freies Geleit für ihn, ein Leben im Asyl im Ausland zum Beispiel. Doch um das zu erreichen, müsstet ihr in Verhandlungen treten.»

Sie sah ihn irritiert an. «Der Junge? Warum sagst du das? Du musst doch wissen, dass Charles tot ist!»

«Tot?»

«Es ist genau eine Woche her.» Ihr Blick verlor sich. «Die Nacht war warm und wunderbar klar ...» Sie biss sich auf die Unterlippe. Mit fester Stimme fügte sie hinzu: «Croutignac war dabei, und ein paar Soldaten. Also weiß es mit Sicherheit auch Hoche.»

Andrés Mund wurde trocken. «Croutignac ist auch hier?», fragte er. Ein ungutes Gefühl beschlich ihn, und er spürte überdeutlich die Anwesenheit der Männer, die sich hinter den Menhiren verbargen. Irgendetwas war hier faul. Marie-Provence schien ähnlich zu empfinden.

«André? Was ist los? Weißt du wirklich nichts von alledem, oder lügst du mich an? Hier stimmt doch was nicht!»

Kaum hatte sie die letzten Worte gesprochen, hallte eine Stimme durch die Nacht. «Auf, Männer! Schnappt sie euch!»

Marie-Provence fuhr zusammen. «Croutignac!», schrie sie. Sie riss den Kopf hoch und starrte André an, Entsetzen und Ungläubigkeit im Gesicht.

Als sich die Gestalten von den Menhiren lösten, sah es einen gespenstischen Augenblick lang tatsächlich so aus, als würden Geister aus ihren steinernen Hüllen treten.

André packte Marie-Provence' Handgelenk.

«So ist es richtig! Halten Sie sie fest, Levallois!», schrie eine bekannte Stimme.

André konnte es nicht fassen. Es war tatsächlich Croutignacs stumpfes Haar, das dort drüben im Mondschein aufleuchtete. Wie in einem Wirbel sah er sich plötzlich auf der place de la Révolution stehen. Sich, Marie-Provence. Und diesen Mann, der versuchte, Marie-Provence unter das Fallbeil zu zerren. *Er wird sie töten!* Die Gewissheit durchzuckte ihn wie ein Blitz. Er machte auf dem Absatz kehrt und zerrte Marie-Provence mit sich. Die Soldaten versuchten, einen Kreis um sie zu bilden, doch ein gezielter Faustschlag von André verbreitete für einen Moment Verblüffung und gab den Flüchtenden genug Luft, um zwischen zwei Männern hindurchzuschlüpfen.

«Lauf! Schnell!», zischte André.

Sie liefen Seite an Seite, hasteten Hand in Hand durch die grauschwarze Nacht. Hinter ihnen wurden Schreie laut, Warnrufe, dann wurde es still.

«Sie verfolgen uns!», keuchte Marie-Provence.

Er antwortete nicht, sondern rannte mit einer ausgestreckten Hand und nahezu blind an den Menhiren vorbei. Sie strauchelte, er zog sie hoch. Ginsterzweige peitschten sein Gesicht. Die Welt war ein zugiges Loch, übersät mit riesenhaften Stolpersteinen. Ihre Hand verkrampfte sich in seiner.

Sie strauchelte abermals. «Ich kann nicht mehr!»

Er deutete auf einen unregelmäßig geformten Menhir, dessen riesenhafte Silhouette diffus im Mondlicht leuchtete. «Da drauf.» Er beugte sich vor, verschränkte seine Finger und bot ihr seine Handflächen als Trittstufe an. «Komm!» Sie gehorchte, und er katapultierte sie mit einem kräftigen Ruck nach oben. Kurz darauf hatte auch er sich hochgezogen. Sie hatten sich gerade auf den Scheitel des Granitblocks gelegt, als Schatten durch die Nacht strömten.

«Sucht sie! Sie können nicht weit sein!»

André legte einen Arm auf Marie-Provence' Schultern und drückte sie nieder. Ihre Haut strahlte Hitze aus, und er fühlte, wie ihr Brustkorb sich angstvoll hob und senkte.

«Wir brauchen Licht!» Croutignacs Stimme überschlug sich. «Und wenn wir die ganze Nacht hier verbringen müssen, wir werden sie finden!» Ihre Verfolger huschten am Fuß des Verstecks vorbei und verschwanden in der Nacht.

André wartete ein paar Sekunden.

«Sie sind weg», flüsterte Marie-Provence, kaum hörbar durch das Heulen des Sturmes.

Sie reckte den Kopf, um nach unten zu spähen. Dabei streiften ihre Haare Andrés Hals und verbreiteten einen schwachen Geruch nach Talkum, Essig und Sommerblüten, vermischt mit einem Hauch von Salz und Meer. Er richtete sich schnell auf.

«Besser, du verschwindest jetzt. Sie werden Fackeln holen und wiederkommen, um alles noch einmal genau zu durchsuchen. Du hast nicht viel Zeit.»

«Danke», hauchte sie.

«Lass uns runterklettern», sagte er abweisend. Er sprang als Erster hinunter und hob dann die Arme, um sie aufzufangen. Schnell stellte er sie auf die Beine. «Geh jetzt. Beeil dich.»

«André …»

Verdammt, weshalb konnte sie nicht einfach verschwinden?

«André, ich habe nicht gewusst, was mein Vater dir angetan hat, als wir nach der Landung geflohen sind, das musst du mir glauben. Ich wollte dich mitnehmen!»

«Es macht keinen Unterschied mehr. Geh jetzt endlich!»

«Auch wenn du mir nicht glaubst: Ich weiß, wie der Schmerz sich anfühlt. Ich spüre ihn auch. Seit dem Augenblick, als ich gemerkt habe, dass ich dich verlieren würde, wenn ich Charles befreien will.»

«Spar dir deine Reue, Marie-Provence!», stieß André aus. «Du hattest Zeit genug, dir zu überlegen, was du tust.»

Sie sah ihn fest an. «Du irrst dich, ich bereue nichts. Ich hatte keine Wahl: Ich habe zwei Menschen geliebt und dem Schwächeren den Vortritt gegeben. Weiter nichts.»

Zorn stieg in André hoch. «Du machst es dir wirklich einfach.»

«Nein, einfach ist es nie gewesen. Zu keinem Augenblick. In keiner Sekunde. Ich habe nicht verdient, dass du das von mir glaubst.» Sie hob den Kopf. «Jetzt allerdings könnte es einfach sein – Croutignac wird sich an dir rächen wollen.

Du kannst hier nicht bleiben.» Sie sah ihm in die Augen. «Komm mit mir!»

Er legte den Kopf in den Nacken und lachte leise in den Sturm. «Was denn, nach Quiberon? Um deinem Vater eine neue Chance zu geben, mich loszuwerden?»

«Nein.» Ihre Stimme bebte merklich. «Lass uns weggehen von meinem Vater. Von Hoche und Croutignac. Ich will keine Erwartungen mehr erfüllen oder in der Vergangenheit leben. Ich will neu anfangen.» Scheu sagte sie: «Ich … Ich sehne mich nach eigenen Kindern. Nach deinen Kindern.»

Er starrte sie an, wortlos. Mein Gott … Wie oft hatte er diese Worte ersehnt! Jede Nacht, jede Minute dieses Winters. Vergeblich. Vor ein paar Wochen noch hätte er alles gegeben, um sie einmal zu hören. Falsch – er *hatte* alles gegeben. Er hatte ihr alles geschenkt. All seine Gefühle. All seine Leidenschaft. All sein Vertrauen. Es war nichts mehr da. Er machte einen Schritt zurück und kreuzte die Arme über der Brust.

«Was glaubst du eigentlich, wer du bist, Marie-Provence? Denkst du tatsächlich, du kannst mein Leben zerstören, mich erniedrigen, und brauchst anschließend nur General Hoche einen netten Brief zu schreiben, um alles wieder ins Lot zu bringen?» Er starrte sie an. «Louis-Charles ist tot, und deshalb machst du mir diesen Vorschlag. Aber ich akzeptiere es nicht, die zweite Wahl zu sein, Marie-Provence.»

«Du warst nie zweite Wahl für mich. Doch ich hätte nicht mit dir leben können in dem Bewusstsein, unser Glück mit Charles' Tod bezahlt zu haben!»

«Möglich. Vielleicht kann ich das sogar verstehen. Aber deine Gründe ändern nichts mehr an der heutigen Situation. Ich habe dich heute Abend hierhergelockt, damit sie dich festnehmen. Und ich bin nur eingeschritten, weil Croutignac sich eingemischt hat und ich meinerseits betrogen wurde.» Er schüttelte den Kopf. «Du wirst mir nie mehr vertrauen können, Marie-Provence. Genauso wenig, wie ich dir je wieder trauen werde.»

«Du irrst.» Sie richtete sich auf, etwas Herausforderndes lag in ihrem Blick. «Ich vertraue dir, André. Wann immer du mich rufst, werde ich kommen. Und jedes Mal, wenn du mich dann bei der Hand fortreißt, um zu fliehen, werde ich dir folgen.» Sie trat auf ihn zu. Plötzlich, bevor er sie abhalten konnte, lagen ihre Lippen auf den seinen, und sie flüsterte: «Weil ich dich liebe.» Ihre Fingerspitzen strichen über sein Gesicht. Tränen schimmerten in ihren Augen, als sie sich von ihm abwandte und in der Dunkelheit verschwand.

Im selben Augenblick nahm André einen schwachen Schein wahr. Fackeln waberten durch die Nacht, Stimmfetzen wehten durch den Sturm. André holte tief Luft. Dann lief er ihnen langsam entgegen.

16. KAPITEL

Messidor, Jahr III
Juli 1795

Der Wind traf den Ballon mit der Wucht eines Ringkämpfers. Warnrufe erklangen von unten. André riss den Kopf hoch, starrte ungläubig die riesige Delle an, die der Sturm verursacht hatte. Das Netz! Kalt vor Schreck verfolgte er, wie die Seile über die schlaffe Haut der Hülle glitten. Wenn der Ballon aus dem Netz rutschte, wäre er tot.

Da spannte sich die Seide mit einem ohrenbetäubenden Knall und nahm ihre ursprüngliche Form wieder an. Der angeleinte *Intrépide* schlingerte heftig. André hielt sich am schwankenden Korbrand fest. Auflehnung wallte in ihm auf. Verflixt, was machte er hier? Ballons brauchten Freiheit, sie wollten mit dem Wind fliegen, von ihm liebkost und geführt werden, nicht sich ihm widersetzen! Wie konnte er das zulassen?

Er rang nach Fassung. Schluss für heute, weiterhin hier oben zu bleiben, wäre schierer Selbstmord. André zückte einen gelben und zwei rote Wimpel, beugte sich über den Korbrand und signalisierte, dass die Männer ihn herunterziehen sollten. Während der von den Windböen gebeutelte Ballon im Schneckentempo sank, setzte André sein Fernrohr an.

Sie stand noch da. Seit Stunden, kurz nachdem er heute Morgen den Ballon bestiegen hatte, stand die Frauengestalt auf dem Fort und sah in seine Richtung. Warum? Wollte sie ihn verunsichern? Ihre Reue zeigen? Einen Beweis für ihre Liebe abliefern? Ruckartig veränderte er den Blickwinkel. Diese Frau war Gift für ihn. Sie hatte sein Leben zerstört. Und es gelang ihr noch immer, ihn in Schwierigkeiten zu bringen.

Die Folgen ihres letzten Treffens würde er schon bald zu

spüren bekommen. Er ahnte, dass Croutignac den Vorfall bei den Menhiren von Ménec nicht auf sich beruhen lassen würde. André hatte mit dem Schlimmsten gerechnet und war überrascht gewesen, als ihm erlaubt wurde, seinem ganz normalen Dienst nachzugehen. Gewiss hatte Croutignac Hoche über Andrés Verfehlungen bis ins kleinste Detail unterrichtet. Wie kam es dann, dass der General ihn nicht verhaften ließ? Egal. Seit Wochen war André ein Spielball der Ereignisse und der Willkür Fremder unterworfen. Worte wie Sicherheit und Planung schienen für ihn nicht mehr zu existieren, man hatte ihn zu einem Vagabunden gemacht. Doch solange er sich selbst und seinem Geist vertrauen konnte, würde er irgendwie damit zurechtkommen.

Er ließ den Sucher seines Fernrohrs über die glitzernde, schäumende Fläche des Meeres gleiten. Die unruhige Bewegung seines Korbes erschwerte die Fokussierung. Dennoch gewahrte er einen tanzenden Punkt am Horizont. Die englischen Schiffe, mit denen die Royalisten gekommen waren, patrouillierten in regelmäßigen Abständen um Quiberon und waren kein Grund zur Aufregung. Trotzdem nahm André pflichtbewusst das Heft in die Hand, in dem er Protokoll führte, und schrieb seine Beobachtung auf.

Als er das Fernrohr danach ein letztes Mal wieder ansetzte, stutzte er. Der Horizont schien plötzlich dicht bevölkert … Er zählte – und bekam feuchte Hände. Ihm war sofort klar, was diese Punkte bedeuteten. Die zweite Flotte aus England! Spione und Überläufer hatten Hoche schon vor längerer Zeit über den zweiten Konvoi informiert. Und alle im Lager hatten gehofft, Quiberon einzunehmen, bevor dieser eintraf. Seine Ankunft war ein herber Schlag für die Republikaner.

André griff nach einem Sandsack, um ihn mitsamt der Nachricht abzuwerfen. Justin würde jubeln, denn Hoche würde noch vor den Royalisten informiert sein. Heute bewies die Kompanie der Luftfahrer endlich, wie nützlich ein Ballon in Kriegszeiten war.

⚜

Guy de Serdaine runzelte die Stirn, als er grußlos Marie-Provence' Zimmer betrat. «Warum hast du deine Sachen nicht gepackt?», fragte er scharf.

Marie-Provence warf ihm nur einen Blick aus den Augenwinkeln zu. Winzige Tropfen hingen in den Wimpern ihres Vaters und an den von der Sonne gebleichten Brauen. Der Sturm hatte wieder zugenommen. Kein Hut konnte vor dem Sprühregen schützen, der über die Halbinsel jagte. Mühevoll stemmte sie den schweren Deckel der mächtigen Truhe auf, vor der sie stand, und nahm sich Zeit, den Inhalt zu begutachten. Alle bäuerlichen Behausungen der Gegend beherbergten mindestens eines dieser kolossalen Möbelstücke, das zugleich Tisch, Speisekammer und Geschirrschrank war. Der Milchkrug, die Butterschale, Salz, Holzlöffel und das Kochgeschirr, vor allem aber das armlange schwarze bretonische Brot fanden in ihr Platz.

Marie-Provence holte Brot, Butter und Messer hervor. «Kannst du den Deckel wieder schließen?», fragte sie.

Nachdem ihr Vater ihrer Bitte nachgekommen war, legte sie das Essen auf der Truhe ab. Konzentriert stieß sie die Klinge des Messers in den Brotlaib. Krustenstückchen schossen auf den gestampften Lehmboden.

«Das Wetter ist zu schlecht, und die Nacht bricht herein. Kein Schiff wird heute ablegen», sagte sie kühl.

«Irgendwann hat der Sturm ein Ende, und dann will ich, dass du zur Abreise bereit bist.»

Ihr Vater hustete. Marie-Provence hatte wegen des kühlen Wetters Feuer im breiten Kamin entfacht, doch der Sturm trieb den Rauch ins Zimmer zurück. Der Qualm drang unter dem steinernen Sims hervor, staute sich unter der niedrigen Decke und überzog die speckig glänzenden Mauern mit einer Rußschicht.

Marie-Provence reichte ihrem Vater eine dicke Scheibe schwarzes Brot und sagte gereizt: «Wir haben bereits darüber geredet. Ich möchte nicht nach England. Frankreich ist meine Heimat. Hier liegen Mama und Charles begraben, und hier will ich bleiben.»

«Später wirst du zurückkommen. Wenn das Land wieder uns gehört.»

Marie-Provence schaute zu ihm auf, eine ärgerliche Antwort auf den Lippen, hielt aber inne. Trotz aller Differenzen der letzten Tage zog das, was sie auf seinem Gesicht sah, ihr Herz zusammen. Er begann, die Realität zu akzeptieren, die auch sie akzeptieren musste. Er glaubte nicht mehr an ihren Sieg. Ein drückender Schmerz legte sich auf ihre Brust. Ihr Blick ging zum einzigen schmalen Fenster, das sich neben dem Himmelbett mit den groben Wollvorhängen zum Meer hin öffnete.

Noch vor kurzem hatte es so ausgesehen, als würde sich das Blatt erneut zugunsten der Royalisten wenden. Der zweite Konvoi, geleitet von einem jungen Offizier namens Sombreuil, hatte tausendfünfhundert Soldaten zur Verstärkung mitgebracht, große Mengen an Munition, Proviant und Geld – sowie die langersehnte Entscheidung über die Befehlsgewalt an Land zugunsten Puisayes. Unter einer fähigen Führung hätten diese Bedingungen den Royalisten gewiss gute Chancen gesichert. Doch der Dilettantismus, mit dem hier zu Werke gegangen wurde, war kaum noch zu übertreffen.

Der stolze Hervilly hatte trotz seiner Entmachtung einen Ausbruch aus dem Fort befohlen – ohne dem frisch angereisten Sombreuil Zeit zu geben, ihn mit seinen ausgeruhten Männern zu unterstützen, entgegen Puisayes schwachen Einwänden und wohl wissend, dass der Feind durch seine ständige Observation zumindest eine Ahnung von seinen Plänen hatte. Die Attacke, strategisch schwach und miserabel durchgeführt, kostete nicht nur mehreren hundert royalistischen Soldaten das Leben, sondern löschte auch über die Hälfte aller kämpfenden Offiziere aus – Hervilly inbegriffen.

Marie-Provence wandte sich vom Fenster ab. Sanfter fragte sie: «Was ist passiert, Vater? Warum bestehst du plötzlich darauf, dass ich die Halbinsel verlasse? Bisher hast du immer gesagt, dass wir hier sicher sind!»

Guy sah erschöpft aus. Bitter stieß er aus: «Es sind heute dreißig Männer desertiert, und sie waren nicht die Ersten.»

«Du fürchtest Verrat?», fragte Marie-Provence tonlos.

«Es waren allesamt ehemalige republikanische Soldaten. Sie wurden während der kriegerischen Auseinandersetzungen der letzten Monate von den Engländern festgenommen und schmorten in Gefängnissen auf der anderen Seite des Ärmelkanals. Als unsere Flotte formiert wurde, haben diese Männer zugestimmt, im Tausch für ihre Freiheit für die royalistische Sache zu kämpfen. Die Überläufer werden natürlich als Erstes zu Hoche rennen und ihm alles erzählen, was sie über uns wissen, um wieder in Gnaden aufgenommen zu werden.»

Marie-Provence hob die Schultern. «Und wir haben noch mehr Soldaten gleichen Kalibers in unseren Reihen, ich weiß. Wenn diese Männer ein Risiko sind, muss man sie eben in den hintersten Teil der Halbinsel abkommandieren, weitab von den Republikanern.»

Ihr Vater lächelte. «Das müsste man wohl.» Er sah sie unumwunden an. «Die Garnison, die das Fort bewacht, besteht zu mehr als der Hälfte aus diesen Überläufern, Marie.»

Marie-Provence fröstelte. «Aber … Aber Puisaye …»

«Er weiß es.»

Marie-Provence legte entschlossen ihr Messer beiseite. «Ich lasse dich hier nicht allein, Vater.»

«O doch, das wirst du.» Müde sagte Guy: «Ob du gepackt hast oder nicht: Beim ersten Sonnenstrahl schicke ich dich nach England.»

⚜

«Nicht so zögerlich, Männer!», schrie der Offizier gegen den heulenden Wind an.

Ein Brecher schlug tosend auf den schwarzen Felssockel auf, an den André sich zusammen mit den anderen klammerte. Er hielt mit einer Hand das sperrige Bajonett fest, das über seiner Schulter baumelte, und duckte sich. Wer jetzt losließ, wurde erbarmungslos in die sturmgepeitschte See gespült. Das eisige Salzwasser schleuderte ihn an den mit Seepocken besetzten Stein, klatschte auf seine Lenden, beutelte ihn, rauschte an ihm herab, riss ihn mit Wucht zurück.

Ein Schrei schreckte André auf. Da, eine Hand! Er ließ sein Bajonett auf den Rücken rutschen, schnappte nach dem hilflos rudernden Arm, packte das Stück einer Uniform – biss die Zähne aufeinander, als der Sog drohte, auch ihn mitzureißen. Endlich ließ die Welle ab.

«Danke, Kamerad!»

André nickte. Seine Finger waren klamm und steif. Er wischte sich die Gischt aus den Augen und sah hoch. Kaum zu erkennen in der Nacht, bewegte sich schemenhaft eine Silhouette am Fels. Der Soldat dort oben war am Vortag zu den Republikanern übergelaufen und hatte behauptet, einen Pfad zu kennen, über den man unbemerkt zum Fort gelangen konnte. Seit zwei Stunden folgten sie ihm nun schon, während der Himmel eine wahre Sintflut über sie ergoss.

«Kommt, Männer! Von dieser Nacht werdet ihr noch euren Enkeln erzählen!», feuerte der Offizier sie an.

Die Männer um André, allesamt Grenadiere, warfen sich gedämpft Scherze zu, doch ihre Stimmen klangen unsicher, selbst im Getöse der Elemente. Ein paar von ihnen trugen rote Jacken, die sie dem gefallenen Feind abgenommen hatten. Sie sollten nachher Verwirrung in den royalistischen Reihen stiften. André schwieg. Er war ein Außenseiter, der Einzige, auf dessen Knöpfen Montgolfieren prangten.

Als Hoche ihn am Nachmittag zum ersten Mal seit den Ereignissen von Ménec zu sich bestellt hatte, hatte er André kurzerhand eröffnet: «Leutnant, ich habe ein Problem mit Ihnen. Es kursieren Gerüchte, die an Ihrer Loyalität Zweifel aufkommen lassen.»

«Lassen Sie uns offen reden, General. Sie selbst haben mir damals das Leben der Dame zugesichert, die ich in eine Falle locken sollte. Croutignac aber trachtet ihr nach eben demselben. Marie-Provence de Serdaine ihm auszuhändigen, wäre einem Todesurteil gleichgekommen.»

Hoche hatte keine Miene verzogen. «Es geht hier um Pflichterfüllung, nicht darum, recht zu haben. Sie sind Soldat, Levallois, und Soldaten sind keine Moralisten. Monsieur Croutignac besitzt weitreichende Vollmachten und verlangt seit dem Vorfall hartnäckig, dass Sie für Ihren Ungehorsam bestraft werden. Vor kurzem sind zwei Herren vom Wohlfahrtsausschuss aus Paris eingetroffen. Messieurs Blad und Tallien teilen sich die Befehlsgewalt über Westfrankreich, und ich bin ihnen direkt unterstellt. Tallien unterstützt Monsieur Croutignac nun in seinen Forderungen.»

«Tallien? Jean-Lambert Tallien ist hier?», hatte André verblüfft gefragt.

«Monsieur Tallien erwähnte bereits, dass Sie sich kennen.»

Thérésia und ihr Mann waren seit der Flucht aus dem Temple sicherlich nicht gut auf ihn und Marie-Provence zu sprechen. André hatte innerlich geflucht. Würde es ihm denn nie vergönnt sein, sich von der Vergangenheit zu lösen? «Heißt das, dass ich jetzt verhaftet bin?», hatte er Hoche herausfordernd gefragt.

«Eine Verhaftung konnte ich bisher verhindern. Aber die Herren wollen ein Zeugnis Ihrer Ergebenheit – was ich ihnen nicht verwehren kann.» Hoche hatte ihn fest angesehen. «Leutnant, heute Nacht starte ich eine Generaloffensive auf das Fort. Drei Truppen werden gegen die Halbinsel ziehen; einer von denen, die das Fort über die Westküste einnehmen soll, werden Sie angehören. Ich verheimliche Ihnen nicht, dass Sie während dieser Mission genau beobachtet werden. Machen Sie heute Nacht einen Helden aus sich. Sonst kann ich nichts mehr für Sie tun.»

«Einen Helden?» André hatte bitter aufgelacht. «Was genau bezeichnet denn die republikanische Armee als Heldentum? Wird eine Strichliste geführt, wie viele Feinde ich erlegt habe? Oder ein Verzeichnis der Gliedmaßen, die ich dafür opfern muss?»

Hoches Gesicht hatte sich verschlossen. «Mäßigen Sie Ihre Worte! Sie beleidigen all die armen Teufel, die heute Nacht ihr Leben lassen werden, wahre Helden, denen Hochmut und Opportunismus fremd sind und die nur darauf warten, ihr Blut für das Vaterland zu vergießen. Wenn ich Sie so reden höre, kommen mir allmählich selbst Zweifel ob Ihrer Gesinnung.» Gereizt hatte der General hinzugefügt: «Monsieur Croutignacs Beharrlichkeit hat mich bisher nachdenklich gestimmt, aber nach diesem Gespräch muss ich meine Meinung revidieren.»

Rauschend umschäumte die nächste Welle Andrés Oberschenkel. Er widerstand dem Sog. Das grelle Licht eines Blitzes enthüllte eine apokalyptische Szenerie: Waffen, angespannte Gesichter, zweihundertfünfzig Soldaten, die spinnengleich über das schwarze Gestein krabbelten. Zwischen zwei Wellen torkelte André hastig ein paar Schritte weiter auf dem Weg nach oben. Ein paar Minuten später war es endlich so weit: Sie hatten die Wassergrenze hinter sich.

«Da sollen wir hoch?», stieß jemand neben ihm aus und bekreuzigte sich. André spürte die nahezu senkrechte Felswand, die sich nun über ihnen auftürmte, mehr, als er sie sah. Ihm war kalt, doch angesichts der Fluten, die vom Himmel fielen, war es sinnlos, seine vom Meerwasser triefende Kleidung auszuwringen. Er hauchte auf seine steifen Finger und machte sich an den Aufstieg.

Der Pfad, dem sie nun folgten, war schmal und so unregelmäßig, dass die Soldaten ihn ohne die Hilfe des Überläufers niemals gefunden hätten. Sie kamen nur langsam voran, behindert durch die fast undurchdringliche Dunkelheit und den Regen, der die Felsen gefährlich glatt machte. Wenn die Übergänge unpassierbar wurden, bildeten sie Ketten und halfen sich gegenseitig, indem sie sich an ihren Schusswaffen hochziehen ließen. Jetzt, da die Brandung sie nicht mehr umtoste, schwiegen sie. Die über ihnen thronende, imposante Masse des Forts bedrückte sie.

Da sie selbst kaum die Hand vor den Augen erkennen konnten, war es höchst unwahrscheinlich, dass jemand sie von da oben entdeckte. Zudem verschluckte der Sturm jeglichen Lärm. Dennoch hielten sie unwillkürlich den Atem an, als sie die erste Schutzmauer des Forts erreichten. Diese war nicht allzu hoch. Nach den erlittenen Strapazen war es eine Leichtigkeit, sie zu überwinden. Oben kauerten sie nieder, warteten auf einen Befehl – und ließen sich alle zugleich auf die Kompanie leichter Artillerie fallen, die sich hinter der Mauer verbarg.

Erst jetzt stürzten die verdutzten Wachen herbei, die sich wegen des Unwetters untergestellt hatten. Schüsse fielen. André riss seine Waffe von den Schultern und schlug mit seinem Kolben einen Royalisten nieder. Eine Kugel ließ den Matsch vor seinen Stiefelspitzen aufspritzen. Er legte auf einen feindlichen Soldaten an, der gerade sein Gewehr lud.

«Schieß! So schieß doch!», rief jemand neben ihm.

Der rotuniformierte Soldat vor ihm, ein unscheinbarer Mann mit Backenbart, hatte seine Schusswaffe jetzt bereit. André erstarrte. *Wer sich selber erschießen lässt, obwohl er seinen Gegner niederstrecken könnte, ist ein Narr.* Die Worte des Brigadegenerals Napoléon Bonaparte donnerten in seinen Ohren. André schwitzte. Der Mann, der ihm gegenüberstand, legte das Gewehr an, zielte. André atmete flach, sein Finger zitterte am Auslöser … In dem Augenblick fiel ein Schuss, und sein namenloser Gegner stürzte zu Boden. André wurde übel. Er warf seine Waffe von sich, als hätte er sich an ihr verbrannt.

«Warum hast du nicht abgedrückt?», fragte ihn jemand. «Du kannst von Glück sagen, dass ich neben dir stand, sonst wäre es jetzt aus mit dir!»

André stieß die Luft aus seiner Lunge. «Du hast geschossen?», fragte er. Jetzt erkannte er in dem Schützen den Mann, den er vorhin aus dem Meer gefischt hatte.

Der Mann drückte ihm kurz die Schulter. «Jetzt sind wir quitt», rief er und ergriff sein Bajonett. Kurz darauf sah André ihn einem Feind die Spitze seiner Waffe in den Bauch rammen. Der Verletzte gurgelte, eine Blutfontäne bespritzte seinen Angreifer von Kopf bis Fuß.

André würgte. Überall ähnliche, albtraumhafte Szenen. Erst als er sich angewidert abwandte, sah er den Blick seines Hauptmanns, der starr auf ihn gerichtet war.

⚜

«Zieh dich an, schnell!», rief Guy de Serdaine, während er die wollenen Vorhänge des Bettes aufriss.

Marie-Provence schreckte von ihrem Lager hoch. «Vater? Um Gottes willen, was ist …?»

«Das Fort ist eingenommen worden, die Republikaner kommen. Wir müssen fliehen!» Guy schlug die Decke zurück, warf ihr Kleidung zu. «Beeil dich!»

Marie-Provence sprang auf. «Aber wie kann das sein?»

«Wir sind verraten worden. Ein Trupp hat den geheimen Weg über die Westseite genommen und die Wachen überrascht. Hoche hat frontal angegriffen, eine dritte Abteilung sorgte im Osten für Ablenkung.»

Während Marie-Provence sich in fliegender Hast anzog, erfuhr sie vom ganzen Ausmaß der Katastrophe: Im Fort hatte ein Massaker stattgefunden. Wer sich hatte retten können, war auf die Halbinsel geflüchtet. Die Artillerie, die ungeschützt im ersten Dorf hinter dem Fort stationiert gewesen war, fiel dem Feind sofort in die Hände, mitsamt allen Kanonen, Waffenreserven und Munition. Als Puisaye, der Oberbefehlshaber, von den Ereignissen erfuhr, war er kurzerhand zum Hafen gerannt und dort in das erstbeste Boot gesprungen. Die Royalisten waren danach führungslos, die Truppen, verteilt auf die dreizehn Dörfer der Halbinsel, völlig unorganisiert.

«Sombreuil, der Anführer des zweiten Konvois und nunmehr ranghöchster Offizier, versucht, die Republikaner aufzuhalten. Aber er kennt die Halbinsel nicht und hat so gut wie keine Munition», schloss Guy. «Du musst dich jetzt beeilen. Wir sind spät dran, weil ich vorhin mit meinen Männern geholfen habe, die Verletzten zu bergen. Ich habe Pips und die anderen zum Hafen von Haliguen vorgeschickt, dort sollen sie uns eine Barke sichern, um uns an Bord der englischen Schiffe zu …» Ein Hämmern unterbrach ihn. Gleich darauf wurde die Tür ihrer Unterkunft aufgestoßen.

Vier Soldaten in der roten Uniform der Königstreuen drangen in den Raum. «Capitaine Guy de Serdaine?»

«Ja, der bin ich. Was zum Teufel fällt Ihnen ein, einfach hier einzudringen?», brauste Guy auf.

«Ich habe es ihnen befohlen», sagte mit ruhiger Stimme eine Gestalt, die sich hinter den Soldaten im Türrahmen abzeichnete. Marie-Provence stieß einen erstickten Laut aus. Croutignac betrat das Haus und schüttelte den Regen von seiner Krempe, während die vier Soldaten Guy packten. «Es tut mir aufrichtig leid, Sie zu stören. Doch Sie werden meine Eile verstehen: Ich kann nicht warten, bis Sie sich am Hafen auf Nimmerwiedersehen nach England einschiffen.»

Marie-Provence starrte verständnislos die Soldaten an, die ihren Vater entwaffneten.

Cédric Croutignac deutete auf seine Männer. «Meine kleine Kriegslist irritiert Sie? Gerne will ich Sie aufklären: Unter den roten Uniformen dieser Herren schlägt ein republikanisches Herz. Ihre Verkleidung diente nur dem Zweck, uns hinter die Front der Kämpfenden einzuschleusen und so bereits das feindliche Gebiet nach Ihnen durchforsten zu können, noch bevor Quiberon ganz an uns gefallen ist.» Zu Marie-Provence sagte er: «Es war übrigens viel leichter, dich zu finden, als ich es befürchtet hatte. Wie ich hörte, hast du deine Dienste an Kindern und Schwangeren wieder aufgenommen. Die Menschen hier waren trotz ihrer Eile, zum Hafen zu kommen, geradezu begierig darauf, mir euer Haus zu zeigen.»

Guy ächzte, als seine Hände brutal zurückgerissen und mit einem festen Strick zusammengezurrt wurden.

«Was haben Sie vor?», brachte Marie-Provence heraus.

«Wir werden es uns hier ein wenig gemütlich machen.» Croutignac wandte sich den vier Männern zu. «Bindet ihn am Bett fest. Dann geht ihr raus und bewacht das Haus. Es sind alle auf der Flucht, keiner wird dumme Fragen stellen.

Falls euch doch jemand anspricht, behauptet ihr, die Männer des capitaine Guy de Serdaine zu sein und auf dessen Befehl dort auszuharren. Unter keinen Umständen lasst ihr jemanden rein, hört ihr?» Er rieb sich die Hände. «Was für ein schreckliches Wetter! Mach mal Feuer, Mädchen. Schließlich müssen wir hier noch ein paar Stunden ausharren. Hoche ist zwar ein begnadeter Heerführer, doch es wird wohl bis zum Nachmittag dauern, bis die Halbinsel unser ist und ich euch hier gefahrlos rausbringen kann. Unsere Reise nach Paris werden wir wohl erst heute Abend antreten.»

Marie-Provence und Guy, der an einem Pfosten des Bettes festgemacht worden war, wechselten einen Blick. Guy nickte kurz, und Marie-Provence hockte sich vor dem Kamin nieder.

«Nach Paris?», fragte Guy Croutignac. «Sie wollen uns einmal quer durch Frankreich schleppen?»

Croutignac lächelte dünn. Er setzte sich auf eine Bank am Kamin und sah Marie-Provence zu, wie sie ein paar Holzscheite stapelte. «Mir ist keine Mühe zu groß, wenn es um Gerechtigkeit geht, Serdaine. Haben Sie das noch immer nicht verstanden?»

«Wenn Sie meinen Tod wollen, können Sie ihn haben. Hier und jetzt.»

«Für Ihren Tod bin ich nicht zuständig. Dafür interessieren sich nur die, die wissen wollen, wie Sie Capets Entführung geplant haben und wie Ihre Komplizen heißen.» Croutignac schüttelte den Kopf. «Sie werden es kaum glauben, doch mich interessiert nicht, ob Sie dafür gerichtet werden oder nicht. Capet ist tot, meine Aufgabe ist erfüllt.»

Marie-Provence sah auf, direkt in Croutignacs starre wasserblaue Augen.

«Was ich anstrebe», sagte dieser tonlos, «ist Vergeltung in einer ganz anderen Sache, Serdaine. Sie wissen, welche?»

«Unfug», rief ihr Vater. «Ein Unfall, der Jahre zurückliegt!»

Croutignac schüttelte abermals den Kopf. Ruhig sagte er: «Es war Mord, Serdaine. Der Mord an meiner Tochter.»

Er wandte sich an Marie-Provence. «Als ich dich zum Schafott geführt habe, hast du mich gefragt, warum ich euch hasse. Hat dein Vater es dir inzwischen erzählt?»

«Meine Tochter interessieren Ihre Lügengeschichten nicht, Croutignac!», knurrte Guy.

Du kannst ihn nicht wegschicken. Oder ihm den Mund verbieten, hatte Théroigne gesagt. *Du solltest dir einmal seine Geschichte anhören.* Damals, kurz vor Charles' Tod, war Marie-Provence außerstande gewesen, dem Rat der Amme zu folgen. Heute aber … «Doch», sagte sie und richtete sich auf. Guy stutzte. «Ich will wissen, was damals passiert ist», sagte sie nachdrücklich zu ihrem Vater. «Seit Monaten trachtet mir dieser Mann nach dem Leben, seit Monaten verfolgt er mich bis in meine Albträume. Du bist meinen Fragen immer ausgewichen.» Sie wiederholte: «Ich will es wissen.»

Croutignac schwieg. Sein Blick verlor sich in den züngelnden Flammen. Es knackte, als das Reisig unter den Holzscheiten Feuer fing. Die Atmosphäre schien ebenfalls vor Anspannung zu knistern, als Croutignac anhob: «Ich habe bereits erwähnt, dass meine Tochter Félicie Märchen liebte und in einer eigenen, phantastischen Welt lebte, die von ihrem Erfindungsgeist bevölkert war. Doch es gab auch einen Ort auf der Welt, der tatsächlich existierte und der in ihrer kindlichen Einbildung ihren Traum verkörperte.» Croutignac griff nach einem dünnen Ast und stocherte damit im Feuer herum.

Als Marie-Provence die Stille nicht länger aushielt, fragte sie: «Wo war dieser Ort?»

Croutignacs Stock hatte Feuer gefangen. Er sah zu, wie die Flamme sich langsam zu seiner Hand hochfraß. «Es war der Hof von Versailles», sagte Croutignac schließlich und schleuderte den Stock in den Kamin. Er warf einen Blick in Richtung Bett. «Nicht der Hof, wie er wirklich war: verdorben, intrigant und prahlerisch. Sie stellte sich eine Märchenwelt vor. Gott sei Dank war ihr Aufenthalt dort zu kurz, um sie eines Besseren zu belehren.»

«Ihre Tochter war in Versailles?», fragte Marie-Provence.

Croutignac nickte. «Alexandre hat sie dorthin gebracht.»

«Alexandre Jomart?», hakte Marie-Provence überrascht nach.

«Alexandre hatte eine Assistentenstelle bei einem Arzt ergattert, der die Methoden von Tronchin verbreitete. Auch am Hof.»

«Tronchin», sann Marie-Provence nach. Sie fuhr sich durch das unordentliche Haar. Tronchin. «Er war ein hochangesehener Mediziner. Er vertrat eine neuartige Methode, die …»

«Die Inokulation der Pocken», half ihr Vater.

Marie-Provence riss den Kopf hoch. «Ja. Richtig.»

«Tronchin ritzte die Oberarme seiner Patienten ein und infizierte die Wunde mit dem Eiter eines genesenden Pockenkranken», erläuterte Guy de Serdaine. «Die Pocken raffen immer wieder Zehntausende dahin. Die Inokulation bietet vor der Seuche Schutz und ist eine bahnbrechende Erfindung. Selbst der König und die Königin hatten sich entschlossen, ihre Kinder inokulieren zu lassen, um dem Volk als Beispiel zu dienen.»

Croutignac warf ihm einen hasserfüllten Blick zu. «Als Alexandre uns besuchte, bekam Félicie mit, dass ihr Onkel an den Hof ging, um seinem Lehrer bei der Inokulation der königlichen Familie zu assistieren. Sie bettelte, mitkommen zu dürfen, bis Alexandre nachgab.»

Marie-Provence stellte sich ein knapp fünfjähriges Mädchen vor, das mit großen Augen aus einer Kutsche stieg. «Wie hat es ihr in Versailles gefallen?», wollte sie wissen.

«Sie war hingerissen», sagte Croutignac. Bitter und mit überraschender Offenheit fügte er hinzu: «Wir waren es auch. Wir durchschritten die prächtigen Räume, streiften die kostbar gekleideten Menschen, und nicht nur Félicie glaubte zu träumen. Doch dann erreichten wir in der Gefolgschaft Alexandres die königliche Familie, und die Welt schrumpfte wieder zu ihrer normalen Größe zusammen.»

Guy ließ einen zischenden Laut hören.

«Was ist passiert?», fragte Marie-Provence.

Croutignac verzog den Mund. «Ein Kind, das sich mit Händen und Füßen weigert, zu gehorchen, und aus Leibeskräften brüllt. Ratlose Eltern. Die Umgebung schweigt, peinlich berührt. Eine ganz alltägliche Familie eben.»

«Und dieses Kind war – Charles?», fragte Marie-Provence ahnungsvoll.

Croutignac verengte die Augen und sagte verächtlich: «Irgendein hohlköpfiges Kindermädchen hatte dem Jungen verraten, dass der Arzt ihm die Haut einritzen würde. Er war nicht zu bändigen.»

«Er hatte Angst», verteidigte ihn Marie-Provence.

Croutignac achtete nicht auf sie. «Félicie hatte das ganze Theater mit großen Augen verfolgt. Und plötzlich, ohne dass meine Frau und ich auch nur geahnt hätten, was sie vorhatte, machte sie sich frei und schoss bis zu dem Jungen durch.»

Marie-Provence sah auf ihre rußschwarzen Finger. «Was passierte dann?»

«Nichts. Stille. Endlich war Stille. Die Tränen des Jungen versiegten, als Félicie plötzlich vor ihm stand. Er hörte auf zu schreien.»

«Er war verblüfft», meinte Marie-Provence.

Croutignac nickte kurz. «Alle waren erleichtert, auch die Königin. Doch das eigentliche Problem blieb ungelöst: Noch war der Prinz nicht behandelt worden.» Croutignac holte Luft. Er sah auf, starrte Guy an, als er weitersprach: «Auf einmal löste sich ein Offizier aus der Gruppe der Höflinge. Ein gutaussehender, schneidiger Hauptmann, prächtig anzuschauen in seiner weißen Uniform. Er verbeugte sich vor Félicie und dem Jungen.»

Marie-Provence' Herzschlag beschleunigte sich, als sie ebenfalls ihren Vater ansah. Dessen Gesicht war verschlossen.

Croutignac lachte bitter. «Ich sehe Félicie noch heute vor mir. Sie starrte mit offenem Mund zu ihm hoch. Er war ganz offensichtlich der Märchenprinz ihrer Träume. Und er sprach sie direkt an.» Croutignac veränderte seine Stimme und ahmte die glatte Stimme eines Höflings nach: «Mademoiselle, Sie scheinen mir eine entschlossene junge Dame. Ob Sie sich vor Louis-Charles inokulieren lassen würden? Ich glaube, Ihr Mut und Ihr Beispiel könnten beim Dauphin Wunder wirken.»

Er fuhr sich über den Mund. Sein Adamsapfel bewegte sich, und sein Haaransatz war feucht. Marie-Provence empfand tatsächlich so etwas wie Mitleid, als Croutignac sichtbar aufgewühlt fortfuhr: «Félicie war so stolz! Sie zuckte mit keiner Wimper, als der Arzt ein Dreieck in die Haut ihrer beiden Oberarme ritzte. Und als die Wunde mit der verseuchten Flüssigkeit beträufelt wurde, sah sie immer wieder zu dem Offizier in der weißen Uniform auf.»

Guy hatte die Lippen zusammengepresst. Er schüttelte langsam den Kopf, blieb aber stumm.

«Nach zehn Tagen bekam Félicie plötzlich hohes Fieber und Nasenbluten», stieß Croutignac mit verdächtig glänzenden Augen aus. «Und sie erbrach alles, was sie zu sich nahm. Am nächsten Morgen tauchten rote Flecken in ihrem Gesicht auf. Dann erschienen die ersten Pusteln. Caroline, meine Frau, wich nicht von ihrem Krankenlager. Nach drei Wochen lagen beide unter der Erde.»

Auf einmal war es still im Raum. Nur die Geräusche der Außenwelt drangen zu ihnen herein, erregte Stimmen, Rufe. Marie-Provence achtete nicht auf sie. In ihr herrschte nur Staunen. Grenzenloses Staunen. «Deswegen verfolgten Sie Charles?», brach es aus ihr heraus. «Deswegen haben sie ihn monatelang misshandelt? Wegen einer Behandlung, die Ihre Tochter nicht vertragen hat?»

Croutignac gab heftig zurück: «Das zügellose Benehmen dieses ungezogenen Balges war es, das überhaupt zu dem Unglück geführt hat!»

«Mein Gott, er war ein kleiner Junge!»

«Ihn trifft auch nicht die größte Schuld.» Etwas in seinen Augen ließ Marie-Provence aufspringen. Sie stellte sich vor ihren Vater.

«Ganz recht.» Auch Croutignac erhob sich nun, sein Ton

war unerbittlich. «Er ist der wahre Schuldige. Ohne seine Initiative wäre Félicie heute noch am Leben. Bisher sind Sie ungestraft davongekommen, Serdaine. Doch das ist jetzt vorbei.»

«Ich bin Soldat, der Tod ist mein täglicher Gefährte. Ich fürchte ihn nicht.»

«Nein, das weiß ich. Aber Sie fürchten den Tod Ihrer Lieben, nicht wahr? Wie war es, als Sie erfuhren, dass Ihre geliebte Frau enthauptet worden ist? Und wie, glauben Sie, wird es sein, wenn das Teuerste, was Ihnen bleibt, den gleichen Tod erleidet?»

Marie-Provence presste sich unwillkürlich gegen ihren Vater. Noch beherrschte sich Guy. Doch sie fühlte seine Anspannung, fühlte, wie wild sein Herz schlug.

«In ein, zwei Tagen wird Ihre Tochter in Paris vor Gericht stehen, Serdaine. Und Sie werden dabei sein. Im Publikum. Es gibt in der Hauptstadt viele Menschen, die ein Hühnchen mit der berühmten Marianne zu rupfen haben. Das Urteil steht außer Frage.» Croutignac versuchte zu lächeln, sah aber nur wütend und traurig aus. «Bei der Vollstreckung bekommen Sie einen Logenplatz, dafür werde ich sorgen. Und dann …», der Mann zuckte die Schultern, «… dann lasse ich Sie laufen.» Er baute sich vor Guy auf. «Sie staunen? Überlegen Sie doch: Warum sollte ich Ihre Qualen frühzeitig beenden?» Er beugte sich vor, bis er Guy fast berührte. «Sie werden alles erleben, was ich erlebt habe. Die Schlaflosigkeit. Die Verzweiflung. Die Einsamkeit. Die Sehnsucht nach dem Tod.»

Guy war sehr bleich. Ruhig, doch in einem Tonfall, der Marie-Provence einen Schauer über den Rücken jagte, sagte er: «Wenn Sie das machen, bringe ich Sie um.»

Croutignac lachte auf. «Na und? Glauben Sie, ich fürchte den Tod mehr als Sie?» Auf einmal wandte er sich Marie-Provence zu. «Jetzt hast du erfahren, was du wissen wolltest. Ich sehe dir an, dass du nicht alles verstehst, aber das ist egal. Dein Vater wird sein Lebtag lang verfolgt werden von dem Wissen, dass er schuld ist am Tod seines einzigen Kindes.»

«Wieso schuld?», fragte Marie-Provence. Auf einmal durchfuhr sie die Erkenntnis wie ein Blitz. «Das ist es, genau das ist es!» Sie riss die Augen auf. «Sie fühlen sich schuldig an Félicies Tod! Auch wenn Sie es sich selbst nicht eingestehen!»

«Ich?», erwiderte Croutignac verblüfft. Er zeigte die Zähne, als wolle er beißen. «Das ist der größte Unsinn aller Zeiten, Weib!»

«Sie glauben, Félicie nicht genug beschützt zu haben, richtig?», bohrte Marie-Provence.

«Nein!», rief Croutignac. «Ich habe keine Schuld!»

«Warum wehren Sie sich dagegen? Ihre Gefühle sind doch verständlich», sagte Marie-Provence schnell. «Die Eltern eines Kindes sind schließlich an allererster Stelle für dessen Wohlergehen verantwortlich.»

«Was für ein Unsinn! Wie willst du beurteilen, was damals geschah? Du warst nicht dabei! Ich hatte keine Wahl …» Croutignac begann, sich hektisch zu kratzen.

Marie-Provence benetzte die Lippen. Ihr Herz pochte in der Brust. «Warum? Sind Sie gezwungen worden? Bedroht? Ist Ihnen Félicie gewaltsam entrissen worden?»

«Die Königin, der ganze Hof …», wand sich Croutignac.

«Er wurde gefragt», donnerte Guy dazwischen.

Auf einmal war es still.

Marie-Provence musste schlucken. «Sie sind gefragt worden, ob Sie Ihre Tochter inokulieren lassen möchten?», fragte sie sanft.

Croutignac war kreidebleich. Er blieb stumm.

«Er hat eingewilligt», antwortete Guy an seiner Stelle.

Croutignac schüttelte hektisch den Kopf. «Ich stand vor der Königin!»

«Sie haben dem Eingriff zugestimmt?», stieß Marie-Provence ungläubig aus. «Und weil Sie das nicht ertragen, suchen Sie seit Jahren die Schuld bei anderen?»

«Ich wollte es nicht!»

«Aber Sie haben zugestimmt!»

«Weil ich musste!»

«Weil Sie zu feige waren, zu beeindruckt von den Menschen und der Umgebung dort», antwortete Marie-Provence heftig. «Und das verzeihen Sie sich bis heute nicht!»

Croutignac riss in einem stummen Schrei der Verzweiflung und des Schmerzes Mund und Augen auf. Mitleid erfasste Marie-Provence. Croutignac starrte sie an. Er machte eine abwehrende Handbewegung, presste aber sogleich die Hände auf den Mund. Er würgte heftig, wirbelte auf dem Absatz herum und stürmte aus dem Haus.

Marie-Provence sah ihm noch nach, als ihr Vater sie anfuhr: «Nun mach schon, Marie! Bind mich los!»

Im selben Augenblick fielen draußen Schüsse.

⚜

André bewegte seine schmerzenden Beine im Rhythmus des Trommlers. Er war am Ende seiner Kräfte. Seit gestern Nacht waren sie nun im Regen unterwegs. Nach der erfolgreichen Einnahme des Forts war ihnen keine Ruhe vergönnt worden, sondern sie waren direkt weitermarschiert. Hoche hatte die Truppen in ihrer Formation beibehalten, und sie eroberten, aufgeteilt in drei Einheiten, parallel die beiden langen Küstenstreifen und die Landwege der Halbinsel. Der Feind, völlig überrumpelt, bot kaum Widerstand. Es hieß, Puisaye sei geflohen. Unter Sombreuil hatte sich der letzte stattliche Rest der royalistischen Armee versammelt und floh nun zur Spitze der Halbinsel.

Während der Stunden, die André mit seinen Kameraden die aufgeweichten Wege von Quiberon durchpflügte, überkam ihn ein Gefühl der Unwirklichkeit. Die Schüsse und Explosionen, die Schreie der Menschen und Pferde, das Entsetzen, das viele Blut – das alles war wie ein Rausch der Sinne. Er, der oft in seinen Gedanken lebte und zum ersten Mal erfuhr, was Krieg bedeutete, war hineingerissen worden in eine Welt, die für einen Zweck kämpfte, der sich ihm mehr und mehr entzog. Welches Ziel rechtfertigte so viel Leid und Tod? Ihm fiel keines ein. Da er aber spürte, wie der Blick seines Hauptmanns ihn immer wieder suchte, feuerte er wie alle anderen seine Waffe ab.

Nur achtete er darauf, dass keiner seiner Schüsse traf. Stets gingen seine Kugeln hoch über den Köpfen der Feinde verloren. André rieb sich die Müdigkeit aus den Augen. Hoche würde enttäuscht sein: André war fest entschlossen, heute keinen Helden aus sich zu machen.

⚜

Voller Schrecken betrachtete Marie-Provence die vier Männer, die blutüberströmt neben der Kate am Boden lagen. Nur zwei von ihnen gaben noch Lebenszeichen von sich.

«Pips, ich steh in deiner Schuld», sagte ihr Vater. «In euer aller hier!»

Die sechs Männer ihres Vaters grinsten sich an.

«Wir haben uns Sorgen gemacht, capitaine, als Sie ewig nicht auftauchten», erklärte Pips, «deshalb haben wir beschlossen, nach dem Rechten zu sehen. Und als die Kerle vor Ihrem Haus auch noch so dumm waren zu behaupten, sie seien Ihre Männer, war uns klar, dass hier etwas zum Himmel stinkt. Dann tauchte auch noch der hier auf», er deutete auf Croutignac, der kreidebleich an der Mauer lehnte und seinen blutenden Arm stützte, «und die andern hier sind vor ihm strammgestanden, da haben wir nicht lange gefackelt.»

«Gut. Wir haben keine Zeit mehr zu verlieren. Wie sieht es am Hafen aus?»

Pips schüttelte den Kopf. «Da ist nichts mehr zu holen. Aber ein Stück weiter haben wir eine Barke gesichert. Drei von uns sind dageblieben, aber wir müssen uns sputen, die Boote sind heiß begehrt.»

«Gut, dann auf!» Guy fasste Marie-Provence am Arm. «Komm, Marie!»

Sie liefen los. Alles war böig und nass, dunkle Wolkenberge flogen tief über ihren Köpfen. Der sintflutartige Regen war vorbei, nur noch winzige Tropfen fielen vom Himmel, doch der Sturm ließ sie wie Nadeln auf ihre Gesichter prasseln. Bevor sie um die nächste Ecke bogen, drehte Marie-Provence sich um. Hinten am Haus lehnte noch immer Croutignac und sah ihnen nach.

«Macht er dir Angst?», fragte ihr Vater.

«Er tut mir leid. Ist das nicht verrückt?»

«Leid tut er mir nicht», widersprach Guy unversöhnlich. «Der Kerl ist ein Mörder, er hat Angèle auf dem Gewissen. Ich würde ihn lieber heute als morgen an die nächste Mauer stellen. Aber ich bin deiner Meinung: Er ist grausamer gegen sich selber als jeder Richter. Möge Gott ihm ein langes Leben schenken, auf dass er sich noch lange zerfleische!» Er riss sie mit sich.

Marie-Provence und ihre Begleiter hasteten an einigen Häusern vorbei, doch kein Mensch war zu sehen. Strohfetzen, Haushaltsgegenstände und ein paar Kleidungsstücke weichten im Schlamm auf. Die Türen standen offen und schlugen laut im Wind. Die ganze Szenerie war untermalt von einem unablässigen Trommeln, das ganz aus der Nähe kam. Endlich, nach zehn Minuten erbarmungslosen Hetzens, erreichten sie den Hafen.

«Mein Gott …», stieß Marie-Provence aus, ungläubig und entsetzt zugleich.

Kein einziges Schiff war am Kai festgemacht. Stattdessen war das Ufer übersät mit weggeworfenem Gepäck. Ballen, Körbe, Wrackteile und Leichen trieben im aufgewühlten Wasser, Möwen und Strandläufer schossen kreischend über sie hinweg. Hunderte von flüchtigen Royalisten standen am Ufer, sowohl Uniformierte wie auch Zivilisten. Einige rissen sich die Jacken und Hemden herunter, in der Absicht, sich in die schäumenden Fluten zu stürzen. Frauen waren bis zu den Hüften weit in die Brandung vorgedrungen, um flehend ihre Kinder vorbeiziehenden Schaluppen entgegenzuhalten. Die meisten Gefährte waren bereits überladen und manövrierten gefährlich tief im Wasser. An einer Barke hingen ganze Menschenketten und brachten sie ins Schlingern. Ein englischer Soldat ergriff ein Ruder und schlug weinend die Finger vom Rand.

Etwa hundert Transportschiffe, zu schwer, um sich in dem tosenden Wasser dem Ufer zu nähern, schaukelten weiter hinten in der Bucht. Sie waren umlagert von kleineren Schiffen und Barken, die Verletzte und Flüchtlinge bei ihnen abluden und dann wieder an Land ruderten, um neue Verzweifelte aufzunehmen. Eine völlig überfüllte Barke, überspült von einer Welle, kippte vor Marie-Provence' entsetzten Augen. Arme schlugen im Wasser und verschwanden.

Ihr Vater zerrte Marie-Provence weiter. Sein Gesicht war hart. «Hier können wir nichts tun. Pips?»

«Noch ein Stück, capitaine», keuchte der ältere Mann. «Dann haben wir es!»

⚜

Als die republikanische Armee schon weit auf die Landzunge vorgedrungen war, machte sie sich daran, den Haupthafen einzunehmen.

«Nach dem, was unsere Späher berichteten, wird es ein Kinderspiel sein», rief der General, der Andrés Einheit kommandierte, von der Höhe eines Fasses. «Uns erwarten hauptsächlich Zivilisten, wir werden also viele Gefangene machen. Wir werden einen Ring bilden, diesen nach und nach verengen und alles, was sich uns ergibt oder uns in die Hände fällt, auf dem Strand versammeln. Dann werden wir mit dem Tross weiterziehen, bis wir auf General Hoche stoßen.» Er hob einen Arm. «Bis dahin viel Glück!»

Ein begeisterter Schrei aus Hunderten von Kehlen antwortete ihm. André beteiligte sich nicht an der Euphorie. Die Trommel wirbelte, die Einheiten formierten sich neu. André schulterte sein Gewehr. Er wollte gerade zu seinen Kameraden aufschließen, als eine Hand auf seiner Schulter ihn zurückhielt.

«Leutnant Levallois?», fragte eine eindringliche Stimme.

André drehte sich um und sah sich einem Offizier mit breit ausladendem Schnurrbart gegenüber.

«Der bin ich, ja. Was gibt's?», fragte er.

«Sie werden für diesen Einsatz nicht mehr benötigt. Bitte händigen Sie mir Ihre Waffen aus.»

«Was soll das?»

«Sie sind verhaftet im Namen der Republik.»

«Verhaftet?», fragte André ungläubig. Er lachte auf: «Was werfen Sie mir vor? Habe ich mit dem Feind paktiert? Die Besetzung des Forts verhindert? Die Royalisten vor unserem Überfall gewarnt?»

Auf einmal stand der Offizier neben André, unter dessen Kommando er und seine Kameraden vor einer Ewigkeit, wie ihm schien, das Fort erstürmt hatten.

«Nichts tun ist auch eine Form des Verrats, Levallois», sprach ihn dieser zum ersten Mal an.

«Ich soll ein Verräter sein? Wie kommen Sie darauf?»

«Mir ist Ihre Vorgeschichte bekannt, Levallois, und ich wurde gebeten, Sie genau im Auge zu behalten. Wer wie Sie eine Frau rettet, obwohl sie dem gegnerischen Lager angehört, mag dieser nur verfallen sein. Wer einen Fremden nicht tötet, der ihn anvisiert, nur ein Feigling. Doch wer eine ganze Nacht hindurch immer wieder über die Köpfe der Feinde zielt, ist ein Verräter.»

⚜

Marie-Provence, ihr Vater sowie seine Männer hasteten über den Strand. Es war ein mühsames, kräftezehrendes Vorankommen, erschwert nicht nur durch den weichen Sand, sondern auch durch die Felsengruppen und das Schwemmgut, das das ablaufende Wasser zurückließ.

Marie-Provence atmete hektisch. Seit sie ihre Behausung verlassen hatten, wurde sie immer stärker von einem Gefühl der Unwirklichkeit beherrscht. Sie fühlte sich leer, gleichzeitig lehnte sich etwas in ihr gegen diese Flucht auf. Sie treiben uns vor sich her wie die Hasen, sie werfen uns hinaus. Aber dies ist mein Land, ich will hier nicht weg!, schrie es in ihr. Doch dann spürte sie wieder den unerbittlichen Griff ihres Vaters, ein Griff, der sagte, dass sie keine Wahl hatte.

Was hätten sie auch anderes tun sollen als flüchten? Die republikanische Armee war ihnen dicht auf den Fersen. Der Hafen von Haliguen, durch den sie vorhin geeilt waren, war inzwischen von den Blauen eingenommen worden, die Explosionen in ihrem Rücken hatten es ihnen gemeldet.

«Dort sind sie!» Pips stieß einen schrillen Pfiff aus. Sofort machten sich drei Gestalten bemerkbar, die zwischen die Felsen gekauert auf sie gewartet hatten.

«Wo ist das Boot?», fragte Marie-Provence.

Doch schon liefen Guys Männer zu einer Stelle, die sie in Windeseile von Steinen und Algen befreiten. Eine kleine Barke mit drei Paar Rudern kam zum Vorschein. Marie-Provence dachte an all die Flüchtlinge, die im Hafen von Haliguen verzweifelt nach einem Boot gesucht hatten.

«Damit hätten in der Zwischenzeit viele Menschenleben gerettet werden können!», stieß sie aus, während Pips und seine vier Kameraden die Barke in die Fluten schleppten.

«Deine Naivität und dein Undank sind manchmal wirklich haarsträubend, Marie», erwiderte ihr Vater. «Hätten wir die Barke freigegeben, dann wäre sie jetzt weg, und wir wären verloren!» Er zerrte sie ins Meer. «Komm, jetzt!»

«Ich kann nicht schwimmen!», rief Marie-Provence. Doch es war nur ein Vorwand. Sie blieb stehen. Etwas in ihr weigerte sich, an Bord dieses Bootes zu gehen.

«Das brauchst du auch nicht, die Barke ist noch nahe genug am Ufer», antwortete ihr Vater. «Halt dich einfach an mir fest!» Er warf einen Blick zurück – und fluchte. «Verflixt, da kommen sie! Schnell, Marie, beeil dich!»

In der Tat erschien jetzt eine Vielzahl von Punkten am Strand. Blaue Punkte in geordneten Reihen, zwischen ihnen ein Strom Zivilisten.

Marie-Provence' Magen verkrampfte sich vor Angst. Sie sprang ihrem Vater hinterher. Wie eisig das Wasser war! Und wie hoch die Wellen! Die Fluten sogen an ihr mit unglaublicher Kraft. Sie krallte sich am Arm ihres Vaters fest. Auf dem Strandabschnitt, der hinter ihnen lag, näherten sich die Feinde.

«Es ist ein Gefangenenzug», rief Pips.

Er und seine acht Kameraden waren schon an Bord. Es herrschte Ebbe, und sie ruderten gegen den Strom an, der sie vom Land wegtrieb. Marie-Provence keuchte. Das eiskalte Wasser reichte ihr bis zu den Schultern. Nur noch ein paar Meter … Immer wieder sah sie sich um, halb fasziniert, halb gelähmt von den blauen Uniformen, die sich über den Strand ergossen. Noch nie war sie dem Feind so nahe gewesen.

Ein Befehl hallte über den Strand. Eine Handvoll Soldaten löste sich von der Kolonne und näherte sich im Laufschritt, die Bajonette in der Hand. Marie-Provence ertappte sich dabei, wie sie verzweifelt nach einem bekannten Gesicht suchte. Doch vergebens. Sie würde ihn nie wiedersehen.

Ihr Vater fluchte. «Sie haben uns entdeckt.»

Eine Welle überspülte Marie-Provence, sie schluckte Salzwasser. Hände packten sie unter den Achseln. Die harte Bootskante scheuerte die Haut über ihrem Hüftknochen wund, als sie mit einem Ruck an Bord gehievt wurde.

«Runter!», befahl ihr Vater, der sich hinter ihr in die Barke schwang. Er drückte sie in das stinkende Boot. «Los, Männer, an die Ruder! Sie kommen näher!»

Marie-Provence hockte sich auf den Boden nieder und spähte über den Rand. Am Wassersaum bohrten die Soldaten ihre Stützstäbe in den Sand und legten darauf das Ende ihrer langen Bajonettläufe ab, während hinter ihnen der lange Trupp der Gefangenen vorbeizog, Männer und Frauen, rote Uniformen und Zivilisten gemischt, sogar eine blaue Uniform befand sich dazwischen … Marie-Provence stockte der Atem. Sie kniete sich hin.

«Bist du verrückt?», brüllte ihr Vater. Er warf sich auf sie. Im gleichen Augenblick fielen Schüsse. Holz splitterte.

«Jemand verletzt?», rief ihr Vater und richtete sich auf. «Nein? Dann an die Ruder! Wir müssen schleunigst aus ihrer Schussweite kommen, während sie nachladen!»

Marie-Provence richtete sich ebenfalls auf. Fiebrig suchte ihr Blick den Strand ab. Und da sah sie ihn wieder. Er war es, kein Zweifel! «André!», schrie sie aus Leibeskräften.

Ihr Vater fuhr herum. «Was sagst du da?»

Als der Soldat, dessen blaue Uniform ihn unter allen anderen Gefangenen hervorhob, stehen blieb, fielen die letzten Zweifel von Marie-Provence ab. «André!», schrie sie erneut. Sie schnellte hoch.

«Was hast du vor?», hörte sie ihren Vater rufen. Doch sie achtete nicht auf ihn und riss eines der Ruder an sich. Dann sprang sie ins Wasser.

Die Wellen schlugen über ihrem Kopf zusammen, Luftblasen umtanzten sie, ein Rauschen in ihren Ohren, und schon war sie wieder oben. Sie hielt krampfhaft das hölzerne Ruder fest, trat wild mit den Beinen.

«Marie! Marie, was machst du da?», schrie Guy. Verzweiflung lag in seiner Stimme. «Komm zurück!» In dem Augenblick wurde vom Strand die zweite Salve abgefeuert. Guy de Serdaine wurde von seinen Männern ins Boot gedrückt.

Mit rasendem Herzen arbeitete sich Marie-Provence durch das tosende Wasser. Gedanken, Gefühle hatten keinen Platz in diesem Überlebenskampf. Sie trat, schnappte nach Luft und klammerte sich fest, getrieben von der tiefen Überzeugung, dass sie das Richtige tat.

«Feuer einstellen! Sie sind zu weit weg!», brüllte jemand am Strand.

Schließlich, nach schier endloser Zeit, spürte Marie-Provence Boden unter den Fußspitzen. Sie kämpfte sich weiter in Richtung Strand, stolperte vorwärts, widerstand dem ablaufenden Wasser. Endlich warf sie das Ruder weg.

Die Soldaten, die sie aus den Wellen auftauchen sahen, starrten sie an wie eine Erscheinung. Keiner von ihnen machte Anstalten, sie festzuhalten, als sie zu dem Gefangenentrupp lief, zu dem einzigen Gefangenen in einer blauen Uniform, triefend nass und bebend am ganzen Körper.

«André», flüsterte sie und sah zu ihm hoch.

«Marie?», fragte er fassungslos. «Warum, um alles in der Welt, bist du zurückgekommen?»

Seine Locken wucherten bis an seine unrasierten Wangen. Sie entdeckte all die Spuren an ihm, die Bitterkeit und Leid in sein Gesicht gegraben hatten und die ihr während ihres nächtlichen Treffens verborgen geblieben waren: den zynischen Zug um den Mund. Die vorgetäuschte Härte in seinem Blick. Wie fremd und verrucht er wirkte, in seiner schmutzigen Offiziersjacke! Ihre Liebe und ihr Verlangen nach ihm wurden übermächtig.

«Marie!» Die Stimme ihres Vaters.

Sie drehte sich zum Meer. Die Barke war schon weit weg. Noch immer wehrte sich ihr Vater gegen seine Männer, die ihn nur mit Not davon abhalten konnten, von Bord zu springen.

«Lass mich gehen, Vater!», rief Marie-Provence. «Ich bleibe hier!»

«Nein!» Der verzweifelte Schrei ihres Vaters erschütterte sie bis ins Mark. Er resignierte sichtlich und ließ sich auf die Ruderbank sinken. Seine Männer ergriffen die verbleibenden Ruder. Langsam, doch unaufhaltsam entfernte sich die Barke in Richtung der englischen Schiffe.

Marie-Provence schluchzte auf und wandte sich ab, während irgendwo der Befehl zum Weitermarschieren gegeben wurde.

17. KAPITEL

Thermidor, Jahr III
Juli 1795

«Théroigne sagte mir, dass du Erfahrung in der Behandlung von Kranken hast, citoyenne?», fragte Kerarmel.

Marie-Provence lächelte den Chirurgen offen an. «Ich war die Assistentin von docteur Jomart, dem Arzt des Waisenhauses in Paris. Ich habe Théroigne dort kennengelernt, als sie den kleinen César zugeteilt bekam.»

«Exzellent. Ich bin Théroigne wirklich dankbar, dass sie dich empfohlen hat – und dass du zudem so schnell einspringen kannst», sagte der schmale Mann. «Wie du weißt, arbeite ich schon seit Jahren im Gefängnis. Ich habe bis heute noch nie eine Hilfe gebraucht, aber seit sie die Royalisten nach Auray gebracht haben, sind meine Kollegen und ich einfach überfordert.»

Der Chirurg machte einen freundlichen Eindruck. Théroigne kannte ihn, seit sie ein Kind war. Sie hatte ihn als Sympathisanten der Chouans bezeichnet und Marie-Provence zugeredet, Vertrauen zu dem Mann zu fassen.

Marie-Provence überkam ein Gefühl der Beklemmung, als sie Seite an Seite mit Kerarmel die Straße hinunterlief, die zum Kapuzinerkloster von Auray führte. Mit Unbehagen ließ sie ihren Blick die abweisende Mauer hochwandern, hinter der André gefangen gehalten wurde. Sie erinnerte sich voller Schmerz an Charles, holte tief Luft und fragte sich, warum das Schicksal sie ständig damit quälte, Gitterstäbe zwischen sie und ihre Lieben zu setzen.

Sie hatte sehr viel Glück gehabt nach der Niederlage der Royalisten. Als sie ins Wasser gesprungen war, hatte sie keinen Augenblick darüber nachgedacht, was es für Folgen haben konnte, wenn Marie-Provence de Serdaine, die Befreierin Capets, in die Hände der republikanischen Behörden fiel. Doch Gott sei Dank hatte niemand besondere Notiz von ihr genommen, und sie gelangte unerkannt in den Tross der weiblichen Gefangenen. Die Frauen, Alten und Kinder, die man auf Quiberon zusammengetrieben hatte, waren der republikanischen Armee allerdings schnell zur Last gefallen und alsbald freigelassen worden.

Die Männer hingegen, den couragierten Sombreuil an der Spitze, hatte man nach Auray geschickt. Durch seine Verhaftung plötzlich auf die Seite seiner früheren Feinde geworfen, teilte André das Schicksal der mehreren Tausend Soldaten, Offiziere und Chouans. Getrieben von der Angst um ihn, war Marie-Provence der Kolonne gefolgt, die Auray nach einem achtstündigen Marsch erst tief in der Nacht erreichte.

Nie würde sie den Einzug der ausgehungerten und entkräfteten Gefangenen in der Stadt vergessen. Aus Angst vor Befreiungsaktionen und Übergriffen hatten die Republikaner den Einwohnern verordnet, Laternen vor jedes Fenster zu stellen, und eine Ausgangssperre verhängt. Graue, schmutzige Gesichter waren stumm durch die gespenstisch stille Stadt marschiert, hundertfach beleuchtet durch die flackernden Lichter vor den zugeklappten Fensterläden. Da das Gefängnis der Stadt einem so massiven Ansturm Gefangener nicht gewachsen war, wurden diese kurzerhand in die leerstehenden Kirchengebäude gepfercht.

Noch in derselben Nacht unterzeichneten die Befehlshaber einen Erlass für die Gründung eines Militärtribunals. Es hieß, die Richter seien angehalten worden, schnell und gnadenlos zu urteilen. Exekutionskommandos wurden ausgewählt, Wiesenstücke und Felder, die als Vollstreckungsorte in Frage kamen, wurden inspiziert. Die Schnelligkeit und Zielstrebigkeit dieser Organisation schürte tiefe Angst in den Angeklagten und ihren Angehörigen. Auch Marie-Provence, die erneut bei Théroigne Unterschlupf gefunden hatte, hatte heute Nacht keinen Schlaf gefunden.

Seit André in das Kloster eingesperrt war, hatte sie keine Nachricht von ihm erhalten. Die royalistischen Offiziere, die auf ihre Verhandlung warteten und in den Kirchen, teilweise sogar in den Privathäusern der Stadt untergebracht worden waren, wurden von mitleidigen Bürgerinnen der Stadt gepflegt, ernährt und besucht. Von den Insassen des Kapuzinerklosters hingegen, die fast ausschließlich aus Chouans, also aus Bauern, bestanden, hörte man so gut wie nichts.

«Ich bin der Chirurg Philippe Kerarmel. Ich wurde gerufen, um nach den Gefangenen zu sehen.»

Die Soldaten, die im Kloster Wache schoben, blickten überrascht auf. «Na, das wurde aber auch Zeit», stieß der Ranghöchste aus. Nach einem Blick auf die Papiere zog er das Tor auf, das in den riesigen Innenhof führte. «Dachte schon, man hat die armen Teufel völlig vergessen.»

Kaum war das Tor geöffnet, strömte Marie-Provence ein unsäglicher Geruch entgegen. Sie hätte alles gegeben, um nie wieder mit diesem Gestank konfrontiert zu werden! Voller Vorahnung riss sie ein Tuch aus der Tasche, drückte es auf Mund und Nase. Der Hof war ein Albtraum. Fäkalien und Erbrochenes überall, dazwischen leere Näpfe. Menschen in Lumpen, die auf dem nackten Boden schliefen, schutzlos den Elementen ausgesetzt. Mit Flohstichen übersäte Kranke, die mit stumpfem Blick an den Mauern hockten. Kaum ein Platz, um sich auszustrecken. Mein Gott, waren das die stolzen, wilden Männer, die die republikanische Armee das Fürchten gelehrt hatten? Wie viele Tausend mochten hier unter diesen unwürdigen Bedingungen eingepfercht sein?

«Streck mal die Zunge raus.» Kerarmel war vor einem Mann niedergehockt und spähte in dessen Mundhöhle. Er stand mit besorgter Miene auf. Nachdem er mehrere Kranke gebeten hatte, ihre Oberkörper freizumachen, und auf ihnen einen rötlichen Ausschlag feststellte, verdüsterte sich sein Gesicht. Er trat zu dem Wächter.

«Typhus», sagte er.

Marie-Provence überlief eine Gänsehaut.

«Gibt es schon Tote?», fragte Kerarmel.

Der Offizier nickte. «Fünf Stück. Schätze aber, mindestens drei Dutzend weitere sind krank.»

Kerarmel und Marie-Provence sahen sich an.

«Wenn Sie hier nicht bald für Sauberkeit und ordentliche Nahrung sorgen, werden Sie kaum noch jemanden haben, den Sie vors Tribunal stellen können», stellte der Chirurg sachlich fest.

Marie-Provence bekämpfte einen Anflug von Panik. André! Ihr Tuch fest aufs Gesicht gepresst, lief sie los. Spähte in Hunderte von Gesichtern. Versuchte, in dieser unübersichtlichen Menge von Körpern eine blaue Uniform zu entdecken. Nichts. Wo war er? Schließlich hastete sie zum Offizier zurück. «Sind das alle Gefangenen?», fragte sie atemlos. Als dieser nickte, fasste sie sich an den Hals. «Die Toten. Kann ich die sehen?»

Der Soldat sah sie überrascht an. «Nein, Mädchen, tut mir leid. Die sind heute Morgen zum Friedhof gebracht worden.»

Sie knetete das Tuch in ihren Händen. «War ein Mann in einer blauen Uniform darunter?», fragte sie, und ihre Stimme versagte beinahe. «Schlank, dunkle, lockige Haare …»

«Ach, du meinst den Ballonfahrer? Nein, der ist noch hier. Den haben wir isolieren müssen, er sitzt als Einziger alleine in einer Zelle.»

Isolieren? Warum? Marie-Provence packte den Arm des Soldaten. «Führ mich zu ihm», bat sie.

Sie stießen in einen Seitenflügel vor. Ein langer fensterloser Gang verlor sich im Dunkeln, etliche Türen gingen von ihm ab. Vor einer machten sie halt.

«Hier ist es. Früher haben die Mönche hier wohl geschlafen.» Die Tür war mit einem kleinen Holzladen versehen, den der Soldat jetzt aufklappte. Gitterstäbe kamen zum Vorschein. «Hier kannst du durchschauen, wenn du willst.»

Marie-Provence trat an die Tür. Ihr Herz klopfte wie wild. Die Zelle war klein. Obwohl sie um etliches sauberer war als der Hof, waberte auch hier derselbe Gestank wie überall im Gebäude. Ein Nachttopf stand in einer Ecke. Die einzigen Möbel waren ein Hocker, auf dem ein Wasserkrug stand, und eine Pritsche mit einem Strohsack. Auf diesem hockte, eng an die Mauer gekauert, eine Gestalt. Marie-Provence stieß einen Schrei der Erleichterung aus.

«André!»

André hob den Kopf. Er war schrecklich anzusehen. Sein linkes Auge war geschwollen, seine Lippen waren blutverkrustet, eine Platzwunde klaffte an seinem Kinn. Durch die Risse seiner Uniform waren weitere Verletzungen sichtbar.

Marie-Provence wirbelte zu dem Soldaten herum. «Was habt ihr ihm angetan?»

«Wir? Wir haben ihn nicht angerührt!», beteuerte der Offizier. «Was meinst du, warum wir ihn hier isoliert haben? Um ihn vor den anderen Gefangenen zu schützen! Bis wir gemerkt haben, was da ablief, hatten die ihn schon ganz schön hart rangenommen.»

«Ich will zu ihm», verlangte Marie-Provence. Als der Soldat eine abwehrende Geste machte, fuhr sie ihn an. «Warum, wenn er doch nichts getan hat?»

«Das hab ich nicht gesagt», sagte der Mann. «Die anderen haben angefangen, aber er hat auch kräftig ausgeteilt. Er hat ein halbes Dutzend Mitgefangene übel zugerichtet. Das können wir nicht folgenlos durchgehen lassen, nicht bei dreitausendfünfhundert Männern im Hof.» Er schüttelte den Kopf. «Er bleibt diese Woche in Isolationshaft.»

Marie-Provence wandte sich wieder zu dem kleinen Gitter und umklammerte die Eisenstäbe. Er war aufgestanden. Langsam trat er näher. Er starrte vor Dreck, Bartstoppeln wucherten auf seinem Kinn. Die Wangen waren eingefallen, die Nase trat scharf hervor. Und in seinen Augen loderte etwas, was früher dort nicht gewesen war: Auflehnung. Jetzt weißt du es auch, Liebster, dachte Marie-Provence, wie es sich anfühlt, das Unrecht, die Willkür.

«Marie? Was machst du hier?», fragte er mit der Stimme von einem, der sehr lange nicht gesprochen hatte.

«Ich werde dich hier rausholen, André.» Und ihre Liebe zu ihm drohte sie zu überwältigen.

«Du hättest nach England fahren sollen, solange du es noch konntest», sagte er ablehnend.

Eine kindliche, siechende Stimme klang in ihr nach: *Ich habe dich manchmal auch gehasst, Marie. Wenn du an der vergitterten Tür gestanden und zu mir hineingeguckt hast, und ich war drinnen.* Sie blinzelte und sagte fest: «Gut so, sei zornig. Das macht dich stark. Hass sie alle. Hass auch mich, wenn du willst. Hauptsache, du gibst nicht auf.» Als sie vom Gitter zurücktrat, zitterten ihre Hände. Doch sie war äußerlich ruhig, als sie zum Chirurgen aufschloss, der im Hof auf sie wartete.

⚜

Sie kam jeden Tag. Er hörte es bereits am Klang, wann sie sich näherte. Der schwere Takt der Stiefel des Wärters war dann von dem leiseren, hellen Aufschlagen ihrer Sohlen begleitet. Wenn er ihr Kommen hörte und er auf seiner Pritsche lag, war es ihm, als existiere die Tür zwischen ihnen nicht und sie ginge auf ihn zu. Er stellte sich den Rhythmus ihrer Schritte vor und das Schwingen ihrer Arme, ihre zugleich weiche und entschiedene Art, auszuschreiten, die ihm so vertraut war wie ihr Lachen, der Geruch ihres Haars oder der Geschmack ihrer Haut.

Wann hatte er begonnen, auf sie zu warten? Er wusste es nicht. Die Erwartung hatte sich eingeschlichen, unbemerkt. Irgendwann war ihm aufgefallen, dass er, wie jedes gefangene Tier, das nach Abwechslung lechzt, den Augenblick herbeisehnte, in dem die Klappe vor dem kleinen Gitter aufging und er den Ausschnitt ihres Gesichtes sah. Helle Haut, Augen, graugrün wie das stürmische Wasser in der Bucht von Quiberon.

Im dem Augenblick jedoch, wenn er sie sah, verpuffte die Sehnsucht. Sein alter Zorn wallte in ihm auf, und er knurrte Marie-Provence an wie ein bissiger Hund.

Er wusste, dass sie versuchte, ihn zu befreien, denn das hatte sie gesagt. Er wusste auch, dass sie keinen Erfolg haben würde. Seit der Nacht seiner Gefangennahme war ihm klar, dass er in dieser Gesellschaft keine Zukunft hatte. Bisher hatte er die Ursache für das Chaos in seinem Leben bestens gekannt: Marie-Provence und ihr Vater hatten ihn benutzt und betrogen. Die Zerstörung von Zéphyr, der Verlust seiner Erbschaft, seine Ächtung und seine Zwangsrekrutierung gingen allein auf das Konto der Serdaines. Doch die Einnahme des Forts, die Sturheit seiner Vorgesetzten, das Blutbad während der Eroberung der Halbinsel und nicht zuletzt der Hass, mit dem die hier eingesperrten Chouans sich auf ihn, den einzigen Träger einer blauen Uniform, gestürzt hatten, hatten gründlichen Widerwillen in ihm hervorgerufen.

Irgendwo, darin gab er dem Offizier recht, der ihn verhaftet hatte, war er tatsächlich ein Verräter. Würde er freigelassen, müsste er desertieren. Der Dienst in der Armee war für ihn unmöglich geworden. Er hatte nicht nur sämtliche Güter und sein Ansehen verloren, er fühlte sich entwurzelt bis in die Tiefe seiner Seele. Er war nicht mehr bereit, sich zu verbiegen oder Kompromisse einzugehen. Auch nicht während eines Prozesses, auch nicht, um zu überleben.

Was immer Marie-Provence aushandelte, sie konnte ihn nicht retten, denn seine Überzeugungen waren nicht verhandelbar.

⚜

Marie-Provence trieb ihr mageres Maultier an. Eigentlich war es zu heiß für einen Ausritt. Die Sonne brannte erbarmungslos auf ihre Strohkappe und ihre Handrücken, und das Reittier ließ ergeben die langen grauen Ohren hängen. Doch nach einer schlaflosen Nacht hatte Marie-Provence etwas gebraucht, was ihr neue Kraft spenden würde, und so hatte sie sich schon früh auf den Weg in Richtung Sainte Barbe gemacht.

Sie wusste nicht mehr weiter. Seit Tagen setzte sie alle Hebel in Bewegung, um André zu helfen. Doch egal, an wen sie sich wandte, überall stieß sie auf verschlossene Türen.

Als Erstes hatte sie Hoche aufgesucht. Schließlich hatte der General bereits einen Brief von ihr erhalten, ihr Name war ihm geläufig. Das und ihre gemeinsame Haft in La Force hatten sie hoffen lassen, dass der General, der für seine Gerechtigkeit bekannt war, ihr Gehör schenken würde. Nachdem sie den langen Weg zu seinem Quartier bewältigt hatte, wurde ihr beschieden, dass Hoche auf Quiberon war, zur Bestandsaufnahme der Güter, die die Royalisten zurückgelassen hatten. Es war Marie-Provence nicht leichtgefallen, auf die Halbinsel zurückzukehren. Zu viel Schreckliches war hier geschehen. Doch erst als sie all die Güter versammelt sah, die die Royalisten aus England mitgebracht und überall auf Quiberon gehortet hatten, wurde ihr bewusst, über wie viele Ressourcen ihr Lager verfügt hatte: Wein, Rum und Schnaps, Öl, Essig und Kaffee, Reis, Pökelfleisch, Stockfisch, Tabak, Zucker und Kekse stapelten sich auf dem Kai. Das Mehl reichte aus, um die republikanische Armee ein halbes Jahr lang zu ernähren, die Waffen und Uniformen konnten dreißigtausend Mann ausrüsten, und die unglaublichen Mengen an falschen Assignaten hätten, wenn sie auf den Markt gekommen wären, die Wirtschaft Frankreichs in den Ruin treiben können.

Marie-Provence hatte gehofft, das Schwelgen in seiner Kriegsbeute würde den General milde stimmen. Aber sie wurde bitter enttäuscht: Hoche plagte die Verfrachtung der Güter. Wagen und Tiere gab es nicht, und eine Verschiffung war wegen der noch immer patrouillierenden englischen Flotte nicht möglich. Zudem fluchte der General über Plünderungen von Seiten seiner eigenen Männer. Statt eines verständnisvollen Vorgesetzten hatte Marie-Provence einen Mann angetroffen, der Andrés Verhaftung guthieß. «Ich hatte Leutnant Levallois gewarnt. Er wusste, dass während dieses Manövers viel für ihn auf dem Spiel stand. Aber er hat sich und seiner Kompanie Unehre gemacht», hatte der General ihr mit verschlossener Miene geantwortet. Mehr war nicht aus ihm herauszubekommen gewesen, und Marie-Provence war unverrichteter Dinge wieder nach Auray zurückgekehrt.

Als Nächstes hatte Marie-Provence auf Théroigne gesetzt

und deren Verbindungen zu den Chouans. Doch diese waren entweder im Gefängnis oder auf der Flucht, wenn sie nicht gerade mit Cadoudal durch das Hinterland zogen – im Vertrauen darauf, dass Hervilly und Puisaye ihr Versprechen hielten, Quiberon sechs Wochen lang zu halten. Das Netzwerk der Aufständischen war zerrissen und funktionierte nicht mehr. Auf sie konnte Marie-Provence also auch nicht bauen.

Entmutigung breitete sich in ihr aus. Die Gefahr, in der André schwebte, Charles' Tod, die Niederlage der Royalisten, der Bruch mit ihrem Vater – die letzten Wochen hatten enorm an ihren Kräften gezehrt. Sie war es leid, so zu tun, als sei sie stark. Sie konnte nicht mehr. Fröstelnd zog sie die Schultern hoch. André sprach kaum mit ihr, wenn sie ihn im Gefängnis besuchen kam. Und wenn, dann nur ablehnende Worte. Er hatte sie vor Croutignac gerettet, als sie sich bei Ménec getroffen hatten, ja, das stimmte. Aber anschließend hatte er sie zurückgestoßen. Sie musste sich also darauf gefasst machen, dass sie André vielleicht für immer verloren hatte.

Sie richtete sich im Sattel auf und stieß ihre Hacken in den Bauch des Maultiers. Auf einmal konnte sie es kaum erwarten, ihr Ziel zu erreichen. Es konnte nicht mehr weit sein. Als sie noch auf Quiberon war, hatte sie vom Fort aus über Stunden hinweg hier hinübergesehen; sie war sich sicher, dass sie die richtige Richtung eingeschlagen hatte.

Als sie eine Anhöhe erreichte, machte Marie-Provence halt. Sie tätschelte den feuchten Hals des Reittieres. Dünne Wolkenschleier zogen hoch über ihrem Kopf dahin. Seit der Einnahme von Quiberon und dem schrecklichen Sturm, der damals gewütet hatte, war kein Tropfen mehr vom Himmel gefallen. Marie-Provence ließ den Blick über die wilde Landschaft schweifen, die struppige, felsenübersäte Heide, die Ginsterbüsche und die gedrungenen Eichen. Von hier aus hatte Hoche Quiberon belagert. Bollwerke zersägten im Zickzack die Landzunge zwischen der Bucht von Plouharnel und dem offenen Ozean. Unbenutzte Steinquader und

Balken lagen herum, neben ihnen der Mist, den der General hatte beimischen lassen, um dem sandigen Boden Stabilität zu verleihen. Und zu ihrer Rechten … Marie-Provence atmete auf, als sie endlich das Ziel ihrer Reise erblickte: Prall und atemberaubend schön hob sich der *Intrépide* gegen den glühenden Sommerhimmel ab. Ein letztes Mal trieb Marie-Provence ihr Reittier zu einem schnellen Trott an, und dann hing der Ballon vor ihr, nur kurz über dem Boden, in greifbarer Nähe.

Sie sprang ab. Erinnerungen überfielen sie. Die alte Schmiede. André, über Baupläne gebeugt. Sägespäne auf seinen Armen. Die Seidenballen, die vom Wagen geladen werden. Flüssiger Stoff, der in dreifarbigen Kaskaden auf sie herniederschwebt. Das Glück eines Winters.

«Er ist schön, nicht wahr, citoyenne?» Ein Offizier lächelte sie an. Auf den Knöpfen seiner Uniformjacke prangten goldene Montgolfieren. Weitere Männer machten sich, nachdem sie Marie-Provence neugierig beäugt hatten, an den Seilen zu schaffen.

«Sie tun recht daran, die letzte Gelegenheit zu nutzen, ihn sich anzusehen.» Der Offizier verbeugte sich. «Gestatten Sie, dass ich mich vorstelle: Capitaine Justin. Ich befehlige diese Kompanie.»

«Marie Duchesne», antwortete Marie-Provence vorsichtig. Sie runzelte die Stirn. «Die letzte Gelegenheit, sagten Sie? Was haben Sie vor mit dem Ballon?»

«Es ist das Los der Armee, weiterzuziehen. Wir werden gebraucht: Es heißt, es gebe einen letzten Tross von Chouans, der im Hinterland herumirrt, angeführt von ihrem gewieftesten Führer, Georges Cadoudal. General Hoche hat sich auf den Weg in Richtung Saint Brieuc gemacht, und die Kompanie der Luftfahrer folgt ihm. Gleich morgen brechen wir in aller Frühe auf. Ich bin sicher, unser Ballon wird von unschätzbarem Wert sein, wenn es darum geht, die Rebellen auszumachen. All ihre Geheimwege werden ihnen nichts nutzen, wenn wir sie von oben im Blick behalten.»

Marie-Provence verspürte einen Stich. War der *Intrépide*

wirklich dazu verdammt, Tod und Unglück über die Königstreuen zu bringen? «Ich bin wirklich froh, ihn noch einmal gesehen zu haben, bevor Sie ihn einpacken», sagte sie bedrückt.

«Wir packen ihn nicht ein. Wir führen ihn mit uns, an Leinen. Das Befüllen vor Ort ist zu umständlich, und viel langsamer als die Infanterie werden wir auch nicht sein, obwohl wir natürlich nicht alle Wege benutzen können, die die Armee einschlägt. Schluchten und Wälder sind nichts für uns.» Er zwirbelte seinen Schnurrbart. «Leider habe ich jetzt keine Zeit mehr, aber wenn Sie das Thema interessiert – heute Abend feiern wir ein Abschiedsfest. Ich würde mich freuen, Sie dort zu sehen. Dann könnte ich all Ihre Fragen beantworten.»

«Darf ich näher ran?», fragte Marie-Provence.

«Wenn Sie möchten», antwortete Justin überrascht.

Marie-Provence trat zwischen die Soldaten der *compagnie d'aérostiers*, die damit beschäftigt waren, eine Vielzahl von Halteseilen strahlenförmig an die zwei Stränge zu knüpfen, die an der Netzkappe des Ballons hingen. Sie achtete nicht auf die Männer, sondern ließ ihre Finger über den Korb gleiten.

«Das, was Sie da sehen, ist die Ventilklappe. Sie funktioniert wie …»

Doch Marie-Provence hörte Justins Erklärungen nicht zu. Sie dachte an Charles' Flucht, an die Angst und Verstörtheit des Jungen, an Andrés Wut, als er blutüberströmt in diesen Korb gestiegen war. Sie hob den Blick. Die Seide wölbte sich über ihrem Kopf, der Ballon zog an den Seilen. Er strebte fort, sie spürte seine Anspannung, seinen Unwillen, gefesselt und gebändigt der Willkür dieser Menschen ausgeliefert zu sein. «Adieu. Ich wünsche dir nur das Beste. Auf dass Wind und Götter dir zur Seite stehen und Sturm und Wolken vertreiben», flüsterte sie. «Auf sanfte Landungen und dass deine Ziele dich nicht enttäuschen.»

«Was sagen Sie da?», fragte Justin.

Statt zu antworten, drehte sie sich um, ging zu ihrem mageren Maultier und saß auf. Auf dem Heimweg wischte sie sich immer wieder über die Wangen und ärgerte sich über sich selbst. Sie hatte sich Trost von diesem Ausflug erhofft, hatte darauf vertraut, dass der Anblick des *Intrépide* ihr Kraft schenken würde. Stattdessen hockte sie nun auf ihrem Reittier, überwältigt von Erinnerungen und ratloser als zuvor.

Sie hatte keine Ahnung, wie lange sie in sich versunken dahingetrottet war, als ein Geräusch ihre Aufmerksamkeit erregte. Das Schlagen von Hufen und das unverkennbare Poltern einer Kutsche in voller Fahrt wurden lauter. Marie-Provence lenkte ihr Maultier an den Wegrand, und schon hüllte ein Reisewagen sie in eine dichte Staubwolke. Vier Pferde waren ihm vorgespannt, ein Luxus bei der herrschenden Knappheit an Zugtieren. Marie-Provence wollte gerade ihren Weg fortsetzen, als der Wagen, der sie überholt hatte, unter lautem Rufen des Kutschers hielt. Überrascht sah sie sich um.

Der Schlag öffnete sich, und eine herrische Stimme rief: «He, du da, komm mal her!»

Marie-Provence zögerte.

Da sprang ein Mann aus dem Wagen. «Sie ist es, Herr», rief er. «Die Frau würde ich überall wiedererkennen!»

Marie-Provence hatte Mühe, ihren Augen zu trauen. War es tatsächlich Auguste, Croutignacs Diener, der da vorne im Straßenstaub stand? Ihr Herzschlag beschleunigte sich.

«Nun beeil dich schon», herrschte dieser sie an. «Mein Herr wartet nicht gerne!»

Mit einem Fluchtversuch auf ihrem klapprigen Reittier hätte sich Marie-Provence nur lächerlich gemacht. Ihr blieb nichts anderes übrig, als zu gehorchen. Sie stieg ab, griff die Zügel ihres Maultiers und schloss zur Kutsche auf.

Cédric Croutignac erschien am offenen Schlag. Beflissen klappte Auguste die Stufen hinunter. Langsam, jede Stufe einzeln nehmend, entstieg sein Herr dem Wagen.

«Du bist es tatsächlich!», sagte Croutignac. Umständlich rückte er seine dicken Brillengläser zurecht. «Wie kommt es, dass du noch hier bist? Ich dachte, ihr wärt längst eingeschifft.» Croutignacs Hand strich über den Verband, der unter seinem rechten Ärmel hervorschaute.

Etwas an ihrem alten Feind verunsicherte Marie-Provence. Doch sie verdrängte das Gefühl. «Ich habe mich anders entschieden», antwortete sie wachsam. «Und Sie? Sie reisen ab?» Ihr Blick fiel auf einen mit roter Seide ausgeschlagenen Koffer, der offen auf einer Sitzbank der Kutsche lag und einen blankglänzenden Gegenstand zu bergen schien.

Croutignac beugte sich vor und zog sanft den Schlag zu.

Auf einmal verstand Marie-Provence, was sie an Croutignac verwirrte: Es war die Art, wie er sich bewegte. Sie hatte etwas Zögerndes, fast Tastendes an sich, das ihr früher noch nie aufgefallen war. Croutignac bewegte sich wie ein Verletzter, der in sich hineinhorchte – wie jemand, der einen bestimmten Schmerz fürchtete und vorsichtig darauf bedacht war, jede Bewegung zu vermeiden, die diesen wecken könnte.

«Mein Auftrag hier ist beendet», antwortete er. «Ich kehre zurück nach Paris. Aber was machst du hier alleine? Wo ist dein Vater?»

Die Frage schürte alte Ängste. «Mein Vater ist in England und für alle Zeit aus Ihrer Reichweite.»

«Wie? Er ist abgereist? Ohne dich, sein Ein und Alles?»

Marie-Provence verspürte einen Stich, als sie an den Abschied von ihrem Vater dachte. «Ich habe mich entschieden, zu bleiben. Er hingegen wollte nach England. Das ist alles», sagte sie bemüht gleichgültig.

Erkenntnis erhellte Croutignacs Gesicht. «Es ist wegen Levallois, nicht wahr? Ich habe gehört, dass er im Gefängnis sitzt. Sieht nicht gut für ihn aus. Falls er nicht zum Tode verurteilt wird, hat er gute Chancen, an einer der Seuchen zu sterben, die in den Gefängnissen von Auray wüten. So oder so kommt er da nicht auf seinen eigenen Füßen wieder raus.»

Marie-Provence hatte bereits eine scharfe Erwiderung auf der Zunge, als Croutignac fortfuhr: «Du hast dich von deinem Vater abgewendet, um zu einem verarmten Tapetenhändler zu halten. Weißt du, was das bedeutet?» Er starrte sie ein paar Sekunden an, dann verlor sich sein Blick. «Welche Ironie!», murmelte er und fuhr sich mit der Hand über die Stirn. Marie-Provence musste sich anstrengen, um ihn überhaupt zu verstehen, als er sinnend fortfuhr: «In dem Augenblick, als ich aufgebe, geschieht, wonach ich jahrelang gestrebt habe: Guy de Serdaine verliert seine Tochter, das Liebste, was er auf Erden besaß.»

Auf einmal sah er sie an. «Wie schrecklich muss es sein, wenn einen das Kind, das man großgezogen hat, verstößt! Ich weiß nicht, was schlimmer ist: durch das Schicksal von seinem Kind getrennt zu werden oder mitzuerleben, dass das Kind willentlich mit einem bricht.» Ruhig und fast staunend schloss er: «Fast möchte man wieder an die Gerechtigkeit glauben.»

Marie-Provence stolperte mehrere Schritte zurück. «Ach, scheren Sie sich doch einfach zum Teufel, Croutignac!», stieß sie aus. Dann drehte sie sich um und eilte davon.

Während des restlichen Rückweges versuchte Marie-Provence erfolglos, die Begegnung mit Croutignac aus ihrem Gedächtnis zu bannen. Es gab so viel Wichtigeres zu bedenken! Aber immer wieder klangen Gesprächsfetzen in ihrem Kopf nach, verfolgten sie regelrecht. Es war, als sende ihr die Erinnerung eine Botschaft, die sie nicht entziffern konnte.

Schließlich gab Marie-Provence nach, horchte in sich hinein und erinnerte sich bewusst an die gewechselten Worte, auf der Suche nach einem Sinn, auf den ihr Unterbewusstsein sie vielleicht aufmerksam machen wollte. Doch nichts. Wie immer war die Begegnung mit Croutignac unerfreulich gewesen. Das Wichtigste, was sie ihr beschert hatte, war die Hoffnung, diesen Mann zum letzten Mal in ihrem Leben gesehen zu haben. Sie war eine Närrin, mehr darin zu suchen.

Mit schwerem Herzen, staubig, wundgescheuert und schrecklich durstig traf sie schließlich in Auray ein. Erst als Théroigne sie aufgeregt ins Haus zog, wich ihre Mutlosigkeit der Besorgnis.

«Wo warst du denn den ganzen Tag?», rief Théroigne aufgeregt. «Ich suche dich schon seit Stunden!»

«Was ist passiert?»

«Sie wollen den Mann, für den du dich so interessierst, diesen André Levallois, morgen vor die Richterkommission bringen.»

«Was, jetzt schon?», rief Marie-Provence.

Théroigne fasste die Freundin bei den Schultern und sagte mitleidig: «Du musst dich auf das Schlimmste gefasst machen, Marie. Heute haben sie Sombreuil erschossen.»

Marie-Provence starrte Théroigne an. Und auf einmal passierte es: Etwas platzte in ihrem Kopf wie eine zähe Blase. «Falls er nicht zum Tode verurteilt wird», murmelte Marie-Provence, «wird er an einer der Seuchen sterben, die in den Gefängnissen von Auray wüten. So oder so kommt er da nicht auf seinen eigenen Füßen raus.»

«Marie-Provence? Was ist los?» Théroignes kleine, dunkle Augen betrachteten sie besorgt. «Geht es dir nicht gut?»

«Doch», antwortete Marie-Provence heiser. «Viel besser sogar. Das waren Croutignacs Worte, ich habe ihn heute Nachmittag getroffen.» Sie benetzte ihre staubigen Lippen. «Hast du in der letzten Zeit Unkraut in deinem Garten gejätet?»

«Unkraut? Nein, ich bin noch nicht dazu gekommen, aber was um alles in der Welt …»

«Das ist gut. Sehr gut.» Marie-Provence ballte eine Faust. «Ich glaube, ich weiß jetzt, wie ich André retten kann.»

⚜

Sie sahen ihn nicht an, auf der Straße. Die vielen Frauen und Kinder der Chouans, die die Gassen von Auray bevölkerten, drehten sich weg, als André, eingerahmt von Soldaten, an ihnen vorbeischritt. Als seien das Elend und die Angst ansteckend. Als würde ein Blick von ihm die Liebsten, auf deren Suche sie seit der Einnahme von Quiberon waren, das gleiche Schicksal ereilen lassen.

André und die Soldaten liefen vorbei an Kirchen, Kapellen, Klöstern. Überall standen Wachen davor. Tausende von Landsleuten warteten auf ihren Prozess. Seiner würde morgen stattfinden. Heute hatte man ihn nur vor den Richter geschleppt, um seine Identität zu überprüfen. Ihn würden sich die Richter als einen der Ersten vornehmen, denn sein Fall war klar, da er weder Flüchtling, Adeliger noch Chouan war. Für ihn musste man nicht auf die Anweisungen aus Paris warten, für ihn galten die bereits bestehenden militärischen Gesetze.

Er atmete die glühende Sommerluft ein. Wie gut es hier draußen roch! Es war eine Wohltat, dem Gestank und dem Verwesungsgeruch des Gefängnisses zu entkommen. Selbst hier, mitten in der heißen Stadt, duftete es nach reifem Korn. Es musste hoch auf den Feldern stehen. Längst war Erntezeit, doch die Männer für diese Arbeit starben im Kloster an Hunger und Typhus, und die Ähren verfaulten. Die Welt war verrückt. Er hatte gerne gelebt, doch mit Dummheit konnte er sich nicht abfinden. Nicht mit dem Gemetzel und der Unterdrückung. Es blieb bei dem, was er dem Präsidenten der Untersuchungskommission gesagt hatte, als dieser ihn für das Protokoll nach den Gründen seiner Befehlsverweigerung gefragt hatte.

André hatte den Kopf gehoben. «Meine Verweigerung entsprach meiner Überzeugung», hatte er geantwortet. «Kein Mensch hat ein Recht, einen anderen zu töten. Ich nicht» – er hatte den Präsidenten fest angesehen – «und Sie auch nicht.»

Während André zwischen den Männern, die ihn begleiteten, wieder das frühere Kloster betrat, fragte er sich, seit wann er diese Kompromisslosigkeit in sich spürte. Er hatte die ersten Jahre der Revolution ohne moralische Bedenken durchlebt. Doch dann war Marie-Provence eines Tages in sein Leben getreten. Sie war ein Opfer dieser Revolution und hatte vielleicht deshalb eine sehr genaue Sicht von Gut und Böse. Als sie sich ihm öffnete, war er gezwungen worden, Stellung zu beziehen und seine eigenen Werte zu überprüfen. Und als sie ihn verließ und er Schlag auf Schlag Liebe, Besitz und Ehre verlor, hatte er sich, um nicht ins Bodenlose zu fallen und beflügelt von seiner Wut, an diesen Werten festgeklammert.

Marie-Provence, die schon vor Jahren alles verloren hatte, mochte es ähnlich ergangen sein. Sie hatte für ihre Überzeugung, dass ein Kind nicht für die Vergehen seiner Eltern bestraft werden dürfe, ihre Liebe weggeworfen – ganz so, wie er vorhin vor dem Tribunal höchstwahrscheinlich sein Leben weggeworfen hatte. Diese Erkenntnis machte ihren Verrat nicht weniger schmerzlich, aber es war irgendwie tröstlich zu wissen, dass sie sich doch nicht so unähnlich waren, wie er es noch vor kurzem gedacht hatte. Unter anderen Umständen, in einem anderen Leben hätte ihre Liebe vielleicht bestanden.

Während er sich von zwei Wachen zu seiner Zelle zurückführen ließ, wünschte er sich, Marie-Provence das noch einmal sagen zu können. Ihr ohne Wut oder Groll zu begegnen. Ihr ein Bild der Hoffnung zu hinterlassen, statt das des Zorns. Als sie dann plötzlich im Flur vor seiner Zelle stand, dachte er zunächst, seine Einbildung spiele ihm einen Streich.

«Was denn, ist schon wieder Zeit für eure Visite?», rief einer der Wächter Marie-Provence zu, als er sie entdeckte. «Du hast umsonst gewartet. Der Mann braucht dich und den Chirurgen nicht mehr, dem wird morgen der Prozess gemacht.»

Ihr Blick flackerte, doch sie blieb ruhig. «Ich weiß.» Sie zeigte auf den Korb, der in ihrer Armbeuge hing. «Ich wollte das nur abgeben», erklärte sie. «Für sein Abendessen.» Sie sah den Soldaten ruhig an. «Nachdem die Haftbedingungen bekanntgeworden sind, unter denen die Gefangenen leiden, haben wir Bürgerinnen von Auray uns entschlossen, bei der Versorgung der Inhaftierten zu helfen. Du wirst davon gehört haben: Die royalistischen Offiziere in den anderen Gefängnissen bekommen auch alle etwas gebracht.»

«Aber der hier ist ein republikanischer Offizier, ein Verräter», spuckte der Wächter aus.

«Ach komm, Antoine, lass es gut sein», lenkte sein Kamerad ein. «Wenn er demnächst auf dem Gras liegt und sie ihm die Kleider vom Leib gerissen haben, wird es auch keinen Unterschied mehr machen, welche Uniform er getragen hat. Ich sag immer: Wer weiß, wie's uns mal ergeht und wen es als Nächsten erwischt. Vielleicht sind wir dann froh, wenn ein hübsches Mädchen mit uns Mitleid hat.»

Der Erste zog missbilligend die Nase hoch. «Wir haben auch nicht viel zu beißen und müssen damit zurechtkommen. Aber gut, wie du willst.» Er winkte Marie-Provence herbei. «Zeig den Korb her. Ich muss gucken, ob auch keine Waffen drin sind.»

Marie-Provence gehorchte.

«Was ist denn das für ein komisches grünes Zeug, neben dem Brot? Sieht aus wie Unkraut.»

«Unsere Mittel sind begrenzt und die Gefangenen sehr zahlreich. Wir können es uns nicht leisten, für jeden eine üppige Mahlzeit zuzubereiten. Aber ein paar frische Kräuter vom Wegesrand sind noch immer besser als der zähe Getreideschleim, den die Leute hier bekommen.»

«Na, ich muss es ja nicht essen», schloss der Mann zweifelnd und gab ihr den Korb zurück. «Stell das drinnen irgendwo ab, und dann lauf.»

Als Marie-Provence wieder aus der Zelle trat, sah ihr André ins Gesicht, in der Erwartung eines Lächelns, eines Zeichens, wenigstens eines Blickes. Doch nichts – ihre Züge hatten einen unpersönlichen Ausdruck angenommen, als sie an ihm vorbeizog. Bald war sie am Ende des Ganges verschwunden, und die Soldaten schoben ihn in seine Zelle.

Eine ganze Weile stand André regungslos da, während hinter ihm die Riegel vorgeschoben wurden, und starrte auf den Korb. Sie brachte ihm etwas zu essen. Aber angesehen hatte sie ihn nicht. Sie hatte sich genauso abweisend gegeben wie in den ersten Wochen ihrer Bekanntschaft, als sie ihn von sich fernhalten wollte. Verdammt, was für ein Spiel trieb sie schon wieder mit ihm? Angst und Auflehnung krampften seinen Magen zusammen, während die Schritte seiner Wächter verhallten. In einem plötzlichen Anfall von Wut packte er Marie-Provence' Mitbringsel, holte aus, um es an die Wand zu schmettern – und hielt plötzlich inne.

Auf dem Hocker, genau an der Stelle, die der Korb bedeckt hatte, lag ein zusammengefaltetes Blatt.

André griff nach einem der verbliebenen Stängel und riss ihn entzwei. *Achte darauf, Geliebter, dass du keinen Saft in die Augen bekommst*, hatte sie geschrieben. *Es soll Menschen geben, die am Gift von Euphorbien erblindet sind.* Er wartete, bis die milchigweiße, zähe Substanz einen Tropfen gebildet hatte, und drückte sich diesen auf den Handrücken. Er stöhnte leise, als der Pflanzensaft sich durch seine Haut fraß und sie verätzte. Ein feuerroter Fleck erschien. *Das Krankheitsbild, das wir anstreben, weist unregelmäßig verteilte Stellen an Armen, Hals und Gesicht auf. Denk also daran, ein möglichst zufällig anmutendes Muster zu bilden.*

André befühlte seine Wangen und betrachtete seine Hände und Unterarme. An vielen Stellen hatten sich bereits die Pusteln entwickelt, die auf die roten Flecken folgten. Es brannte höllisch. Wie immer, wenn er den Schmerz nicht mehr ertrug, schnellte er auf und lief ein paar Schritte. Die kühle Luft der Zelle linderte seine Qualen, doch die Erleichterung war nur von kurzer Dauer. *Leider wirst du Schmerzen erleiden. Dafür aber werden die Pusteln echt sein und jeder näheren Betrachtung standhalten. Hab keine Angst: Sie werden sich nach ein paar Tagen zurückbilden, genau wie normale Brandblasen. Es kann allerdings sein, dass dir ein paar Narben bleiben.*

Was waren schon ein paar Narben gegen seine Freiheit? André spähte durch das kleine Fenster seiner Zelle. Draußen graute bereits der Tag. André sah nur ein kleines Stück malvenfarbenen Himmels, jungfräulich und wolkenlos. Er trat vom Fenster zurück und räumte die Spuren seines nächtlichen Werkes auf. Die restlichen Stängel der Euphorbien ließ er im Fäkalien-Eimer verschwinden, dann überlegte er, wie er mit Marie-Provence' Brief vorgehen sollte. Schließlich zerriss er ihn in kleine Stücke, schob sich die Papierfetzen in den Mund und schluckte sie hinunter.

Jetzt gab es nichts mehr zu tun als zu warten. Man würde erst in ein paar Stunden kommen, um ihn abzuholen. Bis dahin sollte er versuchen, sich auszuruhen. Er löschte die Kerze, die ebenfalls im Korb gelegen hatte. Dann streckte er sich auf seiner Pritsche aus. Seine Haut brannte wie Feuer.

«Zeit zum Aufstehen, Levallois!», rief der Wächter, als er Andrés Zelle betrat. «Ab ins Tribunal!»

André antwortete nicht, sondern zwang sich, reglos liegen zu bleiben. Sein Herz klopfte so wild, dass er meinte, der Wärter müsse es hören. *Bleib liegen und rühr dich nicht. Mime große Schwäche, Fieber, auch Schüttelfrost, wenn du kannst. Sie erschießen keine Todkranken. Also werden sie deine Hinrichtung verschieben müssen und nach einem Arzt schicken. Kerarmel, der Chirurg, mit dem ich arbeite, ist eingeweiht. Er wird bestätigen, dass du dem Tode nahe bist, und wegen der Ansteckungsgefahr deine Verlegung in ein isoliertes Krankenzimmer verordnen. Du bekommst so einen Aufschub von zwei bis drei Wochen. Zumindest in der Anfangszeit dürftest du nicht bewacht werden und eine Flucht ein Leichtes sein …*

Die Schritte des Wärters näherten sich. Er schlug die Decke auf, unter der André sich zusammengerollt hatte. Nun klang der Mann verärgert: «Auf, oder brauchst du einen Tritt in den Hintern, um …» Er unterbrach sich mit einem Schrei. «Was zum Teufel ist das? Wie siehst du denn aus?»

André hielt die Augen geschlossen und röchelte leise. Er hörte den Wächter zurückstolpern.

«Antoine! Komm sofort her! Schnell, verdammt!»

«Ach du Scheiße, das sind bestimmt die Pocken», stammelte Antoine, als er André erblickte.

Sein Kamerad stieß einen gurgelnden Laut aus. «Ich lauf und hol Kerarmel.»

«Nein!», rief Antoine hastig. «Willst du uns umbringen?

Wenn bekannt wird, dass hier die Seuche ausgebrochen ist, verriegeln sie das Kloster und lassen uns wochenlang nicht raus!» Seine Stimme überschlug sich. «Das nennt man Isolation. Die halten uns hier so lange fest, bis wir uns alle gegenseitig angesteckt haben und verrecken!»

«Aber wir haben doch keine andere Wahl!»

«Doch, die haben wir», meinte Antoine erregt. «Lass uns nachdenken. Hast du sonst noch jemandem über den Kerl Bescheid gesagt? Nein? Sehr gut. Der ist der Erste. Wenn wir Glück haben, bleibt er der Einzige. Wir müssen uns seiner nur entledigen, bevor etwas bekannt wird.»

André, der mit geschlossenen Augen zuhörte, lief es kalt den Rücken hinunter.

«Ich kann doch einen Todkranken nicht umbringen», wehrte der erste Wächter entsetzt ab.

«Hab ich gesagt, dass wir das tun? Der ist doch sowieso schon so gut wie hinüber! Wir schmeißen ihn auf den Leichenwagen zu den beiden anderen und werfen ihn mit ihnen in die Grube. Keiner wird was merken.»

«Aber …»

«Kein Widerwort. Geh lieber und hol die Leichenbahre. Und zwar ein bisschen plötzlich», herrschte Antoine seinen Kameraden an.

Andrés Muskeln schmerzten vor Anspannung. Er versuchte krampfhaft, nicht hin und her zu rollen. Ein tiefempfundener Ekel warnte ihn davor, die beiden kalten Körper zu berühren, die neben ihm lagen.

Die Fahrt auf der groben Ladefläche des Wagens wäre auch ohne die unsäglich stinkenden Nachbarn eine Tortur gewesen. Das ungefederte Brettergefüge, auf das er geworfen worden war, ließ ihn jeden Buckel des Kopfsteinpflasters schmerzhaft spüren. Außerdem drohte er unter dem rauen Leinentuch, das über ihm lag, zu ersticken. Was oder wen die fleckige Plane schon alles bedeckt hatte, wollte er gar nicht wissen. Er horchte angestrengt, versuchte herauszufinden, wo sie sich befanden. Das Klostertor hatten sie schon lange passiert, und der Lärm einer belebten Straße umgab sie jetzt. Andrés Gedanken kreisten in einem wilden Reigen. Wenn er nicht lebendig begraben werden wollte, musste er fliehen, bevor sie den Friedhof erreichten. Doch wo war eine geeignete Stelle dafür? Wenn er vom Wagen sprang, während gerade eine Kompanie Garden vorbeimarschierte, wäre alles vergebens gewesen.

Nahm der Lärm um ihn herum ab? Angespannt wartete er, horchte und bereitete sich vor, aufzuspringen, als der Wagen plötzlich stoppte.

«Brrr!», hörte er Antoine rufen, der offensichtlich in die Zügel griff. «Was ist los? Stell dich hier nicht in den Weg, Weib. Was willst du?»

«Bonjour, Soldat!», erklang eine junge Stimme. «Erinnerst du dich nicht an mich?»

Es war Marie-Provence! André zögerte keinen Augenblick. In einem gewaltigen Satz sprang er auf die Beine, warf die Plane von sich, stieß einen kehligen Schrei aus und fuchtelte mit den Armen. Die Wirkung seiner plötzlichen Auferstehung übertraf seine Hoffnungen: Antoine und sein Freund fuhren herum und schnellten hoch, Marie-Provence kreischte markerschütternd. Der eine Soldat wich panisch zurück und fiel vom Wagen, der zweite sprang in einem riesigen Satz hinterher.

Schon hatte Marie-Provence ihre Stelle eingenommen. «Halt dich fest!», rief sie, ergriff die Zügel und stieß ein schrilles Kommando aus. Der Klepper vor dem Wagen warf erschrocken den Kopf hoch und galoppierte aus dem Stand los.

«Woher hast du gewusst, dass ich auf dem Wagen war?», fragte André, während er einen Gurt löste.

Inzwischen lag Auray hinter ihnen. Sie hatten kurz nach der Stadt an einer geschützten Stelle haltgemacht und waren nun dabei, den Gaul von der Deichsel des Wagens loszuschnallen. Als Reittier würde das ungesattelte Pferd zwar nicht bequem sein, doch ihr Vorankommen wäre weniger beschwerlich und schneller als mit dem Wagen.

«Gewusst habe ich es nicht, nur geahnt», gab Marie-Provence zu. «Den ganzen Morgen haben Kerarmel und ich darauf gewartet, gerufen zu werden, aber nichts geschah. Inzwischen war ich mir sicher, dass etwas schiefgelaufen war, und ging zum Kloster, um es im Auge zu behalten. Der Leichenkarren hier war der einzige, der aus dem Gebäude kam. Aber als ich sah, dass deine zwei Wächter diesen hier führten, habe ich beschlossen, der Sache nachzugehen.» Sie hielt den Blick gesenkt, doch ihre Stimme veränderte sich. «Ich hatte schreckliche Angst, dass eine echte Leiche unter der Plane liegen würde.»

André antwortete nicht. Er holte tief Luft. Er fühlte sich lebendig wie schon lange nicht mehr. Zwar wusste er, dass er noch nicht gerettet war – je nachdem, ob und wie Antoine und dessen Kamerad Alarm schlugen, waren ihnen vielleicht schon Soldaten auf den Fersen. Dennoch befand er sich wie in einem Rausch. Immer wieder hob er den Kopf, betrachtete den Wald um sich herum, sog die Sommerluft ein, schmeckte das Leben. Waren die Blätter der Eichen gestern auch schon so grün gewesen? Der Himmel so blau? Wie konnte es sein, dass die Welt auf einmal in so grellen Farben erstrahlte? «Du schreckst wirklich vor nichts zurück», platzte es schließlich aus ihm heraus.

«Ich hatte dir doch versprochen, dich da rauszuholen», antwortete sie zurückhaltend. «Die wichtigere Frage ist, wo du jetzt hinwillst.»

«Ich kann nicht zur Armee zurück.»

«Nein, so viel steht fest», sagte sie nachdenklich. «Leider war ich nicht auf deine heutige Flucht vorbereitet und habe nichts organisiert.»

«Dich werden sie jetzt auch suchen.»

Sie ging nicht auf seine Bemerkung ein, sondern warf einen unruhigen Blick über ihre Schulter. «Ich kenne ein paar Verstecke der Chouans. Dort könntest du einige Zeit bleiben. Allerdings wäre es nur eine Zwischenlösung, und …» Sie unterbrach sich. Auf einmal ging ein Ruck durch ihren Körper, und ihre Augen weiteten sich. «Ich glaube, ich weiß, wie du in Sicherheit kommst.» Sie starrte ihn an. «Ja. Wir werden ein Stück reiten müssen, aber ich bin sicher, es ist machbar. Lass uns aufsteigen!»

Er drängte alle Fragen zurück, die ihm schon auf der Zunge lagen. Immerhin hatte sie ihn befreit. Er war sicher, sie wusste, was sie tat. Sie sprangen auf den nackten Pferderücken, und er überließ Marie-Provence die Zügel.

Während der nächsten Stunden fielen sie immer wieder in einen schnellen, ermüdenden Trab, den sie nur ab und zu unterbrachen, um das Pferd zur Ruhe kommen zu lassen. Marie-Provence lenkte das Tier ungefähr in nördliche Richtung, durch den Wirrwarr der schmalen Wege. Die Zielsicherheit, die sie dabei an den Tag legte, verblüffte André. Sie musste mehr als einmal durch diese eigentümlichen grünen Tunnel gewandert sein, die noch vor kurzem der Schrecken der republikanischen Armee gewesen waren. Die Verflechtungen dieser Pfade schienen ihm symbolisch für seine Beziehung zu Marie-Provence: verstrickt, unüberschaubar und gefährlich.

«Willst du mir nicht sagen, wohin wir reiten?», fragte er schließlich doch.

«Du wirst schon sehen. Vertrau mir.»

Du wirst mir nie mehr vertrauen können, hatte er ihr vor nicht allzu langer Zeit gesagt. *Genauso wenig, wie ich dir je wieder trauen werde.* Seine Worte, ausgesprochen zwischen den Menhiren von Ménec, hallten in ihm nach. Hatten sie keine Bedeutung mehr? Er wusste es nicht. Doch nach der Gefangenschaft konnte er nicht mehr leugnen, dass er es genoss, sie zu spüren, ihren Rücken an seiner Brust, ihre Schenkel auf seinen, ihr Gesäß an seinem Schoß. Der gewaltige Zauber, der von ihr ausging und der ihn überwältigt hatte, als er sie das erste Mal in Paris gesehen hatte, wirkte noch immer. Tiefe Erschöpfung und das Gefühl des Friedens, das ihn überkam, brachten vorerst alle Bedenken zum Schweigen. Er schloss die Augen und überließ sich seinen Sinnen.

Er musste eingenickt sein, eingelullt von der Wärme ihres

Körpers und dem gleichmäßigen Schritt des Tieres, denn als sie sich plötzlich anspannte, wusste er einen Augenblick nicht, wo er sich befand.

«Endlich», entfuhr es Marie-Provence, während sie in die Zügel griff. Sie richtete sich auf. «Wir sind da!»

Er riss die Augen auf. Und konnte nicht glauben, was er da sah. «Mein Gott!», stotterte er.

«Er ist es», nickte Marie-Provence und ergriff unwillkürlich seine Hand. «Unser *Intrépide*!»

Sie hielten im Schatten eines Waldsaums. Vor ihren Augen breitete sich eine sanfte Senke aus, die in mehrere Felder unterteilt war und von einem breiten Weg geteilt wurde. Es war schon spät am Tag, weshalb wohl auch die kleine Gruppe republikanischer Soldaten, die sich vor ihnen befand, in der Senke ihr Nachtlager aufgeschlagen hatte.

Marie-Provence lächelte triumphierend. «Der Offizier hat mir gestern gesagt, dass sie Umwege machen müssten und nicht durch den Wald könnten. Ich war mir sicher, dass wir sie einholen würden.»

André konnte es nicht fassen. «Du willst …?»

Sie drehte sich zu ihm um und sagte voller Leidenschaft: «Du hast ihn gebaut. Er gehört dir!»

Das Gefühl, das ihre Worte in ihm auslösten, war unbeschreiblich. Es war, als treibe urplötzlich eine ungestüme, gleißende Flut durch seine Adern, eine Kraft, die seit Wochen darauf gewartet hatte, geweckt zu werden. «Ja», sagte er rau.

«Sie sind dabei, ihre Zelte aufzuschlagen», meinte sie, die Augen fest auf das Treiben zu ihren Füßen gerichtet. «Sie achten nicht auf den Ballon. Eine ähnlich günstige Gelegenheit wird sich erst wieder in der Nacht ergeben, doch bis dahin möchte ich nicht warten. Irgendjemand hat sich inzwischen bestimmt an unsere Fersen geheftet.»

André erfasste die Lage mit einem Blick. Die zwanzig Männer der Luftfahrerkompanie spannten die Seile der Zelte und trugen Holz für ein Feuer zusammen. Da die heckengesäumten Grundstücke klein waren, wie üblich in dieser

Gegend, hatten die Soldaten den *Intrépide* im Nachbarfeld ihres Lagers angepflockt.

«Sie haben noch keine Wache aufgestellt», sagte er leise. «Du hast recht, wir müssen es sofort versuchen.» Sie glitten vom Pferd. «Wir machen das Tier los und jagen es in den Wald zurück.»

«Nein, wir können nicht riskieren, dass es einen Bogen schlägt und die Soldaten alarmiert. Lass es uns locker anbinden, dann kann es grasen, bis jemand des Weges kommt und es findet.» Ohne ihn anzusehen, führte sie das Pferd am Zügel weg.

Kurz darauf pirschten sie sich jenseits der Hecke, die den Weg säumte, in Richtung der Soldaten.

Sie kamen besser voran, als André es für möglich gehalten hätte. Ob Gott endlich ein Einsehen mit ihm hatte? Er wagte es kaum zu glauben, als die leuchtende blauweißrote Kuppel immer näher rückte.

Endlich erreichten sie das Feld, auf dem der Ballon festgemacht war. Die Sonne war inzwischen hinter dem Horizont verschwunden und mit ihr die Farben des Tages, sodass die Szenerie in sanfte Grau- und Blautöne getaucht war. André und Marie-Provence hörten Justin und seine Männer die üblichen Witze reißen, als sie sich bis in unmittelbare Nähe des Ballons schlichen. André prüfte mit fachmännischem Blick den Zustand der seidenen Kugel. Ihre Flanken waren prall gefüllt. Offenbar hatte Justin es nicht riskieren wollen, ihr auf der Reise Gas zu entziehen, selbst wenn der Transport durch den Auftrieb mühsam sein musste.

«Der Ballon ist startklar», wisperte er an Marie-Provence' Ohr. «Lass uns einsteigen!»

Sie warf ihm einen eigentümlichen Blick zu und nickte. In einem Husch waren sie an den Haltepflöcken. André jubelte innerlich, als er an dem Korb hochsprang und sich über den knarrenden Rand stemmte. Er streckte die Hände zu Marie-Provence aus. «Und jetzt du!»

Doch sie hob die Arme nicht. Bleich und ernst sah sie zu ihm auf. Stumm schüttelte sie den Kopf.

Sein Hals wurde trocken. «Was ist, willst du nicht mit?»

«Es gibt nichts auf der Welt, was ich lieber täte.»

Er runzelte die Stirn. «Aber dann …»

«Willst du es denn wirklich, André? Willst du mich dabeihaben?»

Und da verstand er. Sie wollte, dass er sich entschied. Hier und jetzt. Ärger wallte in ihm auf. Denn was sie verlangte, war nichts weniger, als dass er verzieh, was zwischen ihnen lag. Ihren Verrat, ihre Lügen. Ihren Egoismus und seinen Ruin. «Ich kann dich hier nicht mutterseelenallein lassen», sagte er verärgert. «Du würdest sofort gefasst werden.»

Sie blinzelte und sagte herausfordernd und stolz zugleich, jedoch mit brüchiger Stimme: «Ich habe das Pferd. So schnell fangen sie mich nicht. Außerdem kenne ich die Verstecke der Chouans.»

Er sah, dass sie die Wahrheit sagte, und wurde noch wütender. «Du kannst mich nicht erpressen», fauchte er.

«Das will ich nicht. Aber ich liebe dich, und …» Sie brach ab. «So kann ich nicht leben. Ich brauche ein Zeichen von dir oder einen Schlussstrich. Ich bin müde, André, verstehst du? Irgendwann wirst du dich entscheiden müssen. Also mach es jetzt gleich. Auch wenn es das Letzte ist, was du mir zuliebe tust.» Sie legte ihre Hand auf den Korb. «Verstehst du nicht?», sagte sie leise. «Unsere letzte Ballonfahrt war ein Albtraum. Ich habe jede Sekunde gespürt, wie mir dein Hass entgegenschlägt. Noch einmal verkrafte ich das nicht.»

Wie sie ihn so offen von unten ansah, verstand er, dass sie recht hatte. Und er konnte nicht anders, als Bewunderung für sie empfinden. Weil sie nie davor zurückgeschreckt war, schicksalhafte Entscheidungen zu treffen. Jetzt nicht, und auch früher nicht, als sie ihn für Charles verlassen hatte. Charles … Auf einmal sah er sich wieder in Auray in seiner Zelle. Wie er auf ihre Schritte hoffte. Wie sein Herz schlug, wenn sie sich näherte. Wie ihn danach verlangte, einen Blick auf sie zu erhaschen. Er erinnerte sich an die Hoffnung und den Groll, den ihre Besuche in ihm auslösten, Gefühle, die verhindert hatten, dass er in Gleichgültigkeit versank. Und er begriff in aller Deutlichkeit, was Marie-Provence' Besuche für Charles bedeutet hatten. Für dieses Kind, das keine Tage, sondern Monate in Einzelhaft verbracht hatte.

Er sah auf sie hinab, auf ihre klaren Züge. Und zum ersten Mal, seit er sie kannte, schien es ihm, als läge ihre Seele offen vor ihm. Er streckte die Hände aus. «Komm.»

Doch sie sah ihn nur sprachlos und aus großen Augen an. Die Unfähigkeit, seine Worte zu deuten, war ihr ins Gesicht geschrieben. Er musste lächeln.

«Nun komm schon, Marie», sagte er neckend. «Wir haben schließlich noch etliches nachzuholen, was deine Ausbildung als Ballonfahrerin betrifft. Deine letzte Landung war miserabel.»

Sie biss sich auf die Lippen und nickte, lachte und schluchzte zugleich, worauf er sie kurzerhand zu sich hinaufzog. Dann klappte er die lederne Tasche auf, die auf der Innenseite des Korbes hing, nahm das Jagdmesser heraus und machte sich an den beiden Befestigungsseilen zu schaffen.

Bald war es so weit: Das letzte Seil zerfaserte, schnellte mit einem stumpfen Geräusch vom Korbrand. Sie fassten sich an den Händen, als der Ballon aufstieg. Sie zogen über die Hecke, und schon waren sie oberhalb der Baumwipfel.

«Der Ballon! Der Ballon hebt ab! Haltet ihn!»

André und Marie-Provence lachten, als sie die kleine Kompanie unter sich verwirrt herumspringen sahen. Doch jeder Versuch, sie aufzuhalten, kam zu spät. Majestätisch und endlich entfesselt stieg der *Intrépide* in den blauvioletten Abendhimmel und gab den Blick frei auf eine wilde Landschaft aus Fels, Heideland und verwachsenen Bäumen. Weit hinten im Westen erschien das Meer und auf ihm, winzig klein, die englischen Kriegsschiffe, die noch immer die republikanische Armee herausforderten.

Doch das alles ging sie nichts mehr an. André sog die frische Luft ein, zog Marie-Provence an sich. Und Frieden erfüllte sie beide, als sie sich an ihn schmiegte. Eine leichte Brise erfasste den *Intrépide*. Sie stiegen und gewannen an

Fahrt. Wohin diese Fahrt gehen würde, wussten sie nicht – sie waren ein Spielball der Elemente.

Die beginnende Nacht legte eine Decke aus weichgrauem Dunst über die Erde.

«Schau mal», rief Marie-Provence atemlos und deutete auf den Horizont, an dem sich ein gleißender Streifen abzeichnete. Sie ergriff Andrés Hand. Plötzlich schossen goldene Strahlen über das Meer. Der *Intrépide* erglühte über ihren Köpfen, und die Welt um sie herum flammte auf.

Sie hielten einander fest, stumm vor Ehrfurcht, als die Sonne ein zweites Mal für sie aufging.

EPILOG

«Cédric?», stieß Alexandre Jomart überrascht aus, als sein Schwager im Salon erschien. «Seit wann bist du aus der Bretagne zurück?»

«Seit gestern.» Cédric legte den kleinen Koffer, den er mitgebracht hatte, auf den Tisch. «Keine Sorge, ich bin gleich wieder weg.» Er klappte den Koffer auf. Die zwei Kristallbehälter, die zum Vorschein kamen, sprühten Funken im Kerzenlicht. Kurz liefen Cédrics Finger über das geschliffene Glas. *Félicie, mein Schatz, du musst dich jetzt von deinem Freund trennen.* Er griff nach dem linken Behälter. «Der Junge ist drüben gestorben.»

Der Arzt nickte schwer. Cédric hob das Kristall bis auf Schulterhöhe, achtete darauf, den Alkoholspiegel so wenig wie möglich zu bewegen, und präsentierte das versiegelte Glas seinem Schwager.

Alexandres Blick fiel auf das kleine graue Etwas, das in der klaren Flüssigkeit schwamm. Seine Augen weiteten sich. «Was ist das?», fragte er heiser.

«Sein Herz.»

Alexandre starrte ihn sprachlos an.

«Er hat sich nichts sehnlicher gewünscht, als bei seiner Familie zu sein», sagte Cédric, ohne mit der Wimper zu zucken.

Sein Schwager schluckte. Er nahm ihm vorsichtig das Glas ab. «Ich werde es ihr zukommen lassen», stieß er bewegt aus. Alexandre zögerte, suchte nach Worten. «Danke», sagte er schließlich nur.

«Ich hoffe, es findet sich jemand, der über seinen Tod trauert, dort, wo du ihn hinbringst», gab Cédric beißend zurück. Er klappte den Koffer wieder zu, klemmte ihn sich unter den Arm und ging grußlos davon.

Draußen dunkelte es bereits. Cédric blieb einen Augenblick auf der Schwelle des Hauses stehen. Er hob den Blick und verzog den Mund, als er sich dabei ertappte, wie er nach Sternen suchte.

GLOSSAR

ALLONS	Komm/kommen Sie
ARBRE DE LA LIBERTÉ	Freiheitsbaum. Freiheitsbäume wurden auf öffentlichen Plätzen gepflanzt und symbolisierten die neue Befehlsgewalt einer Gemeinde. Meistens waren sie geschmückt mit Bändern, blauweißroten Kokarden und einer phrygischen Mütze.
ASSIGNATE	Gedrucktes Wertpapier. Der französische Staat beschlagnahmte im November 1789 die Güter der Kirche. Die assignats oder Assignate waren ein Pfand auf deren Wert und konnten ab Ende 1790 erworben werden.
BIEN SÛR	Natürlich
BIENVENUE	Willkommen
BONJOUR	Guten Tag
C'EST ÇA	Genau
CERTIFICAT DE CIVISME	Bescheinigung über die rechte bürgerliche Gesinnung/Bürgersinn. Eine Art Führungszeugnis, das bis 1795 von der Kommune von Paris ausgestellt wurde.
CHAMBRE FERMÉE	Verschlossenes Zimmer
CHOUANS	Aufständische Bauern aus der Bretagne, die sich zu kleinen Gruppen zusammenschlossen. Die chouans lieferten sich mit der französischen Regierung noch bis 1799 einen erbitterten Kleinkrieg.
CITOYEN, CITOYENNE	Bürger, Bürgerin. Die Ansprache «Bürger» gehörte wie das Duzen zur obligatorischen Anrede bis zu Robespierres Sturz.
CLUB DES JACOBINS	Jakobinerklub. Mächtige politische Gruppierung. Sie tagte in der Kirche des Klosters der Dominikanermönche, die die Pariser zu Jakobinern umtauften. Im Klub wurden die

Fragen diskutiert, die auf der Tagesordnung der verfassunggebenden Nationalversammlung standen. Dadurch wurde Einfluss auf das Votum der dem Klub angehörigen Abgeordneten genommen.

Robespierre erlangte im Jakobinerklub steigenden Einfluss. Dessen Sturz leitete auch den Untergang des Klubs ein.

Comité de salut public — Wohlfahrtsausschuss. Er verband offiziell Convention und Minister, bis 1794 Letztere abgeschafft wurden. Tatsächlich übte der Ausschuss die Exekutivgewalt des Staates aus. Er wurde von Robespierre dominiert.

Theoretisch wurden die Mitglieder des Wohlfahrtsausschusses monatlich von den Abgeordneten gewählt und kontrolliert, doch diese verstummten aus Angst vor der Guillotine. Die Abgeordneten rächten sich schließlich, indem sie Robespierres Sturz einleiteten.

Comité de sûreté générale — Sicherheitsausschuss. 1792 wurde er von der convention gegründet. Er war zuständig für alle polizeilichen Fragen und die innere Sicherheit des Landes.

Commune — Gemeinderat von Paris, der zwischen 1789 und 1795 große Macht innehatte. Der Rat ließ die königliche Familie im Temple einsperren, war mitverantwortlich für verschiedene Massaker und hatte erheblichen Einfluss auf Wahlen des Nationalkonvents.

Compagnie d'aérostiers — Kompanie der Luftfahrer. Eine erste Luftfahrerkompanie wurde im April 1794 vom Wohlfahrtsausschuss gegründet, eine zweite im Oktober 1795. Sie dienten der Beobachtung des Feindes.

Conciergerie — Gefängnis an der Seine, auf der île de la Cité. Die Angeklagten wurden dort hingebracht, kurz bevor das revolutionäre Tribunal über sie richtete.

Convention — Nationalkonvent, der die exekutive und legislative Macht ausübte. Sowohl Sicherheitsausschuss wie Wohlfahrtsausschuss unterstanden ihm offiziell, in Wirklichkeit wurde er von ihnen dominiert. An den Grenzen sorgte der

	Nationalkonvent für die Verteidigung Frankreichs, im Land führte er das Terrorregime ein, um mit dessen Hilfe die Provinzen zu entmündigen.
Désolé	Tut mir leid
Donjon	Bergfried
En selle	In den Sattel!
Enchanté	Sehr erfreut
Fête de l'Être Suprême	Fest des Obersten Wesens. Es fand am 8. Juni 1794 statt und huldigte einer unpersönlichen Gottheit, die als Erschafferin des Universums galt. Robespierre war der eifrigste und prominenteste Verfechter des Kultes des Obersten Wesens, der dem Volk ein Ersatz für das Christentum sein sollte.
Fille	Tochter
Foutaises	Unsinn, Quatsch
Girondin	Politische Gruppierung um die Gewählten des Départements der Gironde. Ihre Anhänger wehrten sich erfolglos gegen die Übermacht des Gemeinderates von Paris. Nur wenige Anführer der Girondins überlebten die Zeit des Terrors und erschienen erneut im Nationalkonvent nach Robespierres Tod.
Guinguette	Kleines Lokal, oft zum Tanzen
Je sais	Ich weiß
Kokarde	Militärisches Abzeichen der Infanterie aus Stoff oder Papier, dessen Gebrauch Ende des 18. Jahrhunderts Verbreitung fand. Die Kokarde war ursprünglich weiß, doch 1789 wurden ihr die Farben der Stadt Paris beigefügt, also Blau und Rot. Von da an galt die Kokarde als Symbol der Patrioten und der Nation.
Lâchez tout	Lasst alles los
Ma colombe	Mein Täubchen
Ma jolie	Meine Hübsche
Macédoine	Beilage aus gemischtem Gemüse
Maison de la couche	Eines von mehreren Waisenhäusern in Paris. Das maison de la couche befand sich in der rue Neuve-Notre-Dame. Es war spezialisiert auf Neugeborene.
Marianne	Weibliche Figur, seit 1792 Allegorie der Republik Frankreich, Beschützerin des Volkes und

Symbol der Freiheit. Marianne schmückt bis heute Rathäuser und Briefmarken.

Maximum Maximale, vom Staat festgelegte Höhe der Preise für Güter und Gehälter

Messieurs Meine Herren

Mon ami/amie Mein Freund/meine Freundin

Mon Dieu Mein Gott

Nationalgarde Bürgerliche Miliz, die 1789 erschaffen wurde, um die Unruhen unter Kontrolle zu halten

Nièce Nichte

Par tous les diables Zum Teufel

Père Vater

Petit frère Kleiner Bruder

Petit trésor Kleiner Schatz

Phrygische Mütze Rote Mütze mit abgerundetem, nach vorne hängendem Zipfel. Sie wurde während der Revolution von den Jakobinern als Symbol der Freiheit und als Erkennungszeichen des Volkes verbreitet, da es hieß, freigelassene Sklaven hätten sie in der Antike getragen.

Rotonde Runder Bau im Temple

Salut et fraternité Gruß und Brüderlichkeit

Sans-culotte Wörtlich: ohne Hose. Der Begriff wurde ab 1792 verwendet, ursprünglich um einen Teil der Bevölkerung von Paris zu benennen. Sansculottes waren nicht, wie oft angenommen, Arme oder gar Bettler, sondern Handwerker, denen die Inflation besonders zu schaffen machte. Einen sans-culotte erkannte man an seiner langen Hose, seiner kurzen Jacke – der carmagnole – und seiner roten Kopfbedeckung – der phrygischen Mütze. Die sansculottes zogen mit einfachen Waffen wie Piken und Säbeln durch das Land und verbreiteten Angst und Schrecken, verloren nach Robespierres Sturz allerdings rasch an Bedeutung.

Suivant Der Nächste

Tant pis Egal

Tempel der Vernunft Neuer Name der Kathedrale Notre-Dame. Zunächst war während der Revolution die Huldigung der Vernunft als Ersatz für den christlichen Glauben geplant, bevor Robespierre den Kult des Obersten Wesens durchsetzte.

Te voilà	Da bist du ja
Très bien	Sehr gut
Tribunal révolutionnaire	Revolutionäres Gericht. Es gab nur wenige dieser Gerichte in der Provinz. In Paris tagte es auf der île de la Cité, von 1793 bis 1795. Fouquier-Tinville, ein höchst effizienter Bürokrat der Revolution, fungierte dort als öffentlicher Ankläger und wurde nach Robespierres Sturz eines seiner letzten Opfer.
Vive la république	Es lebe die Republik
Vive le roi	Es lebe der König

ANMERKUNGEN

Das Schloss von Maisons bei Paris wurde mehrere Male verkauft, bis es Anfang des zwanzigsten Jahrhunderts an den französischen Staat überging. Es erstrahlt heute in neuem Glanz und ist eine Reise wert. Die Geheimgänge, in denen André fast zu Tode gekommen wäre, existieren noch immer, auch wenn sie nicht besichtigt werden können.

Der Zauber des Schlosses wirkt ungebrochen, und seine Faszination reicht bis in den Fernen Osten: Herr Zhang Yuchen, ein chinesischer Geschäftsmann, ließ 2004 bei Peking eine bis ins kleinste Detail exakte Kopie des Gebäudes anfertigen.

Der erste dokumentierte Fallschirmsprung eines Menschen fand tatsächlich 1797 statt, und die Ballonfahrt wurde einige Jahre lang für militärische Zwecke benutzt. So begleitete eine Luftfahrerkompanie Napoleon Bonaparte 1798 während seines Feldzuges nach Ägypten.

Unter den gefangenen Royalisten von Quiberon starben etwa fünfhundert Menschen an ihren Krankheiten oder Verletzungen. Die meisten Chouans wurden nach ein paar Wochen wieder freigelassen. Nahezu alle emigrierten Adeligen hingegen wurden exekutiert. Verschiedene Gedenkstätten in und um Quiberon erinnern heute noch an die Hunderte von Toten.

Cadoudal entkam Hoches Armee. Er schickte seine Männer nach Hause, als er von der Einnahme Quiberons erfuhr, arbeitete aber schon wenige Monate später erneut am Aufstand der Bretagne. Er wurde zu einem erbitterten Gegner des ersten Konsuls Napoleon Bonaparte, konnte aber dessen Aufstieg nicht aufhalten.

Beide Brüder des geköpften Königs Louis XVI. sollten nach dem Sturz Napoleons Frankreich regieren – der eine, Graf von Provence, als Louis XVIII., der andere, Graf von Artois, als Charles X.

Das Schicksal von Louis-Charles und die Umstände seines Todes blieben zweihundert Jahre lang unklar und boten Anlass zu Legendenbildungen und Diskussionen. Diese Unklarheiten haben mich zu diesem Roman inspiriert. Auch Charles' Krankheitsbild lässt keine eindeutige Diagnose zu. Dennoch wird heute im Allgemeinen angenommen, dass der Prinz an einer Magentuberkulose starb.

Das Herz von Louis-Charles fand nach etlichen Wirrungen, die es durch ganz Europa führten, schließlich seinen Platz in der Basilika von Saint-Denis bei Paris. Seine Echtheit wurde im Jahre 2000 durch eine Genanalyse bestätigt. Dort ruht es bei den Überresten seiner Ahnen.

So hat Louis-Charles zu seiner Familie zurückgefunden.

BIBLIOGRAPHIE

Histoire et dictionnaire de la révolution française, 1789–1799, J. Tulard, J.-F. Fayard, A. Fierro, Ed. Robert Laffont, Paris 1998

Paris au temps de la révolution, Georges Poisson, Bonechi, Firenze 1989

Au temps des merveilleuses, la société parisienne sous le Directoire et le Consulat, 9 mars – 12 juin 2005, Musée Carnavalet, Histoire de Paris, Paris musées

Le papier peint en France du XVIIe au XIXe siècle, Henri Clouzot, éd. G. van Oest, Paris

Les merveilles de la science ou description populaire des inventions modernes, Louis Figuier, éd. Furne, Jouvet et Cie, Paris 1868

Sur l'aérostat employé aux armées de Sambre-et-Meuse et du Rhin, Jean Marie Joseph Coutelle, 1829

Katalog der ballonhistorischen Sammlung Oberst v. Brug, Deutsches Museum, 1985

Mémoires d'un officier des aérostiers aux armées de 1793 à 1799, Albert Joseph de Selle de Beauchamp, éd. Picault, Paris 1853

Sur les pas de Monsieur Vincent. Trois cents ans d'histoire parisienne de l'enfance abandonnée, Albert Dupoux, revue de l'Assistance publique à Paris, Paris 1958

Louis XVII, le petit prince du temple, Pierre Saurat, Saurat éditeur, Paris

La vie quotidienne des soldats de la révolution, 1789–1799, Jean-Paul Bertaud, Hachette, Paris 1985

Itinéraire de Napoléon au jour le jour, 1769–1821, Jean Tulard et Louis Garros, Librairie Jules Tallandier

Mémoires d'outre-tombe, Chateaubriand, le livre de poche, Paris 1986

1795 – Quiberon ou le destin de la France, Patrick Huchet, éditions Ouest-France, Rennes 1995

Les paysans en guerre, Jean Gallet, éditions Ouest-France, 1988

Georges Cadoudal et les chouans, Patrick Huchet, éditions Ouest-France, 1998

Weitere Quellen, Informationen und Bilder unter
www.taniadouglas.com

DANKSAGUNG

Zu diesem Buch haben viele Menschen mit ihrem Fachwissen beigetragen und mich durch ihre Hilfe unterstützt. Ihnen allen danke ich herzlich. Ganz besonders danken möchte ich:

meinen Lektorinnen Evi Draxl und Katharina Schlott für die einfühlsame und fruchtbare Zusammenarbeit.

Herrn Arnaud Biessy, Schlossführer in Maisons-Laffitte, für die Zeit, die er mir schenkte, und die inspirierenden Einblicke in das geheime Innenleben des Schlosses.

Herrn Gundolf Frost, Ballooning Speyer, für die freundliche Beantwortung meiner Fragen über das Ballonfahren und die reiche Dokumentation.

Frau Dr. Andrea Wendl und Herrn Dr. Paul-Ludwig Besold, für ihre Analyse der Krankengeschichte von Louis XVII.

Den Mitarbeitern der Assistance Publique, rue des Minimes, in Paris, für ihre Hilfe bei meiner Recherche über die Waisenhäuser.

Frau Ingrid Göliz vom Ballonmuseum Gersthofen für faszinierende Stunden inmitten historischer Ballone.

Herrn Jürgen Bleibler vom Zeppelin-Museum Friedrichshafen für den Brückenschlag zu den lenkbaren Luftschiffen.

Dem Museum der Chouannerie in Plouharnel.

Meiner Familie, für ihr tatkräftiges Engagement und ihre Geduld.

Und vor allem meinem Mann Volker, für seinen unschätzbaren Rat, seine unermüdliche Unterstützung und seine Liebe.

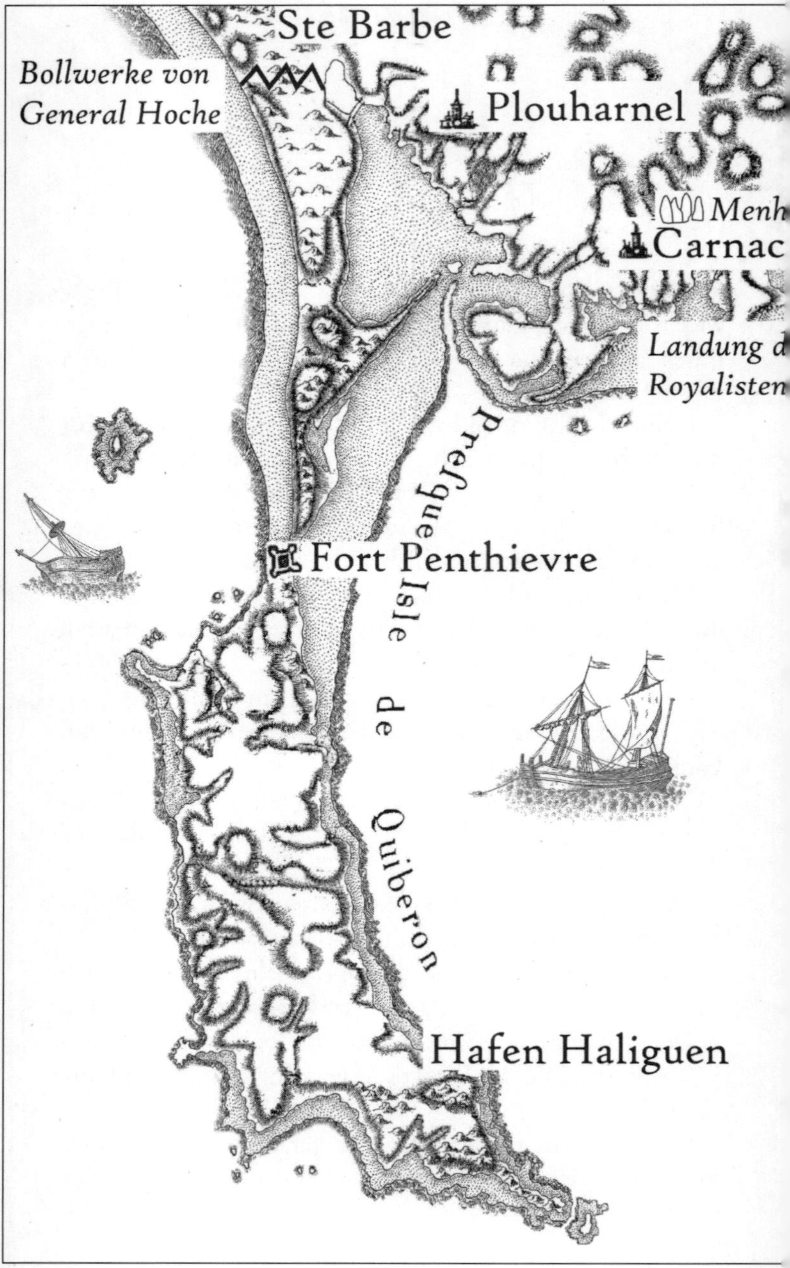
Ste Barbe
Bollwerke von
General Hoche
Plouharnel
Menh
Carnac
Landung d
Royalisten
Presqu'Isle de Quiberon
Fort Penthievre
Hafen Haliguen

Auray
Locmariaquer